# 京津冀
## 红色故事会 上

中共天津市委党校（中共天津市委党史研究室）

中共北京市委党史研究室 北京市地方志编纂委员会办公室　编著

中共河北省委党史研究室

天津出版传媒集团

天津人民出版社

**图书在版编目（CIP）数据**

京津冀红色故事会：上、下 / 中共天津市委党校（中共天津市委党史研究室）等编著. -- 天津：天津人民出版社，2021.6

ISBN 978-7-201-17372-6

Ⅰ. ①京… Ⅱ. ①中… Ⅲ. ①革命故事—作品集—中国—当代 Ⅳ. ①I247.81

中国版本图书馆 CIP 数据核字(2021)第 105515 号

## 京津冀红色故事会(上、下)
### JINGJINJI HONGSE GUSHIHUI

| | |
|---|---|
| 出　　版 | 天津人民出版社 |
| 出 版 人 | 刘　庆 |
| 地　　址 | 天津市和平区西康路 35 号康岳大厦 |
| 邮政编码 | 300051 |
| 邮购电话 | （022）23332469 |
| 电子信箱 | reader@tjrmcbs.com |
| 策划编辑 | 王　康 |
| 责任编辑 | 林　雨 |
| 特约编辑 | 武建臣 |
| 装帧设计 | 汤　磊 |
| 印　　刷 | 天津新华印务有限公司 |
| 经　　销 | 新华书店 |
| 开　　本 | 710 毫米×1000 毫米　1/16 |
| 印　　张 | 34.25 |
| 插　　页 | 4 |
| 字　　数 | 550 千字 |
| 版次印次 | 2021 年 6 月第 1 版　2021 年 6 月第 1 次印刷 |
| 定　　价 | 168.00 元(上、下册) |

# 编审委员会

主　任：刘　中　李　良　孙增武
成　员：赵胜军　宋学民　陈志楣　赵　鹏
　　　　王永立　杜丽荣　陈丽红　李　俐

# 编写组

组　长：李　俐　杜丽荣　陈丽红
成　员(以姓氏笔画为序)：

王　宏　王　磊　王向辉　王利慧　王林芳　王明辉
王宗志　田　超　朱漓江　乔　克　刘素新　苏　峰
杨　颖　武春霞　孟　罡　陈　红　周　巍　赵凤俊
郭　冰　贾变变　贾景辉　常　颖　阎　丽　曹　楠
曹冬梅

# 目 录

## 上 册

**党的创建和大革命时期**

## 土地革命战争时期

# 下　册

**全民族抗日战争时期**

# 党的创建和大革命时期

# 李大钊在北洋法政专门学堂

提到李大钊，最先映入脑海的就是"中国最早的马克思主义者""中国共产党主要创始人之一"等评价，这是李大钊最为后人所熟知的伟大形象。追寻伟人的足迹不难发现，李大钊之所以能够成为中国共产主义运动的先驱，与其早期的理想志向和成长经历是分不开的。李大钊早年曾在天津求学，虽然这段经历鲜为人知，却是其确立初心、投身革命的重要人生起点，非常值得探究挖掘、细细品味。

## 第一次独立自主的人生选择

李大钊，1889 年出生，幼年父母双亡，由祖父抚养长大。祖父希望李大钊能够科举入仕、光宗耀祖，6 岁起就送他入私塾读书，接受传统文化启蒙教育。1905 年，李大钊到永平府参加科举考试，恰逢清政府取消科举制度。最后，李大钊没有收到考中秀才的喜报，而是接到了永平府中学堂新生的录取通知书，继而转入其中继续学习。

永平府中学堂是一所官办的新式学校。在这里，李大钊开始学习现代科学知识，并接触到一些传播戊戌变法等新思想的书刊，还结识了一位革命志士蒋卫平（后因宣传孙中山革命思想，揭露沙俄侵略罪行而被俄兵杀害）。这些都对李大钊产生了较大影响，其思想境界也逐步发生变化。他开始真正体察人民疾苦，关心国家大势，关注民族命运，进而萌生救国救民的理想志向。正如他在《狱中自述》中所讲："自束发受书，即矢志努力于民族解放之事业。"这也为其后来的人生抉择打下了良好的思想基础。

1907 年夏天，李大钊面临人生的一次重大选择，因为抚养他成人的祖父已经离世，不能再给予任何忠告，他只能自己做出决定。当时，他即将在永平府中学读完二年级,如果选择继续读下去,毕业考试合格后就能顺利进入保定直隶高等学堂学习深造。但是这与他"急思深研政理,探求挽救民族、振奋国群之良策"的志向相去甚远,因此他毅然放弃了这一机会,决定去投考更加符合个人理想的新学堂。暑假期间,李大钊和二三位同学一起奔赴天津,准备报考更高一级的新学堂。

当时,天津有三所学校正在招考:北洋军医学校、长芦银行专修所和北洋法政专门学堂。李大钊对军医不感兴趣,没有投考。他报名参加了其他两所学校的考试,均被录取。他认为个人理财致富有违其立志报国的初心,即"理财致个人之富,亦殊违我素志"。最终,他舍弃了长芦银行专修所,选择进入北洋法政专门学堂。可以说,报考北洋法政专门学堂并不是李大钊一时心血来潮率性而为,而是为探求救国救民的真理所进行的一次深思熟虑的人生重大选择,也是他在走上革命道路前自主选择迈出的关键一步,对其以后的革命生涯起到重要的影响作用。

## "筑声剑影楼"里的家国情怀

1907 年 9 月,李大钊如愿进入北洋法政专门学堂。在这里,他学习、生活了 6 年,留下了精研法理的身影和忧国爱民的情怀,成为这座学校历史上永远的光荣记载。

入校后,李大钊非常珍惜这一"深研政理"的机会,学习极为刻苦,每天几乎把时间都用来读书。除了规定课程外,他还如饥似渴地研读《社会契约论》等西方资本主义民主、法治方面的书籍。其中,关于"国体与政体"的现代国家观念及"君主政体""民主政体"等概念的论述,对于如李大钊这样处于清末新政中的青年学子来说,就像打开了接触"新世界"的一扇窗,大大开阔了视野,解除了其思想禁锢。同时,也让李大钊对当时中国边警不断、国势衰颓、危机四伏、民生凋敝的社会现实有了更加清楚的认识,进一步激发了他强烈的爱国情怀和报国愿望。

然而当时的北洋法政专门学堂为清政府和袁世凯所办,旨在革新自救,培养旧制度的辩护人。学堂反复强调的是以忠孝为本,经学为要,特别突出"忠君""学生不许妄干国政"等,严防立宪、革命思潮对学生产生"不良"影响,严重禁锢了学生的思想。在这种情况下,李大钊希望能够有所作为的理想在现实社会生活中显得既虚幻又渺茫。因此,他异常苦闷烦恼。1908 年,入学的第二年,李大钊曾写下《登楼杂感(二首)》,来表达他深深的忧国忧民之情和壮志未酬的遗憾。其中有这样的诗句:"久居燕市伤屠狗,数觅郑商学贩牛","家国十年多隐恨,英雄千载几荒丘"。他把自己比作战国时期志不得申、流落燕国与屠狗者为伍时心怀伤感的义士荆轲,为了探讨救国之道,曾多次寻找巧退秦师的爱国商人弦高那样的志同道合者,却不能得。

李大钊还把自己的书斋命名为"筑声剑影楼",取意荆轲刺秦的典故。所谓"筑声",就是荆轲的好友高渐离击筑的乐声。高渐离曾在荆轲流落燕市时为其击筑排遣烦恼,在其行刺秦王出发时为其击筑壮行,后又用筑声吸引秦王,用筑击杀秦王,以致被杀,成为同荆轲齐名的义士。"剑影"之剑即为宝剑之剑,亦可喻荆轲刺秦王的"匕首"。李大钊以此来暗喻自己以荆轲、高渐离为理想的人格榜样,旨在精研法理、求学报国的志向,同时也隐有志不得申的遗憾。也正是在这样的心境下,李大钊在"筑声剑影楼"里奋斗了六年。

## 迈出走向革命的第一步

李大钊在北洋法政专门学堂学习时期,中国正处于辛亥革命前后,社会思潮空前激荡,立宪改良、革命浪潮席卷全国。身处当时北方政治运动中心——天津,时刻感受时局变化的李大钊不再仅仅满足书本知识的学习,开始积极投身探求救国救民真理的革命实践。

1910 年 12 月,天津学生发起第四次立宪请愿活动,北洋法政专门学堂学生尤其活跃。天津各校学生联合在北洋法政学堂召开会议,李大钊积极参与其中,被推选为该校的 8 名代表之一。据他回忆,大会氛围慷慨激昂,一名同学愤然断指书写"立宪救国""速开国会""誓死请愿"的请愿血书,另一同学跃上讲台激动陈词,动情之处"右手出利刃,深刺左臂三匝",场面异常壮烈。虽然请愿活动遭到当局镇压最终失败,却让人看清了清政府奉行专制统治、实行虚假立宪的真正面目,并助推了革命力量的发展。李大钊同情支持资产阶级革命运动,尤其对师友中为革命而献身的烈士深怀尊重、悼念之情。当时,北洋法政专门学堂的史地教员白雅雨是同盟会京津保支部的重要成员。为响应辛亥革命,他领导发动滦州起义,失败被捕,最终英勇不屈,从容就义。李大钊深为其"为我主义而死"的英雄节操所感动,他和同学们"钦其义,悲其志,开会以追悼之"。1923年,他来母校北洋法政专门学堂讲演时,还曾深情地回忆此事:"那追悼白先生挽联的字句,今天我来这礼堂上,还仿佛有人念给我听"。

北洋法政专门学堂旧址

在北洋法政专门学堂求学时期,李大钊不仅专业知识学得扎实,而且才思敏捷,诗文并茂,"其文章深厚磅礴为全校冠"。随着学问见识愈发充实卓拔,李大钊开始发挥自身优势,以犀利的笔锋开辟舆论阵地,力求唤起民众力量。1912年6月,他写下《隐忧篇》,以抒发为国家面临的困境而担忧的情怀,这是现已搜集到的其最早一篇文稿,可以说是他较早的政见宣言书。1912年秋,北洋法政学会成立,内设评议、调查、编辑等部,李大钊和同窗郁嶷(后为民国著名法学家)一道被推荐担任编辑部部长。其间,李大钊主持并参与编译《〈支那分割之运命〉驳议》《蒙古和蒙古人》两本书,揭露帝国主义侵略罪行,分析国家危急形势,唤起全国人民觉醒。1913年4月,北洋法政学刊《言治》创刊后,李大钊负责编辑出版工作,先后发表《大哀篇》《裁都督横议》《论民权之旁落》等文章、诗歌35篇。这些文字针砭时弊,宣传民主,倡言民权,拳拳爱国之心溢于言表,读之令人不由血脉偾张,以其极富感染力的思想情感,深深影响着有志青年,激励他们投身于报效祖国的斗争中。

1913 年 7 月,李大钊由北洋法政专门学堂毕业,六年求学经历不仅使其学识渊博、学养有素,更确定了其人生走向。之后他历经反袁斗争、新文化及五四运动淬火磨炼,逐渐成长为贯通中西的著名学者和坚定的马克思主义者。

[中共天津市委党校(中共天津市委党史研究室)　王磊]

# 保定与留法勤工俭学

　　20世纪初,留法勤工俭学运动在中国兴起,一大批中国青年赴法国勤工俭学。他们学习西方先进的科学知识、探索救国救民的真理,为东西方的文化交流和马克思主义在中国的传播,为中国共产党的创建和发展做出了重要贡献。这场对中国前途和命运影响深远的运动与保定有着紧密的联系,也与一位"豆腐博士"密不可分。

　　说起李石曾(1881—1973),许多人大都不知道是谁,但是你要翻看20世纪初的中国历史,就会知道这是一位著名人物。他是大名鼎鼎的国民党四大元老之一,人称"豆腐博士"。他的这个头衔是从何而来?他又和留法勤工俭学运动有什么关系呢?

　　李石曾出生于晚清的官宦之家,同治、光绪二朝的重臣李鸿藻便是其父。光绪二十八年(1902年),孙宝琦

李石曾

出任清朝驻法国公使。在李鸿章的斡旋下,李石曾以孙宝琦随员的身份来到法国留学。历史的机缘使李石曾成为华人在法留学和在法创业的第一人。从闭关锁国、日落西山的大清朝来到欧洲大陆,李石曾被欧洲工业革命的发展程度深深震撼,同时也对大清朝的腐败和落后的社会现状深深感到不安,学习欧洲先进思想和科学知识、改造国家命运的想法油然而生。于是他进入法国蒙达顿农校学习,毕业后又进入巴斯德学院及巴黎大学学习生物知识。到1906年,他和同在法国的张静江、吴稚晖等人在巴黎组织了"世界社",发行无政府主义周报《新世纪》,介绍无政府主义学说,主张革命,反

对清朝君主专制,号召工人罢工,对抗资本家的剥削;提倡大同主义、自由、平等、博爱,反对帝国主义侵略;倡导科学,主张男女平等;反对封建迷信。同年,经张静江介绍,加入同盟会巴黎分会。

李石曾对大豆有较深的研究,曾用法文编著《大豆》一书,出版后引起欧洲人对豆制品的关注。1909 年,李石曾在法国巴黎郊区的拉卡莱纳·戈隆勃开设了一家中国豆腐公司,并在他的家乡高阳县招募了操作工人。李石曾的豆腐制作工厂采用机械操作,代替了部分人工操作,弥补了传统手工制作豆腐效率低、卫生条件差的缺点,使欧洲人更容易接受。他还在巴黎蒙帕纳斯大街创设了法国第一家中国餐馆,名为"中华饭店"。很快,他就在欧洲闯出了一片天地。虽然豆腐这种美食早于 19 世纪就传入了欧洲,但是在当地并没有生产基地,全部依赖从中国进口,不但数量稀少,而且价格还非常昂贵,只有少数贵族或皇室才能够享用。李石曾将这一中国美食制作工艺带到了欧洲,为中华美食在全世界的推广做出了很大的贡献,他也就自然而然地被法国人尊称为"豆腐博士"。豆腐公司的工人们在工作之余进行学习,一些自费赴法留学的中国学生也开始进入公司做工,被称作"以工济学"。中国豆腐公司的创建,不仅仅是一个单纯的实业,它为后来漂泊欧洲的国人提供了做工创业的机会,更引发了一场影响深远的留法勤工俭学运动。

1912 年,李石曾和吴稚晖等人在北京创立了留法勤工俭学会。在随后的两年里,俭学会共培养输送中国学生一百多名赴法留学。第一次世界大战爆发后,法国北方陷于战火之中,中国的留学生大都避往法国西南部,一时生活无着,处境艰难。1915 年 6 月,李石曾援引豆腐公司的成例,和蔡元培等一起组织勤工俭学会,号召留学生"勤于工作、俭以求学",用自己的劳动收入来维持生活和学业。这一提议立刻得到国内很多有志之士的积极响应,于是一些家庭经济困难的青年学子就找到了一条非常实用的勤工俭学之路,至第二年,勤工俭学会已安排一百多位中国青年学子赴法国勤工俭学。这就是留法勤工俭学的由来。1917 年,李石曾应蔡元培之邀回国任教,担任北大生物系教授。在任教的同时他还继续为国人赴法勤工俭学奔走,并和蔡元培等人在北京成立了华法教育会。后来,由于赴法学生与日俱增,华法教育会应接不暇,心系勤工俭学事业的李石曾再度来到法国,亲自为学生们安排工作、学习和生活。在李石曾等人的推动下,留法勤工俭学运动逐渐在全国范围内形成了热潮。

## 保定与留法勤工俭学运动

河北保定高阳县的一个普通村庄——布里村,在100多年以前就与遥远的法国建立了紧密的联系,这听起来多少有点离奇。在村中有一片坐北朝南的建筑,占地约有10亩。大门上部为欧美哥特式建筑风格,两侧有高耸的砖塔,顶部呈尖状,下面为两个半圆形的扇面式墙体;大门下方为拱门、磨砖,显然又是中国传统的建筑式样,这种建筑形式在中国北方农村是极为罕见的。原来这就是李石曾创办的布里"留法勤工俭学预备学校",当地百姓也称之为"法国学堂"。

1917年的夏天,李石曾来到蠡县布里村(今属高阳县)探望好友、老同盟会会员段子均,二人共同议定在布里村成立"留法勤工俭学预备学校"。很快,李石曾就向北洋政府教育部呈送了成立"留法勤工俭学预备学校"的申请,北洋政府教育部同意申请并予以备案。8月,李石曾、段子均还在北京邀请著名艺术家梅兰芳、姜妙香、韩世昌、侯益隆等在江西会馆为"布里留法工艺学校"筹集资金,共募得大洋数千元(一说1500余元)。他们还发行彩票,筹集办校资金。李石曾亲自为学校设计了建筑方案,蔡元培为学校题词:"勤于做工,俭以求学"。学校建成后的几年里,共培养留法学生200多人,在留法勤工俭学运动中占有重要的历史地位。

在此之前,李石曾到保定育德中学参观,并作了《留法勤工俭学之复兴及其可能》的讲演,使育德中学的师生们深受启发,很多学生提出了出国深造寻找强国富民道路的要求。李石曾在与校方商谈后,决定在育德中学设立"留法高等工艺预备班"。"留法高等工艺预备班"于1917年6月开始招生,招生对象以初中以上文化程度的青年为主。第一期留法预备班共录取学生31名,于同年8月正式开学。1918年7月,第一期留法预备班学生毕业,其中22名学生经上海赴法国勤工俭学。保定育德中学"留法高等工艺预备班"从1917年6月创办到1921年6月停办,先后招收全国各地学员4期,共有213人毕业,115人(一说137人)赴法勤工俭学。在留法勤工俭学运动时期,从全国创办的留法预备班的情况来看,育德中学"留法高等工艺预备班"在教学设备、教学质量、毕业生人数等方面都处于领先地位。其中培养了刘少奇、李维汉、李富春、张昆弟、鲁其昌、熊信吾等一大批先进知识分子、优秀的共产主义者和无产阶级革命家,在我国革命史上写下了辉煌的一页。

## 毛泽东夭折的留法勤工俭学之路

众所周知,毛泽东并没有留法勤工俭学的经历,但他在1918年第一次到保定就是为此事。

1918年6月,毛泽东从湖南省立第一师范学校毕业,就业还是继续深造的现实问题摆在他的面前。志向高远的毛泽东,不仅在考虑自己的个人问题,考虑更多的则是在不久前他与蔡和森等人一起创建的新民学会会员们的前途,同时把个人的命运与国家的未来结合在一起进行思考。而恰好就在这个时候,一个"绝好"的机遇摆在了他们面前。毛泽东的恩师、未来的岳父,已由湖南第一师范学校转任北京大学哲学系教授的杨昌济来信了,把赴法勤工俭学的消息告诉了毛泽东。经过新民学会会员的集体讨论,大家一致认为留法运动十分必要,应尽力参加。会上毛泽东还鼓励大家:"我们这些人中,要有人出国,学习新思想新知识,以贡献祖国。"此后,毛泽东、蔡和森等人便开始着手组织赴法勤工俭学的事宜。蔡和森先到北京打前站,毛泽东则留在湖南进行动员和组织工作。8月15日清晨,毛泽东与准备赴法勤工俭学的新民学会会员萧子升等24人,从长沙出发赶赴北京。其间,毛泽东、蔡和森等人在杨昌济、蔡元培等人的帮助下克服各种困难,终于促成湖南学子分别进入4个留法勤工俭学预备班,而且分配给湖南的留学名额大大增加了。经过他们的努力,还把控制在范源濂、熊希龄等人手中的一笔前清户部应退还湖南的粮、盐两税的超额余款的利息提取出来,用作湖南青年赴法勤工俭学的旅费。毛泽东为赴法勤工俭学事宜倾注了极大心血,正如罗学瓒在一封家书中所说:"毛润之此次在长沙招致学生来此,组织预备班,出力甚多。"

湖南学子要求赴法勤工俭学的热情十分高涨,又有30余名毕业生也要求参加。经毛泽东、蔡和森与李石曾多次协商,决定在河北省蠡县布里留法工艺学校为他们专门开设了一个初级班,由蔡和森具体负责。湖南 30 余名赴布里留法工艺学校初级班的学生,在陈赞周、邹彝鼎的带领下,于 10 月 6 日到达保定。毛泽东、蔡和森为迎接这批学生,也专程从北京赶到了保定。当晚,毛泽东等和湖南来的学生分别住在保定唐家胡同的第一客栈(今唐家胡同 18 号)和泰(春)安客栈。第二天,即 10 月 7 日下午,毛泽东又同在保定的两个班的湖南籍赴法勤工俭学青年学生一起到保定名园古莲花池游览并合影留念。当晚,李维汉、张昆弟等到第一客栈看望了毛泽东、蔡和森等人。毛泽东详细询问了湖南学生的具体情况,确定了去布里留法工艺学校的时间和路径。10 月 10 日,毛泽东送蔡和森与这批学生离开保定后,同萧子升返回北京。

进入留法勤工俭学预备班的青年,后来大都顺利进入法国勤工俭学。而忙前忙后的毛泽东本人,却不知因何并未进入留法勤工俭学预备班。毛泽东是留法勤工俭学的积极推动者和组织者,相信他对于自己是否赴法,是经过深刻思考的。多年来,有许多学者分析了阻止毛泽东留法勤工俭学的各种客观和主观的因素。我们认为主观因素起到了决定性作用,那就是毛泽东认为赴法国开拓眼界,认识世界固然重要,但更重要的是了解自己国家的现状、研究国内的问题,这样对国家、对民族才是更为有利的。

毛泽东虽然未能赴法勤工俭学,但留在国内的他为中国共产党的创建、中国革命的发展做出了重要贡献,日后成为领导中国革命的一代伟人。

(中共河北省委党史研究室　贾景辉)

# 李大钊的工资去哪儿了

有这样一个广为人知的故事，北大教授李大钊，每次发工资时只能领回一把欠条。为了不让李家断炊，北大校长蔡元培只好嘱咐会计每月先从李大钊工资中拿出 50 块大洋，直接交给李夫人。李大钊牺牲后，家里仅剩 1 块大洋，只好向公众募捐举行公葬，就连政见相左的汪精卫都捐了 1000 块大洋。作为北大知名教授，李大钊家怎么会有断炊之虞？怎么会没钱下葬？他的工资去哪儿了？

1918 年 1 月，经好友章士钊举荐，李大钊担任北京大学图书馆主任一职，因不在教员序列，初任时月工资 120 元，半年后涨到 140 元。1920 年 7 月，李大钊被聘为教授，月工资增至 200 元。同时，他还在北京女子高等师范学校、北京高等师范大学、朝阳大学、中国大学等校兼职，每月收入总计近 300 元。

当年北京的物价水平不高，大学教授薪资不低，属于高收入阶层，生活可以过得很不错。曾任北大物理系教授的李书华回忆："一个小家庭的用费，每月大洋几十元即可维持。如每月用一

李大钊

百元，便是很好的生活，可以租一所四合院的房子，约有房屋二十余间，租金不过每月二三十元，每间房平均每月租金约大洋一元。可以雇一个厨子，一个男仆或女仆，一个人力车的车夫；每日饭菜钱在一元以内便可吃得很好。"有的教授购置几千元的房子居住，甚至有的购买几所房子出租。

别的北大教授生活那么优裕,同为教授的李大钊,家里就寒酸了许多:旧房子、旧家具,一架半新不旧的二手风琴,几乎没有像样的东西。再瞧瞧一家人的生活,李大钊经常穿一件褪了色的灰布长袍、一双布鞋,每天往返十余千米走着去北大上班。家里没有佣人,夫人赵纫兰每天还要烧饭、打扫房间、洗一大盆子衣服,时常为柴米油盐发愁,实在是没有北大教授夫人应该有的"样子"。

李大钊的工资到底去哪儿了?1920 年 10 月北京共产主义小组成立时,因缺少经费,李大钊每月捐出薪俸 80 元作为活动经费,用于会务、印刷宣传品、交通食宿等开销。在早期共产主义者中,他是每月资助革命最多的人。长辛店工人补习学校得以创建,也是由李大钊帮助筹措经费,解决经费困难。1919 年底北京工读互助团成立时,李大钊捐现洋 10 元。1920 年 5 月,他为家乡河北乐亭大黑坨村筹办女子学校,捐现洋 20 元。

1923 年中共北方区委成立后,所需经费大多由李大钊就地筹措,他带头捐款,其他成员也向他学习,从自己的工资或助学津贴中拿出部分捐献给组织。但由于工作发展迅速,很多时候经费仍然捉襟见肘。李大钊毁家纾难,全力以赴,但从不告诉别人。有一次北方会议开支大增,宣传费、印刷费、旅费十分拮据,他不露声色地支撑,甚至张罗贷款。罗章龙知道后,不得已将此事告诉了陈独秀,才最终得以解决。事后,李大钊还抱歉地说道:"此等事本不应该向陈先生说,使他分心很不合适的。"

李大钊乐善好施,常常救济别人。有人有困难找他,他只要手头有钱,谁急需就给谁,给了钱往往还叮嘱一句:"以后有困难尽管跟我说啊!"如果手里没钱,他会写个借条让人到北大会计室领取,发工资的时候再让会计把上月借的钱扣除。刘仁静家境贫寒,李大钊两次垫付他的学宿费,并向学校出具亲笔证明。国家博物馆现存有一张李大钊的亲笔字据:"刘仁静同学费先由我垫。"像这样接受过他接济的贫困学生,还有曹靖华等许多人。

因此,每月发薪水的时候,李大钊领到的常常是一堆条子,拿不到几个现钱。校长蔡元培听说后,特意嘱咐会计室:发薪水时,把李先生薪水先扣下一部分直接交给李夫人,以免李夫人难为无米之炊。

李大钊不光捐钱,为了同志,连心爱之物也捐出来。1924 年,李大钊和罗章龙应邀到莫斯科参加共产国际会议。一次,罗章龙要离开莫斯科外出,李大钊闻讯赶来送行，时近寒冬，见他衣着单薄，李大钊说："你此去冬行，将风雪载途，如何过夜？"随即取出自己所带毛毯交给罗章龙。罗章龙一再推辞，但李大钊再三坚持。事后，罗章龙才知道这条毛毯跟随李大钊多年，毛毯上有李夫人一针一线绣上的蔷薇、文字。

1927年李大钊牺牲后，中外记者纷纷到当时李夫人租住的府右街朝阳里3号家中采访，他们震惊不已，没想到李大钊这样一位知名教授，家中竟如此贫寒。《晨报》《京报》《东方时报》等纷纷报道："李夫人回家后，仅一元之生活费"；李宅"室中空无家具，即有也甚破烂"；"子女服饰朴实，可知其平日治家之俭约矣"。就连日本人主办的《顺天时报》也撰文称："李大钊平昔不事储蓄，身后极为萧条。"

因为没有积蓄，李大钊去世后，夫人和4个未成年孩子的生活成了大问题，只能依靠李大钊生前好友的捐款和接济，还有北大发放的抚恤金。有一次，北大开会讨论是否延长向李大钊遗属发放抚恤金，有人反对，理由是未有此先例。时任校长蒋梦麟说道："谁要像守常似的为了主义被他们绞死，我们也可以多给一年恤金。"

会场一片寂静，反对的话语再也没有响起。

（北京市委党史研究室 市地方志办 苏峰）

# 李大钊八上五峰山

在距离李大钊的家乡乐亭县大黑坨村东北方向50千米的昌黎县境内有座五峰山,是著名的碣石山。五峰山的宜人景色,山中韩文公祠的幽静典雅,都深深吸引着"性乐山"的李大钊。他曾经八上五峰山游览壮丽山川,数次留居韩文公祠著书立说,给后世留下了绝美的诗文和伟大的思想。

## 天成文笔峰　世造一孤松

燕山余脉自西北向东南蜿蜒起伏,至昌黎境内陡然崛起,奇峰险隘,如屏似障,巍峨挺拔,俯瞰沧海。这便是千古"神岳"碣石山。曹操在他的诗篇《观沧海》中写道:"东临碣石,以观沧海。"诗中所说"碣石",就是坐落在河北昌黎县城城北的碣石山。它跨越昌黎、卢龙、抚宁三县,连绵起伏有大小

昌黎五峰山

上百座奇险峻峭的峰峦。碣石山虽在五岳之外，但因其山奇洞险，景色秀丽，又有九代帝王登临，故被称为千古"神岳"。其主峰仙台顶（俗称"娘娘顶"）呈圆柱形，远望如碣似柱，极像直插云霄的天桥柱石，因此被称为"碣石"。

在仙台顶东西两侧，各有五座山峰，被称为东五峰山和西五峰山。其中，东五峰山自西向东分别为挂月峰、飞来峰、平斗峰、锦绣峰、望海峰，其中飞来峰最高，海拔 507 米。这五座山峰，峰峰异状，环立如屏，怪石嵯峨，直插云天，近观如五指插天，远望似五友挽臂。清康熙年间的《昌黎县志》中便有对五峰山的描述："五峰屏开，仙台左。峰若围屏，似笔架，峭拔插云，松篁万亿。"五峰山历史人文色彩非常浓郁，从古至今留下了大量名人石刻。

在平斗峰前的半山腰上，建有一座韩文公祠，这是为纪念唐宋八大家之首——韩愈（曾传其祖籍昌黎）而建。明崇祯十四年（1641 年），驻守山海关的山石道员范志完来此游览，看到五峰山形如笔架，景色幽雅，恍如仙境，发出感慨："此天成文笔峰也，昌黎文气全萃于斯，宜建韩文公祠以镇之……"在他的提议下，开始修建五峰山韩文公祠，同年建成。"正祠献殿共六楹，次及斋室、厨房，再次及品墙、牌楼并建之，可谓焕然壮观。"此处三面环山，一面临涧，山清水秀，景色宜人，数百年来一直是游人的乐往之地。自韩文公祠建成后，不乏文人墨客前来凭吊，更为五峰山增加了人文色彩。清康熙十五年（1676 年），当地人又筹资将韩文公祠加以扩建。同治十三年（1874 年），传为韩愈后裔的昌黎县举人韩晓山为韩文公祠修葺了殿堂，增建了客厅，形成中为正殿三间、东为客厅三间、西为耳房两间的格局。大约到这时，五峰山韩文公祠开始有人看守，也有游人偶尔在客厅留宿。至此，五峰山韩文公祠成为到碣石山中寻幽览胜的绝佳去处。

明清两代修建的韩文公祠在 20 世纪 40 年代后期坍毁，1987 年重新修葺。重修一新的五峰山韩文公祠，基本恢复了建筑原貌，复建有三间正殿、三间客厅、两间耳房，并筑有山门、贴山院墙等。在正殿中重塑了韩愈彩色泥像，龛楣上悬挂着著名教育家、文学家叶圣陶题写的"百代文宗"匾额。

自五峰山南去 50 余千米，便是一代伟人李大钊的故乡——乐亭县大黑坨村。

李大钊自幼发愤读书，立志改变社会；青年时期便积极投身新文化运动，宣传民主与科学；接受马克思主义之后，为其在中国的传播做出了巨大的努力,特别是为中国共产党的创建做出了至关重要的贡献。李大钊生活的年代,正是中国由封建社会向现代社会转变、将要发生天翻地覆变化的时期,也是几千年来受压迫的中国人民即将得到解放的前夕。是时代的呼唤、人民的需要,造就了这样一位伟大的人物。

李大钊曾以五峰山上孤傲挺拔的青松为笔名——孤松,这样一个笔名代表了他坚强不屈、勇于牺牲的政治品格,同时也喻示了他与五峰山的不解之缘。当时流传着这样一首诗:"北大红楼两巨人,纷传北李与南陈;孤松独秀如椽笔,日月双星照古今。"

## 身在五峰中　放眼观世界

李大钊生性爱山,曾自称"予性乐山",而五峰山便是他幼时的向往。他在《游碣石山杂记》中这样说过:"予性乐山,遇崇丘峻岭,每流连弗忍去。而于童年听夕遥见之碣石,尤为神往。"

李大钊与五峰山的第一次邂逅,是在他18岁那年。1907年8月,他与几位同学共赴天津报考中等专科学校,被北洋法政专门学堂录取。归来时,他与同学结伴游览了五峰山并与看守五峰山韩文公祠的老人刘克顺偶遇。由于当日正逢山雨,于是他们在韩文公祠中小憩。这次的游历虽然时间很短暂,但五峰山的壮美与韩文公祠的静谧深深吸引着李大钊。而刘克顺夫妇的热情招待,也让李大钊对这里增添了几分好感,似有一种回家的感觉,为他日后多次游览五峰山、留居韩文公祠埋下了伏笔。

1913年9月,他再次与友人结伴登临五峰山时,已从北洋法政专门学堂毕业,准备赴日本留学。而此时在昌黎车站发生了日本驻屯军残杀五名中国铁路警察的惨案。李大钊愤慨至极,将昌黎视为国仇纪念地。他凭吊死难的中国铁路警察之后,在《游碣石山杂记》中发下誓愿:"彼倭奴者,乃洋洋得意,昂首阔步于中华领土,以戕我国士。伤心之士,能无愤慨?自是昌黎遂为国仇纪念地,山盟海誓,愿中原健儿,勿忘此弥天之耻辱,所与倭奴不共戴天者,有如碣石。"此后,李大钊便辞别故土,踏上了寻求救国救民真理的征程。

1916年,为投身护法运动,李大钊毅然弃学归国。第二年5月,李大钊由北京回家探望生病的妻子赵纫兰,第三次到五峰山游览,并与守祠人刘克顺夫妇叙旧。这一时期,他在《甲寅》日刊发表了《都会少年与新春旅行》,呼吁青少年"与新春与自然缔结神交之盟书",并在介绍"新春旅行"最佳去处时,重点描述了昌黎碣石山的秀美景色。

就任北大图书馆主任后,李大钊将五峰山作为自己的避暑之地。张申府曾经回忆道:"每年北大放暑假,守常同志照例要到家乡五峰山休假。"1918 年夏天,李大钊又来到了五峰山。此时他已经开始探索俄国十月革命的经验,逐步认识和接受马克思主义思想。避暑的同时,他在这静谧的环境中潜心研究、探索中国革命的道路。第二年的夏天,李大钊携 10 岁的长子葆华第五次登上五峰山。此次在五峰山暂居,李大钊的主要精力放在撰写与胡适论战的公开信《再论问题与主义》和《我的马克思主义观》等重要文章上。林伯渠在为《李大钊选集》的题词中称赞李大钊:"登高一呼群山应,从此神州不陆沉。"

1920 年初,京师警察厅准备逮捕陈独秀。李大钊雇了一辆骡车,掩护陈独秀赴天津。就在这辆骡车上,陈独秀与李大钊"商讨了在中国建立共产党组织的问题"。这就是后来传为美谈的"南陈北李,相约建党"的故事。李大钊送走陈独秀后乘夜车由天津返回家乡。在昌黎下火车后,他冒着严寒上了五峰山,到韩文公祠给守祠人刘克顺夫妇拜了早年。这次登临五峰山在他后来写给周作人的信中得到了证实:"我那时亦跑在昌黎山中去了。"

在这之后,李大钊还带领全家游览过一次五峰山(1920 年或 1922 年夏)。他的女儿李星华在《回忆我的父亲李大钊》中描述:随父母一起到五峰山时,看祠人刘克顺的老伴拿出很多核桃,让他们几个孩子砸着吃。带全家人一起上五峰山游玩,并将家人介绍给刘克顺夫妇,足以说明李大钊对五峰山的热爱,以及与热情淳朴的刘克顺夫妇的深厚情谊。

李大钊最后一次来到五峰山,是在 1924 年的 5 月,此时的他已是国共两党在北方的负责人。他在北方领导的革命活动日益活跃,引起了北洋军阀政府的恐慌,突然下令对他进行逮捕。得到消息的李大钊化装成商人连夜带李葆华乘车离开北京,次日凌晨到达昌黎,随后登上五峰山,在刘克顺夫妇的掩护下避居于韩文公祠。不久,李大钊北洋政法学堂的同学、国共两党党员于树德来到五峰山,通知他以首席代表的身份参加共产国际第五次代表大会。李大钊与李葆华便告别了刘克顺夫妇，也告别了五峰山，秘密潜回北京。这也是李大钊与五峰山的最后一次离别，直到他牺牲，再也无暇游览五峰山了。在离开五峰山的前一个夜晚，李大钊在给夫人赵纫兰的信中写道："目前统治者的这种猖狂行为，只不过是一时的恐怖罢了。不出十年，红旗将会飘满北京城。看那时的天下，竟是谁人的天下！"

## 绝美的诗文　伟大的思想

在李大钊短暂而又伟大的一生中，登临五峰山有 8 次之多，而在韩文公祠留居的时间竟有三个月左右。我们现在可以看到的李大钊白话诗共有八首，其中有七首都是在五峰山创作的。他将自己对五峰山的爱写在了《山中即景》《悲犬》《岭上的羊》《山峰》《山中落雨》《五峰游记》和《游碣石山杂记》中，而他对国家、对人民永远的爱则深深印刻在《再论问题与主义》与《我的马克思主义观》中。

"群山矗立，峻岭亘天，怪石高撑云际，五峰环峙，势若列屏……""绝无人迹处，空山响流泉。""云在青山外，人在白云内。""泉水从石上流着，潺潺作响，当日恰遇着微雨，山景格外的新鲜。""在南可望渤海，碧波万顷，一览无尽。""凭垣一眺，东南天海一碧，茫无涯际，俯视人寰，炊烟树影，渺然微矣。"这些优美的文字是那么舒缓流畅，使五峰山如一幅淡墨山水画呈现于我们的脑海，它让我们领略到了李大钊的文采，也让我们感受到李大钊对祖国山河无比的挚爱。

"只有你怕人，没有人怕你；我不但不怕你，而且怜你；""此外一狗，一猫，两只母鸡，构成他们那山居的生活。""这时候前山后山，不知有多少樵夫迷了归路？""借问今朝摘果人，忆否春雨梨花白？"李大钊生动地描写了看祠人和底层百姓的生活状态，也描写了羊、狗、猫、鸡等动物，这些看似平淡的语言，实际上体现了他对人民深深的"怜"和拳拳的爱，也体现着他对人民解放道路的深刻思考。

在《再论问题与主义》和《我的马克思主义观》中他写道："我可以自白，我是喜欢谈谈布尔扎维主义的。""布尔扎维主义的流行，实在是世界文化上的一大变动。我们应该研究他，介绍他……""因为无产阶级的贫困，资本家在资本主义下已失救济的能力,阶级的竞争因而愈烈。竞争的结果,把这集中的资本收归公有,又是很简单的事情。""资本主义趋于自灭,也是自然之势,也是不可免之数了。""只能把生产工具由资本家的手中夺来,仍以还给工人……到了那时,余工余值都随着资本主义自然消灭。"这说明此时的李大钊受到了俄国十月革命胜利的鼓舞,已经完全接受了马克思主义。他开始深入研究马克思主义的观点,并开始探寻将马克思主义与中国实际相结合的道路。他不遗余力地向国人宣传十月革命、传播马克思主义。这是他在五峰山潜心研究、深刻思考的成果,为后来中国共产党的创建和中国革命的发展奠定了坚实的思想基础。

再见五峰山,再见李大钊,你永远都在人民的心中!

（中共河北省委党史研究室　贾景辉）

# 茶杯下的传单

民国时期，北京中央公园（今中山公园）内有一家名为"来今雨轩"的茶社，这里环境雅致，假山、小桥、流水，相映成趣。社会名流、大学教授、鸿儒名医常来这里品茗交谈，陈独秀、鲁迅、李大钊、高一涵是这里的常客。1919年6月10日下午，陈独秀和高一涵又来到这里，这次却不是为了喝茶，而是把一张传单用茶杯压在桌子上，然后暗中观察人们看到传单后的反应。

原来，这张传单是《北京市民宣言》。7天前，爱国学生不满北洋政府包庇卖国贼曹汝霖、陆宗舆、章宗祥，纷纷上街游行讲演，有上千名学生先后被捕。

6月8日，陈独秀在《每周评论》上愤然发表文章："世界文明发源地有二：一是科学研究室，一是监狱。我们青年要立志出了研究室就入监狱，出了监狱就入研究室，这才是人生最高尚优美的生活。"这句热血话语一时成为名言。此时北京的政治环境已十分险恶，北大校长蔡元培已秘密离京，不少人也劝陈独秀离京避险，他决然表示："我脑筋惨痛已极，极盼政府早日捉我下狱处死，不欲生存此恶浊之社会。"

陈独秀

6月9日晚，陈独秀和李大钊起草了《北京市民宣言》，对北洋政府提出5项最低要求：对日外交，不抛弃山东省经济上之权利，并取消民国四年七年两次密约；免除徐树铮、曹汝霖、陆宗舆、章宗祥、段芝贵、王怀庆六人官职，并驱逐出京；取消步军统领及警备司令两机关；北京保安队改由市民组织；

市民须有绝对集会言论自由权。

宣言起草后,陈独秀请胡适将其译成英文,并连夜印了出来。传单就一页,上半页为中文,下半页为英文。

为了看看市民对这份宣言的反应,第二天,陈独秀和高一涵来到"来今雨轩"。他俩走走停停,看到还没人坐的地方,就把传单用茶杯压在桌子上。转过一圈后,他们悄悄站在不远处观看。相继落座吃茶的人看到传单,争相阅读、大声叫好,陈独秀、高一涵相互点头示意,露出笑容。

在"来今雨轩"的试探效果令陈独秀很受鼓舞。11日晚,身着白帽西服的陈独秀和邓初、高一涵到香厂路一个名叫"浣花春"的四川饭馆聚餐,随身又带上了许多传单。晚餐后,陈独秀前往附近的新世界游艺场,潜入没有游人也没有电灯的五层屋顶花园,恰好四层楼台正放映露天电影。趁此时机,他从西服兜里掏出一大把传单,挥手之间,传单如雪片般飘向四层楼台观看电影的人群……

正当他撒放传单之时,有人走来向他索要传单。陈独秀不假思索,从口袋里摸出一张递过去,那人一看,便说:"就是这个。"话音未落,早已埋伏好的密探冲出来,一把抓住陈独秀。陈独秀怕邓初、高一涵不知道险情,为保护他们,一边挣扎一边高呼:"真是暗无天日,竟敢无故捕人!"听到喊声,邓初、高一涵迅速离开了现场。为避免引起公众注意,一名密探脱下灰色大褂将陈独秀罩住,押往外右五区警察署。

陈独秀被捕的消息传开,引起全国震惊,社会各界纷纷发电、致函,强烈要求释放陈独秀。北京大学、民国大学等院校的几十位教授,联名致函京师警察厅,要求保释陈独秀。李大钊发表文章《是谁夺走了我们的光明》,表达对革命战友的敬意。上海的李达在《民国日报》发表文章对陈独秀表示敬意:"一敬他是一个拼命'鼓吹新思想'的人。二敬他是一个很'为了主义肯吃苦'的人。"湖南的毛泽东得知陈独秀被捕,在《湘江评论》创刊号上不仅发表《陈独秀之被捕及营救》一文以示声援,还全文转载《北京市民宣言》。孙中山先生出于对新文化运动主将的敬意,也投入营救活动中。

迫于社会各方面压力,9月16日,由安徽同乡作保,京师警察厅释放了陈独秀。李大钊为欢迎陈独秀出狱,特别创作了一首小诗:

你今出狱了，

我们很欢喜！

他们的强权和威力，

终竟战不胜真理。

什么监狱什么死，

都不能屈服了你；

因为你拥护真理，

所以真理拥护你。

……

你今出狱了，

我们很欢喜！

有许多的好青年，

已经实行了你那句言语：

"出了研究室便入监狱，

出了监狱便入研究室。"

他们都入了监狱，

监狱便成了研究室；

你便久住在监狱里，

也不须愁着孤寂没有伴侣。

陈独秀出狱后，没有理会保释书上"不得擅自离京"的规定，1920年1月去了上海、武汉，还公开发表演说，这令京师警察厅大为恼火。1920年2月中旬，经李大钊护送，陈独秀化装离京，前往上海，投入创建中国共产党的伟大事业。

（北京市委党史研究室　市地方志办　苏峰）

# 为救国血洒天津商会

1919年6月11日，五四运动正如火如荼地进行。天津总商会里，一位青年学生面对绅商代表慷慨陈词，为表达爱国决心竟一头撞向明柱。这位学生的壮举教育了在场的绅商，商会当即决定加入爱国运动，随即天津全面罢市。

## 勇当五四闯将

这位舍身明志的青年学生就是五四运动时期天津学生爱国运动的主要领导人之一马骏。

马骏，字遹泉，号准台，1895年出生在今黑龙江省宁安县（今宁安市）的一个富裕的回民家庭。从小接受系统的中国传统教育，他对修身做人与治国安邦的关系和"国家兴亡、匹夫有责"的道理有着深刻的理解。在接触到"新学"后，他逐步产生了对封建落后思想的厌恶，为日后从事革命活动打下了坚实的基础。

1915年，在以优异成绩考入天津南开学校后，马骏不凡的组织和宣传才能得到了很好发挥，先后担任校演说会正、副会长，自治励学会正、副会长，南开学校义塾服务团团长，学生联合讨论会副主席，二年级二组班长等职务。这

马骏

一年，日本帝国主义向北洋军阀政府提出灭亡中国的"二十一条"，国难当头，国人共愤，他和周恩来等带领同学们奋起抗争，在开展爱国斗争的历练

中,逐步成长为南开学校学生运动的领袖之一。

1919年,在新文化运动和俄国十月革命的推动和影响下,为抗议巴黎和会把德国在中国山东的全部权益转交给日本、反对北洋军阀政府的卖国外交,北京爆发了著名的五四运动。消息传到天津,各校学生群情激昂。马骏以极大的爱国热情奔走呼号,激发学生的爱国精神。他广泛联络各校爱国学生,推动成立天津学生联合会,并当选为副会长兼执行会长。

为敦促北洋政府拒绝在巴黎和约上签字,马骏率领京津各界代表到总统府门前请愿。当警察用枪抵着他的胸口逼迫他解散请愿队伍时,马骏视死如归、断然拒绝,并鼓励群众,要发扬牺牲精神继续开展斗争。由于他出色地领导了大闹天安门的请愿斗争,被人们誉为"马天安"。

在周恩来、马骏等领导下,天津学生联合会先后成立了讲演团广泛开展爱国讲演活动,编辑出版反映爱国题材的小说及杂志等印刷品,组织学生罢课。工人们也被发动起来举行罢工,支援学生开展反帝爱国运动,使五四运动发展到一个新阶段。为进一步向北洋政府施加压力,争取更广泛的民众支持,在马骏等人的领导下,天津学生联合会组织上万群众召开公民大会,要求商会组织罢市,支援爱国学生,配合爱国运动。

## 舍身劝罢市

当时天津市商界有不少爱国人士,但对于是否有必要全面罢市,意见并不统一。马骏代表天津市各界群众,在总商会董事会议上申明罢市的重要意义,当讲到外交失败及卖国贼种种断送国土、国权的罪行时,慷慨激昂,声泪俱下。商会的董事们被学生的爱国热情所感动,决定于6月10日开始罢市。

全市正式罢市后,往日繁华的市面变得异常萧条冷落。当天下午,天津总商会急电北京政府,称"查栖息于津埠之劳动者数十万众,现已发生不稳之象,倘牵延不决,演成实事,其危厄之局,痛苦有过于罢市者,市面欲收拾而不能矣",以此敦促政府尽快答应学生的正义请求。

北京政府见到近在咫尺的天津已经出现"不稳之象",感到惶恐不安,连忙派参议曾毓隽连夜赶到天津,在省长曹锐亲自陪同下,持大总统徐世昌罢免曹汝霖、陆宗舆、章宗祥职权的命令来到商会宣布。经曾毓隽、曹锐不断游说,加之一些亲日分子的应和鼓噪,商会在没有与各界代表商量的情况下,竟擅自决定 11 日全市商号恢复营业,并连夜贴出了布告。

天津学生联合会获悉商会复市的消息后,立即发动各界群众万余人赶赴天津总商会抗议。马骏等五名学生被推举为代表,到总商会进行说理斗争。在总商会举行的紧急会议上,在场的 40 多位绅商代表有的正襟危坐凝神静听,有的闭目思索不置可否,有的则傲睨自若满不在乎。马骏义正言辞地指出,罢市的目的是要求北京政府惩办卖国贼曹汝霖、陆宗舆、章宗祥及通令保护爱国学生,而曾毓隽、曹锐宣布的罢免命令不过是一纸空文,对于曹、陆、章的卖国罪行并未依法惩办,关于通令保护爱国学生也没有明文发表,所以罢市的目的并没有达到,绝不应开市。与会的商会董事一时莫衷一是。此时,一位不赞同罢市的董事以讥讽的口吻问马骏:"马先生,你家乡是贵处?天津有否财产?""莫怪马先生不知道罢市商业损失太大!"马骏听了非常生气,愤然说道:"鄙人奔走呼号,原为救国,肯以此青年宝贵的光阴及一切生命全欲牺牲,而商业区区罢市还不肯本诸良心去做,国民资格何在?""鄙人本吉林人,天津固无财产,知某君之意,不过是讽刺的话。然鄙人尚有生命热血可流于诸君面前,以激发诸君良心之发现。国势如此,唯有一死以谢同胞。"说完起身离席便向会议厅的明柱子撞去,幸而被人抱住,才没有出危险。马骏随即又拿起一瓷质烟灰罐猛击自己的太阳穴,烟灰罐被击碎,顿时头部鲜血直流,他又欲拾起大铜铃自击,当即昏迷,被送往青年会急救。马骏不惜性命热血拯救国家危亡的牺牲精神,教育感动了在场者,商会当场表决:如政府对于惩办卖国贼及保护爱国学生至 11 日 12 时前,不以明令发表,至 12 日起仍继续罢市。

由于北京政府没有及时回应商会的请求,天津总商会领导全市商界于 12 日举行了第二次罢市。直隶省议会于当天召开了在津议员紧急会议,决定立即致电北京政府:罢市决不可久,请政府俯顺民情,早定解决办法。

在爱国人士的共同努力下,罢市运动演变成全国性的爱国运动,各地纷纷响应,北京政府在全国人民的压力下,被迫罢免曹、陆、章三个卖国贼的职务,并通电"加意维护"学生。鉴于惩办卖国贼及保护学生的条件基本达到,6 月 13 日天津总商会才发布复市布告。

这次罢市运动,商人们的爱国热情被学生点燃,纷纷积极投身于这场关乎国家安危、民族解放的革命事业。马骏在运动中舍生救国的事迹在报上登出后,在全国各界引起了极大的反响,受到全国人民的高度称赞和敬佩,激励起千百万人们的爱国热情。自此,马骏意志更加坚定,思想也更加成熟,更深刻地认识到民众运动的伟大力量,也促使他更深入地思考中国的前途出路。随着马克思主义在中国的传播,马骏实现了由一名民主主义者向共产主义者的转变,带领人民开展革命斗争,最后为民族解放事业献出了年仅 33 岁的生命。

[中共天津市委党校(中共天津市委党史研究室)　王明辉]

# 学生运动的新曙光

　　一份报纸记录了一段历史,承载了一段难忘的记忆,书写了一代青年人的爱国情怀。这份报纸就是诞生在五四运动期间的《天津学生联合会报》。与五四运动一起,共同见证了中国新民主主义的开端,开启了民族复兴的新征程。

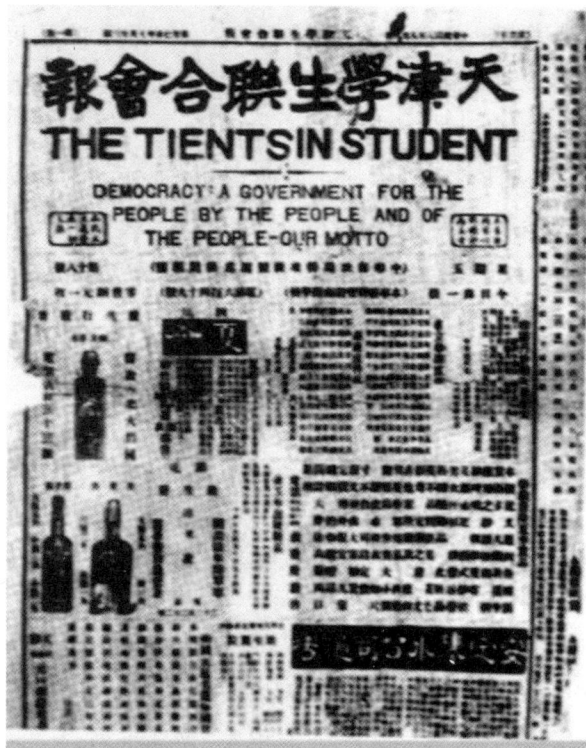

《天津学生联合会报》

## 五四运动的精神阵地

1919年5月4日,巴黎和会外交失败作为导火索直接导致了五四运动的爆发,而这场反帝反封建的运动迅速由北京扩展到全国。当晚,天津中等以上各校学生立即奋起响应,只经过一天的联络,各校学生即组成天津学生联合会,天津学界也迅速投入这场运动。7日,各校学生乘"五七"国耻纪念日之机走上街头,以集会、请愿及示威游行的方式声援北京学生的爱国斗争。

经过几日的酝酿,14日,天津15所中等以上学校的学生代表召开大会,选举领导机构并制定简章,正式成立天津学生联合会。天津学生联合会成立后,积极组织开展爱国运动,发动学生罢课,声援北京的学生运动。为进一步推动反帝爱国运动的发展,加强各校学生的联系,唤醒民众,揭露反动政府的卖国阴谋,6月下旬,天津学联决定创办《天津学生联合会报》,以此作为自己的喉舌,通过自己的报纸,说出自己的话。

其间,周恩来从日本回到天津。五四运动爆发后,他以校友身份"天天到南开去",积极参加爱国斗争。当天津学生联合会负责人谌志笃、马骏邀请周恩来做《天津学生联合会报》的主编时,周恩来当即坚定地表示:"我所以回来,就是为了参加救国斗争,负此责任义不容辞。"

## "革心""革新"

为了扩大宣传,《天津学生联合会报》发刊前,周恩来起草了《天津学生联合会报发刊旨趣》(以下简称《发刊旨趣》),刊登在1919年7月12日的《南开日刊》上。《发刊旨趣》提出了《天津学生联合会报》将"本民主主义的精神发表一切主张","本'革心'同'革新'的精神立为主旨"并提出了改造思想、改造社会的响亮口号。这篇旨趣的发出,标志着《天津学生联合会报》即将出版,天津各校男女学生无不奔走相告,兴高采烈;社会各界人士也都积极表示支持,纷纷询问何时出版,要求订阅。

7月21日,《天津学生联合会报》正式创刊。在创刊号上,周恩来发表了由他撰写的《革心！革新!》发刊词,再一次强调提出了改造社会、改造思想的响亮口号,对当时五四爱国运动的坚持和发展,对提高广大学生的认识和觉悟,都是一个很有力的推动。

《天津学生联合会报》最初是日刊,设有主张、时评、新思潮、新闻、国民常识、函电、文艺、翻译八个栏目,其中主张和时评是重点。《天津学生联合会报》出版后,得到各校学生和各界人士的欢迎,都争相抢购。订购者中,不仅有学生、教员,还有工人、店员、职员及家庭妇女等,报纸不但在天津广泛发行,还远销北京、上海、南京和保定等地,销售量最多时达2万多份。

为了办好《天津学生联合会报》,周恩来呕心沥血,从搜集新闻到组织稿件,从编排版面到校对,甚至连销售都由他亲自主持,社论和主要文章都由他亲自执笔。他每天下午四五点钟就到编辑部开始工作,直至深夜一两点钟后才能完成编排和校对,有时还要同工人研究报纸的印刷问题,经常通宵达旦工作。由于周恩来的艰苦工作,《天津学生联合会报》在社会上影响很大,受到当时舆论界的高度关注,北京的《晨报》、南京的《少年世界》、上海的《人物》都给予很高的评价,认为报纸"很有精神""更为敢言",实为"全国学生会报冠"。南京的《少年世界》还将其比作奋斗者的"新曙光"。

## 旗帜鲜明推动爱国运动的发展

在五四运动的洪流中应运而生的《天津学生联合会报》,始终坚持抨击军阀反动统治,密切配合反帝爱国斗争。

为揭露山东军阀当局镇压爱国群众,杀害回教救国后援会会长马云亭等人的暴行,《天津学生联合会报》立即派外勤赴济南调查采访,并发表专文,及时报道山东血案的真相,激起群众的无比愤慨。同时以"速逐残害回教徒的马良,速要求北京政府取消山东戒严令"为题,揭露军阀马良镇压民众媚日卖国的罪行,在天津进一步掀起学生和各界人士的爱国高潮。8月23日,天津各界代表与北京、山东、直隶等代表一起到总统府请愿,要求取消山东戒严令,惩办刽子手马良,却全部遭到逮捕。当晚,《天津学生联合会报》连夜赶印号外,揭露反动政府的罪行,号召人们起来继续战斗。紧接着,天津人民积极组织力量,投入战斗,连续三天派出代表赶往北京,同北京学生和各界代表一起向反动政府展开猛烈攻击，要求释放被捕学生。北京反动政府在声势浩大的群众压力下被迫释放被捕代表。《天津学生联合会报》又及时地印发号外，详尽地加以报道，使这一喜讯传遍大街小巷，有力地推动了五四爱国运动在天津继续发展。

《天津学生联合会报》针对反动政府也毫不畏惧。针对北京反动政府出卖国家、不断加紧压制爱国运动的罪恶行径，8月6日发表《黑暗势力》一文，大声疾呼：黑暗势力排山倒海地来了……我们要有预备，要有办法，要有牺牲！8月9日接着发表《讨安福派的办法》，明确指出："天天打电话，发宣言书，上请愿书，骂'安福派'是推不倒安福派的"，而"我们所恃的是群众运动"，"群众运动的发动力，第一是学生应当鼓动各种分子快快成立各种组织，各种工会，同业公会尤其要紧；第二是男女学生天天外出讲演内政外交黑暗，国人当求根本的改造；第三是公民大会，应当看着时机聚会，好让国人对于国事知道真相"，并且要"罢工！罢市！不纳税！罢课！"，社会各界紧密团结起来，互相支持，才能推翻帝国主义势力的操控。

由于《天津学生联合会报》在五四运动中，旗帜鲜明地反对封建势力及其所依靠的帝国主义，号召学生和社会各界采取罢课、罢工、罢市和示威游行等有效方式，沉重地打击了反动统治，反动当局对此十分恐慌。9月21日，天津警察厅以所谓"于公共安宁秩序，显有妨害"的罪名将其查禁。经不屈不挠的斗争，《天津学生联合会报》于同年10月7日复刊。复刊后的《天津学生联合会报》改为三日出一张半，在组织稿件上，更加注重选择"有关世界新潮流的讨论同主张，供给现在正求解放的中国"。到第一百期时，《天津学生联合会报》还专门出了一期"奋斗号"专刊，深刻总结了出刊100期的战斗历程，对反动政府扼杀革命舆论作了无情的揭露和批判。1920年初，囿于反动当局的无理刁难和阻挠，《天津学生联合会报》被迫停刊。

《天津学生联合会报》以其强烈的反帝反封建的革命精神，在中国革命史上写下了不朽的篇章。

[中共天津市委党校（中共天津市委党史研究室）　孟罡]

# 革命情谊永流传

一百多年前20个风华正茂的年轻人建立了为后人熟知的觉悟社,他们昔日活动的场所如今被开辟为纪念馆,每天有络绎不绝的人来此参观,他们之间的革命情谊跨越时间的长河,让人感到亲切温暖。

## 20个年轻人建立新社

五四运动爆发后不久,1919年9月2日下午,在从北京回天津的一列火车上,天津进京请愿代表同时也是天津学生联合会和天津女界爱国同志会骨干成员的周恩来、郭隆真、张若名、谌小岑等沉浸在被捕学生全部获释的喜悦中,一起畅谈请愿斗争的经验和教训。在列车上,郭隆真提议两个团体应更加紧密地合作,她的提议立即得到赞同,大家一致决定两个团体选出一些骨干分子,组成一个比学联更严密的团体。

经过两星期的酝酿和筹备工作,1919年9月16日,在东南城角南马路草厂庵(今天津市河北区三马路三戒里49号)一间普通的房子里,男女青年各10人,共20人,围着一条长桌而坐。女青年包括天津女界爱国同志会的会长刘清扬、副会长李毅韬,以及女界爱国同志会各科负责人邓颖超、郭隆真等,她们中除李锡锦是中西女校的教员,其他都是直隶第一女子师范毕业或在读的学生。男青年包括学生联合会会长谌志笃、副会长马骏和干事李震瀛,学生联合会主办的报纸——《天津学生联合会报》的主编周恩来、编辑潘世纶及外勤赵光宸等,以及第一师范的学生关锡斌、北洋大学学生谌小岑。他们在这里举行爱国青年团体觉悟社的成立大会。

周恩来作为觉悟社的发起人和组织者之一第一个登上讲台,发表讲话:"今天到会的,都是受了20世纪新思潮的启发,觉悟到对中国社会要从根本上解放……我们要组成团体,出版刊物,以改造学生的思想,进而唤起劳动民众的觉悟,以共求社会的改造。"

征求大家的意见后,他们决定不定期地出版名为《觉悟》的小册子,并将觉悟社的宗旨确定为"革心""革新"的精神,以求大家的"'自觉''自决'"。经过全体成员的一致同意,由周恩来执笔撰写觉悟社的宣言。经过反复讨论,12 月 29 日正式通过《"觉悟"的宣言》,明确提出觉悟社将反帝反封建、灌输世界新思潮为己任。觉悟社成立后,在社会中得到了高度评价,1919 年11 月 25 日的北京《晨报》称它为天津的一颗明星,是天津学界中最优秀、纯洁、奋斗、觉悟的青年结合的小团体。"觉悟社"是天津学生界的核心领导组织之一,作为五四运动中在天津影响最广泛、作用最突出的进步学生组织,它的成立标志着天津学生运动进入了一个新的阶段。

## 从 革 新 自 己 的 思 想 做 起

在复杂的斗争中,觉悟社成员认识到自身在知识上、理论上、对政治形势的判断上都迫切需要提高和充实。于是觉悟社一经成立,便邀请各界知名人士来津讲演。

李大钊就是他们邀请的第一位讲演者。觉悟社成立的第五天,李大钊应邀来津。李大钊在同觉悟社成员们的谈话中,对觉悟社"出版不定期小册子的办法,同不分男女的组合,都非常赞成"。并建议大家好好阅读《新青年》和《少年中国》上的进步文章,"分类研究各种学术问题"。他还讲了他的马克思主义世界观,对于觉悟社成员都有很大的启发。李大钊离开后,觉悟社成员遵照李大钊的建议,开始有组织地研究新思潮。大家传阅了李大钊发表在《新青年》上的几篇文章,包括《我的马克思主义观》等,使大家接触到布尔什维克主义和马克思主义。

同时觉悟社还邀请五四时期的风云人物和时代精英前来讲演、指导工作,如邀请徐谦讲《救国问题》,包世杰讲《对于新潮流的感想》,周作人讲《日本新村的精神》,钱玄同讲《研究白话文学》,刘半农讲《白话诗》等。

觉悟社成员还围绕学生的根本觉悟、家庭改造、工读主义等开展各种问题的讨论会。讨论会的结果,有些就写成文章发表在觉悟社的社刊——《觉悟》上。《觉悟》《"觉悟"的宣言》《学生根本的觉悟》等都比较集中地反映了他们的思想。

《觉悟》第一期在 1920 年 1 月 20 日出版,周恩来任主编,开本为大 32 开,有 100 余页,约 10 万字。《觉悟》出刊后,受到社会各界的欢迎,上海《新人》杂志这样评价道:"《觉悟》内讨论的问题全是长篇而有秩序,为现在各出版物中所未有。"

## 革命活动的先锋

觉悟社成立后,骨干成员在"双十节"的游行示威和 1920 年 1 月 29 日进行的请愿活动中,都起到了核心和先锋作用,将天津的反帝反封建的爱国运动再次推向高潮。

1919 年 9 月底,上海、天津及其他各省为了支援山东人民声讨马良而引发的爱国运动,积极派代表与山东的代表一起赴京,开展第三次请愿活动。在上海、山东的代表到达天津后,觉悟社连夜召开会议,选派郭隆真、关锡斌等为代表参加请愿活动,周恩来等人则到北京组织后勤工作。对于学生的请愿,北京政府拒不接受。

1919 年 10 月 10 日,由天津各界救国联合会召开天津全市市民大会,继续坚持惩办卖国贼,加紧抵制日货。在周恩来等觉悟社骨干人员的组织下,天津人民在南开大学操场集会,痛斥北洋军阀政府镇压、逮捕爱国群众的罪恶行径,并举行了声势浩大的示威请愿活动。在这次活动中,邓颖超机智勇敢地带领女生队伍冲锋在前,与军警展开搏斗,斗争一直坚持到次日黎明。

在 10 月 10 日事件以后,局势愈来愈紧张,一个月后,"天津各界救国联合会"被查封。1919 年 11 月,天津一千多人游行讲演,声讨日本军国主义的暴行,数万人两次举行国民大会,焚烧日货,高呼救亡。马千里、马骏等 24 位领导人被逮捕。残酷的社会现实使觉悟社的成员们更认清了反动政府的狰狞面目。

1920 年 1 月,全国各地掀起了抵制日货运动。1 月 23 日,天津学联调查员在检查日货时遭到日本浪人的毒打。反动当局不但不惩办日本浪人,反而指使军警毒打学生,逮捕进步人士,并查封了天津学生联合会。为了抗议反动当局的罪行,29 日,周恩来等人率领各校五六千学生奔赴直隶省公署请愿。这次请愿活动遭到反动军警的血腥镇压,重伤 50 余人,造成了天津一·二九流血惨案。周恩来、郭隆真、张若名等觉悟社成员被拘捕。

## 重新团聚在一起

一·二九惨案发生后,觉悟社的成员开展了反对非法逮捕,要求转送法院争取公开审判,争取各界舆论救助等工作。刘清扬在惨案发生的次日便南下南京、上海等地呼吁支援。在上海学生总会的号召下,掀起了全国性的声援天津学生运动的大游行、大示威。

被捕的学生代表一直在狱中坚持斗争,抗议非法拘捕。但警察厅当局无视他们的正义要求,压迫更加严重,1920 年 4 月 2 日,周恩来与难友们通过秘密联络,发动绝食斗争来表示抗议。消息一经传出,同学们都非常难过。邓颖超、谌志笃等 24 名同学,当即自愿报名到警察厅去代替被捕的代表受监禁。正义的斗争,弄得警察厅十分狼狈,只得同意他们与被拘代表见面。这样,被拘代表与外界沟通了联系。觉悟社成员加紧了营救工作。他们组织“各界救国联合会”和“学生联合会”的骨干分子和被捕代表的家属经常去探望、慰问;发动群众,广泛宣传,用社会舆论对反动当局提出谴责,施加压力;积极准备提出公诉,要求公审。此外,还聘请全国有名的爱国律师刘崇佑先生为被捕的代表辩护。在狱中,周恩来组织读书团、讲演会。他亲自讲解马克思主义学说,所讲内容主要有历史上经济组织的变迁、马克思的传记,以及经济论中的余工余值说等。在狱中,觉悟社的成员开始重新思考了许多问题,正如周恩来所说,一种革命意识的萌芽,“是这个时候开始的”。

在被拘代表同各界代表狱内外共同斗争下,在全国各地的有力声援下,7 月,反动法庭被迫宣布无罪释放马千里、马骏、周恩来、郭隆真等二十多名被拘代表。天津各界人民慰问团隆重地迎接被释代表凯旋归来。觉悟社的成员又重新团聚在一起。

1920 年 8 月 10 日左右,觉悟社成员召开年会总结一年多来天津爱国运动的经验、教训,大家感到运动中涌现出许多团体,但形形色色,思想复杂,“只有把五四运动以后在全国各地产生的大小进步团体联合起来”,采取共同行动,才能挽救中国的危亡,改造旧中国。他们决定到北京去请教李大钊。李大钊建议他们邀请北京的一些进步团体共同开会座谈,研讨问题。

1920年8月16日,觉悟社、少年中国学会、青年工读互助团、曙光社、人道社五个团体在北京陶然亭召开会议。李大钊鼓励大家要有一个共同的"主义",以便团结一致进行战斗。会议决定成立一个名为"改造联合"的组织,通过《改造联合宣言》和《改造联合约章》,宣布"本联合各地革新团体,本分工互助的精神,以实行社会改造"。在《改造联合约章》中更提出了到民间去,开展宣传事业、社会实际之调查,开展平民教育之普及,以及农工组织之运动、妇女独立之促进等具体任务。

## 革命情深永难忘

觉悟社成员在反帝爱国运动的急流中奋勇搏斗,给古老衰败的中国带来希望,他们之间的情谊也在为共同理想斗争中更加浓厚。

1920年秋,周恩来、郭隆真、刘清扬等一批觉悟社成员,为了进一步探索拯民济世的真理,陆续到法国勤工俭学。刘清扬在法与张申府结成伴侣,并共同成为周恩来的入党介绍人。他们在欧洲进一步研究马克思主义和俄国十月革命的经验,并且创建中国共产主义青年团旅欧支部。

马骏、谌志笃、邓颖超等人继续留在天津,开始走向社会。他们有的一边工作,一边根据《改造联合约章》的精神,在李大钊的领导下,从事劳工、妇女、青年学生运动,到码头、工厂、农村开展工作,开始走与工农相结合的道路。邓颖超在国内任教,先是在北京高等师范学校附属小学当老师,后应马千里的邀请来到天津达仁女校任教,觉悟社成员周之廉和王贞儒这些昔日的战友又成为形影不离的同事。后来王贞儒嫁给了天津第二任地委书记李季达。谌小岑、李毅韬成为觉悟社成员中一对革命伴侣。

虽然大家不能时时在一处,但所有成员都牢牢记着觉悟社的社歌:"世界潮流,汹涌澎湃,来到中华地。社会革命,阶级战争,青年齐努力。二十几个同志们,携手作先驱,奋斗是精神,推翻恶势力"。他们依然用各自的代号在天津的《新民意报》"觉邮"专栏上沟通联系。

觉悟社骨干积极投入这场伟大的爱国运动。他们通过学习、研究、讨论和社会实践,逐渐成长起来。到中共一大召开前后,周恩来、刘清扬、郭隆真、张若名、李震瀛、马骏等都先后在法国和北京加入中国共产党,半数以上觉悟社成员都加入了中国共产党和社会主义青年团,成为革命的骨干力量。

　　觉悟社是邓颖超与同学们一起组织学生运动的场所,也是她与周恩来两人感情萌芽的地方。1986年,觉悟社纪念馆对外开放,邓颖超专门赶来并题写匾额。光阴已悄然走过百年,觉悟社的片片青砖灰瓦静静地见证了时代的变迁、社会的发展,而五四精神,也在一代又一代青年之间传承发扬。

　　　　　　[中共天津市委党校(中共天津市委党史研究室)　李俐]

# 给俄国友人做翻译的张太雷

巨雷响彻云霄，英名永世留存。翻开中国共产党早期历史，一个响亮的名字赫然出现——张太雷。张太雷是中国共产党和中国共产主义青年团重要创始人之一，著名的政治活动家和宣传家。

## 活跃在北洋大学的英文翻译

1898 年 6 月 17 日，张太雷出生于江苏常州市一个没落的封建世家，原名张曾让。幼年时期虽然家境贫苦，但他天资聪颖，又勤奋好学，很快在同辈中脱颖而出。1911

张太雷

年至 1915 年，张太雷就读于常州府中学堂（又称江苏胜利第五中学，现称常州中学）。1915 年入读北京大学预科，但由于北大的学制长，加之学费昂贵，使家境本来就十分贫寒的张太雷更加困难。恰好位于天津的北洋大学从 1916 年 1 月起开设临时预科班，学制半年，期满合格就能直接升入本科。得知此消息，张太雷随即报考了北洋大学法科预备班，因成绩合格被录取。

入学后的张太雷，才华出众，读书勤奋，经过半年的努力，9 月便升入北洋大学法科法律学门乙班，法科是学校当时所设的四个学科之一，也是唯一的偏文科的重点学科，学制四年。1917 年，北洋政府教育部对北洋大学和北京大学进行学科调整，北洋大学改为专办工科，其法科移至北京大学，因此张太雷所在的法科乙班成为北洋大学在民国时期最后一届法科班。

在各科成绩中，张太雷的英文课成绩尤其突出。为了减轻家庭负担、赚取学费和生活费,张太雷从读大学三年级开始,受当时法科主任美国人福克斯的邀请,利用课余时间,在位于天津法租界的《华北明星报》社兼任英文翻译。这份报纸大量报道的是包括苏俄在内的国际新闻。张太雷通过这份带有勤工俭学意义的兼职,能够比较迅速地了解国内外的新闻,尤其是有关十月革命后苏俄的相关报道;同时也可以与社会更加近距离地接触,更深入地了解民情,体会到下层人民的生活艰辛及统治阶级的腐朽没落,这些都为他革命道路的选择奠定了坚实的社会基础。

在担任《华北明星报》翻译期间,张太雷还结识了来自苏俄的俄籍汉学家鲍立维。作为俄共(布)秘密党员,鲍立维到天津后,找到张太雷担任他的翻译。在天津工作的两年多时间,鲍立维多次往返京津,并与李大钊来往密切。在担任鲍立维翻译期间,张太雷开始阅读马克思主义经典著作,翻译社会主义文献和一些介绍俄国十月革命和苏俄现状的文章,这为他日后成为坚定的马克思主义者打下了良好的理论基础。

1920 年 6 月,张太雷以优异的成绩毕业。在北洋大学的四年间,张太雷恪守"实事求是"的校训,秉承朴实严谨的学风,成为学贯东西、具有先进科学文化知识和各方面实际能力的新式人才,与此同时,张太雷在英文方面的优异表现,为他日后成为中国共产党与共产国际之间交流沟通的桥梁,并担任共产国际代表的英文翻译打下了良好的语言基础。

## 在 党 的 创 建 中 做 出 重 要 贡 献

五四运动和反帝爱国斗争打击和揭露了帝国主义和北洋军阀政府的阴谋,教育和提高了广大人民群众的觉悟。五四运动后期,宣传和介绍十月革命、社会主义和工人运动的书刊文章大量涌现,马克思主义作为不可抗拒的历史潮流,被日益广泛传播开来。

1920 年 4 月,作为苏俄向中国派出的"使者",俄共(布)远东局符拉迪沃斯托克分局外国处派遣维经斯基及几位助手来中国了解中国的政治情况,同中国革命者建立联系并适时建立革命组织。他们通过北京大学俄文教授鲍立维的介绍,与李大钊进行接触,并在北京举行了几次座谈会。之后,依李大钊的建议,又去上海与陈独秀会面。其间,张太雷作为维经斯基的英文翻译,协助陈独秀等 5 人成立"革命局"(上海共产党早期组织的前身),参加了维经斯基在北京与上海的很多活动。在俄国十月革命的影响下,在为鲍立维、维经斯基做英文翻译的过程中,张太雷翻译了大量马克思主义经典著作,进一步了解了俄国十月革命和马克思主义理论,这使他进一步坚定了对马克思主义的信仰,并于 1920 年 10 月加入李大钊创建的北京共产党早期组织。

## 积 极 促 成 国 共 第 一 次 合 作

辛亥革命失败后,孙中山始终坚持资产阶级革命民主派的立场,不断寻求救国救民的真理。1920 年维经斯基与中国马克思主义者在上海第一次接触后,共产国际于 1921 年冬派马林作为共产国际代表来到中国。刚从莫斯科回到上海的张太雷,其革命经历及组织协调能力受到中共中央的一致认可,成为马林的翻译兼助手。在华期间,马林在张太雷的陪同下南下会见孙中山、参加中共西湖特别会议,劝谏孙中山改组国民党、召开中共三大。马林在中国最早提出共产党与国民党合作建立统一战线的思想。在这其中,张太雷既承担了马林在所有会谈和集会上的翻译工作,又形影不离地保护马林的安全;此外张太雷还积极收集与整理报刊资料供马林研究使用,在马林生病期间,张太雷的悉心照护使得这两位异国革命者成为患难之交,最终促成了国共合作统一战线的建立。在张太雷陪同马林到桂林与孙中山会谈时,香港海员大罢工给张太雷留下了深刻的印象。

中共四大召开后,张太雷被派到广州,在国民党中央宣传部任苏联顾问鲍罗廷的翻译兼助手。直至武汉国民政府迁址武汉,张太雷一直伴随在鲍罗廷左右,为维护民族统一战线、推进国民革命做出重要贡献。

在广州期间,张太雷住在鲍罗廷的公馆,夜以继日地工作,"他与鲍罗廷在一起,日夕同国民党的领袖们相周旋,每天都有川流不息的国民党军政首脑来与鲍罗廷会谈,每周这些军政首脑还要到鲍罗廷处来开几次会,这都需要太雷陪同并任翻译"。由于鲍罗廷刚到中国,对中国的国情缺乏充分的了解,因此当遇到疑难问题或者有关中国方面的问题时,他还会咨询张太雷。当时鲍罗廷订阅的国内外报纸不下十数种,张太雷每天都要摘录翻译出来,供鲍罗廷参考。

在协助鲍罗廷工作的同时,张太雷很好地协调了鲍罗廷和中共中央委员会之间的关系,并与广东区委之间保持良好的工作关系。同时张太雷还负责其他国家同志与鲍罗廷的联系,使很多重要的政策研究都能够兼顾中国的实际情况。与此同时,在国共关系极为复杂的情况下,张太雷还承担起保卫鲍罗廷人身安全等方面的问题。包惠僧曾回忆道:"我们在广东共同工作了三年,他总是表现得平静、机灵、周到、谨慎,随着鲍罗廷的前后左右,寸步不离。"针对国民党右派分子的反共行为,张太雷清醒地认识到国共合作的貌合神离,但他仍然尽自己最大的努力同国民党右派进行不屈不挠的斗争。

[中共天津市委党校(中共天津市委党史研究室) 孟罡]

# 高君宇与石评梅的冰雪友情

　　民国时期有一段著名的冰雪友情,故事的主人公是高君宇和石评梅。高君宇是北大学生运动领袖,中国共产党早期领导人;石评梅是北京女子高等师范学校学生,北京著名女诗人。两人心灵相通、相互爱慕却受封建旧俗束缚,最终遗憾收场,成为民国版的梁山伯与祝英台。他们合葬的"高石之墓"位于北京西城区陶然亭公园,墓碑耸立,仿佛向人们静静诉说着那一段过往。

　　他们的相识,缘于一次山西同乡聚会。那天,高君宇侃侃而谈,长相斯文的他,讲演时却极富感染力,深深打动了清丽典雅的石评梅。其实,石评梅在山西老家时就常听父亲夸赞高君宇这个得意门生。讲演结束后,石评梅留下来与高君宇打招呼。高君宇见是老师的女儿,自然觉得亲切,还说自己拜读过她的诗。一席交谈之后,思想进步、满腹才华的两人互萌了敬重之心。

　　一天夜里,石评梅收到一封薄薄的来信。拆开来,里面是一张白纸和一片红叶。心形的红叶上题着两句

位于陶然亭的高君宇、石评梅塑像

诗:"满山秋色关不住,一片红叶寄相思。"这是高君宇采自西山碧云寺的一片红叶,代表着他对石评梅的一腔热情。

　　高君宇当时因患有肺病,每逢秋寒易发作,便到西山静养。这片红叶,

正是他在西山静养时所采。他满怀深情地寄出红叶,忐忑地等待着佳人的回复。

然而等待高君宇的是拒绝,石评梅在红叶背面写下一行字:"枯萎的花篮不敢承受这鲜红的叶儿。"

为什么石评梅会拒绝?因为她此前经历过一段失败的感情,她所爱之人也就是她的学长是个有妇之夫,这让第一次恋爱的石评梅很是伤心,开始信奉独身主义。而高君宇也备受包办婚姻的束缚,15 岁那年,父母给他娶了一位农户女儿为妻,高君宇拒不服从也无济于事,更何况,他从事的革命工作是一件非常危险的事情。

尽管非常难受,高君宇还是克制自己,在回信中写道:"你的所愿,我愿赴汤蹈火以求之,你所不愿,我愿赴汤蹈火以阻之,不能这样,我怎能说是爱你。"

1924 年 4 月一个风雨交加的夜里,石评梅的住处忽然来了一位不速之客。这是乔装后的高君宇,为躲避北洋政府追捕,他在离京之际,连夜赶到这里,向他眷恋已久的姑娘告别。这一夜,两人默默相坐,相对无言,只有窗外狂风暴雨肆虐一整晚,直到高君宇离去的那一刻,才互道前途珍重。

8 月,石评梅收到高君宇寄自上海的信。厚厚的一摞纸详细叙说了他解决婚姻问题的经过,字里行间洋溢着他解除长期桎梏后的欢乐和投身革命事业的激情。

石评梅在为高君宇挣脱束缚而感到高兴之余,更多的是愧疚,只因自己终究没勇气回应他的爱,她早已心灰意冷,又怕世俗人言,更顾忌高君宇从事的抛头颅、洒热血的革命事业。

几番思索后,石评梅在回信中写道:"我可以做你唯一的知己,做以事业为伴共度此生的同志。让我们保持'冰雪友谊'吧,去建筑一个富丽辉煌的生命!"

热情再次被浇灭,纵然心中万分哀怨,高君宇还是再次包容了她的逃避。他在随后的信中说道:"我是有两个世界的,一个世界一切都属于你,我是连灵魂都永禁的俘虏:为了你死,亦可以为了你生。"

此后,两人保持着"冰雪友谊"的关系,高君宇遵守着约定,但心中总有着一份希冀和挣扎。一天,在广州从事革命工作的高君宇,在街上买了两枚象牙戒指,大的一枚戒指自己戴上,小的一枚连同几片战斗中留下的纪念物——被子弹打碎的车窗玻璃,一起寄给了石评梅。

"爱恋中的人,常把黄金或钻石的戒指套在彼此的手上以求两情不渝,我们也用这洁白坚固的象牙戒指来纪念我们的'冰雪友谊'吧！或者,我们的生命亦正如这象牙戒指一般,惨白如枯骨?"

11月,离京半年多的高君宇回到北京,半年的奔波劳碌,他终于支持不住旧病发作,被送进德国医院(今北京医院)。石评梅第一次来医院探望时,高君宇第一眼看见的便是她戴在手上的象牙戒指,这让他感到欣喜和安慰。这戒指两人之后都没有摘下。

病情好转后,两人相约雪后游陶然亭。高君宇向石评梅说起在广州当孙中山秘书时和各派军阀斗法的旧事,感慨道:"评梅,你看北京这块地方,全被军阀权贵们糟蹋得乌烟瘴气、肮脏不堪,只有陶然亭这块荒僻地还算干净了！评梅,以后,如果我死,你就把我葬在这儿吧！我知道,我是生也孤零、死也孤零……"

顾不得医生"须静养半年"的劝告,高君宇为了革命事业又南下奔波,他去上海参加党的四大,返京后又全心投入促成国民会议的活动中。1925年3月1日,致力于国共合作的国民大会在北京开幕,高君宇拖着病弱之躯参加了会议。第二天,他感到腹部疼痛,仍然坚持参会。直到3月4日腹痛加剧,他才被其他代表送到北京协和医院,被诊断为急性阑尾炎,又转为致命的败血症。

这一次,石评梅有了不祥的预感。当她伏在形销骨立的高君宇床前时,不禁泪如泉涌。3月5日凌晨两点,高君宇离去,床前孤寂无人,只留下未竟的事业与未果的爱情。

石评梅把高君宇的墓地选在他亲指的那片空地。一起入葬的,还有石评梅的一张小照,以及那枚象征着他们"冰雪友谊"的象牙戒指。

终年沉寂在悲哀中的一代才女石评梅,常去高君宇墓前静坐。高君宇曾在自己照片上写道:"我是宝剑,我是火花,我愿生如闪电之耀亮,我愿死如彗星之迅忽。"石评梅便在墓碑上刻字:"君宇！我无力挽住迅忽如彗星之生命,我只有把所剩下的泪流到你坟头,直到我不能来看你的时候。"

在高君宇死后第三年,石评梅离世。遵照石评梅生前所愿,朋友们把她安葬在陶然亭高君宇的墓旁,墓碑上刻着"春风青冢"四字,后人称之为"高石之墓"。他们生前未能成婚共处,死后终能并葬荒丘,演绎了一曲民国版的化蝶故事。

（北京市委党史研究室　市地方志办　苏峰）

# 英雄夫妻的峥嵘岁月

中国共产党初创时期,何孟雄、缪伯英这对英雄夫妻在为数不多的共产党员中尤为引人注目。他们既是湖南同乡,又同在北京求学,因共同的信仰走到一起。何孟雄是中国共产党早期领导人之一,缪伯英则是中国共产党第一位女党员,中国妇女运动的先驱。他们双双为革命事业献出了年轻的生命,谱写了一曲可歌可泣的英雄赞歌。

在北京大学的一次湖南学生同乡会上,缪伯英认识了何孟雄。缪伯英出生于湖南长沙一个书香世家,从小受到良好的教育,1919年以长沙地区第一名的成绩考入北京女子高等师范学校理化系。思想先进的她,为表达反封建的决心,将一头长发剪成齐耳短发,在众女生中显得格外突出。

**何孟雄与缪伯英的合影**

何孟雄是湖南炎陵县人,1917年考入湖南公立工业专门学校。在长沙求学期间,他开始接触新文化、新思想,并结识了杨昌济、毛泽东、蔡和森等一批进步人士。1918年夏,他来到北京参加留法勤工俭学活动,在法文专修馆学习,半年后到北大当旁听生,不久考入北大。缪伯英对北大的各种进步活动产生了浓厚兴趣,经何孟雄介绍,她经常到北大读书、看报、听演讲。

1919年底,两人参加了提倡"工是劳力,读是劳心,互助是进化"的北京工读互助团。何孟雄所在的第一组在沙滩东口骑河楼斗鸡坑7号,租了3间小房子,摆上5张桌子,办起"俭节食堂"。缪伯英所在的第三组全是女生,她们租住在东安门北河沿17号,挂出北京女子工读互助团小木牌,开起裁缝店、洗衣店,由女学生变身为"女裁缝"。

仅有理想和热情是远远不够的,因为缺少经验,经营管理不善,工读互助实践岌岌可危,三个月后,工读互助团第一组宣布解散,女子工读互助团勉强维持了半年多,不久也宣布解散。

这次实践,让何孟雄、缪伯英等学生逐渐意识到,要改造社会,须从根本上谋全体的改造。于是,他们抛弃不切实际的空想,转而寻找改造社会切实可循的途径。不久,何孟雄加入北京大学马克思学说研究会。经何孟雄介绍,缪伯英也加入了研究会。

何孟雄一度被无政府主义影响,缪伯英就经常与他一起潜心研读《共产党宣言》《资本论》等书籍,一起讨论问题,并认真耐心地向何孟雄讲解俄国十月革命,说明马克思主义才是真正救国救民的真理。在李大钊的引导和缪伯英的具体帮助下,何孟雄逐渐抛弃了无政府主义,接受了马克思主义。

1920年11月,北京社会主义青年团成立,何孟雄、缪伯英成为第一批青年团员。北京共产主义小组成立后,为充实革命力量,李大钊决定从青年团员中吸收何孟雄、缪伯英等5人入党,21岁的缪伯英成为中国共产党第一位女党员。1921年中国共产党第一次代表大会后,北京西城地区最早的中共基层组织中共西城支部成立,缪伯英成为第一任书记。

在追求真理的道路上,何孟雄与缪伯英的心也逐渐走到了一起。1921年10月9日,农历九月初九重阳节,何孟雄、缪伯英在中老胡同5号喜结连理。从这天起,他们的家就成了党组织的地下联络站,同志们经常在这里开会、活动。陈独秀从上海赴苏联出席共产国际四大,途经北京时也住在这里。

1921年8月,中国劳动组合书记部成立,9月,中国劳动组合书记部北方分部在北京成立。新婚后的何孟雄随即投入北方分部的工作中,不久代理北方分部主任职务,主持部里工作,主编北方党和书记部机关刊物《工人周刊》,成为中国早期工人运动的领袖人物。他经常秘密前往产业工人集中的北京丰台、长辛店、南口和唐山、石家庄等地,办夜校、建工会,给工人讲课,与他们话家常,向工人及其家属宣传马克思主义,被工人视为贴心人。

1922年夏,何孟雄奉李大钊之命到京绥铁路,以密查员身份作掩护开展工人运动,先后成功领导了南口工人斗争、京绥铁路工人大罢工等。

　　在何孟雄奔走于工人运动的同时,缪伯英也在革命的熔炉中锻炼自己。1922 年下半年,缪伯英担任中国劳动组合书记部秘书兼妇女部部长。8 月,遵照党组织决定,开展党外联合战线工作,被选为民权运动大同盟筹备员,负责筹备北京女权运动同盟会,推动妇女争取政治和经济上的平等权利。不久,她又根据工作需要南下帮助南京进步妇女,组织女权运动同盟南京分会。

　　在京汉铁路工人大罢工期间,缪伯英与同志们一起秘密编印《京汉工人流血记》等宣传品,揭露军阀政府残害工人的暴行。他们还到长辛店等地组织救护受伤的工人,募捐援助失业工人家属。她不辞辛劳,四处奔走,李大钊曾赞誉她是"宣传赤化的红党"。

　　因为革命工作,何孟雄、缪伯英聚少离多。一次在天津工作时,何孟雄拍下一张照片,回到北京后,在照片背面写下一段题记:"此像摄于天津,正适伯英病。我自己投身劳动运(动)时期,为五路同盟,将他等的台拆散,建树吾们的基本组织。"短短数语,表达了何孟雄对爱人的牵挂,更表达了他坚强的斗争意志和献身工人运动的决心。

　　1924 年夏,因叛徒出卖,何孟雄、缪伯英身份暴露。接到组织通知,二人当天便乘火车南下,回到长沙乡下老家。此后缪伯英又在长沙、武汉、上海从事党的工作,领导妇女运动。

　　长期清贫而不稳定的生活,把缪伯英本就不强壮的身体拖垮了。1929 年 10 月,她因伤寒病救治无效溘然长逝。临终时对何孟雄说:"既以身许党,应为党的事业牺牲,奈何因病行将逝世,未能战死沙场,真是恨事! 孟雄,你要坚决斗争,直到胜利。"不幸的是,1931 年 1 月,因叛徒出卖,何孟雄在上海再次被捕。2 月 7 日,何孟雄英勇就义,年仅 33 岁。

　　　　　　　　　　(北京市委党史研究室　市地方志办　苏峰)

# 孕育信仰的小屋

　　在马克思主义的传播史上,北京大学马克思学说研究会是中国成立最早、影响最为深远的团体。从研究会所在的北大西斋两间小屋里,走出了一批早期中国共产党人,他们"如同红花的种子,撒遍各地",将马克思主义的真理光芒从北大传向全国。

　　1918 年 7 月,李大钊发表《法俄革命之比较观》,这是我国最早欢呼俄国十月革命胜利的文章。此后,他在《新青年》上又发表了《庶民的胜利》《Bol-shevism 的胜利》,积极传播马克思主义。同年底,李大钊与高一涵等几位北大教员组织成立了"马尔克斯学说研究会",当时有人将"马克思"译为"马尔格时",与英国人口学家、经济学家马尔萨斯发音相似。起这个容易混淆的名字,以便必要时对警厅机构说,这个团体研究的是人口论而非共产主义。

　　五四运动后,马克思主义成为青年学生经常讨论的话题,北京沙滩红楼李大钊的办公室成为当时先进青年的汇聚场所。1920 年 3 月 31 日,李大钊与邓中夏、高君宇等人经过酝酿和讨论,决定秘密组织一个马克思主义研究团体,名字就叫"马克斯(思)学说研究会"。①

　　1921 年中共一大后不久,为扩大影响,更好地开展党的工作,研究会决定在《北京大学日刊》刊登公开募员的启事。经过多番努力,他们得到校长蔡元培的大力支持。他不仅同意登载募员启事,出席研究会成立大会,还帮助解决了办公场所问题,拨给研究会北大西斋两间设备齐全的房屋(今沙滩

---

　　① 学术界认为 1918 年成立的马尔克斯学说研究会与 1920 年成立的马克斯(思)学说研究会两者关系还有待考证,对前者是后者的前身一说还没有达成共识。一般认为,前者比较松散且活动少,是单纯的理论研究团体;后者是活动多且影响大的有组织团体,具有社会政治组织的性质。(金梦:《北京大学马克思学说研究会研究述评》,《中共党史研究》,2017 年第 12 期。)

后街 59 号）。研究会将其辟为图书室兼活动场所，名为"亢慕义斋"，取自英文 communism 的译音，即"共产主义小屋"。

正是在这两间小屋里，一批早期共产党人培育了共同的理想信仰。图书室正中挂有从一本外国画报上取下来的马克思像，像的两边贴了一副研究会成员宋天放手书的对联：出实验室入监狱，南方兼有北方强。这副对联凝聚了陈独秀、李大钊两位中国共产党早期领导人的思想与实践。

上联出自陈独秀 1919 年 6 月在《每周评论》上发表的《研究室与监狱》："世界文明发源地有二：一是科学研究室，一是监狱。我们青年要立志出了研究室就入监狱，出了监狱就入研究室，这才是人生最高尚优美的生活。"下联是李大钊引用的典故。《礼记·中庸》曰："子路问强。子曰：'南方之强与？北方之强与？抑而强与？宽柔以教，不报无道，南方之强也。君子居之。衽金革，死而不厌，北方之强也。而强者居之。'"李大钊的意思是南方之强、北方之强两种方式互为补充，南北同志应团结协作、同心同德。

墙上还贴有一张"不破不立，不立不破"的条幅，非常醒目。这是对北京大学当时校内斗争的一种反映。当时的北京大学，新旧思想矛盾集中，一方面代表无产阶级革命思想的马克思主义如日方升；另一方面，守旧、复古思想其势犹炽，唯心主义、宗教思想相当活跃。研究老子、庄子思想的人很多，留英、留日、留美的先生们将西方各种流派贩运回来，各种学派和思想五花八门。"亢慕义斋"的寓意是希望在破旧中立新，研究宣传马克思主义思想。

为深入研究和广泛宣传马克思主义，研究会的日常工作有三方面：搜集、翻译、研究和讨论各种马克思学说著作；邀请李大钊、高一涵、陈启修等教授定期讲演；举行辩论和纪念等活动，以达到宣传目的。

最值得称道的是研究会对马列理论文献的搜集，这在当时的环境和条件下非常不容易。亢慕义斋收藏的马克思学说书刊，一部分是由北大图书馆购进转给研究会的，一部分由李大钊和学子们筹集资金购买，大部分来自共产国际及其出版机构。自 1920 年 4 月维经斯基来北大会见李大钊、赠送部分书刊后，研究会源源不断收到苏俄寄来的大量外文书籍刊物。亢慕义斋也因此成为中国第一个存有比较丰富的马列书籍的图书馆，并建立借阅制度，如每天下午 4 点到 8 点向会员开放（周日上午 8 点到 12 点）。时至今日，北京大学图书馆里仍保存着一些盖有"亢慕义斋"图章的书籍。

位于北大二院西斋的亢慕义斋旧址

截至 1922 年 4 月,图书室已有相关英文书籍 110 多种,德文书刊七八十种。其中有马克思恩格斯和列宁的经典原著,这些珍贵文献大大拓展了会员们的理论视野,提升了他们的马克思主义理论知识和修养。

公开后的研究会开始大规模组织研究讨论活动。先是通过"自动的自由组合",分为劳动运动研究、《共产党宣言》研究和远东问题研究 3 个小组,每周组织讨论会。同时,形成 10 个固定小组分组研究,可见,研究会迅速走上正轨,也说明在此之前已有坚实的基础。

尤为可贵的是翻译工作。研究会翻译室下设英文、德文和法文三个翻译组,专门翻译马列经典著作。不同于当时马列著作多从日文转译而来的情况,研究会的学子们都是直接翻译原著。英文组成员有高君宇、范鸿劼、李骏、刘伯清等二十多个人;德文组成员有李梅羹、王有德、罗章龙、商章孙、宋天放等十个人;法文组成员有王复生、王德三等五六人。另外,俄语有四五个人,日语也有一些人。他们依靠学校强大的外文师生队伍,翻译了一批马列著作,如康明尼斯特丛书、马克思全书、列宁丛书等,还有国内最早的《共产党宣言》中文全译本。《共产党宣言》很难翻译,德文组费了很多心思,进度很慢,译完后印了一些油印本。1920 年 1 月毛泽东第二次来京时便读到了这本小册子。

李大钊曾号召德文组翻译《资本论》,李梅羹、罗章龙等翻译第一卷时,都觉得很难,后来通过请德文老师讲解、经济学教授帮助,总算译出德文版《资本论》(第一卷),并将译稿油印出版。研究会还翻译了《震撼世界的十日》德文版,作为学习资料。这是美国记者约翰·里德介绍十月革命的英文书,影响很广。这些译作成为推动国内马克思主义研究和宣传的重要载体,深刻影响了一批知识分子,成为指引他们走上革命道路的明灯。

亢慕义斋虽小,却内有乾坤。它是中国研究和宣传马克思主义的重要阵地,成为一大批早期共产党人确定共产主义信仰之地,为中国共产党的成立做了思想和组织上的准备。

（北京市委党史研究室 市地方志办 苏峰）

# 慈悲庵里的红色梦

1950 年底,毛泽东主席到北京陶然亭公园游览,当他看到慈悲庵大门前的古槐树时,感慨地说:"陶然亭是燕京名胜,这个名字要保留"。毛主席的这番感慨并非仅仅是对一个文物古迹的爱惜之情,更因为这古色古香的慈悲庵承载了太多早期先进分子的红色记忆。

陶然亭慈悲庵山门前的古槐

陶然亭公园内的慈悲庵始建于元代,是一座意蕴深远的古刹。康熙三十四年(1695 年),工部侍郎江藻在庵内西侧修造凉亭,借白居易诗"更待菊黄家酝熟,共君一醉一陶然",取名"陶然亭",成为中国四大名亭之一,历代名人墨客在此雅集,留下许多墨宝。

由于时局动乱,20 世纪 20 年代,张恨水在《春明外史》中写到,当时的陶然亭不过是破烂的屋舍和乱坟。在当时,这里确实是一个偏僻的地区,容易避开敌人耳目,也因其是传统的文人墨客休闲娱乐的地方,人们往往不会对知识阶层的聚会产生异议,便于革命者集会联系。李大钊、毛泽东、周恩来等人就曾在这里从事革命活动,为慈悲庵留下了珍贵的红色记忆。

1919 年 12 月 18 日,毛泽东作为学界代表,跟随"驱逐湖南军阀张敬尧赴京请愿团"来到北京。毛泽东等人住进了北长街 99 号(今长街 20 号)福佑寺后院。在京活动期间,他在条件艰苦的寺庙里创办了平民通讯社,并担任社长,撰写了大量驱张宣言、通电、文稿等,在湖南会馆召开了"旅京湖南各界驱张运动大会"。毛泽东在会上发表讲演,慷慨激昂、有理有据,疾呼"张毒不除,湖南无望",赢得现场阵阵掌声,为"驱张运动"营造了强大的社会声势。

1920 年 1 月 18 日,毛泽东组织湖南辅仁学社在京成员,以及邓中夏、罗章龙、王复生、易克嶷、周长宪等北大学生,在陶然亭慈悲庵集会共同商讨驱张斗争策略。时值隆冬,寒风刺骨,但丝毫没有削弱这群年轻人斗争的热情,他们不断讨论完善驱张斗争方案。集会后,大家一起走出慈悲庵大门。在山门前古槐树下,有人招呼大家一起合影留念。毛泽东、邓中夏、罗章龙、王复生、易克嶷、周长宪、陈星霸、吴汝铭、吴汝霖、匡务逊等人围拢过来,留下了一张黑白照片,定格了这一珍贵的历史瞬间。

在京两个月,毛泽东还组织了 7 次请愿活动,多次举办驱张集会,表达驱张到底的决心。1920 年 6 月,内外交困的张敬尧乘兵舰仓皇逃离长沙。1950 年底,毛泽东故地重游,看到慈悲庵大门前的古槐树时,感慨地说出了文章开头的话。

1919 年 11 月 16 日,日本帝国主义枪杀中国居民,制造了举国震惊的福州惨案。为声援福建人民,天津学生在周恩来等人领导下成立了中等以上学校学生联合会,开展了声势浩大的游行讲演、抵制日货斗争。天津警察厅镇压学生运动,周恩来、郭隆真、于方舟、张若名等人遭逮捕。

1920 年 1 月 29 日至 7 月 17 日,周恩来失去了自由。在被羁押的日子里,周恩来重新思考了许多问题。正如他狱后所言:"思想是颤动于监狱中"

的。这段狱中经历,使周恩来萌生了革命意识,逐步坚定了共产主义信念,选择了职业革命家的道路。

出狱后,8月初,周恩来组织觉悟社召开全体会议。周恩来在会上作了重要讲话,指出只有把五四运动以后在全国各地产生的大小进步团体联合起来,采取共同行动,才能改造旧的中国,挽救中国的危亡。他进一步指出,当时团体虽多,但思想复杂,必须加以改造,才能真正团结起来,为这个目标而奋斗。这一切,概括起来就是"改造"和"联合"四个字。

李大钊当时任北大教授,曾在《新青年》上撰写刊发《我的马克思主义观》等文章,首次系统深入地介绍了马克思主义,还指导成立了北京大学马克思学说研究会,在先进青年知识分子中产生了广泛深入的影响。1919年9月,觉悟社成立后的第一个活动就是请李大钊来天津讲演座谈。李大钊如约而至,其思想和人格赢得了全体成员的敬佩。

1920年7月,周恩来组织天津觉悟社成员会议,提议与北京的进步团体取得联系,共同"商讨救国运动的发展方向和联合斗争的问题"。会后,觉悟社11名成员来到北京,打算请李大钊主持召集一个座谈会。李大钊收到邀请后,谦虚地说:"这次座谈既是觉悟社发起的,应该以觉悟社为主体,至于邀请哪些团体参加,可以大家商量"。

8月14日,李大钊为负责人之一的少年中国学会特地在中央公园"来今雨轩"举行茶话会,研究团体座谈会事宜。会上,张申府介绍了天津觉悟社在京社员邀请参加座谈会的信函。大家对这次"改造联合"会议表示赞同,决定邀请李大钊、邓中夏等人参会,并建议会址选在陶然亭慈悲庵。

8月16日上午,天津觉悟社、北京少年中国学会、曙光社、人道社、青年互助团等五个进步团体的23名代表,在慈悲庵北配房举行茶话座谈会,刘清扬任会议主席。邓颖超在会上报告了觉悟社的组织及活动经过。周恩来阐述了联合进步团体共谋社会改造的意义。李大钊代表少年中国学会在座谈会上发言,提出各团体有"标明主义"之必要:"盖主义不明,对内既不足以齐一全体之心志,对外尤不足与人为联合之行动。全体间此后应有进一步的联络。"他鼓励青年到劳工中去,到农民中去,和他们同命运、共呼吸。

18日下午,五团体各推选出3名代表,在北大图书馆召开各团联络筹备会,继续讨论联络办法。此后,五团体成员在北大图书馆、中央公园"来今雨轩"等地先后召开 12 次联席会议,研究通过了《改造联合宣言》和《改造联合约章》等文件。

《改造联合宣言》号召全国各进步团体必须基于互爱互助的精神,"组织一个打破一切界限的联合",并提出"到民间去"。《改造联合约章》是共同性章程,明确阐明联合各地革命新团体,本着分工互助的精神,"以实行社会改造",并提出必须进行五项工作:一是宣传事业之联合,二是社会实况之调查,三是平民教育之普及,四是农工组织之运动,五是妇女独立之促进。

慈悲庵五团体会议,对北京党组织的创建、中国共产党的成立起到了积极的推动和影响作用。参加五团体会议的人员,有一半以上成为中国共产党早期成员。

北京共产主义小组成立后,主要在北大图书馆主任办公室和石驸马大街后宅 35 号李大钊家中开展组织活动。

李大钊家与陈愚生家毗邻,两人是留日早稻田大学时的同窗好友。陈愚生以愚公自许,对社会改造有着"种树期成荫,移山任笑愚"的胸怀,积极宣传新思潮、新文化。他与李大钊等 7 人发起成立少年中国学会,还担任执行部副主任兼《少年中国》月刊经理。1920 年底,陈愚生到重庆任职,投身文化教育和社会改造事业。

1921 年 5 月,陈愚生的妻子金绮不幸离世,留下不到两周岁的女儿陈白顾,由奶娘看护着。陈愚生非常悲痛,从重庆赶回北京料理后事。李大钊亲自去火车站接他,形影不离地陪伴劝慰他,一同陪他到陶然亭选购墓地。在李大钊等人的帮助下,7 月 20 日,陈愚生为妻子金绮举行了葬礼,将妻子安葬在陶然亭。李大钊参加了葬礼。

办完丧事后,李大钊与陈愚生商量,借为夫人金绮守墓为名,在慈悲庵内租房子,作为北京党组织的秘密活动场所。时任北京坛庙管理处主任的黄裕培,是李大钊在天津北洋法政专门学堂时的同班同学,与李大钊交谊很深。黄裕培在北京坛庙管理处的职位,正是李大钊帮助协调谋得的。在黄裕培等人帮助下,陈愚生租下了慈悲庵的两间南配房。

就这样,慈悲庵成为北京党组织的秘密活动地点。1921 年至 1923 年间,李大钊经常在慈悲庵西南边的这两间屋子里召开秘密会议,邓中夏、恽代英、高君宇等人也在此从事革命活动。慈悲庵由此为北京留下了深刻的红色印迹,成为后人缅怀革命前辈奋斗业绩的重要场所。


（北京市委党史研究室　市地方志办　贾变变）

# "洋学生"的启蒙教育

1919 年 4 月初的一天，北京东便门内蟠桃宫庙会上人们熙熙攘攘，一片热闹景象。在一个空场的土台边，有一群穿着长衫的学生，正扯着嗓子、手舞足蹈地大声宣讲，努力让自己讲演的内容通俗易懂，吸引老百姓来听。为了引起行人的注意，他们在旁边竖起一杆大旗，旗帜上赫然写着"平民教育讲演团"几个大字。

这群抱有家国情怀、意气风发的学生，就是北京大学平民教育讲演团的成员，老百姓把他们当作穿着长衫的"洋学生"。这次讲演以廖书仓的"平民教育讲演之意义"拉开帷幕，有的同学还拿出笛子，吹起悦耳的音乐。很快，婉转的音乐和通俗易懂、贴近生活的内容吸引了一些人驻足。

见学生们讲演得慷慨激昂，京师警察厅的几个巡警围着讲台站成一圈，打着保护学生的幌子，在旁边盯着，还掏出小本子"唰唰"地作记录，目的是防止他们宣传"激进"思想。老百姓看见穿黑制服的警察，都不敢上前。听了一会儿，警察发现学生们讲的内容无外乎教育、家庭之类，便放松了警惕，最后离开了。

慢慢地，上前听讲的百姓逐渐多了起来。3 天庙会期间，同学们作了 38 场讲演，内容非常广泛，有介绍自然常识的"空气"，也有讲生活道德的"赌博之害"，还有评论时局的"现在皇帝倒霉了"等。初春的黄沙吹得人睁不开眼，但是听讲的人不少，这让讲演团成员受到很大鼓舞，他们决心不管有多大困难，都要不忘初心，坚持宗旨，走到百姓中去，通过讲演"增进平民智识、唤起平民之自觉心"。

平民教育讲演团的成立，还得从北大校长蔡元培及其所倡导的"平民教育"说起。蔡元培倡导有教无类，希望人人都有平等受教育的机会。1918 年1 月，北京大学"第一宿舍诸生"联名写信给蔡元培，反映学校第一宿舍工友何以庄勤于职守、业余好学、文理通达,只因贫困而废学,建议校长量才拨用。蔡元培看后,立刻将其调到文科教务处担任缮写工作。在给学生的回信中,他提出要开办校役夜班,推行"平民教育",专门为学校工友补习文化知识,讲解时事。

1918 年 4 月,北大开办校役夜班,有 230 余位工友参加。夜班教师由北大学生义务担任,许多学生热心施教,除认真授课外,还发起募捐,为学员购买书籍。他们发现识字的工友很少,能阅书看报的更是少之又少,要想普及教育,讲演倒是一个不错的方法。从 11 月 24 日开始,校役夜班每周日下午开始举行讲演会,效果还不错。于是,在蔡元培校长的支持下,学生们打算进一步把演说会扩展到校外,发展为"平民教育讲演团"。

1919 年 3 月 23 日,廖书仓、邓中夏、罗家伦、康白情、张国焘、许德珩等 39 名北大学生,在马神庙北大校长室召开"平民教育讲演团"成立大会,廖书仓、邓中夏当选为总务干事,罗家伦、康白情为编辑干事,周炳林为文牍干事,易克嶷为会计干事。讲演团以"增进平民智识,唤起平民之自觉心"为宗旨,计划每周日下午在北京城内举行定期讲演,每月 4 次。如果有特别的事情发生或赶上节庆日,可以在庙会或戏场等地临时增加不定期讲演。就这样,满怀理想的学生们以社团为平台逐渐活跃起来,在蟠桃宫庙会上的讲演就是他们首次登台亮相。

讲演团成立之初,活动局限于城内,讲演方式分为定期和不定期两种。在定期讲演场所没有落实前,讲演团在东便门内蟠桃宫和护国寺开展了两轮不定期讲演。

讲演内容多以自然知识、生活常识、通俗教育为主,辅以少量时事。如许德珩的讲演,就以"勤劳与知识"为题,深入浅出地讲述知识与勤奋的关系,号召听众"在做事的余闲去看白话报,入贫民学校听讲演,知识渐渐就会充足。警察厅与高等师范所设的贫民学校不要钱。白话报花钱不多。更有我们的讲演团,是专为大家设的,常常出来讲演。若是肯来听,稍稍总有点益处。各位要努力。有儿女的,要送他读书,或做事,万万不要叫他要饭,讨钱"。由此可见,讲演团成立的初衷是希望平民们多学知识,以文化脱离贫穷,达到教育救国的目的。

五四运动爆发后,讲演团开始通过讲演的方式,以"青岛问题""抵抗强权"等为题,将国家大事讲给老百姓听。为了确保讲演活动的持续性,他们与京师学务局交涉,在珠市口、东安门、西单、地安门设立固定讲演处。5 月11 日、18 日、25 日、6 月 1 日,东西南北四城讲演处同时开讲,形成了讲演团历史上的小高潮,影响更大了,对五四运动也起到了助推效果。团员许宝驹曾说:"我们讲演团成立在三月初,不到两个月,居然有五四的运动、六三的运动。这虽也有其他团体的活动,但是我们同志讲演的影响也是不小的。"

随着五四运动影响的进一步深入,"劳工神圣"成为共识。讲演团成员也开始思考:中国的劳工在哪里?北京的劳工在哪里?他们在想什么做什么?这些从"象牙塔"中走出来的学生,决定把活动范围扩展到乡村和工厂。

1920 年 5 月的一天,讲演团成员来到丰台大井村。这里有三百多户人家,人口约千人。团员扯着旗帜,开着时髦的留声机,吸引了 70 余人。讲演以王星汉《缠足的害处》开始,但刚听了一点,"有些女人都半笑半羞地婀婀娜娜地回家去了"。有一位年轻的媳妇刚要出来听,"立刻叫一位老妇人痛骂了些混蛋、王八羔子、不学好这一类的话",只好又缩回去。剩下的一些听众,听了一会儿觉得没什么意思,也都散了。这样的场景让讲演团开始反思,为什么讲演不吸引人呢?

一番分析后,原因找出来了,讲演团与老百姓之间有隔阂,穿着不一样的衣服、说着不一样的话,老百姓只把学生当作穿长衫的先生。于是,他们与长辛店铁路工人建立了联系,住在工人中间体验生活,很快便与工人打成一片。后来的讲演效果大不相同了,《晨报》曾报道:"北风凛冽,寒气逼人。工人等虽短褐不完,犹在草坪中植(直)立数钟之久,细听演说,毫无倦容。"

邓中夏、张国焘、罗章龙等人作为讲演团骨干,是中国共产党早期的重要成员。在讲演活动中,他们积极进行马克思主义的早期宣传。邓中夏、张国焘等人经常去长辛店,以提倡平民教育为名,成立劳动补习学校,向工人群众传播革命思想,在工人中培养了一批骨干,为中国共产党在长辛店开展工人运动和建立党的组织奠定了基础。

这些"洋学生"组建的平民教育讲演团,从 1919 年到 1925 年,团员从最初的 39 人到活动结束时,先后有 150 多人参加。他们在城内、城外、工厂、农村,为平民、农民、工人讲演 400 余次,讲演内容由通俗教育到政治教育,在一定程度上开启了民智,唤醒了民众的觉悟。同时,在客观上潜移默化地影响了一批敢想敢干的热血青年。他们从讲演团中走出来,做出自己的选择,踏上不同的人生之路。而到群众中去讲演这种宣传形式在后来的革命运动中也被广泛运用。

平民教育讲演团讲演所和讲演团部分成员合影

(北京市委党史研究室 市地方志办 贾变变)

# 北方的红星

毛泽东曾说："中国的工人运动还是从长辛店铁路工厂开始的。"毛泽东所说的长辛店铁路工厂，是指京汉铁路局下属的长辛店机车厂。这里拥有光荣的革命传统，是马克思主义同中国工人运动相结合的最早实践地。从建党到大革命时期，长辛店一直是中国北方工人运动的重要阵地，被誉为"北方的红星"。

长辛店机车厂拥有3000多名工人，是中国北方铁路工人最集中的地方。工人每天要工作十多个小时，操作着先进的机械设备，创造着大量财富，然而"一天累死累活的只能挣两毛到三毛钱，多数人每月挣八元四毛钱"。一般工人无力抚养妻室儿女和父母。北大马克思学说研究会成员来这里调研时，看到妇女儿童面色凄凉，如同囚犯，以杂粮饼子充饥，还经常吃不饱。

京汉铁路资方对工人实行工头管理制，工头不仅随意打骂、惩罚，甚至可以无端开除工人。工人要进厂工作，必须向工头缴纳贿赂金；进厂后，为保持工作，还必须给工头一笔酬劳金，逢年过节要送礼。工头还通过开小卖店、各种摊派等，想方设法盘剥工人。外国总管、比利时人扎曼，穿着一双大皮鞋，神气十足地在各车间巡视，遇到中国工人听不懂他说话，他就用皮鞋踹。

为提高工资收入、改善劳动条件，工人们也自发地进行了一些反抗，但大多数都失败了，带头的工人动辄被捕甚至被杀害。慢慢地，很多工人都把失败的原因归结为命运，觉得是上辈子投错了胎，就是当牛马的命。正像在铆工场子做白铁工的史文彬师傅所讲的，"工人们总是憧憬穿暖吃饱，劳动适度，精神舒畅，言论自由……但终不过是'镜花水月'，一时空想。"

1918年，长辛店来了一批留法勤工俭学预备班的学生。他们一边在机车厂做工，一边为工人补习文化、讲解时事，很快同工人打成一片。史文彬常到学生宿舍串门,看学生订的《新青年》《每周评论》等报刊,听他们谈俄国十月革命,对没有剥削和压迫的新社会充满了神往。1918 年 11 月和 1919 年 3 月,毛泽东也曾两次到这里开展革命活动。

五四运动期间,在北京大学救国十人团联合会影响下,长辛店成立救国十人团联合会,推选留法预备班学员盛成为会长。1919 年 5 月 7 日,长辛店机车厂史文彬等组织工人及预备班学员在长辛店大街举行示威游行,支持爱国学生,成为加入五四运动的第一支工人队伍。

李大钊号召学生们到工人中去。在他的支持下,1920 年 4 月邓中夏组织平民教育讲演团到长辛店、赵辛店一带,向工人和农民宣传反帝反封建的革命主张。5 月 1 日,他再次率团赶到长辛店,向铁路工人讲演"我们为什么要纪念五一劳动节""五一历史""劳动纪念日与中国劳动界"等,号召工友们联合起来,把所有一切土地、田园、工厂、机器、物料通通取回到自己手里。

1920 年冬,李大钊先派张国焘、罗章龙,随后派邓中夏到长辛店开办工人劳动补习学校,启发工人觉悟。刚开始,工人有疑虑,觉得"大学生是金枝玉叶,将来要做官为宦的人,是统治工人的候补者,学生与工人并不是一伙儿,怎能一道结交共事呢?"

邓中夏等人脱掉长衫,身穿工服走进工人中间谈心聊天。渐渐地,工人们都愿意说出心里话,有的讲自己受工头欺压的经历,有的讲被工头克扣工资、延长工时等问题。邓中夏等通过补习班教大家识字学文化,在工人中广泛宣传马克思主义,这不仅启发提高了工人的阶级觉悟,还使大家团结了起来。

李大钊对工人们说:"我们工人要过上太平的生活,就要推翻旧的阶级,就要有我们自己的工会,我们自己才能说了算!"

1921 年 5 月 1 日早晨,长辛店娘娘宫大院热闹非凡。铁路工厂的工人,车务见习所、艺员养成所、劳动补习学校的学生,北京、天津等地的工人代表,以及各报社记者共 1500 多人聚集在这里,纪念五一劳动节。

上午 8 点半,摇铃响起。先由老工人陶善琮走上临时搭建的主席台推举大会主席,接着由劳动补习学校和工界国民学校的学生唱《五一纪念歌》。唱歌完毕,由工会主任报告工会组织情形,并对工人提出要求:"一是固结团体,二是求生活上之丰裕,三是不受工头之压制,四是铲除工人作工一切之障碍。"会上,京汉路长辛店铁路工人会宣布成立。

3 个多小时后,会议结束,工人们高呼着"劳工万岁""八小时工作""八小时休息""一小时教育"等口号开始游行,队伍经长辛店前街、车站、后街回娘娘宫。一路上散发着提前准备好的传单。当天晚上,娘娘宫里张灯结彩,工人们自编自演了话剧、相声等。

有了自己的工会,一系列斗争活动开始了。为提高工资、改善待遇,7 月中旬,工会代表向厂方提出书面要求,按路局规定:"凡期满二年的工人一律加薪",并要求厂方限期答复,否则罢工,厂方被迫答应。总管谈继先克扣工人工资、鲸吞奖金,曾承诺工人短牌工改长牌工、乘车免票、星期日放假不扣工资,但他后来全部否认。7 月 27 日,工会带领气愤的修车厂 400 多工人罢工两小时,最终谈继先答应了工人的全部要求。工会的初步斗争取得了胜利,工友的信心大增。

在 7 月下旬召开的中共一大上,北京早期党组织代表做了报告,有近三分之一的篇幅谈长辛店工人运动的情况。这一时期,中共北京支部以工人会名义创办了《工人周刊》,报道国内外工人运动的消息,发动工人建立工会组织。《共产党》月刊称赞该刊"办得很有条理,他们的努力,实可令人钦佩,不愧乎北方劳动界的一颗明星"。

10 月 20 日,长辛店机器厂、修车厂、工务厂 50 名代表召开联席会议,将工会名称改为"京汉路长辛店工人俱乐部"。当时全国各地工人特别是北方工人,纷纷到长辛店参观学习,将他们作为榜样,仿照他们的做法创办劳动补习学校或组织工会。对此,邓中夏评价说:"长辛店和小沙渡两地都是中国共产党最初做职工运动的起点。"

中共一大后,中国劳动组合书记部在北京设立北方分部,派邓中夏到长辛店进行建党工作。他从工人中选拔了一批积极分子到长辛店东小山坡上的二仙洞秘密上党课。1921 年下半年,史文彬、王俊、杨宝昆、康景星等先后入党,成为长辛店第一批工人党员。

长辛店铁路工人俱乐部逐步与全国各地工人阶级建立了广泛联系,大家相互支援,共同促进。1922 年 2 月,长辛店铁路工人俱乐部发出《援助香港海员罢工宣言》:"充分地对香港罢工海员表示同情,尽力地援助他们达到目的——在这些项目的要求未达到以前,我们愿随同他们向外国的资本家宣战。"2月11日下午，俱乐部派两名干部，带着几十面写着"援助海员罢工""香港海员罢工北方后援会"的白布三角小旗，坐上由北京开往汉口的快车，把这些小旗拴在车厢外的栏杆上。列车开到武汉后，江岸工人俱乐部又把写着"响应长辛店工人援助海员罢工""江岸工人俱乐部"的白布大旗插在由汉口开往北京的快车车头上。沿途各站的"工人俱乐部"，都在大旗上面签字盖章。列车带着这面旗帜一直开到北京，真可谓在军阀专制统治下破天荒的壮举。

1922年4月9日，长辛店铁路工人俱乐部召开大会。会上决定发起组织京汉铁路总工会筹备会，确定了京汉铁路总工会的雏形。同年8月，京汉铁路第一个基层党组织、中国共产党第一个工人党支部——长辛店机车厂党支部成立，史文彬担任书记。在邓中夏的指导下，长辛店机车厂党支部领导工人俱乐部，发动3000多名工人，在24日举行了著名的"八月罢工"。工人手持写着"不得食不如死""打破资本专制"等口号的白旗，在娘娘宫举行誓师大会。一声汽笛，全厂停工，断绝南北交通，机车消火放汽，旅客得到妥善安置。军队干涉威胁，工人毫不畏惧。罢工坚持了两天，终于迫使铁路局局长赵继贤答应工人俱乐部提出的20多条要求。由此，长辛店工人俱乐部声威大震，带动京汉路16个大站先后成立工人俱乐部。

1920年5月1日北京大学学生和长辛店铁路工人
庆祝劳动节，图中旗帜上写着"祝劳工永久的胜利！"

纵览 20 世纪 20 年代中国第一次工运高潮，长辛店工人运动是马克思主义和中国工人阶级相结合的起点与典范，长辛店是中国北方工人运动的重要摇篮。

（北京市委党史研究室 市地方志办 贾变变）

# 女星社二三事

20 世纪初的中国危机四伏,帝国主义列强虎视眈眈,妄图灭亡中华。而一些有识之士纷纷行动,寻求救国之路。此时,一个由早期共产主义分子和妇女运动领袖发起、组织,从事妇女解放运动的反帝、反封建、反军阀的妇女进步团体——女星社宣告成立。它以启发妇女觉悟、号召妇女奋起反抗为己任,在妇女运动史上写下了浓墨重彩的一笔。

## 为妇女解放而斗争

伴随五四时期整个中国社会的觉醒,妇女解放与民族和阶级解放相结合,更凸显了妇女解放的内涵要义,而女星社就是在这种情况下于天津诞生,并成为全国妇女解放运动的一面旗帜。

1923 年 4 月 25 日,达仁里 10 号,一个具有崭新气象的妇女组织成立了,它就是女星社。女星社的发起者邓颖超、李峙山、谌小岑等人及女星社的成员已经在不同程度上接受了共产主义思想。邓颖超在后来回忆中说:"我们那时没有读多少理论书,只知道马克思主义和共产主义的理想,是没有阶级,没有人压迫人、人剥削人,是要建立各尽所能、各取所需的社会,决心为实现这个理想而奋斗终生。"

天津妇女运动的领导者们将解放妇女的思想融入女星社的宗旨之中,成为所有社员行动的标杆。这个团体的宗旨是"实地拯救被压迫妇女","宣传妇女应有的革命精神","力求觉悟女子加入无产阶级的革命运动"。

女星社成员把妇女运动与爱国斗争紧密结合起来,她们积极组织并参加由天津地方党、团组织领导的反帝、反军阀斗争。1924 年 5 月 4 日,天津党组织通过学联出面召开纪念"五四"大会,特邀蔡和森、马叙伦到会讲演,并由邓颖超作了题为"五四之经过史"的报告,当天《妇女日报》发表《神圣的五四》和《敬告和希望学界诸君的》,号召人们"重整旗鼓,一往直前"地反对帝国主义。

以女星社为阵地,一批青年马克思主义者和进步分子,向残害、压迫妇女的封建礼教和社会恶势力,以及帝国主义和反动军阀展开了英勇无畏的斗争。她们以马克思主义为指导,通过所创办的报刊,不断向妇女灌输"政治的常识",号召广大被压迫的妇女争取自身权利,从根本上指明了妇女运动的前进方向,即变革现存的社会制度、推翻私有制。她们撰写大量文章,如邓颖超的《为什么》、张若名的《急先锋的女子》、王贞儒的《我们的姊妹》等,以妇女受迫害的现身说法,有力地鞭挞了压迫妇女的孔孟之道和封建礼教,号召广大妇女做打破旧礼教的急先锋。

为了进一步宣传女星社思想,抨击腐朽的教育制度,女星社成立之后,就开始酝酿办校事宜。1923 年在天津第一补习学校的基础上创办了天津女星第一补习学校,学校秉承"救济失学妇女,授以相当知识及浅近技能,使其自谋生活",并"希望在这个学校里产生许多妇女运动的先锋队"的理念,使天津妇女界发生很大变化。在创办补习班的过程中,女星社目睹了中下层家庭妇女无法到校读书的现状,又创办了"女星星期义务补习学校",开设国语、珠算、手工等课程,一律不收学费。为使更多的妇女享有受教育的机会,女星社以达仁女校的名义,增设了"妇女平民学校"。由于方向明确,这些学校都办得很有特色。为了使平民教育更加普及,女星社成员与天津各大厂工人、铁路工人、人力车夫及失学的男女同胞广泛接触,并与天津绅、商、学各界五万余人,举行了声势浩大的平民教育大游行,一时在天津社会出现平民教育的热潮。

## 《女星》与《妇女日报》

女星社成立伊始,就创办了自己的宣传刊物《女星》旬刊(后改为周刊),由李峙山任主编,邓颖超负责审校,谌小岑分管出版和发行工作。《女星》的出版和发行受到天津广大女性读者的欢迎。

在著名教育家马千里的支持下,《女星》作为天津进步报刊《新民意报》

的副刊之一,每旬逢五出版,十六开本,每期四版。《女星》旬刊每期发行760份,另外加印1000份,分寄全国各地报刊团体和朋友,从第四期起,分别在北京、南京、上海、武昌、长沙、广州、杭州、奉天、开封、重庆、济南等地设立代派处,至1923年6月,外埠代派处共有17个,同时还与大中城市二十多种报刊建立了交换关系,在各地妇女运动中产生了广泛影响。

1923年秋,刘清扬从法国返回天津,与邓颖超、李峙山、谌小岑等商讨,认为有必要在《女星》之外再出一张讨论妇女问题的报纸,以便更充分地反映妇女的痛苦,更广泛地探讨全国妇女运动的状况。1924年1月1日,《妇女日报》创刊。从第37期开始,《女星》改为周刊,附于《妇女日报》发行。《妇女日报》由刘清扬任总经理,李峙山为总编辑,邓颖超、周毅任编辑员。《妇女日报》在更广泛的范围内讨论与妇女切身利益相关的政治、经济、教育、职业、婚姻、家庭等方面的问题,刊发了多篇反帝、反封建专制和声援工运、学运、妇运的文章与新闻报道。特别是在1924年第二次直奉战争期间,《妇女日报》发表大量消息和声讨封建军阀的文章,并向全国呼吁成立反对曹锟、吴佩孚等封建军阀的妇女组织。向警予给予《妇女日报》高度评价:"《妇女日报》的纪元,是中国沉沉女界报晓的第一声。……我很希望《妇女日报》成为全国妇女思想改造的养成所。"《妇女日报》在推进妇女运动做出积极贡献的同时,也引起反动派的仇视,遭到种种压力,同时由于办报经费紧张,刘清扬、邓颖超等办报人员相继离

女星社主办的《女星》旬刊

津,《妇女日报》遂于 10 月 1 日停刊。《女星》也随之停刊,前后共出 57 期。

[中共天津市委党校(中共天津市委党史研究室) 孟罡]

# 台城星火

中共安平县台城特别支部（简称"台城特支"）是全国第一个中国共产党农村党支部，它像一枚火种在冀中平原的广大农村点燃了革命的星星之火。弓仲韬为了它的建立和发展散尽了家产、牺牲了亲属，甚至失去了自己的双眼，但他无怨无悔，对党忠诚一生。

## 一位双目失明老人的泪水

在哈尔滨，一位双目失明的老人时常伤心流泪，口中还念叨着："我不能为党工作了，我没有完成党交给的任务啊！"他是谁？为何双目失明？又为何反复念叨这一句话？

这要从清朝光绪十二年，也就是 1886 年说起。这一年，直隶安平县台城村（今属河北省衡水市）一个大户人家诞生了一个男孩，取了一个文气的名字——弓仲韬。说起弓家，可以算得上是十足的大户人家，常年雇佣的管家、长工、仆役就达数十人。受其父影响，弓仲韬从青少年时期就开始关心国家大事，忧国忧民。在弓仲韬长大后的一段时间里，他的父亲久居关外，两个弟弟也都在外求学，他自然成了掌管全家事务的"少东家"，但他无意沉溺于家庭的烦琐事务之中，总想着去看看外面的世界。

1911 年，弓仲韬考入天津北洋法政专门学堂中学班。1916 年，在他堂兄弓镇的引荐下，他进入国立北京法政专门学校学习。求学期间，正值五四运动爆发，国家的政治面貌为之一变。面对风起云涌的民主与科学运动，弓仲韬再也做不到"两耳不闻窗外事"了，积极投身到伟大的运动中。此后，他开始阅读进步书刊，思想产生了很大的飞跃。

毕业后，弓仲韬受聘于北京天桥沙滩小学担任教员。教课之余，他经常借用老乡的证件进入北京大学图书馆看书，时间久了便成了这里的常客。这里丰富的藏书，让他感觉一下子进入了浩瀚的知识海洋，如饥似渴地汲取着精神营养。他对新文化运动的领导人陈独秀、李大钊、鲁迅、胡适等人的文章更是情有独钟。在这里，他与时任北京大学图书馆主任的李大钊相识了，并经常进行交流。随着与李大钊的深入接触，他的思想认识不断提高。其间，他还受李大钊的派遣，到北京天桥一带的下层群众中宣传革命思想。

1923 年 4 月，经李大钊介绍，弓仲韬加入了中国共产党。从此，弓仲韬走上了革命的道路，一生对党忠心耿耿，把自己的毕生精力和家产都贡献给了革命事业。

## 从弓凤洲的档案说起

在弓凤洲（曾任河北省工业厅机关工会主席）的档案中有一行字赫然醒目："1923 年 7 月在本村参加中国共产党，介绍人是弓仲韬。"弓凤洲就是在台城村由弓仲韬发展的第一位中共党员。

弓仲韬 1923 年入党后，很快就受李大钊派遣回原籍传播马列主义，建立和发展党组织。他放弃了城市生活，辞去教师工作，回到了老家安平县台城村。经过调查他发现，在当地大约不到 10% 的富人却占有 80% 的土地，90%的穷人生活在水深火热之中，农民有强烈的革命要求。他知道，要发动群众进行革命，首先要启发民智。于是他卖掉了自家的 20 多亩地，在家中办起了"平民夜校"，并亲自编写了教材《平民千字文》。他教农民识字，并借机向他们灌输进步思想，使群众认识到，自己贫穷落后的根源不是命运，而是腐朽、落后的社会制度，是地主阶级的压迫和剥削造成的，于是大家产生了翻身求解放的强烈愿望。看到群众的觉悟提高了，弓仲韬不失时机地建立了台城村农民协会，利用农会组织凝聚人心、壮大力量、维护广大贫苦群众的权益。在这些进步群众中，弓凤洲、弓成山两人尤为突出，他们思想进步、积极肯干、向往革命。1923 年七八月间，由弓仲韬介绍，二人光荣地加入了中国共产党。这时，台城村已经有了 3 位共产党员，达到了建立党支部的条件。1923 年 8 月，经上级党组织批准，弓仲韬组织建立了全国第一个中国共产党农村党支部——中共安平县台城特别支部，弓仲韬任支部书记，弓凤洲任组织委员,弓成山任宣传委员,支部设在弓仲韬家里,受中共北京区委直接领导。它的建立像一枚火种被埋进了冀中平原这块乡村的土地,对北方农村党的建设和农民革命运动的发展具有重要而深远的意义,在中国革命史和中共建党史上占有重要的地位。

全国第一个农村党支部纪念馆

与此同时,已在北京加入共产党的安平籍人李锡九回到家乡,发展了安平县北关高小校长李少楼等入党,随后北关高小和思敬村两个党支部相继建立。1924 年 8 月 15 日,台城村、思敬村和北关高小三个党支部推选出了弓仲韬、弓凤洲等 9 名代表,在思敬村召开安平县第一次党员代表大会。在这次会议上,选举产生了中共河北省第一个县委——中共安平县委,由弓仲韬任书记。在弓仲韬的领导下,党组织积极宣传革命思想,组织群众进行反帝反封建斗争。弓仲韬常说,作为共产党人,就要舍得出家财,豁得出性命。他变卖家中田地解决办学和党的活动经费问题,又开办工厂解决贫困党员和群众的生活困难。弓仲韬整个家庭都为革命付出了巨大牺牲,在他的影响下,几位家庭成员和亲属都走上了革命道路,有的甚至为革命献出了生命。他的父母原本过着富足安稳的生活,但受弓仲韬的"牵连",经常受到敌人的威逼、打骂,后被折磨去世。为避敌人耳目,不能白天出殡,只能偷偷在夜间安葬。弓仲韬有一个儿子、两个女儿,儿子在 8 岁时被敌人投毒害死。大女儿弓浦从小在家乡跟着他走上了革命道路,于 1925 年加入了中国共产党。1926年在北京上学时参加了三一八反帝爱国游行示威，被反动军警开枪打伤，回到家乡后因伤重不治而亡，为革命献出了宝贵的生命。大女儿牺牲后，他的小女儿继续参加革命。1925年，台城女团支部成立，支部书记由弓仲韬的小女儿弓乃如担任。

在台城特支的影响和发动下，安平县中共党组织得到迅速发展。到1927年底，全县已建有7个党支部、5个团支部，党团员人数达到百余人。

七七事变后，弓仲韬与党组织失去了联系，他内心焦急万分。作为一名视党为生命的忠贞党员，弓仲韬决定不远万里赴革命圣地延安寻找党的组织。他带上满身病痛的妻子和小女儿弓乃如艰难出发了，一家人在途中遭遇了土匪的抢劫，落得身无分文，经过艰辛辗转才走到了西安。而这时他的妻子病情加重，无法继续结伴前行，他只好让小女儿先走。小女儿弓乃如几经曲折，终于来到了延安，并被分配到陕北公学。弓乃如找到党组织后，开始千方百计打听弓仲韬的下落，想尽快把这一喜讯告诉父亲，却一直没有得到任何音信。原来在1939年的冬天，弓仲韬的妻子病重去世。身无分文的他只能以席裹尸，把妻子简葬于当地，然后奔赴陕北，终因无法通过国民党封锁区而流落到汉中。由于找不到党组织，又不能暴露身份，他只好隐姓埋名来到一家工厂当了伙夫。即使处境如此艰难，弓仲韬仍没忘记一个共产党人肩负的责任。他开始每天晚上教工厂里的工人识字，提高他们的思想觉悟。这一举动引起了资本家的仇视。1942年，借弓仲韬患眼病之机，资本家谎称带他到医院看病，用针刺瞎了他的双眼！身陷绝境的弓仲韬，一路乞讨，辗转两千余里，于1943年秋回到了阔别六年的家乡——台城村。回村后，他接上了组织关系。这时他已经57岁了，又双目失明，但仍然积极为党工作。

1945年，弓乃如被党组织派往东北工作，先后在佳木斯、哈尔滨担任过区委书记，后到黑龙江省委统战部工作。1951年，她将父亲接到哈尔滨居住。黑龙江省委在得知弓仲韬是一位革命前辈后非常重视，做出决定给予弓仲韬每月70元的生活补助费，以及一些食品、用品的供应，这是黑龙江省老红军的待遇水平。组织的关怀使他的老年生活无忧，同时也让他感受到了党组织的温暖。但他经常因不能再为党工作而伤感，多次落泪，口中还念叨着："我不能为党工作了，我没有完成党交给的任务啊！"1964年3月弓仲韬病逝,临终前他再三嘱咐家人:"一定要把我节余的 1000 多元钱交给党,作为我的最后一次党费!"这就是一位老共产党员最后的心愿。

# 星火燎原

在李大钊的指导下,由弓仲韬在台城村播下的火种始终在安平这片热土传递着,在冀中大地渐成燎原之势。

中共台城特支的建立,安平党组织的迅速发展,使这里的人民受到革命思想的影响,阶级觉悟得到提高,斗争精神得到加强,为今后的抗日战争和解放战争的开展打下了广泛的群众基础。

抗战期间,这个仅有十七八万人口的小县,竟有 8689 人参加了八路军或加入地方抗日组织,有 2269 人为驱除外侮而壮烈牺牲。1938 年 4 月 1 日,冀中政治主任公署(1940 年 3 月改称冀中行政公署)在安平县城成立,冀中区党委、八路军第三纵队、冀中军区也在安平建立,这里成为冀中敌后抗日根据地的腹心地带。而此时的冀中区共有 18 个县,800 多万人口,在日军占领的心脏地区形成了稳固的抗日堡垒和战略支点。1939 年 1 月,贺龙、关向应率八路军一二〇师挺进冀中到达安平、深泽一带,这里掀起了参加八路军的热潮。一二〇师来时仅有 6400 多人,走时已发展到 21900 多人,在此扩充吸纳了冀中子弟兵 15000 多人,其中就有许多安平子弟。在八年的浴血抗战中,安平涌现出许多可歌可泣的英模人物,如"冀中子弟兵母亲"李杏阁,威震敌胆的县游击大队长王东沧、政委张根生,铁骨铮铮的抗日干部张东东、宋永安、王仁庆,抗日政府县长赵斗生,巾帼英雄邢小梅等。在安平投身抗战的李银桥和韩桂馨,后来都到了毛主席身边工作,由主席做媒结为夫妻,被传为革命的佳话。一部记录冀中八百万军民浴血抗战场景的著作——《冀中一日》,是由时任冀中区党委书记的黄敬、军区政委程子华和司令员吕正操于 1941 年春天在安平县彭家营村倡导编写的,它生动地记述了艰苦卓绝的抗战岁月。安平籍著名作家孙犁的长篇小说《风云初记》,就是以当年安平一带的抗日斗争为背景进行创作的。

在解放战争时期,无数的安平儿女在党组织的领导下,一次又一次响应党的号召参军参战。从 1945 年 8 月到 1948 年 4 月,曾经掀起了 6 次参军热潮,共有4300余人参加了人民解放军。面对国民党军向冀中解放区的猖狂进攻,中共冀中区党委号召群众积极参军,保卫自己的胜利果实,要求安平县在1946年底前扩军一个营(500人)。动员令一下,群众就开始积极报名,在极短的时间里就有2000多人踊跃参军,成立"安平县农民保家独立团"。这个团参加了著名的青沧战役、清风店战役、太原战役、解放石家庄战役,以及后来的抗美援朝战争、抗美援越战争,其中有108人光荣牺牲,为全国解放战争的胜利做出了贡献。

从台城特支点燃星星之火,到一代又一代安平共产党人带领人民群众艰苦奋斗、不畏牺牲、接续传承,为革命事业做出了重要贡献。

(中共河北省委党史研究室  贾景辉)

# 邓培点燃开滦煤矿工人运动之火

从爱打抱不平的少年到充满革命热情的青年,再到百炼成钢的革命家、工人运动领袖,邓培的一生不算波澜壮阔,但他在工人运动中发挥的作用是不可磨灭的。从离开家乡广东远赴天津、唐山谋生开始,30 年间,邓培的革命足迹遍及唐山、郑州、北京、广州、莫斯科。走南闯北,奔走呼号,由少年到中年,由人子到人父,最终把生命奉献给了革命事业。他是中国工人运动的先驱,是唐山地区第一个共产党员,为我国早期工人运动做出了杰出的贡献。

邓培

## 年少勤勉不息　投身革命道路

1883 年 4 月 8 日,邓培出生于广东省三水县石湖洲邓关村。他的家境贫寒,祖父是产业工人,父亲和伯父、叔父都因生活所迫去美国旧金山做苦工,最后身葬异国。幼年的邓培靠母亲含辛茹苦的抚养,只勉强读了两年私塾。14 岁时,他离乡背井,到天津德泰机器厂当学徒工,受尽了资本家和工头的打骂凌辱。也正是从天津开始,邓培心里埋下了革命的火种。

在机器厂时邓培虽未成年,却要从事十分繁重的劳动,还要忍受老板的打骂。他刻苦钻研技术,三年徒满出师,1901 年到京奉铁路唐山制造厂(现唐山机车车辆厂前身)当旋床工,他坚持自学文化技术,成为懂英语、能看图操作、手艺高超的技工。

在帝国主义分子和封建把头的剥削压榨下，唐山制造厂工人过着牛马不如的生活，邓培常愤愤不平地对工友们说："为什么工人就该受压迫、吃不饱、穿不暖？为什么压在工人头上的总管和监工就该享福？"后来，经人介绍，他接触和阅读了《新青年》《每周评论》等进步书刊，受到革命的启蒙教育。

五四运动爆发后，革命洪流迅速波及全国。邓培带领三千多名工人举行罢工，不料遭到厂方的阻挠，当副厂长孙鸿哲责问工人，国家大事要国家去管，工人干什么去？邓培理直气壮地回答："国家兴亡，匹夫有责。我们工人是国民的一分子，不能袖手旁观。"邓培的言行在工人中很有影响。工友们喜欢接近邓培，听他的话。

为了统一领导唐山的爱国运动，7月6日，唐山成立了各界联合会。邓培被公推为评议员，参加了各界联合会的领导工作。他把唐山制造厂的工人和工业专门学校的学生组织起来，编成多个讲演队，在市内的主要街道、戏院、茶楼、公园等公共场所发表演说、散发传单，向群众进行爱国主义教育，呼吁反对卖国条约，抵制日货。由于邓培积极参加并领导五四运动，成为唐山工人中很有威信的领袖人物。

1920年五一劳动节，邓培在唐山制造厂组织了纪念活动。这是他在北京大学马克思学说研究会的领导下进行的一次马克思主义的宣传活动。那天，邓培在全厂工人纪念会上发表了讲演，并宣读了北京大学马克思学说研究会寄来的《北京劳动宣言》。纪念活动使邓培和广大工人受到了深刻的阶级教育，在工人的心中播下了革命的种子。

邓培在北京共产党早期组织的指导帮助下，思想觉悟迅速提高，对唐山制造厂原有的"职工同人会"加以整顿，于1921年春建立起唐山第一个工会组织——京奉铁路唐山制造厂工会，成为我国早期建立的产业工会之一。工会成立大会是在扇面街5号秘密召开的，到会代表30多人。邓培在会上首先讲了成立工会的意义，他说："咱们要打破同乡观念，不分南方人、北方人，都是一同受苦的兄弟。咱们不能要工头、狗腿子参加，因为他们和咱们走的不是一条道"。最后，大家一致推选邓培为工会委员长。

为了加强工人的联合，唐山制造厂工会很快与开滦煤矿和启新洋灰公司的工人建立了密切联系。邓培与山海关、长辛店等地工人建立了密切联系。唐山制造厂工会遂成为唐山地区和京奉铁路工人运动的核心。1921年7月6日,李树彝在唐山组织起社会主义青年团,这时邓培已37岁了,但因工作需要,仍被吸收加入社会主义青年团。1921年秋他加入中国共产党,是唐山地区第一个共产党员,也是北方工人中最早的党员之一。

## 出席远东大会　赤都谒见列宁

1921年上半年,共产国际为了对抗帝国主义对东方被压迫民族的侵略,组成国际反帝统一战线,召开远东各国共产党及民族革命团体第一次代表大会,邀请中国共产党等团体的代表39人参加。中共北京组织和李大钊决定派邓培作为中国产业工人的代表参加中国代表团。

1921年10月下旬,邓培以回广东老家探亲为名,向厂方请准3个月假,随同北方的其他代表于11月初到达共产国际远东局所在地伊尔库茨克。这次大会,原定1921年11月12日召开,由于多数代表未能按期到达,故决定延期举行。12月底,为便于列宁和共产国际就近指导,又决定改在莫斯科召开,从而使大会具有更为重大的政治意义。

1922年初,中国代表团抵达莫斯科。1月21日,远东民族大会在克里姆林宫开幕。各国代表做报告,介绍了远东各国的阶级关系、工人运动、农民运动、学生运动及妇女的状况等,内容丰富,也引起了邓培的极大兴趣,学到了革命斗争经验。邓培代表中国产业工人在大会上报告了中国的工会、铁路和冶金工人罢工情况,受到了与会代表的重视。中国工人罢工的情况传遍了全世界,受到普遍关注。

伟大的革命导师列宁因病未能出席大会,但他始终关怀大会的进行。在会议期间,邓培和中国共产党代表张国焘、中国国民党代表张秋白、朝鲜代表金奎植一同受到列宁的接见,这是邓培终生难忘的光荣而又欢乐的时刻。列宁向张国焘、张秋白询问了中国革命的情况,特别是孙中山领导的国民党与中国共产党的合作问题。邓培亲耳聆听了列宁的许多教导。告辞的时候,列宁紧握着邓培的手,对张国焘说:"铁路工人运动是很重要的。在俄国革命中,铁路工人起过重大的作用;在未来的中国革命中,他们也一定会起同样的或者更大的作用。请你将我的意思说给他听。"邓培这个朴实的工人领袖,听了张国焘的翻译后,张口大笑,点头不已,作为对列宁盛意的回答。列宁睹此,也兴高采烈地回应。伟大革命导师列宁的接见,使邓培深受教育和鼓舞,由此增加了对列宁的敬仰之情。邓培以一个普通工人的身份,谒见了世界无产阶级的革命导师和领袖,这不仅是他个人的光荣,也是中国无产阶级的光荣。

邓培回国后把《远东各国共产党及民族革命团体第一次代表大会宣言》中的思想告诉工人:"我们一定要争得解放。我们要战胜压迫我们的人,来建设一个公平的制度;我们要将土地和工厂从不劳而食的人手中收回,将权力握在我们工人和农民的手里。""我们的朋友遍天下,全世界无产者和被压迫人民都是一家人。我们要团结起来!"

在党组织的培养和教育下,经过革命斗争的锻炼和考验,邓培迅速成长为一名无产阶级先锋战士和工人领油。1922年夏,在中共北京区委领导下,中共唐山地区委员会成立了,邓培担任书记。

## 点燃开滦煤矿工人运动之火

开滦煤矿包括唐山、赵各庄、林西、马家沟、唐家庄5个矿,原为中国资本独立经营,后因借英款(庚子借款)而变为中英合办,实际上受英帝国主义控制。中国矿工受着外国资本的剥削,随时都有丧失生命的危险,生活极其悲惨。

中共唐山地委成立前后,邓培不断深入矿山教育群众和组织群众,发展党员。1922年,京奉铁路唐山制造厂的工人开始罢工,10月15日,邓培代表中共唐山地委召集唐山各厂矿工人代表开会,对各厂矿的斗争作了部署。开滦五矿工人代表回矿以后,立即酝酿组织罢工。他们选出代表8人,16日向开滦矿务局递交了请愿书,提出了改善生活待遇的六条要求。19日,成立了开滦五矿工人俱乐部。22日,邓培和劳动组合书记部特派员彭礼和等同志在开滦五矿工人俱乐部听取了各矿代表的意见,决定23日五矿开始同盟罢工。会上成立了同盟罢工总指挥部,邓培是主要领导成员之一。

10月23日清晨,林西、赵各庄、唐家庄、唐山四矿工人和秦皇岛经理处工人按照罢工总指挥部的命令进行罢工。(马家沟矿工人由于受到矿方便衣警察的严密监视,未能同时行动,延至11月1日参加同盟罢工。)各矿工人纠察队高举带有矿工标志的旗帜,威武雄壮地站在各交通要道,执行自己的任务。数万矿工斗志昂扬,罢工秩序井然,令阶级敌人感到震惊和害怕。赵各庄矿的阶级敌人惊呼:"赵各庄实际上就是一个苏维埃政府。"开滦矿务局总矿师杜克茹承认:"这个一致行动,说明各矿罢工者的组织是多么卓越。"

工人罢工以后,邓培和劳动组合书记部的其他同志研究决定增加斗争要求。25日以五矿工人俱乐部名义向矿方提出了四条补充要求,其中"矿务局应承认五矿工人俱乐部有代表工人之权限","以后局方雇用和革除工人须通过工人俱乐部"这两条要求具有明显的政治色彩。

开滦五矿同盟罢工开始后,英帝国主义者非常恐慌,直接派遣英军分遣队并勾结军阀实行武力镇压,制造了"十·二六"惨案。为了支援开滦工人的斗争,邓培派人到唐山启新洋灰公司发动罢工。10月28日,启新洋灰公司4600多名工人举行同情开滦工人的罢工。一直坚持了20多天,壮大了开滦罢工的声势,鼓舞了开滦工人的斗争意志。

10月30日,敌人采取饥饿手段逼迫工人复工。邓培和罢工总指挥部的同志决定把全国各地工会和群众团体的捐款分发给各矿工人俱乐部开办粥厂,每日两餐,工人免费就餐。邓培又发动唐山制造厂工人到唐山矿附近帮助埋锅造饭,开办粥厂。

工人罢工使矿方经济上受到重大损失。11月15日,开滦矿务局和直隶全省警察处分别贴出布告,提出两项退让条件:工人月工资在百元以下者,一律增加百分之十;罢工期间发给七日工资。这两项条件距离工人罢工前后提出的要求相差太多,但各矿一部分工人领袖迫于工人生活困难忍痛决定复工。至11月19日,五矿和秦皇岛组织工人先后复工。开滦五矿同盟大罢工失败。

开滦罢工结束以后,军警当局继续通缉邓培,他不得不暂时离开唐山隐蔽起来。等到风声稍微平稳一些,又冒着生命危险回到唐山,坚持斗争。在群众的保护下,敌人始终未能抓到邓培。

1922年12月,邓培秘密成立了京奉铁路职工总会,被选为委员长。1923年6月,邓培被中共三大选为中央候补委员,四大连任。1924年2月,在全国铁路工人代表大会上成立中华全国铁路总工会时,他被选为委员长。

1926 年任全国铁路总工会广州办事处主任,后任广东省总工会委员长。第三、四次全国劳动大会上被选为全国总工会执行委员。1927 年,在广州"四一五"大屠杀中英勇就义,时年 44 周岁。

(中共河北省委党史研究室　王宏)

# 一叶方舟济沧海

父亲为他取名"兰渚",是希望他做一个处江湖之远的谦谦君子,而他却违背父亲意愿,将名字改为"方舟",将爱国救亡、济世渡人作为毕生志向。他就是天津五四运动杰出的领导人之一,天津早期党团组织的负责人——于方舟。

## 誓血民族之耻

于方舟,原名于兰渚,1900年生于河北省宁河县俵口村(今属天津市宁河区)。当时正值八国联军侵华战争爆发,清政府的软弱无能,使列强的铁蹄在中国大地上肆意践踏。在这种环境下长大的于方舟,从小就立志成为匡扶国家的民族英雄。

1917年,于方舟考入设在天津的直隶省立第一中学(今天津市第三中学)。在学习之余,他积极为学校进步刊物《进修》投稿,并成为该刊的编辑。他曾发表《庚子燹余记》《蠢矢录》等纪实小说,生动描写了在帝国主义侵略下,中国百姓凄惨不堪的生活状况。在这期间,他的思想愈发成熟进步,于是改名"方舟",决心以天下为己任,解救人民于水火。

1919年,五四运动爆发,于方舟积极投身反帝爱国运动之中。他组织成立了直隶省立第一中学学生救国团,并被推举为团长。天津学生联合会成立后,他被选为评议会的委员。5月23日,他带领直隶一中的学生参加了天津15所中等以上学校的罢课斗争,组织成立了直隶一中讲演队,在反动政府的严令禁止下,与警察巧妙周旋。5月26日,以于方舟为首的直隶省立第一中学学生救国团创办了《醒》报,开展抗日救国宣传,呼吁全国同胞万众一心、共同抵御侵略者。于方舟发表了演说词《发聋振聩》,呼吁同胞"振作救国的精神",开展爱国救亡的斗争。8月23日,于方舟在街头讲演时被警察逮捕,拘押了半个月。但这并没有削弱他斗争的意志,反而更加义无反顾地开展爱国宣传。受新思潮的影响,于方舟等学生骨干在革命先驱李大钊的帮助和指导下,成立了传播马克思主义的重要团体——新生社,并创办了《新生》杂志,宣传新思想。

1920年1月29日,于方舟与周恩来带领天津爱国学生数千人到直隶省公署请愿,被反动政府无理镇压。于方舟、周恩来、郭隆真、张若名等人被逮捕。在狱中,于方舟表现出了一名革命者的无所畏惧和坚韧乐观的精神,他一面对反动政府逮捕青年、镇压革命运动的罪行进行彻底揭露;一面为抗议非法拘捕争取更大自由,与难友进行绝食斗争。艰苦的牢狱生活并没有让于方舟的意志有丝毫消沉,反而激发了他更加激昂的斗志。他在《浪淘沙》中写道:"千古做完人,震撼三津。爱国不怕进狱门。虎狼拒送检察厅,更增仇恨!红日透监棂,满眼光明,绝食神州风云动。买办洋奴休横行,一场春梦!"从这阕词中,展现出于方舟威武不屈的坚强意志和对斗争必胜的坚定信念。

## 组织抗税斗争

经过五四运动的洗礼和马克思主义的学习,于方舟对革命的意义和群众运动的力量有了更深刻的认识,更坚定了他开展斗争的决心。

于方舟等获释后,被学校以宣传"过激主义"的罪名开除学籍。回到家乡后,他看到农民在剥削与压迫下的悲惨生活,意识到解决农民问题的极端重要性,便立即组织和发动农民开展革命斗争。

为了启发农民的思想觉悟,让大家认识到贫穷的根源和敌人是谁,于方舟用简明的语言编写传单,向农民说明什么是帝国主义,什么是军阀,什么是土豪劣绅。为破除封建迷信对人们的思想束缚,他还用易于被农民接受的歌谣形式,引导农民通过斗争掌握自己的命运。他还经常扮作农民模样,来到田间地头宣讲革命的道理,在他的启发下,很多农民被发动起来,走上了革命的道路。

1920年,华北五省遭遇了"四十年未有之奇荒",持续的干旱造成粮食大量减产。而宁河县的反动政府非但不采取措施抗旱保粮,反而与土豪劣绅沆瀣一气,借机向农民敲诈勒索,发布将盐、碱、薄、洼的土地,每亩增加二钱六厘银子的附加税。广大农民看到布告后非常气愤,但逆来顺受的贫苦农民,谁敢与政府和官绅抗衡呢? 况且旧社会政府的布告如同圣旨一般,百姓必须遵行、绝不可能更改。因此,农民们虽然心里有怨气,但也没有办法。于方舟看到反动政府如此荒唐的行为,决定冒险当"出头鸟",发动农民进行抗税斗争,为他们讨回公道。他走村串户,以宁河县"旅津学生同乡会"的名义,召集暑假回乡的进步同学,率领贫苦的农民、渔民去县政府请愿。于方舟义正词严地当面质问了反动官员,并对他们肥己害民的阴谋进行了无情的揭露。对在场的宁河县议长、劣绅刘瑞武指出:"你身为议长,既不体贴民苦,又讲不出附加税的正当用途,盐、碱、薄、洼之地,又多数不在你们地主豪绅之手,如此的附加税,岂不是为害于民吗?"并代表大家严正提出:"要求议长立即宣布撤销原案,政府也把增收附加税的告示撤回……"这时,随行而来的群众也在门外响应呐喊。县当局怕闹出乱子不好收拾,只好宣布免征附加税,抗税斗争取得了胜利。

## 建立地方党团组织

在开展革命活动的同时,于方舟更加努力地追求革命真理,积极探索拯救国家危亡的道路。在李大钊的启迪下,他逐渐确立了共产主义信仰,成为一名坚定的共产主义战士。

1920 年秋,于方舟在新生社的基础上建立了天津马克思主义研究会,并发行会刊,热情介绍十月革命后苏俄的情况,并联系中国实际宣扬革命主张,有力推动了马克思主义在天津的传播。之后,于方舟参加了由李大钊直接领导的北京大学马克思学说研究会,并在 1921 年将天津马克思主义研究会改为天津社会主义青年团。从此,天津团组织就得以重新建立并逐渐巩固发展起来。其中很多成员后来成为天津党组织建立时的第一批共产党员。1922 年,于方舟考入南开大学。1923 年经李大钊介绍,他正式加入中国共产党。

1923 年 6 月,中国共产党第三次全国代表大会制定了同国民党进行合作的政策。1924年根据李大钊指示,于方舟、江浩、李锡九等人,于2月底组建了国民党直隶省党部和天津市党部,并担任主要领导人。在新组建的国民党地方组织的掩护下,他们秘密地进行着中国共产党天津地方组织的筹建工作。

3月9日,社会主义青年团地方组织执行委员会在高等工业学校召开重建大会。于方舟在会上做了报告,传达了中央的通告,说明了团组织在津活动的范围、方法和原则,并被推举为委员长。团地委重建后,加强了对团员的马克思主义教育,提高了团员理论水平和阶级觉悟。在于方舟的领导下,团地委成立了天津学术讲演会,组织团员深入工厂和农村宣传革命思想和社会主义,以启发民众觉醒。

同年9月,在中共中央和北方区委领导下,中共天津地方执行委员会在法租界普爱里34号(今和平区长春道普爱里21号)召开成立大会。会议讨论并确定了党在天津工作的具体方针和行动纲领。于方舟当选为委员长。

从此,于方舟便离开了团的领导机关,专门从事中共天津地委和国民党直隶省党部的工作。他积极发动工人和各界群众投入国民革命运动,推动了统一战线的形成,领导各界群众开展斗争。在于方舟的组织和领导下,1925年天津各界人民国民会议促成会成立,并带动各县成立了国民会议促进会。同时,以党员、团员为骨干的反帝运动大同盟、非基督教大同盟、妇女联合会等群众组织也相继成立。天津党组织在斗争中不断发展壮大,逐步在工厂、学校、农村建立了基层党支部,把天津大革命运动推上了新的高潮。

## 组织领导玉田暴动

1927年大革命失败后,党中央确定了土地革命和武装反抗国民党反动派的总方针,于是全国各地纷纷举行武装起义。北方局确定了实行土地革命,打倒新老军阀、地主、豪绅,发动和组织农民战争,建立工农兵政权的行动方针。为加强对京东地区农民运动的领导,成立了中共京东特别委员会,当地农民被迅速发动起来,成立了京东农民协会和农民自卫队,革命力量得到快速发展。

与此同时,冀东玉田一带反动武装也加紧了对革命的镇压,他们抓捕和残害农会会员,扬言恢复被取消的捐税等,激起了农民的极大愤怒。京东特委抓住时机,组织近两万名农会会员于 10 月 18 日举行了著名的玉田暴动,攻占了县城,解除了反动武装。奉系军阀迅速调集重兵对农民军进行清剿,导致农民军大量减员,革命遭受很大损失。

10 月 24 日,中共顺直省委派于方舟带领一批军事干部加强对暴动的领导。到达玉田后,他将农民自卫队改编为京东人民革命军,并制定了第二次攻打玉田县城的计划。在部队整编时,人民革命军还特意制作了绣有镰刀斧头、"土地革命"字样的红旗和指战员佩戴的袖章,公开打出了中国共产党的旗帜。

在于方舟的率领下,京东人民革命军打土豪、夺枪支,不断壮大革命队伍。10 月底,部队进入遵化县东南部,按计划准备夺取平安镇。经过周密部署,指战员们化装成赶集的农民,先分散后集中,出其不意向敌人发起进攻,解除了全部反动武装;没收税务局和一部分豪绅的财物,分给贫苦百姓。经过战斗,广大农民参加革命的意愿更加强烈,纷纷要求加入革命军。

部队途经鲁家峪时,革命军与当地地主团丁进行了激战,但由于对地形不熟,加上长途行军人员疲劳,反复进攻都没有攻克。部队只好暂时撤出战斗,准备休整之后战斗。但没有想到的是,反动地主连夜串通民团二三千人围攻革命军。由于敌我力量悬殊,革命军遭到重大伤亡。于方舟等起义领导人不幸被捕。

在狱中,于方舟面对敌人的威逼利诱和种种酷刑,始终坚贞不屈、大义凛然,没有吐露任何有关组织的秘密。敌人担心于方舟等人被人劫走,决定将他们全部杀害。1927 年 12 月的一个寒风凛冽的夜晚,于方舟在玉田县城外刑场被敌人杀害。就义前,于方舟慨然写下了表达坚定革命志向的诗:

一行热血千行泪,泪有干时血不干。

于方舟

莫因逆境生悲感，且把从前作死看。

[中共天津市委党校（中共天津市委党史研究室）　王明辉]

# 像松柏那样长青的革命元老

江浩(1880—1931)是中国共产党早期党员和杰出的革命活动家,中共天津地委的创建者之一。早年参加辛亥革命,后加入中国共产党,一生为中国人民革命事业奔波奋斗,毛泽东曾称赞他"是一位像松柏那样长青的革命元老"。

## 转变为共产主义者

近代中国,国家积贫积弱,人民处于苦难之中,无数志士仁人前仆后继、不懈探索,以各种方式寻找救国救民道路。江浩自幼关心国家大事,具有强烈的爱国思想。目睹帝国主义侵略瓜分中国,清政府腐败无能,百姓处在水深火热之中,江浩逐渐萌发忧国忧民和民族民主的意识,投身民主革命活动。1908年,江浩怀抱"工业救国"理想,赴日留学。在日本,他结识孙中山,参加同盟会,投身反清革命洪流。1910年毕业回国后,秘密组织反清斗争。武昌起义后,与李锡九等人在天津法租界建立同盟会北方支部,往来于京津之间,策划推翻清政府的武装起义。

1912年初,与革命党人白雅雨等赴滦州策动当地驻军起义,遭清军伏击,起义失败。随后又参与谋划天津起义,终因敌众我寡,起义又遭失败。中华民国成立后,江浩当选国会议员,追随孙中山开展护国运动、护法运动,以及反对北洋军阀的斗争。然而一次次救国救民的斗争尝试与道路选择,都没有成功。辛亥革命失败后,江浩沉浸在失望与彷徨之中,感到资产阶级共和国的方案并不是包治中国百病的良方,从而开始探索和寻找新的出路。俄国十月革命的胜利使处在极度苦闷中的江浩看到了一条崭新的道路。他开始阅读马克思主义著作,研究俄国无产阶级革命的道路和经验,并从自己的亲身经历,以及对理论与实践的研究对比中深刻认识到:只有以俄为师,才是中国革命唯一的出路;只有共产主义,才能救中国。1919 年,五四爱国运动爆发。江浩为青年学生的爱国行为所感动,联络在广州的国会议员于 5 月 9 日召开两院联席会议并发表通电,要求释放被捕学生,严惩卖国贼,对爱国运动给予积极声援和大力支持。

1920 年底,江浩在李大钊的帮助和影响下,成为中共早期党员。后来,江浩在回顾这段历程时说:"摸索了十多年啊!直到俄国十月革命后我才懂得,只有马列主义,只有共产党,才能够救中国啊!"江浩入党后,仍然利用国会议员的合法身份开展党的革命工作,通过各种方式宣传马克思主义,传播革命思想,许多进步青年在其影响下走上革命道路。在长期艰苦斗争的岁月里,他始终坚守践行共产党人的初心使命,为中国革命事业做出了重要贡献。

## 创 建 天 津 地 方 党 组 织

1924 年春,江浩按照党的指示,到天津同于方舟等筹建党的地方组织。接到指示后,江浩立即通知女儿江韵清代其在天津租赁一处适合做党的地下工作的房子。经过挑选,最后确定法租界普爱里 34 号。这是一栋小楼,前后有门,东面是繁华的商业区,西面是杂草丛生的老西开地区,交通便利,极易疏散隐蔽。江浩把家属安置在这里,以掩护党的秘密工作。

经过紧张筹备,天津已具备成立党的地方执行委员会的条件。经上级批准,1924 年 9 月的一天,天津的共产党员陆续来到江浩家中,举行中共天津地方执行委员会成立大会。江浩的妻子刘玉莲和女儿以做家务活为掩护,在门口负责放哨。大会讨论了党在天津的具体工作方针和行动纲领,江浩当选组织部主任。天津地委成立后,江浩积极开展党团组织建设工作,参与组织以党团员为骨干的反帝国主义运动联盟和非基督教大同盟,改组天津学生联合会,建立妇女组织,吸收进步工人、学生和贫苦农民入党,不断壮大党的队伍。

适逢以国共合作为基础的大革命兴起,江浩等共产党员旋即投身于领导天津国民革命运动。1924 年 12 月,按照党中央的部署,天津地委以欢迎孙中山北上为契机,发动党团员和社会各界群众投身于国民会议运动,反对军阀专制统治。江浩以国民党特派员的身份,开展大量组织工作。天津国民会议促成会成立后,江浩当选总务委员,不久又当选国民会议促成会全国代表大会常务委员。为了宣传民主革命和反对帝国主义等政治主张,他与于方舟等带领党团员深入工厂、学校、街道开展了讲演活动,不断扩大国民会议运动声势。孙中山病逝后,江浩组织开展了大规模追悼活动,广泛宣传孙中山的伟大功绩和新三民主义主张。在中国共产党的领导下,国民会议运动如火如荼开展起来,进一步唤起广大群众反对帝国主义和封建军阀黑暗统治的革命热情,有力地推进了天津革命形势的发展。

1925 年五卅运动爆发,国民革命运动高潮逐步兴起。江浩与邓颖超等天津地委成员组织全市各界群众举行集会示威和罢工斗争,声援五卅惨案受难同胞,抗议帝国主义的野蛮暴行,天津成为全国反帝斗争的重要战场。为此,江浩遭到反动当局追捕,被迫离津,先后到玉田和张家口等地开展革命工作。12 月上旬,江浩秘密返津,担任天津地委国民会议运动委员会书记,主持召开直隶省国民党代表大会,坚决粉碎国民党右派改组省党部、排

中共天津地方执行委员会成立大会旧址

挤共产党员的图谋,直隶省、天津市及全省 120 个县的国民党党部的领导权均由中国共产党掌握。在江浩等共产党人领导下,天津及直隶各地革命运动不断发展起来。

1926 年初,革命形势发生了变化,奉系军阀卷土重来,大肆搜捕共产党人。江浩是敌人搜捕的主要目标。党组织为了保存革命力量,指示江浩再次向张家口转移。同年夏,江浩奉调前往广州国民党中央党部和国民政府工作。在那里,他同国民党右派破坏革命统一战线的分裂活动进行了坚决斗争。1927 年 10 月,江浩随中国工农代表团赴苏联访问学习。

## 革命家风传后世

江浩一生为革命事业奔走,从未考虑过个人安危得失。为了拥护孙中山的护法运动,开展反对北洋军阀的斗争,他辗转数载,遭受通缉排挤,生活一度十分困难,连子女的教育费用也无法供给。面对反动军阀势力许以高官厚禄的拉拢利诱,他多次严词拒绝,信念毫不动摇。

1923 年,曹锟贿选总统,以委任县知事和比其他议员多几倍的价码收买江浩。江浩当即予以回绝,并与李锡九等人带动一大批国会议员愤然离京南下,公开发表宣言,抵制揭露曹锟的贿选阴谋。

加入中国共产党后,江浩把当议员每月 400 块银元薪水的大部分交给党组织作为活动经费,而个人和家庭生活却很简朴,衣食住行,处处力求节约。他衣服很少,外出随身带的小衣箱里装有针线盒,衣服破了自己缝补。每日三餐也很简单,常常以粗粮、青菜为主。在居住方面,更是因陋就简,室内摆放的均是普通家具。外出时,不论是乘火车还是轮船,都买三等票。

江浩的夫人刘玉莲是一位缠过足又未受过教育的家庭妇女,江浩对她体贴、尊重,夫妇相处和睦。她原来不识字,婚后江浩教她认字,从字母拼音开始,后来达到能够通信、记事的程度。江浩一家在天津地委机关居住时,她除了操持家务外,还为掩护党的工作操心尽力。

江浩对子女要求非常严格。他教导孩子生活要勤俭朴素,并经常向子女讲授革命道理。在他的教育下,大女儿江韵清和儿子江震寰先后加入中国共产党,成为早期党员。后来,二女儿江挹清也参加革命。人们称赞江浩一家是"光荣的革命之家"。

江震寰曾被党组织派往苏联东方大学学习,1925 年 10 月奉调回国来津,任社会主义青年团天津地委组织部部长、书记。1926 年 11 月,江震寰遭到奉系军阀褚玉璞逮捕。天津党组织立即设法营救,江浩闻讯后尽管非常着急和担忧,仍嘱咐负责营救工作的同志:"不要偏重营救震寰一人,要照顾全案。"1927 年 4 月,江震寰英勇就义,年仅 23 岁,是著名的"天津十五烈士"之一。噩耗传来,江浩忍痛节哀。他说:"干革命免不了牺牲,我们要踏着烈士的血迹前进!"

女儿江韵清幼年随父在北京、上海读书。江浩时常鼓励她经受斗争锻炼,并引导她阅读马克思主义书籍。江韵清积极投身革命,成为大革命时期天津妇女运动的领导者之一。全民族抗日战争爆发后,江韵清和丈夫以家庭作为掩护,为冀东抗日武装筹款,购买军用物资,收集敌伪情报,掩护抗日人员,输送爱国青年到抗日根据地,为天津革命斗争的开展做出了重要贡献。

[中共天津市委党校(中共天津市委党史研究室) 周巍]

# 天津国民会议运动始末

1924 年 10 月的一天,枪声大作,炮声隆隆,直系将领冯玉祥发动北京政变,推翻了曹锟政权。不久,一份加急电报跨越崇山峻岭,送到孙中山手中。在中国共产党倡议下,孙中山为了人民的利益,毅然接受了冯玉祥的邀请,11 月中旬离粤北上。行前,他发表了措辞铿锵的《北上宣言》,提出了召开国民会议解决国是的主张。中共天津地委按中共中央指示精神,在迅速发动群众欢迎孙中山北上的同时,开展了声势浩大的呼吁召开国民会议的运动。

## 欢迎孙中山北上

1924 年 11 月下旬至 12 月初,中共天津地委多次以国民党直隶省党部、天津市党部的名义召集各界团体代表举行迎接孙中山筹备会,中共天津地委委员长于方舟、组织部主任江浩等分别以国民党省市党部负责人的身份主持会议。会议对迎接孙中山的各项具体事宜进行了研究和布置;讨论并通过《上孙中山意见书》,提出撤销一切不平等条约、取消一切苛捐杂税等八项要求。此外,中共天津地委还通过各界团体中的党团员骨干开展了广泛的宣传活动。在市区主要街道,均派出宣传车进行流动宣传,所到之处,发表讲演,散发传单,在各界群众中引起热烈反响。

12 月 4 日,载着孙中山及夫人宋庆龄一行的日本船"北岭丸"号,汽笛长鸣,划破淡淡的薄雾,徐徐靠近天津法租界美昌码头(今营口道东)。码头上,南善堂乐队高奏迎宾曲,伴随着飘展的彩旗,国民党直隶省党部、天津市党部、天津学生联合会、直隶省农会、京汉铁路总工会、女星社、妇女日报社、广东同乡会、天津良心救国团、天津同志新剧社、国货售品所、新民意报社、基督教救国会等团体近万人,发出震耳欲聋的口号声。于方舟、江浩、李锡

九、马千里、邓颖超穿过欢腾的人群,上船到头等舱欢迎孙中山。孙中山迎上前来,紧紧握着江浩、李锡九的手,激动地说:"兄弟为谋救国之策曾两次来天津,这次抱病北来,不是争权力的,而是为了消弭内战,主张南北议和,促进国民会议,废除各列强不平等条约……"随后,他同宋庆龄携手出现在甲板上,向欢呼的人群致意,在江浩、李锡九、于方舟、马千里、邓颖超等人的陪同下走下桥板,登上专车前往租界张园下榻。沿途警车开道,军警维持治安,真可谓盛况空前。当天下午,于方舟、江浩、马千里前往张园商议邀请孙中山讲演和会见群众等事宜。晚上,天津各界为孙中山先生举行欢迎茶会,孙中山因病未能亲莅,派代表出席了茶会。8日,孙中山抱病会见于方舟、江浩等天津各界代表,勉励天津代表精诚努力、勠力同心,促成国民会议的召开。

孙中山在津期间,中共天津地委组织党、团员到工厂、学校和繁华市区讲演,散发传单,宣传民主革命和反对帝国主义等主张,号召人民群众团结起来打倒帝国主义,解除不平等条约,拥护国民会议的召开。这些活动既有力地支持了孙中山,也进一步唤起了天津民众,给天津的国民会议运动注入了活力。

## 投入国民会议运动的热潮

中共天津地委在组织欢迎孙中山的同时,积极开展了国民会议运动的筹备工作。1924年12月18日,在江浩的主持下,天津马克思学说研究会、印刷工会、良心救国团、学术讲演会等21个团体发起成立了天津国民会议促成会筹备会。21日,在邓颖超、江韵清等人的领导下,天津各界妇女成立了妇女国民会议促成会。31日,孙中山带病赴京,于方舟、江浩、马千里、邓颖超、安幸生、卢绍亭等200多人到车站热烈欢送。登车前,孙中山挥动着颤抖的双手说:"谢谢诸君的好意,我因病不能再发表讲演了,天津、直隶各方的革命运动,仰仗吾辈努力了。"孙中山离津后,天津的国民会议运动仍继续向前发展。

1925年1月3日,天津国民会议促成会正式成立。江浩主持成立大会,各团体代表70余人出席会议。会议讨论通过了天津国民会议促成会简章和宣言,选举江浩、邓颖超、马千里、宋则久等5人为总务委员,于方舟为宣传科主任,安幸生为文书科主任,李散人为交际科主任。在简章和宣言中,天津国民会议促成会申明了"鼓励国民,督促政府,早日实现国民会议"的宗旨,还提出取消一切不平等条约和限制人民言论自由的非法法令,以及保护劳工和改善工人生活等要求。

2月15日,在中共天津地委组织下,国民会议促成会召集各团体举行大规模讲演会,号召各界群众积极投入国民会议运动。一些共产党员和骨干分子深入市区周边地区,有的还被派往京汉路的清苑、正定、藁城、石家庄、邢台、磁县、安平、饶阳、安新等地进行宣传发动工作,进一步扩大了国民会议运动的声势。

蓬勃发展的国民会议运动得到了广大人民群众的拥护,却引起了帝国主义支持下的军阀势力的仇视。1925年2月,为阻挠国民会议的召开,巩固其反动统治,北京政变后被推为临时执政的段祺瑞,召开了御用的"善后会议"。根据善后会议发布条例,出席会议的绝大部分是全国各地的军阀头目。

为抵制善后会议、推进国民会议运动,中国共产党和国民党左派于3月1日在北京发起召开国民会议促成会全国代表大会。中共天津地委通过国民会议促成会等团体,为推动这一会议的召开做出了积极努力。天津国民会议促成会推选江浩、于方舟、邓颖超等代表出席会议。江浩、邓颖超分别当选为常务委员和执行委员。会议揭露了善后会议反人民的本质,对中国革命的一些基本问题进行了讨论,并且基本上接受了中国共产党的主张。会议所通过的决议虽没有为北京政府所采纳,但是向全国人民指出了斗争的具体目标,起到了宣传和发动广大群众的积极作用。

## 推动天津革命形势的发展

国民会议运动期间,中共天津地委广泛开展了各种群众活动,进一步发动和组织各界群众,有力地推动了天津革命形势的发展。

3月12日,孙中山在北京病逝。噩耗传来,社会各界极为悲痛。中国共产党和国民党左派广泛发动各界群众开展哀悼活动,缅怀他的不朽功勋,宣传他的遗嘱和革命精神,使悼念活动成为广泛的政治宣传运动。3月14日,天津国共两党党员举行集会,沉痛悼念孙中山先生。会场上悬挂着写有"继承总理遗业革命到底"等标语的白色大旗,充满了悲痛沉重的气氛。安幸生致悼词。致辞中,安幸生悲痛难抑,泪如雨下。辛璞田报告宣传群众组织悼念活动的具体办法时,声音哽咽,泣不成声,与会人员无不悲恸。集会结束时,全场高呼"孙中山主义万岁""中华民族解放万岁""世界被压迫民族联合起来"等口号。会后,国民党直隶省党部和天津市党部联名向天津各界发表泣告书,号召同胞们继承孙中山的遗志,为了中华民族的解放勇往直前地奋斗。

　　悼念孙中山的活动在各界群众中引起强烈反响。从3月中旬至5月中旬,天津国民会议促成会、妇女国民会议促成会、反帝国主义联盟、印刷工会、良心救国团、省教育会、小学教育会、青年学会、津保青年社学术讲演会等团体和群众,为悼念孙中山相继举行集会讲演等活动,并积极筹备全市追悼孙中山大会。4月18日,天津市民追悼孙中山大会在安徽会馆举行,47个团体和有关方面代表及各界群众1万余人参加了大会。悼念大会庄严肃穆,有30多人登台讲演,表示继承孙中山的遗志,为争取国民会议取得圆满结果而斗争到底。会后举行了盛大的示威游行,沿途散发1万余张孙中山相片和20万张宣传品。

　　同时,中共天津地委通过女星社等进步妇女团体组织各种悼念活动,进一步提高广大妇女群众的政治觉悟,6月初,天津妇女界联合会正式成立,并随即组织广大妇女群众投入五卅运动的政治风暴中。在国民会议运动期间,天津团组织改建为共产主义青年团天津地方执行委员会,组织发动进步

孙中山在津居住地旧址(和平区鞍山道59号)

学生和青年积极投入国民会议运动,自身也在实际斗争中得到发展。

国民会议运动的开展,虽然没有达到召开国民会议、推翻军阀政府、取消不平等条约等目的,但在当时中国的政治生活中产生了广泛的影响。它不但揭露了帝国主义和军阀政府的反动面目,也宣传了中国共产党反帝反封建的政治主张。经过国民会议运动,天津党组织经受了锻炼和考验,并组织各界群众为推动这一运动的发展做出了积极努力和重要贡献。

[中共天津市委党校(中共天津市委党史研究室) 杨颖]

# 民国报人邵飘萍

1936 年,毛泽东在延安,面对前来采访的美国记者斯诺回忆自己的人生经历时说:"特别是邵飘萍,对我帮助很大,他是新闻学会的讲师,是一个自由主义者,一个具有热情理想和优良品质的人。"1986 年,中共中央组织部发文认定,邵飘萍同志于 1925 年春加入中国共产党。时隔 60 年,邵飘萍的党员身份才被认定,其中究竟有着怎样的秘密?这还要从他辉煌而短暂的一生说起。

邵飘萍自幼才华横溢,在大学时期就萌生办报救国的理想,主张利用报刊唤醒民众。1916 年,邵飘萍被聘为《申报》驻北京特派记者,成为中国新闻史上第一个享有特派员称号的记者。从此,他以一个勇敢的爱国志士的姿态活跃在北京的报坛,战斗在反动军阀统治的中心。

来到北京,邵飘萍感受到北京报界的混乱和黑暗。为改变这种局面,还新闻以真实和正义,他在南城珠巢街办起国内第一家新闻编辑社。同时,他深切地感到,创办一份拥有自己独立思想的报纸已成为斗争的迫切需要。于是,他毅然辞去《申报》特派记者之职,全力进行筹备工作。1918 年 10 月 5 日,凝结着邵飘萍心血的《京报》问世了。由于《京报》的新闻报道,敢于针砭时弊,伸张正义,很快便成了当时北京最有声望和影响的报纸之一。

就在《京报》问世的当年,北京大学校长蔡元培采纳了邵飘萍的建议,在北大成立新闻研究会,邵飘萍被聘为讲师。他主要负责讲授《评论新闻之练习》和《新闻记者之外交术》。他从组稿、采访讲到编辑、校对,再到排版、印刷,毫不吝啬地将一整套新闻业务知识和多年办报经验倾囊相授。还指导编辑《新闻周刊》,教会员如何从一周国内外新闻中选取题材,如何撰写新闻评论。

邵飘萍特别注重对会员的素质培育,经常勉励会员要品性坚强,不受社会恶习所熏染，不为功名利禄所动摇。他热情正直的人格力量、精彩卓绝的采访技巧、肆意凌厉的社评文章给会员们留下了深刻印象。

现有姓名可考的 55 名第一届研究会会员中，有不少成为五四运动时期和中国共产党早期报刊的骨干。如高君宇、罗章龙参加过《国民》杂志，后担任中共中央机关报《向导》的编辑；谭鸣谦是《新潮》社的社员，后创办了《广东群报》，推动马克思主义在广东的传播。毛泽东也参加了研究会，后来他在多个场合提到邵飘萍，说邵飘萍是他的老师，对他帮助很大。

在北大，邵飘萍与陈独秀、李大钊、鲁迅等人共事，并结下了深厚友谊。五四运动爆发后，邵飘萍以《京报》为宣传阵地，大量载文，揭露曹汝霖、陆宗舆、章宗祥之流的卖国行径，并把矛头指向腐败无能的军阀政府。

1919 年 5 月初，中国外交在巴黎和会上完全失败的消息传入国内。邵飘萍在《京报》发表《请看日本朝野与山东问题》等多篇文章，指出山东问题关系国家存亡，号召大家一致奋起决一死战。

3 日晚，北京大学与各校学生代表上千人在北大法科礼堂集会，邵飘萍应邀到会并发表讲演。他以《京报》社长和新闻界权威人士的身份，向爱国同学介绍了巴黎和会中国外交失败的经过和原因，并大声疾呼："同胞们！是谁出卖了山东？是卖国的北洋政府！是驻日公使章宗祥！今天，这个卖国贼、亲日派的头子不仅没有遭到唾弃，反而因卖国有功，即将被北洋政府晋升为外交总长！请大家想一想吧，这样的外交总长，能为我们争回山东的一切权益吗？不能！……"

学生们听得热血沸腾，胸口仿佛有一团团怒火在燃烧。北大法科学生谢绍敏甚至当场咬破中指，撕烂衣襟，血书"还我青岛"四字……

集会结束已是深夜，内心激愤的邵飘萍立即赶回报馆，奋笔写下《北京学生界之愤慨》和《勖我学生》。他认为学生因为外交问题而大声疾呼，促进国民觉醒，是关系国家前途的好现象。这两篇文章连同许德珩起草的《学生界之宣言》，共同刊登在第二天的《京报》上。

4 日上午，一夜无眠的邵飘萍前往堂子胡同国立法政专门学校，参加北京各校代表在那里举行的集会，再一次报告了巴黎和会的经过和外交失败的情势。当天下午，北京各校学生 3000 余人齐聚天安门，震惊中外的五四运动爆发。邵飘萍第一时间发表评论《外交失败第一幕》，揭示了正是北洋政府外交的失败,才导致学生如此愤怒,这篇评论给予学生运动有力的支持。

北洋政府派出军警逮捕学生,邵飘萍马上撰写文章,要求警厅立刻释放学生。又连续发表评论《研究对外之办法》《再告工商实业界》,号召社会各界奋起支持爱国学生,指出只有工商实业各界共同起来抗争,才能取得斗争的最终胜利。

6月1日,北洋政府发出两道命令,为卖国贼洗刷罪行,诬蔑学生爱国行动。3日,愤怒的学生再次走上街头演说,又遭逮捕。邵飘萍撰写评论《为学生事警告政府》,严厉抨击政府镇压学生的爱国反帝运动,就是为卖国扫障铺路;警告政府不能动用军警对付学生,否则爱国风潮将更为猛烈地扩大。家人考虑到安全问题,劝他少写得罪政府的文章,邵飘萍非常生气,说北洋军阀倒行逆施,就是枪毙我也要讲。

这一切引起反动军阀们的惊恐和仇恨,便以扰乱京师治安为名,下令缉捕邵飘萍并查封《京报》。迫于险恶局势,邵飘萍不得已东渡日本。

在日本,他重新放眼世界,潜心研究马克思主义学说和各国政治思潮,探索救国真理。他将研究心得写成《综合研究各国社会思潮》和《新俄国之研究》两部专著,向国内渴望了解世界新思潮及新生苏维埃的人们进行传播。邵飘萍成为早期在中国传播马克思主义的人之一。他对社会主义制度的向往,为其从一个爱国的民主主义者转变为共产主义者奠定了基础。

1920年,邵飘萍回到北京。在他的努力下,《京报》复刊,社址迁至魏染胡同。他开始与李大钊、邓中夏、高君宇、罗章龙等早期马克思主义者来往,并对北京早期马克思主义者的活动给予支持。共产党北京早期组织成立后,一直关注着这位热诚传播马列主义和介绍俄国十月革命经验的报人,同他保持着密切联系。邵飘萍借助记者的特殊身份,从北洋政府、东交民巷外交团、路透社、电讯社等方面,为中共获取大量重要信息。《京报》也成为中国共产党的舆论宣传阵地。

1924年以后,邵飘萍积极投身中国共产党领导的废除不平等条约运动、五卅运动、三一八运动等,宣传革命、传播马克思列宁主义思想。他和鲁迅在《京报》上联合作战,相互呼应,对北洋军阀的残忍暴戾进行深刻揭露和无情批判,被誉为京都两支笔。冯玉祥也称赞他"飘萍一支笔,胜抵十万军"。

在北京党组织的关心培育下,1925年春,由李大钊和罗章龙介绍,邵飘萍加入中国共产党,成为一名特殊的秘密共产党员。根据党的指示,他以《京报》社长的公开身份做掩护,开展革命活动。他严守秘密,除与介绍人保持单线联系外,至死没有暴露共产党员身份。

1926年三一八惨案发生,当时邵飘萍正在报馆里。他闻讯后拍案而起,立即派文字记者和摄影记者赶到惨案现场和有关医院调查采访。他白天外出采访,夜间挥笔疾书,双眼布满血丝却毫无倦意,一连4天撰文4篇,对反动当局进行血的控诉。《京报》在12天内刊登各种消息、评论、通电等120余篇。这些怒不可遏的声讨,催人泪下的控诉,在社会上引起强烈反响。

然而反动当局更加疯狂地迫害革命者,邵飘萍被列入通缉名单。《京报》馆和邵家的电话受到监听,馆舍被监视,邵飘萍处境险恶。他不得已避居六国饭店。军阀抓不到邵飘萍,便收买了他的旧交《大陆报》社长张翰举。4月24日,邵飘萍拟回报馆料理报务,事先在电话里向张翰举询问外面的形势。张翰举满口以"人格"担保不会出事。当他从《京报》馆出来,车行至魏染胡同南口时,被早已埋伏的侦缉队围阻拘捕。《京报》也被查封。虽然北京各界人士设法营救,但没有丝毫结果。

1926年4月26日凌晨1时许,警厅未按法律程序公开审理,便以"勾结赤俄,宣传赤化"罪名秘密判邵飘萍死刑。4时30分左右,邵飘萍被押至天桥刑场。临刑前,他向监刑官拱手说:"诸位免送!"然后面向天空,哈哈大笑,从容就义,年仅40岁。

邵飘萍

(北京市委党史研究室 市地方志办 贾变变)

103

# 北方第一所党校

　　1925 年 10 月,北京新街口蒋养房胡同 68 号,一座宽敞的四合院里,一群来自北京及周边地区的年轻人,开始了一段为期三个月的集中学习……在外人眼里,这是一所新成立的学校——"北京职业补习学校",除了校规严格、学习紧张外,并无特别之处,实际上这是中国共产党在北方创办最早的专业党校——北方区委党校,尽管办学时间很短,但在党的建设史上留下了光辉的一页。

　　1924 年前后,北方革命形势迅速发展。李大钊作为党的创始人之一,不仅领导着北京党组织的工作,而且还担负着开辟和领导北方各省市党组织的工作。他敏锐地注意到,党需要大批干部到各地开展工作,而许多干部没有学习过马克思列宁主义理论,一时不能适应组织发展的需要,深感培训干部的重要和紧迫。时任北京地委书记的赵世炎也有同感,于是经常秘密举办一些短期学习班和训练班。由于革命工作需要,在创办党校、培训干部问题上,李大钊与赵世炎不谋而合。其实,对于加强党内教育、创办党校及培训干部的重要性,中共中央亦有充分的认识。早在这年 5 月,党的三届一次中央执行委员会上海扩大会议就通过了《党内组织及宣传教育议决案》,提出重视"党内教育的问题","要急于设立党校养成指导人才"。1925 年初,在党的第四次全国代表大会上,再次强调"设立党校有系统地教育党员"的必要性。同年 10 月初,在北京召开的中共第四届中央执行委员会第二次扩大会议更是明确指出,在各地开办党校是一项重要的工作。

　　1924 年 12 月,李大钊出席共产国际第五次代表大会后回到北京,在与北京党组织的赵世炎、彭健华同志开会时,决定成立一所党校。并在会后向中央提出了正式的书面报告,请派罗亦农主持工作。之后,中央批准了这个报告。

得到中央批准后,党校的筹备工作便由赵世炎、彭健华等同志具体负责。据彭健华回忆,他们在鼓楼北大街西边一条偏僻的胡同里,租了一所相当宽敞的四合院作为校址。当时考虑到几十个人住在一所房子里,要过几个月的集体生活,很容易引起外界的注意和怀疑。为了安全起见,便由赵世炎起草文书,以"北京职业补习学校"的名义公开向北京市教育局申请注册。另外,还从天津调来一位同志担任名义上的校长,这个人实际上只负责学员的膳宿等事务性工作。一切准备工作在秘密地筹备着,同时也等待着学校真正的校长——罗亦农来京。

罗亦农是湖南湘潭人,他19岁参加中国社会主义青年团,1921年被派往莫斯科东方大学学习,同年底加入中国共产党,是党内最具马克思主义理论素养的领导者之一,在党内享有很高声望。他曾与李大钊一起探讨马克思主义理论问题与中国革命的实际问题,是主持北方区委党校工作的合适人选。1925年10月,罗亦农来京后,党校正式开学,他住在学校,与学员们共同生活在一起。

党校的第一期学员主要是来自北京和北方其他各省市的党团员。北方区委于1925年10月正式成立后,根据各地委工作的需要,确定了各地选派学员人数,并规定了选派学员的条件:有一定的工作能力,学习心切,有培养前途的党团员。

为了避开官府注意,党校的训练教育场所经常变换,除蒋养房胡同外,有时也在石老娘胡同、北大三院等处开课。教学计划安排得很紧张,上午和下午上课或听报告,空余时间和夜晚自修,整理笔记。学员每十人分为一组,推选一位组长,召开小组会,对学习的体会和心得进行讨论。每周将学习笔记和讨论记录汇齐交教务处审阅。为安全起见,学员在校期间不得自由外出,如需外出,必须经校长批准。

党校的课程和教学计划由罗亦农与李大钊、赵世炎共同商量拟定。教学内容丰富多彩,涉及马列主义理论、革命历史知识、目前形势和政策等多个方面。罗亦农讲授政治经济学常识、历史唯物主义、世界革命史;赵世炎讲授列宁主义、殖民地半殖民地民族解放斗争、共产党在民主革命阶段的任务、职工运动、农民运动;陈乔年讲授马克思主义阶级斗争理论、党的建设、世界革命形势和国际共产主义运动概况;萧子璋讲授关于共青团的任务和学生运动;刘伯庄讲授关于党的国共合作统一战线问题。

他们的讲授既有很强的理论性,又与当时工农革命运动的实践相结合,深入浅出,很有说服力和感染力,使学员们深受教育和鼓舞。学员们如有不解或疑问,可随时提出,大家学习热情高涨,收到了很好的效果。

党校的"最后一次党课"是李大钊主讲的"土地与农民"。在大革命时期,农民问题成为事关革命成败的关键性问题。李大钊抓住这个关键性问题,在授课中旗帜鲜明地阐述自己的观点,提出农民在中国革命中的重要地位和解决农民土地问题对中国革命的至关重要性,并提出必须依靠贫雇农组织农民协会,开展革命斗争。李大钊的党课使学员们加深了对农民与土地问题的认识,消除了头脑中的模糊认识,坚定了开展工农革命运动的信心和决心。

通过北方区委党校的培训和教育,各地学员在理论和能力上都有很大进步。他们满怀革命激情,或返回原地开展革命工作,或被派到其他地区从事革命工作,而且大多数学员都担任了当时党、团基层组织的领导干部,对革命事业做出了很大贡献。

1925 年 10 月以前山西还没有严密的党的组织。1925 年底,崔锄人等党校学员回到太原后,整顿组织,召集党团员开会,讲党的性质、任务及革命形势,很快统一了党员思想,建立了中共太原支部。不久又一批超龄团员转为党员,党员迅速增加到 30 余人,组成了中共太原地委。地委成立后,在开展工运、农运及发动学生和市民斗争方面取得了很大成绩。1926 年 6 月,党员发展到 80 余人,10 月更扩大到 110 余人,在学校和工厂建立了十多个党支部。

1926 年,奉直联军占领津、京,国民军撤离北京,退守南口、张家口一线,李大钊等共产党人及许多国民党左派人士被反动政府下令通缉,北京处在更加严峻的白色恐怖之中。由于北京的政治环境日趋恶化,校长罗亦农被调往上海,一时没有适当的人选继续主持工作,党校没有按原计划

罗亦农

长期办下去。

尽管开办的时间很短,但是作为中国共产党创办最早的党校之一,北方区委党校开党内教育培训的先河,积累了宝贵的经验,为北方地区培养了一批急需的干部,对北方各地党组织的发展和革命活动的开展起到了重要作用。

(北京市委党史研究室 市地方志办　贾变变)

# 燕地奇侠张隐韬

蜿蜒曲折的漳卫新河和宣惠河在古城南皮拐了一拐，将一个不起眼的小村庄裹在中间，然后平静地向东流去。这个小村庄就是河北省沧州市南皮县唐家务村，革命先驱张隐韬就是从这个小村庄走出来，投入轰轰烈烈的大革命的洪流中的。

## 开滦正定显英豪

张隐韬，原名张宝驹，又名张仁超，1902 年生于南皮县唐家务村一个贫穷的农民家庭。其父给地主当长工，终年劳累，饥病交加，在张隐韬降生前就离开了人间。母亲为生活所迫，到天津给人家当佣人，小隐韬便寄居在外祖母家。1918 年，高小毕业后的张隐韬去天津寻找他的母亲并谋得了一个警察的差事。个人和家庭的艰难经历、社会的黑暗，使年轻的张隐韬在政治上逐渐成熟起来，并萌生了救百姓于水火的远大理想，他将自己的名字由"宝驹"改为"隐韬"。

五四运动的浪潮波及天津，张隐韬看到了革命的曙光，积极投身这一爱国运动之中。他结识了于方舟、安幸生、安体诚、于树德等一批著名的北方学界革命领袖。他们向张隐韬介绍俄国十月社会主义革命，推荐宣传共产主义的刊物。

张隐韬

108

他如饥似渴地阅读,感到茅塞顿开,找到了革命的方向与目标。五四运动后,李大钊等人在北京大学主办了马克思学说研究会,1921年该研究会公开接纳全国各地倾心十月革命道路的人,张隐韬成为该会在天津的通讯成员,开始了对马克思主义的学习和研究。在革命导师的引导下,张隐韬积极投身工人运动。

1922年春,张隐韬结识了中共北京区委组织书记罗章龙。经他介绍、北京区委批准,张隐韬加入了中国共产党,并成为北方劳动组合书记部的特派员。北方劳动组合书记部负责北方十余个城市的工运,任务十分繁重。张隐韬与何孟雄等人受书记部委派奔波于张家口、长辛店和京津唐等地,以及京绥、京奉、津浦、正太等铁路线上,为北方劳动组合书记部筹划组织工人开展罢工运动做准备。与此同时,北京区委组织部设立了军事运动工作小组(后来发展为军事委员会),他潜心研究军事,并主张以《步兵操典》为教材,训练工人纠察队,保护工人斗争。

1922年5月1日,第一次全国劳动大会召开。北京区委、北方劳动组合书记部决定发动开滦五矿工人大罢工。10月25日,开滦五矿5万煤矿工人,为反对英国资本家的剥削,进行总同盟大罢工。罗章龙、王尽美、彭礼和、邓培等是罢工指挥部的主要成员。张隐韬负责组织指挥工人纠察队配合罢工行动。罢工期间,军阀曹锟派一个师来矿镇压;天津警察厅杨以德派3000人的"保安队"进矿;英帝国主义派一个联队驻守秦皇岛。2000余人的纠察队对付近万人的敌人,力量相差悬殊。张隐韬组织纠察队员接近下层兵士和矿警,宣传我们的主张,争取他们对罢工的同情,保证不开枪伤害工人。在斗争过程中,罗章龙和邓培被敌人抓去,张隐韬率工人纠察队又把他们抢回来。张隐韬在罢工斗争中的突出表现和卓越的指挥才能,赢得了北京区委的称赞。

北京区委领导的罢工斗争如烈火燎原。1922年12月15日,张隐韬又参与组织领导了正太铁路工人大罢工。罢工委员会要求路局答应工人加薪、减少工时等条件。法国资本家十分狡猾,想用拖耗的办法把工人拖垮。同时又唆使工贼偷偷进厂送水、供电,妄图开工。张隐韬部署纠察队三步一哨,五步一岗,昼夜巡逻,严加防范,让敌人无从下手。最后,资本家不得已答复了工人提出的条件。罢工取得了胜利。

1923 年 1 月,张隐韬随同罗章龙、孙云鹏等到郑州参加京汉铁路总工会成立大会。北洋军阀吴佩孚和萧耀南,在帝国主义的指使下百般阻挠、破坏。为争取总工会的自由,京汉铁路全线工人举行了总罢工。这次罢工遭到了吴佩孚的血腥镇压,制造了震惊全国的二七惨案。张隐韬率领工人纠察队和罢工工人不畏强暴,奋不顾身,英勇斗争,使一些战友和罢工工人脱险。张隐韬在罢工斗争中置个人生死于不顾,始终站在罢工斗争的最前列,为领导罢工斗争和工人运动做出了重要贡献,成为一名富有罢工斗争经验、有威望的工人运动领袖。京汉铁路工人大罢工后,罗章龙曾赋诗赞誉张隐韬:"易水奇男燕地侠,朱家郭解人中豪,北方区委抒筹略,'二七'英风万古高。"

## 黄埔熔炉炼金睛

1924 年 1 月,孙中山在共产党和苏联帮助下创办黄埔陆军军官学校,3 月,张隐韬受中共北京区委遴选,和杨其纲、江震寰等 4 名直隶省青年去黄埔军校学习。3 月 14 日到达上海,当时任国民党中央候补执行委员、宣传部代理部长、中共中央秘书的毛泽东接见了张隐韬等人。他们几经周折,5 月经考试正式入黄埔军校学习,和徐向前、王尔琢、左权、陈赓等共产党员同是军校第一期学员,编在第二队。

入学不久,张隐韬就从一件事情上看出蒋介石的独裁真面目。当时有些军校下级干部商议,向蒋介石提出减少伙食、军装费,加薪的要求。蒋介石居然命令:"关于下级干部的事,学生不准提出质问,若有替下级干部说话的,官长和学生都要枪毙!"张隐韬听后十分不满,写日记记下了自己的看法:"此学校之中,发生此等压迫不平之事,真是为人民争自由、为人民争平等的革命党的怪闻……然一般国民今日所感的痛苦,正是此等不平之压迫。若经一次革命,还是和现在一样,那么这等革命的工作,可说无有再革命的必要了。"他打定主意,是为了要做那个伟大的一劳永逸的运动而来……故不仅刻苦学习政治、军事、战术等理论知识,而且积极参加地形作业的野外实习。他还认真阅读了《世界革命史》《中国国民党史》《帝国主义侵略中国史》等著作,军事技能和战术素养得到很大提高。学习期间,张隐韬加入了左翼青年军人联合会,和同学们一起探讨时局和救国救民的道理。

张隐韬在军校始终保持着高度的革命警惕性。1924 年 8 月 23 日,他从《护党特刊》第一、二、三期上看到国民党右派攻击共产党的言论,联想到此前国民党右派散发的一本名为《共产党破坏国民党证据之一》的小册子,意识到他们的险恶用心。他立即给北方区委的有关同志寄去一份,请他"在大会上对右派提出抗议"。他不止一次提醒党组织注意动向,警惕时局变化,驳斥国民党右派对共产党的攻击。1924 年秋,黄埔军校组织第一、二期学员参加了平定广州商团叛乱的战斗,其间,农民军和学生军协同作战,发挥了重大作用。张隐韬在日记中把此次农民军与学生军协同作战,与当时安徽农民自发组织的大刀会暴动作了比较:"安徽发起的大刀会,迷信太重,无一点计划,现在已失败,主要是缺乏中国共产党的领导⋯⋯这些民众活动,若有部分觉悟分子参加,一定大有可为⋯⋯"发动农民参加革命,这是一个年轻的普通党员结合亲身经历的现实感悟,也是一个年轻的无产阶级政党在中国革命基本问题上做出的必然选择。

1925 年初,张隐韬被编入黄埔学生军军官教导团,2 月参加讨伐广东军阀陈炯明叛乱的战斗。得到海陆丰等地农民踊跃配合和支援,他与农民协会联系,帮助训练农民自卫军。在东征作战中,他作为"奋勇队"的一员,同战友们冒着敌人的枪林弹雨冲锋在前,攻下淡水,进占海丰,连克普宁、潮安、汕头,打垮了陈炯明的主力,受到了黄埔军校政治部主任周恩来的召见和鼓励。

## 津南起义风云壮

1925 年 3 月,张隐韬于黄埔军校毕业,受党组织派遣,以左派国民党员的公开身份,到驻河南开封的国民军二军中搞兵运工作。同去的还有其他 4 名共产党员。张隐韬在开封遇到由天津党组织派来的刘格平,二人对中国革命和战争问题进行了深入细致的分析研究。在开封城宫角的一家旅馆里,张隐韬对刘格平说:"北方的主要问题是反对奉系军阀,国民军多是直系军阀曹锟、吴佩孚的旧部,未加改造,一遇风吹草动便靠不住。在黄埔由我们党、团员组成的军官革命团,在东江战斗中攻无不克,勇不可当。这充分证明,我们党应该组织自己的军队,像苏俄那样,建立工农苏维埃政权。"张隐韬对时局的精辟分析,令刘格平十分佩服。

张隐韬和刘格平先后来到驻新乡的国民军二军二师史可轩旅,张隐韬被委任为副旅长,刘格平为上尉副官。他们在四旅先后发展了军事教练所所长任警哉、独立营营长许权中等为共产党员,并建立了党支部。在连队建立党团支部,积极发展进步军人加入中国共产党。

1925年秋,国民军一军、二军一部和三军决定联合攻打盘踞在天津的奉军李景林部。张隐韬认为创建革命武装的时机成熟了,于是经请示当时郑州的地下党组织同意,张隐韬主持召开了四旅党支部会议,经研究决定:由张隐韬去津南农村,建立农民武装,刘格平去天津组织工人武装,然后两支部队在津南会师,开辟革命根据地,建立工农革命政权。

张隐韬等人的行动得到了史可轩的支持,并拨给张隐韬一部分人和枪支弹药。1925年10月,张隐韬携同二军参议陈秀福和一部分人乘火车北上,在石家庄藁城东集结,有四五十人、三四十支枪,组成一支小部队,打着国民军二军的旗号,向东进发。途经晋县、深县、武强、交河,到达泊镇后,又收缴了一部分败逃的奉军散兵游勇和地方民团,部队很快扩充到四五百人。12月,张隐韬宣布"津南农民自卫军"成立,举行武装起义,并任司令兼党代表。宣布了"驱逐帝国主义,铲除封建主义,实现共产主义"的政治纲领,并提出了"保护农民利益""反对苛捐杂税"等革命口号。这充分显示了一名共产党员的革命理想,也标志着我党领导的革命武装在津南地区的诞生。

自卫军成立大会后,张隐韬率津南农民军从泊头挥师东下,首先开进南皮县城,收缴了警察、地方民团反动武装的长短枪100余支。南皮县长表示遵守农民自卫军约法:供给军费,不收苛捐杂税,不与农民军为敌。随后,张隐韬率农民军离开南皮继续东进,途经唐家务、郝庄等村,很多青年自愿参加农民自卫军。行至旧县镇(今盐山县辖)农民自卫军作短时停留,进行整顿后,向庆云县城进发。守城奉军一营,弃城而逃。农民自卫军由张隐韬率领入城,纪律严明,公买公卖,不扰平民,百姓欢呼相告。翌日,张隐韬率民军进入乐陵,在黄夹镇严惩一名包税土豪,农民自卫军声誉日隆,附近村庄的贫苦农民纷纷加入,队伍扩大到1200余人。不久,农民自卫军回师,驻扎旧县镇,以快邮代电向全国发出《津南农民自卫军成立宣言》,引起全国震动。国民军岳维峻部移军"进剿",做出临战态势;门致忠部进军盐山;弓富魁部由桑园移驻泊头,剑拔弩张。在这紧要关头,张隐韬一面急电在天津的刘格平速来共商对策;一面又赴天津找党组织,与驻天津的史可轩商定,将自卫军拉到四旅驻杨柳青的许权中、任警哉处合编,以便保存这批革命火种。1926年2月4日,张隐韬、刘格平带领农民军一大队及骑兵,由旧县出发,行至南皮县城附近,在城北徐庄遭弓富魁伏兵截击,因农民自卫军均系未经训练之农民,加之双方兵力悬殊,农民军兵败,张隐韬被俘。2月5日,张隐韬牺牲,年仅24岁。

（中共河北省委党史研究室　王宏）

# 英勇就义的安幸生

1949 年,北京八宝山革命公墓迎来了第一批 18 名入葬的革命烈士。"你不要哭,我们两人好好地抬着我们的战友、同志、亲人吧!"周恩来总理安慰着安幸生烈士的妻子董恂如。董恂如抬眼望去,却发现周总理早已泪流满面。

## 经受五四洗礼　成立新生社

安幸生,原名安毓文,字幸生,号仁岗,1902 年出生于今北辰区双口镇中河头村一个富裕的农民家庭。其父安维礼崇尚新学,曾在家乡创办三河头小学,安幸生就在该小学读书。1918 年,他以优异的成绩考入天津直隶省立第一中学(今天津市第三中学)。在学校,安幸生结识了高一级的同学于方舟。他俩思想进步、关心国事,常常聚在一起探究救国救民之道,逐渐树立起救国救民的远大理想。

1919 年 5 月,五四运动爆发。消息传来后,安幸生立即行动起来,与于方舟一起带领直隶省一中同学投入抗争热潮中。在五四运动的斗争中,安幸生展现出卓越的组织和领导才能。

继周恩来、马骏、刘清扬、邓颖超等人创办觉悟社后,1919 年 10 月,安幸生和于方舟等以直隶一中进步学生为骨干组建了新生社。在李大钊的指导下,新生社成员

安幸生

认真研究介绍马克思主义的著作,深入研读《新青年》《少年中国》等革命刊物,视野随之大开,思想理论水平得到很大提升,革命思想逐渐成熟。1920年4月,新生社创办了《新生》杂志,安幸生任主编,撰写了大量的诗文、社论介绍马克思主义。《新生》成为当时传播真理、唤醒民众,团结天津进步青年开展斗争的"全带社会主义色彩"①的重要刊物。1920年10月,根据李大钊的意见,他们又把新生社改组为马克思主义研究会,1921年2月改为社会主义青年团。这一系列的活动,尤其是社会主义青年团的出现,引起了天津反动当局的关注和极大恐慌,他们强行解散社团,查封《新生》杂志,安幸生也被捕入狱。身陷图圄后,他备受非人折磨,但始终坚贞不屈。后来经过其父亲、姐夫和于方舟的多方营救才获释。

## 加入党组织　投身工运事业

1922年春,中国劳动组合书记部由上海迁至北京,在天津设立了支部。不久,安幸生返回天津,并出任中国劳动组合书记部天津支部书记,承担起领导天津工人运动的重大使命。1922年8月,20岁的安幸生加入了中国共产党。1924年9月,于方舟、江浩、李锡九、安幸生等在天津建立中共天津地方执行委员会,于方舟当选为委员长,江浩当选为组织部主任,李锡九当选为宣传部主任。

1925年,五卅运动爆发,"津人得讯后,莫不发指"。安幸生立即组织天津反帝大联盟召开紧急会议,发表宣言声讨帝国主义的罪行。6月1日,天律各界召开反帝示威游行大会,安幸生首先报告了上海惨案的详细经过,激起群众无比愤慨,讲话不时被口号声打断。6月5日,天津学界万余人罢工集会游行,声援上海。他又代表全市学生在大会上宣读誓词:誓死与英日断绝经济关系,打倒帝国主义,联合弱小民族,实行民族自治。

为使反帝爱国斗争深入开展,安幸生与中共天津地委领导人于方舟、邓颖超、江浩分头联络,于10日在天津总商会成立了代表全市80万民众的天

---

① 中共天津市委党史资料征集委员会编:《战斗在天津的共产党人》,天津人民出版社,1991年,第161页。

津各界联合会,参与起草了联合会的章程、宣言和通电,并当选为联合会交际员、讲演员和监察员。

为破坏上海工人的罢工斗争,怡和、太古两个英商洋行,将其所属的"夔州""惠州"等停泊在上海的五艘商船调往奉系军阀统治下的天津。中共中央迅即向北方区委发出紧急指示:"轮只到天津后,不回上海,继续在天津罢工。"北方区委马上派赵世炎来津,与天津地委书记李季达、工运负责人安幸生会合,组成"天津海员罢工委员会",领导开展斗争活动。英商轮船抵津后,安幸生第一时间与"夔州"轮上的共产党员陆妙根取得联系,共同商定,五艘商船上的425名海员全部下船,成立中华海员工会天津支部。该支部成立大会,于7月18日在法租界长春大旅社隆重召开,选举21岁的安幸生担任支部书记。7月21日,安幸生领导在津海员宣布罢工,通过报纸发表了《敬告全国民众文》和《海员工会泣告工友书》:"已经有许多事实告诉我们了,我们的血肉,正不知何时横飞于英人的枪炮之前,时际急迫,与其坐地受死,孰若舍身反抗? 同人等为中华民族争生存而战,为中华民族争自由而战,遂于七月二十一日罢工,直接给英帝国主义以经济上的打击,促使其觉悟,以表现我民族之生气,一方面结合吾四百二十万人的势力于中华海员总会旗帜之下,为我政府后盾,与强暴的英人反抗,非达最终目的,绝不上工!""海员工友们,我们业已罢工,向资本帝国主义土匪反攻了。万望你们与我们取一致行动……不为资本帝国主义者的轮船开船。"在安幸生的精心指挥下,天津海员大罢工坚持了3个月,使英帝国主义船只在津无法驶动,有效地策应、配合了全国的斗争。

1925年8月4日,中共天津地委组织纺织、油漆、地毯、铁路、制鞋等20多个工会成立了"天津总工会",安幸生任委员长,成为天津工人运动的主要组织者和领导者。1925年8月9日,中共天津地委和总工会发动两万纱厂工人举行罢工,反对宝成纱厂资方苛罚女工余阿英案,罢工工人遭到奉系军阀李景林的残酷镇压,安幸生等罢工领导人被捕,总工会等群众团体被查封,直到12月25日冯玉祥的国民军占领天津,安幸生等人才出狱。中共天津地委为表彰他们的革命精神,为他们每人授予一枚"革命先锋"纪念章。

在领导工运期间,安幸生不畏艰险,先后七次被捕入狱。每次回老家,安幸生都要找学校的老师、学生谈理想,深入农民中讲革命。他曾对乡亲们说："咱三河头村南这片地,将来全要发展成工厂,不会像现在这样大柳行子沙丘地。"姐姐则劝他说："你东跑西颠的总出事,图个嘛? 家里人都跟着担心。"他却说："我做的事是让大家都有地种、有饭吃,都能过上好日子。像咱家这些地,除去咱这几个人的,都要分给大家种!"

## 共同生活 33 天　翁婿一起遇害

1927 年,李大钊在北京被害后,党组织把已经在广东、武汉工作一年的安幸生调回北京,和王荷波、蔡和森等人一起筹建北方局。王荷波担任北方局书记,蔡和森担任北方局宣传部部长,安幸生担任顺直省委组织部部长兼北京市委组织部部长。当时,北方局秘密办事处就设在董季皋家里。1925年,董季皋进入张作霖的大帅府,给张作霖担任亲随秘书,负责抄写张作霖的一切书简。他借此机会在大帅府里秘密建立中共地下党支部,并担任支部书记。

在繁忙的工作中,安幸生的优良品格和革命精神,为董季皋的女儿董恂如所倾慕。董季皋是安幸生的战友,而董恂如的三伯父董恩祥是安幸生在天津直隶一中的恩师。在蔡和森的撮合下,1927 年 9 月安幸生和董恂如结为伉俪。婚后三天,安幸生就投入筹建北方局、组织人民武装的工作。但是顺直省委 9 月改组后,把八七会议出现的"左"倾情绪带到北方来。10 月 10日,中共北京市委根据北方局和顺直省委关于发动工农暴动的指示,发动全市党团员公开走向街头搞"广告暴动"。一夜间,传单、标语遍布全城,暴露了党的组织,北方局、顺直省委和北京市委机关遭到破坏。

"1927 年农历八月二十三日,我与幸生同志结了婚。我们住到西单藤盘营的组织部机关里。"据董恂如回忆,安幸生每天开会、日夜加班,新婚燕尔也没时间跟妻子守在一起。"你这么年轻,就走南闯北干革命、坐监牢,有那么多的斗争经历,也跟我讲讲吧!"董恂如很想和丈夫多聊聊天,但安幸生很抱歉地告诉她,因为组织上已决定派他到苏联学习,并允许他带妻子同往,所以要尽快将北方局的工作安顿好。去苏联路程很远,他在路上一定把自己的事情讲给董恂如听。听到丈夫的话,董恂如充满了对未来美好生活的期盼。

1927年中秋节前后,董季皋带来一个坏消息。蒋介石发给张作霖的一份"清党"名单中有蔡和森、安幸生、董季皋、王荷波等北京地下党领导人的名字。大家动员蔡和森、安幸生和董恂如等人先撤退。但安幸生坚持留下来,继续投入工作,并开始大范围通知其他同志转移。而董恂如的父亲董季皋为掩护同志们脱离险境且不引起张作霖怀疑,仍然不动声色,每天照常到大帅府去上班。农历九月二十五日,董季皋在大帅府签押房抄写文稿时,听到张作霖在里间看完密电后说:"怎么!这个人也要动?往后我的书札谁来写!"董季皋一听就明白了,敌人要动手了。

事情万分紧急,董季皋从帅府脱身跑回家。正好蔡和森、安幸生、王荷波等人都在,正等他回来商量翌日召开的关于转移的秘密会议。董季皋带回的紧急情报让大家意识到时间太紧,必须尽快通知其他同志转移。转天下午,比预定开会时间提前了一些,安幸生和王荷波到达会场,安排到会的同志马上转移。大家都走后,安幸生、王荷波等人正要离去,被赶来的警察当场逮捕。转天,董季皋在家中被捕。

"当时要不是李渤海(原中共北京市委书记)叛变,敌人还不知道安幸生他们是共产党北方局的领导层。"董恂如说,她和安幸生结婚时,李渤海也来庆祝过,对他们的关系和大家的身份都很了解,而他的叛变,让所有北方局高级领导人的身份暴露了。安幸生得知被出卖的消息后,向敌人公开承认自己是中国共产党党员,并说:"我信仰共产主义,是在孙中山先生联共的政策下加入中国共产党的,别的无可奉告。"安幸生在狱中始终大义凛然,张作霖恼羞成怒,于11月11日深夜下令,将安幸生、董季皋等18位共产党人在京师法院地方看守所后门秘密杀害,直到牺牲也没有一个人吐露党的机密。

"我还深信我们夫妇共同生活来日方长。可是,没有想到他农历九月二十六日被捕,我们共同生活了仅三十三天!三十三天之后,幸生就永远地离开了我。幸生像我的老师,又像我的兄长。他不仅行动洒脱,而且总有一股贫贱不能移、威武不能屈的豪爽气概。"事隔几十年,董恂如回忆说,那段日子就如同昨天一样,每次想起来,内心就激动不已。

新中国成立后,根据党中央的决定,在北京八宝山革命公墓隆重举行了安幸生等18烈士忠骨的安葬仪式。与安幸生曾同为天津五四运动领袖的周恩来总理参加了葬仪,他表情凝重,缓步走到烈士安幸生夫人董恂如面前,鞠躬致敬,然后紧紧地与董恂如握手,满眼闪烁着泪光深情地说:"董恂如同志,我和你一起抬着安幸生烈士到墓地好吗?"他这一举动令在场所有的人为之动容。董恂如一双泪眼望着总理,仿佛有许多话要说,却一时语塞。她回忆说:"我抬眼一看总理,他要我别哭,可是他早已泪流满颊了。这个情景嵌入我心中,永远是那么亲切而清晰。今天回想起来,仍然让我潸然泪下。"

为纪念安幸生,其母校天津市第三中学为其在校园设立了塑像,邓颖超为塑像题写"安幸生烈士纪念碑"碑文。安幸生的家乡北辰区双口镇中河头村,其故居内设有纪念室供后人瞻仰。

[中共天津市委党校(中共天津市委党史研究室) 赵风俊]

# 津门十五烈士

在美丽的中山公园南侧屹立着一块大理石碑,是天津人民为纪念1927年4月18日被反动军阀褚玉璞杀害的15位革命志士而建。该碑落成于1931年4月18日,上面镌刻着15位烈士的英名,记载着第一次国共合作时期令人难忘的一段历史。"不为利回,不为威屈""从容就义,慷慨捐生"。烈士的崇高气节,彰显了几千年来无数志士仁人用殷殷碧血所培育出的中华民族的爱国主义精神。

## 义庆里40号

1924年1月,在中国共产党的帮助下,中国国民党召开了第一次全国代表大会,国共第一次合作正式形成。共产党员于方舟、江浩、李锡九也出席

津门十五烈士纪念碑

了这次大会。会后,他们回到天津,在英租界义庆里 40 号(今南京路义庆里 21 号)筹建了以共产党员和国民党左派为骨干的国民党直隶省、天津市两个执行委员会机关(简称省、市党部)。根据革命工作的需要,共产党员、团员都以个人名义加入国民党。江浩担任国民党直隶省党部的负责人,于方舟任执行委员,共产党员辛璞田、江震寰先后担任国民党天津市党部的常委,负责市党部的工作。在组建国民党地方组织的掩护下,他们秘密筹建中共天津地方党组织,建立了中共天津地方执行委员会(简称天津地委)。当时国民党的活动是公开或半公开的,而共产党的活动却是秘密的。江浩、于方舟等天津地委工作人员就把义庆里 40 号作为中国共产党领导天津革命统一战线的重要活动基地。随着革命形势的高涨,义庆里 40 号逐渐成为半公开的革命交通联络点,各地大批的函件和印刷品邮到这里,外地来津的革命同志也到这里联络、住宿,党还在此举办过革命理论学习班,许多同志经过培训,被派到广州黄埔军校和农民运动讲习所,有的还被送到苏联去学习。

1925 年底,冯玉祥的国民军进入天津后,国民党的活动公开了,于是将义庆里 40 号的省、市党部迁至老铁桥大东旅社(今红桥区东北角天津解放广场附近)。1926 年 3 月,国民军在中外反动势力夹击下撤出天津,奉系军阀卷土重来,查封了大东旅社,党及其领导的群众组织被迫转入地下,于是又恢复启用义庆里 40 号,但仅有国民党市党部在这里办公,由共产党员、共青团天津地委书记江震寰主持工作,开展秘密的革命活动。同时为了确保安全和工作方便,地委在同一胡同的另一端 17 号设立机关,由地委书记李季达常驻那里负责具体工作。

## 风云突变

义庆里 40 号在前期的工作中就已经是半公开化的,敌人早就嗅出了不寻常的味道。奉系军阀占领天津后,褚玉璞当上了直隶保安司令。他出身土匪,性情乖戾阴鸷,对革命党人进行疯狂镇压。到 1926 年下半年,白色恐怖更加严重。反动昏聩的奉鲁军阀喊出一句口号:"不问敌不敌,只问赤不赤。"整个北方笼罩在一片白色恐怖之中。10 月,在裕大纱厂捕获国民党员 3 人,在严刑讯问下,被捕者背叛了革命,泄露了国民党在津活动的内情。同时保安司令部获得"共产党人在各租界设立机关、秘密活动"的报告。随后，大破坏、大逮捕开始了。

1926 年 11 月 23 日，阴云密布，天气格外冷，然而义庆里 40 号市党部却还没有点炉火，在这里坚持工作的同志为了节省开支宁肯自己挨冻。这一天留在机关工作的有江震寰和他新婚不久的妻子赵达，还有邬集中、王纯善、马增玉。工作是异常紧张的，不知不觉已是中午时分，然而没有人停止工作。赵达看了一眼埋头工作的同志，又看了一眼江震寰，终于开口说："震寰，休息一会儿吧，你不饿吗？"江震寰这几天身体不太好，她十分担心，但催了几次，江震寰仍没有放下工作的意思，江震寰笑了笑对她说："工作得抓紧完成，你先回家给大家弄点吃的来。"赵达无奈，只得放下工作回家做饭。

赵达回到家中不久，就听到街上刺耳的警笛响成一片，警车呼啸驶过，她心里咯噔一下，暗叫一声"不好"，便冲出家门朝义庆里奔去。她老远就看到义庆里的胡同口被大批英国巡捕堵得水泄不通。赵达心急如焚，恨不得立刻冲进去救出丈夫和战友。她刚跑到胡同口，就看到江震寰戴着手铐，被两个巡捕押着走出 40 号。江震寰年轻的脸上显得异常沉静，当他望见妻子时，立刻放慢了脚步，嘴唇颤动了一下，却什么话也没有说，只是久久地深情凝望着妻子，然后毅然扭头，大踏步走向警车。随后，邬集中、王纯善、马增玉也被押了出来。此时，赵达欲哭无泪，欲叫无声，浑身战栗不止。片刻后，她才意识到必须立即通知党组织，她艰难地挪动双腿，向党的联络站奔去。

在《华北晚报》工作的共产党员得到义庆里 40 号遭到破坏的消息后，立即在晚报发出消息，向同志们发出警报。接着又有几家报纸将此事件登出，提醒同志们转移，使其免遭毒手。然而受条件所限，并不是每个人都可以看到报纸，还是不断有同志去义庆里 40 号联络，落入埋伏于此的巡捕之手。通过义庆里 40 号，敌人逮捕的共产党员有江震寰、赵玉良、陈楚缠、马增玉、王建文、孙宝山、王益三、邬集中，国民党左派王纯善、孙一山、倪家志、王鹤洲、许凤山，以及革命群众徐延中、韩玉亭共 15 人。

## 坚贞不屈

义庆里事件后，天津党组织立即进行了营救。中国共产党机关报《向导》周报刊载题为"天津英租界引渡国民党员之严重意义"的署名文章,指这一严重事件是"英国帝国主义致奉鲁军阀的见面礼之一",揭露"租界是摧残革命运动助长反动势力的根据地",号召群众行动起来,营救被捕同志,收回租界。广州国民政府曾致电英国政府外交部,抗议天津工部局拘捕国共人员并引渡给奉系军阀,指出如果被捕诸人受害,后果将由英国政府负责。

经英国工部局调查,证明他们确系国民党员,查抄的文件、书籍也全是国民党的,但由于军阀当局多次派人向英国领事交涉,甚至通过外交部干预,英国方面妥协了,遂用两部汽车将被捕者引渡给天津警察厅。

正在广州的江浩同志向国民党中央申请营救费,获准批发 1 万元,但负责财政的陈果夫只发给 5000 元。江浩即刻命中共党员王积衡速返天津开展营救工作。临行前,江震寰的父亲江浩还特别嘱咐:"不要偏重营救震寰一人,要顾及全案。"作为天津党组织的创始人之一,中共早期革命家,江浩的崇高风范真是感人至深。

王积衡星夜赶回天津,将钱款交给中共天津地委负责人于方舟。虽然党组织多方营救,但终因案情重大,反动当局唯张作霖命令是从,营救未获成功,仅买通监守人员,里外可通信息,在生活上给予一些照顾。这时,江震寰从狱中传出一张字条,上面写到,虽身受酷刑但决不屈服敌人,还给未出生的孩子取名"赤星"。

1927 年 4 月 12 日,蒋介石在上海发动反革命政变,大肆屠杀共产党员和革命群众。奉系军阀张作霖也举起了血腥的屠刀。4 月 18 日,这一天朔风怒号,日月无光,江震寰等 15 位革命志士被押赴南市刑场,沿途江震寰发表揭露帝国主义及其走狗的演说,高呼口号。道路两旁人山人海,许多群众感动地流下眼泪。在刑场上,江震寰面对刽子手的枪口,横眉冷对,怒而不跪,高呼"中国共产党万岁!""打倒帝国主义!""打倒军阀!"等口号,行刑的刽子手被吓得浑身发抖,迟迟不能举枪。最后,江震寰身中三枪,才含恨倒地,为中国革命事业献出了宝贵的生命,年仅 23 岁。随后,其他 14 名革命者都被枪杀,最小的韩玉亭只有 16 岁。残暴的统治者可以消灭革命者的肉体,却永远征服不了革命者的精神。

1931 年,天津各界人士为纪念他们,在中山公园立碑公祭。此碑在"文革"中被遗弃,埋入地下。1984 年天津市人民政府复立此碑,并列为区级重点文物,后又被列为市级文物。

[中共天津市委党校(中共天津市委党史研究室) 赵风俊]

土地革命战争时期

# 王荷波与玉田农民暴动

王荷波是中国工人运动的先驱，中国共产党早期领导人之一。党的八七会议后，王荷波在北方特别是在玉田暴动前夕的革命活动，为指导北方农民的武装斗争做出了卓越的贡献。研究和追忆王荷波烈士在北方的革命活动，是研究玉田暴动的历史地位及其经验教训的不可分割的一部分，是探讨党对玉田暴动指导思想的重要环节。

王荷波

## 玉田地区革命形势

1927 年 4 月以后，由于蒋介石、汪精卫集团相继叛变革命，使轰轰烈烈的大革命遭到失败，中国革命暂时转入低潮。为了总结大革命失败的经验教训，纠正陈独秀右倾投降主义错误，确定以后革命斗争的方向，1927 年 8 月 7 日，中共中央召开了紧急会议，史称"八七会议"。八七会议结束了陈独秀右倾机会主义在中共中央的统治，确定了土地革命和武装反抗国民党的方针，并把发动农民举行秋收起义作为党的最主要的任务。

与此同时，河北地区正处于奉系军阀统治之下。在政治上，他们残酷摧残进步势力，镇压革命群众。在国民党掀起反共高潮的同时，他们也卷入其中，杀害了北方区领导人李大钊等人。在经济上则加征各种苛捐杂税，如"旗地变民"捐、警捐。随着北伐战争节节胜利，奉系军阀更是发行军用票和各种债券，强行摊派。这些措施造成河北财政危机、金融混乱、物价飞涨，人民生活苦不堪言。"工农群众自发斗争的爆发,已经成了普遍的必然的事实。"

八七会议后,革命基础较雄厚的南方数省首先举行了秋收起义,独立地树起了工农革命的旗帜,使土地革命和武装斗争联系在一起,从此开始了土地革命战争的新的历史时期。

为了响应八七会议的号召,发动北方的武装斗争和土地革命,党的北方局和顺直省委对革命基础较好、农民运动活跃开展的玉田十分重视。在党的八七会议后,相继做出了以玉田为中心,组织京东武装暴动的决定。

自1926年5月玉田党组织建立后,群众性的反对贪官污吏、土豪劣绅及反捐抗税的斗争在全县各地不断展开。在1927年1月反抗"旗地变民"斗争胜利的同时,建立起农会组织。党组织和农会组织的建立、发展、壮大,农民运动的迅猛发展,斗争的不断胜利,给反动官府、贪官污吏、豪绅地主以沉重的打击。因此,玉田大部地区的农民已在政治上取得了相对的优势,农民对革命的要求不满足于反抗苛捐杂税和一般地反对贪官污吏、土豪劣绅,而是要求打倒豪绅阶级在农村的统治,由农民掌权,从经济上摆脱封建剥削,解决无地少地的问题。特别是反对警察署长司乃德和反抗警捐的斗争大大削弱了奉系军阀在当地的力量。党的力量则在斗争中得到加强,暴动前夕,玉田地区有党员200余人,党支部近30个,这在北方地区是不多见的,为即将到来的革命风暴准备了良好的群众和组织基础。

## 制定暴动具体计划

八七会议后,新成立的临时中央政治局明确提出"中国共产党及中国共产主义青年团应当在极短时间内将最积极的、坚强的、革命性稳定的、有斗争经验的同志尽量分配到各主要省份做农民暴动的组织者"。为更好地在北方地区开展革命斗争,中国共产党决定成立北方局以取代被破坏的北方区,具体负责领导山西、满洲、山东、顺直等地方党的工作,并负责组织农民暴动和土地革命事宜。王荷波当选北方局书记,蔡和森为秘书长。王荷波到职后,立即根据会议精神改组顺直省委,传达八七会议精神并宣布成立北方局。这次会议明确指出,北方局工作的指导方针是"实行土地革命,打倒一切新旧军阀,地主豪绅阶级、资产阶级,发动与组织农民战争,建立工农兵苏维埃政权"。

经过改组后的顺直省委会议讨论,认为玉田群众基础好、党组织执行力强,可以作为革命中心。为更好地动员群众,鼓励农民参加革命,王荷波和顺直省委同志商讨通过没收土地、实施耕者有其田的土地政策,同时在玉田扩大党组织,增加党员数量,增强党的领导力。与此同时,王荷波和蔡和森相继改组了唐山、玉田等地市委、县委,从而加强了党的领导力量和政策执行力。

由此可见,在北方局成立后不久,相继重建、恢复北方地区党组织,为后来的玉田暴动做好了组织上的准备,作为北方局书记的王荷波做到了应尽的职责。

随着党组织的恢复和党的力量的加强,王荷波认为组织武装斗争的时机日益成熟。为更好地组织京东地区暴动,王荷波赶往玉田。与此同时,北方局组织京东特委专门领导玉田暴动。

1927 年 9 月底,王荷波到达玉田后,立即召开中心县委扩大会议,传达了八七会议精神,宣布了《告全体党员书》《关于在京东四县开展武装斗争的决定》和顺直省委决定以玉田为中心在京东地区发动暴动和开展土地革命的总方针,以更好地配合南方革命的决议。对此,王荷波根据玉田本地情况,提出了六项指示:一是提出"没收土地,耕者有其田"的口号,转变混沌的单纯反对"旗地变民"的运动性质。二是坚决排除土豪劣绅,巩固农会组织基础。三是迅速改造并发展强大的党的组织,在短期内发展 2000 人以上的贫农党员。四是在"双十节"举行援助广东土地革命的大宣传和大募捐。五是在玉田临近各县极力发展农会组织势力,发展与训练农民武装队,为将来暴动作准备。六是派人赴遵化宣传土地革命,并在当地民众中募捐,以援助广东农民。这些指导方针充分显示了王荷波坚定的革命意志和高超的革命水准。他不仅坚决贯彻了八七会议关于农民运动的指导方针,还把北方农民运动和广东革命结合起来,体现了其全局眼光。在组建农民武装的同时看到了党对农民运动领导权的控制,即要求加大党员发展步伐,扩展党员数量,去除小资产阶级,达到加强党的领导权的目标,是对大革命失败经验的有效总结。在实际工作中,王荷波身体力行,基本完成了上述工作。

王荷波根据玉田党委汇报的情况,很快拟订了暴动的具体计划。主要内容有:①提出暴动纲领,在党员和农会会员中广泛动员宣传,做好思想准备;②加紧党组织的发展工作,吸收斗争中的积极分子入党,同时加强对党员的教育;③扩大农会,继续以清算、查黑地、退账和罚款等方式,夺取豪绅地主手中的政权,夺取部分土地和枪支,加强农民武装自卫队;④利用十月十日纪念"国庆"的名义,在县城东关高搭讲台,召集全县农会会员大会(包括邻近玉田的遵化、丰润、蓟县的部分会员),进行宣传动员和武装检阅。会后示威游行,并以玉、丰、遵、蓟、迁五县的农会为基础,筹建京东农民协会。

为保障暴动成功,王荷波还要求县委成员分头到各村宣传和组织。他注意到斗争策略的转化问题,由以往工人运动、政治运动为主,转化为农民运动、军事斗争,在当时党内是不多见的。为保证革命成功,他深入基层,亲自指导玉田县委制订暴动计划,在思想、宣传等方面为玉田暴动做了充分准备。在县委书记张明远陪同下,王荷波到郭家屯、果各庄、珠树坞等地与基层党组织同志交流,了解情况。每到一处,王荷波都和农会会员、党支部同志亲切交流,询问群众工作情况,宣讲八七会议精神,号召大家行动起来响应南方革命,鼓励大家为即将到来的暴动做好各方面的准备。王荷波避免了以往群众运动中知识分子常犯的教育说教式错误。他和蔼可亲、平易近人,运用通俗易懂的语言、诙谐幽默的比喻,以利于大家对问题的理解和认识,给大家留下了深刻的印象。县委其他同志也纷纷赶往各支部宣传八七会议精神,传达在玉田地区开展武装斗争的决议和王荷波开展暴动的计划。为增强革命力量,玉田县委还与绿林首领刘二洽谈,以争取对其武装的利用与改造,这些都是按照王荷波的计划实施的。经过王荷波的思想动员,人民群众的思想境界得到了一定程度的提高,更加坚定了暴动胜利的信心。

## 沥血忠诚的革命勇士

1927年10月上旬,发生了张作霖与阎锡山火并的"晋奉战争",北方局便利用这一时机,在10月6日通了暴动计划,决定在顺直区域"大暴动"。此时恰逢玉田县更换县长,对农民运动"睁一只眼,闭一只眼"的县长王凯文被调走,奉系嫡系高克勋上任。10月10日,根据王荷波的意见,利用纪念

"国庆"的名义,在县城东关高搭讲台召开全县农会会员大会,玉田及邻近的遵化、丰润、蓟县等县万余农民,携带各种武器示威游行,既壮大了声势,又检阅了力量。王荷波看到如此整齐雄壮、斗志昂扬的农民武装力量,感到十分高兴。他说:"在北洋军阀的统治下,你们取得这样大的成绩,很不容易。这里真有点海陆丰和湖南的景象! 只要按照县委扩大会议的部署去做,相信你们的武装暴动一定会取得胜利。"他在玉田前后住了一个多星期,要求加强对党员和农民的思想教育,进一步发展革命武装,壮大革命力量。他走后,玉田农民暴动即于10月下旬爆发了。1.4万多人参加的武装队伍,很快攻克了玉田县城,解除了城内反动武装,并准备成立县革命政府。但由于敌强我弱,玉田农民经过四个多月的战斗,终于宣告失败。然而这次暴动为冀东人民武装夺取政权开了先声。当时,党中央在指导思想上要求各地党员武装暴动,攻打城市,存在"左"的急躁情绪,冀东暴动计划的失败,不是王荷波个人的责任。

王荷波回到天津后,即转至北京,领导北方局工作。他拟订了工人武装起义计划,秘密建立北京总工会,发展会员。不幸的是,工人在散发传单时被巡警查获。敌人追踪到工会机关,进行搜查,肆意逮捕。由于叛徒出卖,党的地下组织遭到了严重的破坏,王荷波于10月18日在北京法政大学第一院被捕。北方局和北京市委十八名领导同志亦相继陷入敌手。

在初审时,王荷波不讲真实姓名,也不承认是共产党员,只说名叫汪一喜,江西人,在上海开西服店,这次来京索债。直至叛徒指认后,他也只承认自己的姓名、籍贯和部分职务,始终没有暴露北京党的组织和机关地址。在狱中,他受尽酷刑,坚贞不屈,宁愿牺牲自己,也要保存组织,使敌人的阴谋彻底破产。他充满革命乐观主义精神,谈论着未来革命的胜利,深信共产主义在中国一定能实现。临难前唯一的嘱托是,请求党组织对他的子女加强革命教育,千万别走和他相反的道路。1927年11月11日,王荷波被敌人秘密杀害,时年45岁。

(中共河北省委党史研究室　王宏)

# 热血铸丰碑

1925 年 5 月 30 日,帝国主义在上海制造了震惊中外的五卅惨案,激起全国人民的极大愤慨。在中国共产党的领导下,天津人民迅速掀起反帝爱国运动高潮。6 月,中共天津地委接到上级指令,在海河码头迎接一位来自上海的"李吉荣先生"。然而到了约定时间也没有接到人。原来为了躲避上海密探的搜查,"李吉荣"经过几次化装早已秘密从陆路到了天津,"李吉荣"即李季达。

李季达

## 少年立志寻救国道路

李季达,字世昌,1900 年 1 月 10 日出生于巫山县一个商人兼地主家庭。他天资聪颖,5 岁入私塾,10 岁入县立小学,15 岁以优异成绩毕业。毕业后,他只身前往重庆一所半工半读学校,边做工边学习。即使生活窘迫,也没向家里要一块银元。他为什么不拿家里的钱呢? 因为李季达认为通过剥削农民获取财富极不光彩,为此李季达的父亲大发雷霆,二人闹得不欢而散。

在重庆,他关心国内外的政治局势,积极参加社会活动,在同学中很有声望。1919 年 7 月,他瞒着家人考上了留法勤工俭学会四川分会设立的成都第二届留法勤工俭学预备学校。入学后不久,李季达便与同学一同投入反对日本帝国主义、反对北洋政府的革命洪流中,他被推举为学生代表,带领同学们上街游行。那时,成都昌福馆有一家书店,叫华阳书报流通处,专门出售宣传新文化、新思想的刊物。李季达经常抽空去阅读这些刊物。此后,他开始意识到要想解放中国,就必须实行社会主义制度。但这时他对社会主义的了解还是很肤浅的。他和同学成立了一个宣扬和实行劳工神圣的团体——劳人团。他们希望从教育入手,将工读主义作为改造社会、解救中国的救世良方。

1920年7月,李季达通过考试,成为全国第17批赴法勤工俭学学生之一。临行前,他回到老家,给家人讲国内外发生的大事和社会发展前景,劝哥哥不要买田地,把乡下的田产卖掉,不要剥削农民;安慰嫁到乡下的姐姐:"不要难过,城里乡下都一样,今后都要靠劳动吃饭。"家里人以为他不走了,母亲忙着要为他娶亲,哥哥们忙着要为他安排营生,但都被他一一拒绝。他劝慰母亲说:"人各有志,孩儿长大了,就该走自己的路。"

在法国学习期间,李季达一边做工,一边自修法文,同时广泛阅读书报。通过与先期赴法的赵世炎等人的接触,阅读了《共产党宣言》《社会主义从空想到科学的发展》《国家与革命》等马列著作和关于俄国十月革命的小册子,李季达开始研究马克思主义,逐步放弃了工读主义的幻想,认识到只有走十月革命的道路才能改造中国与世界。他和赵世炎等常在一起研究马克思主义,还研究如何在华工中开展工作等问题。他与华工打成一片,教他们识字,将学到的革命理论用通俗易懂的语言给华工讲解,揭露资本主义的罪恶和北洋政府出卖华工利益的罪行。此时,在勤工俭学学生中又爆发了"反对中法借款"和"占据里昂中法大学"的斗争,李季达和劳人团的同学勇敢地投入斗争,受到了锻炼,提高了觉悟。1923年,李季达加入旅欧中国社会主义青年团,1923年转为中共党员。1924年9月,李季达等人赴莫斯科东方大学深造,在"努力研究,从早回国"[①]的口号下,研究马克思主义理论,从事革命工作。1925年4月,李季达回国,投入国内革命运动。

## 有声有色掀五卅高潮

李季达到天津后,首先同原天津市党、团领导人一起,声援上海人民的反帝爱国斗争。中共天津地委决定由江浩、安幸生、邓颖超等出面,联合其他30多个群众团体成立全市性爱国团体——天津各界联合会。在学生罢课、商人罢市的基础上,6月14日和30日举行全市十几万人参加的市民大会,组织示威游行,组织各阶层群众声援五卅运动。

8月初,在纺织、印刷、油漆、铁路、制鞋、地毯等行业建立工会的基础上,成立了天津总工会。李季达以总工会负责人的身份统一领导天津的工人斗争。在宝成纱厂7月15日、8月8日和9日三次罢工均取得胜利的情况下,李季达决定将罢工重点转向日本人操纵的裕大纱厂。8月11日,裕大纱厂工人提出罢工要求,资方勾结军阀当局派兵进厂镇压,各纱厂工人闻讯纷纷赶来支援,经过近3个小时的搏斗,终于赶走了军警,怒不可遏的工人还砸毁了裕大纱厂公事房和部分机器设备。这就是五卅运动中天津有名的"砸裕大"事件。在此期间,李季达积极协同中共北方区委领导了著名的天津海员大罢工,使天津英、日码头货物堆积如山,给英、日帝国主义以沉重打击,掀起了天津人民反帝运动新高潮。

一浪高过一浪的反帝爱国斗争引起天津军阀当局的极度仇视和惊恐。8月12日,军阀当局出动大批军警,血腥镇压罢工工人,查封各革命团体,安幸生、辛璞田和数百名工人及各界代表被捕。面对突变的形势,李季达一面立即动员各方力量组织营救,一面指示各级党组织和革命群众团体负责人转入隐蔽斗争。

12月24日,冯玉祥所部国民军赶走奉系军阀李景林,进驻天津。李季达和其他地委负责人分析研究了当时的形势和斗争策略,决定利用倾向革命的国民军驻扎天津的有利时机,助推革命的发展。1926年元旦,在李季达的周密组织下,举行了全市国民大会,欢迎国民军和获释的各界代表、工人。接着,总工会出版了《工人小报》,李季达常为之撰稿、审稿到深夜,为天津党组织活动打开了半公开的局面。1月至3月,李季达连续组织了7次大规模的群众集会和纪念活动。由于李季达领导的中共天津地委采取了正确的对策,革命形势迅速发展,一度遭到镇压的各革命团体重新恢复活动,全市工会会员发展到了万余人,中共党员发展到了450余人,建立党支部24个。

3月22日,国民军在日军和奉系军阀夹击下被迫撤出天津。24日,奉系军阀褚玉璞占领天津,反革命的白色恐怖笼罩全市。各革命群众团体遭到查封,一部分共产党员和革命骨干遭到逮捕,各工厂的党团员和工会积极分子大多被开除。面对十分严峻的形势,李季达主持中共天津地委会议,决定采取紧急措施,停止一切公开活动,党团活动一律转入地下,经常从事公开工作的党团负责干部迅速撤离天津;此外,还请中共北方区委选派得力干部,加强天津党组织的建设。不久,中共北方区委从外地调傅茂公(彭真)等一批党的骨干分子到天津,并调整了天津地委领导机构,李季达仍担任书记。这些周密果断的决策,有效地保护了天津的党组织。

## 生死关头仍初心不改

1927 年 4 月,全国局势急剧变化,蒋介石叛变国民革命,张作霖与蒋介石遥相呼应,对共产党和国民党左派的大屠杀开始了!4 月初,李大钊在北京被捕;18 日,江震寰等 15 位革命志士在天津被杀害。在这血雨腥风的日子里,李季达格外镇定,他一面嘱咐各级组织谨慎行事,一面将党的重要文件和天津 500 多名党员的名单存放在法租界浙江兴业银行总行的第一号保险柜里。同时将地委机关转移至松寿里 79 号,后又移至求志里 17 号,采取积极措施保证党组织的安全。

6 月,中共临时顺直省委在天津成立,李季达任省委宣传部部长、工人部部长兼天津市委书记。8 月初,小刘庄区委管辖的海津地毯三厂党支部被破坏,天津市委组织部部长粟泽等 4 人被捕。由于叛徒出卖,加上敌人多处卧底,先后有 12 人被捕。8 月 16 日,李季达及其夫人、中共天津市委妇运负责人王贞儒在南开体育社典华学校内被捕。

在狱中,李季达化名李吉荣,与敌人进行了英勇斗争。他受尽"压杠子""灌辣椒水""点天灯"等酷刑,多次昏死过去,但仍然坚贞不屈。亲友来探望时送的食物和用品,他总是分给难友们一起使用。党组织发动 50 多家巨商出面具保,亲友也多方营救,但未成功,只有少数人因"罪证不足"获释。

面对死亡,他泰然自若。为了崇高的事业牺牲,他没有丝毫遗憾。他在给亲人的信中说:"这也许是我给家中最后的信,希望哥哥们听从我过去的劝告,不要买田,不要剥削人,要靠劳动养活自己。"他托人把信和一本当年在法国买的字典转交家人,作为永久的纪念。监禁在同一监牢的新婚妻子虽近在咫尺,李季达却无法向她道声珍重。

1927年11月18日下午,李季达、粟泽和青年团员、天津地毯三厂工人姚宝元三人被押赴刑场。天津《益世报》报道,李季达等虽"发须过长,但面不改色,立在[囚]车上大声疾呼,打倒军阀,坚持到底等语"。李季达借敌人将他押赴刑场、游街示众的机会,向沿途群众宣传中国共产党的正确主张和共产主义理想,愤怒声讨帝国主义和蒋介石屠杀工农、摧残革命的滔天罪行。临行前,他大义凛然,可谓"气壮山河,怒发冲冠,持续一个多小时","其壮烈情景,感天惊地。鹄立候观的津埠人民无不为之感动"。在围观者人山人海的南市上权仙前刑场,他一面大声演说,一面高呼口号:"全世界无产者联合起来!""打倒万恶的帝国主义!""打倒军阀!""中国共产党万岁!"

当日下午1时许,李季达在刽子手的枪声中倒下了,时年27岁。他的一生虽十分短暂,却处处充满光辉,他信仰坚定,对党、对国家、对人民无比忠诚。他的革命精神将永远被人民所敬仰!

[中共天津市委党校(中共天津市委党史研究室) 杨颖]

# 隐蔽于闹市的秘密印刷厂

　　在天津市和平区唐山道南侧坐落着几排青色二层砖楼,其中看似很普通的 47 号"座椅式"楼房,是中共中央在津秘密印刷厂旧址。这个隐蔽于闹市中的秘密印刷厂,是新民主主义革命时期中共中央唯一驻津单位。它在宣传马克思主义和中央精神方面做出了重要贡献。

中共中央在津秘密印刷厂旧址

## 忙碌的华新印刷公司

　　早在 1928 年 12 月,在周恩来到天津主持召开顺直省委扩大会议期间,顺直省委提出,天津出版党的刊物没有印刷设备,请中央帮助解决。为加强

137

顺直和天津地方党组织的力量,同时考虑到设在上海的中央出版发行机关的安全问题,经周恩来建议,党中央决定从上海调毛泽民(毛泽东的大弟,共产党员)及夫人钱希均来天津建立秘密印刷厂。

按照中共中央的指示,1929 年毛泽民带领印刷厂部分人员并携带印刷机器从上海来到天津。在中共顺直省委的协助下,租下了这幢一院两厢的二层楼房。这座小楼建筑始建于 1900 年,原是天津英租界广东道(Canton Road)福安里 4 号,房东是山东人,在法国律师处当翻译。住宅的后门对着专门订做西装的兴记服装店。由于小楼地处市中心,交通方便,前后有两个门,前门靠马路,后门靠胡同,建筑所处胡同内有 5 个出口。东西的两个胡同可以通到文波路(今建设路),西面的一个胡同可以通往安仁里胡同出口,北面的一个胡同口通往广东道,一旦遇到紧急情况,可以迅速撤离,是从事地下工作的理想处所。

当时,白色恐怖笼罩全国,斗争的形势非常严峻。作为党的秘密机关,印刷厂开展工作难度非常大。印刷机器一开动,就会产生很大响声,容易引起敌人的怀疑。同时在敌人搜查时,印刷机和大量的印刷品也难以隐藏。为了秘密工作的需要,毛泽民等人吸取了在上海的斗争经验,对印刷厂内外院作了巧妙的布置。他们还在印刷厂的一侧开办了一家布店,用布裹住纸,隐藏印刷需要的纸张。

印刷厂大门的右边挂着"华新印刷公司"的铜牌,对外承揽各种印刷业务,公开营业,名义上承印《马太福音》一类书籍和各种表格、请柬、卡片、喜帖、讣闻、发票、税票,还有戏院的演出广告和糖果包装纸等零活以作掩护。而对内则承担印刷党中央的重要文件、决议、重要指示及顺直省委的重要文件、各种小册子、传单等任务。

楼下设有印刷车间和办公室。右前厢房是印刷厂的办公室,表面上不惹眼的办公室实则内藏机关,它的任务对外是联系业务,对内则是岗哨。室内靠门处放置了一个玻璃柜子,柜子内放着各种印刷样品,靠窗户放着一张办公桌,在这张办公桌下专门设有一个暗铃,每天都有账房的同志坐在这里,一方面接待外来联系印刷业务的人,另一方面密切注视着周围的情况,如果发现形迹可疑的人,就可以立即把脚伸到办公桌下,踩动设在小地毯下面的按铃开关,在车间工作的同志听到铃声,就会把正印着的文件收藏起来,转移到早已准备好的地洞里,立即改印《马太福音》、请柬、喜帖之类的东西,当敌人进入车间,工人们一切都已恢复正常。右后厢房是大家吃饭和临时休息的地方。过堂和左厢房是印刷机房,内有对开铅印机两台,二号圆盘机一台,并设有秘密地洞。楼上作为食堂、宿舍和排字房,内有铅锅、铁台、倒版机等全套铸字设备,看上去有模有样,毫不引人怀疑。正是这一系列的措施保护着秘密印刷厂和同志们的安全。

平时,印刷厂也接受一些外来印刷业务,主要是为了掩护和筹集革命经费。外来业务增多时,就故意索取高价或拖延交活时间,以保证印刷厂大部分时间印制党内文件。当时,这里是印刷党的报刊和读物的重地,任务相当繁忙。为了迷惑敌人,这些书刊的封面也作了巧妙的伪装——他们将封面印上《三国演义》《写信必要》等一般书名,而里面却是党内文件和马列著作。

印刷厂共有十几名工人,都是毛泽民从上海带来的,人数虽不多,但分工细致明确,经过几年来与国民党反动派的较量,大家的斗争经验非常丰富。毛泽民化名周韵华,公开身份是印刷厂的东家兼经理,钱希均担任地下交通员的工作,其他同志按工种不同,分别负责排版、印刷、装订等工作。为了加强骨干力量,在撤出上海之前,毛泽民专门去韶山,将堂侄毛远耀、毛特夫带到上海学习印刷。随他们一起去的还有大革命时期党员毛远耀的妻子胡觉民。不久,他们就跟随毛泽民夫妇一起来到天津。在毛泽民的帮助和教导下,毛远耀、毛特夫都加入了中国共产党。

## 古董店做掩护

为了完成好中央交办的任务,党组织设立秘密联络站配合印刷厂开展工作。1928 年 9 月,柳直荀被中共中央派到天津开展工作,开了一家古董店,作为一个重要的革命据点。这家古董店开在法租界巴黎路上(今和平区吉林路),一位年轻的老板带着伙计在店门口笑迎八方来客。这个名叫刘克明的古董店老板,就是时任中共顺直省委秘书长的柳直荀。他协助秘密赶来天津的周恩来筹备顺直省委扩大会议,并按照周恩来的指示,以这间小小的古董店为掩护,担负传递机密文件和筹集经费的任务。这里毗邻天津最繁华的地区,又位于海河南岸,地理位置优越,闹中取静。这座房子是面积不大的里外两间,外间货架子上摆放着一些古玩,还有一个账桌,里间为卧室。店名为"华北商店",店门外挂着个牌子,上面的外文是"OFFCG",装成洋行的样子,便于掩护和开展工作。1929年春节前夕,化名"刘克明"的柳直荀只身前往天津英租界福安里4号。在那里,他见到了专程从上海赶来的中共中央出版发行部负责人——"周韵华"。此后直至1929年9月,柳直荀在津期间,当时中共中央印刷厂在津印制的文件多由柳直荀负责定稿,印刷厂负责人毛泽民等常到古董店来,他们以打麻将牌为掩护研究党的工作。

在艰难、危险的环境中,印刷厂的全体工作人员,怀着高度的政治责任感忘我地工作。他们严格遵守党的组织纪律,不该知道的就不过问,不应该保留的东西,坚决不留。在生活上每个人都维持最低的生活水平,为了革命利益,冒着生命危险,完成党交给的任务。

此外,毛泽民又在小白楼先农里5条13号(原24号)设立了中央出版发行部秘密机关,由毛泽民和夫人钱希均负责具体工作。表面上是一对年轻的夫妻客居在这里,实际上是党的地下工作要地。凡是要印出的刊物、中央和顺直省委的文件、传单等,都要先送到这里,然后由钱希均送到印刷厂,打出清样后再由她把材料分别送到省委负责人和中央派驻天津的柳直荀那里校对定稿。有的材料就由毛泽民定稿,定稿后的文件由钱希均送到印刷厂。

印刷结束后,印版立即销毁,印好的文件由专人负责送到转运站,两个转运站,一个位于梨栈西,一个位于大光明影院附近。毛泽民在天津当时最繁华的劝业场大光明影院附近开设了一家书店,印刷厂印出的书刊从这里转运分散邮寄到全国各地,其中邮寄到上海的最多。

## 体贴的"老板"夫妇

毛泽民夫妇特别体贴同志们。有的同志外出回来晚了,钱希均总是留好饭菜,热在锅里。不管有什么好吃的,毛泽民总是让妻子招呼大家一起来吃。正是有了这样深厚的感情,只要是他安排的任务,大家都任劳任怨地完成。在帝国主义的租界和国民党的白色恐怖之下进行党的地下工作本来就已经非常艰难,还经常会遇到一些意想不到的麻烦,比如遇到特务对货物起疑心的情况,毛泽民都以巧妙的方式加以化解。

为了避免引起邻里的怀疑,毛泽民夫妇穿着都很体面。毛泽民经常穿着哔叽长袍,外罩青色马褂,头戴呢帽,脚蹬皮鞋,提着一个棕色的公文皮包,钱希均常穿一件藕色平绒夹袄,一双古铜色的皮鞋。因经济拮据,他们吃得非常简单。但为了营造安全的环境,他们偶尔请周围几个较有名气的商人一起吃饭,请他们过来打麻将,钱希均明白自己的经济状况,只打一些小牌。邻里关系融洽为顺利开展地下活动提供了便利条件。

由于掩护工作比较周密细致,党中央这一重要印刷厂在近两年时间里,一直没有被敌人发现。印刷厂承印了党中央的重要决议、指示、文件和通电,还排印党的刊物,其中包括《布尔什维克》《向导》《中国青年》《红旗》《共产主义的 ABC》等书刊,印刷顺直省委主办的刊物《北方红旗》《铁路工人》,此外还翻印马克思主义书籍《反杜林论》等。唐山道这个秘密印刷厂就在险象环生的环境中,在极端困难的条件下,为党和人民的事业做出了重大贡献。华新印刷公司在天津运转一年多,报刊发行和资金运转都极为困难。由于天津与党中央的所在地——上海距离比较远,恰在此时,国内形势已经开始发生有利于革命的变化,中央决定让毛泽民返回上海工作。1931 年春,毛泽民和钱希均在天津港乘坐南下的轮船,回到上海。

毛泽民调离天津后,改由彭礼和负责印刷厂的领导工作,印刷厂也移址到小白楼海大道(今大沽路 126 号)。随着革命形势的发展和变化,唐山道的这幢小楼完成了它的历史使命。

[中共天津市委党校(中共天津市委党史研究室)　李俐]

# 反霸斗争掀波澜

在美丽的津河西楼桥畔矗立着一座"怀翁亭",即彭真同志领导五村农民反霸斗争纪念亭,它向人们诉说着中国共产党领导天津人民进行反帝反封建斗争的风云岁月。

## 五村农民的悲惨境遇

五村位于天津东南近郊,是五个毗邻村庄的简称,包括小刘庄、小滑庄、东楼村、西楼村和贺家口。早在清朝以前,这里只居住着七八十户人家,耕种1000多亩土地。清朝统治者入关后,通过实施"跑马圈地",大量掠夺农民的土地,分给皇亲、功臣,五村农民从此沦为清贵族的佃户。但这些贵族并不亲自经营,而是委派"揽头"来管理租佃事宜。从清初到民国初年,五村一带的"揽头"更换过四姓人,最后是亿寿堂李家。

李家是天津有名的大盐商,发家后曾多年经办赈务及其他慈善事业,故人称"李善人"。辛亥革命后,当时是李家的第三代李茇臣当家,他与北洋军阀曹锟结为儿女亲家,并依仗曹锟的势力,运用各种手段想把五村的土地攫为己有。从当时的土地关系来看,佃户拥有永佃权,每亩每年交纳固定的租金8角,已成为沿袭下来的惯例。但是随着帝国主义的侵略和资本主义经济的发展,天津的城市建设占地也逐日扩张,土地与房租的价格越来越贵,每亩土地的价格已经超过1000元。按当时的情况,每亩能建房20间,每间每月的租赁价为4元,总计每年可获800余元的收入,比起收农民的固定租金获利达千倍以上。因此,李茇臣就想出了"倾村灭佃"的办法,企图从农民手中掠夺租佃土地,农民的反霸斗争由此而起。

1915年初,蓄谋已久的李茇臣,趁着民国初年的混乱时机,提出向农民增租,由于农民的一致反对,遭到失败。1917 年,天津市洪水泛滥,李荩臣第二次向农民提出增租,一部分佃农迫于生计,不得不接受地租的增加,每亩地租由 8 角增加到 3 元。1919 年,李荩臣使用威胁手段,迫使农民全部增加了租金。然而利令智昏的李荩臣并不满足,在增租的同时,竟采用欺骗伎俩,以"暂借"为名扣留农民保存的永佃租约,使农民失去凭证,接着他雇佣一批流氓打手,毁坏青苗、垫平园田多达 100 余亩,使 50 多户佃农丧失土地,流落街头。农民们忍无可忍,推出代表向法庭申诉,但由于李荩臣与法庭相互勾结,农民的诉讼遭到失败。走投无路的五村农民,怀着满腔激愤,迫切地需要开展一场维护自身利益的斗争。

## 护佃斗争取得初步胜利

正当五村农民在水深火热中挣扎、惶惶不可终日之时,天津地下党组织负责人彭真来到他们中间。1926 年,24 岁的彭真(时名傅茂公)被调到天津从事革命活动,先后任中共天津地委二部委、一部委、三部委书记等职,曾负责组织天津各大纱厂工会开展工人运动。当时,靠近小刘庄的裕元纱厂,是北洋军阀段祺瑞等人合资开办的,厂内已秘密建立党的组织,彭真直接领导那里的工人开展运动。因裕元纱厂的工人党员多数家住五村,在党的小组会和支部会上经常提到五村农民的斗争情况。1927 年上半年,彭真深入五村,与青年农民座谈,介绍俄国十月革命,宣传我国南方各省革命斗争的情况,发动农民组织起来。为了掩护斗争,彭真等在西楼前街 22 号建立了操练武术的"国术馆",以习武为名发动农民。他经常来这里向农民宣传革命形势,讲解革命道理,启发和鼓励他们与地主恶霸进行斗争,和农民运动骨干具体研究反霸斗争的策略。在彭真的教育和引导下,农民运动逐步开展,一些骨干分子在政治上不断成熟起来。1927 年 4 月,农民运动骨干甄元和加入中国共产党,成为五村农民中的第一个党员。在实际斗争中又不断涌现出一批积极分子和骨干力量,党组织壮大起来。在此基础上,彭真组织成立了中共五村党支部,支部书记为甄元和、组织委员为张连荣、宣传委员为曹同兴。为了加强对五村农民斗争的领导,同年 8 月,彭真又把天津地委第一部委书记司福祥(司呈祥)调到五村,以卖青菜为掩护,参加五村党支部活动,直接领导五村农民的反霸斗争。

针对五村农民缺乏斗争经验,与"揽头"李荩臣的斗争还处在各自为战的状况,彭真深入五村,耐心细致地给农民讲解团结起来才有力量的道理,动员农民联合起来开展斗争。在彭真的启发和帮助下,广大农民逐渐认识到团结起来力量大的道理,并开始主动向彭真等党员骨干分子身边靠拢。趁此有利时机,五村党支部按村分批召集农民开会,分析农民生活贫困的原因,宣讲南方各省斗争的形势,号召农民团结起来开展斗争。1928年春末,甄元和在自家菜园里搭起一个窝铺专为支部开会使用,五村党员及附近纱厂工会的一些积极分子常常来此活动。彭真也经常来五村指导工作,有时还住在甄家菜园的窝铺里。

1928年底,五村农民由各村选出代表成立了"五村农民护理佃权委员会",甄元和为总代表。为了反对李家向佃户增租、夺佃、垫地等阴谋,首先组织了七八十名骨干分子去李荩臣家进行说理斗争。在农民群众的声威下,李家答应:"已经垫完的地就算了,没有垫的不再垫了。"但事后不久,李家出尔反尔,又将数百户佃农的租约扣留,并在西楼和东楼开始垫地,使刘魁元等几十户佃农失去生计。李家还伪造证件,向法院提出佃农欠租及解除租约的诉讼,引起广大农民群众的强烈不满。在党组织的支持下,由农民护佃委员会组织五村的全体佃农,举行了一次请愿示威。五村佃农全体出动,不分男女老少,手持"打倒土豪劣绅""归还我的土地"等标语小旗,冲破法警的阻拦,向法院提出了控诉。这次请愿虽无疾而终,但经过这次斗争,大大鼓舞了农民的斗志,使广大农民认识到团结起来的力量。

1929年6月,由于叛徒的出卖,党组织遭到严重破坏,彭真、司福祥、左振玉、张树林、金城等23人被捕入狱。"揽头"李荩臣认为向五村农民夺取租佃权的机会到了,便再一次向法院提出解除五村农民租约的诉讼。为了争取法院的合理判决,在甄元和等党员和骨干分子的组织领导下,近6000名工人和农民手持标语小旗,高呼口号,包围河北省高等法院,举行静坐示威,要求会见高等法院院长,反对剥夺五村农民的租佃权。静坐示威从早上一直到了傍晚。最后,法院不得不作出对此案详细调查后再宣判的承诺,请愿队伍才陆续离去,护佃斗争取得初步胜利。

## 反霸斗争持续开展

"李善人"是假善真恶,他的承诺只是缓兵之计。1929 年秋,李荩臣继续他的垫地计划。他把垫地工程包给承包商,雇佣民工从西楼到西南楼铺设小铁路。五村党支部闻讯后,联络国术馆的一帮小伙子,带着大批农民制止承包商毁田垫地,并动手把铺设的小铁道拆掉,吓得承包商停止了垫地工程。李荩臣这次垫地计划未能得逞,他手下的谋士们又向他献上了一计,请律师打官司,不告五村的农民代表,专告胆小怕事的佃户,一户一户地告,采取各个击破的办法。李荩臣点头称是,于是向法院起诉,并花大价钱委托名律师代办。法院开庭审理此案,五村党支部派人以五村护理佃权委员会的名义动员一些单位去法院旁听,并指定几个能言善辩的农民相继发言,揭露李荩臣的阴谋。会场秩序大乱,法官只好宣布休庭。

1933 年 5 月,中共河北省委任命甄元和为市委组织部部长,刘瑞森为市委宣传部部长,要求天津市委加强对工运、农运的领导。根据省委指示精神,甄元和和刘瑞森深入五村开展调研,动员农民团结起来,同地主作斗争,并提出二五减租的斗争要求。

李荩臣不甘心自己的失败,1934 年再次向法院提出迫令佃农交地腾房的起诉,并雇用律师伪造契约,捏造事实,妄图把五村的全部土地占为己有。五村农民在党组织领导下,坚决斗争。在附近产业工人的支持下,五村农民痛打了一贯欺压农民、带头行凶的李家"庄头"魏世珍和律师王守臣。这些李家的帮凶和爪牙感到众怒难犯,不得不表示决不再管李荩臣的事。为争取广泛的社会同情,五村农民决定推举赵建中、于宝林、孙留光三人去北京海淀学校,请进步教师段西侠和段一虹兄弟撰写了一份《天津市贺家口、小滑庄、小刘庄、东楼村、西楼村五村全体佃农哀告书》,以大量事实列举了农民在地主阶级压迫下的悲惨生活,以犀利的笔锋撕破了亿寿堂"李善人"的假面具,呼吁社会各界都来关注事态的发展。李荩臣的伪善面目和罪恶行径,以及军阀、国民党政府助纣为虐的卑鄙行为,在社会上引起很大反响。河北省委党刊《火线》第十八期(1934 年 7 月)刊登署名玉明的文章,对五村农民反霸斗争给予高度评价。

坐落于西苑公园内的五村农民反霸斗争遗址纪念亭——怀翁亭

1934 年,彭真出狱后,仍十分关心五村农民的反霸斗争。当年,李家收买谦德庄一带的社会闲散人员李珍、姚少平等人对五村农民寻衅闹事。五村农民极为气愤,准备去扒掉李珍家的住宅。彭真得知后及时指出要把斗争矛头指向地主阶级,对那些被地主收买利用的"打手",要设法去做分化瓦解工作,使其不为地主阶级所用。五村农民按照这一指示,通过关系向李珍等人做工作,争取到李珍等人的中立态度,使李家的阴谋又一次落空。经过实际斗争培养起来的农民骨干力量越来越坚强,在五村农民护佃委员会直接领导下,继续坚持斗争。

五村农民的反霸斗争一直延续到 1949 年,是天津人民在党的领导下开展的一场时间持久、规模宏大的革命斗争。

[中共天津市委党校(中共天津市委党史研究室)  刘素新]

# 傲霜寒菊

1930 年,在天津重阳节菊展上,一盆品名为"火炼金"的菊花引得许多游客驻足观赏。这盆菊花在瑟瑟秋风中昂然挺立,火红的花瓣伸出花盆迎风招展、艳丽夺目。花盆上隐约显现的墨迹"囚犯共产党人郭宗鉴栽种",让人不禁对花的主人产生几分好奇。

## 郭宗鉴何许人也?

郭宗鉴,中共党员,中共顺直省委领导人之一。

1906 年,郭宗鉴出生在四川省长寿县一个小官僚家庭。因不堪继母虐待,幼年的他曾有一段时间在外谋生。这段经历让他深刻体会到社会底层群众的疾苦。

1925 年,震惊中外的五卅运动在上海爆发。天津人民迅速响应,在党的领导下开展了轰轰烈烈的反帝爱国运动。郭宗鉴当时正在南开中学读书。他思想进步、关注时事,积极投身这场革命洪流中。在这场斗争中,他接触到中国共产党的组织,逐步接受共产主义思想。由于表现优秀,1926 年北伐前夕,他被派往黄埔军校学习。在那里,他加入中国共产党。

1927 年 4 月,奉系军阀张作霖疯狂绞杀李大钊等一批优秀共产党人。中共北方区委遭到严重破坏。为恢复党在北方的领导机关,同年 8 月,党中央在天津建立中共顺直省委。9 月,郭宗鉴奉命担任中共顺直省委秘书长。这个年轻的小伙子工作踏实,吃苦耐劳,文笔流畅,写得一手漂亮字,很受大家的欢迎。当时,党的机关接连遭到破坏,工作处境极其艰难。郭宗鉴与其他同志并肩作战,克服重重困难,完成了党交与的一项又一项任务。1928 年 12 月,在周恩来来津参加中共顺直省委扩大会议期间,郭宗鉴圆满地完成了周恩来的食宿安排和安全保卫工作。

## 为何做了囚犯？

1928 年 6 月，国民党蒋介石打败奉系军阀，占领天津。在白色恐怖的笼罩下，天津革命斗争形势更加严峻。1928 年 10 月至 1929 年上半年，曾担任顺直省委书记的王藻文，因不满中共中央撤销其中央委员职务的决定，伙同曾担任省委委员的李德贵从事破坏党的活动，对天津党组织的安全构成严重威胁。1929 年 5 月 31 日凌晨，兼任除奸队队长的郭宗鉴按照党的指示，带领队员郑丕烈在首善里 5 号的一座小楼里约王藻文和李德贵谈话，对他们进行最后的规劝，但二人仍毫无悔改之意，继续对抗组织。郭宗鉴当即宣布了他们的罪状，命令郑丕烈对二人执行枪决。李德贵当场毙命，不料王藻文却未被打死（在送医院途中死去），还向随后赶来包围现场的法租界巡警告发郭宗鉴。闻讯赶到的王藻文妻子张健生（原是地下党员）和李德贵之母也背叛革命，向敌人提供了许多党的组织和地下党员的活动线索。随后，天津国民党反动当局勾结帝国主义在津势力在全市内展开了大规模的搜捕。郭宗鉴等 20 多名省委、市委重要干部和党员不幸被捕。

在刑讯室里，敌人用尽压杠子、坐老虎凳、大杆香烧等残酷刑法，企图撬开郭宗鉴的嘴巴，获取党的秘密。郭宗鉴始终守口如瓶，表现出共产党人大无畏的革命气节。伤痕累累的郭宗鉴拖着沉重的脚镣，被法警架扶到法庭，接受所谓的"审判"。法官要求他讲出自己的"罪行"，郭宗鉴厉声答道："惩治叛徒是我们党内的事。"法官凶狠地说："胡说，你危害了党国……"郭宗鉴轻蔑地冷笑一声，面向旁听席说道："请大家看一看！他们用大杆香把我烧成这样，还有一点人性吗？"当他撩开衣襟，露出身上化脓的伤口后，现场哗声一片。旁听群众纷纷表示抗议。法官只好宣布休庭。继续开庭后，法官问："你愿不愿意改过自新？"郭宗鉴毅然答道："我无过可改，我没有错。"法官威胁道："那你可会白白送掉性命。"郭宗鉴大义凛然："杀掉一个人，千百万人站起来！他们的前途就是我的前途。"最后，法庭以"预谋杀人罪"，判处郭宗鉴两个无期徒刑零九年有期徒刑，羁押在国民党河北省第三监狱。

# 囚犯的花为何出现在菊展上？

入狱后，郭宗鉴以监狱为战场，同敌人展开较量。他与彭真等人成立狱中党支部，发动和领导绝食斗争，并取得胜利，大大改善了政治犯的生活条件。

郭宗鉴是政治犯中受刑最重、刑期最长的一个，但他始终保持革命乐观主义精神，对革命充满必胜的信心。当别人问他何时才能出去时，他慷慨激昂地回答："中国革命胜利，中华苏维埃中央政府宣告成立的那一天，我就出去了！"

恶劣的监狱环境丝毫没有影响郭宗鉴对生活的热爱。他在狱中养了许多菊花。每到放风的时候，郭宗鉴便用那响亮的四川话高声喊道："开门！我要浇水。"一盆"火炼金"菊花在他精心呵护下，枝叶茂盛，展蕊怒放。郭宗鉴非常喜欢这盆花，为它取名"孤岛琼峰"。为方便难友赏花，他将这盆花放在犯人放风的夹道里供大家观赏。难友们一看到这盆菊花火红的花瓣，就像看到一面革命的红旗在招展，立刻欢呼起来。

一天，郭宗鉴得知天津要办菊展。他想把"孤岛琼峰"送去参展，在全市人民面前展示一下共产党人不屈不挠的革命精神，于是提起毛笔在花盆上写下"囚犯共产党人郭宗鉴栽种"，便将花交给看守。典狱长因惧怕郭宗鉴等人与监狱方面抗争，勉强答应了他的要求。看守洗刷了好久也没刷掉花盆上的字迹。就这样，"囚犯共产党人郭宗鉴栽种"的菊花出现在菊展上。

一阵风吹来，火红的花瓣微微颤动。细细听来，它仿佛在向人们讲述郭宗鉴等共产党人在黑暗牢笼中顽强抗争的英勇事迹。

1931 年 5 月，郭宗鉴被转押至北平陆军监狱。长时间的牢狱生活，使郭宗鉴的身体日渐虚弱并染上肺结核。因得不到有效医治，1935 年郭宗鉴在狱中牺牲，年仅 29 岁。

[中共天津市委党校（中共天津市委党史研究室） 曹冬梅]

# 王子清直南播火种

1950 年 5 月,周恩来总理亲自致信磁县政府,称:"王子清为革命已牺牲,望当地政府照顾好其家属和子女,按烈属对待。"1985 年,经中共中央组织部审查,给予王子清平反,并追认其为革命烈士。王子清是磁县的第一个共产党员,磁县党组织的创始人,直南革命运动的先驱,为磁县及直南党组织的建立及工农运动的开展做出了重要贡献。

## 直南播撒革命火种

王子清,又名王维廉、王纪东,1903 年出生于河北省磁县岳城村一个农民家庭。他自幼聪明好学,求知欲强,从小就立志成为像岳飞一样的民族英雄,9 岁时取得"儒童贡生"的资格,后到永年省立十三中学习。他酷爱读书,接受进步思想和新文化较早。1919 年五四运动爆发,王子清闻知,立即逃离学校,赶往北京投入爱国运动。此后,他经常从外地带来宣传品,在小学教师、青年学生、乡知识分子中进行宣传活动。为了寻求救国救民的真理,1920 年底他赴法勤工俭学。1921 年 12 月,经李大钊介绍,加入中国共产党,成为直南地区第一位党员。

王子清入党后,以教学为掩护从事党的工作。他利用假期,走出岳城,去西小屋,到讲武城,进磁州城,入光禄村

王子清

……宣传新思想,传播新文化,并结识了齐笑秦、薛明礼、赵迎和、李巨川等进步青年。1922 年 7 月 1 日,王子清在磁县岳城寨组织了进步团体"人生改进社"。与此同时,王子清开始在家乡发展党的组织,他先后介绍范志廉、王思孝、赵迎和三人加入中国共产党。1922 年 12 月初,磁县党小组在岳城高小的西配房里成立。王子清任组长,范志廉负责宣传,王思孝负责农民运动,赵迎和负责交通工作。磁县党小组是磁县乃至直南的第一个党小组,它似一颗革命火种播种在直南大地。

1923 年暑假,王子清又介绍齐子瞻、齐笑秦在岳城加入青年团。此后,王子清与上海中国青年社的负责人恽代英、肖楚女取得联系,不断寄来《中国青年》《向导》等周刊。为了能够及时得到李大钊及北方区委的指示,王子清"骗"父亲王德贵的钱,在北京石驸马街 54 号西头太平湖(今为新文化街)建立了"公寓"联络站,介绍王思孝到公寓当厨师,并以公寓为秘密联络点,与李大钊、杨景山取得联系,开展党的工作。据有关专家考证,"这是党成立后最早的一个地下交通联络站"。

根据李大钊要深入开展工农运动的指示,王子清与峰峰村的张学孔一起到中和煤矿调研,下到矿井体验煤矿工人生活的艰辛。他还多次到彭城镇找张兆丰,了解陶瓷产业工人的情况。为了把工人组织起来,他经常带着"人生改进社"成员及共产党员范志连、陈富荣、刘子新等人到六河沟煤矿下煤窑,向工人宣讲革命道理,发动工人组织起来与资本家斗争。到 1925 年上半年,磁县已有党员 20 多人。1925 年 7 月,磁县特别支部(简称磁县特支)在西小屋诞生。王子清任支部书记,牛子温任组织委员,隶属北京区委领导。西小屋,位于磁县西南,南临漳河,北依丘陵,是漳河河套秀美富饶之地。相传,三国时曹操在此建立一座打更房,名叫"溪晓屋"。后人在此聚集成村,也称其为"溪晓悟"。新中国成立后,名字慢慢变为"西小屋"。因这里交通便利,且敌人力量薄弱,牛子温是小学校长,所以成为党小组的活动场所。磁县特支的成立,标志着直南地区第一个中共党支部的诞生,也标志着磁县地方党组织的发展进入新阶段。1926 年 4 月 12 日,磁县县委也在西小屋成立,王子清任第一任县委书记。

由于军阀连年混战及地主豪绅的强取豪夺,广大农民饥寒交迫,不少贫雇农走投无路,卖儿卖女。为此,王子清召开县委会议,决定在全县开展反贪污和减租减息斗争。他将原来的"贫农会"改建为"农民协会",在农民协会的领导下各村成立算账委员会,发动群众向有贪污的村长进行算账斗争,仅岳城一片就清算出村长贪污款 6000 多元。当时临近春节,王子清把清算出来的钱粮全部分给农民,广大农民扬眉吐气,高高兴兴地过了个年。1927年正月十五,王子清等组织四乡 2000 多农民在岳城举行了"提灯大会"。"大家提着灯笼,汇成一条长龙阵,沿着街道游行示威",极大地鼓舞了广大农民的革命斗志。

## 直南走出的中共六大代表

1927 年 4 月、7 月,蒋介石、汪精卫在上海、武汉相继发动反革命政变,北方奉系军阀也举起屠刀大肆逮捕杀害共产党人和革命人士,白色恐怖笼罩大地,党的活动陷入低潮。磁县党组织也转入隐蔽状态,与上级党组织失去联系,甚至造成党内一度的思想混乱。王子清得不到上级的指示,内心焦虑,常常深夜无端地惊醒。1928 年 5 月,王子清在谷驼村主持召开磁县党员积极分子代表会议,对磁县县委进行了重新改组,选举李相虞任县委书记,王子清任组织委员,张学孔任宣传委员。受县委委派,王子清负责与上级党组织取得联系。

当时顺直省委驻天津。坐火车要绕道北京,一则路途遥远,二则非常危险;骑马或坐轿花销太大。思来想去,王子清决定骑自行车去天津找组织。1928 年 5 月初,王子清带着七八天的口粮,骑着自行车从岳城出发,直奔天津。经过八九天的长途跋涉,终于找到了顺直省委组织部部长彭真。见到彭真后,王子清的心情非常激动,不顾旅途的疲惫与饥饿,向彭真详细汇报了磁县和直南党组织恢复情况。彭真也向王子清介绍了顺直省委的情况,传达了中共中央目前的斗争方针和省委的意见,并告知王子清省委决定派他以顺直省党代表的身份参加中共六大。因为时间紧急,王子清当天就骑着自行车踏上回家的征程。他靠身上仅有的 5 个铜板,凭着坚定的信念,艰难跋涉 1000 多千米,回到磁县岳城。当他拖着疲惫的身子返回家乡时,面对同事的责备,王子清笑着说:"在天津找到了党,领到了工作任务,我的身上又来劲了。""只要有党,什么困难也无所谓。"此后几天,他筹措经费,召开县委会议,安排了今后的工作。

中共六大是党的历史上唯一一次在境外召开的全国代表大会。1927年大革命失败后,党迫切需要召开一次全国代表大会,系统总结大革命的经验教训,明确新时期革命的性质和任务。但国内形势严峻,环境恶劣,不具备召开大会的安全条件,后经共产国际同意,决定在苏联境内召开。

1928年5月中旬,王子清告别亲人,从平汉线丰乐乘火车,转道天津,乘船到达大连,再乘火车到哈尔滨,后在接站人员的护送下顺利到达位于中苏边境的满洲里。他还冒着危险,三次往返哈尔滨、满洲里,护送南方的中共六大代表至中苏边境,再经过7天7夜的长途旅行,终于到达莫斯科。6月9日,与其他中共六大代表一起被斯大林接见。在预备会议期间,王子清先后拜会了张兆丰、张昆弟。为安全起见,参会代表以代号相称,王子清的代号为"13号"。6月18日至7月11日,中共六大在莫斯科西南郊外的五一村召开,会期历时24天。其间,王子清被选为农民运动委员会、妇女运动委员会、苏维埃运动委员会委员。参会代表对各个问题进行了较为充分的讨论,甚至发生了激烈的争论。6月26日,在讨论工农问题时,王子清就党的组织、兵士工作、革命潮流、同志关系和农民土地等问题进行了发言。王子清积极参加各个专题的讨论,特别是经张昆弟的提醒,于7月2日大会就农民问题进行专门讨论时,作了农民土地问题的专门发言,阐述了自己的见解。他指出:"农民问题是很复杂的,非常的复杂",在开展农民运动时,要把农夫与农妇工作"同时并行",农民协会与民团、红枪会的工作"应同时注意",提出的口号"要普通、易懂"。特别是对于贫农、中农、富农、地主的划分,明确提出"毛泽东的分法比较明白",表明自己与毛泽东的观点一致。另外,王子清还对党的政策和党务工作提出了建议。中共六大最后通过了《政治决议案》《土地问题决议案》《农民问题决议案》等10多个重要文献。大会选举产生中央委员23人,候补中央委员13人。

中共六大会议结束后,王子清从满洲里入境,在哈尔滨与地下交通员苏美一接上关系后,乘火车到大连,再换乘轮船到天津。此时,已是8月中旬,王子清到顺直省委报到后,就返回了磁县。

## 点燃直南斗争烽火

1928 年 12 月底,王子清以直南地区代表的身份参加顺直省委扩大会议,并当选为顺直省委委员、农民运动委员会委员。会议结束后,周恩来、刘少奇反复叮嘱王子清,要注意安全,尽快打开直南局面,开展工农运动,掀起了一个革命高潮。1929 年 1 月中旬,王子清从天津回到岳城。两天后,王子清召开县委会,传达中共六大、顺直省委扩大会议精神,决定开展反"插耧应差"抗捐抗税斗争。

"插耧应差"是地主、豪绅和政府沆瀣一气,想出的一个敲诈农民的损招,即谁种地谁出差,佃户租种地主的土地,一切差役归农民,地主净收租不出差。饱受徭役、兵匪之苦的农民,被沉重的负担压得喘不过气来。反"插耧应差"斗争首先在县城北部地区地主集中的八里铺、甘草营一带开展。王子清、唐寿山等到各村召集农民大会,公开讲演,揭露地主豪绅敲诈农民及军阀混战带给民众的痛苦,指出民众应该走自己的路,并因势利导成立了"斗争委员会"。12 月的一天,甘草营、八里铺等 8 个村的 500 多名农民,在党员和农协干部的带领下,在八里铺游行示威,对地主辛堂进行说理斗争,吓得他不敢出来。甘草营的恶霸地主乡长刘金生被痛打一顿,被迫将以前多征的税款退还农民,并答应减租减息。这次斗争取得了初步胜利,但王子清知道刘金生不会善罢甘休,就要求农协会员做好准备防止敌人反扑。果然不出所料,春节刚过,反动政府就派 50 多名法警到甘草营抓捕农协会员。王子清闻讯后,立即指示相关党员带领农民群众,手持农具,从四面八方赶去支援,结果夺取长短枪 11 支、马 5 匹,俘虏法警 5 人,缴获地主的枪 24 支。当天在甘草营召开了 2000 多人的大会,并举行了游行示威,声势之大轰动全县。反动政府被迫答应农民的要求,反"插耧应差"斗争取得胜利。

斗争的胜利,大长农民志气,扩大了党和农协的影响。农民群众称王子清、唐寿山是患难朋友,救命恩人。从此,光禄一带流传一首歌谣:"老农大联合,就是吃的馍;老农不团结,饿死也枉然。"

(中共河北省委党史研究室　王林芳)

# 五次被捕的北方女杰郭隆真

她是中国共产党早期女革命活动家,妇女运动、工人运动、学生运动的领导人之一,河北省第一位女共产党员。由于追求个性解放,追求革命真理的需要,她改名"隆真",意为"从落后中隆兴崛起,冲破封建礼教束缚,勇敢追求真理"。她一生曾经 5 次被捕入狱。今日,当我们以另一种方式缅怀郭隆真时,不禁要问:到底是什么支撑着她在一次次入狱后,仍不放弃继续坚持革命斗争?又是什么支撑着她在面对敌人的严刑拷打时,仍不卑不亢誓死不变节?

郭隆真,河北省大名县人。在少年时代就具有勇于冲破封建藩篱,追求男女平等的精神。她是当地第一位反抗包办婚姻的女性。刘少奇曾这样评价此事:"隆真同志掀开花轿门帘,把封建传统旧礼教一手抛开,没有极大的勇气和反抗精神是做不到的。"

1919 年五四运动的春雷在北京响起,整个中华大地为之震撼。在五四运动的浪潮中,郭隆真很快成为天津学生运动出色的领导者、北方妇女运动的先驱者。5 月 25 日,郭隆真倡议并与邓颖超、刘清扬等一起筹备的"天津女界爱国同志会"成立,会员达 600 余人。6 月 5 日,天津学生联合会召开第一次爱国运动大会,郭隆真和刘清扬等走在游行队伍的最前面。郭隆真还两次前往北京总统府参加请愿活动,并登上总统府前的石狮子,怒斥当时的大总统

郭隆真

徐世昌,历数政府的卖国行径。

在五四运动中,郭隆真曾 3 次被捕。

第一次被捕是 1919 年 8 月 23 日,为声援山东爱国运动,郭隆真与刘清扬等 10 位代表入京请愿,被北洋军阀政府逮捕。在被拘押期间,郭隆真斗志坚定,她面对面地斥责敌人说:"爱国无罪,能有人卖国就不能有人救国吗?你今天放我出去,明天我照样进行爱国活动。"请愿代表被捕后,全国各地强烈抗议。在强大的压力下,反动政府不得不在 8 月 30 日释放了郭隆真等请愿代表。

第二次被捕是 1919 年 10 月 1 日,与天津女界爱国同志会的王桐华、武绍芬等第三次入京请愿,被北洋军阀政府再次逮捕。当警察厅派人审讯她们时,郭隆真鄙夷地回答说:我到警察厅来,是你们吴总监把我请来的,别人不能问我!当时京师警察厅上报的公函中记载:"女生郭隆真并向承审员声言,汝非吴姓,无权问我,其势汹汹,出言蛮横,似此当场侮辱,殊属目无法纪。"警察厅于 11 月 10 日被迫释放了全体代表。郭隆真被释后,回到天津又投入了新的战争。

第三次被捕是 1920 年 1 月 29 日,与周恩来、张若名等带领 1000 余名学生到直隶省公署请愿,要求释放被捕的学生,遭反动当局逮捕入狱。在警察厅拘押期间,司法科科长高登甲曾传讯郭隆真,但郭隆真每次都大义凛然地回答,使他无法再问下去。郭隆真还反过来质问高登甲她被拘捕的理由,使他狼狈不堪。有一次高登甲路过郭隆真和张若名的牢房门前,郭隆真从窗户里大喊:"请司法科长站住!我们有句话说。"高登甲表示不屑与女学生讲话,郭隆真怒斥他蔑视女子人格。

警察厅对被捕学生代表严加隔离,不准互相往来,但又不准备对其公开审理。周恩来、郭隆真等秘密串联了全体被捕代表,进行绝食斗争取得了胜利,4 月 7 日全体被捕代表 21 人被移送监察厅。他们在监察厅里得到了可以看书学习、互相往来和开展娱乐活动的权利。郭隆真在此期间虽然患病,但始终保持着乐观的精神和旺盛的斗志。她积极地学习,热情地联络和照顾大家,受到了大家的敬重。4 月 11 日是郭隆真的生日,周恩来代表大家特赠送镶有国旗的一面镜子,表示祝贺。郭隆真很受感动,给周恩来写了一封饶有趣味的短信,信上说:"蒙你们诸位祝我的生日,我实在感激!一鞠躬。

劳你们诸位的精神作个纪念品！再鞠躬。叫我的精神愉快百倍！三鞠躬。"

周恩来在后来编写的《警厅拘留记》和《检厅日录》两篇历史文献中，详细记载了郭隆真等被捕代表的斗争情况。由于全体被捕代表和天津各阶层人民的坚决斗争，迫使反动当局不得不于 7 月 7 日开庭审讯被押半年之久的周恩来、郭隆真等 21 名代表，并于 7 月 17 日宣布所谓"期满释放"。周恩来、郭隆真等在法庭门前被欢呼的人群包围起来，他们每个人胸前都戴上了镌有"为国捐躯"4 个金字的纪念章和大红绸花。

## 漂洋过海寻求真理

经过五四运动的战斗洗礼，郭隆真抱定了献身祖国，为革命奋斗到底的决心，毅然与封建家庭脱离了关系。在俄国十月革命的影响下，为了寻求中华民族的光明前途，郭隆真决定到欧洲去学习马克思主义和俄国革命的经验。

1920 年 11 月，郭隆真和周恩来、张若名等 190 多人，乘法国邮船从上海出发，赴法国勤工俭学。到巴黎后，郭隆真和张若名、李愚如等女同志被分配到市郊的云母加工厂做工，生活十分艰苦。但她乐于助人，经过一段时间的钻研，技术熟练了，收入也多了。她就用节省下来的钱帮助张若名入学读书，不再让她做工了。这种舍己为人的优秀品德，赢得同志们的钦佩。

为改变这种困难处境，1921 年 2 月 27 日勤工俭学学生召开了代表大会，通过了"争取吃饭权、工作权、读书权"的斗争口号；28 日组织了 400 多名勤工俭学学生到中国驻法公使馆请愿示威，郭隆真、张若名等参加了这次运动。

留法勤工俭学的男女学生，虽然进行过多次斗争，但经济困难问题一直未得到解决。1921 年秋，郭隆真考入法国省立女子高等学校，但她和许多学生一样，生活异常凄苦。她在以"人道"为题的血书中呼喊："隆真饿！隆真冻！隆真的冻饿，只是全人类间一分子之冻饿，何足轻重，不过隆真推想世人不愿见、不人道之悲惨，发生在 20 世纪新世界人道的声里！请速维持人道！施一粥半缕，以救隆真饿寒交迫，身葬异乡之惨。"郭隆真的血泪书发表后，在国内引起很大的震动。

1923 年经周恩来、刘清扬二人介绍,郭隆真加入了中国少年共产党;同年又经中共旅欧总支部决定,转入了中国共产党。1924 年秋天,党组织派郭隆真去苏联莫斯科东方劳动大学学习。虽然只有半年时间,但她亲眼看到了世界上第一个社会主义国家的崭新面貌,从感情上加深了对马克思主义学说的认识,她对中国革命胜利的信念更加坚定,革命到底的意志更加坚强。

1925 年夏,郭隆真奉李大钊的调遣回到北京。当时正值第一次国共合作时期,郭隆真被李大钊派到国民党北京市党部从事妇女工作,化名林一(林逸)。妇女部创办了一个刊物叫《妇女之友》,分别由共产党和国民党各派一位代表负责主办,郭隆真就成为共产党方面的代表,张挹兰则代表国民党方面。《妇女之友》创刊后很受群众欢迎,郭隆真为这个刊物付出了艰苦劳动。她经常把稿件送到天津,印刷好以后,用一个大网篮装起来加以伪装,当作行李乘火车带回北京。为避免前门车站的检查,她在东便门小站下车,雇人力车转道入城。由于她工作沉着大胆,总能来去自如、顺利完成任务。

郭隆真在参加妇女部工作期间,还有一个公开的身份是北京缦云女校的主持人。这个学校和《妇女之友》社都在西城报子街 49 号一处两层的四合院里,前院是女校,后院是《妇女之友》社。郭隆真平时就在这里开会、研究工作。郭隆真还经常到香山慈幼院及北京女高师、清华大学、燕京大学等处进行发展党团组织等工作。她在香山慈幼院发展了张百川、李玉枢等第一批团员,并建立了团的组织。她还介绍了北京女高师的毕业生陈碧如和香山慈幼院的教师张秀岩等人入党。

1926 年 6 月奉系军阀张作霖在京、津疯狂镇压革命运动,派大量军警密探,跟踪逮捕共产党人,打击进步团体和爱国人士。1927 年 4 月 6 日以突然袭击的方式,逮捕了李大钊、郭隆真、张挹兰等数十人。因她事先早有戒备,敌人什么证据也没查到,在无任何口供的情况下,竟强行判处她 12 年徒刑。后经党组织多方营救,于 1928 年底,被释放出狱。

## 坚贞不屈英勇就义

1930 年 3 月,郭隆真由哈尔滨调回沈阳,任满洲省委职工运动委员会书记。

郭隆真到沈阳后不久,刘少奇奉中央之命调离满洲省委。4 月,中央派李子芬担任省委书记,由郭隆真负责辽宁的工运工作。4 月 19 日,满洲省委遭到大破坏,省委机关党团同志 30 余人被捕。4 月末,以林仲丹、杨一辰为首的临时省委组建。林仲丹为了迅速恢复满洲省委党团工作,将王鹤寿从哈尔滨调回沈阳恢复团省委,郭隆真也参加了党团省委的恢复工作。

因为党团机关均被破坏,无法在城里活动,1930 年 5 月 2 日,他们到沈阳大南边门外文家坟的野地里开会。散会后,刚要往城里走,警察就来了。警察是看见空旷的坟地里有男有女引起了怀疑。因为这一带头天晚上发生了盗案,警察正在搜查可疑的行人。郭隆真等几人刚到城门口,警察就上前盘查,并将他们捆绑起来。郭隆真为了蒙混敌人,编了一套逃婚的谎言,说她不堪丈夫和大老婆的虐待,从家里跑出来,愿意嫁与某人。这几个人中有做媒的,有写婚书的,有的是送钱来给他们结婚的。警察本是无目的地拘捕,又没有其他证据,只好将其他几个人放了。对郭隆真则以"背夫窃逃,有伤风化"的罪名,拘留在看守所 10 多天。组织上通过一位党员的亲属花了几百元钱,贿赂警察署释放了郭隆真,使她又一次逃出了敌人的魔爪。

郭隆真被释放后,组织上考虑到她已不便留在东北,使把她调离满洲省委,派去上海另行分配工作。郭隆真在上海稍事休整,于 1930 年夏秋之交,被中央派到山东省委工作,化名为郭林逸。

11 月 2 日,郭隆真在青岛被反动当局作为"共产党重要分子"逮捕。敌人对她施以各种酷刑,威逼利诱,逼她说出党组织信息和她的任务,要求她写悔过书,但她始终坚贞不屈,严词拒绝。被捕后,青岛市公安局对郭隆真进行审讯。郭隆真开始自称张马氏,继而又说张李氏,说她从天津来,后又改口说从济南来,在青岛并无固定住址,是一个无业游民。敌人本来没有抓到确凿证据,一时难辨真假,弄不清郭隆真的真实身份。但青岛市公安局在上报案件时说:自从张李氏被捕后,"青岛红旗"亦随之绝迹,由此认定她是一个宣传共产主义,鼓动工潮的"共产党重要分子",乃于 11 月 17 日将郭隆真解送至济南高等法院。

郭隆真被关押在济南监狱。敌人对她施行了各种惨无人道的酷刑,她始终不屈服,表现出毫不动摇的硬骨头精神,连狱中的狱吏也说这样的人实在少见。一直到牺牲前,敌人也没有弄清她的真实姓名和真实身份。

1931 年 4 月 5 日,山东的反动军阀韩复榘,把从 1929 年到 1931 年春先后被捕的 22 名共产党员押赴济南纬八路刑场杀害。敌人在行刑前还对郭隆真劝降,得到的却是她坚定的回答——"宁可牺牲,决不屈节!"她高唱《国际歌》,高呼革命口号,英勇就义。

郭隆真等人遇难后,山东省委给中央的报告中说:"他们不仅慷慨就义,而且以百折不挠的革命精神进行斗争,这种光荣的牺牲,是值得我们纪念的。"郭隆真一生为革命战斗,无私无畏,兢兢业业,鞠躬尽瘁,死而后已。

为弘扬郭隆真烈士的革命精神,1986 年中共河北省委、河北省人民政府在郭隆真烈士牺牲 55 周年,在大名县烈士陵园修建了郭隆真纪念馆。如今,这里已经成为市级爱国主义教育基地,成为缅怀革命先烈、传播爱国主义精神、弘扬民族精神的主阵地。

（中共河北省委党史研究室　武春霞）

# 工农革命的将才张兆丰

在邯郸彭城镇有一座旧居,是中共早期领导北方革命军事斗争的运动领袖张兆丰的故居。如今这座庭院已被修葺一新,建成峰峰革命历史纪念馆,成了社会各界人士缅怀革命先烈的爱国主义教育基地。张兆丰长孙张一华先生曾说:"张兆丰的奋斗经历贯穿着一种精神,这是一种勇于探索、敢于奋斗、不屈不挠的精神。探索、奋斗! 失败了,从头再来;跌倒了,爬起来再干! 直到献出生命。"这就是革命先烈为中华民族崛起而奋斗终生的精神!

张兆丰

## 投笔从戎谱传奇

张兆丰(1890 年 1 月)出生于河北省磁县彭城镇(今属峰峰矿区)。1908 年考入保定育德中学第一班学习,该校是同盟会在北方培养革命新人的重要基地,张兆丰成为该校第一个加入中国同盟会的会员。从此,他成为中国民主革命运动中的一位坚强战士。

1915 年,他投笔从戎,考进了保定陆军军官学校成为第四期学员。1919 年初,他离开军队来到天津。席卷中华大地的五四爱国运动,激发起张兆丰寻求光明追求真理的豪情,当他与周恩来、于方舟、江著源、郭隆真等结为挚友后,更加坚定了走上革命道路的决心。在天津马克思主义研究会工作期间,张兆丰阅读了大量的共产主义思想理论文章,尤其对李大钊的文章悉心研读,李大钊在《布尔什维主义的胜利》一文中写有这样的话:"由今以后,到处所见的,都是布尔什维主义的凯歌之声。人道的警钟响了! 自由的曙光现了! 试看将来的环球,必是赤旗的世界!"张兆丰把这几句话作为战斗号角铭记在心,时常吟诵,并在自己的笔记本里写出读后感:布尔什维主义即共产主义,这个新生事物的诞生,是人类文明发展的伟大里程碑,我赞扬之! 我信仰之! 我举双臂拥抱共产主义的到来! 我将为之鞠躬尽瘁、勇敢奋斗! 当时天津没有党组织,但是已经有了社会主义青年团。1920 年 6 月,经于方舟、江著源介绍,张兆丰加入青年团组织。

1921 年 9 月中旬的一天,张兆丰在江著源的陪同下到北京拜访李大钊。当张兆丰说到在陕西靖国军一事时,李大钊插道:"兆丰啊,跟我交往的朋友中,像你这样既上过军校,又上过大学,还经过战场历练的真是不多。你能文能武,难得,难得……"李大钊说到这儿沉思一阵,而后语重心长地说道:"你的才能,有朝一日还得派上用场才是呀……"

张兆丰拜见李大钊之行,看似寻常,然而在张兆丰的人生经历中具有非凡的意义。正是这次结识,李大钊对张兆丰留有了深刻印象。此后的几年里,张兆丰在李大钊直接指导下,肩负特殊使命、历经惊涛骇浪,度过了不平凡的岁月。

1923 年 11 月,张兆丰随樊钟秀领导的靖国军第二路军进驻广州。1924年 1 月,李大钊安排李锡九、江著源介绍张兆丰加入国民党,并在国民党直隶省临时省党部从事农运工作。1924 年 5 月,时隔四年,还是经于方舟、江著源介绍,张兆丰加入中国共产党。

## 革命终究是要依靠军队的

作为中国共产党的创始人,中共北方区委负责人李大钊非常注重人才培养和思想的教育,他曾鼓励张兆丰说:革命终究是要靠军队的,我们党也要有自己的军队和军事人才。1924 年冬,应冯玉祥的邀请,我们党决定选派一批中共党员干部到冯部开展工作,张兆丰就是被委派到国民军中的优秀党员之一。在临行前,李大钊特意对张兆丰说:"你在靖国军中工作过,孙岳、刘廷森等人都和你有过交往,这是很好的工作条件。现在区委派你到国民军中进行军运工作,就是要经过努力把这支旧军队一部分一部分地改造为由共产党掌握的部队、人民的军队。在这方面,我们没有经验,要从工作中摸索前进,一旦时机成熟,我们就要在国民军中创建'共产党军'。"创建共产党军,这句千钧之重的话语,张兆丰听在耳里,心头顿感一振。他从李大钊那岩石般的眉宇间读出了一个伟大马克思主义者的高超智慧,读出了一位中国共产党领袖人物的深谋远虑。他没有说什么,也不必再说什么,只是神情庄严地重重点了点头。李大钊还将共产国际代表鲍罗廷和苏联驻华大使加拉罕介绍给他,以便在今后的具体工作中加强联系,得到帮助。

张兆丰到国民军第三军后,相继担任第三混成旅参谋长和第三团团长等职务,后因在援陕作战中屡建战功,被晋升为第五军第三师师长。他利用职务之便,相继介绍要求进步的第一团团长孙金宣和第一营营长谢连峰、参谋谷雄一等人加入中国共产党,之后又在部队建立起党的旅支部委员会。他还经过多方努力办起了由党领导的随军干部学校,这所学校为党培养了一批军事干部,为创建共产党的军队打下了坚实的基础。

张兆丰在国民军中的工作是直接由李大钊领导和掌握的,李大钊与张兆丰既是上下级关系,又是长期的好友。李大钊之子李葆华曾回忆道:"国民军准备撤出北京时,国民军一位旅长跑到父亲住所,恳切地要求保护父亲出京,到他的部队里暂避一时。父亲坚决不肯离开自己的战斗岗位,这位旅长只好很惋惜地走了。"推测这位旅长便是张兆丰,只是他的真实身份,李大钊连家人也没有透露。他曾送给李大钊同志一支小手枪作为应急的自卫武器。李大钊一直把枪带在身边,直到1927年被捕牺牲。现在该手枪作为革命文物陈列于首都博物馆,供后人祭奠瞻仰。

张兆丰领导的第三师在一系列战斗中担任先锋部队,英勇顽强,战功显赫。他率部出潼关、占灵宝、取陕州、克洛阳、进郑州、保武汉,曾两次受到武汉国民政府的传令嘉奖。由于这支部队有共产党员和共青团员起着先锋模范作用,纪律严明,沿途受到群众的热情欢迎和支持。当时的汉口《国民日报》赞扬这支部队"士兵犹能忍苦,恪守军纪风纪,不稍逾越","乡间农民,视军队如家人,箪食壶浆,沿途慰劳。该军整肃前进,农民均欢呼跃腾"。

张兆丰是第一次国内革命战争时期少数几个直接统率军队,指挥作战的共产党员、高级将领之一。他忠诚地执行了李大钊关于创建"共产党军",

策应北伐的战略思想,为北伐战争做出了重大贡献。1964 年周恩来总理到河南三门峡三九六兵工厂考察,当知道负责讲解的是张兆丰的儿子张锡珩时动情地说:"你父亲是 1890 年生,长我 8 岁。我一向是以'老兄'称之。兆丰同志德才兼备,是我们党难得的人才。兆丰同志牺牲得早,很多人都不知道,以后这方面的宣传力度应该加强。对早期牺牲的革命先烈,我们是不能遗忘的……"

## 无私无畏　英勇不屈

1927 年蒋汪叛变革命后,国民党中央军事委员会下令撤销张兆丰师长职务。由于陈独秀右倾机会主义的错误领导、妥协退让,张兆丰怀着沉痛的心情被迫离开了党培植多年和他艰苦经营的第三师。这支经过党多年培植和经营的"共产党军"就这样被断送了。

大革命失败后,有的共产党员躺在血泊之中,有的消极不干了,也有的叛变了,而张兆丰没有失望,不气馁,革命意志更加坚定。他将自己年仅 17 岁的儿子张锡珩送到部队参加革命,以表示对革命事业的无比忠诚和革命必定胜利的信心。这时,为了保存革命实力和培养干部,我们党决定送一批干部到苏联去学习,张兆丰离开祖国赴苏联。中共六大后,根据周恩来的安排,他回国参加顺直省委的军运工作。

当时,北方党组织遭到严重破坏,李大钊等一大批革命同志被杀害。1928 年 12 月,中央政治局常委、组织部部长周恩来受党中央的委托来到天津,与陈潭秋、刘少奇同志一起主持召开了顺直省委扩大会议,改组了省委领导机关。张兆丰在会上当选为顺直省委(以后改为中共北方局)委员兼军委副书记,不久又担任军委书记,北方地区的军委工作迅速恢复起来。张兆丰非常重视工农武装,在一些地区成立了工人纠察队和农民武装小组,在华北的各派系军队里建立了不少党的秘密组织。如在商震办的军事政治学校、在山西晋城的孙殿英部、在山西汾阳的宋哲元部、在山东烟台刘珍年办的军事干部学校,都有党的秘密组织,培养了一批军运干部。这一时期,北方地区党的军运工作有相当的进展,与张兆丰的艰苦努力是分不开的。

1930 年 2 月至 8 月,张兆丰在唐山、磁县、武安、博野、盛县、滚城等地组织领导了多次革命兵变和农民暴动。他在斗争中出生入死，百折不挠，表现了出色的群众工作和宣传组织工作的才能，英勇顽强的革命精神永远值得人们颂扬。这些斗争虽然都未能取得成功，但鼓舞了人民群众，扩大了党的影响，为后来的武装斗争奠定了基础。

同年 9 月，中共北方局建立平汉北段"兵暴"委员会，张兆丰为委员之一。他被委派到河北栾城县再次组织三十四团的"兵暴"工作。正当各项工作顺利进行，准备发动"兵暴"的前夜，他不幸于 1930 年 10 月 15 日被捕。敌人严刑拷打，继而软硬兼施，都没有使他屈服。他坚贞不屈，严守党的机密，就连自己的真实姓名至死也未暴露。敌人穷凶极恶，于第二天中午就将张兆丰枪杀于栾城北门外，时年 40 岁。如果敌人当时知道他就是张兆丰，是不会杀害他的，很可能还要送到阎锡山那里去请功的。因为当时北方的国民党军政头面人物谁不知道张兆丰啊！

张兆丰牺牲后，中共北方局做出决议并发出通知，通知说"兆丰同志是北方党的军事领袖，是工农革命军的将才"，"兆丰同志之死，是党的一个损失，亦是中国革命的一个损失"。北方局机关刊物《北方红旗》发表《悼无产阶级战士张兆丰同志》的文章，号召大家"誓死继承先烈奋斗精神，解放工农劳苦群众，消灭军阀统治阶级，为死难烈士复仇"！

张兆丰的遗体当时被栾城的中共地下组织冒险运走，偷偷地掩埋在一处岗坡上。在那个白色恐怖的年代，家里人虽然得到了兆丰牺牲的消息，但却在 20 年里不知道他的遗体埋在何处。1961 年 7 月 1 日，张兆丰的遗骨被迁葬于邯郸晋冀鲁豫烈士陵园，中共中央组织部和河北省委为张兆丰烈士建墓立碑。1990 年 10 月 21 日，薄一波在《人民日报》撰文纪念张兆丰就义 60 周年，指出"兆丰同志是我党早期从事军事斗争的佼佼者。他的一生是革命的一生，是无私、无畏、求索、奋斗的一生"。薄一波的话，是对张兆丰一生的最好评价。

（中共河北省委党史研究室　田超）

# 北方第一个苏维埃政权

1931 年 7 月 26 日,北方第一个红色政权——阜平苏维埃政府成立,在华北树起工农武装割据的旗帜,这恰似一道闪电,划破黑暗的苍穹。太行山深处的阜平城,瞬间成为世人关注的焦点。国民党反动派深感恐惧和震惊,惊呼:红二十四军"事虽小,情节甚大",阜平是"太行之井冈"。天津《益世报》也发表社论:"太行山脉,蜿蜒千里,北可横截平绥一线,南可斩平汉要冲。假使有共军千人,则不久就能满万。俟其羽翼养成……较之江西有过之而无不及也……"

## 平定兵变起惊雷

1930 年,国民党反动统治集团内部矛盾进一步激化,5 月蒋介石与冯玉祥、阎锡山之间爆发了中原大战,国内形势发生了有利于党和革命力量的变化。1930 年 10 月,中共北方局确定山西为北方革命的重点,决定尽快"组织红军,创建苏区,将山区变为江西第二",并成立了以刘天章为书记的山西临时省委。11 月,又派谷雄一到山西省开展兵运工作,指导山西的武装暴动工作。

谷雄一,原名谷文会,河北省安国县(今安国市)人。他追求进步、向往革命,在保定育德中学读书时就立下志向,要做像岳飞、文天祥一样的民族英雄,驰骋疆场,以身报国。面对灾难深重的祖国,他立下奋斗誓言:"卧薪薪能刺吾心,尝胆胆能壮吾志,有志竟成!"1925 年育德中学毕业后,他毅然投笔从戎,投身革命,先到张家口西北陆军干部学校学习,后到国民联军任中校参谋。从此,便与兵运工作结下了不解之缘。1926 年加入中国共产党。1929 年 7 月,到京津唐一带专门从事党的兵运工作。在军阀混战之际,曾协助中共北方局军委书记张兆丰,在各派军阀队伍中建立党的兵运工作基地。他具有丰富的兵运工作经验。

1930 年 12 月,谷雄一抵达山西太原,任省委委员兼军委书记。他机智沉着,巧妙周旋,经常奔波于国民党驻山西各地的军营中,使兵运工作有了新起色。1931 年 1 月,中共河北省委成立中共山西特委,派贺昌、薄一波入晋。谷雄一向山西特委建议,应利用军阀混战后人民负担重、广大士兵对待遇不满的有利条件进一步开展斗争,并提议在高桂滋部举行兵变。

高桂滋部,原属国民军第十九军,大革命失败后,随改编后的国民党四二七军挺进山东。1930 年中原大战后,从山东移驻山西平定县。党组织早在 1926 年曾派赫光、刘明德等 10 多名党员进入高桂滋部从事"兵运"工作。

1931 年 5 月,山西特委专门召开军事会议,研究制定了兵变计划,决定将高桂滋部三个团拉出来,组成中国工农红军第二十四军,在五台山一带建立革命根据地,开展武装斗争。经请示中央同意,特委决定由谷雄一领导这次兵变。

正在起义准备工作紧张有序地进行之时,1931 年 6 月,上海地下党中出现了叛徒,高桂滋接到张学良的密电,逮捕了共产党员刘玉珊,部队中气氛异常紧张。赫光立即派刘明德到太原报告山西特委。刘天章、谷雄一等仔细分析形势后果断决定:立即发动兵变。在华北点燃一盏革命明灯,以鼓舞广大人民,并有力支持中央苏区的反"围剿"斗争。省委委员、共青团山西省委书记娄凝先写了"中国工农红军第二十四军"11 个大字,并让他爱人连夜刺绣到红旗上。省委刻制了印章,印刷了布告、传单,派人送到平定,并派谷雄一领导兵变。赫光得知谷雄一前来,喜出望外,派了数十名全副武装的士兵,骑马到阳泉火车站迎接。

7 月 3 日,谷雄一到达平定后立即通知高桂滋部地下党组织,在平定南城墙外的小坟地召开紧急会议,传达特委关于武装起义的指示,商定具体行动方案。次日是星期六,晚上军官回家,士兵可以自由行动,高桂滋及所属三个团长去北京给高父祝寿,这是一个难得的好机会。于是,大家决定 4 日晚 12 时发动兵变。7 月 4 日傍晚,谷雄一又主持召开会议,赫光宣布行动方案:晚 12 时战斗打响,口号是"立",暗号是拍三下枪把子。一切就绪,等待枪响。不料师部手枪连一个班长醉酒泄密,敌人加强了警戒。赫光、谷雄一当机立断,提前起义。清脆的枪声响彻长空,著名的"平定兵变"开始了。起义的士兵全副武装,冒雨到达一团二营的驻地——平定城隍庙。队伍集合后,谷雄一宣布这支部队脱离高桂滋部,接受中国共产党的领导,建立工农革命武装。赫光指挥一团二营占领团部后,向司令部、伪县政府所在地进攻。因敌人已有准备,城门紧闭,火力密布,几次冲锋都未能奏效。起义部队担心驻阳泉一带的孙楚所部赶来支援敌军,便顾不得接应二、三团,只在大街小巷张贴了传单和布告,就趁夜出东门,撤离平定城。

7月5日,起义部队在盂县清城村外进行整编。谷雄一宣布:中国工农红军第二十四军成立,赫光任军长,谷雄一任政治委员。大家吃过早饭,稍事休整,就打着鲜艳的红旗,向五台地区挺进。当时,五台山地区周围敌军云集,不利于活动。赫光、谷雄一等研究后,决定向冀晋交界、敌人力量比较薄弱的河北阜平进发,先在那里建立根据地,再向五台山发展。于是,部队从柏山镇拐往东南方,回盂县,翻过十八盘,于7月13日进入河北平山的蛟潭庄、柳木园一带,17日穿过灵寿县,18日进入阜平县。

## 阜平诞生苏维埃

阜平县城本是商贾云集、物资丰盈之地,但因军阀混战和地主豪绅掠夺,群众生活十分艰苦。党从1925年就在这里开展工作,积累了较好的群众基础。赫光、谷雄一带领部队进至城外沙河岸后,停止前进,并派顾昌华(阜平人)和小李进城联系。当得知红军到来时,大家奔走相告,出城欢迎。进城前,谷雄一做了动员讲话,要求部队进城后要严明纪律,公买公卖,不许扰乱百姓,本着革命纲领,发动群众,开展斗争。

红军进城后,军部设在县衙内,二纵队布防在县城周围,一纵队驻扎在县城东边的东、西庄。部队安置就绪后,就立即张贴布告、标语和安民告示,并设坛演说开展宣传。群众看到红军与以往的旧军队迥然不同,无不称颂。消息很快传遍全县。一些受国民党当局欺骗宣传的外逃人员大都陆续返回县城,乡下人也纷纷进城来看红军。大家争先恐后地为红军烧水、做饭、找房子,有人自动办起支应局,帮助红军筹粮秣。

7月19日上午,红军打开监狱,释放了30多名"犯人"。当"犯人"兴高采烈地走出监狱大门时,赫光说:"旧衙门是穷人的阎王殿,监狱就是鬼门关。天下穷人是一家,愿意闹革命的参加红军,不愿意的,请回家吧!"谷雄一站在一块儿大石头上,也大声地说:"我们穷苦大众应当团结起来,大家一条心,消灭地主阶级,消灭人剥削人、人压迫人的黑暗制度,经过共同努力,建立起共产主义社会。"话音刚落,几个小"犯人"就报名参军。白河村因缴不起地租被关押的罗老汉,当场表示要送自己的儿子参军。几天后,罗老汉的儿子就高高兴兴地参加了红军。

7 月 20 日,红军开仓放粮。这天人山人海,谷雄一向群众宣传开仓放粮的道理,并发表了激动人心的演说:"我们工农红军是共产党领导的革命军队,是为穷人打天下的。我们要把你们辛辛苦苦种出来的粮食还给你们。以后还要平分土地,实现耕者有其田。"随后,谷雄一带领群众开仓放粮。据天津《益世报》报道:"这一回分得粮食的约有两千余人",四乡百姓听到分粮的消息,皆扶老携幼纷纷前来。如此三日,城内仓库所有 300 余石谷米,一发而尽。一时间,广大群众欢天喜地,齐声欢呼:我们的救星到了!

7 月 26 日,红二十四军在县政府堂前的大院里举行了有 1000 多人参加的中华苏维埃阜平县政府成立大会。赫光、谷雄一在一片掌声中健步登上大堂。大会开始后,谷雄一讲话指出,穷人要彻底翻身,当家做主人,就得团

阜平苏维埃政府旧址

结起来干革命,要拿起枪把子,掌握印把子,建立穷人自己的政权。大会一致通过了阜平县苏维埃政府负责人名单,牛曦(二纵政治指导员)为主席,刘应融为副主席。大会还镇压了保卫团骨干分子二狼成,焚烧了契约、文书、账簿等。

县苏维埃成立后,立即开始清除县内的反革命武装,没收地主的枪支弹药,解散反动民团等;组建农民赤卫队、儿童团,配合红军开展工作;建立农民委员会、邮政委员会、教育委员会等组织机构;派出宣传队到城南庄、槐树庄、王林口等较大村镇进行宣传;创办学校,等等。牛曦还到西庄进行社会调查,了解阶级状况、风俗民情,准备发动农民平分土地。阜平县城到处是一片热气腾腾的崭新景象。

当时流传着一段顺口溜:当兵当红军,红军最革命。到处打土豪,事事为穷人。穷人有武装,不怕国民党。分了地主田,谁种谁吃粮。实行苏维埃,反对白眼狼(即贪官)。打倒蒋介石,拥护共产党。

## 英雄血洒红土地

红二十四军和阜平苏维埃的建立,使国民党反动派深感恐惧和震惊,决定要"速派大军相机消灭"。当时,石友三的队伍被东北军击溃后,一个师龟缩到了曲阳一带。土匪出身的沈克见旧主子大势已去,便想投靠张学良。张学良答应将其改编成"新编第一师",但以拿下阜平、消灭红二十四军为条件。沈克刁钻奸猾,以假投降诱骗红二十四军。他先派两个旅到阜平王快镇,脖子上围着绿布,自称"绿军",诡称:"走投无路,向往红军",并派代表同红军接洽,要求收编。

因受"左"倾盲动错误的影响,红二十四军领导在讨论沈克诈降这一事件时,虽有人提出疑问,但大多数人认为沈克是一支杂牌军队,石友三已败,处境艰难,是真心投诚,因此放松了警惕,决定整编"绿军"。应"绿军"多次"邀请",8月9日,谷雄一、刘应融等带着民夫10多人,用骡马驮着银圆、猪羊肉、白面等物品,赶往王快镇。他们一进村,就被秘密扣押(后被送往北平杀害)。沈克见阴谋得逞,次日派赵海清旅从王快镇开往县城,假称"奉谷政委命令,前往接受改编"。赫光等人信以为真,命令赵部驻在城西2.5千米的法华村。下午,赵海清派副官到红军军部催促早日整编,谎称"军心涣散,难以维持局面"。8月11日,赫光、刘子祥和6名战士带着慰问品兴致勃勃地来到法华村。赫光到了"欢迎会"会场,看到匪军荷枪实弹,岗哨林立,就觉察有异,但他毫无惧色,依旧做了精彩讲话。敌兵被他的讲话打动,听得入迷,赵海清屡施暗号,但谁也不肯动手。赫光发觉了敌人的阴谋,予以严正警告。赵海清看到阴谋败露,拦腰抱住赫光。赫光拔出手枪,和匪徒展开肉搏,打中了赵匪腿部,但终因寡不敌众,除一名战士突出重围外,其余都壮烈牺牲。

城内红军获悉后,在参谋长刘明德、苏维埃主席牛曦等人率领下,立即从北边撤出县城。在史家寨的家北村与一纵队汇合,继续向北行进,取道灵丘、应县等地,渡过黄河,转战千里,历尽险阻,进入陕北,参加了刘志丹领导的红二十六军。

红二十四军创建的阜平苏维埃,是党在华北领导人民夺取政权的一次伟大尝试,虽然仅仅半个月就失败了,但为以后的革命斗争提供了宝贵经验和教训。它教育和鼓舞了群众,推动了阜平党组织的迅速发展,为全面抗战时期敌后抗日根据地的建立准备了条件。它的革命精神永存!

(中共河北省委党史研究室　王林芳)

# 救亡图存的呐喊

在北京前门东侧、天安门广场东南角,有一组十分显眼的欧式建筑,尖塔拱顶与附近中式风格的正阳门一对比,显得十分特别。在历史上,它曾有很多名字,但老百姓更喜欢称之为正阳门东车站或前门火车站,这里曾发生过许多影响深远的历史故事。

由于正阳门东站处于城中心,曾是连接各地的交通枢纽。20 世纪 30 年代,正阳门东站因其独特的地理优势,既便于组织学生,又可以沿平浦线乘车抵达南京。于是,先后几次学生南下请愿示威活动都从这里出发,示威总人数达 2000 余人。

九一八事变后,南京政府把希望寄托在国际联盟的所谓"调停"上,同时对日军的侵略抱不抵抗态度,4 个月零 10 天,东三省全部沦为日本帝国主义的殖民地。在民族危机的严重关头,中国共产党率先高举起武装抗日的旗帜。1931 年 9 月 20 日,中共中央发表《中国共产党为日本帝国主义强暴占领东三省事件宣言》,响亮地提出:"反对日本帝国主义强占东三省!"同日,中共北平市委印发《反对日本帝国主义吞并满洲宣传大纲》,号召"反对殖民化中国"。

1931 年 9 月 19 日起,北平各大学纷纷发表通电、宣言,要求"一致对外""救亡图存",抗议日本帝国主义侵占我国领土。9 月 24 日,80 余所大中学校代表集会,成立北平学生抗日救国联合会。北平各校学生纷纷组织请愿团和示威团,自 11 月下旬起,先后有 1000 余名学生到南京请愿,要求国民党当局出兵抗日。

12 月 5 日晨,9 所大中学校 2100 多名学生,再次汇集前门东站,准备南下示威。北平市委成立由 5 人组成的秘密党团,下设 4 个临时党团支部,领导南下学生。6 日下午,北平师范大学、北平大学高中部千余名学生加入南下队伍,随后,中国学院、中国学院附中、艺文中学等校的千余名学生也来到车站,云集车站的学生逾 4000 人。可车站以"奉上级命令"为由,拒绝发车。于是,学生们成立北平学生南下总指挥部,在车站召开各校代表紧急会议,决定进行卧轨斗争,以示南下决心;各校学生轮流休息和吃饭,纠察队守卫车站大门,保护学生队伍,防止敌人破坏;占领车站一切要害部门。几分钟后,车站的要害部门如办公室、会客室、调度室均被学生们占领。法学院、女子学院的学生首先卧轨。

夜幕下的铁轨上,卧轨的学生黑压压地聚集了一大片。大家虽然满腔怒火,行动上却井然有序。夜深了,冷风刺骨,同学们群呼口号,以势声气。车站内外,"誓死到南京去""自动回校者是亡国奴"等标语随处可见。

1931 年 12 月的北平,寒风呼啸,滴水成冰,几千名学生汇聚在前门火车站。衣裳单薄的学生们在瑟瑟寒风中卧轨。卧轨持续了三天三夜,许多市民和商会被感动,送来饼干、开水,瑞蚨祥等商号送来成捆的毛毯,供卧轨学生御寒。

漫长寒冷的 3 个昼夜过去了,北平各个铁路车站一片冷清。火车停驶了,汽笛声消失了,旅客不见了。学生的卧轨斗争使北平的铁路交通完全瘫痪,国民政府当局备受各界舆论谴责。在强大压力下,南京政府复电坐镇北平的陆海空军副司令张学良"就近妥为办理",他趁势下令发车。2100 多名大中学生登上 19 节车厢,呼喊着口号,高唱抗日救亡歌曲乘车南下。

车外寒风凛冽,车内抗日热情高涨。印传单、写标语、缝旗帜,学生们为即将来临的斗争紧张地准备着。南下之行并非坦途,在天津,国民党当局不仅撤走当地车站的工人,还将在车上工作的北平铁路工人赶下车。学生就宣传动员了一批天津铁路工人上车工作。在济南,山东省主席韩复榘派出"大刀队"以武力威慑,学生们就向官兵宣传抗日道理,车站变成了军民联合宣传抗日的阵地,韩复榘只能放行。在蚌埠,学生分成"请愿团""示威团"两个阵地。在徐州,国民党当局设立接待站,准备茶水、点心、糖果,企图软化学生斗志,但学生不为所动,列车继续南下,最终在南京下关车站,北平南下学生与前来迎接的南京学生胜利会师。

14 日,到达南京的学生分成 8 路纵队,抵达中山东路国民政府门前,要求向蒋介石面陈抗日要求,未果。15 日,学生们手持红旗,右臂缠着红布,高喊"对日宣战""保护民众抗日运动"等口号,来到国民党中央党部示威,不断冲击由卫兵守卫的大厦礼堂。

压力之下,蒋介石被迫中断会议,并派考试院院长蔡元培和京沪卫戍司令长官、代理行政院院长陈铭枢代见。学生们对蒋介石避而不见的行为异常愤怒,再次向礼堂发起冲击。顿时,中央党部铃声大作,预先埋伏好的四五百名国民党特务、警卫冲了出来,将桌椅板凳砸向学生。冲突中,数十名学生被打伤,其中 2 人重伤,13 人被捕。

17 日中午,北平、天津、上海、南京、济南等地 3 万余名学生再次来到国民党中央党部,抗议当局镇压学生。之后又到珍珠桥畔,捣毁中央日报社。国民党南京卫戍司令部出动万名军警镇压,致 30 多名学生死亡、100 多人受伤、100 多人被捕。18 日,军警将北平示威团学生武装押回北平。

为反对国民政府不抵抗政策,1931 年 12 月,北平学生
南下示威请愿代表和全国各地学生代表举行请愿示威

南下请愿示威虽然在国民党当局的镇压下失败了,但揭露了南京政府"不抵抗主义"的卖国政策,宣传了中国共产党的抗日主张,唤起了各界人民

的爱国热情。在全国抗日反蒋斗争的强大冲击下,12 月 15 日,蒋介石被迫"辞去国民政府主席等本兼各职",宣布下野。

（北京市委党史研究室　市地方志办　贾变变）

# 刘公馆的秘密

北京西城珠市口西大街有个纪晓岚故居，是游人向往的胜地。纪晓岚在这所宅子内前后共居住了 60 余年。之后几经易主，20 世纪 30 年代迎来一位新主人——刘少白，这里也就成了刘公馆。

说到刘少白，大多数人可能不太熟悉。毛泽东曾经这样评价他："晋绥边区的刘少白、陕甘宁边区的李鼎铭等人，在抗日战争和抗日战争以后的困难时期内，曾经给我们以相当的帮助。"实际上，早在抗战以前，特别是在北平刘公馆居住时期，刘少白便为党做过许多工作。

刘少白 1883 年生于山西省兴县黑峪口村。青年时期接受新学教育，目睹了列强侵略、清廷腐败，他立志救国救民。1911年辛亥革命爆发后，他率先剪掉辫子参加

刘少白

反清活动。1919 年五四运动爆发，他经历革命新潮的洗礼，在家乡从事教育事业的过程中大胆进行教育改革，积极宣传革命思想。在他的影响下，大女儿刘亚雄从小思想进步，在北京女子师范大学就读时，曾参与学校驱逐反动校长杨荫榆的风潮，1926 年加入中国共产党，不久受党组织派遣前往莫斯科中山大学学习。刘少白赶到北京，为女儿送行。四一二反革命政变发生后，刘少白参加了党的外围组织"互济会"，不顾自己的安危，掩护、营救共产党员和革命青年。

1928 年，经同乡兼好友温寿权推荐，刘少白任职于河北省建设厅。同年9 月，他举家迁往北平，租赁下了纪晓岚故居的一进院子。后来，受傅作义邀

请,他又担任天津商品检验局副局长,不久升任局长。

1928 年底,刘亚雄根据党的指示,在莫斯科中山大学受训后回国。1931年初,她担任河北省委秘书长,她的丈夫陈原道担任省委组织部部长。当时,根据秘密工作的需要,河北省委急需在北平建立一处便于掩护工作的联络点,经省委慎重考虑,决定设在刘亚雄父亲刘少白的家——刘公馆。

作为秘密联络点,这里主要接待河北省委和北平市委地下党负责人接头,还负责中转上海的中共中央给河北省委的经费、信件等。由于刘少白的地位和名望,他在上层人士中有许多朋友,社会名流、各界人士常在刘公馆进出,党的负责同志混杂其间到刘公馆接头,从未引起过怀疑。上海寄来的汇款,一般是以某商行、某公司的名义寄给刘少白,再由河北省委派人来取。刘少白经手帮助收转的活动经费,数额常在千元以上,也从未出过差错。

1931 年 4 月上旬,河北省委遭到破坏,省委负责人徐兰芝、陈原道、刘亚雄、蒲秋潮、田仲英等人被捕。中共中央指示河北省委机关迅速由天津转往北平,决定由殷鉴主持省委工作,刘公馆继续作为省委的联络点,并把刘亚雄等人被捕的消息通知刘少白,希望他利用上层关系设法营救被捕同志。

刘少白接到通知后马上回北平筹集了 2000 元现款,又赶到天津,为营救被捕同志而奔波。他利用上层关系先找傅作义,和张学良之弟、天津市公安局局长张学铭取得了联系。正在这时,受党中央派遣赴北平开展情报工作的胡鄂公、杨献珍途经天津,再次向刘少白转达了中央希望他全力营救被捕同志的意图。经刘少白继续奔走,终于使营救工作有了头绪。张学铭说:"这批人可以找保释放,但必须交纳一笔保释费。"因为这笔款项数额较大,胡鄂公返回上海向党中央汇报请示。

此时,河北省委又遭破坏,省委秘书长郭亚先被捕叛变,供出了省委在北平的联络点刘公馆。敌人当即派宪兵去刘家抓人抄家,因刘少白当时在天津,敌人未抓到人,却抄走了党中央从上海刚刚寄来的 1500 元汇款和刘家的 1500 块白洋。

于此前后,在中央特科工作的陈赓从上海到天津,杨献珍向陈赓报告了营救徐兰芝等人的情况,决定与刘少白在天津国民饭店会面,研究具体营救事宜。但由于接头时间阴差阳错,未能同刘少白会面,陈、杨二人赶往北平刘公馆寻找。此时,刘公馆门外已有"蹲坑"的便衣特务监视。特务抓捕了叩门问话的杨献珍,在远处等候消息的陈赓机警地脱离了险境。

情急之下,刘少白二女儿刘竞雄找机会趁宪兵不备从墙上撕下一张纸,偷偷写上"家中出事,千万勿回"几个字,乘厨师送晚饭的机会,把纸条塞给厨师赵芝贵,由厨师转给刘少白的朋友、邻居王子才。王家连夜派人将消息送到天津国民饭店,交给了刘少白。刘少白见到纸条,久等不见陈赓、杨献珍前来接头,便立即离开天津前往大连,后来辗转到山西大同。1937 年 8 月,刘少白光荣加入了中国共产党。为便于开展工作,经党组织批准,他作为秘密党员活动,暂不公开身份。

1938 年 6 月,为与党接上关系,刘少白第一次奔赴革命圣地延安,见到仰慕已久的毛泽东。毛泽东握着他的手说:"我早听说你是秘密共产党人,我毛泽东久仰大名了。"此次赴陕,刘少白和延安书店建立了业务关系。他回到老家兴县后成立"新运书社",为八路军、地方青年和阎锡山军队官兵提供《论持久战》《论新阶段》《新民主主义论》《联共党史》《八路军军政杂志》,以及哲学、政治经济学、社会发展史等方面的进步书刊。

后来,刘少白出任西北农民银行行长,为发展抗日根据地经济,解决军需民用,巩固晋西北抗日根据地发挥了重要作用,成为著名的开明绅士。

毛泽东第五次接见刘少白时,已是抗战胜利之后了。刘少白深感国共和谈无望,决意返回晋绥投入新的斗争。动身前,毛泽东要他过好土改这一关,对他说:"你是党员,可以带个头,把你家的土地献出来嘛!"临别时,天降大雨。主席冒雨送他上车,使刘少白极为感动。1946 年 6 月初,刘少白积极响应号召,将自家的 450 亩土地、一处四合院和百余棵枣树献给政府。新中国成立初期,刘少白当选为全国政协委员、山西省政协副主席。

1968 年,刘少白因在"文化大革命"中被"四人帮"罗织罪名、遭受迫害,含冤病逝。粉碎"四人帮"后,党中央指示有关部门为他平反昭雪、恢复名誉。1987 年,国家主席杨尚昆为刘少白题写碑名,中共中央党校原校长杨献珍为其撰写碑文。党对他一生为革命做出的贡献,给予了充分肯定。

(北京市委党史研究室 市地方志办 陈丽红)

# "红二师"学潮与《红旗谱》

了解中国革命史或中国近代文学史的人,都会对《红旗谱》这部开中国红色文学作品风气之先的代表作非常熟悉,作品鲜明的人物形象、曲折的故事情节让人印象深刻。这部作品中描写的冀中地区人民反"割头税"及保定"二师学潮"都是真实发生在保定地区的历史,尤其是"二师学潮",不但是《红旗谱》作者梁斌的亲身经历,而且成为在他心头的一根刺,不吐不快。

梁斌

## 光荣"红二师" 北方"小苏区"

清朝末年,社会上掀起了一股"教育救国"的热潮,各地开设了各类师范学堂,保定二师就是这个时候开设的一所初级师范学堂。

保定二师即河北省立第二师范学校,创建于 1904 年,始称"保定初级师范学堂",1909 年改称"第二初级师范学堂",1928 年改为"河北省立第二师范学校"。尽管几易其名,但民间却被习惯称为"保二师"或者"红二师",并与毛泽东的母校湖南第一师范、著名教育家陶行知创办的晓庄师范并称为"中等师范的光荣代表",曾被毛泽东赞誉为"好学校",被刘少奇赞誉为"有光荣传统的学校"。保定二师之所以有"红二师"和"有光荣传统的学校"的美誉,在于她有着光荣的革命斗争史。

保定二师的学生大都是贫寒劳动人民的子弟,革命意识较强,对新观念接受较快。再加上邻近平津,许多发端于平津的先进文化、先进思想和革命运动很快就影响到了保定二师。

在新文化运动和五四运动期间,保定二师曾多次掀起反帝反封建的斗争。共产党成立不久,其影响就迅速波及保定二师。1922年,保定二师就建立了社会主义青年团组织,设立了学生自治会,掀起了驱逐反动校长刘续昌的学潮,并取得了胜利。1923年,保定二师就有了共产党员;1924年,建立了共产党支部。此后,保定二师学生在党组织和团组织领导下,反对当局查封进步书籍,提出"读书自由"的口号,积极研读马列著作和宣传十月革命的进步书籍,先后建立了"社会科学研究部""书报贩卖部"等进步团体,开展了反对盲目崇洋的校长张见庵、驱逐满脑子封建伦理的校长刘法曾的斗争。学生们还走出校门到工厂和农村宣传革命道理,发展党员,扩大党组织。1925年五卅运动爆发后,保定二师成立了五卅运动后援会,积极参加和支援这场反帝革命斗争。

1928年春,阎锡山的军队占领了保定,当局对进步活动采取了高压政策,但保定二师学生在党组织的领导下毫不畏惧,连续开展驱逐反动校长梁子青、秦万瑞、张陈卿的斗争。特别是1931年夏,在驱逐了张陈卿后,保定二师由比较开明的张腾霄(张云鹤)任校长,将一些思想反动的学生(多系国民党党员)开除,聘请了共产党员武新、周永言、张明及进步人士李苦禅、胡干之等人到保定二师任教,使保定二师的进步力量大大增强,党团组织迅速发展,先后建立了一些公开或半公开的进步组织和赤色群众组织,比如"反帝大同盟""左翼作家联盟""社会科学家联盟""革命互济会""少先队""音乐研究会""美术研究会""鏖尔读书会""武术社"等。参加这些进步组织的学生占到学生总数的80%。中共保属特委和中共保定市委也设在了保定二师,领导着保定市及周围各县群众的革命斗争。许多学生中的共产党员就是保属特委和保定市委的领导成员。保定二师成为名副其实的保定地区的革命中心,被誉为北方"小苏区"。

## "七六"护校斗争　英雄壮烈牺牲

九一八事变后,由于国民党当局的不抵抗政策,东北迅速沦陷引起了全国人民的极大不满,保定二师的学生走上街头,宣传日本帝国主义侵略罪行和国民党政府不抵抗政策的恶果,并号召群众抵制日货。

保定二师学生的爱国行动遭到了保定当局的镇压。他们拘捕进步学生,禁止进步书刊发行,甚至造谣、监视、迫害进步学生。面对反动当局的镇压,保属特委领导保定二师学生联络保定市的育德、志村、同仁等学校,建立保定学联,召开"保定学生抗战誓师大会",并印发传单,宣传抵制日货、抗日反蒋,并举行示威游行、飞行聚会,还组织"学生军",利用业余时间出操练武,随时准备开赴抗日前线。

1932年2月至4月,保定二师的进步学生多次因宣传抗日救国被当局逮捕。这引起了学生的极大愤慨,在党组织领导下,组织罢课和示威游行。反动当局一边公开镇压学生爱国运动,一边暗地里破坏学生爱国运动。他们组织一些反动学生秘密监视进步学生,拉出"黑名单",并到省教育厅进行所谓的"请愿",声称保定二师"为共匪盘踞",校长张腾霄"通共""二师共产党要暴动"等。省教育厅借机电令张腾霄禁止学生的抗日救国活动、开除进步学生。但都遭到了张腾霄的拒绝。5月,恼羞成怒的教育厅派人查封保定二师并宣布提前放假,并登报开除进步学生50多人,勒令休学30多人,撤销张腾霄校长的职务,宣布将学校改组为乡村师范。这一系列的反动措施,引发了保定二师的护校斗争。

在保定二师提前放假时,党组织决定留下贾良图、曹金月、杨鹤声、陈锡周、刘光宗、陈建民6名共产党员为骨干,组成留校学生代表团,密切关注着局势变化。当局做出开除学生、撤换校长的决定后,保属特委根据中共河北省委的指示,派留校学生代表团分头通知回家的学生赶紧返校,开展护校斗争。

6月中旬,陆续有50多名学生返回学校。根据党组织的指示,成立了"护校委员会",由贾良图任总指挥,曹金月任副总指挥,杨鹤声任委员会主任。护校委员会提出了"反对开除学生!反对撤换张腾霄校长!反对改组二师学校!""争取抗日爱国自由!""誓死保卫二师!"等口号,向社会各界及北平、天津、上海等地发出呼吁书,要求声援。

6月20日,反动当局派500多名军警包围了学校,并企图说服学生撤离,遭到了学生们严词拒绝。于是,当局便增加兵力封锁学校,企图困住学生,让他们自动投降。但保定二师内的学生在党组织的领导下,毫不屈服,他们紧闭校门,准备好平时练武用的大刀、红缨枪、木棒自卫,并做好警戒工作,并用大喇叭对外讲演,控诉政府不抵抗丢失东北,揭露反动当局镇压学生抗日爱国运动,并高唱爱国歌曲,许多路过的群众听了都为之动容,一些东北军的士兵甚至眼含热泪。学生们还编印了一些传单,绑上石头瓦片扔到外面,还用长布条书写上醒目的标语挂到高木杆上,让外面的人一眼就能看到。

## 有关保定二师学潮的新闻报道

这时一些陆续返校的同学由于无法进入学校,他们便向外界宣传抗日爱国的道理,呼吁声援保定二师护校斗争。24日,学校内粮食用完,学生们又面临着饥饿的威胁。他们通过用英语对外喊话求援,与外界的保定学联、河北大学学生党支部取得联系。晚上,一卷卷的大饼和一袋袋的烧饼从河北大学后院高岗上被抛进保定二师。但很快被敌人发现了,敌人派兵占据

保定二师护校斗争殉难烈士纪念碑

了高岗。后来大饼、烧饼吃完了，大家就用校内的树叶、野菜充饥。后来，他们通过突然袭击的方式冲出学校购买及说服军警后化妆购买的方式买来了一些面粉。其间，当局还派来"代表"谈判，学生们提出不答应条件绝不撤离。

看到学生软硬不吃，当局决定血腥镇压。7月6日，千余名军警对校内枪炮齐发，并扒开围墙冲进学校。学生们手持大刀、木棒与军警展开殊死搏斗。军警对着学生疯狂射击。许多学生倒下了，但没一个人投降。

这场屠杀中，共产党员贾良图、张树森、张鲁泉、王慕桓、邵春江、马善修、吕清晰和共青团员赵克泳8人当场牺牲。陈锡周、边隆基（后不治身亡）、焦振生等人重伤。杨鹤声、曹金月等38人被捕。后曹金月、杨鹤声、刘玉林、刘光宗4人被处死刑，另有17人被判有期徒刑。这就是震惊全国的二师护校斗争，也称"七六惨案"。

## 以笔做刀枪　创作《红旗谱》

《红旗谱》的作者梁斌，原名梁维周，1914年生于河北蠡县梁家庄。1927年在县高小上学期间加入中国共产主义青年团。1930年夏考入保定二师，不久就在二师加入了中共的外围组织"反帝大同盟"。此后，他积极参加党组织领导的抗日救亡活动。1932年3月，梁斌突然患上重伤寒，只能停学回家治疗。4月，反动当局开始查封保定二师、开除学生、撤换校长、改组学校。当时，反动当局登报公布的"共产党主义思想犯"和"嫌疑犯"名单中就有梁斌。当在家养病的梁斌接到党组织让他们返校的通知后拖着病体返回保定，学校已经被封锁，他无法进入，于是就在校外积极串联各校学生，宣传保定二师的爱国斗争，并募捐援助保定二师校内斗争的同学。

"七六惨案"发生后，梁斌非常难过。他后来回忆说："我参加了二师的护校运动，斗争对我影响极深，战友们在'七六惨案'中被捕的有五十几人，被惨杀的有十多个，这是我一生难忘的。"返回家乡的梁斌在一个多月后又参加了著名的"高蠡暴动"。护校斗争和高蠡暴动使年轻的梁斌受到了血与火的洗礼，对革命的信心更加坚定。他说："自入团以来，'四一二'反革命政变是刺在我心上的第一根荆棘。二师'七六惨案'是刺在我心上的第二根荆棘。'高蠡暴动'是刺在我心上的第三根荆棘。自此以后,我下定决心,挥动笔杆做刀枪,同敌人战斗!"

1933 年,辗转到北京的梁斌加入了北方的左翼作家联盟,开始了文学创作。常常想着把他这段经历用文学的形式表现出来。全面抗战爆发后,梁斌回到家乡参加抗战,主要从事文学文艺工作。1942 年他创作了短篇小说《三个布尔什维克的爸爸》。次年,把这个小说又扩展为中篇小说《父亲》,这篇作品中就有对保定二师学潮的描写。从此以后,他心里时时刻刻想着要用更大的文学形式反映这些年他经历的火热的斗争历史。新中国成立后,为了便于创作,他放弃了从政,于 1952 年调到《武汉日报》社担任社长。

1953 年,中央下达干部休养条令,允许局级干部每年休养两个月。梁斌立刻请假北上,躲在北京碧云寺里正式开始创作《红旗谱》。两个月时间,他拿出了提纲。回到武汉,他正式向组织提出"辞职"。不久调到中央文学讲习所任党支部书记。由于工作相对轻闲,梁斌便全身心地投入创作。

这一时期,他完全沉醉在写作中,废寝忘食,夜以继日,忘却了严寒和酷暑。他的夫人曾这样描述他那段时间的状态:"他就像傻了一样,送饭就吃,不送就饿着。不跟人说话,别人说话也不听,但谈起《红旗谱》中的人物时,他马上就眉飞色舞起来。写作之后,他脑子仍处在亢奋状态静不下来,除了失眠还是失眠。"

一年后,《红旗谱》第一部完稿。在小说中,梁斌以大量的笔墨和大量篇幅真实生动地记述了保定二师护校斗争的全过程,他甚至在小说中用了很多人的真实姓名,比如刘光宗、曹金月、杨鹤声等,只是将护校总指挥贾良图的名字改为贾应图。

之后,这部著作两易其稿,梁斌为此还调任到河北任省文联副主席,专心致志修改作品。1957 年 11 月,中国青年出版社隆重推出了阅读《红旗谱》。一经出版,震动文坛,全国很快掀起了《红旗谱》热潮。小说先后发行超过2000 万册,被改编为话剧、京剧、电影、电视剧,并被译成俄文、越文、英文、日文、朝鲜文等多国文字。这部小说既开了中国红色文学作品风气之先,又被称为中国红色文学中的经典和代表作,影响着一代又一代的中国人。

(中共河北省委党史研究室　阎丽)

# 屡破屡建的河北省委

河北省委是北方革命的领导中枢，除了领导北平、天津、河北现辖地区党的组织外，还兼管山西、陕西、甘肃、河南北部、察哈尔、热河等北方地区党的工作。由于国民党反动派的残酷破坏及党内组织不严密，加之"左"倾路线的全面推行等原因，河北省委在 6 年半的时间内，先后遭到 5 次大破坏，8 次组建临时省委，8 次重建正式省委。河北省委屡破屡建、愈挫愈勇，始终高举反帝反封建的旗帜，前赴后继，不屈不挠，英勇奋斗。

## 白色恐怖下的河北省委

1928 年 6 月，奉系军阀退回关外，国民革命军占领北平、天津，国民党政府改直隶省为河北省。根据北方工作的形势，中央于 1930 年 12 月将顺直省委改建为河北省委。12 月 21 日，河北省委发出第一号通告《取消北方局》，建立河北省委。12 月 29 日，中央批准省委组成人员名单，阮啸仙任代理书记，省委机关驻于天津。然而刚刚成立的河北省委却面临着一场激烈而复杂的党内斗争。

1931 年 1 月，中共六届四中全会在上海秘密召开，在共产国际代表米夫的操纵和支持下，王明"左"倾教条主义错误思想取得在中央的主导地位。全会的斗争风波影响到河北省委，在河北党内出现了严重的思想混乱，甚至发生了组织上的分裂。其实早在北方局撤销之前，河北省团委书记曹策就已经受到王明的煽动。他从上海返回天津后，开始鼓动一些人，要求停止中央和省委的职权，并于 1 月 5 日成立河北省紧急会议筹备处（简称筹备处），宣布脱离中央和省委的领导。中共六届四中全会后，筹备处与受罗章龙的指派到河北的张金刃等人联合，进行分裂党的活动，俨然成为河北第二省委。在曹策等人的煽动下，省委机关相当一部分人员参加了筹备处，河北省委的工作陷于瘫痪状态。

为制止党内分裂活动，中央政治局开除罗章龙党籍及中央委员的资格，并决定停止河北省委职权，取消筹备处，组织临时省委领导河北党内的工作。1月28日，由徐兰芝、陈原道、贺昌等人组成的中央代表团到达天津。2月5日，河北临时省委成立，并于翌日召开扩大会议，通过决议及告同志书，要求受筹备处蒙蔽的党员回到党的统一领导下，开展反立三路线斗争。但筹备处骨干分子不思悔改，继续坚持分裂活动。2月18日，临时省委做出决定，将张金刃、韩连会、曹策、叶善枝等人开除出党。直到4月8日被国民党逮捕11人后，筹备处才彻底瓦解。

党内进行激烈斗争的同时，国民党新军阀间的大规模混战已经结束，为了加强反动统治，国民党当局加紧了对革命活动的镇压。河北省委处于极其残酷的环境之中，接连遭到严重破坏。

1931年4月8日，河北临时省委在天津正准备召开全体常委会议时，由于韩连惠被捕叛变，造成包括省委书记徐兰芝、组织部部长陈原道、秘书长刘亚雄等在内的13人被捕，同时天津市各区许多党员和干部被捕，给党造成很大损失。省委遭到第一次破坏后，省委巡视员阮啸仙同省军委书记廖划平商定，将省委遭到破坏的情况立即报告中央，并决定省委机关迁往北平。4月10日，阮啸仙召集在北平的省委委员开会，决定组建河北临时省委。5月6日，受中央派遣的殷鉴、马辉之到达北平。5月8日，在动物园湖边召开河北临时省委常委会议，重新组建河北省委，殷鉴任省委书记。

一个月后，由于徐兰芝叛变投敌，省委于6月26日遭到第二次大破坏。殷鉴、胡锡奎、薄一波等20多名领导干部被捕。但马辉之、平杰三、王德3人组成河北临时省委坚持工作，一面恢复党的组织，一面清除叛徒。10月12日，河北临时省委做出决议，开除徐兰芝、廖划平、郭亚先、赖德等16名叛徒党籍。

由于叛徒出卖，11月12日省委机关遭到第三次大破坏。这次被破坏的起因源于太原。当时，山西特委党团组织因胡敬民（即陈伯英）被捕叛变而致使40余人被捕。胡敬民出来以后，来北平找到团省委负责人王德，要求向省委主要负责人汇报情况。省委没有进行深入细致的了解和调查就同意了胡敬民的要求。当马辉之、王德和王秋亭(后改名袁逸之)到胡敬民住处开会时均被捕。虽然平杰三因记错门牌号未能参会,但他回家后不久也被捕了。

省委遭到第三次大破坏以后,施滉、曾健、李致竹3人又组成河北临时省委坚持工作。1931年12月,中央决定由孟永祥为河北省委书记,李致竹负责组织工作,施滉负责宣传工作。1932年8月,由于李致竹被捕,省委领导班子进行调整,施滉负责组织工作,李铁夫负责宣传工作。

为适应新的形势,1933年3月上旬,中共中央派田夫(即孔原)为中央驻北方代表到河北主持北方工作,同时决定施滉任河北省委代理书记。1933年8月,因省委组织部部长阮锦云被捕叛变,造成省委及各地党组织百余名干部被捕,各地党组织遭受到一次空前严重的大破坏。

省委遭到第四次大破坏后,胡大海、李兆瑞等人自动组建河北临时省委坚持工作。8月20日,中央任命饶漱石为河北省委代理书记,重新组建河北临时省委。9月18日,因陈竹君被捕叛变,造成李兆瑞和省委机关多人被捕。10月27日,胡大海被捕后叛变,导致河北临时省委更多人被捕。此为河北省委遭到第五次大破坏。

11月中旬,田夫再次组建河北临时省委,指定吴雨铭任代理书记。因在北平难以立足和开展工作,临时省委及团省委机关由北平迁往天津。1934年3月,吴雨铭私自离职出走,在田夫的主持下,推举孟坚代理临时省委书记。

## 愈挫愈勇的共产党人

从1930年到1937年,特别是在临时中央"左"倾错误方针统治的那几年,河北革命遭受了严重挫折,河北省委和各地党组织屡遭破坏,革命力量受到极大削弱,革命之路荆棘满布、困难重重。但是不管道路多么曲折,环境多么险恶,河北广大党员和干部为了革命事业,不怕牺牲,英勇奋斗。一批同志倒下去,一批同志站出来,一届组织遭破坏,一届组织建起来,前仆后继,不屈不挠,始终保持了党组织的战斗力,彰显出了共产党人的优良品质。

施滉,云南大理人。清华留美学生中最早的共产党员,曾在华侨中开展建党工作。1930 年回国,秘密开展革命工作,后被派往河北省委工作,任省委委员、工运负责人。1931 年 11 月省委第三次大破坏后,他与曾健、李致竹组建河北临时省委,任省委委员、宣传部部长。1933 年 3 月任省委代理书记,以北平艺专教师的身份为掩护开展革命工作。1933 年 8 月,施滉在北平主持省委会议时,因叛徒出卖而被捕,随即被押解到南京。在狱中,面对残暴的敌人,他坚贞不屈,视死如归,大义凛然地痛斥反动派的罪恶行径,坚信革命必胜,共产主义一定会实现。1934 年初,施滉被反动派杀害于南京,年仅 34 岁。

施滉

殷鉴,湖北团凤人。在苏联莫斯科中山大学学习时,他曾在列宁墓前宣誓:要为无产阶级革命事业战斗不止。1931 年 4 月受中央委派重建河北省委。5 月 6 日到达北平。5 月 8 日,在动物园湖边召开河北临时省委常委会议,重新组建河北省委,并任省委书记。一个多月后,省委遭到第二次大破坏,与胡锡奎、薄一波等 20 多名干部被捕,关押在北平军人反省院(草岚子监狱)。他在狱中坚贞不屈,和其他共产党人一起组建狱中党支部,并长期担任支部书记。针对监狱当局的"反省政策",团结政治犯进行了巧妙而有效的抵制,还多次发动改善生活和反对虐待的斗争,取得了不同程度的胜利。

河北省委及北方党组织接二连三被破坏,也使一些同志陷入思考,对当时的中央路线提出批评意见。李铁夫就是典型代表。李铁夫,朝鲜人。1928 年春来到中国,加入中国共产党。先后担任河北省反帝大同盟党团书记、省委宣传部部长等职。1933 年 11 月至 1934 年 2 月,他针对王明"左"倾教条主义错误提出了尖锐的批评意见,并进行抵制,先后发表了 10 篇文章。他的正确意见得到北方党团组织一些干部的赞同和支持。但是在执行错误方针的中央驻北方代表的指示下,河北省委在 1934 年上半年开展所谓"反铁夫路线"的斗争,李铁夫受到撤销领导职务的处分。同时,河北党内一大批有实际经验的干部也受到排挤和打击。1936年春，刘少奇主持北方局工作后，才恢复了李铁夫的领导工作，任命他为天津市委书记。1937年7月，李铁夫在延安病逝。

他们都是党的优秀儿女的代表，他们不怕牺牲、勇于追求真理的事迹都充分表现出了共产党人坚定的共产主义信念和大无畏的革命精神，也证明了河北党组织是能够经受住考验，作风过硬的坚强堡垒。所以说在1937年5月白区工作会议上，当刘少奇对白区党组织和党员在极端艰难的环境中顽强坚持斗争的成绩肯定不够时，来自白区的代表产生了误解，以为否定了他们的过去的全部工作，并在会上发生了激烈争论，其中河北省委几个同志"都很难过"，"觉得我们艰苦奋斗，不怕牺牲，辛辛苦苦在下面工作，怎么都错了？"有的同志当场就号啕大哭，说"以前死的同志白死了？"16名代表还联名向中央提交了意见书。

## 迎接抗战的到来

1935年2月，河北省委书记朱理治调往陕北特委工作，高文华任省委书记。5月，主持北方局工作的田夫调离天津，行前以河北省委为基础建立中共北方局，实际上是"一套人马，两个机构"，高文华接任北方局书记的职务。此后，省委与中央失去联系，处于十分困难的境地。在极端困苦和险恶的环境中，北方局、河北省委积极恢复党组织，并开始吸取推行"左"倾错误的教训，工作路线有所转变。

1935年12月，中央在瓦窑堡召开政治局会议，确定了抗日民族统一战线的策略方针，并决定派刘少奇作为中央驻北方代表去华北，任务是贯彻瓦窑堡会议精神，大胆地运用党的策略，巩固党的组织，团结爱国人士建立抗日民族统一战线，宣传中国共产党的抗日主张。刘少奇到达天津后，将北方局和河北省委从组织机构到人员组成彻底分开。他对华北党组织状况和抗日救亡形势进行深入调查，并向北方局及河北省委阐明了当前的形势、党的任务、建立抗日民族统一战线的方针政策。他通过北方局机关刊物《火线》先后发表了《肃清关门主义与冒险主义》《白区职工运动的纲领》等文章，以扭转过去北方党内存在的错误观点，促进北方党的工作路线的转变。他还为一大批在王明"左"倾路线统治时期受到打击、迫害的党员干部平反;采取特殊时期的特殊政策,设法将薄一波、刘澜涛、安子文、殷鉴等61名党的领导骨干从北平郊外草岚子监狱营救出狱。

在北方局的领导下,河北省委经过纠正"左"倾冒险主义、关门主义,开始把整个组织工作转移到建立抗日民族统一战线上来,并把党的秘密工作同群众的公开、半公开活动正确地结合起来,使河北党组织较快得到了恢复和加强。为了适应即将到来的全面抗战形势,1937年5月中央白区工作会议将河北省委一分为二:在沦陷区冀东建立河北省委(俗称敌后河北省委),驻地在天津,由李运昌任书记;在平汉线国统区建立平汉线省委,驻地在石家庄,由李菁玉任书记。河北省委一系列调整,为迎接抗日战争做了组织上的必要准备。

(中共河北省委党史研究室　王林芳)

# 公祭李大钊

1927 年 4 月 28 日李大钊牺牲以后，由于北京白色恐怖严重，灵柩未能安葬，一直存放在宣武门下斜街妙光阁浙寺。

1933 年 4 月初，李大钊夫人赵纫兰偕子女专程到北平与中共地下党组织联系，准备料理李大钊的后事。中共河北省委、中共北平市委研究决定：为李大钊烈士举行隆重的公葬，通过盛大的殡葬仪式揭露反动派杀害共产党人的罪行，伸张革命正义，进一步唤起民众。为使公葬活动顺利进行，党组织决定按民间风俗办丧事，以麻痹敌人，由河北省反帝大同盟、北平文化总联盟牵头，河北革命互济会具体负责公葬活动。

河北革命互济会又称北平革命互济会。它的前身是 1925 年成立的中国济难会北京分会，是中共北方区委领导的公开的群众团体，专做援助被捕同志和抚恤烈士家属的工作。大革命失败后，该会成为党领导的“实行革命的互济并辅助革命斗争”的政治组织。1929 年底革命互济会第一次全国代表大会召开后，北平济难会更名为北平革命互济会，受中共北平市委领导。革命互济会以慈善团体面貌出现，参加的阶层比较广泛，到 1933 年 4 月，有会员 200 多人。该会下设东区、西区、南区 3 个分会，各区之下又设有工厂、学校、街道等分会。

根据党组织的意见，互济会即积极组织开展公祭活动的各项筹备工作，制作中共党旗，刻制石碑，印制李大钊传略、遗像和同时就义的烈士简历等宣传品，置办挽联、花圈，雇用杠夫、执事、和尚、道士、吹鼓手等，并在各界开展募捐和宣传活动。北平地下党员、团员、革命青年，李大钊生前友好及社会各界进步人士纷纷捐款资助。捐款的知名人士有鲁迅、范文澜、黄松龄、李四光、易培基、蒋梦麟、胡适、钱玄同、何基鸿、傅斯年、许地山、刘复、周作人等数十人。上海各革命团体也寄钱资助。筹备工作就绪后，由李大钊长女李星华出面,在北平《晨报》登出讣告:4月22日在妙光阁毗卢殿举行公祭,23日举行公葬。

4月22日,毗卢殿灵堂正中安放着李大钊烈士的灵柩和遗像,四周摆放着李大钊生前友好送的数十副挽幛和数十个花圈。赵纫兰偕子女含泪守灵。李大钊生前友好、社会各界进步人士和团体纷纷前往祭奠。

4月23日早晨5时左右,浙寺已汇集2000多名送殡的群众,有教授、教员、学生、工人、农民、士兵和市民,许多人是共产党员、共青团员及党的外围组织成员。他们胸前佩戴着白色或蓝色的纸花,左臂上缠着黑纱。6时,灵堂里奏起哀乐,人们陆续到灵前默哀致敬。十几名杠夫将一口深红色的棺材从灵堂里抬出,平稳地安放在绣着蓝白花朵的红缎子棺罩里。送殡的人们啜泣着唱起哀歌和国际歌,高呼"李大钊精神不死!""为先烈报仇!"等口号,缓缓离开浙寺。

送殡队伍最前面是旧式吹鼓手、新式鼓乐队、和尚、道士,接着是红红绿绿的各种纸扎人、旗伞执事。一座结着蓝白绿条花朵的影亭里面安放着李大钊烈士遗像,后面是由64名杠夫轮班抬着的灵柩。灵前由李星华打幡,几位亲友执绋;灵后是李夫人和年老体弱的亲友乘坐的几辆结着蓝布白花的马车;灵两边是二十几名互济会员组成的护灵队。长长的群众送殡队伍,高举着数十副挽联和挽幛,抬着数十个花圈,尾随在灵柩后面。北平青年抗日救国联合会送的挽联写道:"为革命而奋斗,为革命而牺牲,死固无恨!在压迫下生活,在压迫下呻吟,生者何堪!"北平妇女抗日救国联合会送的挽联写着:"南陈已囚,空叫前贤笑后死;北李如在,哪用吾等哭先生!"市民为李大钊的牺牲感到痛惜,对反动派的暴行无比愤恨,许多人主动加入送殡队伍。

公祭李大钊活动,中共河北省委、中共北平市委原本决定按民间风俗办丧事,采取公开合法的形式进行,各项筹备工作和4月22日的公祭活动进行得很顺利,没有给国民党当局以任何口实。但23日送殡时,由于受"左"倾冒险错误的影响,加上群众的义愤情绪,沿途除抛撒纸钱和高呼"李大钊先烈精神不死""打倒日本帝国主义"等口号外,还喊出了"打倒国民党""共产党万岁"等口号;西单牌楼公祭宣读祭文时,又谴责蒋介石勾结奉系军阀张作霖杀害李大钊的罪行,号召广大市民团结起来为先烈报仇,打倒国民党,武装抗日,收复失地;到缸瓦市,李大钊的灵柩上又被盖上一面鲜红的中国共产党党旗。这些给了反动当局施加镇压的借口。

队伍行至西四牌楼,李大钊生前友好李时教授拦路祭奠,国民党北平当局派出大批全副武装的宪警杀气腾腾地向送殡队伍扑来。他们踢翻祭桌,抢走灵柩上的党旗,四处抓人、打人。许多群众,甚至一些中学生被打得鼻青脸肿。送殡的群众队伍被冲散。街上遍地是花圈、挽联、纸扎人、纸钱和宣传品,马路当中只剩下部分旗伞执事、吹鼓手和杠夫们抬着灵柩。宪警捕走40余人,没敢阻拦灵车。剩下的送殡队伍继续出西直门前往香山万安公墓。灵车行至西郊燕园(今北京大学)西门时,清华大学的学生们又拦路郊祭。

李大钊烈士陵园

傍晚送殡队伍到达香山万安公墓,一辆骡车已在恭候。车上放着一块石碑,碑头刻有一颗红五角星,五角星的中央刻有黑色的镰刀锤子。碑的正面是"中华革命领袖李大钊同志之墓"几个红色大字,背面是红字碑文:"李大钊是马克思列宁主义最忠实最坚决的信徒,曾于一九二一年发起组织中国共产党的运动;并且实际领导北方工农劳苦群众,为他们本身的利益和整个阶级利益而斗争!"碑文下方落款是:"一九三三,四月廿三,北平市民革命各团体为李大钊同志举行公葬于香山万安公墓。"由于环境险恶,这块墓碑只好同棺柩一起埋入墓穴,直到1983年为李大钊烈士修建陵园,这块墓碑才重见天日,安放在李大钊烈士革命事迹陈列室。

(北京市委党史研究室 市地方志办 乔克)

# "红楼"中的战斗

在天津市的繁华地区有一条首尾相连的马路,它环抱着一个占地1000多平方米的圆形花园——中心公园,由此得名花园路。在花园路5号,有一座带庭院的三层英式小洋楼,因该楼外墙由红砖砌成,又被称为"红楼",这就是吉鸿昌将军在天津的旧居。1930年,吉鸿昌将军购得此楼,翌年举家迁入居住。楼房首层作接待用,卧室、客厅设在二楼,三楼为秘密印刷处。从那时一直到1934年,吉鸿昌将军在这里进行了大量的抗日救亡活动,直到被捕牺牲。

## 开展秘密工作

1933年,吉鸿昌由天津启程到达张家口,组织领导察哈尔的抗战活动。为解决经费不足的困难,他毁家纾难,变卖家产,购买枪械,先后收复康保、宝昌、多伦等地。在蒋介石勾结日伪军联合镇压下,察哈尔抗战失败了。吉鸿昌摆脱险境,乔装辗转回到天津。当时白色恐怖笼罩着整个天津城,天津地下党团组织及许多进步团体相继遭到国民党特务的破坏,大批共产党员和革命者被捕入狱。吉鸿昌没有被这种情况吓倒,到津后第一件事就是主动寻找党组织,急切要求投入新的战斗。

根据党的指示,吉鸿昌与南汉宸、宣侠父开始广泛联络各地反蒋抗日力量,为组织抗日民族统一战线,建立抗日武装,展开了积极的工作。

1934年4月,中共中央发表《为日本帝国主义占领华北、并吞中国告全国民众书》,指出:"一切真正愿意反对帝国主义的不甘心做亡国奴的中国人,不分政治倾向,不分职业与性别,都联合起来,在反帝统一战线之下,一致与日本和其他帝国主义作战罢!"党的号召,极大地鼓舞了广大人民群众的反蒋抗日情绪,激发了不少失意军人的爱国心,推动了全国各地革命形势的发展。在党的领导下,中国民族武装自卫委员会天津分会成立。在天津分会的组织推动下,津、唐工人罢工接连不断,形势的发展为吉鸿昌等人的工作提供了非常有利的条件。由于吉鸿昌在西北军和察北抗日中的威望,加上其他关系,他很快便与全国各地反蒋抗日力量建立了紧密的联系。

吉鸿昌与南汉宸等在天津成立了包括冯玉祥、李济深、方振武、任应岐等各派反蒋抗日力量代表在内的中国人民反法西斯大同盟,吉鸿昌被选为反法西斯大同盟中央委员会委员,并且成为中共反法西斯大同盟的党团领导之一。

为了进行抗日宣传,吉鸿昌等决定编辑出版《民族战旗》,以此作为反法西斯大同盟的机关刊物。他用自己的钱购置了简易印刷工具,并在自己家的三楼设置了简易印刷所。这个简易印刷所除油印《民族战旗》外,还承担着印刷党的秘密文件的任务。为了将抗日宣传品及时安全地散发出去,避免被敌人检查出来,胆大心细的吉鸿昌想出了许多办法。他经常派人到日租界邮局给全国各爱国团体、学校、各派系的军队邮寄宣传品。《民族战旗》积极宣传中国共产党的抗日政策,号召"枪口对外不对内""全国各种抗日力量在民族旗帜下团结起来",在各地产生了很大反响。

当时,吉鸿昌在法租界40号路的家(今和平区花园路5号)成了党在天津的主要联络站。为了顺利开展党的秘密工作,完成党交给的任务,吉鸿昌特意对楼内设施、房间通道进行了改造。楼道铺上地毯,使之适合房屋主人的"身份",更主要的是使人来人往没有声音;房间一室多门,以便有情况随时可以撤出。党的许多负责同志路经天津都住在这里,一些失掉关系的党员同志也找到这里,吉鸿昌总是想尽办法掩护他们。在进行紧张革命工作的同时,吉鸿昌还注意抓紧一切时机学习。他经常向住在他家的同志请教马克思主义理论问题,不断提高自己的思想觉悟。

为重整旗鼓,组织抗日义勇军,开展武装抗日斗争,吉鸿昌做了大量工作。自从察哈尔抗日同盟军被蒋介石勾结日伪军联合镇压而失败后,许多具有抗日爱国心的将士被遣散,居住在河北、察哈尔、绥远等省及北平、天津、保定等城市里;而一部分未被蒋介石军队收缴走的枪支弹药,也分散藏在民间。根据党组织"必须抓紧白军士兵中的工作……与工农劳苦群众及一切抗日义勇军联合起来,发展游击战争"的指示,1934 年 4 月,吉鸿昌与南汉宸、宣侠父等同志一起紧张地奔波于平、津和华北各地,进行组织联络工作,同时暗中筹集资金,购买军火,准备建立抗日武装。

1934 年春,蒋介石向中央苏区发动了第五次反革命"围剿",吉鸿昌旧部的两个师被调往江西前线进攻苏区。此时,吉鸿昌已派人秘密与这两个师进行了联系,打算发动兵变。四五月间,就在筹备成立中国人民反法西斯大同盟的同时,吉鸿昌还准备在家乡河南发动中原暴动,重新举起武装抗日大旗。经党组织同意,吉鸿昌与南汉宸、宣侠父等人一起拟订了暴动计划,准备将在江西参加进攻苏区的吉鸿昌旧部两个师调回河南,与河南当地的地方武装结合起来组成抗日义勇军,转移到西北,与杨虎城的部队联合,开辟西北抗日根据地,形成大西北的革命局面。为实现这一暴动计划,吉鸿昌一面加紧对江西旧部的策反工作,一面派人到南方联络方振武将军,请方振武将军北上,同时又派人携带密信到西安,与杨虎城进行联系,得到了杨虎城的全力支持。

与此同时,吉鸿昌在南汉宸等人的帮助下,还通过各种渠道,积极在各地发起和成立人民武装自卫军组织。他通过关系联络了原西北军中一批具有反蒋抗日爱国心的旧军官。为了加强对这批力量的教育引导,更好地发挥他们抗日反蒋的作用,党组织决定:由吉鸿昌出面,秘密将这些人请到天津,由南汉宸及曾任中共河北省委宣传部部长的李铁夫负责与他们进行谈话并加以训练。然后,作为武装抗日的火种,将他们分别派往西北各省以及豫南、豫西等地,组织人民武装抗日自卫军,点燃抗日的烽火,以配合抗日暴动计划的实施。为了加强暴动组织工作的力量,李铁夫曾被派往河南帮助进行准备工作。在短短的几个月中,吉鸿昌策动和组织武装暴动的工作取得了很大的进展。

## 遇刺被捕

吉鸿昌秘密开展的抗日活动引起了敌人密切注意。国民党复兴社特务处派出大批特务到津,加紧对吉鸿昌等共产党员及反蒋抗日爱国者的监视,同时还派特务混入反法西斯大同盟内部窃取情报,进行破坏活动。吉鸿昌的家也受到特务的日夜监视。为了党组织及同志们的安全,吉鸿昌当机立断,改变了联络地点和方法,并把印刷所转移他处。他自己也改变了做法,每天到惠中饭店等处以"访友""打牌""听戏"为掩护,继续与各地抗日反蒋人士会谈、联络。为保证安全,他又派人在北平鼓楼大街另外建立秘密联系点,接待外地来津的反蒋抗日力量代表。

八九月间,被派往安徽发动武装抗日的同志被捕,吉鸿昌在津组织训练武装抗日力量的工作暴露,引起敌人极大恐慌。蒋介石暴跳如雷,严令国民党北平军分会不惜一切手段逮捕吉鸿昌,同时密令复兴社特务处暗杀吉鸿昌等人,并派驻北平军分会的特务头子郑介民指挥。党组织很快获悉敌人的这一阴谋,立即通知吉鸿昌等撤离天津。

面临危险处境,吉鸿昌首先想到的是党的工作和同志们的安全。他想到自己所经手的几批武器还没有运到,且与广西李宗仁等反蒋抗日力量代表还没有见面,自己走后,建立武装、重举抗日大旗的计划将要受到很大影响。因此,他决定暂时留下坚持工作。

10月初,吉鸿昌将家搬到英租界牛津别墅。随着斗争的深入,环境更加艰苦了。敌人对吉鸿昌的监视一天比一天紧,吉鸿昌外出活动经常发现有特务跟踪。他身处险境,毫不畏惧,以非凡的勇敢和机智与特务进行面对面的斗争。有时在回家的路上,他出其不意地出现在跟踪他的特务面前,使特务们胆战心惊。有一次,他刚走出饭店,一个特务就跟上了他,吉鸿昌故意到烟摊上买东西,特务就在附近一边装作看广告,一边监视。吉鸿昌走上去问他:"喂!朋友,你干嘛老跟着我?你每月挣多少钱啊?"吓得特务扭头就跑。

吉鸿昌通过亲戚在法租界国民饭店38号房间开辟了新的秘密联络点,一边积极联系各方反蒋抗日力量,一边准备在购置的武器来到后,撤离天津到乡下去。他有时几天几夜不睡觉,两眼都熬红了,可他从不叫苦,早已把生死置之度外。

11月9日下午,吉鸿昌匆匆回到家,向妻子胡红霞要存折,并解释说:"这钱我有急用。""搞革命,反蒋抗日,这钱花得有意义。"吉鸿昌参加革命以来,经常为抗日和革命斗争提供经费,现在组织急等钱用,他不能不管。他从妻子手里接过存折,怜爱地看了看孩子,转身走出家门,赶回国民饭店。

吉鸿昌旧居

经任应岐联系,当晚吉鸿昌和李宗仁的代表见面。正当吉鸿昌与外地代表秘密会谈时,跟踪而至的国民党特务闯入房间,将会谈代表当场打死,吉鸿昌与任应岐也身负枪伤。特务行刺后仓皇逃跑。这时,与国民党特务勾结的法租界工部局的巡警也倾巢而出,将国民饭店团团围住,并以杀人嫌疑的罪名将吉鸿昌、任应岐逮捕。

## 英勇就义

吉鸿昌始终对革命事业充满信心。在狱中,他抓住一切机会向难友和狱卒宣传共产党抗日救国的主张。面对敌人的刑讯逼供,他坚贞不屈,把敌人的法庭当作宣传抗日的讲台,开展了针锋相对的斗争。他大义凛然地说:

"我能够加入革命的队伍，能够成为共产党的一员，能够为我们党的主义，为人类的解放而奋斗，这正是我毕生的最大光荣。"

吉鸿昌被捕后，党组织想尽办法积极组织营救。社会进步舆论也一再要求国民党、蒋介石释放吉鸿昌。面对这种情况，蒋介石仍然下达了"立时枪决"的命令。11月22日，吉鸿昌被敌人重兵押解北平。11月24日，在刑场上，吉鸿昌用树枝作笔，以大地为纸，写下了气壮山河的就义诗："恨不抗日死，留作今日羞。国破尚如此，我何惜此头？"他慷慨陈词道："我为抗日而死，不能跪下挨枪，我死了也不能倒下！给我拿个椅子来，我得坐着死。"坐在椅子上他又向敌人说："我为抗日死，死得光明正大，不能在背后挨枪。你在我眼前开枪，我要亲眼看到敌人的子弹是怎样打死我的。"当刽子手在他面前举起枪时，他凛然高呼："抗日万岁！""中国共产党万岁！"他壮烈牺牲时只有39岁。

岁月悠悠，"红楼"屹立。它不仅记载了吉鸿昌将军用鲜血和生命为中华民族的解放事业谱写的华丽篇章，也寄托着天津人民对这位民族英雄的深切怀念。

[中共天津市委党校（中共天津市委党史研究室）　朱漓江]

# 不能遗忘的民族英雄孙永勤

在七七事变前,河北有一位坚决抗击日本帝国主义侵略者,为中华民族解放而牺牲的爱国将领,他就是 20 世纪 30 年代初期战斗在长城内外,与东北抗联将士同时期举起抗日大旗的燕赵英烈孙永勤。

## "天下第一军"拉起抗日民众武装

孙永勤生长在河北兴隆县一个富裕的农民家庭。7 岁入私塾学习,他自幼习武,喜读《水浒传》《岳飞传》,崇尚忠义,性格直爽,敢于扶弱抑强,村里人送他一个绰号——"黑脸门神",远近闻名。清末民初,长城以北地区的山林匪祸不断,百姓苦不堪言,热河地区的乡村纷纷成立民团,抵御土匪袭扰。孙永勤因作战勇敢,富有指挥才能,加之能团结众人,很快被推举为副团长、团长。

热河沦陷后,侵略者设立了伪承德县和兴隆办事处。推出土地登记和"钝器回收"政策,企图牢牢束缚住民众的手脚,方便侵略者的宰割和奴役。一向以孙永勤为仇敌的"大成兴"商号股东岳荫臣和掌柜赵老子等人,借助日伪当局通过建立警察机构及村公所等伪基层组织疯狂推行殖民统治政策整治孙永勤,卖身投敌,并以重金贿赂下板城伪警察署,诬告孙永勤曾率众抢劫商号,带头抗缴枪支。

孙永勤率领的民团拥有 50 余杆枪,远近皆知。伪警察队多次逼他交枪,均被其义正词严地拒绝:"人是中国人,枪是中国枪,要我当汉奸,只能是妄想!"

1933 年 12 月的一天,孙永勤带领 16 个兄弟来到村边一座大庙里歃血盟誓:"见贼就杀,毫不留情;有死无降,向前拼命;爱护百姓,不害好人;精忠报国,永无二心!"孙永勤站在村里的一座碾盘上,向村民们公开宣布,自今日起,成立抗日救国的"民众军",制定了"不贪财、不扰民、不奸淫、不投降"的四大军规,并在村里竖起一面大旗,上绣"天下第一军,均富又济贫",16 名弟兄一致推举孙永勤为民众军军长。

民众军成立几天的时间,临近村庄的 150 多名农民都来参加了孙永勤的民众军。从此,他们就在长城以北的深山大川里与日伪展开了殊死斗争。队伍是扩大了,可没有枪支弹药也不成。孙永勤在起义初期,为解决武器问题,曾采取"募枪"和"押枪"的办法。募枪,就是劝财主赞助枪支,还可以跟人一起走;押枪就是来硬的,财主如果不给枪,那就带着弟兄们在财主家吃住,以此向财主施压,或是将财主家人带走,用枪来赎人。孙永勤对亲妹妹就曾采用了押枪的办法,真可谓是大义灭亲。他的妹妹嫁给了一个有名的张财主,却一口咬定家中没枪,孙永勤率 200 余名兵士在她家连续吃住六七天,但还不起作用。一气之下他命令亲兵将外甥绑起来就打,外甥还是坚持说没有,孙永勤大声斥责道:"不亲不故的还给我枪打日本呢。越是亲戚越拆墙,不给我们,留着给鬼子?"他一下子举枪对准外甥,吓得妹妹扑通跪下,结果交出 6 支大枪,1 把匣子枪,跟出 7 个人来。

孙永勤"六亲不认"募集枪支,装备队伍,让人们看到了他打鬼子的决心,望风来投的人与日俱增。至此,民众军的抗日行为受到了中国共产党人的关注。1934 年 5 月,他非常高兴地接受了中共地下党人的建议,将民众军改名为"抗日救国军",并教育部队只有联系群众才能抗日到底。

## "山耗子"的游击战,被日军恨为"热省治安之癌"

在队伍扩充和改善装备的过程中,孙永勤率领队伍,辗转游击战,浴血奋战,日本关东军司令部称呼孙永勤为"山耗子"绰号。

孙永勤听说潵河半壁山警察署给鬼子提供情报、敛款收税,什么坏事都干后,就决心拔掉潵河百姓的这个"眼中钉"。1934 年 1 月 31 日,他带着 16 个人从黄花川出发,经五指山后背,一宿急行军,走小路直插半壁山,天没亮就包围了半壁山警察署。打到次日 9 时许,战斗异常激烈,因为警察署院墙又宽又高,敌人想凭着墙高院深死守。孙永勤说:"要是不在很短的时间内拿下警察署,邻近几个据点的敌人知道情况后就一定来增援,到那时候就不好办了。"他急中生智,命令战士加强火力,牵制敌人,自己冲到院墙下,把秫秸捆点着,扔到房上头,转眼之间,伪警察署就被烧毁了。凶猛的大火吓坏了伪警察,有的把枪扔到井里逃跑,跑不了的全部举手投降。打下半壁山警察署后,孙永勤带领民众军战士迅速撤走。面对人数远多于民众军的敌人,孙永勤头脑很冷静,他果断率领大家折入山中,短短五六天时间,率部从长城北进到长城南,从长城南绕了一个大圈又回到长城北,行程逾150千米,与日伪作战三次。运用巧妙灵活的战术,孙永勤率领队伍转战车河、黑河、潵河、柳河四条大川,在长城沿线勇敢地攻打伪满警察机构、海关税所,伏击日本关东军。

民众军四处出击,袭击日伪,沉重地打击了日寇的嚣张气焰。伪热河省政府一怒之下撤了原兴隆办事处主任的职务,调来一个铁杆汉奸吕俊福继任。

1934年3月上旬的一天,吕俊福等率500余名伪军占据了王胖子沟北山。次日拂晓,炮火齐袭民众军驻扎的村庄。孙永勤指挥战士们迅速登上南山还击。两山对峙,两军对阵。民众军以精良猎手的高超射技弹无虚发地射杀敌人,从黎明战到上午9时,伪军死伤了数十人。敌人见难占便宜,自行退下阵去。

孙永勤率领的"抗日救国军"部队

1934 年 7 月 10 日,孙永勤亲率抗日救国军赵邦海中队 300 余人袭击了敌佛爷来据点。事前,他派出侦察员潜入据点侦察了敌情。入夜时分,率队迅速包围了据点。午夜,万籁俱寂,据点里的敌人早已昏然睡去。孙永勤派尖兵摸了敌人的岗哨,随即指挥战士们分头袭击敌人。岗楼中,营房里,所有的敌人都在睡梦中,战士们摸进去悄悄敛起枪弹,随即厉声断喝:"全都滚起来,谁反抗就送谁回老家去。"懵里懵懂的伪军们乖乖地穿上衣服举手就擒;10 余名日军试图顽抗,被当场击毙。这一仗,共击毙日军 16 名,俘虏伪警察 50 余名,缴获大枪 60 余支、手枪 3 支,子弹 12 箱,其他军需品 1 件。战士们又打开敌人的粮仓,把粮食分给了群众,临走一把火焚毁了敌营。

抗日救国军转战长城内外的兴隆、承德、遵化、迁安等地,战果辉煌,给日伪军以重创,极大地鼓舞了沦陷区人民的抗日士气,令日军极为痛恨,称其为"热省治安之癌"。

## 浴血奋战,民族英雄名留"八一宣言"

日军在长城以北的山林地区消灭不了孙永勤,便想出了一条十分阴险的计谋:用重兵从东、西、北三面强行逼迫孙永勤抗日救国军入关,将其在遵化茅山地区歼灭。

1935 年 5 月初,在日本关东军的疯狂围堵下,腿部负伤的孙永勤为解决部队军需给养问题被迫带队入关。不久,孙永勤接受了共产党"华北抗日第一军军长"的委任。其间,孙永勤已发觉了日军的意图,为不给侵略者造成进占华北的口实,他决定寻机突围,重返长城以北的山区。

不料,未来得及冲出,便被日本关东军司令部快速调集长城各口及天津驻军,联合国民党军警、民团共计 1 万余人围困于茅山。日军和国民党动用飞机、大炮对救国军阵地进行轰击,连附近村屯都被烧成灰烬。接着敌人用毒气弹、机枪开路发起总攻。孙永勤旧伤未愈,又挂新伤,仍镇定指挥全军英勇反击。

救援无望,敌兵麇集,只有与敌一拼了。孙永勤立即在小于家沟召开紧急军事会议,部署队伍突围。会后,救国军将士兵分两路进行突围。孙永勤与赵四川、关元有等人率一路人马,计 400 余人沿茅山东麓向南进发,遇强敌合击,23 日队伍突上了大茅山。

大茅山是耸立于群峰之中的一座秃山,极便于炮火袭击。敌人就是要把救国军胁迫至这里以求消灭的。孙永勤率队突上大茅山后立即暴露了整个行踪。敌人的飞机、炮火接踵而至。孙永勤已料到队伍面临着绝境,他指挥队伍分头占据了头道茅山、二道茅山、三道茅山,动员战士们借助前年二十九军长城抗战时修筑的工事与敌人血战到底。

24 日,日军开始从马台子、关台子、九泉山多处向大茅山炮击,掩护日伪军警等收缩包围。一架日机在空中助战。炮声隆隆,喊声阵阵,一场血战正式开始了。孙永勤亲手枪毙了随队押解的敌酋栅藤、佐佐木后,伏身在战壕上指挥战士们抗击逼近的敌人。几个小时中,战士们击退日军山田队和松井队的多次夹击。救国军的弹药越来越少,还击火力越来越弱,敌人的攻势却越来越猛,救国军抗战到了最后时刻。

正午时分,孙永勤强撑伤腿巍然站立起来,手举大号匣子枪鼓动将士们:"弟兄们,保家卫国打鬼子,这是我们的最后一战,我们宁死也要跟小鬼子拼到底……"孙永勤说话间遭敌机扫射,他和身旁的关元有身中数弹仆倒在地,壮烈殉国。

硝烟散尽之后,乡亲们在被鲜血染红的大茅山上发现衣内绣有姓名的孙永勤、关元有及其他官兵的无头遗体,英雄们全身均被机枪所伤,遍体血肉模糊。乡亲们满怀崇敬与哀痛,洒泪掩埋英烈,凭吊忠魂。

对孙永勤的牺牲,中国共产党表示了极大的敬意与惋惜。1935 年 8 月 1 日,以中华苏维埃、中央政府、中共中央的名义在巴黎《救国报》发表了《为抗日救国告全体同胞书》,也就是著名的"八一宣言",高度赞扬了孙永勤和吉鸿昌、瞿秋白、方志敏等 11 位为救国而捐躯的民族英雄,称他们表现了中华民族救亡图存的伟大精神,坚信中华民族抗日救国最终必然胜利。

孙永勤将军不仅是河北人民的骄傲,更是中国人民的骄傲。

这正是——

抗日英雄起草莽,唤起民众齐救亡。

长城内外洒热血,宣言传世美名扬。

（中共河北省委党史研究室　王向辉）

# 从普通鞋匠到农运领袖

1983 年习近平在正定工作期间,曾组织修建了郝清玉烈士陵园,并要求有关部门将正定"第一个工人党支部所在地"——裕华鞋厂给予保护、立碑纪念。2004 年郝清玉诞辰 100 周年纪念日之时,他又特别为《郝清玉》一书作序,并高度评价"郝清玉的一生,无愧是革命的一生,战斗的一生,是值得我们永远怀念的革命先烈"。

## 小鞋匠怒砸县衙

20 世纪二三十年代,在正定县城里有一个不起眼的小铺子叫"裕华鞋庄"。铺子虽小,但却远近闻名,其主人就是郝清玉—— 一个从普普通通的修鞋匠成长为北方农运战线的杰出领导人。

郝清玉(1904 年 3 月)出生于正定赵村(今属石家庄高新区)一个贫苦的农民家庭。14 岁时,因生活所迫,他和大哥出外谋生,在北平一家鞋店当制鞋工人。在这期间,他与北京大学一些进步学生结识,受到了进步思想的影响。

1924 年春,郝清玉回到家乡,在正定县城开设了"裕华鞋庄"。当时,在正定七中读书的尹玉峰(郝清玉的姐夫)组织了一个马列主义学说研究小组,团结了一批进步学生,经常到鞋庄谈论国家大事,讲革命道理。郝清玉受其影响,接受了马克思列宁主义和革命思想。1925 年 3 月,经尹玉峰、高克谦介绍,郝清玉加入中国共产党,从此走上了革命道路。郝清玉入党以后首先在自己的鞋庄工人当中发展了一批党员,创建了正定第一个工人党支部,他担任支部书记。"裕华鞋庄"成为正定地区党组织的活动中心。上海发生"五卅惨案"后,他根据党组织的指示领导工商界的群众在全县开展反帝爱国运动,组织发起了"正定各界沪案后援会",援助上海被害工人家属。

1926 年 1 月,郝清玉和尹玉峰到北京向中共北方区委汇报工作,李大钊亲切地接见了他们,并对他们工作的开展给予很高的评价。同年 4 月,正定特支改为中共正定地方委员会,郝清玉被选为地委委员,负责领导工运和农运工作,他抽出大部分时间深入农村发展党的组织。他常说:"最要紧的是到基层去,到农村去,讲清楚劳苦大众为什么会受苦,把他们组织起来,在有觉悟的农民中发展党员,基础工作搞好了,我们就好办了。"当时有一位农村教员,对他的工作情景曾这样描述:"日走阡陌,夜宿草堆,饿食干粮,渴饮冷水。"由于他和大家的辛勤工作,这一带党的组织发展很快,到 1927 年底,仅正定一个县就发展到 24 个党支部,140 多名党员,还有不少村镇建立了农民协会、平民夜校等组织,为进一步扩大中国共产党在基层的影响,领导群众开展革命斗争奠定了基础。

1927 年冀中闹大水,正定又遇雹灾,即将成熟的麦子砸在地里,收成无几,百姓苦不堪言。但盘踞在正定的奉系军阀不仅不体察民情,反而变本加厉地横征暴敛,老百姓被逼得走投无路。中共正定地委决定举行农民暴动。农历五月十七,是正定地区城隍庙会,方圆几十里的群众来到这里,人们高举着大刀、长矛和铁锹,呼喊着口号,向县衙冲去。奉军士兵和伪警察荷枪实弹慌忙拦阻。郝清玉挺身而出,带着纠察队员赶到队伍前边大声喊道:"奉军和巡警弟兄们,你们也是穷人出身,乡亲们教官府衙门、天灾兵祸逼得走投无路了,够朋友的让开一条路!"示威群众接着高呼:"反对预征钱粮!""反对讨赤捐!"口号声震耳欲聋,吓得军警把枪缩了回去,见此情景郝清玉把手一挥,高喊:"乡亲们,冲啊!"人们潮水般地涌进了县署衙门。

郝清玉带领群众冲进县衙大堂,他抢起三节鞭,把几千年来作为反动官府压榨百姓象征的大堂屏风砸了个粉碎,使原来仗势欺压百姓的"三班六房"吓得面如土色,两腿筛糠。县知事在人民群众的压力下,被迫写下了废除"讨赤捐"和缓征钱粮的字据,暴动取得了胜利,大长了老百姓的威风,大家奔走相告说:"连衙门都给砸了,还有什么可怕的!"

## "清玉是我们党的一位很好的同志"

大革命失败后,统治顺直地区的奉系军阀为了巩固其在北方的统治地位,在政治上也加紧了对顺直地区中共组织及其所领导的工农革命运动的镇压。1927年4月28日,李大钊等20名革命志士被杀害,中共北方组织失去了领导中枢。由于奉系军阀的残酷镇压,顺直地区特别是京、津、唐和京东地区的党团组织遭到严重破坏。同年5月19日,中共中央常务委员会决定,建立中共顺直省委,继续领导北方党的工作。8月1日,顺直省委在天津正式成立。

顺直省委机关刊物《出路》目录

1928年春，郝清玉奉调天津，担任中共顺直省委委员兼省委农运部部长。郝清玉很少待在机关里，而是经常到中共顺直省委负责领导的河北、河南、陕西、山西、察哈尔、热河、缓远等地巡视指导工作。每到一地，他都热情传授、交流农运工作经验；培训当地干部，推动农运工作开展；发展党的组织，积蓄革命力量。

当时顺直省委出现了不团结的问题，严重影响了工作。他在工作中坚持党的原则，极力维护党的团结统一，针对党内团结及党内有些同志在政治上发生动摇等问题，曾在中共顺直省委的机关刊物《出路》上发表文章指出：既然我们是共产主义的信徒，共产党就是我们的终身出路，我们就应当处处恭敬她，爱护她，使她一时一刻的不要与我们分开。针对当时有些人借口省委、市委或某人的错误而闹分裂的情况，他指出：不要总指责省委错误或市委错误或某个人的错误，这样做是不正确的。固然谁有错误，谁负责任，但党并不是某几个人的党，我们应当站在共同的立场上，一天一天在工作中努力改造党、健全党，使党真正走上布尔什维克的道路。郝清玉这种顾全大局，维护党的团结，以及团结同志，光明磊落的品质，直到多年后许多老同志回忆起来都觉得值得敬佩。他们说：清玉是我们党的一位很好的同志，他有胆识、有魄力，党性很强，为维护党的团结统一做出了表率。

同年12月，周恩来受党中央委派来天津解决顺直问题，与省委进行了广泛接触，听取了各方面的意见，对郝清玉能全面客观地反映省委存在的问题表示赞赏，对他的胆识、工作魄力和个人品德给予了很高的评价。周恩来组织召开了中共北方区党代表会议，会议传达了中共六大精神，改组了顺直省委，郝清玉仍当选为省委常委兼农委书记。这次会议在北方党发展的历史上起着极为重要的作用。在这次会议后的一年多时间里，郝清玉曾主持中共顺直省委的工作，为巩固和发展顺直省委和北方地区党的工作做出了贡献。

1930年夏，郝清玉以省委常委和巡视员的身份，兼职中共保定特委书记。在大革命失败后白色恐怖极其严重的形势下，郝清玉从实际出发，坚持用正确的斗争策略加强特委对党的地下斗争的领导，最大限度地减少了党的损失，较好地保存了党的力量。同年11月，顺直省委召开扩大会议，会议仍然传达贯彻争取"一省和数省首先胜利"的错误路线，郝清玉以无可辩驳的事实阐明自己的观点,认为这条路线是根本行不通的。回保定后,他没有向保属党组织传达会议精神,坚决顶住了省委关于撤销党、团组织,成立"特别行动委员会"的指示,保持了这一地区的党、团组织的相对稳定。郝清玉在担任中共保属特委书记期间,使中共保属特委所属 40 个县、1 个市的共产党组织和共青团、各种群众组织,在白色恐怖下获得了稳步发展。

## "要我叛党做不到"

1931 年 3 月,郝清玉奉调回中共河北省委工作。在白色恐怖的笼罩下,危险不时向他袭来。他对爱人秦兰(正定第一个女党员,第一个女党支部书记)说:"一个共产党员为了他的理想,为了工农民众不再过牛马不如的生活,牺牲自己的一切都是值得的。"同年 4 月,由于叛徒出卖,他在天津被捕。面对敌人的严刑拷打和威逼利诱,郝清玉威武不屈,表现出了中国共产党人坚定的革命信念和崇高的革命气节。他时常叮嘱难友:"要经得起考验,要站稳脚跟",鼓励大家不要向敌人屈服。6 月,郝清玉被敌人从天津押往"北平军人反省分院"(即草岚子监狱)。在狱中党支部的领导下,郝清玉和战友们团结战斗,挫败了敌人一次又一次逼供诱降的阴谋。当郝清玉病得很厉害时,监狱训育员拿着印好的"反共启事"对他说:"你病得这样了,不出去治病你就完了。你不能起来,我在你手上涂上墨,你在这张纸上按个手印,马上就可以出去,还可以送你去法国医院治病。如果你不按这个手印,就把你送到天桥(当时枪杀人的地方)去!"郝清玉斩钉截铁地回答:"你们国民党对外屈膝投降日本,对内压迫屠杀人民,应该反省的是你们。我是革命到底,无过无悔,想让我叛党,办不到,别说天桥,就是地桥,也吓不倒我,绝不按手印。"

郝清玉在狱中生活了 3 年多,由于疾病折磨,他的身体已十分虚弱。这时狱中党支部为了改善同志们的学习和生活条件,决定开展为时一周的绝食斗争。同志们都劝郝清玉不要参加,但他坚决地说:"我要和同志们一起战斗,同生共死!"通过 7 天的绝食,狱中斗争再次取得胜利。但是郝清玉的病情更加恶化,住进了单人牢房。就在他生命垂危之际,仍向同志们说:看看今天的报纸,有什么好消息?当时报纸上报导了这样一则新闻,"朱、毛率领红军向陕甘方向流窜"。郝清玉听到后,非常高兴地连声说:"太好啦,太好啦! 他们过来了就好了!"他就是这样,拥有铮铮铁骨、不怕牺牲、矢志不渝、坚贞不屈的革命精神,在狱中顽强坚持到生活的最后一刻。1935 年 9 月,优秀的共产主义战士、人民的好儿子郝清玉,在敌人的监狱里与世长辞了。

　　郝清玉病故后的几十年中,我们党老一辈无产阶级革命家彭真、薄一波、刘澜涛、王从吾、李云昌、许彬如等,都曾先后题词、撰文以示怀念。2017 年 9 月 22 日上午,我们党北方农运战线杰出领导人和组织者郝清玉烈士陵园落成仪式在石家庄高新区赵村举行,他的英勇事迹将永远被子孙万代所敬仰,激励后人前仆后继、砥砺前行,为家乡的繁荣和祖国的强盛做出更大的贡献!

(中共河北省委党史研究室　田超)

# 草岚子监狱铁窗苦斗

草岚子监狱位于西城西什库草岚子胡同西段。1931 年 9 月,国民党反动当局设立临时看守所,专门关押北平行营军法处判刑的政治犯。1932 年 3 月,按照国民党中央的"军人反省院"模式,该看守所改名为"北平军人反省分院"。因地处草岚子胡同,所以又称草岚子监狱。关押的政治犯,多时达百余人,少时有六七十人。

"军人反省分院"的所谓"反省",就是要政治犯"悔过自新",改变政治信仰和立场,自省变节;所谓"军人",就是由军队管辖监狱,所以不按一般法律程序对政治犯进行迫害。其实质是实行军人法西斯专政,从精神和肉体上长期摧残政治犯。关在这里的,除女犯外都戴脚镣。大号镣重 7 斤半,小号镣重 3 斤。

在草岚子监狱,曾任中共顺直省委常委兼农委书记的郝清玉,受到敌人的长期摧残,身患严重的肠胃病,已卧床不起,生命垂危。无论敌人如何威逼利诱,他都不屈服。在敌人变本加厉的折磨下,郝清玉病情急剧恶化,不久牺牲在牢里。

草岚子监狱里还有位共产党员赵子长,曾任中共山西特委委员。他在刑期满后,因拒绝写悔过书而被继续关押。他在狱中得了重病,临终之际,敌人对他说:"只要你按个手印,就放你出去。"赵子长义正词严地回答:"你们采取这样法西斯手段压我是压不倒的。共产党员永远不会在法西斯面前低头。让你们的'反共启事'见鬼去吧!"说完不久就牺牲了。

为领导狱中斗争,中共党员建立了极端秘密的狱中党支部,并通过秘密渠道同中共河北省委取得联系。据薄一波等人反复回忆、核对,先后在狱中担任党支部书记的有:陈原道、孔祥祯、殷鉴、薄一波和赵镈。党支部骨干还有刘澜涛、安子文、杨献珍、刘子久、胡锡奎、李楚离、张友清、张玺、董天知、刘锡五、赵林、马辉之和王德。党支部干事会由一名同志分工负责团的工作,先建立了两个团小组,后成立了团支部。先后担任团支部书记的有:赵林、董天知、张玺等。不久,共青团员全部转为党员。

在党支部的领导下,狱中党员向反动当局开展了政治斗争和生活斗争。对敌斗争的口号为"红旗出狱"。它的含义是:决不能向敌人屈服;想尽一切办法争取改善生活环境,求得最大限度地保存自己;把监狱变成学习马列主义的学校。总之,就是要求大家在斗争中生存,在斗争中提高,在斗争中有所作为,随时准备"从容就义",努力争取"红旗出狱"。

党员先后开展了反对国民党"反省政策"的斗争,"审查"与反"审查"的斗争,反虐待、反迫害、争取改善日常生活的斗争。这些斗争都取得了胜利,达到了粉碎敌人"反省政策"的目的,但也出了几个向敌人投降、表示愿意"反省"的叛徒。

狱中党支部还组织党员学习马列主义理论。支部通过秘密渠道搞到了许多马列著作,大多数党员精读了《共产党宣言》《〈政治经济学批判〉导言》《反杜林论》《家庭、私有制和国家的起源》《路德维希·费尔巴哈和德国古典哲学的终结》《唯物主义和经验批判主义》《共产主义运动中的"左派"幼稚病》等马列原著,此外还阅读了许多中外历史著作和文学书籍。有的内容是狱中党员从外文书刊上翻译,译出一段就传阅一段。为配合学习,指导斗争,狱中党支部先后办过《红十月》等手抄刊物。

草岚子监狱的共产党员坚持锻炼身体的情形

1935 年 3 月,国民党宪兵三团特务伪装成"共产党要犯",混入草岚子监狱,侦悉狱中存在秘密党支部,随即报告南京,要求枪决薄一波、殷鉴等 12人,后因发生了华北事变,宪兵三团等国民党中央军势力南撤,薄一波等人才幸免被害。

1936 年春,中共中央代表刘少奇到天津主持北方局工作。当时,华北抗日救亡运动再度高涨,急需大批领导干部;日军日益迫近北平,这批狱中干部如不能尽快获释,便有被杀害的危险。北方局做出要关押在草岚子监狱的一批党员履行敌人指定的手续出狱的决定,并得到党中央的批准。北方局和中共北平市委将在草岚子监狱中坚持斗争长达 5 年多的 52 名党员分批营救出狱。

（北京市委党史研究室 市地方志办　乔克）

# 一二·九运动的抗日怒吼

　　1935 年 12 月 9 日上午 10 点半,北平新华门前汇集了中国大学、北平师范大学、东北大学等 10 余所学校千余名学生的请愿队伍。新华门紧闭着,门前排列着警车和架着机关枪的摩托车,军警宪兵手持刀枪杀气腾腾。请愿学生高举旗帜,手持标语,高呼抗日救国口号,抗日救国的怒号震惊中外,爆发了威名远扬的一二·九运动。要了解这场抗日怒吼的来龙去脉,还得重返 80 余年前的历史现场。

　　九一八事变后,日本帝国主义加紧侵略中国。他们在东北推行殖民地化统治,并利用南京国民政府的不抵抗主义,把侵略魔爪一步步伸向华北,民族危机日益严重。1935 年五六月间,日本侵略者先后迫使南京国民政府达成了"何梅协定"和"秦土协定",把包括平津在内的河北、察哈尔两省的大部分主权奉送给日本。之后,又积极策动所谓华北五省"防共自治运动",策划成立由其直接控制的傀儡政权,全面在华北进行政治、军事、经济、文化侵略。

　　"华北之大,已经安放不得一张平静的书桌了!"日本咄咄逼人的侵略行径,使北平各阶层人民满怀愤慨。此时,中国共产党人向劳动大众发出抵御侵略、保卫华北的号召。1935 年,中共河北省委多次发出通知、宣言,要求华北地区各级党组织,在群众中广泛宣传,开展抗日救亡斗争,并对北平市领导机构进行改组,从政治上和组织上加强了对抗日救亡运动的领导。

　　同年 11 月,在彭涛、周小舟、谷景生、姚依林等人的领导下,北平大中学校学生成立了"北平市学生联合会",由女一中学生郭明秋担任主席,姚依林为秘书长。中共北平市工作委员会在学联建立了党团组织,由彭涛担任书记。12 月 6 日,北平学联召开代表会,通过并发表了《北平市学生联合会成立宣言》。之后,平津 15 所大中学校联合发出通电,反对"防共自治",要求政府讨伐汉奸殷汝耕,动员全国人民抵抗日本的侵略。同一天,在日本侵略者的逼迫下"冀察政务委员会"将于12月9日成立的消息传来,广大同学和各界进步人士极为震惊。12月7日,在中共北平临时工委的领导下,北平学联决定于9日举行学生大请愿,反对"华北自治"。8日,彭涛、姚依林、郭明秋、黄敬、孙敬文等人开会研究,决定由黄敬任游行队伍总指挥,姚依林、郭明秋进行队外指挥。

12月9日凌晨,爱国学生的抗日怒火像火山一样爆发。东北大学、中国大学、北平师范大学等校学生举着大旗和标语,分别朝着新华门进发。清华大学和燕京大学近千名爱国学生离城较远,到达西直门时,城门已被军警关闭,请愿队伍无法进城。两校学生就在西直门一带召开群众大会,向附近居民和守城军警进行抗日宣传。

上午10点半,千余人的游行情愿队伍到达新华门,发生了文章开头的一幕。大家推选董毓华、宋黎和于刚等12人为代表,要求面见何应钦,并提出反对华北成立防共自治委员会、停止内战等要求。一个小时后,何应钦的秘书出来与学生会面,对学生提出的要求敷衍搪塞,为国民党对日妥协、对内反共政策百般狡辩。学生们对其答复极为愤慨,振臂高呼"打倒卖国贼","请愿不成,我们示威游行去",宋黎被推举为游行队伍的总指挥。

当游行队伍行至西单牌楼平津卫戍司令部附近时,遇到军警阻拦袭击。大家不畏强暴,高呼抗日救国口号,继续前进,队伍也越来越壮大。北京大学的许德珩、中国大学的吴承仕等教授和当时在燕京大学任教的斯诺夫妇也参加了游行示威。国内外许多报社的记者随行采访。队伍经西四、护国寺、地安门、沙滩抵达王府井大街时,已扩大到3000人。王府井大街南口布满了军警,挥舞皮鞭、木棍,凶狠地抽打手无寸铁的爱国学生。学生们与军警展开搏斗,当场有数十人被捕,游行示威队伍被冲散了。

一二·九运动的抗日怒吼,震撼了古都北平,很快传遍了国内外。中共北平市临时工委、北平市学联及时总结,对下一步行动进行了部署,决定于12月11日组织全市各大中学校学生联合罢课。国民党当局对北平学生爱国行动极为恐慌,下令严禁学生的爱国行为,还派军警封锁了一些重点学校。但爱国学生的抗日烈火是扑不灭的。中共北平临时工委获知国民党当局不顾广大人民群众的强烈反对,依然决定12月16日成立"冀察政务委员会"时,决定举行更大规模的示威游行。

12 月 16 日清晨,北平爱国学生万余人陆续走上街头,举行声势浩大的抗日救亡大示威。示威游行队伍共分为 4 个大队,分别由东北大学、中国大学、北京大学、清华大学率领从不同方向前进,途中冲破军警的封锁阻拦,最后在天桥会合。上午 11 时许,北平爱国学生和广大工人、农民、市民 3 万余人在天桥召开市民大会。会场旗帜飘扬,"打倒日本帝国主义!""打倒汉奸卖国贼!""反对成立冀察政务委员会!"的口号声此起彼伏,响彻天空。市民大会结束后,1 万多名爱国学生整队向前门方向行进。学生们手挽着手,不断高呼抗日救国口号,向街道两旁的市民和行人散发传单。市民们热情支持学生的爱国行动,有的送来开水和食物,有的自动加入了游行队伍。游行队伍抵达前门时,遇到大批军警和保安队的阻截,爱国学生就在前门火车站广场举行第二次市民大会。

大会决定继续进内城示威游行,并派代表与军警交涉,要求打开城门。当局为了分割示威游行队伍,答应让一部分学生从前门进城,但大部分学生须从和平门和宣武门入城。下午 4 时,黄敬率北京大学、中国大学等校部分同学由前门入城后,城门马上关闭了。清华大学、燕京大学、东北大学、北平大学等校同学沿着西河沿赴和平门和宣武门。但城门都已紧闭,同学们多次试图撞开城门,均未成功。后来几经交涉,军警答应以清华大学、燕京大学的队伍先撤走为条件,可以打开城门让其他学校的学生入城。此时已是晚上 9 点多,当两校队伍离开后,城外四周的路灯全部熄灭,大批军警挥刀舞棍从四面八方向学生扑过来,许多人遭到毒打。由前门入城的学生想去宣武门接应,当走到西单绒线胡同西口时,遭到大批军警扑打,数十名学生被砍伤,街道上血迹斑斑,惨不忍睹。在一二一六大示威中,全市有 22 名学生被捕,300 余人受伤,再一次暴露了反动当局的凶残面目。

北平学生的爱国斗争,打击了日本帝国主义的嚣张气焰,揭露了国民党当局的卖国行径,得到了各界爱国人士的支持响应,促进了抗日救亡运动的开展。12 月 18 日,北京大学、清华大学等 6 所大学的校长,联名要求释放被捕学生。同日,中华全国总工会向全国工人紧急呼吁援助学生救国运动,各地工人纷纷举行罢工,支持学生斗争。20 日,共青团中央发表宣言,号召青年学生深入到工农群众中扩大抗日救国运动。各地社团组织纷纷发表通电和宣言,声援北平学生爱国运动。宋庆龄、鲁迅、马相伯、沈钧儒、王造时、邹韬奋、陶行知等知名爱国人士纷纷表示支持。12 月 26 日,陕甘苏区各界民众举行集会,声援北平和各地学生的抗日救国运动。在北平学生爱国运动的影响下,全国各地学生群起响应。一时间,华夏大地响彻抗日救亡的号角。

两次游行示威之后,在党的领导下,北平学联成立了南下扩大宣传团,深入工厂农村,发动各地工农士兵群众开展反日反蒋斗争,也使爱国学生们得到了锻炼和教育。1936 年,南下扩大宣传团在北平召开团员代表大会,正式成立了民族解放先锋队(后改名中华民族解放先锋队)。它的诞生和发展,大大推动了一二·九运动的深入发展。在中国共产党的领导和号召下,由北平爱国学生首倡,迅速席卷全国的一二·九运动,极大地促进了中国人民的觉醒,标志着中国人民抗日救亡民主运动新高潮的到来。一二·九运动中先进的知识青年走上与工农结合的道路,为抗日战争和中国革命事业准备了一批骨干力量。

一二·九运动中的北京游行队伍

(北京市委党史研究室 市地方志办 贾变变)

# 京津冀

## 红色故事会 下

中共天津市委党校（中共天津市委党史研究室）

中共北京市委党史研究室 北京市地方志编纂委员会办公室 编著

中共河北省委党史研究室

天津出版传媒集团

天津人民出版社

# 全民族抗日战争时期

# 朱琏和她的诊所

20 世纪 30 年代初,有一家诊所在石家庄家喻户晓、妇孺皆知,那就是"朱琏诊所"。"朱琏诊所"是和朱琏这个名字紧紧地联系在一起的。朱琏,这个当年石家庄的传奇人物,不仅成为当地民众心中除灾去病的活菩萨,她还在自己开办的诊所里上演了一场精彩纷呈的谍战大片。

## 投身革命的女大夫

1936 年 3 月 1 日,位于石家庄新华区西横街爱华里一号(今石家庄南小街附近)的民宅门口挂起一块"朱琏诊所"的铜牌。在欢快的鞭炮声中亮闪闪的铜牌引得石家庄的各路名流纷纷来贺,道贺的人群很快使诊所热闹起来,他们中有衣着朴素的普通民众,也有身份显赫的达官贵人。来祝贺的人都是冲着他们的恩人,一位姓朱名琏的女大夫来的。

说起朱琏,得从 1930 年说起。那年,刚刚从苏州志华产科学校毕业的朱琏(出生于 1909 年)这个原籍江苏的年轻女人,为寻求光明来到上海,进入普善医院担任产科主任兼司药主任。在此期间认识了领导溧阳暴动的陶希晋,两位热血青年在血雨腥风的斗争中走到了一起,结为志同道合的革命伴侣。1932 年 10 月,正太铁路收为国有,一些国民党左派和追求光明的青年知识分子云集石家庄,朱琏也随丈夫来到此地生活。

正太铁路是石家庄党组织的摇篮。石家庄第一个共产党员在这里成长,石家庄第一个党组织在这里诞生。早在建党初期,正太铁路工人就在党的领导下进行数次反压迫反剥削的罢工斗争。朱琏对正太铁路工人的革命斗争精神十分钦佩。因此,朱琏到正太铁路医院当医生后,待工人如亲人。当时正太铁路局工人的孩子差不多都是经朱琏之手接生才来到人间的。尤其是那些难产的孕妇,通过朱琏接产,母子都平安无恙,许多孩子都认朱琏作干妈。工人们亲切地称呼她为"朱琏大夫",妇女们亲切地叫她"朱琏大姐"。

## 钉在敌人心脏的红色诊所

1933 年正太铁路工会建立,朱琏担任宣传委员,在积极参加抗日宣传活动中,她的思想觉悟不断提高,树立了初步的马克思主义信念。1935 年,原北平市委组织部部长刘汉平(又名张明、韩国刘等)来到石家庄,以开办日语训练班的名义在正太铁路进步职员和工人中宣传马列主义。同年冬,经刘汉平介绍,朱琏和陶希晋夫妇二人加入了中国共产党,朱链成为石家庄第一位女党员。

1936 年 1 月,中共石家庄市工作委员会成立、直中特委恢复,陶希晋担任石家庄市工委宣传委员。朱琏接受了上级组织交给的一个更为重要的任务,就是建立了"朱琏诊所",以此作为石家庄地下市委机关。虽然这处有着特殊意义的革命旧址现在没能保留下来,但在石家庄车辆厂档案室劫后遗存的老照片里,还能看到一张朱琏在诊所门前的留影,门左侧挂着"朱琏女医士"的铜牌,上面还标有英文说明。

"搞好医务工作、扩大社会影响、掩护党的工作",遵循这一宗旨,"朱琏诊所"成为党组织联系、发动群众的桥梁。这边朱琏诊所刚开张,马路对面的一处宅子里就出现了一些鬼鬼祟祟的家伙。这些人就是特务,那里就是他们的据点。这些特务打扮成走街串巷的货郎,装成敲铜打铁的工匠,紧紧地盯着朱琏诊所里的动静。朱琏夫妻二人冷眼旁观,沉着应对,硬是没叫他们发现蛛丝马迹。朱琏还是像从前那样背药箱到工人宿舍区中巡诊,不管白天黑夜、刮风下雨。为了争取革命力量,朱琏以柔克刚,即便是上门看病的特务军警,她也是一律笑脸相迎认真诊治。久而久之就连这些原本心怀鬼胎的特务也真心实意地感激朱琏,每次搜查开始之前,都有人偷偷来通风报信,或者干脆在诊所门前贴上一张纸条,上面写道:鉴定完毕,这家都是良民。然而外人绝不会想到,这个诊所正是中共石家庄市委的秘密机关——党发动群众对敌斗争的指挥部。当时直中特委书记王卓如等以挂号员、记账员身份在这里工作,平汉线省委书记李菁玉、李雪峰以药商、就诊者的身份出入朱琏诊所,在这里组织领导石家庄市和周边各县党的工作;各县党的领导人也不断以求医、买药为掩护来诊所汇报工作,党的文件也存放在诊所,由朱琏精心保管。敌人对朱琏诊所只是怀疑,从来没抓到什么真凭实据。爱华里的朱琏诊所有广大群众的支持,有工人的保护,在敌人的眼皮子底下开展工作,从没出现过一星半点的问题,这不得不说是中国革命史上的一个奇迹。平、津失守以后,从那里转移到太原的地下工作者,很多都是由朱琏诊所负责完成转送任务。

朱琏一人肩负多职,她既要应付寻医问药的日常工作,又要负责党的秘密联系和组织活动等安排,还要协助丈夫编辑《北风》和转发北方局《火线》等党内刊物,许多稿件她都是晚上编辑撰写的。由于当时党组织的活动经费很少,朱琏、陶希晋还要把诊所的收入和工资拿出一部分作为党组织的交通费、服装费和宣传费支出。石家庄市委出版《北风》的经费,除一部分由社会知名人士赞助外,大部分也由诊所和陶希晋的工资中支付,连地下工作者化装用的领带,也是朱琏用自己旧的丝织品精心改制的。

## 第一任妇女抗日救国会主席

朱琏通过看病、接生,与各界人士及其家属接触的机会多,不断地向他们宣传党的抗日救国主张和妇女解放的革命道理。由于她的医术高深,热心解除病人痛苦,又善于做统一战线工作,团结了一切能够团结的力量,所以朱琏的威信越来越高,在当地影响也越来越大。

1936 年 8 月,日军侵犯绥远,全国人民开展了援助绥远军队抗日运动。石家庄市委发动各界人民组织成立公开的抗日救亡组织——"石家庄各界慰劳前方将士联合会"。朱琏当选为常务委员,负责医药、卫生和妇女工作。接着,朱琏提出组织成立"石家庄妇女抗日救国会",立即得到了石家庄各界妇女的热烈响应,朱琏被选为妇女抗日救国会主席。这是石家庄第一个妇女救国组织,石家庄各界人民的抗日热情被大大调动起来,工人、青年、学生、商界等抗日救亡组织纷纷成立。由于党的正确领导,群众发动得充分,全市人民的抗日支前活动迅速高涨,人民进步力量得到发展和壮大。

1936 年 3 月,朱琏(一排右二)与石门救国会成员

1937 年抗日战争全面爆发后,为发动全市人民抗日救亡的积极性,朱琏和正太铁路扶轮学校青年教师赵子岳(后为北影著名演员)带领歌咏队、话剧团分赴火车站、军营和农村庙会,利用不同形式开展抗日宣传。当时,参战部队在石家庄设立了后方医院,朱琏和弟弟陶鲁笳等人带领妇女、青年、学生组织了红十字会、服务队、募捐队、慰劳队、洗衣组、写信组,为前方将士募捐、写信,到后方医院慰劳伤员,给伤员洗衣服,鼓励参战部队努力杀敌。朱琏还在诊所办起了救护训练班,她给救护训练班讲抢救护理知识,带领救护队到医院护理伤员。

## 独闯军部扬威名

石家庄人民的抗日热情使国民党反动地方当局大为不安。于是,他们便极力限制人民群众的各种抗日支前活动,破坏抗日救国组织,压制进步势力的发展,积极推行反动的"片面抗战"路线,包办抗日,垄断抗日领导权。1937 年 8 月初,国民党李默庵的部队进驻石家庄,责令石门公安局禁止群众组织抗日团体,改组"石门各界抗日救国会"为"石家庄各界抗敌后援会"。随后又解散了各界妇女、工人、学生、青年等抗日救亡组织,石家庄抗日救亡运动转入低潮。但是已燃烧起来的革命烈火是不会被敌人的镇压所扑灭的。

朱琏根据市委关于"由妇女打冲锋，首先恢复各抗日救亡组织"的指示精神，带领石门各界几百名妇女，有工人、市民、职工家属，也有商店的店员和资本家小姐、太太们。她们有的携儿带女，有的穿着旗袍、短褂，有青年妇女，也有白发小脚老太太。这支"不太整齐"的队伍，一路上高呼口号，浩浩荡荡直奔李默庵的军部请愿。队伍拉到军部门前，当场推举朱琏为代表去见军长，游行队伍就横在大门口。大家振臂高呼："要求军长讲话""我们坚决不当亡国奴""恢复妇女抗日救国会！""欢迎十四军抗日"喊声震天。朱琏从容不迫，只身一人到司令部同李默庵进行谈判。面对不卑不亢、据理力争的朱琏大夫，听着窗外妇女们一阵高过一阵的口号声，迫使李默庵不得不同意恢复妇女抗日救国会。缺口打开之后，工会、青年、学生等进步团体也纷纷去请愿，请愿斗争一个接着一个地取得胜利。

9月13日，周恩来、彭德怀在赴保定与国民党谈判中在石停留期间，市委在劝业场影院门口贴出"今日请抗日将领周恩来、彭德怀讲演，欢迎大家踊跃参加"的海报，这场隆重的欢迎大会由朱琏主持，周恩来为群众进行抗日讲演，博得了热烈的掌声。会后，周恩来还委派彭德怀等人到朱琏诊所看望问候市委地下工作者，并代表周恩来嘱咐大家要认真贯彻落实洛川会议的精神，团结各界进步力量，坚持抗日民族统一战线，做好群众工作。

妇女、工人、青年、学生等抗日救国会相继恢复起来，但是全市性的抗日救国组织"石家庄抗敌后援会"的领导权仍然把持在李默庵手里。石家庄市委决定利用纪念九一八事变六周年大会的机会，发动群众在大会上继续进行斗争。朱琏是大会执行主席之一，她揭露了抗敌后援会限制群众抗日的行为，会后举行了震慑全市的有名的"九一八"大游行。经过斗争，石门各界抗日救国会的领导权被重新夺了回来，狠狠打击了国民党军队当局的反动气焰，鼓舞了全市人民的抗战热情和胜利信心，揭露了国民党反动派的包而不办的"片面抗战"路线的反动实质。使中国共产党的抗日民族统一战线政策和"全民抗战"的路线更加深入人心，进步势力得到了发展，顽固势力受到孤立和打击。

朱琏爱国抗日的行为引起国民党反动政府的仇恨，他们摘掉"朱琏诊所"牌子,增派特务监视诊所活动,朱琏时刻有遭到反动当局暗杀的危险。根据平汉线省委的决定,朱琏随同正太铁路工人游击队一起到了太行山抗日根据地继续斗争。朱琏将其诊所的全部医疗器械和积蓄捐献给八路军一二九师,并奔赴抗战前线。在担任第一二九师卫生部副部长、野战医院院长期间,她率领医务人员在战场上救护八路军和友军伤员,被授予"刚毅勇敢"女军医的光荣称号。

1978年,朱琏突发脑出血病逝于广西南宁市,遵照她的生前遗嘱"我是在河北省石家庄市入的党,当过那里的第一任妇女会长,我死后将一部分骨灰存到石家庄革命公墓,我要和石家庄人民永远在一起……"这位巾帼英雄、石门女杰,在离开石家庄近半个世纪后又回到了这片她投身革命、战斗生活过的热土,长眠于双凤山革命陵园。

（中共河北省委党史研究室　田超）

# 追寻光明的革命夫妻

　　一位是流亡到中国,讲着一口蹩脚汉语的朝鲜男子。一位是曾多次拒绝名门望族少爷公子,奉行独身主义的中国女青年。两个看似毫无关系的人,因为革命走到了一起,并结为真正的革命伴侣,为党和人民的事业奉献一生。这段超越民族的革命爱情故事发生在天津,故事的主人公是李铁夫、张秀岩夫妇。

李铁夫、张秀岩夫妻合影

## 奉命假扮夫妻

1934 年初,天津英租界小白楼附近的朱家胡同(今解放北路和曲阜道交口处）搬来了一对年轻"夫妻"。这对"夫妻"正是中共党员李铁夫、张秀岩。他们此次的任务是，以夫妻身份为掩护，在天津开展党的地下工作。

在此之前，李铁夫和张秀岩互相并不认识。二人都历经考验，有着丰富的革命斗争经验。

"丈夫"李铁夫，原名韩伟键，1901 年生于朝鲜咸镜南道。曾留学日本，组织共产主义研究会，入早稻田大学政治经济科读书。其间，研读大量马列主义著作，打下深厚的理论基础。返回朝鲜后，他致力于民族解放事业。1926 年被选为朝鲜共产党中央委员。1928 年被反动当局通缉，流亡至中国。作为马克思主义的坚定信仰者，他选择留在中国继续从事革命活动，不久加入中国共产党。李铁夫克服了语言交流、生活习惯等重重困难，冒着生命危险，坚持革命工作。他历任北平反帝大同盟党团书记，中共河北省委宣传部部长、组织部部长。1933 年，李铁夫在北平出席反帝大同盟党团会议时不幸被捕。在狱中，他经受了残酷的肉体折磨和严峻的生死考验，始终没有吐露党的秘密。同年 7 月被保释出狱后，矢志不渝的他费尽周折与党组织取得联系，不久，被派到天津担任中共河北省委宣传部部长。

"太太"张秀岩，1895 年生于河北霸县。早年求学于天津女子简易师范学校，后考入北京女子高等师范学校。1919 年参加五四运动，在李大钊的影响下接受了马克思主义，投身革命。1925 年到北京香山慈幼院任语文教师，参加党的北方区委领导下的秘密工作。1926 年，经郭隆真介绍，加入中国共产党，任香山慈幼院党支部书记。曾受中共河北省委委派，赴山西开展革命工作。1932 年返京，任北平文化总同盟党团书记。1933 年，她被派往天津，以南开中学教员身份为掩护，从事革命工作，任天津文化总同盟党团书记，不久，调入中共天津市委机关工作。

假扮夫妻开展工作，对李铁夫、张秀岩来说，既是党组织交予的一项光荣任务，又是一个全新的考验。此后，"夫妻"二人开始了新的生活。

## 革命情感升华

按照党组织要求，"夫妻"二人安顿好"家"后，迅速进入角色，积极开展党的工作。李铁夫汉语发音不标准，为避免引起敌人注意，他自称姓杨，是福建人。二人外出时,总是手挽手,形影相随,看起来非常恩爱。平日里,张秀岩借着上街买菜的机会传递信件和通知。每次开会,同志们都以"走亲访友"的名义,到二人"家"中聚会。如此,既瞒过敌人耳目,顺利地开展党的地下工作,又掩护了党的工作机关,保证了党组织和党员的安全。在生活中,两个人彼此尊重,相互照顾。张秀岩打心眼里敬佩李铁夫。她觉得,一个朝鲜人,远离故土来到中国,为中国革命忘我奋斗的精神是崇高的,是值得自己学习的。李铁夫身体不太好,张秀岩便细心照顾。张秀岩生病时,李铁夫为她查药典、找药方并陪伴其左右。朝夕相处,两个人在革命友谊的基础上建立起了真挚的感情。同年,李铁夫、张秀岩正式结为革命伴侣。

婚后,张秀岩在北宁铁路宁园图书馆谋了一份差事,每月收入二三十元。李铁夫没有公开的社会职业,没有经济收入。他们的生活全靠张秀岩微薄的薪金维持,经常是粗茶淡饭。他们省吃俭用,将收入的大部分用于开展党的活动,有时还要支援更困难的同志。有一次,一位同志被营救出来后,连穿的衣服都没有。李铁夫把自己仅有的一件大衣送去当铺当了点钱,给那位同志买衣服穿。冬天外出时,李铁夫没有大衣,只穿件棉袍。尽管生活条件艰苦,李铁夫、张秀岩夫妇仍乐在其中。他们一起学习《共产党宣言》等马克思主义理论著作。张秀岩为李铁夫整理读书笔记和文章素材。李铁夫帮助张秀岩学习日文。掌握日文后的张秀岩翻译过日本左翼作家小林多喜二等人的作品。

夫妻二人非常喜爱青年人,对革命青年寄予厚望。李铁夫经常结合斗争实践启发教育革命青年,并从他们中间物色骨干,大胆提拔重用。对待自己的侄辈,夫妻俩以身示范、谆谆善诱,用马克思主义观点为他们分析中国社会现状,鼓励他们参加革命。在他们的影响下,张秀岩的几个侄子侄女先后走上革命道路。

## 共 度 艰 难 处 境

20 世纪 30 年代初,在王明"左"倾机会主义的影响下,北方党组织遭到严重破坏,很多同志被捕牺牲,党在白区的力量迅速被削弱。李铁夫痛心疾首。本着对党高度负责的态度,1933 年 10 月至 1934 年 2 月,他先后写了

《关于党内问题的几个意见》《关于官僚主义的严重性》《左倾机会主义的反动性》等 10 篇文章和意见书,对河北省委工作中"左"倾盲动行为提出尖锐的批评。他指出:"目前党和群众之间的障碍物之一,是暗藏在党内的左倾空谈和盲动主义。""我们要对立着每个空谈、妄动、关门主义,必须要彻底的开展党内斗争是我党当前的任务。"

尽管李铁夫的意见得到党内许多同志的支持,但却遭到"左"倾路线推行者极力反对,李铁夫的意见被批为右倾取消主义的"铁夫路线"。张秀岩因支持李铁夫的意见,也和丈夫一起被取消了党内工作并被切断同党组织的联系。

这个处理决定给李铁夫、张秀岩造成了极大的思想压力。但是他们没有气馁,没有消沉,而是相互鼓励,相互支持。李铁夫以"仰望光明"作为座右铭,坚信共产主义事业必胜。夫妇二人满怀热情,继续为党工作,时刻等待着党组织的召唤。

1934 年 5 月,中共秘密党员吉鸿昌、南汉宸等人根据上级党组织指示,组建了中国人民反法西斯大同盟,对国民党中抗日反蒋势力开展统战工作。李铁夫将个人得失置之度外,积极参与了这项工作。他还为吉鸿昌组织的爱国人士培训班上课,宣传革命真理和党的抗日主张。为了推动天津抗日民族统一战线的建立,他经常夜以继日地工作,还从拮据的生活费中挤出钱来创办革命刊物,开展党的宣传活动。

1934 年冬,李铁夫、张秀岩冒着被国民党反动派抓捕的危险,深入工人、学生和广大市民中开展抗日救亡宣传。他们创办的《华北烽火》《天津妇女》《民众抗日救国报》等进步报刊,在社会上产生了很大影响,有力地推动了天津抗日救亡运动的开展。

1935 年一二·九运动爆发后,李铁夫、张秀岩参与发起组织一二一八抗日救国示威游行。他们走在游行队伍的最前面,与爱国青年手挽手、肩并肩,面向反动当局的刀枪,振臂高呼抗日口号,向群众宣传抗日救国道理。

## 梦里依稀云岗论

1936 年春,刘少奇受中央委派来天津主持中共中央北方局工作。他到任后,立即着手肃清王明"左"倾机会主义错误的影响,充分肯定了李铁夫的意见和他在恶劣环境下所从事的工作,并任命李铁夫为中共天津市委书记,同时任命张秀岩为市委副秘书长。从此,李铁夫、张秀岩夫妇担负起天津党的领导工作。

1937年春,党组织派李铁夫到延安参加党的白区工作会议,并安排张秀岩一同前往。张秀岩考虑到天津党的工作正处于恢复和进一步发展的关键时刻,便谢绝了组织上的安排,坚持留在天津继续工作。不料,这次分离竟成了这对革命夫妻的诀别。

李铁夫到延安参加会议后,不幸染上伤寒病,经医治无效,于当年7月病逝。在李铁夫病重期间,党中央给张秀岩发来"大哥病重"的电报。张秀岩日夜兼程赶到延安时,李铁夫已被安葬在清凉山上。张秀岩竟未能见上丈夫最后一面。

面对丈夫的病逝,张秀岩无比心痛。想到两个人曾经一起工作和生活中的点点滴滴,张秀岩的泪水夺眶而出。但她明白,对丈夫最好的祭奠,就是去完成他的未竟事业,必须要振奋精神,继续战斗。于是她将李铁夫生前用过的毯子和怀表带在身上,化悲痛为力量,全身心投入党的工作中。她曾说:"鲁迅是'梦里依稀慈母泪',我是'梦里依稀云岗论'(云岗是李铁夫的化名之一)。"李铁夫的革命精神时刻激励着她奋力前行。她先后在中共陕西省委、中共中央组织部、晋察冀中央局城工部工作,为革命和党的建设做出贡献。

中华人民共和国成立后,张秀岩历任中共北京市委委员兼妇委书记,政务院监察委员会党组副书记,监察部部长助理,第一届全国政协委员,第一、二届全国人民代表大会代表,第四届全国政协常委,全国妇联执委等职。李铁夫病逝后,张秀岩始终独身一人,直至1968年逝世。

[中共天津市委党校(中共天津市委党史研究室) 曹冬梅]

# 青苔掩不住的抗日石刻

樱桃沟是一条幽谧并充满野趣、散发着人文气息的峡谷。峡谷的南侧一块石头上刻着方正有力的四个大字——"保卫华北"。这是由 1936 年参加北平学联和中华民族解放先锋队在此联合举办抗日救国军事夏令营的北京大学学生陆平、清华大学学生赵德尊镌刻的,这里记录了中国共产党发动和领导的一二·九运动的光荣历史,表达了爱国学生抗日救亡的坚定决心和必胜信念。

1935 年,日本帝国主义扩大对华北的侵略,继炮制"满洲国"后,又阴谋策动华北独立。国民党当局屈从于日本的侵略要求,搞所谓的"华北特殊化",计划于同年 12 月在北平成立冀察政务委员会。一时间,华北危在旦夕,中华民族面临严重危机。

同年 8 月 1 日,中共中央发表《为抗日救国告全体同胞书》,号召建立抗日民族统一战线,集中一切国力为抗日而奋斗,在北平社会各阶层引起强烈反响,北平青年学生义无反顾地走在了运动的最前面。

12 月 9 日,在中共北平市委临时工作委员会的领导和指挥下,北平学生举行了声势浩大的示威游行,沿途高呼"反对冀察政务委员会成立""反对华北自治""停止内战、一致抗日"等口号。16 日,北平大中学生万余人再次走上街头,举行更大规模的抗日救亡示威。在北平学生爱国运动的影响和推动下,各地民众纷纷行动起来,迅速形成全国规模的抗日救亡运动。一二·九运动的爆发,极大地促进了中国人民的觉醒,标志着全民族抗日民主运动新高潮的到来。毛泽东曾指出:"一二·九运动是动员全民族抗战的运动,它准备了抗战的思想,准备了抗战的人心,准备了抗战的干部","将成为中国历史上的一个非常重要的纪念"。

为扩大一二·九运动的影响,中共中央号召"把反日救国运动扩大起来！到工人中去,到农民中去,到商民中去,到军队中去!"中共北平市委随即领导北平学联,成立由 500 多人组成的平津学生南下扩大宣传团,沿平汉铁路南下,深入农村扩大抗日宣传。南下扩大宣传团每到一处,都召开群众大会进行讲演,张贴和散发传单,唱救亡歌曲,演抗日救亡戏剧,播撒抗日救亡的种子。

1936 年 2 月 1 日,中国共产党北平市委在南下扩大宣传团的基础上,组织成立中华民族解放先锋队(简称民先队)。民先队是党领导的先进青年群众性组织,以抗日民主为奋斗目标,受到了全国青年的积极拥护,很快发展成拥有 2 万余人的全国性组织。

民先队从诞生之日起就强调全民族武装起来,抗击日本侵略者。总队部设有武装部,把组织队员学习军事知识作为一项重要工作。1936 年四五月间,民先队曾组织 300 名左右的队员,先后举行两次行军和游击战演练,后又同北平学联成功地举办了 3 次夏令营活动。

第一次在西山樱桃沟,从 7 月 10 日开始,为期 7 天,参加者 180 余人。夏令营采取军事化组织管理,营员晨 4 时起床,先举行爬山比赛。上午举行各种小组研讨会,午后进行军事训练。夏令营请了 3 位富有军事经验的教官,负责训练攻击、退却、夜间紧急集合、爬山攻击等游击战术。研讨会的内容有救亡路线、时事讨论、新文字研究、国际文学研究等,请了马叙伦、张申府、施存统等进步教授和知名人士来讲演。

第二次、第三次夏令营分别在西山老虎洞和大觉寺举行。除这两次夏

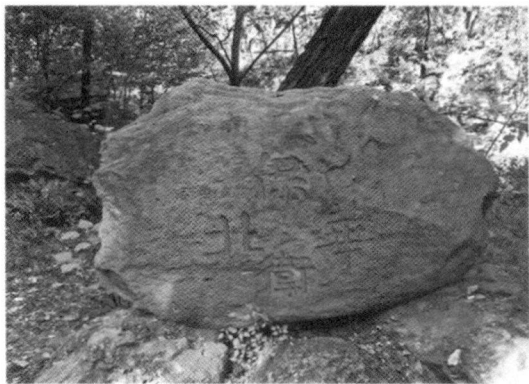

樱桃沟"保卫华北"石刻

令营除军事演习和政治讲座外，又适当增加了文娱体育活动，组织了歌咏队、舞蹈队、管弦乐队和爬山队等。第二次夏令营有240余人参加，第三次夏令营参加者多达2000余人。夏令营活动既使参加者受到了军事训练和集体生活的锻炼，又宣传了党的抗日民族统一战线政策，扩大了民先队、学联等党的外围组织在青年中的影响力。

中华民族解放先锋队是中国共产党所建立和领导的进步青年组织，是一二·九运动的重要成果。它自成立开始，至整个抗日战争期间，都是党的抗日民族统一战线的得力助手、组织抗日救亡运动的重要纽带，为抗日战争培养了一大批干部，为民族解放写下了可歌可泣的篇章。

（北京市委党史研究室 市地方志办　常颖）

# 革命夫妻 斗争伴侣

2008 年，一部谍战剧《潜伏》火遍大江南北，剧中余则成、翠萍假扮夫妻与敌人周旋斗争的片段至今仍为人津津乐道、奉为经典。事实上，片中诸多桥段并非凭空臆造，而是真实发生在战争年代党的隐蔽战线上。20 世纪 30 年代，林枫、郭明秋就是以假扮夫妻为掩护在天津从事党的地下工作，不仅圆满地完成了上级党组织交给的各项工作任务，最终还自愿结成了真正的生活伴侣，成就了一段革命与爱情的佳话。

林枫与郭明秋合影（新中国成立后）

## 荧屏外的真实"潜伏"

1935 年 12 月 9 日，北平爆发一二·九抗日救亡学生运动，引起国民党当局的万分恐慌。南京政府随之颁布《维持治安紧急办法》，北平当局出动军警强行解散抗日救亡团体，逮捕甚至枪杀抗日群众。一时间，北平处于白色恐怖和高压状态。为保存转移革命力量，1936年3月初，林枫调任天津。他是黑龙江人，1924年入天津南开中学读书，1927年入党，后来在北平、天津一带从事党的秘密工作。曾任河北反帝大同盟党团书记、中共北平市委书记。到达天津后，林枫任中共天津市委书记，在天津开展党的地下斗争。

当时，与北平一样，天津的白色恐怖也非常严重，各国租界及国民党反动派对共产党活动盘查相当严苛。为方便工作，林枫便以报社记者的公开身份进行活动，并租下英租界松寿里1号（今和平区山西路崇仁里社区）作为市委秘密机关。但是租房的过程却经历了一番曲折坎坷。当时，租房子必须是夫妻二人，有家眷同住，还要有几个人做铺保。如果没有家眷，特别是单身男子，马上就会受到国民党特务怀疑。那时的林枫并未成家，虽然经过南开中学的老同学帮助，打了两个铺保租下松寿里1号的住宅，可是房东见林枫一直是一个人居住，并没有家眷来，感到很不踏实，怀疑他是共产党，几次找到林枫提出要终止租住合同。为了应付房东，林枫便假称家眷很快就来，同时迅速把这一情况报告河北省委。在这种危险的境况下，为了避免发生意外，省委决定调郭明秋与林枫假扮夫妻，掩护机关工作。

郭明秋是北平一二·九运动的主要领导人之一，因身份暴露，遭到国民党北平反动当局的通缉追捕。因此，河北省委决定调她来天津工作。1936年3月底，郭明秋来到党在天津的秘密机关——松寿里1号，她扮成不识字的家庭妇女，每天买菜、做饭，主要任务就是掩护林枫开展党的地下工作。郭明秋搬过来没几天，就遇到"潜伏"斗争的首次考验——租界巡警查户口。她尽量保持镇静，按事先和林枫约定好的"台词"回答，"我们是江苏沛县人""丈夫是《上海晚报》驻天津的记者"，顺利闯过地下斗争的"第一关"。按照党的地下工作惯例，一般在一个地方活动一段时间后，即使没有意外情况发生，也要定时更换活动地点。不久后，林枫和郭明秋将市委秘密机关即他们的家转移到曲阜道长兴里47号。此时郭明秋已经有了应对巡警检查的经验，再遇到查户口等类似情况，一个人便能随机应变、从容应付。此外，按照林枫的建议，她平时特别注意和房东大娘搞好关系，时间不长两人就变成了好朋友，遇到检查，房东大娘也能替她说话，从而避免了很多不必要的麻烦。

同时,林枫和郭明秋还有一个重要的任务就是传递秘密文件。作为市委书记的林枫几乎每次出门都会带回一些重要情报,这些都是精薄的纸张,上面印着密密麻麻的蝇头小字,非常方便携带保存。如果需要多保存一些时日,他们就用包香烟的锡纸把文件卷起来,藏在厕所的板墙内或屋子的顶棚里。他们处理这些文件非常严谨细致,遇到情况也能默契配合、妥当处理。在津从事党的秘密工作期间,他们从未丢失过一份党的重要文件。

## 假夫妻成了真伴侣

郭明秋虽然服从组织决定来到林枫身边做掩护工作,但是她的内心还是很不情愿的。当然,她不情愿并不是因为需要和林枫假扮夫妻,而是因为从此要从公开的活动完全转入地下工作。由一个轰轰烈烈群众运动的领头人,一头扎到社会底层,买菜、做饭、生火、挑水、放风,要完全变成一个家庭主妇,还要和亲戚、朋友和同学们断绝来往。当时,郭明秋还不满 20 岁,林枫经常外出,留下她一个人看家,既不能随意与人接触,也不能随便外出散步;即使林枫在家,他已是 30 岁的人,除了工作就是看书看报。这样的生活,让郭明秋感到非常孤独和苦闷,多次向林枫提出意见,并要求调换工作。

为了说服郭明秋安心工作,林枫经常耐心地与郭明秋谈心,做她的思想工作。有一次,郭明秋又向林枫闹情绪,林枫就严肃而又和蔼地对她说:"你不是愿意做列宁所说的职业革命家吗? 我们现在所做的一切,是终生也做不完的事业。我们在世的时候,可能成功,也可能不成功。马克思创建共产主义理论,可是没有来得及实现。列宁领导无产阶级夺取政权成功了,但是为了实现共产主义,我们还要努力。我热爱这伟大的事业,对我来说,事业第一。除了它,就是你了。请你做我的 Protector(保护者),现在,你不也是列宁所说的那种职业革命家吗?"

林枫这一席话,既有深刻的革命理想,又含着真挚的感情,击中了郭明秋的心灵,可是她还是有点想不通。林枫就又略带笑容,仿佛自言自语地说:"一个共产党员,要有约束自己的非凡能力,只有约束住个人的东西,服从革命的需要,服从了党的利益,服从了党的纪律,党的事业才能成功。"说到这里,林枫放慢了声调,又意味深长地说:"至于个人的一切,应该融在其中。"

郭明秋吃惊地听着这些从来没有听过的话,感到心胸豁然开朗,同时又觉得自己很肤浅,没有理解林枫需要她的真意。后来,为彻底解决郭明秋的实际问题,林枫找到河北省委宣传部部长李铁夫,请他帮助介绍郭明秋到省委开办的工人夜校当义务教员。就这样,郭明秋在做家庭主妇的同时,又多了一项工作,到工人夜校去教书。林枫为郭明秋所做的一切,使她深受感动,在懊悔自己不应该要求调动工作的同时,也对兄长一样的领导林枫产生了一种莫名其妙的情愫。

严酷的地下斗争生活,共同的革命理想和追求,让朝夕战斗生活在一起的二人建立了真挚而深厚的感情,他们真心相爱了。1936 年夏天,经河北省委批准,他们由假夫妻结成了真伴侣。

## "老戴"原来就是刘少奇

1936 年 5 月,一天傍晚,郭明秋从工人夜校下班回到家里,看见林枫同志站在写字台边,正和一位陌生人谈话。见到郭明秋回来,林枫介绍说:"这是小郭。"那人问:"做什么工作?"林枫回答:"在工人夜校当教员。"他略做沉思后说:"不行,秘密工作应同公开工作严格分开。"说完就告辞离开了。他走后,林枫拉着郭明秋坐在床边悄悄对她说:"他是党中央派驻北方局的代表,以后管他叫'老戴'好了。"他还对郭明秋说:"省委已经安排我做老戴的秘书了。刚才老戴不同意你继续到夜校教书,你以后就不能去了。我们今后的任务就是按照老戴的指示去工作,并要千方百计保护老戴同志的安全。"

为了确保党的地下工作的安全,根据老戴的指示,1936 年 6 月,林枫和郭明秋再一次变换了居住地,这一次,他们俩把家搬到了英租界福荫里 1 号。这处房子地点较为僻静,但交通便利,非常适合在危急时刻进行转移与撤退。老戴每隔一个星期就来这里和林枫接头,林枫也每隔一个星期到老戴居住的法租界黑龙江路隆泰里 19 号(今和平区黑龙江路隆泰里 19 号)去汇报工作。每次老戴来到福荫里,郭明秋总是到屋外放哨或做其他的事情,以便有特殊情况时能及时通知在屋里研究工作的老戴和林枫两位同志。郭明秋认真负责的工作态度得到了老戴的认可和赞许,并将北方局与中共中央的电台联络工作交给了郭明秋。为做好这项工作,林枫和郭明秋经常是深夜收发电报,白天再由林枫亲自将电报交给老戴。在林枫和郭明秋协助下,老戴领导华北各地党组织积极推行党的抗日民族统一战线政策,广泛联系社会各界抗日救国人士,为开创华北革命形势新局面做出了重要贡献。

1937 年,根据革命形势需要,林枫、郭明秋跟随老戴和北方局机关迁往北平、太原。此后,林枫先后在中共山西工委,晋绥分局、军区担任重要职务,成为开辟和发展晋绥抗日根据地的主要领导人之一。一天,林枫带回一本埃德加·斯诺的《西行漫记》,翻开书中一张插图给郭明秋看,"这是谁?""是老戴!"郭明秋欣喜万分。她此时才知道:老戴原来就是刘少奇同志。

[中共天津市委党校(中共天津市委党史研究室)　王磊]

# 打响全民族抗战第一枪

1937 年 6 月,在夜幕的笼罩下,卢沟桥畔的宛平城显得十分静谧。突然,一阵阵铿锵有力的口号声划破夜空,响彻四周。"宁为战死鬼,不当亡国奴!"这是驻守卢沟桥和宛平城官兵们睡前的必修功课。在营长金振中的带领下,二十九军三十七师一一〇旅二一九团 3 营的官兵们在吃饭和睡觉前都要高呼两遍。

此时,北平已陷入日军的三面包围之中。南面,北宁路沿线,西起丰台,东到山海关,均有日军设防。东面,有冀东伪组织——冀东防共自治政府;北面,有在热河省集结的日伪军;西北面,有日军收买的土匪部队。西南面的卢沟桥,成为北平与外界联系的重要通道。卢沟桥一旦失守,北平将成为一座孤城,华北也将随之沦陷。近在咫尺的驻丰台日军,时常在附近地带演习,还以宛平城为"假想敌"作进攻训练,气焰十分嚣张。与此同时,日本东京政界消息灵通人士之间私下传言:"七七的晚上,华北将重演柳条湖一样的事件(指九一八事变)。"

面对日军的疯狂挑衅,金振中积极做好应战部署。为迎击东面的日军,他将战斗力较强的第 11 连部署于铁路桥及其以北龙王庙一带;将第 12 连部署于宛平城西南角至南河岔一带;将第 9 连部署于宛平城内;将第 10 连作为营预备队,集结于卢沟桥以西大王庙内;将重迫击炮连部署于铁路桥西首,主要任务是歼灭日军战车和密集队伍;将轻迫击炮连部署于宛平城东门内,以便支援各邻队;将重机枪连部署于宛平城内东南、东北两城角,以便支援前方部队。他还组织修筑阵地工事,从宛平城西"卢沟晓月"碑旁沿永定河东岸,挖出一条深宽各 3 米的军事壕沟,一直通向平汉路铁路桥;再向北沿永定河堤每隔一两步挖一个能容一名士兵的散兵壕,一直延伸到龙王庙。为应对日军随时可能发动战争的危急局面,宛平城的兵力部署得到加强,3 营官兵增至 1400 人。

7 月 6 日,大雨滂沱,驻丰台日军再次以卢沟桥为目标进行军事演习,并到宛平城东门外,要求穿城前往长辛店一带,遭拒绝后仍执意不退,滞留长达十几个小时,直至天色渐晚,才悻悻离去。

6 日下午,为详细察看日军动态,金振中换了身便服,扛着铁锹,冒雨出了宛平城,独自向铁路桥以东走去。刚过卢沟桥火车站,就看到日军正在铁路桥东北龙王庙附近进行攻击式演习,并紧张地构筑工事。金振中感到一场恶战迫在眉睫,急忙返回营部,召集连、排长会议,通知做好战斗准备。金振中传达旅长何基沣关于密切监视日军行动,如遇日军进攻务必坚决回击的命令,要求迎敌时必须等日军进入阵地前百米内才可射击,确保敌人逃不脱火力网。全营官兵迅速进入战斗准备,并一致表示:愿誓死抵抗,与卢沟桥共存亡!

守卫卢沟桥的二十九军士兵

7 月 7 日 19 时 30 分,驻丰台日军河边旅团第 1 联队第 3 大队第 8 中队,在中队长清水节郎的带领下,在铁路桥东北龙王庙附近开始夜间演习。22时 40 分,在宛平城东北方向突然响起枪声。不久,几名日军来到宛平城东门,声称丢失一名士兵,要求进城搜查,遭拒后随即开枪示威。24时许,日本驻华使馆武官松井打电话给北平冀察当局,要求进入宛平城搜寻丢失的士兵,否则日军将以武力保卫前进。日军在宛平城外演习,各城门又均有官兵把守,丢失日军怎么会在城里呢?金振中明知有诈,但为慎重起见,还是仔细向全营各连排查问,得知各守军均未开一枪,所带子弹不缺一枚。中国守军严词拒绝了日军的无理要求。其实,所谓丢失的日军士兵志村菊次郎并未丢失,而是因解手暂时离队,并于20分钟后归队。

日军见诈取不成,便迅速对宛平城形成包围态势,试图强攻宛平城和卢沟桥。猛烈的炮火穿越宛平城墙,炸倒营指挥部房屋6间,炸死士兵2名,伤5人;部分居民房屋被炸塌,多名百姓死伤。随后,日军饿狼般扑向城、桥。金振中急忙跑上宛平城楼指挥战斗。随后,又到卢沟桥和右翼第12连驻地指导作战。在金振中的率领下,3营官兵同仇敌忾,众志成城,日军意图未能得逞。

8日凌晨2时,狡猾的日军,改用缓兵之计,提出双方停战,互派代表调查解决"失踪"日兵一事。但是就在谈判的同时,日军却在大量增兵。当天上午9时30分,为迫使中国守军撤退,得到补充的日军再次炮轰宛平城,连谈判所在地县署也未能幸免,屋角被炸塌,屋内烟尘弥漫。日军第1联队第3大队主力在大队长一木清直指挥下,向龙王庙铁路桥扑来,要求在中国守军驻地搜寻"失踪"士兵,遭到严词拒绝后,发起进攻。驻守铁路桥的中国守军不畏强敌,英勇战斗,同日军展开肉搏战,几乎全部战死在桥头阵地上,日军也遭受重创。8日下午,二十九军从长辛店以北至八宝山以南同时向日军反攻,并将失守的铁路桥及其附近的龙王庙等处夺回。

10日,驻丰台日军联队长牟田口廉也亲自到前线指挥作战,先以强大的炮火疯狂轰炸,再出动战车掩护步兵围攻城、桥。特别是铁路桥东端的战斗十分惨烈,金振中身先士卒,率领第9、10两个连,与日军展开肉搏战,终因寡不敌众,丢失阵地。三十七师师长冯治安在得知战况后,派保安四团2营曹营长率4个连增援。晚上8时,为夺回铁路桥东阵地,金振中组织召开军事会议,决定于11日凌晨2时全面出击,夺回铁路桥东阵地。出击官兵以白毛巾围脖做联络记号,以"必胜"为口令,以4发红色信号弹为胜利标志,见信号后方可撤回。预定的时间一到,枪炮声、喊杀声连成一片,震破夜空。曹营长率部从正面向日军发起猛攻，金振中率两个步兵连、一个重机枪排，迂回到铁路桥东端北侧，集中火力，痛击日军左侧。在与日军短兵相接时，金振中手持大刀，率部冲向敌阵。经过与日军的殊死搏斗，最终收复铁路桥东阵地。金振中率部乘胜追击，不幸负重伤，被送到保定福音医院救治。

此后，日军一边谈判商议撤兵，一边却暗中调集部队，向平津集结。7月21日，日军在援军调齐后，开始炮轰宛平城及长辛店一带的驻军。26日晚，满载日军的26辆汽车企图从广安门冲入北平城内，但未能得逞。28日拂晓，日军突然从东、南、北三面向二十九军军部驻地南苑大举进攻。7月29日，北平沦陷。

卢沟桥事变打响了全民族抗战的第一枪，日本由此开始了全面侵华战争，中国则展开了全国性抗战。在此后的8年时间里，中国共产党制定和实施全面抗战路线和持久战的战略总方针；领导人民军队深入敌后发动群众，开展抗日游击战争，建立和发展抗日民主根据地；实行发展进步势力、争取中间势力、孤立顽固势力和坚持抗战反对妥协、坚持团结反对分裂、坚持进步反对倒退的方针；大力推进党的建设，确定毛泽东思想为党的指导思想。中国共产党成为全民族抗战的中流砥柱。

（北京市委党史研究室 市地方志办　常颖）

# 英雄血洒公大七厂

在天津市河北区万柳村大街的天津印染厂里，至今保留着一座有着百年历史的旧厂房。厂房作为历史保护性建筑早已停用，但还始终保持着几十年前的模样，一座二十多米高的八角水楼矗立旁边，红墙斑驳、弹痕累累，仿佛一位期颐之年的老人在向人们娓娓讲述着当年在这座工厂里发生的一段血与火的峥嵘故事。

## 战云密布

1937 年卢沟桥事变发生后，华北地区局势骤然紧张，日军大批部队、装备不断向天津集结，准备大规模进攻北平、天津，进而全面侵略中国。

此时的天津，空气中弥漫着紧张的气氛。无数爱国人士纷纷走上街头，示威游行、分发传单、发起募捐，身体力行呼吁全民抗战，唤起民族觉醒。而日军一面释放和平烟雾，声称实行"不扩大方针"，而另一面却在大举调动部队。街上不时有大批日本炮兵、步兵、骑兵和装甲车穿街过巷，画着"膏药旗"的战斗机常结队在人们头顶呼啸飞过。不少百姓被这阵势震慑住了，呆呆地望着日军的队伍。老人们则仿佛又看见了 37 年前大沽口的隆隆炮火和冲进天津城的联军士兵奸杀掳掠的惨状，眼神里流露出恐惧和迷茫。所有人都感觉到了，日本人很快就会杀进天津城，一场战争将无法避免。

在天津总站（今北站）附近的一座日资纱厂里，人们整日进进出出、忙忙碌碌，日夜不停，他们不是在进行生产，而是在挖战壕、筑工事、搬运武器弹药。厂门口还经常停放着三四辆装甲车，已脱去炮衣，似乎随时准备进入战斗状态。因为地理位置重要，日军打算将它作为进攻总站的重要基地。

成为日本军事基地的工厂就是日本钟渊公大实业株式会社第七工厂

（简称公大七厂）。公大七厂并不是日本创建的企业，而是日商钟渊纺绩株式会社以卑劣的手段在我国强行收购的第七家纺织公司。其前身是筹建于1915年的华新纺织股份有限公司天津工厂，是天津第一家官商合办的民族企业。

当地居民和厂内中国工人看到日本人反常的举动，感到情况危急，于是报告给驻津第二十九军和天津保安队。保安队第八中队战士，化装成泥瓦工隐藏在施工的工人中间，进入厂内侦察敌情，计划如果发生战斗，再与工人里应外合歼灭敌人。

## 主 动 出 击

7月26日，日本驻屯军司令官香月清司向中国第二十九军发出最后通牒，限其27日正午以前撤出北平。27日，第二十九军军长宋哲元严词拒绝了日方要求，通电各部队"守土自卫"。天津日租界立即呈现出战争状态，交通断绝，驻塘沽日军急速向市区开进，形势十分严峻。

驻守天津的中国第二十九军第三十八师副师长兼天津市警察局局长的李文田召集天津主要军政负责人开会讨论，虽然没有上级战斗命令，但鉴于当前形势严峻，决不能坐以待毙，决定主动向日军出击，并制定了天津抗战计划。当时中国军队驻天津的兵力略优于敌人，但日军持续增兵，优势即将消失，必须尽快将驻津日军消灭。

29日凌晨，中国军队对日主动出击，战斗正式打响。二十六旅官兵在距离公大七厂不远的北宁公园预设了炮兵阵地，首先炮轰了天津总站，随后步兵发起攻击，先后攻占了总站和铁路总局。此时，有一颗日军炮弹正落在纱厂的房顶上，所幸卡在房梁犄角上没有爆炸，正在上夜班的工人都很害怕，纷纷往外跑。日本人为了保护自己，拼命拦着中国工人，企图用中国人当人质，为增援部队到来争取时间。

凌晨2时30分左右，保安队员来到公大七厂西侧墙外（今万柳村大街一侧），并在墙上炸开一个豁口，战士们鱼贯而入进入厂院，分三路与敌人展开战斗，很快攻占并破坏了发电机房，厂内顿时一片漆黑，战士们利用黑暗和煤堆进行掩护向掩体后的日军发起攻击，敌我距离仅30～50米远，双方互扔手榴弹进行战斗。攻进工厂的保安队战士共有 200 多人，人数上多于日军，但他们都是从杨柳青一带赶来的，对厂内情况不熟悉，再加上武器装备比较差，而日军武器相对精良，因此一时战斗非常胶着，难分胜负。3 时 15 分，日军发起冲击，由于火力猛烈，很多保安队员不得不暂时退出工厂，有的退到发电机房，有的在厂墙、煤堆和铁丝网附近掩护战斗，双方形成对峙，各有伤亡。部分保安队员以工人身份为掩护，藏在车间里或工棚里，边休整、边进行战斗。战斗一直持续到天亮，双方仍僵持不下。经过一夜奋战，双方身心疲惫、弹药即将耗尽，都在焦急地等待援兵。

此时驻天津的日军完全被中国军队的突然袭击打懵了，仓促应战中伤亡很大，中国军队取得节节胜利。日本驻津总领事堀内干城曾在仓皇之中给日本驻北平大使馆参事森岛守人发出急电："从 29 日午前 2 时左右起，由于中国方面的攻击，我方处于甚为畏惧的状态。"日军便紧急抽调北平日军和关东军增援天津。而二十九军军长宋哲元给军政部长何应钦请求增援天津的电报却迟迟没有回音。

## 誓死坚守

下午 2 时 30 分左右，日军派数十架飞机对东车站、天津总站、市政府、电话局、邮务总局，以及南开大学等处施行狂轰滥炸。《晨报》对此报道："东、总二站全被日机炸毁，并飞华界扫射，居民死伤无数。""河北一带，日机过处烈焰腾空，房屋倾圮，数处起火，迄晚未熄，损失奇重。"中国军队由于没有对空武器，伤亡惨重，一些据点和要害部门得而复失。当晚，日军援军又相继开进天津，企图围攻市内的中国军队。中国军队腹背受敌，减员很多，为不至全军覆没，不得不撤离市区。

此时，公大七厂的战斗仍在继续。日军飞机多次在工厂上空呼啸盘旋，为保护日方人员和企业，没有投掷炸弹。保安队员们认为，只有迅速占领工厂，才能够躲避日军飞机，况且日本援军不可能马上到来。因此战斗更加激烈，双方以煤场为中心展开战斗，都想尽快消灭对方，双方战斗艰苦胶着，一时难分胜负。此时，上级传来退却的号令，保安队员们虽义愤填膺，但为服从命令只好相继从炸开的豁口处陆续退出。由于豁口仅为两尺宽，只能交替掩护单人依次通过,日军又在房顶架设了机枪,居高临下进行射击,正在通过豁口的保安队员纷纷被击中。退出去的战士看见战友们倒在血泊之中,都异常悲愤,纷纷表示"誓死不退!为战友们报仇!"他们又组织了数次反击,日军也组织兵力拼命围堵缺口,双方形成拉锯战斗。

此时已是29日深夜,在市内的中国部队已陆续撤出市区。公大七厂的保安队员还在战斗,希望尽快打掉敌人,救出厂内战友。中国工人为掩护化装成工人的战士,也吵着要回家,但日军害怕受到中国军队的进攻,不让工人出厂。厂外的战士们搬来大炮,准备炮轰工厂,但考虑到会伤及百姓没有实施,仍以轻武器攻击。

7月30日,天津沦陷。滞留在市区的小部抗日部队仍在与日军周旋战斗,其中就包括在公大七厂的保安队员们。此时,堵住豁口的日军开始搜索厂内的战士,但不时被冷枪击中,这令日军非常恐惧。原来,有5名保安队员因无法出厂,便横下心来占据了厂内的制高点——发电机房水楼。日军发现水楼的情况后,立即调集数十人包围了水楼,并找来翻译喊话。不久,水楼上面的战士弹药耗尽,但他们当场表示,就是死也不会下去。据当时在场的工人回忆,日军问道:"你们为什么宁死也要坚守?"战士们则回问道:"你们为什么宁死也要入侵我们的家园?"日军竟不知如何回答。最终,几名战士与日军进行了肉搏,刺死6名敌人后因寡不敌众被俘,在粗纱车间门前被集体枪杀。战士们就义时,有工人听到其中一个操着北京口音的战士喊道:"我今年18岁,放下书本就来打鬼子。没有关系,脑袋掉了,再过18年又长这么大。看你小日本能活多少年。有人会跟你们算账!"

公大七厂厂房及八角水楼

31日,战斗的第3天,厂内和厂外的战士还没有放弃,仍然组织零星战斗。傍晚,日军大量援兵赶到,公大七厂的战斗才被迫结束,尽管工人们想尽一切办法掩护,但绝大部分潜伏在厂内的保安队员都未能幸免,被敌人发现后壮烈殉国。日军派来战地记者堀切秀夫帮助统计"战果",这名记者还专门写了一篇5000多字的文章《公大七厂战斗志:激战两昼夜,岩井部队与从业人员奋战》,并印成小册子,配上12幅屠杀中国人的照片,用来宣扬他们如何勇敢。然而令日军没有想到的是,其中一本小册子被完整地保留了下来,其译本也被正式公开,为日本侵华暴行增加了一份铁证。

战斗结束后,日军将保安队员的尸体丢弃在工厂角落里,尸体被大雨冲泡后惨不忍睹,中国工人们冒着危险将他们运出厂外,安葬在工厂大门北侧。1946年9月3日,在纪念抗日战争胜利1周年之际,工厂为在此壮烈殉国的烈士修建了墓碑,并举行了追悼会。一些亲身经历过那场战斗的老兵和工厂的职工每年7月份都会自发到工厂北门附近去祭奠那些逝去的英灵。

历史不会忘记,八十多年前,在这座工厂里,那些年轻的抗日战士为守卫国土、保卫家园,与日本侵略者进行了一场殊死的战斗,献出了宝贵的生命。他们同无数爱国英雄一样,在民族危难的时刻挺身而出,展现出了中华民族威武不屈的崇高精神和不畏强敌、誓死抗争的英雄气概。

[中共天津市委党校(中共天津市委党史研究室)　王明辉]

# 神秘的"红蓝箍"

　　卢沟桥事变后,在北平郊区活跃着一支自民间发起的抗日队伍——国民抗日军,被群众称作"红蓝箍"。八路军朱德总司令和彭德怀副司令曾对其英勇抗敌的事迹给予表扬。这支队伍还有着一段鲜为人知的传奇经历。

　　1933 年 5 月 31 日,国民政府与日本签订的《塘沽协定》规定:中国军队一律迅速撤回延庆、昌平、高丽营、顺义、通州、香河、林事、宁河、芦台所连之线以西、以南地区。而后不得越过该线,而日军可以随时用飞机及其他方法监察。1935 年 11 月下旬,日本扶植汉奸殷汝耕在河北通县成立"冀东防共自治政府",冀东 22 县被划归其管辖范围。一时间,各地土匪蜂拥而起。

　　位于昌平县内的白羊城村土地贫瘠,经济凋敝,又遭土匪滋扰,农民生活苦不堪言。村民为了防范土匪,维护治安,共同商量成立了保卫团,推举本村村民汤万宁为团总。保卫团收集了散兵游勇遗弃的枪支 20 余支,有团丁 20 余人。后来,汤万宁又联合邻村保卫团,数次打击土匪,夺回被绑架的人质。因此,汤万宁在白羊城村一带颇有威望,人们尊称他为"汤七爷"。

　　1937 年初,流亡在北平的东北抗日义勇军成员高鹏、纪亭榭等人,受一二·九运动和西安事变的影响,也商量组织队伍,到北平郊区开展抗日武装斗争。他们一面用张学良通过东北救亡总会给予的 4000 元捐款买枪支,一面联络人员。到 5 月,就购买了 17 支手枪,联络了 20 多人。

　　他们通过曾在昌平锡山瓦窑伪警察所当过所长的鲍旭堂,认识了白羊城保卫团团总汤万宁和他的儿子汤玉瑗。高鹏、纪亭榭等人向汤氏父子宣讲抗日救国的道理,动员父子二人共同组织抗日队伍。性格豪爽仗义的汤万宁深明抗日救国大义,当即表示:"我倾家荡产,跟着你们抗日了!"不久,汤万宁、汤玉瑗父子回到村中,又串联了邻村柏峪口人王士俊一起参加抗日。同时,说服本村保卫团团丁,把枪支集中起来,藏在汤万宁家中,单等北平城里来人一同举事。

日军侵入北平后,在中共北方局的直接领导下,中共东北工作特别委员会(简称"东特",1936年上半年在北平成立,书记为苏梅,副书记为李德仲)支持高鹏等组织抗日武装队伍,武装保卫华北。

高鹏等加紧工作,将枪支偷偷运到清华大学校园。1937年7月20日,除纪亭榭因购买的枪支尚未到手,留在城里继续找枪,其余20多人分成两路出城。一路由高鹏带队混在人群中出西直门,从清华大学取出枪支,徒步奔向白羊城;一路由宋鸣皋带领,乘坐火车至昌平南口下车,再步行到白羊城。当晚,两路人马在白羊城村汤万宁家会齐。汤万宁、汤玉瑗、王士俊等取出当地保卫团的10多支步枪,连同从城里带出来的17支手枪,将全体人员武装了起来。

7月22日,是一个值得纪念的日子。在"东特"的领导和支持下,昌平爱国人士高鹏和汤万宁等人在白羊城村共同发起组织人民抗日队伍。武装起来的20多人齐集在白羊城关帝庙前的空场上,正式宣布:成立抗日军,举行武装起义。北平郊区第一支人民抗日武装队伍诞生了。

抗日军成立后,由汤万宁带路,到僻静的永安庄开会,准备进一步研究行动计划。但因柏峪口村地主向驻南口的国民党军队告密,国民党一个排的士兵偷偷包围了永安庄。7月25日拂晓,国民党军队向抗日军发动突然攻击,激战中双方均有伤亡,抗日军撤出永安庄。当天下午,王士俊被国民党军队抓到南口杀害。永安庄突围后,汤万宁、汤玉瑗父子也随队伍来到北平西郊。

国民抗日军部分领导人1937年合影

抗日军撤退后,稍做整顿,开始准备攻打第二监狱。一天,抗日军在德胜门外土城以北的一个小村吃饭。当地一个常给监狱送豆腐、人称"小张回回"的回族群众报告说:"你们要搞枪,第二监狱里有 3 挺机枪,30 几支步枪,还有几百名犯人。看守就是那么几个根本不会打仗的警察。"

8 月 22 日傍晚,抗日军来到第二监狱门前。吴静宇装扮成日本军官,咿哩哇啦地说了几句日语。带路的"小张回回"接着说:"洋二大爷来了,要察看监狱,快快开门!"连吼几声,看守便把大门打开。战士们一拥而进,首先缴了伪警的枪,砸了电话,逼着看守交出钥匙,接着又去监房放人。数百名同胞被救出,同时营救出一批共产党员,如李大钊的侄子李海涛、河北省磁县农民暴动领导人唐洛寿等。缴获了大量的武器弹药,吸收了 800 余人参加抗日军。汤万宁、汤玉瑷父子直接参加了这次奇袭行动。汤万宁以后随身携带的手枪,就是这次行动中缴获的。

抗日军打开第二监狱的消息极大地鼓舞了北平同胞的抗日热忱。城里的爱国学生、乡下的贫苦农民踊跃投奔抗日军,队伍由 20 多人迅速扩大到 1000 多人。9 月 5 日,抗日军在三星庄村开大会,全军约法,肃整军纪,确定军政委员和各级领导名单,汤万宁任司令部高级参议。会上正式将队伍定名为国民抗日军,由汪之力授军旗,红旗的白色旗裤上写有"国民抗日军"五个字。战士则每人发红、蓝两色的袖标,红色在上表示战斗,蓝色在下表示祖国河山,意思是用战斗打败日本侵略者,收复大好河山,被平郊群众称为"红蓝箍"。

国民抗日军经历 5 个多月的战斗后,这支民间抗日游击武装队伍改编入八路军队伍中,成为中国共产党领导抗日的正规部队。但"红蓝箍"的故事却在平郊群众中遐迩驰名,流传至今。

1937 年 8 月 22 日,抗日军奇袭北平德胜门外的河北省第二监狱,释放出许多"共产党嫌疑犯",绝大多数人参加了抗日军。

(北京市委党史研究室 市地方志办 常颖)

# 步枪打飞机

1937 年 7 月，抗日军在昌平白羊城村起事后不久，奇袭德胜门外的第二监狱，一时威震北平。人们纷纷加入，队伍迅速扩充到 1000 多人，增添了很多长短枪、机关枪、手榴弹。1937 年 8 月 30 日，国民抗日军开拔到海淀西山一带，一方面募集钱款、武器弹药和药品，另一方面继续扩充部队。

随着抗日军队伍的不断扩大，成员越来越复杂，思想作风各异，亟须整顿。9 月 5 日，抗日军三个总队在西山地区苏家坨三星庄村召开全体军人大会，宣布军队纪律，通过"全军约法"，选举军政委员会，共产党员身份的汪之力担任军政委员会秘书长；抗日军定名为"国民抗日军"，军旗为红旗，白色旗裤，上书"国民抗日军"五个大字；向战士发放红、蓝两色袖标，平郊老百姓就称国民抗日军为"红蓝箍"。

全体军人大会后，中共党组织在部队中相继建立起来，成立了党的队委，各总队也建立了党的小组，共产党员大都担任了各级领导职务。

1937 年 9 月 8 日（还有说 8 月 30 日）拂晓时分，国民抗日军穿过挂满露珠的高粱地，爬上海淀黑山扈地区百望山的天魔沟，把山梁上一处旧碉堡的废墟当作机枪掩体，监视着山下那条由北平城通向温泉、南口的大道。

日军得知国民抗日军到了黑山扈地区的消息后，开始没当回事儿，以为又是小股散兵游勇，只派出一支小部队，分乘两辆军车前来"扫荡"。结果受到国民抗日军警戒部队的阻击。日军一看苗头不对，赶紧掉头跑了。

下午 2 时，七八十名日军从温泉方向赶来，向天魔沟再次发动进攻。国民抗日军抗日心切，见到鬼子集中火力猛烈还击，当即有二十几名日军中弹倒地。一个被击毙的日军离国民抗日军阵地较近，救援的日军不敢过来拖走尸体，战士们就故意喊"小鬼子，过来！你拉呀！拉呀！"最后日军还是没敢过来抢尸体。看着死亡日军身边的三八大盖步枪，从功德林监狱被解救出来的原二十九军的刘柏松十分眼馋。于是,他对战友说:"我去拿这支枪,你们掩护。"就见他匍匐爬到日军尸体身边,把三八大盖儿拿了回来。这是国民抗日军第一次直接从日军手里缴获步枪。

日军被迫退守另一座山头后,不敢主动出击,只是和国民抗日军对射。为了打破敌我对峙的局面,第二总队总队长宋鸣皋派大队长杜雄飞、指导员霍志德带领两个中队,从左侧包抄到日军侧后方,向日军发起猛击。不幸的是,杜雄飞大队长在掩护部队撤退时中弹牺牲。

战斗到下午4时,突然从北平方向飞来4架日机,擦着山头盘旋,对国民抗日军阵地进行低空侦察。日军飞机欺负国民抗日军没有高射武器,飞得很低,连日军飞行员的身影都清晰可见。望着天上的这几架日机,战士们气坏了。班长苏家顺大声招呼战士开枪射击。当飞机盘旋一圈刚刚转过来,战士们举枪迎头朝日机射击。苏家顺也端起机枪,瞄准敌机"哒哒哒"一阵扫射。一时间,天上子弹纷飞,一架日机终于被击中了。只见它趔趔趄趄、拖着长长的浓烟,摇晃着机翼,向东方俯冲下去。一声轰响,一团黑烟升起,日机在清河附近的农田里坠毁爆炸。

傍晚,日军从颐和园方向开来大批援军。先用火炮向天魔沟山头乱轰一阵,等到日军攻到阵地时才发现,国民抗日军早已不见了踪影。

黑山扈战斗,是国民抗日军第一次与日军正面交锋,击落飞机,沉重打击了侵略者的气焰,鼓舞了北平人民。黑山扈战斗的消息也迅速传到国外。吴玉章主办、在巴黎出版的《救国时报》,以大量篇幅报道了国民抗日军黑山扈大捷的消息,指出国民抗日军"义声所播,民气大振",是"北平近郊抗日的中心力量"。

黑山扈战斗后,国民抗日军迅速发展壮大。1937年12月25日,国民抗日军在阜平整编为八路军晋察冀军区第五支队,继续战斗在平西一带,为创建平西抗日根据地建立了不朽功绩。

"黑山扈战斗"纪念碑

(北京市委党史研究室　市地方志办　乔克)

# 冀中"猛虎"十万游击军传奇

1937 年 7 月,卢沟桥事变爆发,日军迅速占领平津后一路往南,很快便占领了冀中广大地区。随后,日军又南下、东进、西侵,冀中很多地区陷入了无政府状态,散兵游勇、土匪武装和各种会道门也趁机作乱,百姓苦不堪言,苦苦盼望着能有一支保境安民的抗日军队。

## 孟庆山奉命到冀中

孟庆山,1906 年生于蠡县万安村一个贫苦农民家中,少年时曾沿街乞讨,18 岁时到天津火车站靠卖苦力扛脚。因不堪忍受封建把头的压榨盘剥,愤怒之下打死了把头,无奈之下跑到北京参加了冯玉祥国民军。1931 年 12 月,跟随二十六路军参加宁都起义,加入了红军。1935 年在长征路上加入了中国共产党。

到达陕北后,孟庆山进入抗大学习。不久,卢沟桥事变爆发,国共开始第二次合作,红军改编为八路军开赴抗日前线。孟庆山毕业后也希望和大家一起到前线抗战杀敌。但他和一些同志却被留了下来。他很不高兴,找到抗大副校长罗瑞卿。罗瑞卿说:"不让你到前方去,让你到后方去!"孟庆山听得一头雾水。罗瑞卿这才告诉他,党中央派他回敌后的冀中老家去开辟抗日根据地,并让他第二天到中央驻地去,中央领导要找他谈话。

孟庆山和其他几个人到中央驻地后,看到毛泽东、李富春和博古等中央领导在等他们,十分激动。毛主席对他们说:现在全面抗战已经开始,中央派你们到敌后去发动群众,开展游击战争。这就是要你们把在学校学到的东西运用到实践中,这项任务是很艰巨的。毛主席还说:"要完成这项任务,必须学会搞统一战线,利用一切可以利用的条件和力量,一致对日,要会依靠群众,要灵活地掌握中央的政策。"对于到冀中,毛主席还征求了孟庆山的意见,孟庆山对毛主席说:"我保证用实际行动来回答中央对我的期望和信任。"

谈话后不久,孟庆山便收拾行囊向冀中出发了。在太原到石家庄的火车上,孟庆山遇到了前往石家庄的周恩来和彭德怀。周恩来告诉孟庆山:"坚持斗争必须要团结多数人,一定要联合多数人抗战,要注意团结知识分子和开明士绅,要学会搞统一战线,合力对敌。"彭德怀告诉他:回家乡工作,方便条件多,但坚持平原游击战,我们经验少,部队组织起来后,主要任务是设法坚持。此外,彭德怀还给孟庆山讲了一些有关游击战术的问题。周恩来和彭德怀的鼓励让孟庆山更加坚定了信心。

到达石家庄后,局势就已经很混乱了,接头的人也找不到了。孟庆山只好奔安新县找中共保东特委书记张君和军委书记侯玉田。一路上,国民党溃兵又抢走了他随身的衣物和怀表。

9月下旬,孟庆山辗转到达安新新安镇找到了张君和侯玉田。张君和侯玉田见到这位毛主席从延安派来的老红军十分高兴,感觉有孟庆山在,他们在冀中搞游击战就更有把握和信心了。他们决定先把孟庆山带到一个更安全的地方后再开展工作。于是,侯玉田骑着自行车驮着孟庆山来到北冯村,让他隐藏在一个马棚院里。

几天后,孟庆山了解当地的基本情况后,决定公开出面开展工作。此时,中共安新县党组织已经在各村公开建立了各种抗日组织,还经常组织大家训练。孟庆山决定先在这些抗日组织中开展工作。这天,孟庆山让人把当地的党员、团员请到马棚院,公开了自己的身份,说明自己肩负的任务,然后让他们带着自己去见这些抗日组织的群众。当然,共产党员的身份暂时不对群众公开,仅以武术教师的名义出面。

孟庆山见大家热情很高,十分高兴。但同时也得知,一些反动势力也蠢蠢欲动。孟庆山和安新县委书记侯平商量后决定公开打出八路军的旗号,震慑一下那些反动势力。于是,他们趁南冯村大集的时机,组织召开群众大会,孟庆山身着戎装,带着随从,登台讲演,向群众亮明了自己是国民革命军第十八集团军总指挥部派来的代表,是奉命来发动群众开展游击战争的,号召大家不要当亡国奴,团结起来一致抗日,把日本侵略者赶出中国,并向大家介绍了平型关大捷。群众听完群情振奋,不断高呼口号。

就这样,奉命到冀中组建武装、开辟根据地的孟庆山正式亮相了。

## 侯玉田出面组队伍

侯玉田把孟庆山安顿好后,自己便怀着激动的心情骑着心爱的德国造自行车飞驰到各地传达命令,游说各类武装去了。因为干这个工作,没有比他更合适的人了。

侯玉田,原名田侃容,1903 年生于深县龙华村,青少年时代练就了一手"百步穿杨"的好枪法。他为人正直,乐善好施,在群众中威望很高。1931 年8 月,侯玉田秘密加入了中国共产党。此后,他带领地方党员群众组织农会,发动"打土豪""哄麦""抢秋"等运动。1934 年因反动当局通缉被迫改名换姓离开家乡,成了一名职业革命者。1936 年 2 月,侯玉田担任了保属特委军委书记。

由于侯玉田长期工作和奔波在保属地区,因此他对保属所辖区域内所有的武装力量都十分熟悉。全面抗战爆发后,多县的地下党组织和爱国人士已经拉起了一些抗日队伍,比如饶阳县地下党建立的"抗日人民自卫军";博野县的公安局局长张仲瀚组织的"博野民军";蠡县地下党员吴廷华、路一、梁斌组织的"抗日救国会",并组织起 200 多人的武装,树立起"华北人民抗日救国军蠡县第一大队"的旗帜。侯玉田到蠡县后,看到大家抗日热情高涨,于是就带领这支队伍从蠡县至肃宁、饶阳、安平、深县、深泽周游了一圈,沿途宣传共产党已经建立起了自己的抗日武装,使群众的恐慌情绪得到了一定程度的稳定。在雄县,侯玉田帮助爱国青年杨琪良、高万德把一些救国会和爱国群众组织起来建立了抗日游击队……

这十几天转一圈下来,侯玉田对拉队伍基本上心里有数了,回到安新后,侯玉田把情况向张君和孟庆山做了汇报,建议为了不使枪支弹药和武装落到日伪手里,必须尽快联合组建统一的游击军。他估计如果做好工作,在保属地区组织几万游击军是很有可能的。这时,按照上级指示,保属特委和保南特委合并成立了保属省委,张君任省委书记,孟庆山任军委主席,侯玉田任军委副主席。

按照上级的部署,他们首先要做的就是创建游击军,而第一步就是先培训骨干力量。于是,侯玉田在安新北冯村、任丘天宫村和关城村、高阳的孟仲峰和和东刘果庄、蠡县的南齐村和南玉田村等基础较好的村设立了课堂,选拔出优秀党员、进步知识青年和参加过高蠡暴动的党员入学接受秘密培训。然后侯玉田用自行车驮着孟庆山日夜奔波于高阳、蠡县、安新、任丘等县轮流上课。孟庆山以《中国游击战争问题》和《怎样进行游击战争》两本书为教材,再结合自己的经验和冀中的实际对学员进行短期培训。培训班一共办了 4 期,共培训 200 多名军事干部。这些人后来都成了河北游击军的中坚力量。

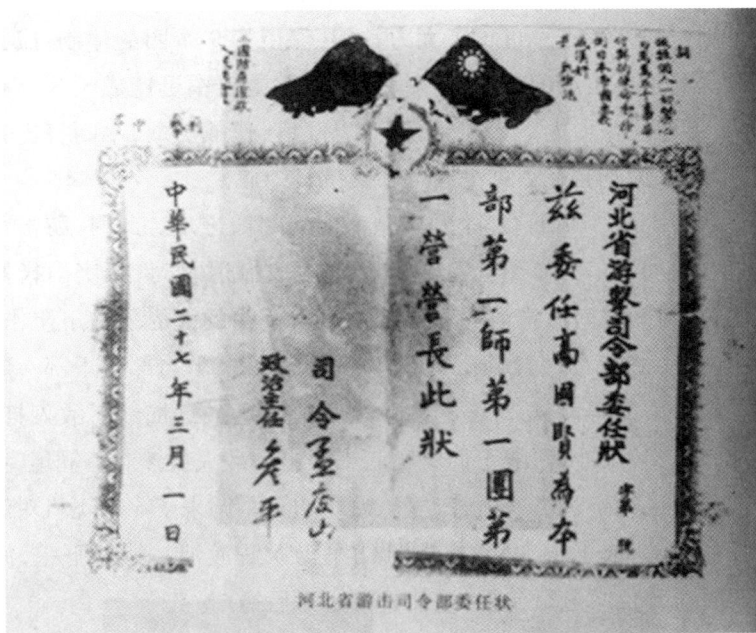

河北省游击司令部委任状

孟庆山、侯玉田等一边发动群众组织武装,一边积极改造,争取一些地方军阀的旧部队。恰在此时,东北军的吕正操(地下党员)率部脱离了东北军,在晋县(今晋州)小樵镇把军队改编为"人民自卫军"。停止南撤,北上抗日,实际上接受了共产党的领导。当人民自卫军打下高阳城后,保属省委也进入高阳城,并成立了游击军。之后开始大力组建地方武装。1937 年 12 月中旬,人民自卫军赴路西整训后,游击军改名为河北游击军,孟庆山任司令员。各地群众踊跃参加游击军,各地各类的旧式甚至游杂武装也找到河北游击军司令部要求下委任状和派政工干部帮助他们发展。三个月时间,河北游击军迅猛发展,很快发展成十二路军、三个直属师及独立团等,共计六七万人之多,遍布冀中各县。

## 游击军智取河间城

短时间内迅猛发展起来的河北游击军由于出身不同、建制不一,难免鱼龙混杂,出现了一些不听指挥、骚扰百姓等混乱现象。1938 年 2 月至 4 月,冀中党组织对河北游击军进行了大力整编,保留了 9 个团的建制,成为八路军第三纵队的重要组成部分。被整编后的河北游击军迅速成长为八路军的正规部队,不但战斗力大大增强,而且斗志旺盛,作战勇敢,不断打击日本侵略者,逐步成长为驰骋在冀中平原的一支抗日劲旅。

1938 年 4 月 17 日,日伪军 3000 余人向河间城进攻。此时,游击军司令部就驻扎在河间城。为了给司令部和群众争取撤退时间,孟庆山指挥部队节节阻击,在河间城南古洋河的八里铺两个大桥头的大堤上设下阻击阵地,并炸毁了两座大桥。18 日拂晓,日军开始进攻,孟庆山与部队干部一起沿着大堤上的战壕来回奔走,给许多初次上战场的战士鼓劲加油。敌人打炮,大家就隐蔽起来,敌人冲锋,战士们就爬起来还击。敌人虽然有 7 辆坦克,但由于桥梁被炸毁也冲不过去。后来,气急败坏的日军调来了 4 架飞机对游击军阵地疯狂扫射,造成了很大伤亡,但日伪军仍无法渡河。战至下午,游击军从左右两翼对日伪军进行包抄,迫使日军赶紧后撤。

但敌人武器优良,火力强大,再打下去还会增加游击军的伤亡。因此到下午 5 时,得知河间城内的部队、机关、群众都已经安全转移,阻击任务已经完成,孟庆山命令部队撤出阵地。此战毙伤日伪军 300 多人,这对游击军官兵是很大的鼓舞,也为河间城里党政军机关和群众的转移赢得了时间。

游击军主动撤离河间城时,留下了不少便衣侦察员和地下关系,所以当日军占领河间后,孟庆山很快就搞清了日军的数量、布防、武器装备等情况,这就为之后攻取河间城创造了条件。

　　孟庆山和大家分析，我军缺少攻城的重武器，因此强攻不行，只能智取。可是怎么智取呢？孟庆山忽然想起自己小时候过年放的"起花"的情景：把一些小砖头绑到"起花"上，"起花"点燃后带着小砖头飞出去老远。由此孟庆山想，如果把手榴弹绑到大的"起花"上点燃后是不是可以飞到河间城里去？他跟大家商量后决定试试。于是，他们请来做"起花"的师傅进行试验。通过初步试验，觉得能把麻辫手榴弹"发射"300多米的棒槌大小的"起花"最合适。然后他们就做"实弹发射"试验，用"起花"绑上尾部带着三根秫秸的手榴弹，点着引信和秫秸后，"起花"飞出300多米后落地时手榴弹爆炸，试验圆满成功。孟庆山等人赶紧从各地请来了100多名做"起花"的师傅，买来各种原料，夜以继日地做着这种"土火箭"。5天时间，5大车"土火箭"完成了。孟庆山又从各团选出几十名枪法好、会武功的战士组成突击大队，准备抢占城头。

　　4月24日凌晨，攻城战斗打响。一时间，"土火箭"拖着长长的火尾巴从城外三面同时飞入城中，火光冲天，爆炸声此起彼伏。城内的日伪军看着这些从天而降的"洋武器"顿时目瞪口呆，还以为是苏联提供了什么新式武器。正在敌人晕头转向之时，突击大队已经架起云梯爬到城头与敌人展开近身搏斗，同时八路军从东城西城同时冲进城内。顿时，河间城杀声震天，日伪军见大势已去，慌忙从南城门狼狈逃走。被日军盘踞6天的河间城再次回到了人民手中。

　　这次战斗，打死打伤日伪军200多人，缴获了一大批武器弹药和其他军用物资。战斗胜利后，河间城内锣鼓喧天，歌声嘹亮，群众欢天喜地地慰劳部队，场面就像过年一样喜庆热闹。

　　　　　　　　　　　　（中共河北省委党史研究室　阎丽）

# 宛平第一任抗日县长

    1936 年 10 月的一天,秋高气爽,门头沟斋堂川青白口村一户宅院里披红挂彩,四周村镇那些穿着长衫短褂、有头有脸的人物络绎不绝地走进这所院子。这场在整个斋堂川来说颇为盛大的婚礼的新郎官,正是刚刚出狱不久的青白口名人魏国元。

    表面看来这是一场喜庆的婚礼,实际上却是魏国元重新联系宛平县党团员、与当地党组织接上关系的一个掩护。这场婚礼使早已声望很高的魏国元重新打开了革命的局面。按上级指示,他被任命为中共宛平县委书记。任务是回乡积极组织武装、开展游击战争。

    1937 年七七事变后,国民党第二十九军被迫南撤。8 月,国民党嫡系卫立煌部队在髽鬏山一带与日寇激战。9 月,南口失守后,卫立煌部队也撤走了。战争期间,魏国元指示地下党员和进步青年一方面主动与国民党部队联系,

魏国元

为其带路、出粮、捐款、出牲口,支援抗战;另一方面做国民党部队的工作,阻止其扰民、强奸等不良行为,保护老百姓利益不受侵害,并组织多处难民团转移,躲避战火。当时老百姓十分彷徨。当逃难的队伍来到田寺时,几个年轻学生内心非常苦闷,看不到国家的希望,纷纷找到魏国元。魏国元语重心长地向他们讲述了抗战的形势,很肯定地告诉他们:"抗日是有希望的,党领导的八路军已经出师华北。"魏国元的话使这些青年学生坚定了抗日救国的信心。

    卫立煌部队撤退后,战场上散落了许多枪支。魏国元抓住这个时机挺

身而出,以七区区长的身份,召开各村村长会议,发动群众,号召大家拿起武器,建立自己的武装,保卫家乡。一时间,各村民团蜂拥而起。这时原在二十九军训练团学习的魏国臣、贾立芳等人也回到家乡。魏国元在原来游击队(枪支修械所)的基础上,很快就拉起了30多人的沿河城游击队。

安家庄素有武装抗暴的传统。抗战爆发后,村长李文斌在村庄内举起义旗。由于他平时仗义疏财,投奔他的人很多,队伍很快发展到300人左右。魏国元及时派魏国臣、张又新、贾兰波、魏国杰等前去帮助扩大队伍。1937年10月,受中共北方局刘少奇、彭真派遣,苏梅带领红军干部陈群、陈仲三来到青白口与魏国元接头,经过商议,魏国元又将陈群、陈仲三送入李文斌的队伍。这样一来,李文斌的这支队伍基本上已在共产党的掌控之中。

除此之外,魏国元还利用自己的影响,通过抗日大同盟兄弟盟誓的方法,将活动在七区一带的宫长海、谭体仁,以及他们控制的在八区一带活动的吕玉宝、郭玉田、张景相等地方武装与地方民团争取到抗日队伍中来。通过这些工作,壮大了共产党领导的抗日队伍。

有了自己的武装力量后,魏国元仍不忘大力发展壮大党的组织。在他的号召与带领下,斋堂川一带很多人踊跃参军,加入了共产党、八路军的队伍。1937年10月,国民抗日军来到宛平县斋堂镇沿河城,年轻人魏元君听说后,风风火火地跑来找魏国元,坚决要求参加国民抗日军、去前线打鬼子。还没说几句,后面一个老太太就追了进来,紧紧拽着魏国元求情,不让魏元君参军。经过询问,魏国元才弄明白,老人是魏元君的外婆,觉得参军太危险,家里又只有这么一个男孩。但魏元君一定要参军,老人哭闹着不让他去。魏国元把魏元君叫到了一个偏僻处,小声地劝解:"你想参军,我能理解,可你看你姥姥这样阻止你也去不成呀。"魏元君一听,很沮丧地问:"你的意思是不让我参军?"魏国元忙解释说:"不是不让你参军。过段时间还有军队过来,你再参加也不迟。"听他这么一说,魏元君才稍微放下心来。魏国元接着解释道:"你先回去,帮着组织宣传抗日救国,这样到时不就有更多人参军了吗?"魏元君露出了笑脸,但仍不放心地问:"你能保证我下次一定能参军?"魏国元很肯定地说:"能,你放心吧!"于是,魏元君安心地跟着外婆回去了。

回到沿河城后,魏元君开始联络自己儿时的伙伴,很快就有30来个年轻人响应了。1938年的春天,邓华支队来到斋堂,机会终于来了。部队刚到的第二天一大早,魏元君就站在了大峪口的一棵大核桃树下。一声急切的哨响过后,三十几个年轻人纷纷从沿河口村快速跑来集合,魏元君见人到齐后,大手一挥:"走!"三十几个人便风风火火地冲向了斋堂镇。

魏国元先后发展建立了9支游击队,这些地方抗日武装后来大都被编入了八路军正规部队。邓华支队开进平西时仅1个团,后迅速扩大到2个团。

1938年初,魏国元随苏梅来到阜平,向晋察冀军区司令员聂荣臻汇报工作情况时,聂荣臻问:"现在主力部队开到平西去,能不能站住脚?"魏国元毫不犹豫地回答:"能。"因为他已将平西地区的群众充分发动了起来。虽然已经有了自己的武装力量,而且党组织在魏国元的努力下也在不断壮大,但是宛平县的顽固势力不容小觑。其中的谭体仁就是最具代表性也是力量最为强大的一个。

谭体仁是宛平县八区灵水村人,曾与魏国元一同在河北省区长训练班培训,毕业后任八区区长。南口抗战,卫立煌部在宛平地区作战期间,委任他为战时宛平县长,手下有一个保卫团,于是拥兵自重。魏国元多次做工作,希望他能一起合作抗日,可惜谭体仁始终不愿合作,甚至处处给共产党设置障碍。上级指示魏国元,对待谭体仁"尽量争取他一致抗日,如果他阴谋暴乱就坚决镇压"。

1938年初春,八路军主力来到斋堂,在东斋堂万源峪成立了宛平县历史上也是平郊历史上第一个抗日民主政权——宛平县抗日民主政府,由魏国元任县长。那一天,魏国元穿了一件蓝绸大褂,凝重的神色被扬眉吐气的喜悦所取代,显得格外精神。

县政府成立没几天,谭体仁就接到了魏国元的邀请。县政府的房子原是卫立煌部队过来后谭体仁用来给自己做县政府用的,可没等上任,卫立煌就撤退了。时隔半年,斋堂川成了共产党的天下,魏国元当了县长。再次走进这座宅院,谭体仁复杂的心情可想而知。

魏国元客气地给他让了座,商量道:"谭先生对我们抗日政府的工作有什么意见吗?"谭体仁不屑地说:"我能有什么意见呢!"魏国元接着说:"抗日政府实行统一战线政策,团结民众一致抗日。我想谭先生总不会反对吧?"谭体仁皱皱眉头没说什么。魏国元接着给他讲了党的策略主张,并解释政府有意请他出来做点抗日工作,或者担任参议等职务,谭体仁笑了笑冷淡地说:"谭某不才,干不了你们共产党的事。"在他看来,卫立煌3万大军都一溃千里,几百个八路,还是土枪大刀,结果自不必说。魏国元明白他的心理,笑了笑说:"谭先生既然不肯合作,想必抗日也不热心。你不要以为八路军待不长,告诉你吧,八路军在斋堂扎下根了。"谭体仁听后,二话不说就告辞了。

私下里,谭体仁联络清水一带的地主武装准备暴动,一心想摧毁县政府,赶走邓华支队,成立维持会。他搬回斋堂后,一面探听风声,一面倚仗手中掌握的保卫团与抗日政府作对。

过了一段时间,谭体仁觉得时机已到,集合保卫团到斋堂镇外山上集合。可他们的行动早就被人事先报告了县政府。等保卫团的人赶来时,早就埋伏在四周的八路军突然包围上来,保卫团纷纷交枪投降,谭体仁被抓,当夜被押到阜平。

这件事以后,很多村子开始建立党组织,更多的村子成立了农会。抗日政权建立起来了,斋堂成立了巩固的抗日根据地。

1938年春末,魏国元按照党组织的安排,离开家乡来到斗争更艰苦的涞水、怀来等地区,继续发展壮大抗日根据地。1938年6月,调到宣(化)涿(鹿)怀(来)联合县任县长。1940年6月,调平西专署,先后任秘书室主任、副专员、专员。

（北京市委党史研究室 市地方志办　常颖）

# 电话局里的抗争与坚守

2011 年,一部以天津抗战为背景的谍战剧《借枪》上映了。剧中部分情节围绕电话局与日伪的斗争展开,剧情紧张、惊险、刺激,可谓环环相扣、步步惊心。这些内容并不是编剧的随意创作,而是源自真实发生在天津历史上的电话局"抗交"斗争。

## 天津电话局的基本情况

天津电话局在抗日战争前是国民政府交通部的直属单位。早期总局设在闸口街,后因军阀混战不断受到干扰,搬迁至电话三局的工作地点,位于英租界内比尔道(今和平区四川路)和博罗斯道(今和平区烟台道)交口处。电话二局在日租界,五局在闸口街,四局在意租界,六局在河北,八局在河东。当时电话局普遍是人工接线,由于在天津的外国人很多,即使全都使用英语叫号,口音差别也很大,给电话转接造成了很大困难。因此,外国人以此为借口,提出自办电话公司。但电信主权对于一个国家有着非常重要的意义,国民政府顶住了压力,始终没有妥协,一再拒绝外国的要求。后来,电话局呈准交通部,从德商西门子洋行订购了一批自动电话机,将租界内的二、三、四局改为自动机,解决了人工接线难的问题。随后,外国人又以中国没有人懂自动机技术为由,要求由外国人担任总工程师。中国方面则推荐曾在清末考过秀才,后留学美国、德国,攻读数学及电信工程的朱彭寿担任。外国人不相信朱彭寿的能力,提出要对他进行考试,结果成绩非常优异,完全能够担任此职务,外国人才没能在电话业务中插上手。

## 日本人眼中的"猎物"

正因为电信业在国家安全和国家发展建设等方面发挥着重要的作用,在抗日战争时期,日本侵略者把电信资源视为首要猎取对象,所到之处,无不重点掠夺,给中国电信业造成了巨大的损失。

早在1931年日本发动九一八事变侵占我国的东三省后,日军就重点对东北的电信实业进行控制和掠夺。从日本阁议的一份《关于满洲电报电话事业之件》中就明确表示日本在满洲"经营"电信事业的目的是为了"使其与帝国的国策推行尤其国防上的要求相吻合",说明日本就是要利用电信业配合其达到侵华目的。

因此,1937年日本侵略军占领天津后,就立即强行接管了电话二、五、六、八局及法租界的电报局,成立了伪"华北电报电话公司",企图垄断控制天津的电讯业。天津电话局及三局、四局由于在英、意租界内,日军不能直接占领。但以当时日本的影响力,日军并不认为后续接管有多难,只不过是嘴边之肉,随时可以吃掉。于是便以电话局属于一个系统为由,强烈要求接管租界内的电话局。

然而令他们没有想到的是,天津电话局职工在地下党组织的领导下,同仇敌忾、团结一致,以强烈的民族责任感、坚定的信念、坚强的意志顶住了恐吓、瓦解、利诱等各种压力,为维护国家和民族的利益,坚决不交出天津电话局和三局、四局,与日本侵略者及日伪政权展开了一场历时三年之久的艰苦斗争。

## 发动抗交斗争

电话局是天津地下党组织在工人中开展抗日救国斗争的一个重要阵地。局职工教育班主任朱其文是天津地下党组织的特科人员,他充分利用职工教育阵地开展工人运动,并利用招考话务员的时机招收了一批中共地下党员来电话局工作,还在职工中发展了部分党员,并成立了电话局党支部。通过做工作,他们逐渐在职工中团结了一批抗日积极分子,还团结了一些上层爱国人士,为"抗交"斗争奠定了基础。局长张子奇(国民党员)是中共河北省委领导下的华北人民抗日自卫委员会成员,在朱其文和广大电话局职工抗日爱国热情的影响下,抗日态度十分坚决,使斗争活动获得了公开的阵地。当时,英国租界当局为保护自身利益,既不敢公开抗拒日军,也不愿让日军控制租界电话业务,而是在暗中支持电话局开展斗争。因此"抗交"斗争很快就发动起来了。

在发动和组织"抗交"斗争中,天津地下党组织做了大量工作。七七事变后,以中共党员为核心,组织了电话工人救国会。以救国会的名义,在广大职工中就"抗交"问题进行了多次商议,并达成了共识。因此,在召开职工大会时,全局职工一致表示:"绝不把电话局交给日本侵略者",并得到局长张子奇的坚决支持。在"抗交"斗争中,朱其文曾先后6次在职工大会上讲话,向大家介绍日本侵略者亡我中华的险恶企图,说明保卫电话局的重要意义,号召大家团结一致、抵抗外侮,在他的鼓动下,职工的斗志被激发出来,一致表示支持"抗交"。

1937年九十月间,日军及日伪市政府曾多次要求接管电话局和三局、四局,但电话局职工态度坚决,予以拒绝。1938年1月,刚上任不久的伪市长潘毓桂带着大批僚属突然来到电话局,气焰嚣张、威风赫赫,声称奉命前来接收电话局,并出示了刻有"天津特别分署"的关防大印,并召集全局职工听他的训话,企图以突然袭击的方法压服职工,强行接管。接待潘毓桂的科长见"市长"亲自来接管,一时被唬住,不知如何是好,幸好局长张子奇、总工程师朱彭寿及时赶到,一把抢过关防印信并退给了潘毓桂,并义正词严地表示:电话局全局职工"抗交"到底,誓与电话局共存亡! 其他职工见状也鼓起勇气,齐声高喊:"誓与电话局共存亡!",并高呼抗日口号。潘毓桂本就自觉理亏,在群众的指责中更觉自惭形秽,只好灰溜溜地走了,从此再也没有和电话局接触。

## 阴影笼罩下的坚守

日本侵略者见强行接管不成,随即开始施行各种阴险的手段,为"抗交"斗蒙上了一层恐怖的氛围。

他们先是破坏电话线路，多次派人暗中切断中继电缆和往接线箱里注入硫酸，造成电路损坏。但电话局职工加强了巡视并及时抢修，才没有给电话业务造成太大影响。

一计不成，又生一计。他们又开始劫持迫害电话局职工，制造恐怖气氛。3月12日，老话务员郝某去世出殡，许多职工前往吊唁。日本宪兵队得知消息后，即派人去监视并逮捕8人。13日至16日又以种种借口先后逮捕了电话局职工19人，并散出口风，扬言要将电话局职工全部逮捕送进监狱。

面对这种局面，电话局召开职工大会研究对策，大家一致表示决不屈服于日伪的野蛮恐吓，坚决把"抗交"坚持下去。同时，地下党组织采取了一系列有力措施，如及时组织技术力量抢修被破坏的设施；对日本侵略军占领地区毗邻的"危险区"施工人员，采取保护措施；安排租界外职工立即携眷属迁入租界，动员老职工推荐亲属、子女来局工作，以补充技术力量；团结同情"抗交"的外籍工人，利用其特殊地位，保持三局、四局间的联系等，通过种种措施电话局业务才得以维持。

由于日军一再施加压力，扬言要出动军队强行接管，英租界当局怕事态扩大，在英总领事的授意下，要求张子奇交出电话局领导权，由英、法、意三国派代表暂时代管，这一缓冲的办法得到日方认可，张子奇在得到英方保证绝不将电话局交给日方后，才同意去职。1938年7月3日，三国租界当局宣布成立"特别委员会"，实行暂时代管。此时，"抗交"斗争还在坚持。

出乎日本侵略者预料的是，本以为很快就能得到的电话局，折腾了两年多还没有接管过来。这让日本当局极为恼火，于是加紧了对"抗交"斗争骨干的迫害。他们托人找到总工程师朱彭寿，以重金、要职做诱饵，企图让他交出电话局机线图，朱彭寿却不为所动。于是在1939年9月，日本宪兵队化装潜入英租界，在朱彭寿上班途中将其劫持。审讯中，为得到机线图，日本主审官亮出一张由伪市长潘毓桂签发的、盖有天津特别行政公署大印的委任状，任命他为天津电话局局长兼总工程师，遭到朱彭寿的严词拒绝。恼羞成怒的日本宪兵对他进行严刑拷打，最终惨死在日本宪兵队，年仅46岁。朱彭寿壮烈殉国的消息传开后，激起电话局广大职工的无比悲痛，他们决心继承烈士遗志，把"抗交"斗争进行到底。

1939年7月，天津发生特大水灾，电话机械线路遭到严重破坏。日方趁

原天津电话四局大楼旧址(河北区光复道 12 号)

机对英租界当局不断施压,欧洲战场的不利使英国对日采取绥靖政策,一再妥协退让。1940 年 1 月 27 日,日军禁止粮食进入租界。英方一边对日方封锁租界提出抗议,一边做出让步,希望尽早解决粮食问题。1940 年 9 月,英、法、意租界当局屈服于日本的压力,与日伪签订协议,将电话局的管理权移交日方。职工们闻讯,包围了局长室,向英租界驻局代表提出抗议,拒绝将电话局交出,但仍难以挽回局面。

虽然持续三年的"抗交"斗争因租界当局的屈服而被迫结束,但给日本侵略者在控制天津电信方面造成了巨大障碍,同时电话局职工们强烈的爱国精神、崇高的民族气节和敢于对敌斗争的勇气在社会上产生了广泛而深远的影响,在天津人民抗日斗争史上留下了光辉的一页。当年《新华日报》曾连续报道此次斗争的情况,得到了社会各界的大力支持,也激励着无数爱国志士前仆后继英勇抗敌、保卫祖国。

[中共天津市委党校(中共天津市委党史研究室)  王明辉]

# 天津发出的红色电波

1984年的一天,一对老夫妇相互搀扶,走进天津市和平区昆明路福寿别墅4号院。这里是中共河北省委秘密电台旧址之一,是这对老夫妇曾经携手战斗过的地方。望着面前熟悉的一砖一瓦,一草一木,他们激动得流下眼泪。泪水模糊了他们的双眼,记忆的闸门一下打开,脑海里呈现出40多年前他们在这里一起战斗的场景。

这对老夫妇就是王士光和王新。他们在天津的故事还要从1937年说起。

## 接到重要任务

1937年7月,七七事变爆发,全民族抗日战争开始。7月30日晚,天津沦陷。沦陷后的天津被残暴的日本侵略者统治,到处弥漫着恐怖的气息。日军对天津人民进行血腥屠杀,接连制造了多起惨案。日本法西斯惨绝人寰的暴行把天津变成了人间地狱。在异常艰苦的斗争环境下,天津党组织坚持地下工作,继续领导天津人民进行顽强斗争。在这片敌人统治严密的沦陷区,天津各界群众在党的领导下开展了轰轰烈烈的罢工、怠工、破坏敌人军工生产等抗日斗争,设法为抗日根据地提供药品、机械、电信器材等各种军需物资,为争取抗日战争胜利做出了贡献。

为配合八路军开展敌后游击战争,根据中共中央北方局指示,1937年8月,中共河北省委在天津建立。1938年,中共河北省委为了及时与上级党组织保持联络,决定在市内建立一个秘密电台。时任河北省委宣传部部长、秘书长兼天津市委书记的姚依林负责筹建并领导电台工作。姚依林从外地调来一名年轻的地下党员负责中共河北省委秘密电台的组建和运行。这位年轻的地下党员就是故事的男主人公王士光。

王士光，原名王光杰，刘少奇夫人王光美的四哥，1915年出生，在一二·九运动中表现积极，1936年参加中华民族解放先锋队，1938年入党，在清华大学电机系学习无线电专业，是负责秘密电台的合适人选。

为使电台工作顺利开展，组织上派人询问王士光的个人情况——婚否？有无对象？有无目标？王士光回答"我是'三无'"，并表示要等打败日本鬼子和国民党反动派再结婚。王士光爽快的回答，彻底打消了组织上的顾虑。

考虑到一名单身男子容易引起怀疑，组织上决定派一名女同志假扮王士光的妻子，协助他开展电台工作。故事的女主人公王新就是组织上确定的人选。

王新，原名王兰芬，1921年出生在东北一个颇有名望的官绅家庭。父亲是东北军将领王瑞华。当时，王新正在天津读书，是河北女师附中的一名学生，同时也是一名中共地下党员。

## 第 一 次 见 面

按照原来的计划，17岁的王新即将到中国人民抗日军政大学的一所分校学习。在一次执行任务时，一个接头人告诉她"党交给你的任务变了"，需要她和一位男同志组建名义家庭，掩护对方做通信工作。这个接头人就是姚依林。王新听后，表示坚决服从党组织的安排。但同时又有些紧张。毕竟自己还小，连恋爱还没谈过，于是她提出要见一见这位比自己年长6岁的"丈夫"。姚依林同意了她的请求，并将见面地点定在天津一个名叫颐和园的旅舍。

为了显示成熟，王新特意换下白衣蓝裙的学生装，穿上一身蓝布旗袍，将两条小辫子上的白绸花换成黑丝带。没想到，王士光第一眼见到王新，就识破她的真实年龄，忍不住说道："这么小？"王新听后，脸"唰"得一下就红了，紧张得失手打翻了茶杯，把茶水洒了一身。她一边擦着湿衣服，一边偷偷打量着这位"嫌弃"自己的假丈夫。面前的这个人，脸色苍白，头发乱得像倒伏的麦子。

姚依林见此情形，急忙将话题岔开。他严肃地嘱咐两人："你们要时刻记住,跟咱们打交道的是极端狡猾的日本宪兵。搞秘密电台,是在敌人的眼皮底下活动,稍有疏忽,就会给党的工作带来巨大损失。"两位年轻人听后,感到肩上的任务很重,压力很大,并对开展电台工作做好了心理准备。

姚依林再三强调,地下工作者的对手除了日本宪兵特务和伪政权警察特务外,还有国民党潜伏人员,因此要时刻注意形象,装扮应符合设定的身份,以免引起敌人注意。于是,王士光买来梳子和头油,王新烫了卷发,两人还置办了各自的行头。

## "四口之家"的掩护

经过慎重考虑,姚依林将秘密电台安置在英租界 62 号路临街一座三层楼房的顶楼(现已拆除,现为和平区沙市道 45 号,福林里社区居委会所在地)。这座楼房地处多条道路交叉口,交通便利,靠近当时在津的英国兵营,不仅用水用电有保障,还可以借英国兵营频繁的电台信号提供掩护;房东家住一楼,人口不多,不过问政治;二楼有两间大房子和一个晒台,居高临下,可以看清周围发生的一切。这些都是保证秘密电台安全的有利条件。

考虑到王新年龄太小容易引起敌人怀疑,河北省委选派了一位烈属潘老太太扮成王士光的母亲。潘老太太带来的孩子,则成了王士光的弟弟。就这样,一个"四口之家"诞生了。

王士光化名吴厚和,在天祥市场一家电料行当技师,不仅可以掩人耳目,而且方便购买所需的电信器材。王新化名黄慧,负责在"家"操持"家务",向"丈夫"传送安全信号。为了更好地掩护工作,王新有时候去找楼下房东太太聊聊天,或者与另外一个租户——一个冀东大地主太太说说话。虽然亲戚家就住在隔着两条马路的地方,但她从来没有去探望过。她唯一的娱乐活动就是在阳台上跳绳。下班回来的王士光,远远地看到"妻子"在阳台上跳绳,就会明白"'家'里安全"。通常,他会上前帮忙甩绳圈儿,有时候还会和王新一起跳会儿。除了跳绳,王新在二楼晒台上立起的一根竹竿,也是他们约定的安全信号。

"夫妻俩"以"丈夫"感染肺结核,不得不分床睡为由,在"婚房"里摆了两张单人床。电台被伪装成收音机的样子藏于屋内。起初使用的美式收发报机噪音太大,喜欢研究无线电设备的王士光特意从家里拿来了自己组装的电台和电源。就这样,在这个"普通家庭"的掩护下,中共河北省委秘密电台得以顺利运行。

## 电台工作顺利开展

为安全起见,收发报一般安排在晚上。王士光和王新共同收发电报,收抄苏联伯力远东军司令部通信电台的广播,接听来自党中央和解放区的消息。姚依林几乎每天都会到这里阅发电报。王新刚开始对无线电并不熟悉,在王士光帮助下,很快便掌握了全套收发电报技术。从此,每当夜幕降临,嘀嘀嗒嗒……一连串红色信号即冲破黑暗夜空,不断传送着坚持在白区工作的党组织向上级组织汇报的情况,也传递着党中央的声音,给战斗在白区的党组织和人民群众带来希望和曙光。

1938 年,天津地下党组织贯彻党对沦陷区城市工作的方针。中共河北省委和天津市委根据洛川会议精神和中共中央北方局的指示,在领导市内地下斗争的同时,迅速将抗日斗争的重点放在敌人军事力量相对薄弱的冀东农村。在党的领导下,冀东地区 20 多个县(包括今蓟州区、宝坻区、宁河区、武清区)的爱国民众投入了抗日武装斗争。1938 年 7 月,在八路军第 4 纵队的配合下,党领导的冀东抗日武装大暴动爆发。冀东各县参加暴动的队伍人数达到 20 多万,给日本侵略者以沉重打击。

王士光的第一个收发报对象就是八路军第 4 纵队。这支部队由八路军宋时轮支队和邓华支队合并组成,当时的任务是挺进冀东地区,开辟抗日根据地。按照事先约定的呼号和密码,王士光很快与第 4 纵队司令部建立了电波联系。在党发动领导的冀东人民抗日武装大暴动过程中,这部电台发挥了重要作用。

## 假夫妻成真伴侣

在不知内情的人眼里,王士光和王新是一对"恩爱夫妻"。这对"恩爱夫妻"在闲暇的时候,经常到附近的黄家公园散步。两个人谈论的永远都是

"如何开展工作""一定要完成党交给的任务"等话题。每逢看到花园里的松柏，他们都会赞赏这种植物"不怕风吹雨打和严寒霜雪"的高尚品质，并以此激励自己做好革命工作。两个人走在公园里，听着脚踏干树叶发出的沙沙声，感觉别有一番风味。

共同的革命理想和奋斗目标，使朝夕战斗生活在一起的两个人逐渐对彼此产生了爱慕之情。一次，王士光持续高烧不能起床。王新日夜守护，精心照顾，还代替他完成收发报工作，这让王士光非常感动。想到第一次见面自己口无遮拦，揭穿王新的年龄，伤害了她的自尊心，王士光感到十分愧疚。他向王新道歉，说："论年纪，你比我小，是我的妹妹；按党龄，你比我入党早，应该是我的姐姐。"王新听后，脸上泛起了红晕。这件事悄然拉近了两个人的关系。

两个人的感情得到升华，还是在一次遇险中。一天晚上，侦察到周围有"情况"，两个人只得离开"家"，找了一家旅馆躲起来。他们仔细观察旅馆的地形，思考着可能出现的各种情况，研究脱险办法。当考虑到出现最坏情况的可能时，两个人都想到，要牺牲自己保护电台，掩护对方脱险，但谁也无法说服对方。经历了这件事后，两个人都明白了对方的心意，但谁也没有明确地表白。

终于有一天，王新忍不住了，问王士光："组织上问你'三无'状况的时候，你为什么吞吞吐吐不回答，还脸红？你要老实交代。"王士光见状，小声回答："因为有了你。"王新抿嘴一笑，说："你的心思我早就看出来了。你还怕羞不告诉我。"王士光听到王新爽快的话语，便放下心来，于是借机说："我现在向你请求，我们结婚吧！"

1938年12月26日，经上级党组织批准，这对假夫妻结为真正的革命伴侣，也成就了一段革命与爱情的佳话。

1938年9月，遵照中共中央和北方局指示精神，中共平津唐点线工作委员会在天津成立，负责领导北平、天津、唐山三个城市和北宁铁路沿线党的工作。1939年5月，为了保证电台的安全，平津唐点线工作委员会决定将其迁往英租界康伯兰道福寿别墅4号院。也就是40多年后，王士光王新夫妇回到天津再次寻访的这个地方。直至1939年8月，日伪势力渗入英租界，形势日益严峻，上级党组织决定停止电台工作。王士光王新夫妇被调往平西

王士光、王新夫妇于 1984 年在昆明路福寿别墅 4 号院合影

抗日根据地接受新的任务。

这对夫妇历经革命风雨考验，一同走过了 65 个春秋。2003 年王士光在北京病逝。此时的王新患老年忧郁症多年，已讲不出一句完整的话语。她坐在轮椅上，时常望着王士光生前为她栽种的满院月季花发呆。当有人在她耳边，大声说出"永不消逝的电波"几个字时，一直面无表情的王新，脸上露出一丝微笑。

[中共天津市委党校(中共天津市委党史研究室)　曹冬梅]

# 包森设计擒赤本

包森是冀东抗日名将，革命英烈。他机智灵活、骁勇善战，率领部队打下一个又一个漂亮仗，沉重打击了敌人的嚣张气焰。其中，包森设计智擒赤本是一场具有传奇色彩的战役。

## 奔赴冀东抗日前线

包森，原名赵宝森，又名赵寒，1911 年 7 月 21 日出生在陕西省蒲城县一个贫苦农民家庭。1932 年加入中国共产党，积极投身党领导的革命运动。1937 年抗日战争全面爆发后，刚从延安抗日军政大学毕业的包森，被派往晋察冀抗日根据地独立一师工作，随军挺进平西，担任八路军邓华支队 33 大队党总支书记。

1938 年 6 月，冀东人民在中共河北省委和冀热边特委领导下，准备发动冀东抗日大暴动。中共中央决定将八路军邓华支队和宋时轮支队合编为八路军第四纵队挺进冀东，配合冀东人民举行抗日大暴动。月底，第 4 纵队主力从热河地区抵达河北兴隆县，准备与参加冀东暴动的队伍会师。行动前，四纵首长决定由包森率 40 多人的队伍留在兴隆县开辟抗日游击区，作为主力部队前行的支撑点。当时，大暴动尚未爆发，这支留下来的小部队即成为活动在敌后的孤军。虽然人地两生、情况不明，困难有很多，但包森毅然接受了这个艰巨的任务。

包森曾在渭北领导过农民游击战争，他深知孤军欲在敌后生存，必须将自己的队伍隐蔽在群众之中，采取灵活机动的游击方式主动寻找战机，才能出奇制胜打击敌人。因此，他经常是率部队夜里居住在一个村里，天亮前假称转移远处，其实是上山隐蔽，晚上再换个村庄宿营，天亮前再向山上转移。

如此活动,使敌人始终找不到这支小部队的踪影。1938 年 7 月初,经过反复侦察和精心谋划,包森率部端掉了位于兴隆县佛爷来村的一个日军据点。兴隆县城的日军获悉后,急忙调动日伪军前来"征讨"。包森将计就计,在佛爷来村前设伏,待日伪军进入伏击圈后,发起猛攻,大获全胜,共俘虏日伪军 70 多人,缴获步枪 40 多支、子弹 1000 余发。不仅使这支小部队的名声大振,也为主力部队顺利进军提供了坚强的后方支撑。

7 月中旬,冀东抗日大暴动全面爆发。为配合暴动,包森将队伍拉到长城沿线洪山口一带活动,攻占了被日军控制的龙山口金矿,缴获了矿警的全部武器。之后,包森主持召开群众大会,宣传党的抗日民族统一战线政策,动员广大民众和同情抗战的上层人士,积极参军参战或自愿捐献物资支持抗战。仅两个月,包森部队就发展到 200 余人,开辟了兴隆东南和遵化东北两片抗日游击区,有力地支援和配合了冀东抗日大暴动。

## 设 计 智 擒 赤 本

冀东抗日大暴动后,敌人疯狂反扑。为保存有生力量,八路军第 4 纵队转移到平西根据地整训,留下少数部队组成 3 个支队,其中,包森部队被编为第 2 支队,在遵(化)兴(隆)迁(安)一带开展游击战争。此后,包森指挥第 2 支队在半年左右的时间里先后作战数十次,歼敌数百人,攻克迁安、遵化、兴隆、玉田等地二十余个日伪据点,扩大了抗日游击区,第 2 支队也发展到七八百人。第 2 支队的战果中以活捉日军驻遵化宪兵队长赤本最富传奇色彩。

1939 年春季,日军投入大量兵力对冀东地区进行大扫荡,疯狂镇压抗日民众,屠杀抗联家属,抗日形势急转直下,斗争极其艰苦。为保存实力,包森将部队化整为零,分散在老百姓家里。他们寻找着有利战机,策划更为巧妙的斗争手段,以狠狠地打击敌人。被日军派到遵化执行特殊任务的宪兵队长赤本认为八路军被消灭得差不多了,便异想天开,寻思能找到包森劝其投降。一天,赤本得知刚刚被俘的王振西原是包森警卫班的战士,便立即叫来王振西,向他询问包森的下落。当赤本叫王振西带路去找包森时,他机警地觉察到逃出虎口的时机到了,便满口答应,并设法把这个消息转告给了包森。

4月26日,赤本率领一支日本守备队出城,令王振西在前面带路去找包森。途中,王振西告诉赤本,包森看见你带着大队人马会提早逃跑的。得意忘形的赤本觉得有理,就只带着翻译和王振西走在前面,把守备队远远地抛在后面。当赤本来到遵化城东北的孟子院村附近时,与包森事先安排在这里的侦察员巧遇。原来包森是这场戏的导演。在接到密报后,包森在村口化装埋伏了六七名侦察员,帮老百姓打土坯。干活的地点在一个坝台上,坝台前就是进村的道口。当押解着王振西的赤本和翻译走到跟前的时候,几名侦察员立即从坝台上跳下,将枪口对准了赤本,大吼一声"不许动",赤本还未回过神来,便成了八路军的俘虏。王振西催促着:"快走,后面还有鬼子的大队人马。"等到后面的日军赶来时,早已不见他们的踪影。战士们押着赤本走出几里路,后边枪声乍起,日军追了上来。他们连拉带推押着赤本继续前行,越过长城,出了马蹄峪口,来到只有几户人家的小山村。虽然摆脱了敌人,但恐有不测,战士们当即处决赤本,放走了翻译,回到包森身边。包森紧握着侦察员和王振西的手,高兴地说:"你们任务完成得很出色,为中国人民立了大功。"

赤本被活捉的消息传出后,日本国内及华北方面军大为震惊。民间传言赤本是"天皇表弟、宪兵大佐"。日军在冀东张贴布告,一张是《致八路军包司令官》,请求释放赤本;另一张是《告冀东人民》,重金悬赏知晓赤本信息者。他们派人给包森送信,要求和包森谈判,提出愿意用50挺机枪、数十箱子弹换回赤本。包森对送信人说:"告诉他们,讲条件嘛,两条:一是让他们滚出中国去,二是让他们投降。"当赎回赤本的希望破灭之后,日军气急败坏,调遣数千兵力"扫荡"遵化全境达一个月之久,终未得到赤本的音信。不久,八路军总部编印的《八一》杂志刊登了活捉赤本大佐的战绩。

## 一腔热血洒冀东

在艰苦复杂的敌后游击战中,包森表现出卓越的军事指挥才能。1939年秋,冀东部队统编为八路军第13支队(冀东军分区),包森被任命为副司令员。1940年2月,按照上级党组织的指示,包森率部到达盘山,在地方党组织的配合下,全力开辟盘山抗日根据地。6月下旬,包森设伏白草洼,与日军激战 14 个小时，全歼日军一个骑兵中队，首开冀东地区整建制全歼日军战斗的先河。同年秋，冀东军分区十三团正式组建，包森兼任团长。经过一年的浴血奋战，在盘山周围地区建立了 7 个联合县政府，境内人口 200 多万。以此为标志，盘山抗日根据地初步形成。

盘山抗日根据地的创建，引起日军的惊恐不安。日本华北驻屯军司令冈村宁次叫嚣，"对冀东地区应有再认识""盘山周围要恢复原来的秩序"。为此，从 1941 年 3 月开始，日伪军连续 5 次对盘山抗日根据地推行所谓的"治安强化运动"，妄图把盘山抗日根据地扼杀在摇篮中。与此相对，包森则率部坚决地开展了反"治安强化运动"。他多谋善断、英勇果敢，在他的指挥下，十三团取得一个又一个胜利，其中最著名的当属果河沿战斗。1942 年 1 月，包森率 7 个连的兵力在燕山口果河沿一带设伏，经过激战，毙伏日伪军中佐以下官兵近千人，创造了以少胜多、以弱胜强的奇迹。当时在冀东一带包森的大名妇孺皆知，人们亲切地称他为"包队长""包团长""包司令"；而日伪军则把他视为克星，伪军们发生口角时，经常以"出门打仗碰上老包"为咒语。

包森上百次地出没在与日伪军短兵相接的战斗厮杀中，不止一次地负伤挂彩，但他早已将生死置之度外，每次都坚守在指挥战斗的最前线。1942 年 2 月 17 日，包森所部在遵化境内野虎山一带与日伪军遭遇，他在指挥作战时不幸胸部中弹，壮烈牺牲。包森牺牲的消息传出后，冀东抗日军民沉浸在巨大的悲痛中。日军在得知这一消息后，也一反常态，在所有媒体的宣传报道上，都去掉了污蔑和攻击之词，作出"包森司令长官战死"的报道，反映出这位抗日民族英雄在敌人心中的地位。

包森

包森烈士用自己 31 岁的生命为威武不能屈的民族精神做了最好的诠释，他的赫赫战功与英雄事迹将永远留在中国人民的记忆中。

[中共天津市委党校(中共天津市委党史研究室)　刘素新]

# 宁死不屈的抗日县长郭企之

"企之牺牲重如山，人民悼念泪不干。打败万恶日本鬼，为我县长报仇冤。"这是抗日战争时期冀南人民为悼念曲周县县长郭企之而传唱的一首歌谣。在那个革命战争年代，郭企之为了祖国不遭受帝国主义列强的欺凌，为了保护人民群众安全，抛头颅、洒热血，与日本侵略者进行了不屈不挠的斗争，留下了可歌可泣的英勇事迹，被誉为"抗日模范县长"。

## 从校园到投身抗日的晓行者

郭企之，1915年出生，河北省南宫县安宋庄村人。13岁那年，他以优异成绩考入南宫县中学。在学校，他经常从中共地下党员冷楚（化名杨洁斯）那里借阅《马克思主义浅说》《资本论入门》《社会科学概论》、彭湃的《海陆丰农民运动》、毛泽东的《湖南农民运动考察报告》等革命书刊，杨老师偷偷地把进步书刊拿给郭企之等进步学生阅读，给他们以思想上的启蒙和教育。

得益于先进思想的熏陶，郭企之逐渐成长为一名革命活动的积极参与者和革命思想的热情宣传者。那时，学校地下党支部组织了一个进步学生团体"晓行团"，郭企之主动担任队长，每天早晨都带领学生在学校操场上或城外沙滩上高唱着"同学们，起来，起来，晓行，晓行，让红霞启发我们的才思，让霜雪洗掉我们遗传的劣性；同学们，起来，起来，晓行，晓行，快快迎接东方的光明"。他还牵头开办了取名为"毛瑟"的墙报，并经常为墙报撰稿。墙报第一期就刊出"穷人为什么穷""我国最危险的敌人是谁"的论题，以引导学生们思考和讨论。在受到国民党南宫县当局的威胁警告后，郭企之毫不畏惧，又刊出了"地是穷人种，为什么富人收？地主盘剥发横财，为什么穷人吃糠菜"的文章，揭露了社会的黑暗，鼓舞了同学们的斗志。

1930年4月,中共南宫县委成立,杨洁斯任县委书记,郭企之也秘密地在学校加入了中国共产党。从此,他更加忘我地从事革命的宣传活动。那时,上海地下党组织和"左联"常给南宫中学邮寄书刊和宣传品,郭企之承担着这些书刊和宣传品的接收、保管和传递任务。他经常按照上级指示和根据斗争的需要油印革命的标语和传单,然后利用南宫县城的集日,带领进步同学挤在赶集的人群里,将标语和传单放进群众挑着的粮筐里、挎着的篮子里及店铺柜台的夹缝里。

九一八事变后,郭企之带领进步同学积极参加了抗日宣传活动。他们把报道北平学生南下请愿活动的新闻,从《大公报》上剪下来,贴在学校的墙壁上,同时还组织讲演会进行抗日救国的讲演,以激发同学们的爱国热情。1932年到1936年,郭企之负责南宫县青年团工作,团的会议常在他家召开,县委书记李菁玉常去指导工作。在李菁玉的领导下,他多次冒着生命危险,到集市、庙会、戏院去进行反蒋抗日宣传。

1936年夏,直鲁豫特委和直南特委领导的冀南农民武装暴动被蒋介石镇压,党组织遭到严重破坏。同年冬,为了恢复滏东地区党的组织,直南特委在南宫、巨鹿、威县、广宗成立了党的整理委员会,郭企之任委员。他冒着生命危险奔波于南宫、威县、巨鹿、广宗之间,喝生水、吃凉饭、睡破庙,艰苦备尝。在他的努力下,这一地区党的组织得到迅速恢复和发展。

1937年7月7日,卢沟桥事变爆发,日本侵略者大举入侵华北,国民党军队作战失利南撤,使华北大片国土沦落敌手。中国共产党通电全国,奋起抗日。面对国土沦丧,民族危亡,22岁的郭企之毅然决定:离开家乡,到抗日前线去。

## 我就是你们要找的郭企之

郭企之全身心地投入党和人民的事业中,深得组织和群众的信任。1938年10月,他被选为曲周县抗日民主县长。他深感人民的信赖和重托,郑重地接过大印并表示:决不辜负曲周人民的信任,一定与曲周人民患难与共,抗战到底。在对敌斗争中,他率队与敌人展开了游击战,发动群众破路、藏粮、挖交通沟,伏击日伪军,瓦解投敌的汉奸,沉重地打击了敌人的嚣张气焰,出色地完成了上级交办的任务。

1939年农历二月初七下午,郭企之到北马店村参加由中共曲周县委组织召开的开展游击活动,发动群众挖沟、破路、藏粮的会议。会后,他与通讯员魏赓起、县战委会主任王维仁转移到南里岳村,悄悄地住在了村西头的教堂里。晚饭后,郭企之向村长贾丕文布置了破路、挖沟任务。然而,这些情况被汉奸石成瑞发觉并连夜报告给了驻守在曲周县城的日军。

抗日模范县长郭企之

敌人对郭企之痛恨至极,视其为肉中刺。为抓捕他,日军队长平岛率驻守在曲周和邱县的日军300多人连夜出动并包围了南里岳村。黎明拂晓,放哨的自卫队员突然发现敌人已将村子包围,赶忙报告郭企之。郭企之当即拔出手枪,和王维仁冲到院子里准备突围。此时,村边已传来步枪和机枪的射击声,夹杂着砸门声、吼骂声、妇女的尖叫声和孩子的啼哭声。顿时,整个村子陷入了混乱和恐怖之中。

郭企之和王维仁感到形势严峻,他们辨析枪声后,决定由村南突围。郭企之快步在前,身贴墙壁猫腰跑了几步,骑上了自行车,飞快地向外冲。这时,敌人的子弹从他们身边飞过。郭企之立即转身折向右边一个胡同,准备从东边突围。王维仁、魏赓起紧紧跟在后面。他们刚跑出几步远,前面忽然打来一梭子弹,郭企之左臂受伤。此时,天已蒙蒙亮。几个日本兵看到他们后,就向他们喊话质问。鉴于我抗日人员穿戴与群众一样,日军根本分辨不清,郭企之等人知道自己身份没有暴露,便把枪藏在了土墙的裂缝里。他们对敌人称要出村帮忙做伙计,遭敌人拒绝后,和全村上千名群众一起被赶到杨街前的一个大土场上和场边的苇坑里。

日军队长平岛命令身边的翻译向群众喊话,要求群众交代出郭企之的下落,并许诺给予奖赏。然而没有人回答敌人的问话,几个身材高大的群众更是慢慢地挤到了郭县长前面,挡住平岛的视线。郭企之担心活动被敌人掌握,又怕敌人屠杀群众,就想要表明身份,并从衣兜里掏出一枚硬币,递给王维仁,请他代替自己交最后一次党费。王维仁和几个群众紧紧地围住了郭企之,不让他冒险暴露身份。

为保护郭县长,村长贾丕文主动站出来与敌人周旋,他表明身份后,告诉日军郭企之并没有在群众之中。平岛不相信贾丕文的说辞,命令士兵把他绑起来进行一顿毒打后,残忍地杀害了他。紧接着,敌人又疯狂地从人群里拉出几名群众进行逼问、拷打。郭企之怒火填胸,再也看不下去了,大喊了一声:

"住手,我就是郭企之!"

敌人被惊呆了,人群骚动起来。平岛令人拉出了郭企之。面对敌人的质问,郭企之高声说道:"我就是曲周县抗日政府县长郭企之!"说完,他转身走到被日军折磨得遍体鳞伤的几名群众面前,弯腰扶起了一名老汉,又走到倒在血泊里的贾村长身旁,对着他的遗体深深鞠了一躬。

此时,人群里不知道谁大声喊道:"我是郭企之!"顷刻,大家都跟着喊起来:"我是郭企之,我是郭企之……"

日军用铁丝穿透了郭企之的两只手腕,拧在一起,用汽车把他押解到了曲周县城。

## 宁做断头鬼　不当亡国奴

生为革命生,死为革命死,共产党人的意志是打不倒的! 在日军宪兵队一间阴暗的牢房里,敌人用尽了花招和酷刑,压杠子、灌辣椒水、坐电椅……逼迫郭企之说出我抗日县委和政府的常驻地,并要求他投降。虽然受尽折磨,甚至昏死过去,但郭企之决不屈服,并以绝食向敌人斗争。日军送来的好饭好菜他看也不看,平岛命令伪军轮流劝食。郭企之即把牢房当战场,一面斥责伪军认贼作父、为非作歹的卖国罪行,一面又争取教育,讲明抗战必胜、日寇必败的道理,交代政策,指明出路。听郭企之一席话,他们都感到十分羞愧,一个个瞠口结舌,悄然退出。

平岛一计不成,又生一计,让郭企之搬进舒适的房间,并为他医治伤口。平岛还亲自去探望并要与郭企之交朋友,郭企之对这种谄媚引诱的手段无比憎恶,痛骂平岛,并称与日军不共戴天,誓死将他们赶出中国。

平岛亲自出马不行,便派曾在冀东大汉奸殷汝耕的卖国政府当过伪职员的伪县长连淑平做说客。连淑平对郭企之好语相加、好言相劝,使出浑身解数想着劝降郭企之。郭企之对这个伪县长的言行不屑一顾,他痛斥了连淑平卑鄙无耻的说辞,向其讲明了共产党人的立场和自己坚贞不屈的态度,大骂连淑平的卖国行为。连淑平满脸虚汗,十分狼狈地逃了出去。

郭企之又被押回原来的黑牢里。黑暗中,他想到敌人黔驴技穷,可能会对他下毒手,他想到了死。死,对于人生是个严峻的考验;然而,对真正的革命者来说,死并不可怕。以死换取中华民族的尊严和革命的胜利,他死而无憾! 他又闭上眼睛。此时,慈祥的母亲,天真可爱的孩子和挑起全家生活重担整日忙碌的妻子好像都在他身边……他暗暗地在心里说:"我生为革命生,死为革命死,决不让亲人的脸上添垢蒙羞。"郭企之被捕后,党组织曾多方组织营救,但敌人看守严密,不管是武装营救还是内线营救均未成功。

平岛费尽心机,始终达不到目的,便对郭企之下了毒手。1939 年农历三月二十九日下午,天空阴云密布,曲周县城全城戒严,敌人将郭企之押赴刑场。行刑前,平岛向郭企之下了最后通牒,郭企之视死如归,大骂平岛。平岛气急败坏,挥手叫人行刑。敌人在城东北角城墙下挖了一人多深的土坑,郭企之迈着坚定的步子走到坑前,转身怒视平岛,纵身跳下土坑。平岛仍不死心,拔出战刀威胁郭企之,要他投降。郭企之不屑一顾,坚决地说:"宁做断头鬼,不当亡国奴!"敌人不断用铁锹往他身上盖土,郭企之呼吸越来越急促,在生命最后一刻,他仍怒视平岛,竭尽全力喊出:"中华民族万岁!"。就这样,年仅 24 岁的共产党员,全县人民拥戴的县长郭企之英勇地牺牲了。

1940 年 3 月,冀南行政公署特誉以郭企之同志"模范县长"的光荣称号,并将曲周县第五、六区和威县一部分村庄划为一个县,命名为"企之县",以示纪念。1946 年 10 月 18 日,冀南三专署第一次行政扩大会议决定,为纪念先烈郭企之同志,将曲周县改为企之县(新中国成立后根据上级不以烈士名字命地名的指示精神,又恢复了曲周县名)。1956 年,中共曲周县委、曲周县人民委员会,在郭企之同志牺牲的地方,建立起烈士碑、纪念亭。

星移斗转,沧海桑田。郭企之虽然已经牺牲 80 多年了,但他的英名将世代传颂,他那种为了革命、为了人民视死如归的精神和大义凛然的英雄气概将永远激励着后人在新时代社会主义大道上奋勇前进。

(河北省委党史研究室　王宗志)

# 捐躯殉国的革命伉俪

大家都知道,在中国革命史上,毛泽东为革命献出了6位亲人。那么你是否知道,在河北省唐山市的冀东烈士陵园,同样也长眠着为国捐躯的一家6口人,他们是魏氏家族至亲,其中,还有一对伉俪魏春波和徐桂芝。

## 立家规 建"红色堡垒"

魏春波生于1891年。1928年参加革命,1933年,经王平陆、高存介绍,光荣地加入了中国共产党。他入党不久,就按照党的指示搞起武装斗争。他说服兄、嫂、弟、弟媳,卖了几亩地,买来几支短枪。哥仨参加了高继先的抗日义勇军,在长城一带抗击日本侵略军。

1933年,魏春波按照王平陆的指示,在西庄、才庄一带秘密发展党员,有一天,他突然接到情报:"滦河北方面的暴动发起三天就被镇压,反革命势力正在大规模抄共,请好自为之,保存实力。"几个月后王平陆、高存来到魏家,通报了滦河北的恐怖局势。魏春波当即提出:"不要紧,既然那边站不住脚就到这边来,我这儿没暴露,这里就是你们的家。"高存说:"敌人正在通缉王平陆,可要万无一失呀!"魏春波向组织保证:"请放心,我拿全家性命担保!"从那

魏春波

时起,西庄就成了迁安县委和京东特委(后改冀热边特委)机关常驻的地方。根据工作的需要,魏春波先后发展了大哥、三弟、妻子、侄子、堂兄、堂弟等亲友入党,把全家人的生命系在一起。为了争取抗日战争的胜利,他把自己的

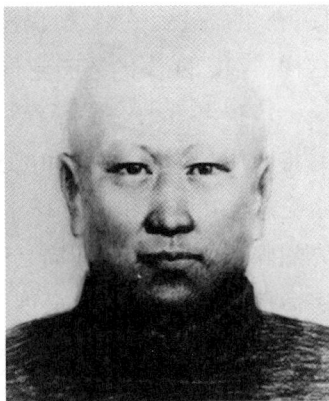

家变成了西庄的一座"红色堡垒"。

魏春波很有远见。他考虑到以后男人要拿枪杆去搞斗争,生活的担子都要落到女人肩上,便把家人都招呼到一起,立了一条"家规":"今后,你们谁也不许再裹脚,都要把脚散开。"他大嫂首先反对:"丫头们不裹脚,长大了都是大脚片,找婆家谁还要?"魏春波笑笑说:"大嫂,咱得把眼光放远点儿,以后老少爷们都得出去打鬼子,咱家的地靠谁种? 水靠谁挑? 柴靠谁打? 还不都得靠你们娘几个? 你们一个个都是小脚,扭搭扭搭的中不中?"他看了看妻子徐桂芝,风趣地说道:"今后一切都得变哪! 你们看,自打我从天津回来,四丫头妈就把脚散开了,我不是还要她嘛!"一句话把大家都逗乐了。

## 意志坚　吞咽棉絮不屈服

徐桂芝,1902 年出生于河北省迁安县南观村(今属迁西县),是魏春波的妻子。1933 年冬,魏春波入党后,来西庄与他秘密联络的同志越来越多。作为家庭主妇的徐桂芝承担了繁重的接待和警戒任务。1936 年,她加入中国共产党。在长期的地下斗争中,徐桂芝践危负重,任劳任怨,成为魏春波的得力助手。为了让同志们住得既安全又舒适,她把僻静的正房让出来,自己却带着孩子睡在狭窄的厢房里。这段日子,同志们来往频繁,她经常一宿要做四五遍饭。为保证革命的需要,她和孩子常以野菜、糠秕充饥,把节省下来的粮食留给同志们。

1934 年 1 月,迁西地区组织的农民暴动失败后,暴动中心区域的党组织遭到破坏,党在迁安的工作重心西移至西庄、黑洼一带,徐桂芝就担负起繁重的接待和掩护任务。为多凑些钱买枪,她支持丈夫变卖家产,还动员娘家人卖了十多亩上等好地,最后连孩子们纺线织的土布也换了钱。大暴动开始时,抗联司令部就设在她家,几个屋子都住满了人。她领着妯娌姐妹们一锅又一锅地做饭,还组织妇女飞针走线,赶制了大批袖章和军旗。

1934 年秋,抗联西进,敌人乘着我方力量薄弱,加紧了对冀东的统治,安据点,修炮楼,大肆捕杀共产党人,形势日趋恶化。兴城的日伪军封锁了西庄村,特务、汉奸也加紧了对西庄村魏氏家族的盯梢。1938 年 12 月 25 日夜,魏春波为筹备会议,带着通讯员悄然回到西庄。他连夜写好几封信,派通讯员将信送出。次日午饭过后,一个自称魏春波"外甥"的人敲开了魏家的门,闲聊了没几句,来人就站起身来匆匆离去。徐桂芝感觉情况不妙,对丈夫说:"你先躲躲吧。""我不能走,通讯员还没有回来。"徐桂芝无奈,只好让女儿去门口放哨。她迅速把丈夫放在家中的两支盒子枪和公款、党费等藏进炕洞。不多时,女儿急匆匆跑回,进院就喊:"妈妈,敌人来了。"徐桂芝抬头一看,敌人已爬上墙头。她急忙把丈夫和孩子推出后门说:"你们先走,跳墙出去,我对付他们!"敌人闯进魏家,搜了半天,没抓到魏春波,就对徐桂芝大施淫威。但不论敌人怎样打骂,徐桂芝只有一句话:"不知道!"敌人见问不出什么,就将徐桂芝抓走,同被抓走的还有魏春波的三弟魏长庆。

在兴城日本宪兵队,敌人妄图从徐桂芝口中问出魏春波的下落和枪支、文件等物件的埋藏地点,对她施行了惨无人道的酷刑,她被折磨得死去活来,仍未向敌人吐露半句实情。在一个滴水成冰的夜里,敌人将徐桂芝拖到室外,扯开她的裤腰,往她的裤腿里灌满沙子,推她站到一个早已挖好的坑里,再往她装满沙子的裤腿里倒水。北风呼啸,天寒地冻,棉裤、沙子、水和肉很快冻结在一起。双脚脚趾被冻掉了,钻心的疼痛几次使徐桂芝昏死过去。但她没有屈服,她的意志像钢铁一般坚强。在最后的几天里,她坚决不吃敌人送的饭菜,宁肯吞咽自己的棉袄絮,坚持斗争,直至牺牲。

## 拉队伍　为革命不畏流血流泪

1938年7月,魏春波协助冀热边特委书记李运昌等领导干部,组织发动了震惊中外的冀东抗日大暴动,并担任抗日联军顾问,成为李运昌司令的得力助手。在他和战友们的共同发动下,西庄一村就拉出了一个百余人的大队伍,迁安西部有万人揭竿而起,成为暴动的中心区域之一。日伪势力土崩瓦解,抗日军民扬眉吐气。地方汉奸走狗们惶惶不可终日,但仍不肯放弃反动立场。一天,魏春波率队开赴东沟峪受到贠河及其护院家丁的阻拦,魏春波下令围困贠家大院,不料贠河派儿子突围,勾来喜峰口一个营的伪满军扑过来。由于敌方攻势猛烈,抗联军被迫撤退。贠河亲自带路,追击抗联军,疯狂地向兴城大集人群扫射,数十名抗日群众倒在血泊中。第二天是阴天,贠河与西庄汉奸魏老子等勾结,带着这支伪满军突袭西庄。幸亏西庄早有戒备,群众已转移,使来敌扑了空。但是为发泄对西庄人民的仇恨,他们找到抗联战士的家门,冒雨从屋内放火,焚毁民房270多间,直烧得魏春波及其兄弟三家房屋片瓦无存。魏春波闻讯义愤填膺。伪满军撤走之后,魏春波从深山密洞之中找出贠河这个罪魁祸首。为震慑汉奸势力,儆告效尤,抗联战士将其五花大绑,牵于马后,在行军途中沿村示众,最后公开正法于杨店子镇外。老百姓都说:枪毙了贠河,为民除了一大害。

1938年秋后,日军主力开回冀东,冀东抗联军西撤严重受挫,冀东抗日局面一时间跌落低谷。为扭转被动局势,开辟和创建冀东抗日游击根据地,魏春波置身家性命和家人的安危于不顾,与残暴的日本侵略者展开了更加激烈的斗争。在不到一年半的腥风血雨中,日本侵略者夺走了魏春波4位亲人的生命。这是何等沉重的精神创伤!同志们唯恐魏县长撑不住,都来安慰他,而他反安慰起同志们来:"干革命就得流血,我们都早有这个准备。他们为抗战牺牲,死得光荣,死得值!这笔笔血债要鬼子汉奸加倍偿还!"燕山多磐石,磐石不可摧。魏春波像磐石一般屹立在众多日伪据点包围中的丰滦迁抗日根据地内。他多次鼓励爱侄魏顺兴要继承父兄们的遗志,化悲痛为力量,伤好后重返部队奋勇杀敌。他还把年仅14岁的四女儿魏淑敏送到战地医院,叮嘱她要像妈妈那样为党工作。女儿走了,父亲也少了牵挂。魏春波决计以破釜沉舟的大无畏英雄气概与敌人血战到底。1940年2月,魏春波接任丰滦迁联合县县长,6月8日,魏春波在转移途中被敌人机枪射中,壮烈牺牲。

魏春波一家,7人投身抗日革命,6人捐躯殉国。当革命胜利后,她的小女儿回到家中,可哪里还有什么家呀?眼前是一片焦土瓦砾,只剩下一座烧不毁、砸不碎的石碾子。这烧不毁、砸不碎的石碾子是魏春波烈士一家的全部遗产,也是魏春波一家的忠魂。现在这座石碾子被收藏在冀东烈士纪念馆内,无声地向后人们诉说着一门忠烈英勇抗战的故事。

(中共河北省委党史研究室　王向辉)

# 杨成武率部击毙"名将之花"

1939 年 11 月 23 日,东京各大报刊刊出了一条醒目的消息:《名将之花凋谢在太行山上》。所谓"名将之花"就是双手沾满了中国人民鲜血的刽子手阿部规秀。就连他的骨灰被送回东京时,"帝都降半旗致哀",可谓"哀荣"至极。阿部规秀在河北涞源黄土岭命丧黄泉,为什么会如此震惊日本朝野?八路军又使用了怎样的军事谋略将其一举歼灭?

## 聂荣臻与杨成武布下伏击阵

1939 年 10 月 30 日,太行山区草木枯黄秋风萧瑟,晋察冀军区机关驻地阜平正在召开中共北方分局组织工作会议。会后将举行军区成立两周年庆祝大会,整个阜平一派节日气氛。前来与会的第一军分区司令员杨成武突然收到分区司令部的敌情报告:日本华北方面军驻蒙军独立混成第二旅团旅团长阿部规秀中将,派辻村宪吉大佐率步兵第一大队和伪军一部共 1000 多人,由张家口进驻涞源城。

据侦悉,涞源日军已分三路向第一分区根据地进发。西路经北石佛驰往灰堡;西南路出涞源城经插箭峪奔走马驿;东路由辻村宪吉亲率一个大队和一个炮兵中队、一个机枪大队共 600 多名日军,有经白石口、鼻子峪向我银坊镇地区"扫荡"的迹象……

杨成武立刻向聂荣臻汇报,并主动向聂荣臻请缨,要求率部打击左路敌军主力。杨成武胸有成竹地回答:"日军前进路上是一片连绵险峻的大山,出涞源城就进入了长城的白石口。从白石口到银坊只有一条山路,路两边都是光秃陡峭的岩石,是打伏击的好地方。敌人孤军深入,由于大山阻隔,另外两路敌人难以策应,我们完全可以吃掉他们。"

第一军分区主力部队大多驻扎管头以东,如果攻打其他两路敌军,部队运动存在一些困难,因而聂荣臻比较赞同杨成武的主意。在听取彭真、贺龙、关向应的意见后,聂司令员当即命令杨成武:"会议你不要参加了,立即赶回分区组织指挥这个战斗。"就这样,一盏马灯,几位穿着灰白粗布军装的八路军指挥员,一阵谈笑风生,便又张开了一张将把日军再次罩住的无形大网,只等他们自己来钻了。这情景与苏轼在《赤壁赋》中描写周瑜指挥作战时"羽扇纶巾,谈笑间,樯橹灰飞烟灭"比起来,是何等相似!

在返回军分区司令部途中,杨成武特地到雁宿崖和黄土岭一带察看地形。众多奇峰峡谷强烈地吸引着杨成武,哪儿有座山包,哪儿有一条浅沟,哪儿有一片树林……每一处的地形地貌,都像画面一样,深深地印在了他的脑海里。多好的伏兵藏弩之地呀!

雁宿崖是高达几百米的悬崖峭壁,坐落在三岔口和张家坟河床西岸。这里的地形酷似一个天然"口袋",如果兵伏两侧,待敌人进来再用火力封锁白石口,八路军南堵北截,敌人纵然插翅也难逃覆灭。战斗迫在眉睫,杨成武一边思考着战斗部署,一边把作战意图下达到各团,让部队准备行动。

11月2日,杨成武在军分区司令部召开干部会议,对作战方案又作了一次研究和确认,经聂司令员批准,决定:以部分兵力和地方游击队去牵制、堵击插箭岭、灰堡之敌,不使那两路敌人接近我军战场;第三军分区的团长唐子安、政委黄文明率二团,纪亭榭、袁升平率三团,分别埋伏于雁宿崖东西两面;团长陈正湘、政委王道邦率一团插至白石口南,随时截击敌人的退路;以素有"狼诱子"之称的曾雍雅、梁正中支队,由白石口向雁宿崖佯动,诱敌深入。待敌进入雁宿崖地区后,全线发起战斗。

会议结束后,杨成武立即命令所属部队进入伏击阵地,当夜指战员们就在山中露宿,坐在阵地上抱着枪打盹,以待天亮后投入战斗。

## 围歼辻村诱出阿部上钩

11月3日拂晓,旭日抹红山尖,清冷的穿谷风阵阵扑面。此时,敌人正沿河慢慢开向雁宿崖,八路军战士则严阵以待。7时左右,八路军同三路敌人先后接火:插箭岭方向的日军向五门子攻击前进,曾雍雅支队即进行抗击;灰堡方向的敌人在与一二〇师七一五团战斗;白石口方向的日军在三岔口附近与曾雍雅支队一部接触,被八路军引诱逐步走向"口袋"。

辻村大队骄横狂妄,他们行军和休息不派警戒,对两侧不搜索,大摇大摆地向张家坟行进,待敌进至宿崖和张家坟之间,三团突然以猛烈火力给日军迎头痛击。一团长陈正湘命令号长吹起冲锋号,一团一、二营主力从两侧阵地同时向河滩猛扑过去。伏击部队的机枪一齐开火,枪声、喊杀声、手榴弹爆炸声在山谷间回转激荡,震耳欲聋。敌人遭到猝然打击,像被追逐的兔子一样四处飞蹿,纷纷寻找隐身之地。

很快,敌人就从昏乱中清醒过来了。他们迅速组织抵抗,以十几挺机枪、几门山炮为掩护,几十名敌人迅速沿村西南沟的小道抢占了无名高地以西、上花沟以北的六一五高地。战斗打得异常激烈,第三军分区二团终于攻下六一五高地。随后,上庄子的敌人全部被歼。至此,雁宿崖外围之敌基本上被肃清了。

下午4时,3个团队协同作战,向雁宿崖村发动总攻。辻村大佐的指挥所被迫迁到村西的一个院中,战士们将院子紧紧围住,用机枪和步枪猛烈射击,把一颗颗手榴弹投向屋里,院里屋中顿时火光四起、烟雾弥漫,敌人的机枪也哑了,日寇惶恐惊悸,抱头鼠窜,围攻部队乘势冲进院子,将残敌歼灭。经过激烈拼杀,各部队严密配合,于下午5时许,除生俘寇兵13名外,辻村大队600多日军全部被八路军歼灭,只有极少数敌人漏网。聂荣臻听到汇报后,命令部队迅速撤离战场,隐蔽待机。

日军每逢作战失败,总要重整旗鼓寻求报复,常常是败兵刚一返巢,大队人马就倾城出击,企图趁八路军正在消化胜利果实之机,猝然报复,使八路军措手不及。

果不其然,11月4日凌晨,杨成武得到紧急情报:驻张家口日军出动第二独立混成旅团各部,计有1500余人分乘90多辆汽车来到涞源,正沿辻村宪吉的覆辙开进,拟向银坊攻击,寻找八路军主力决战,企图为辻村大队复仇,挽回"皇军"的体面。率领这支敌兵的指挥官,正是日军中赫赫有名的阿部规秀中将。

# "名将之花"命丧黄土岭

敌酋阿部规秀,在日本军界享有"名将之花"的盛誉,是日本军方遴选出的擅长运用"新战术"的"俊才"和"山地战专家",以"蒙疆驻屯军"司令官身份兼任第二独立混成旅团旅团长职务。他骄野成性、轻狂自负,对天皇及其法西斯政府忠信不移。他积极致力于对八路军实施野蛮刁钻的"山地讨伐的进步战术"研究,得到上司赏识,使其满载荣誉平步青云。1939年10月,阿部规秀被日军擢升为中将,同时兼任北线进攻晋察冀边区总指挥。当他得悉辻村宪吉大队被围歼,顿觉八路军在其刚刚晋衔的光明前程上蒙上一层黑幕,认为必须立即出兵报复,以挽回"皇军"的体面。

11月6日,阿部规秀和麾下1000多名日军追赶至黄土岭。黄土岭位于河北涞源、易县交界处,其东面偏北二里是教场村,再向东是上庄子村,这些山村同处西南——东北走向的山谷,只有越过上庄子、经墨斗店才能通向易县大道,山谷蜿蜒而去,长达2.5千米,谷侧山峦起伏,整个地形酷像一条长形的口袋,显然是理想的围歼战场。此时的阿部规秀做梦也没有想到,自己已成为一条上钩的"大鱼"。

阿部规秀

在吸引阿部规秀上钩的过程中,晋察冀军区第一军分区3支队队长曾雍雅率游击队出色地完成诱敌任务,他们动作飘忽、行踪不定,忽而堵击,忽而后撤,既巧妙地缠住敌人,又不硬拼硬抗。敌人时而被折腾得昼夜不宁,时而又被我军伪装的节节败退诱得骄横无比,被我军牵着鼻子只能继续向前。

日军在《关于陆军中将阿部规秀战死的报告》中指出,"附近一带的地形属于稀有的险峻山岳地带,岩石突起,几乎没有人工修建的道路,陡坡窄道,令人心惊肉跳,多数地方除骡马外难以通行"。在如此险恶的地势面前,阿部规秀也担心遭遇我军伏击,遂于7日清晨冒雨向上庄子、寨头方向侦察前进,试图绕道返回涞源。然而在日军行进路线的两侧高地上,晋察冀第一军分区和第三军分区等六个团、一个炮兵营早已埋伏多时。当天 15 时,日军进入我军包围圈,晋察冀军分区一团和二十五团第一营迎头杀出,三团和第三军分区第二团分别由西、南、北三面进行包围,迅速完成对敌合围,把日军压缩在上庄子附近约 2 千米长、百余米宽的山谷里。

战斗打响后,在八路军居高临下的火力打击下,日军主力聚集在黄土岭东部教场村附近的山谷河滩上,匆忙组织兵力抢占白石山及教场南面山脚一线狭窄山梁,敌我双方展开激烈山地争夺战。晋察冀第一军分区 1 团团长陈正湘通过望远镜发现,在教场南山根部的一个小山包上,几个日军军官正举望远镜向八路军阵地观察,在距小山头近百米的独立小院内,腰挎战刀的日军军官进进出出。他立即判断这是日军的观察所和指挥所,急令分区炮兵连长杨九秤率部迅速上山,在团指挥所左侧开始隐蔽地构筑阵地。杨九秤目测距离后说:"直线距离 800 米,在有效射程之内,保证打好!"这时,一群身着黄呢子大衣的日本军官,站在独立院落的平坎前,正用望远镜朝山头瞭望。杨九秤命令发射,4 发炮弹呼啸着飞向目标点爆炸,顷刻间小山包上的日军拖着死尸和伤员滚下山去,独立小院的日军跑进跑出,异常慌乱。

据日军的回忆文章叙述:射向阿部规秀的 4 发炮弹极有章法,第一发测距,第二发打远,第三发打近,阿部的同伙都是战斗经验丰富的家伙,已经预料到第四发炮弹会很有威胁,只是没想到八路军会打得那样准,正砸在这一群人的脑袋上!

当时,八路军并不知道具体战果,只是数日之后,才从日军广播和报纸上获悉,日军蒙疆驻屯军司令兼第二独立混成旅团旅团长、黄土岭战斗的日军最高指挥官——阿部规秀中将中炮身亡。

值得特别提起的是,国际共产主义战士白求恩用他的精湛医术护航了这场战斗,白求恩原计划于 10 月底回国购买医疗设备和药品。但当他得知阿部规秀来到涞源之后便预测一场恶战在等着中国军民,于是毅然推迟了回国的日期,立即决定带着手术队赶赴战地医院。在黄土岭战斗中,白求恩为了拯救一个感染丹毒的小战士,手上的伤口受到致命的感染,与世长辞,永远离开了抗战中的中国。

阿部规秀之死震惊了日本朝野,《朝日新闻》报道说:"自日军成立以来,中将级将官的牺牲,这是没有先例的。"其他各报也频频报道阿部的生平、战功、死讯。阿部规秀是日军发动侵华战争以来丧失的一个高级将领,也是八路军在整个抗日战争过程中消灭的职务最高的一个日军指挥官。击毙日军中将指挥官,这在华北战场是第一次,在中国人民的抗战史上也是第一次。因而党中央、八路军总部和全国各地的友军、抗日团体、著名人士,纷纷发来贺电,祝贺晋察冀军区取得的胜利。全国各地的报纸也纷纷报道黄土岭战斗的经过,刊登了各种祝捷诗文。

有趣的是,对我党我军一向持有偏见、多次指责八路军"游而不击""只顾扩张实力"的国民党中央政府,这一回却像挨了当头一棒似的,再也无话可说了。不仅如此,蒋介石还发来了电报,以示对八路军的嘉奖和慰问。

不久,彭真指示杨成武,就黄土岭的战斗经过写一篇文章,驳斥国民党内部那伙诬蔑八路军"游而不击"的人。杨成武便写了一篇题为《名将之花凋谢在太行山上——瞧一瞧八路军是不是游而不击》的文章,登在当时的抗日刊物《新长城》上了,以便纠正视听,使全国人民知晓中国共产党及其领导下的人民军队的抗日主张和行动。

阿部规秀"碰巧"在黄土岭战斗中亲临前线,又"碰巧"在八路军的迫击炮下丢了命。表面上看来,这似乎带有极大的偶然性,其实不然。因为日军的侵略行为总要遭到中国人民的迎头痛击和顽强抵抗,日军士兵和其指挥官即使不在这支部队的枪炮下送命,也将在别的中国抗日武装的打击下死去,因为正义终将战胜邪恶。

（中共河北省委党史研究室　武春霞）

# "小白龙"白乙化

1939年底,白乙化任冀热察挺进军第十团团长,他在团里还有个绰号"白大胡子"。他的胡子长得怪异,别人的胡子往下长,他的却打着旋往上长,又黑又密,连耳朵带下颏全遮住。十团战士说团长的胡子不能刮,刮了就倒霉。

八路军冀热察挺进军第十团团长白乙化

白乙化自打蓄胡子开始就刮过两回,结果都出了事:一次是1933年在东北当义勇军司令时,头天刮的胡子,第二天就被日军包围在山上,被困40余天,连冻带饿差点牺牲;再一次是 1941 年春节,白乙化不听劝阻非要刮掉胡子干干净净过个年,结果农历正月初九在指挥马营战斗时中弹牺牲。

他的胡子赫赫有名,连日军向百姓逼问十团下落,都一摸下颏问:"大胡子的,哪里的有?"丰滦密抗日根据地百姓还说他的胡子能镇邪。有一天,密云白马关据点的 10 多个日军由一个伪军带路出外抢东西,走进一条山沟,遇到一个挖野菜的小姑娘,日军兽性大发要欺负她。小姑娘哭喊挣扎都不管用,于是急中生智高喊:"大胡子叔叔,救救我!"伪军听了一哆嗦,忙问:"大胡子在哪里?"小姑娘往他们身后一指:"那不是,正下山呢。"日伪军魂飞魄散,撒腿就跑,跑出几里地没敢回头,小姑娘因此躲过一劫。

白乙化的枪法被公认为全团第一。他曾经在指挥平西娄儿峪战斗中,用步枪 3 枪击倒 3 个日军旗语兵,第 4 枪将日军小膏药旗击飞,使日军指挥中断。诗人田间与白乙化相识,1946 年 8 月 1 日在《晋察冀日报》发表了一首叙事诗《林中之战——题白乙化司令》,称赞其枪法如神。

白乙化身高力大,投弹是他的另一绝活儿。他投弹和别人不一样,别人是攥着木柄甩,他却先拉弦,再在手里转一下,攥着铁头往前扔。按他的解释,这样投有两个好处:一是缩短引爆时间,让敌人捡不起来;二是不发飘,有准头。

十团战士形容团长投的手榴弹像炮弹,又远又准。白乙化确实施展投弹绝技,帮助攻克了大草坪据点。

1940 年 6 月,为了掩护丰滦密地区开展工作,白乙化率十团一营展开外线作战,大张旗鼓地跨出长城,深入伪满洲国的滦平、丰宁境内吸引敌人,故布疑阵,让每个班在宿营时都挖一个排的灶坑,造成大部队出关的假象。敌人不明虚实,非常恐慌,纠集 300 余日军尾随而行,既怕跟丢又不敢靠近,周围据点更是紧张,忙于自保。白乙化不慌不忙牵着日军在山里转了几天,一天夜里,突然甩掉敌人,北上捣毁五道营子据点,东进重创小白旗的敌人,再南下突袭司营子据点,又北上攻克虎什哈据点,然后销声匿迹了。当敌人还在原地找他们时,白乙化的部队又出现在百里外的丰宁县大草坪,向大草坪据点发起强攻。大草坪是敌人的重要据点,驻有伪满军一个营,装备精良。十团攻至中心炮楼几十米处,被敌人猛烈的机枪火力压制。白乙化不顾危险来到前沿,要过 3 颗手榴弹,用他的独特手法奋力投出,其中两颗手榴弹就像长了眼睛,从炮楼枪眼飞了进去,爆炸声中,敌人的机枪哑巴了,战士们高喊着冲进炮楼。此战,全歼伪满军一个营,消息传到伪满"新京",日伪惊呼:"延安的触角伸进了满洲,扰乱了帝国新秩序!"

1941年1月,中共冀东平密兴联合县县委书记李子光由平西返回冀东,途经丰滦密。一日闲暇,白乙化和李子光到密云赶河厂村西的龙泉寺游览。

龙泉寺已有几百年历史,寺院周围林木茂密,环境清幽,清澈的白河水在寺前山脚下潺潺东流。寺内有一眼龙泉,据说直通龙宫,喝上一口龙泉水,能消灾祛病,益寿延年,因此香火旺盛。白乙化等进到寺中,住持老僧亲自引导游览。他见为首的军人浓须倒长,谈吐不俗,便讨教姓名。当他得知眼前的军人就是威震敌胆、能文能武的小白龙白团长时,又惊又喜,连忙取来笔砚,坚持请白乙化在寺院影壁上题诗留念。白乙化谦辞不过,只得接过笔墨,略加思索,大步走到影壁下,以豪放舒展的行草字写下五言律诗一首:

古刹映清流,松涛动凤愁。

原无极乐国,今古为诛仇。

闲话兴亡事,安得世外游。

燕山狂胡虏,壮士志增羞。

诗以明志,白乙化借这首诗表达了誓把日本侵略者早日赶出中国的迫切心情。

1941年2月4日,伪满道田讨伐队进犯根据地,在密云马营西山很快被十团击溃,残敌躲进一座长城楼子里负隅顽抗。白乙化见状不顾危险,跃上山顶的一块大石,挥动令旗高声命令一营营长:"老亢,给我冲!"喊声未落,敌人一颗子弹击中了他的头部。

战斗胜利了,而他——传奇的抗日英雄"小白龙",却永远倒下了,将热血洒在平郊抗日根据地的沃土上。

(北京市委党史研究室 市地方志办 常颖)

# 豆选女县长

"黄豆豆,豆豆圆,咱村选举村议员……一颗黄豆搁在碗……她碗里的黄豆乒乓落……俺活七十头一遍。"这是一首曾经流传在晋察冀边区的诗歌,诗歌的标题是《豆选女县长》,描写的是晋察冀边区第一位民选女县长的真实故事。

## "三三制"原则建政,根据地民主选举

一个从福建法政学院毕业仅4年的大学生,怎么能够当选一县之长呢?又是一种什么力量,推动着这种民主选举? 这要从唐县所在的晋察冀边区民主政权说起。

1938年1月,晋察冀边区在阜平县召开军政民代表大会,宣告了晋察冀抗日根据地的成立。同时敌后第一个统一的抗日民主政权诞生了——这就是晋察冀边区行政委员会。

晋察冀边区行政委员会是边区的最高行政机构,它虽然是一个临时行政机构,但却极其注重民主精神,聂荣臻称之为"抗日的民主政权",他在1940年2月的讲话中提到,在晋察冀边区,"从边区行政委员会到每个村政权都是统一战线的,参加政权的有国民党员,有共产党员,有牺盟会员(指山西牺牲救国同盟会)等,行政会议讨论问题时,工、农、青、妇各救国团体都派代表参加,大家共同讨论法令、公粮、动员等一切重要问题。"它本身就是经过人民代表(包括国民党、共产党两党代表)选举产生的,同时又取得了国民政府的批准,可以说,"抗日的民主"和抗日民主统一战线的精神,流动在这个政权的血液里。当时被毛泽东称为"模范边区"。因为在抗战时期,晋察冀抗日根据地不仅成功地抗击了日军的侵略,扩大了根据地,而且还对根据

地进行了非常成功的建设,尤其是在政权建设中,全面贯彻中国共产党制定的"三三制"原则,实行了普遍的民主选举,不但成为民主建政的典范,而且还是贯彻中国共产党统一战线的模范。"三三制"原则就是根据抗日民族统一战线政权的原则,在各级政权的组成上,"共产党员占三分之一,非共产党的左派进步分子占三分之一,不左不右的中间派占三分之一"。晋察冀边区的政权建设在"三三制"原则指导下,在全边区开展了普遍的民主选举。

那个时候,村级政权已普遍民选有一年多了,区级政权实现了部分民选,县级政权的民选刚刚开始。就这样,1940 年 8 月,唐县的第一任女县长产生了。

## 老百姓热情投票,陈舜玉脱颖而出

陈舜玉 22 岁加入了共产党,她是一个从小就不受封建传统束缚的进步女性。为了抗日,她在 1937 年报名参加了牺盟会青年抗敌决死队女兵排,接受了正规、严格的军事训练,如果不是因为突发高烧、吐血,她就随队奔赴抗日前线了。竞选唐县县长,是陈舜玉当时所在的边区妇救会的领导动员她参加的。在陈舜玉参加竞选前,还有一个小插曲。

为了让陈舜玉熟悉地方政权的工作、为她的竞选做准备,领导决定让她在边区四专署做一段时间的秘书主任,尽快熟悉业务。陈舜玉刚刚到任,四专署又成立不久,对业务还不熟悉的陈舜玉遭到了某些参政人士的多方刁难。有一次,陈舜玉批错了文件的承办部门,遭到了冷言讥笑。这件事使她认识到,要竞选县长、做好工作,就必须熟悉本职业务。

陈舜玉深感责任重大,怕自己能力有限,不能胜任,给工作带来损失,便如实向上级汇报了自己的想法。边区领导李葆华、刘澜涛、张林池等都做她的思想工作。说她文化水平高,学过政法,组建过妇救会,担任过北岳区党委的妇委书记,比较适合当县长,还给她谈了当县长的责任是为老百姓当家作主,并让陈舜玉做好充分的思想准备,既要争取当这个家,又要当好这个家。

1940 年 8 月 1 日至 10 日,唐县开始普选工作。各县开始选举村长、委员及区代表。之后区代表选举县议员,县议员选举县长。在投票过程中,人民群众表现出异乎寻常的热情，她们百倍珍惜自己几千年来得到的民主权利，很多地区几乎所有有选举权的群众都参与了投票。当时为了方便不识字的群众投票，边区还发明了"豆选"的方式，即在候选人身后放一只空碗，并准备好黄豆，不识字的选民可以拿起一粒黄豆，放进自己支持的候选人身后的碗里。最后计票时，一豆就是一票。

陈舜玉作为候选人，她的竞选宣言是：第一，不怕牺牲，坚持抗战到底；第二，积极动员人力、物力、财力支援前线；第三，实行减租减息，减轻农民负担，发展生产，救济灾区；第四，实行男女平等，婚姻自主，反对买卖婚姻和虐待妇女，为妇女彻底求解放。

8月26日，在选举县长时，陈舜玉的选票和她身后碗里的黄豆加起来是满票，她全票当选了唐县县长。在庆祝大会上，她收到了前来祝贺的各界代表的三样献礼：一个钢球，希望她能把全县的人民团结得像钢球一样；一根针和一团线，希望她为各阶层穿针引线，团结抗日，巩固抗日民族统一战线；一面镜子，希望她办事像镜子一样廉洁清正。陈舜玉深受感动，她向大家表示：绝不辜负人民对自己的信任，要掌好权、用好权，为抗日贡献自己的一切。

唐县民主选举陈舜玉当选晋察冀边区首位女县长的消息经边区《抗敌报》报道后传遍了全边区，广大妇女兴高采烈，深受鼓舞。

## 为群众兢兢业业，女县长深受爱戴

陈舜玉当选为县长后，严格遵守自己的竞选宣言和对人民的承诺。她作风民主，关心干部的思想和生活，虚心听取不同意见，和群众同吃同住，亲如一家，赢得了干部、群众的拥护和爱戴。

1939年7月，唐河流域发生特大水灾，唐河两岸30多万亩农田被冲毁。水灾过后，又闹瘟疫和虫害，再加上日军的疯狂"扫荡"，人民的生活陷入极大困难之中。陈舜玉上任后，积极动员群众开展生产自救，恢复被洪灾破坏的农田，抢种各种应季作物。她还与机关干部一起节衣缩食，每人每天节约二两米支援灾区。她还到各地进行募捐，一次就募捐粮食636000余斤、捐款5800余元，并及时发给灾民。还请医生到灾区进行巡诊，帮助灾民防病、治

第一任女县长陈舜玉

病。陈舜玉亲自到三区下庄村参加分配救济粮、款的讨论。她与村干部一道,逐户查找重点救灾对象。当陈舜玉了解到有些村干部家里的生活非常困难但没有要救济的情况后,就提议给生活困难的村干部也分一份救灾粮。

作为女性,陈舜玉在工作中体现了女性细心的特点。有一次,在检查救灾工作时,发现个别村干部有单纯机械完成生产任务的苗头。有的地块庄稼已经成熟,但未及时组织收割,而是让群众先完成采摘树叶的任务。她立即通知当地区政府,组织群众收割庄稼,然后再采摘树叶。灾区有些群众由于难以忍受长期饥饿,不等新粮食成熟,就开始啃青。陈舜玉发现后,立即通知各区政府,教育群众不要提前啃青,并动员余粮户借粮食给缺粮户,等新粮打下来后再归还。她还发现灾区个别群众打下新粮食后,迫不及待地大吃一顿,结果撑坏了。她立即通知区干部急速到各村,说服群众,科学饮食,慢慢增加食量,逐渐恢复身体。这些措施得到了群众的认可和拥护。灾区群众无不感动地说:"陈县长真是我们的贴心人。"

　　陈舜玉注重工作方式,关心群众生产和生活的做法,对稳定干部队伍,恢复生产和调动村干部的工作积极性起到了很大作用。在任县长的三年时间里,她和干部群众同甘苦,始终以饱满的革命热情,积极为党工作,卓有成效地完成了各项任务,以实际行动实现了竞选诺言,没有辜负唐县人民的期望。

(中共河北省委党史研究室　王向辉)

# 莲花峰七勇士

盘山曾经是冀东抗日根据地的主要活动地区之一。抗日战争时期,这里涌现出许多可歌可泣的英雄人物。"莲花峰七勇士"的英雄事迹就发生在这里,至今仍被当地百姓口口传颂。

**莲花峰**

1940年春,晋察冀军区冀东十三支队(1940年8月,改建为八路军第十三团)副司令员包森奉命率部挺进盘山,同地方党组织密切配合,发动和依靠群众,建立蓟(县)平(谷)密(云)联合县政府,开辟抗日根据地。同年夏的一天,日本侵略者纠集强大兵力,从蓟县(今蓟州)、平谷等地出发,"围剿"刚刚创建的盘山抗日根据地,妄图扑灭熊熊燃起的抗日烈火。此时,包森正在莲花峰附近的梁庄子组织部队整训,忽然发现大批日寇猛扑过来,并形成南北合击之势。考虑到莲花峰地势险要,易守难攻,抢占制高点可以为大部队赢得转移时机,包森当机立断,命令部队赶在敌人前面抢占莲花峰。警卫班班长马占东主动请缨,带领警卫班的六名战士担负起阻击敌人,掩护主力撤离的重任。

在大部队转移的同时,马占东等七人开始由东坡攀登莲花峰。疯狂的日寇集结重兵从东、西、北三个方向,向阻止他们前进的七位勇士发起攻击。七勇士用密集的火力吸引着疯狂进犯的日寇。敌人不断被杀伤射倒在莲花峰下,他们摸不清虚实,以为遇到了包森的主力部队,便集中优势兵力,向莲花峰进攻。七勇士利用有利地形,一边后退一边阻击敌人,像牵牛鼻子般把敌人引到了莲花峰顶。子弹打光后,他们便将手榴弹奋力扔向敌人。手榴弹用光后,又将山顶的石头砸向敌人。七勇士见主力部队已安全转移,在敌人步步紧逼的时刻,果断砸毁枪支,高呼着"打倒日本帝国主义""誓死保卫中华民族"的口号,一起跳下莲花峰陡峭的山崖……

七勇士血战莲花峰,壮烈跳崖的情景,被远处托着望远镜的包森看得一清二楚。包森戚惋地赞道:"燕赵自古多慷慨悲歌之士,而今如此可歌可泣的英雄人物,却也出现在盘山!"他多次向宣传干事下达任务,要求深入细致地采写莲花峰七勇士的动人事迹。1941 年,十三团二营教导员王文将七勇士跳崖的感人故事撰写成一篇简短报道,发表在十三团的《生活报》上。这篇文章是目前能查到的报纸上关于七勇士事迹的最早的宣传报道。包森部受到七勇士壮举的极大鼓舞,在包森的带领下,英勇作战,先后取得多次战斗胜利,驰骋冀东威震敌胆。然而莲花峰七勇士的故事并没有结束。

七位跳崖的勇士中,六位英勇殉国。班长马占东幸运地被挂在树上保住了性命,但脑部受到重创,身体多处受伤。附近的村民发现了昏迷的马占东,将他背回家进行救治。马占东醒来后,记忆模糊,想不起自己是谁,为什么会在这里。但他隐隐地感觉到自己与莲花峰之间有着某种联系。在乡亲们的精心照护下,马占东的身体逐渐恢复。养好伤后,马占东再次来到莲花峰脚下。他的记忆忽然清晰了起来,望着莲花峰顶,他仿佛置身七勇士纵身跳下悬崖的悲壮场面,脑海里浮现出他与战友们曾经在一起亲密无间的时光。马占东泪如雨下,他整了整身上的衣服,缓缓抬起右手,面向莲花峰行了一个庄严的军礼。就在这一刻,他决定替六位战友完成生前心愿,用行动践行七勇士为民族而战的铮铮誓言,把莲花峰七勇士的精神继续发扬下去。

不久，马占东重返抗日前线。在战场上，他英勇杀敌，无论大小战役，永远冲在最前面。曾经有人问马占东为什么打仗不要命，马占东说："我身上背着几条兄弟的命，活一天，赚一天，杀一个鬼子，赚一个。我不怕死！"

抗战胜利后，他所在的部队被编入解放军第四十六军一三七师四〇九团。他先后参加了辽沈战役、平津战役和衡宝战役，凭借在战斗中的突出表现，一步步晋升为团长。马占东始终没有忘记对莲花峰牺牲战友的承诺。新中国成立后，他走上抗美援朝战场。荣归之后，又奔赴四川西昌，参加剿匪战斗。剿匪胜利结束，他被任命为四川省金堂县武装部部长。多年的征战，让马占东失去了一只眼睛，身体里残留的18块弹片一直伴随到他去世。

七勇士壮烈跳崖的场景时常在马占东脑海里浮现，七勇士的初心和使命始终被他铭记在心。任金堂县武装部部长后，马占东认真履职，兢兢业业。他要在有生之年为国家和人民多做贡献，以此慰藉在莲花峰牺牲的战友。1962年，领导为照顾他的身体，劝他离职休养。他舍不得离开工作岗位，硬是把离休时间往后拖了四年。马占东从未向人提起自己在莲花峰的事情，同部队的战友都不知道他是莲花峰七勇士之一。当时，如果他找有关部门讲出他在莲花峰上的事迹，就可以享受到更高的干部待遇。但他没有这样做，更坚决不允许孩子们去找。1973年，马占东的二儿子在珍宝岛参加战斗时负伤致残。马占东不愿给国家增加负担，便把儿子接回家中自费疗养。有一年，马占东的一位十三团老战友得知他的二女儿在农村插队，就帮忙搞到一个"指标"，让他把孩子调进城里工作。当"指标"送到马占东手上的时候，他让孩子退了回去。他说："我们不能接受这种特殊待遇，不能搞特殊化！"

2002年2月，83岁的马占东与世长辞。遵照马占东的遗愿，家人护送他的骨灰回到故乡，将其埋葬在莲花峰下，陪伴他的六个兄弟。至此，莲花峰七勇士终得"团聚"。

[中共天津市委党校（中共天津市委党史研究室） 曹冬梅]

# 母子两代英雄

有一位伟大的母亲，为了能让儿子坚定抗日，被俘后绝食七日而死。她有个儿子叫马守清，后改名为马本斋，是著名的抗日英雄。那一时期，"打不烂，拖不垮，攻无不克的铁军"克敌佳话和马母教子的楷模事迹，一直流传在冀中平原。马本斋率领的回民支队，被毛泽东称赞为"百战百胜的回民支队"。朱德也曾亲笔题词，称颂他们是"母子两代英雄"。

## 历尽千辛磨难　寻得救亡真途

1902 年，马本斋出生于河北献县东辛庄一个回族农民家庭。母亲白文冠生性刚强，勤劳节俭，待人宽厚。她经常给马本斋兄弟讲苏武牧羊、岳母刺字、木兰从军的故事。她教育孩子："做人要正，走路要直，不能损人利己；咱人穷志不穷，累能受，苦能受，志不可屈。要为咱穷回族人民争口气！"母亲的言传身教，对马本斋幼小的心灵产生了深刻影响。

1915 年，因家境贫寒，在私塾学习了仅两年的马本斋就辍学回家。为谋生计，13 岁的他只身出北口，下关东，参加各种务工，饱尝人世艰辛后，投身奉系当兵并进入抚顺讲武堂学习，毕业后逐级晋升至团长。九一八事变后，面对国土沦丧、报国无门，马本斋愤慨地写下："风云多变山河愁，雁叫霜天又一秋。男儿空有凌云

**抗日英雄马本斋画像**

志,不尽沧浪付东流。"毅然弃官卸甲,回到农村务农。

卢沟桥事变爆发后,日军大肆进攻冀中平原,国民党军队不战而逃,并炸毁了子牙河北堤,洪水冲毁了马本斋的家乡,许多人和牲畜被淹死。然而大水并未挡住日军的进攻,敌人逆流而上,包围了东辛庄,他们放火焚烧了清真寺和大片房屋,抢走了许多粮食和牛羊,杀死了马本斋的大哥和许多乡亲。

仇恨的烈火在人们心中燃烧,倔强的马母望着血泊中的儿子和乡亲,新仇旧恨交织在心头。她鼓励儿子马本斋和马进坡,要为被害的亲人和乡亲报仇雪恨。马本斋义愤填膺,咬着牙表示一定要为死去的亲人们报仇。村里的小伙子们也都纷纷要求马本斋组织队伍,与日军战斗。

马本斋带过兵、打过仗,早就想组织起一支队伍。在母亲和乡亲们的鼓励和支持下,他拿出收藏的原从东北军带回的二十响镜面匣子,斩钉截铁地说:"抄家伙,拉队伍!"就这样,东辛庄60多人的穷苦回民揭竿而起。从此,在冀中平原出现了一支英勇的回民抗日武装队伍。

在马本斋的带领下,这支队伍越来越壮大。在日军对冀中平原进行残酷"扫荡"时,回民支队神出鬼没,到处打击敌人,打了几场漂亮的胜仗。但由于孤军作战、人少力单,加之装备太差,队伍也付出了较为沉重的代价。在一次突围中,一些得力队员牺牲了,个别人在失利面前经不起考验,开了小差。

为了摆脱困境,马本斋开始思谋着寻找依靠的力量。1938年初,当听说八路军已经到了安平、肃宁一带,他犹如在黑夜中看到了希望的星火,他深深地感到共产党领导下的八路军才是真正抗日的队伍,就决心去投奔八路军。

恰在此时,党也在寻找马本斋。中共党员、冀中回民抗日建国会主任刘文正携带中共中央颁发的《抗日救国十大纲领》和老红军孟庆山司令员给马本斋的信来到河间、献县一带。马本斋立即同刘文正取得联系,两人一见如故,抵掌促膝,彻夜长谈。马本斋对党的抗日民族统一战线政策和抗日救国十大纲领由衷的赞同。他觉得自己就像一个流浪多年的孩子,历尽千辛万苦,终于回到了母亲的怀抱。第二天一早,马本斋即率队开赴河间参加了八路军,被改编为回民教导队。

从此，在中国共产党的领导下，这支回民抗日武装同日本侵略者进行了英勇卓绝的斗争，在血与火的洗礼中越战越强，逐渐成长壮大起来。

## 红旗指引道路　铁军驰骋冀中

1938 年 7 月，冀中军区将安平县的另一支回民教导队与马本斋的回民教导队合编为冀中回民干部教导总队，任命马本斋为总队长，共产党员丁铁石为政治部主任，在部队内建立了党的组织。马本斋非常尊重党内干部，全力支持党组织工作，并以共产党员的标准严格要求自己。同年 10 月，他光荣地加入了中国共产党。站在鲜红的党旗下，马本斋庄严地举起右手，向党倾吐了肺腑之言："我志愿加入中国共产党，把自己的一切献给共产主义事业……在党的指引下，坚持抗战，不把日本侵略者赶出中国，死不瞑目！"

马本斋还如饥似渴地学习钻研毛泽东的军事著作，悉心领会和把握游击战争的战略战术。他常对战士们说，毛泽东是中国游击战争之父，要打胜仗，就得读懂毛泽东的书籍。按照毛泽东的人民战争思想和游击战的战略战术，马本斋率领 800 多名回族战士在河间、献县、青县、沧县一带同敌人展开游击战。三个月中，马本斋和回民教导队作战 30 余次，打死打伤日伪军 500 多人，破坏铁路 70 余次，覆车 20 余次。许多回族同胞闻风响应，纷纷参军入伍，队伍不断壮大。

1940 年 5 月，日军急于打开津浦、平汉两条铁路间的通道，依托衡水等大据点，强征民夫抢修石德路。日军经常"扫荡"石德路沿线村庄，百姓深受其害。为打乱敌人的战略部署，保卫石德路沿线人民的生命财产，马本斋决定会同衡水县大队狠狠打击一下驻衡水敌军。经详细侦察，摸清了敌人的活动规律，回民支队准备在康庄来一个"引蛇出洞，围点打援"。

康庄位于石德路南衡水至安家村据点之间，是衡水至安家村的必经之地。5 月 29 日深夜，马本斋率主力部队悄悄进入康庄设伏，严密封锁消息。次日拂晓，他命第五中队佯攻安家村据点，待安家村敌人向衡水打电话紧急求援后，马本斋即命令割断敌人的电话线。不一会儿，一贯骄横的衡水日军在部分伪军的配合下乘着卡车向安家村方向赶来，当敌人全部进入伏击圈后，马本斋一声令下，霎时伏兵四起，杀声震天。在密集火力的打击下，敌人欲逃不能,乱作一团。仅 40 分钟,敌军全部被歼,而回民支队无一伤亡。这场漂亮的伏击歼灭战,缴获日军平射炮 1 门,轻、重机枪 5 挺,掷弹筒 6 个,以及部分枪支弹药。

深县榆科村是一个重要据点,有 100 多名伪军驻守,对我抗日军民的活动具有很大威胁。一天,马本斋派兵侦察得知深县城内有 70 多名日军要去榆科,觉得这是巧取榆科的良机。他当即命令马进坡和骑兵连指导员任宏率 70 名队员化装成日军大摇大摆地抢先赶到了榆科据点。伪军们事先已得到通知,见"皇军"驾到,立即毕恭毕敬地列队迎接。回民支队的战士们以迅雷不及掩耳之势冲进据点展开攻击,当场打死 30 多名企图顽抗的伪军,其余的也只好乖乖地当了俘虏。由深县城赶来的日军途中闻变,又仓皇地溜回城里。

1941 年 1 月初,为粉碎敌人对冀中根据地的分割、蚕食,马本斋奉命率部北上,挺进到大清河以北,直逼敌占区心脏——保定。在日军的"确保治安区"里,马本斋成功地运用了"推磨"战术,打得赢就打,打不赢就走,利用容城一带的有利地形,牵着敌人的鼻子转。当敌人极度疲惫的时候,就吃掉他一部分。在这一带,消耗和牵制了日军的大量兵力,保卫了冀中抗日根据地。由于回民支队战功卓著,冀中军区授给其"打不烂,拖不垮,攻无不克的铁军"锦旗一面。

## 母亲坚强不屈　本斋深明大义

1941 年夏,马本斋率回民支队转战于子牙河两岸,围景和、困丰尔庄、打淮镇,数月之间作战 27 次,歼敌 500 余人,打得盘踞河间的山本联队胆战心惊,百人以下的小股敌人不敢出据点一步。山本气急败坏地给马本斋写信道:"有你马本斋就没有我山本,有我山本就没你马本斋"。马本斋针锋相对地回敬一信:"有你山本就没有我马本斋,有我马本斋就没你山本!"。

山本屡战屡败,一筹莫展。此时,曾在回民支队任过参谋的哈少甫(已投敌叛变)向山本献计,可利用马本斋是孝子的特点,抓捕马母,以此诱使马本斋率队来救,并一举歼灭之;如其不成,还可威逼马母写信招降马本斋,使回民支队群龙无首,不战自溃,以除心患。

是年七月初五凌晨,山本率日伪军包围了东辛庄,将全村群众驱赶到一处空场上,四周架起了机枪,用刺刀将群众团团围住。汉奸翻译崔丰久在山本的示意下,向群众喊话,要求乡亲们交出马本斋的母亲,并承诺只要配合日军,不会伤害大家。可惜,汉奸的"努力"是徒劳的。崔丰久喊了半天,人群里没有一人吭声。于是崔丰久便开始威胁群众,要他们交代马本斋母亲的下落。

"要是再不说,就拿机关枪嘟嘟了你们!"崔丰久气急败坏地咆哮了起来。他走进人群,伸手将伊斯兰抗日先锋队队员马维良、马维安兄弟拽了出来,质问他们马母的下落。兄弟俩大义凛然,回答不知道。山本恼羞成怒,便命人刺死了马维安,枪杀了马维良。随后敌人又逼问哈元庆,哈元庆同样回答不知道。敌人气红了眼,竟当场用汽油将哈元庆活活烧死。

乡亲们眼里闪着仇恨的怒火,人群开始骚动起来。敌人连连用机枪向空中扫射示警。这时,隐蔽在村外青纱帐里的马母和乡亲们,也被敌人驱赶到空场上来了。敌人从人群里拽出了王兆喜老汉,王老汉扫了一眼到来的马母,告知敌人马母早已跟随马本斋走了。敌人不信,便把他吊起来,一面灌凉水一面毒打。

马母不忍看乡亲们为掩护自己而流血牺牲,她毅然拨开人群,英勇地走了出来,痛斥敌人的罪行,亮明了自己的身份。山本命手下匆忙推来一辆独轮车,七手八脚地将马母推拽了上去,押解着去了河间。

马母被捕的消息传到回民支队,战士们群情激愤,纷纷向马本斋请战,要求去救马母。对于敌人的凶残和卑劣,马本斋又何尝不知?想到年迈的母亲被敌人抓走,他顿感五内俱焚,真恨不得即刻攻入敌巢救出老母,再杀他个片甲不留。但是他深明大义,知道这种莽撞举动,正是敌人求之不得的。于是他忍住内心的悲愤,把敌人的歹毒用心讲给战士们听,并劝告同志们以党的事业和抗战大局为重,决不能上敌人的当,决不能辜负党的恩情和民众的期望。

山本见第一步阴谋没有生效,便开始实施第二步。他威胁利诱,软硬兼施,逼迫马母给儿子马本斋写劝降信,却遭到了马母的严词痛斥。马母知道敌人不会轻易放过她,为不给儿子抗日增添负担,便抱定了誓死的决心,展开了绝食斗争。就这样她一连7天滴水未进,最后在监禁中溘然长逝。

得知马母壮烈殉国的消息,回民支队全体指战员悲恸万分。马本斋强忍怒火,奋笔写下:"伟大母亲,虽死犹生;儿承母志,继续斗争!"

马本斋化悲痛为力量,更加勇猛顽强地战斗。他率领回民支队连续出击,四战四捷,斩断了敌人控制的沧河、沧石交通要道,毙伤并俘虏了日伪军700余人,迫使山本联队龟缩在河间城里不敢露头,粉碎了敌人的秋季大"扫荡"。

(中共河北省委党史研究室　王宗志)

# 抗日英雄群体　狼牙山五壮士

"视死如归本革命军人应有精神，宁死不屈乃燕赵英雄光荣传统。"这是1959年聂荣臻为狼牙山五勇士纪念塔的题词。70多年来，"视死如归，宁死不屈"的狼牙山精神，鼓舞着一代又一代的中华儿女奋勇向前。然而近年来网上不时出现亵渎英雄烈士的言论，针对英雄烈士进行丑化、侮辱的事件屡见不鲜。更有甚者，以所谓的"证据"揭示"真相"，质疑"狼牙山五壮士"，对"狼牙山五壮士"的形象进行矮化处理，颠覆了"狼牙山五壮士"的英雄形象及英雄事迹。

事实不容歪曲。《中华人民共和国英雄烈士保护法》自2018年5月1日起施行。2020年6月28日提请全国人大常委会会议审议的刑法修正案（十一）草案规定，侮辱、诽谤英雄烈士，损害社会公共利益，情节严重的，处三年以下有期徒刑、拘役、管制或剥夺政治权利。天地英雄气，千秋尚凛然。我们有责任正面回击历史虚无主义恶意诋毁英雄名誉的行为，还历史以本来面目。

## 日寇"扫荡"　尖刀班临危受命

1941年秋，受到百团大战重创的日军，发誓不惜一切代价消灭共产党领导的八路军，接连对华北各抗日根据地发动规模空前的大"扫荡"。晋察冀抗日根据地是日军进攻的重点。9月，日军调集了3万余主力部队疯狂地扑向了晋察冀。9月24日，日军特种山岳部队2500多人，兵分9路，在飞机、大炮的掩护下，包围了易县境内的狼牙山。狼牙山位于易县、徐水、满城、涞源之间，当时四县的党政机关、游击队和周围村庄的数万群众隐蔽在狼牙山区。日军扬言："这次'扫荡'，要石头过刀，草木过火"，企图围歼驻扎在该地区的晋察冀军区第一军分区第一团。

为保存实力，避敌锋芒，八路军主力部队决定转移到外线作战，留下第七连掩护。军分区司令员杨成武命令七连："要采取灵活机动的战术，把敌人死死拖住，明天12点以前，不准让敌人越过狼牙山顶峰棋盘坨，以掩护我党政机关和群众转移！"同时指示七连要等大家安全转移后，留下一个班拖住敌人，做最后转移。六班班长马宝玉听到这个消息后，便跑来找七连指导员蔡展鹏求战："指导员，把这个任务交给我们吧！"

六班政治素质好，是一个响当当的尖刀班。原有9人，除4名伤病员外，能参加战斗的只剩下5人。班长马宝玉，21岁，河北省蔚县下元皂村人，1937年入伍的老战士，作战勇敢，有丰富的战斗经验，曾多次参加狼牙山预备战场演习，对山上大大小小的山头和道路很熟悉；副班长葛振林，24岁，河北省曲阳县喜峪村人，也是共产党员和有丰富战斗经验的老同志；还有三名战士：胡德林，19岁，胡福才，18岁，河北容城县人，他俩是叔侄关系；宋学义，23岁，河南沁阳人。他们不仅个个作战勇敢，而且枪也打得很准。

指导员蔡展鹏与连长刘福山深知六班的战斗力很强，深信马宝玉等5名钢铁般的战士对党忠诚，作战勇敢，将阻击任务交给他们最放心，就答应了六班的请求。

平均年龄21岁的尖刀班5名战士，在生死面前，主动请缨作战，这种置生死于度外、勇于担当的精神值得后人学习。那些在网上造谣，污蔑"狼牙山五壮士就是几个欺压百姓的土八路"的谎言，在真相面前终将不攻自破。

## 狼牙山寒　诱敌狙击棋盘坨

夜里，狼牙山上寒风阵阵，山下的日军盲目地向山上打枪。午夜，一团团长邱蔚接到上级命令："敌人口子已开，马上突围。"三四万名地方干部和群众由部队掩护着，借着清冷的月光，井然有序地开始转移，在夜色逝去之前，已经神不知鬼不觉地跳出了狼牙山。

敌人却自认为包围住了我们的主力部队，25日天一亮，便像群狼一样恶狠狠地扑了过来。七连和留下来的一部分民兵密切协作，利用狼牙山的天险和改造过的地形，分兵把守，灵活御敌，在敌人必经之路埋下地雷，从各个方向向敌人射击,造成漫山遍野都是八路军的假象。从东西水村往棋盘坨爬上来的日军,一路上伴随着地雷的爆炸,死了四五十人。

日军山地指挥官更是确信网住了一条"大鱼",于是愈加疯狂地进攻。战斗打得异常惨烈,指导员蔡展鹏找到马宝玉说:"你们在山上掩护,争取让地方上的同志和群众走得更远一些,让连队主力安全地突围。你们坚持到中午,然后看情况,能往哪里撤就往哪里撤,明天到规定地点集合。"

面对成百上千敌人的包围,六班5个人能完成这艰巨的阻击任务吗? 他们的回答是坚定的。"准备战斗!"为了把众多的敌人吸住、顶住,并不断予以消灭,马宝玉带领全班把连里留下的几箱手榴弹一束束捆好,像埋地雷似的埋在敌人可能经过的险要路段上。然后分头埋伏在险要处,注视着敌人的动向。

天刚蒙蒙亮,山脚下就响起枪声,隐隐约约能看到五六百个日军正向山上移动。一会儿,又传来阵阵爆炸声。原来上山的日军踩响了战士们埋下的手榴弹,被炸得血肉横飞,哇哇乱叫。马宝玉预感到敌人会用炮击来报复,所以决定带领全班向"阎王鼻子"转移。

"阎王鼻子"易守难攻,地势险要,两侧都是万丈深渊。马宝玉明白,凭这五杆枪,把日军堵在山脚下是不可能的,必须把敌人引到山上,依靠有利的地形,在运动中消灭敌人,才能为部队转移争取更多的时间。日军以为遇上了八路军主力部队,便集中山炮向山上猛轰,还调来飞机空中轰炸。马宝玉等5人沉着应战,顽强地打退了敌人一次又一次的进攻。

战斗一直持续到中午。按照预定时间,阻击任务已经完成,他决定带领战士们转移。面对眼前的岔路口,该如何抉择呢? 一条路从山腰向北,通向主力部队转移的方向,走这条路,很快就会赶上大部队,但日军有飞机侦察,想甩掉敌人不容易,很容易暴露主力部队;一条路向西南,直通狼牙山棋盘坨顶峰,那里三面悬崖,是一条绝路。

在生死关头,马宝玉斩钉截铁地对大家说了一声:"走"。第一个走上了通往棋盘坨的小路,战士们热血沸腾,紧跟在班长后面,并有意识地留下明显的痕迹,以诱敌深入。走了不远,他们遇到龙王庙村的冉元同,他就是后来"狼牙山五壮士"的目击者之一,他在战斗打响后,背着我军一位伤员上山躲避,谁知当他把伤员安置在一个山洞隐蔽好后,就被敌人发现了,为了把敌人引开,他跑到狼牙山,偶遇到五位战士。"同志们,附近有个山洞很安全,快跟我进去躲躲吧!"可是,马宝玉谢绝了冉元同的关心,带领全班继续向棋盘坨进发。

就这样,五壮士牵着敌人的鼻子登上了狼牙山的顶峰棋盘坨。敌人也像一群疯狗似的跟了上来,怎么办啊?马宝玉沉思了一下,果断决定抢占牛角壶。"马班长,去不得,那是绝路!"紧跟六班行进的冉元同焦急地喊道,"快!往山梁左拐,那里有一条小路可以绕到山背后。"为了部队和群众走得更远,把敌人引向绝境,六班战士们毅然选择再次谢绝冉元同的关心,抓住石缝里伸出的小树,踏着突出的岩石,继续向牛角壶攀爬。

冉元同在莲花瓣山,由于一心牵挂着五位八路军同志的安危,哪里高,哪里能看到他们,他就往哪里去,连山洞也不钻了。他看得很清楚,扑向五位同志的日军有几百个,朝牛角壶猛烈射击。五位壮士凭借弹丸之地的有利地势,顽强地打退了敌人的4次进攻。不少敌人坠落山涧,粉身碎骨。

这时,日已西沉,正在射击的马宝玉负了伤,子弹打完了,他把全班仅有的一颗手榴弹插在腰间。马宝玉从地上搬起一块石头向敌人砸去,其他人也照样搬起石头砸向敌群。山石裹挟着敌人的哭喊声,稀里哗啦地向山下滚去,不少敌人被石头送了命。

看到八路军没有子弹了,敌人开始号叫着一窝蜂似的往上冲。很快,山顶搬得动的石头都扔完了,再也找不到可以杀敌的武器了。马宝玉从容地抽出手榴弹,拧开盖子,举过头顶。葛振林、胡德林、胡福才、宋学义不约而同地靠拢过来,说:"班长,拉弦吧!咱们死也不当俘虏!"

敌人越来越近了,还不停地喊着:"八路的,投降吧!"听到敌人的号叫,马宝玉怒不可遏,将手里的手榴弹扔向敌群。然后他抢起心爱的步枪,在岩石上摔成两截,说:"砸吧!同志们,武器是人民给我们的,死也不能把它留给敌人!"4位战友也都把自己心爱的武器摔坏了。

## 视死如归 壮士一跃成大义

当日军战战兢兢地爬上顶峰时被惊得目瞪口呆,与他们周旋一天,让他们付出惨重的代价,甚至不惜使用飞机大炮的原来不是八路军的主力,而只是眼前的五个人,这是他们做梦也没有想到的。惊呆了片刻之后,他们开始怪叫着逼了过来,企图活捉手无寸铁的五位壮士。

马宝玉整了整臂上的八路军袖章,坚定地喊了一声:"同志们! 跟我来!"纵身跳下万丈悬崖。葛振林、胡德林、胡福才、宋学义高呼着"打倒日本帝国主义! 中国共产党万岁!"相继跳了下去。

这一惊天动地、气吞山河的场景,被此时隐藏在仙人洞里的棋盘坨道观的李圆忠道长看在眼里,痛在心里,不禁大叫一声,跌坐在地,泪眼滂沱。他是一位爱国道士,一直在帮助八路军做抗日工作,也是"五壮士"跳崖的目击者之一。冉元同也看得很真切:八路军的五位同志跳崖时,不是在同一个位置往下跳,有两个是在另一个崖口跳的。五壮士的壮举顿时使日军呆若木鸡。日军指挥官发出了"撼山易,撼八路军难"的感叹。

五壮士跳崖后,马宝玉、胡德林、胡福才为国捐躯,壮烈殉国。葛振林、宋学义被悬崖的树枝挂住,身负重伤,后在战友和乡亲们的援救下返回连队。

狼牙山五勇士纪念塔

狼牙山五壮士的英雄事迹激起了人们对日军的无比仇恨,也激励着我军将士浴血奋战在晋察冀边区。时隔两年后,1943 年 5 月 23 日,日军在狼牙山地区"扫荡"时,再次涌现出"狼牙山五壮士"式的英雄群体。

狼牙山五壮士的英雄事迹迅速传遍了全军全国,受到了人民的崇敬。1942 年 9 月底,晋察冀边区党和政府,为纪念马宝玉等三名烈士,在狼牙山棋盘坨峰顶建造了一座纪念塔。全国解放后,为永远纪念五壮士的英雄业绩,1959 年 3 月,纪念塔重新修建,更名为"狼牙山五勇士纪念塔"。1986 年,易县人民政府第三次修建了"狼牙山五勇士纪念塔",并于 9 月 25 日狼牙山战斗 45 周年纪念日举行了纪念塔落成典礼仪式。2009 年,狼牙山五壮士当选为全国"双百"人物。2014 年被民政部授予"著名抗日英烈"称号。

"五壮士"是我党、我军和中国人民的光荣与骄傲!五壮士的壮举,表现了崇高的爱国主义、革命英雄主义精神和坚贞不屈的民族气节。它是中华民族精神的文化传承,是抗战烈火中锻造的无上瑰宝,我们每一位中华儿女都有责任和义务学习好、宣传好和维护好这份宝贵的精神财富。

（中共河北省委党史研究室　武春霞）

# 焦庄户抗日老村长

1943年冬,焦庄户村外的马家坟地,又多了一个坟头,但这个是假坟。几天后,日伪军进村,说是要缉拿一个叫马福的人。乡亲们说:马福最近暴病死了,不信到他坟上去看。敌人半信半疑,气急败坏之下,把马福的母亲打了一顿,扬长而去,临走时放言:捉到马福上秤称,有一斤分量给一斤钞票。这个造假坟、鬼子恨的人就是焦庄户抗日老村长马福。

焦庄户位于顺义东北部,原为800多口人的村庄,村后是燕山余脉歪坨山,村前是潮白河支流金鸡河。村里人过着日出而作、日落而息的平静生活。然而这份平静被卢沟桥事变后的枪炮声打破了。

1938年冬,日伪军入侵焦庄户。这一年,日军在顺义制造了"冯家营惨案"和"焦各庄惨案",残杀老百姓70人以上。焦庄户处于冀东与平北的连接点上,战略地位重要,无论是八路军还是日伪军都很关注。日军为了加强对这一带的控制,严防八路军和游击队的活动,就在村外二里地的龙湾屯建了炮楼,设立据点。

日本人五天一"清乡",十天一"扫荡",实行"烧光、杀光、抢光"的"三光"政策,闹得"无村不戴孝,遍地是哭声"。村里的人不堪忍受日寇的祸害,走的走,逃的逃,只剩下不足200人,青壮年人也就五六十人。

1938年夏,冀东抗日大暴动的浪潮波及焦庄户一带,群众性的抗日武装闻风而起。1939年夏,八路军宋(时轮)邓(华)纵队第三支队成员来到焦庄户,宣传抗日救国方针,组织青救会、妇救会、民兵自卫队、儿童团等。这个时候,40岁出头的村民马福秘密入党,成为村里的第一名共产党员。

提起马福,在焦庄户也算是阅历丰富的人。他家境贫苦,闯过关东,耳闻很多关于日本人在关内外烧杀抢掠的事,还目睹了国民党军队见了鬼子望风而逃的情景。共产党领导的八路军来了,马福逐渐明白了,只有在共产党的领导下团结抗日才是唯一出路。于是他主动提出了入党的申请。

随着冀东抗日根据地的建立和发展,焦庄户成为解放区的"老四区"。马福按照区委指示,卓有成效地开展工作:发动群众,夺取武器,成立民兵队伍,消灭伪村政。1942年4月,村党支部秘密建立,马福任支部书记。1943年4月,公开村政权,同时宣布废除伪村政,马福被选为村长,化名"老统一",成为全村对敌斗争的带头人。

在村长马福的带领下,焦庄户民兵经常到敌占区袭扰、破坏,闹得敌人日夜不宁,有力地配合了八路军的作战。

1943年秋,马福、马文藻等带人蹲守,利用地雷炸翻日军的一辆汽车,缴获电台一部,子弹500多发。冬天,又冒着大雪,连夜割敌人电话线十多千米,砍电线杆40多根。敌人视马福为眼中钉、肉中刺,高价悬赏缉拿。马福也想跑到歪坨山躲一躲,但村里的抗日工作实在脱不开身。无奈之下,就演出一场假死的闹剧,出现了开头那一幕。和中国北方许多农村一样,焦庄户也把白薯(地瓜)当成重要的农作物,为了储存白薯,家家都有地窖。有一次,敌人来了,马福来不及向村外撤,就机警地跳进白薯窖,顺手将两捆山柴堵在了窖口。人下去了,但心里特别不踏实。因为一旦被敌人发现,结果就是束手就擒。事后一想还挺后怕的。

这次偶然的逃生经历,使他想起早年在关外打工时的一件往事:东家在住屋的后墙挖了条暗道,房后不远是条沟,顺沟就到山脚下。当时心细的马福明白,这是东家用来防身的。而今这件事启发他把各家的白薯窖连接成暗道,最终实现地下出村。

焦庄户地道战遗址民兵指挥瞭望楼

马福找来村里的抗日骨干合计,大家都觉得挖地洞的办法好,毕竟老"跑反"不是长久之计。况且冬天也没啥农活儿。于是一边找人设计方案,一边做发动群众的工作,不久,一场开挖地道的人民战争打响了。

但是要防止挖地道的消息走漏,又要防止敌人来偷袭,还要解决土方的运输放置,加上挖洞本身是重体力劳动,解决这些问题并非易事。党支部发挥战斗堡垒精神,焦庄户人不怕牺牲、艰苦奋斗、严守秘密,经过一个冬天的奋战,完成了预想的地道工程。

1944 年 4 月,日伪军又来"扫荡",民兵利用地道打得敌人落荒而逃。不久,叛徒带着敌人进村。全村人闻讯下了地道,从村外的出口冲出包围圈,让敌人扑了个空。这时马福也发现了问题:敌人找到洞口,点燃柴火往里扔,用烟熏,还往地道里灌水。恰好,三(河)通(县)顺(义)联合县武装部部长杨崇德带人推广冀中地道战的经验,县教育科科长徐进到焦庄户蹲点指导。

马福知道他是个文化人、点子多,就请他给出主意。徐进根据保定冉庄的经验,借助汉字"凹"字,讲解了地道设计及利用翻板防水、防烟、防毒气的原理。在徐进的指导下,全村老小齐上阵,开始了改造地道的工程。另外,按区委要求,南边的唐洞村、北边的大北坞村也都开挖地道,由此建成了连接三村的地下长城。经过多次改造的地道,不仅能藏、能走,还能防、能打。有了"四能地道",焦庄户的抗日形势扭转了。

1944 年 5 月,上级党组织决定端掉龙湾屯的日伪炮楼。马福利用内线消息,里应外合。得知原来的日军都已被抽调到前线,他和焦俊芳率领民兵把地道挖到离炮楼四五百米远的地方,很快便打下了这个炮楼,俘虏伪军 40 多人,缴获大枪 37 支,还有很多军用物资。由此,焦庄户一带的生产、生活环境明显好转。

焦庄户成了冀东抗日根据地安全可靠的堡垒。于是冀热辽第 14 军分区卫生处第二所搬到这里,附近的伤病员也到这里来疗养,村里经常住着几十个伤员。一有敌情,大伙就把伤员抬进地道。马福就像一把火,照亮了焦庄户人民革命斗争的道路。而千千万万个像马福这样的党员,凝聚着敌后人民坚持抗日的力量,使中国共产党在抗战中发挥着中流砥柱的作用。

(北京市委党史研究室 市地方志办 乔克)

# 两颗地雷炸出民兵威风

1942 年的一天,阜平城南庄的河滩地上人山人海。晋察冀军区司令员兼政委聂荣臻,亲自把一支左轮手枪授予一位年轻人。年轻人脸蛋通红,激动地向全场敬了一个标准的军礼,他就是闻名华北的房(山)涞(水)涿(县)联合县九区游击队队长隗合宽。隗合宽 1922 年生于房山区石堡村,1940 年加入中国共产党。曾任房涞涿联合县九区游击队队长等职,1942 年获"晋察冀边区民兵英雄"称号。

隗合宽

## 让日伪军尝尝"铁西瓜"

一个十八九岁模样的小伙子在山梁上狂奔,跑得气喘吁吁,顾不得擦汗,他就是房山上石堡村抗联主任隗合宽。他得到情报,一个小队 10 多个日军和 30 多个伪军从南窖村的据点出发,正向霞云岭地区"扫荡",便赶紧抄小路往村子赶。到了村边的山梁上,就见村子上空升起阵阵黑烟,他知道自己回来晚了。原来日伪军抢走财物后,还把老百姓的房子点燃。看到日伪军的暴行,他决心在日伪军返回时伏击,给日伪军点厉害尝尝。

隗合宽带着村里的民兵,找到两颗地雷,商量着让日伪军尝尝"铁西瓜"的滋味。他们琢磨着村南大道是日伪军返回时的必经之路,隗合宽将两颗地雷埋在路上,民兵站在山梁上放哨。果然,半小时后,"清剿"的日伪军从邻村出来,走上大道,带头的日本兵趾高气扬,手里提着从老乡家抢掠来的财物。忽然一声巨响,这个日本兵踩在地雷上,被炸得血肉横飞。跟在后面的日伪军以为被八路军包围,有的急忙卧倒,有的四处寻找目标射击。

过了一会儿,见没有枪声,日伪军小队长丘本命令全队继续向据点撤退。走着走着,又一个日本兵踩响第二颗地雷,双腿被炸掉。日伪军顾不上抢来的财物,乱哄哄向据点撤去。隗合宽和民兵乘胜追击,又扔了几颗手榴弹,撵得日伪军一路狂逃、溃不成军。

隗合宽用两颗地雷,炸死日伪军 1 人,炸伤日伪军多人,缴获步枪 1 支、手榴弹 15 枚、子弹 40 多发。这场战斗,打掉了日伪军的威风,打出了霞云岭地区民兵的气概。

## 端掉鬼子岗哨的"顺风耳"

南窖有丰富的煤矿,日军在南窖村设立中心据点,疯狂掠夺煤炭资源,来供应侵华战争所需。南窖据点驻有 80 多名日军、400 多名伪军,据点周围密布岗哨,岗哨之间架设电线、装有电话,通信联系四通八达,用来指挥调度煤炭的运输。日伪之间的日常联系也用电话,一旦一个岗哨被围,日伪军能迅速增援。

八路军几次袭击南窖据点,想破坏日军的煤炭生产,却无功而返。日军中队长狂妄地扬言:凭这四通八达的电话,八路军休想攻进南窖。担任九区游击队队长的隗合宽不信这个邪,他主动请缨,深入南窖日军岗哨,摘电话机,破坏通信联系,打击日军的嚣张气焰。

黄土梁岗哨是通往南窖据点的咽喉要道,里面安装着一部电话机,由 10 多名伪军把守。日军担心这些伪军带枪逃跑,除了小头目有一支手枪外,其他伪军手里连枪都没有。隗合宽瞅准这是个"软柿子",打算先捏它。

隗合宽带领 5 个民兵,来到接近日伪军岗哨的黄土梁山梁上。白天容易暴露,他们商量着等天黑再行动。隗合宽一边警戒,一边观察周围的地形,琢磨着晚上的行动。

天终于黑了下来,隗合宽带着 5 名民兵摸进黄土梁岗哨,趁伪军不注意,举起手榴弹大声喊道:"不许动,把手举起来,不听话就炸死你们。"伪军以为八路军打进来了,吓破了胆,一个个乖乖地举起手。5 名民兵迅速进屋缴了伪军小头目的手枪。隗合宽用匕首割断电话线,摘下电话机,转身对伪军说:"咱们都是中国人,不能给日军卖命。你们家里都有老小,赶快逃命吧!"

这些伪军都是被抓来的壮丁,硬着头皮给日军站岗放哨,一听隗合宽饶了他们,纷纷逃跑。

隗合宽一鼓作气,又接连摘掉了南窑下站、上站岗楼的电话机。这次出战共摘掉电话机 3 部、缴获手枪 1 支。当天夜里,隗合宽派人把电话机送到了区政府,并向区政府报告战斗结果,得到区政府领导的表扬。

由于电话机被摘、电话线被割断,指挥失灵,运煤车被迫停驶,日军中队长十分震怒,又重新安装了电话机。隗合宽和队员们又一次出动,再次摘掉日军的"顺风耳"。半年里,隗合宽带领民兵先后摘掉日军电话机 14 部,缴获甜瓜式手榴弹 20 多枚,收缴电话线 500 多千克,使日军南窑煤炭生产一度处于瘫痪,打乱了日军占据的石景山炼铁厂的生产计划,甚至引起日本华北方面军的担忧。

后来,晋察冀北岳军区第十一军分区在史家营莲花庵村召开大会,专门表彰隗合宽深入虎穴摘电话的英勇事迹,赞扬他打出了晋察冀民兵的英雄风采。

（北京市委党史研究室　市地方志办　乔克）

# 隐蔽战线上的革命伉俪

近些年,随着谍战剧热播,人们越来越关注特工和潜伏人员真实的工作、生活情况。抗日战争时期,就有这样一对夫妻,他们先后在北平什刹海小石碑胡同、大石桥胡同潜伏,开展地下革命工作,他们的名字叫王文、王凤岐。

王文原名吴启满,安徽金寨县人。他参加过长征,在莫斯科学过无线电和情报工作。1940 年 5 月,被派到中共中央北方分局社会部工作。王凤岐原名刘桂芬,河北安新县人,全面抗战爆发后,她先在村里"青妇会"当中队长,后来调到冀中十分区定兴县一区任妇女武装部游击队队长,带领民兵挖公路、拔电话线杆子、剪电话线,破坏日伪军的通信和交通。

1942 年秋,中共中央晋察冀分局社会部平西情报站决定,派王文潜往北平建立秘密地下电台。要想在日本人占领下的北平潜伏,就必须为王文组建一个"家庭"。社会部研究决定,让河北涿州的陈老太太给王文当"妈",让王凤岐当"媳妇"与其假扮夫妻。

"相亲"之后 20 天,25 岁的王文和 26 岁的王凤岐秘密举行了婚礼,变成了真夫妻。在黄浩情报组成员"七哥"叶绍青的帮助下,王文一家 3 口到伪警察所把河北涿州的"居民证"换成了北平的。落户在北平,王文每天在书店上班,陈老太太、王凤岐"婆媳俩"操持家务,日子过得还算体面。

中共晋察冀分局社会部规定,王文、王凤岐组建"家庭"后 3 个月内不准活动,主要是熟悉环境,了解街道、胡同情况,站稳脚跟。

3 个月过去了,他们在北平站稳了脚,便开始工作。叶绍青把王文在妙峰山游击区使用过的 5 瓦干电池发报机,托法国朋友贝熙叶大夫用汽车运到了北平。电台输出功率小,北平城里交流电线多、干扰大,天线又不能架得太高,所以和平西情报站的电台一直通联不上。于是经领导同意,王文决定自己组装一部发报机。在日伪统治下的北平城组装一部电台，其困难和危险可想而知。经过观察，王文决定采取化整为零、分头购买零件的办法解决。

当隆福寺、护国寺、白塔寺举办庙会时，马路便道上有些人摆旧无线电地摊，卖些旧零件。王文就趁赶庙会的时候，有合适的就买一件。经过两个多月的采购，刻度盘、真空管、大小电阻、电容器、锡、松香、烙铁等器件终于买齐了。他运用在莫斯科所学的知识，计算、设计、画图，开始组装电台。没有工具，他就用剪子、斧子、菜刀、生煤火的通条，土法上马，在南屋昼夜组装。

发报机终于组装成功了。此外，王文还搞到一部美国海军用的长短波两用收音机，改作收报机用。为了保障地下电台通联安全畅通，王文、王凤岐开动脑筋，想了许多办法。

第一，要解决天线。在日伪统治下的北平，不可能明目张胆地高高架起天线，必须伪装。于是王文就弄了个很粗的铁丝，白天当作晾衣绳，晚上搭上电台的线，就成了天线。为了增加天线的长度、高度，王凤岐将天线拉出，拴在两根竹竿上，放在南房上。

第二，要搞清楚日伪无线电侦察规律、手段。日伪当局为了侦察抗日力量在北平的地下电台，设立了无线电侦察台。叶绍青经过多方寻找关系，终于和日伪侦察台台长拉上了关系。有一次，他请日伪侦察台台长吃饭。推杯换盏之间，他假作无意实则有心地扯起侦察台的情况。日伪台长为了显示"交情"，就邀请叶绍青到前门外贞家花园侦察台去看一看。

到了侦察台，叶绍青假装问日伪台长："你们不分昼夜地工作，真是辛苦啊！"日伪台长说："我们主要侦察共产党的地下电台。每天24小时轮流值班，可我不在场的时候，他们就玩儿。特别是夜里12点我回家后，他们不是磨洋工，就是睡大觉，或是听美国之音。"

侦察台的情况就这样摸清了。于是王文就避开日伪侦察台监听时段，在夜里2点到5点，抓住空隙，与社会部电台通联。

第三，要注意隐蔽。夜深人静，电台发出的任何声响，都会引起邻居怀疑。王文、王凤岐就在竹竿上套上半米长的棉袋子，往瓦房上放天线，竹竿就是碰到瓦片，也没有一点声音。夜间放天线，要过三道门，就在门轴的合页里,滴上几滴油,开门时就不会发出吱吱的声响。穿上她自己做的软底鞋,夜间走路就不会有声,夜间发报,王文用一个2.5瓦的小灯泡照明还是觉得亮,就用红绸子缝了一个两层的小口袋,套在灯泡上。为防止透光,窗户也用棉垫堵上。

第四,要搞好街坊四邻的关系。伪警察所的张警长老家是河北任丘,与王凤岐算是"老乡"。经过接触,王凤岐发现警长夫人张太太是个爱占小便宜的人,她就时常地送些小物件、鸡蛋什么的给她。就是做碗面汤,王凤岐也给警长端过去一碗,说:"老乡你先吃,我做多了。"他们的小孩出天花,王凤岐主动把老母鸡炖好送过去,笼络感情。这招儿还真管用。伪警察长来查户口,把周围几家查完了,就把查过的条子贴在王凤岐家门口,到屋里抽烟喝茶。张警长带日本宪兵来检查"卫生",见屋里挂着孔夫子的像,干净利落,还一个劲儿地夸"大大地好"。

对外,王凤岐是位职员太太,很光鲜。可实际上他们一家日子过得很紧巴。当时党的地下活动经费很紧张,组织给他们经费都是由交通员从根据

王文、王凤岐与陈老太太"一家"

地秘密带来的金戒指,然后他们自己再换成北平城里花的伪币。有时交通员进不来,经费接济不上,搞得连饭都吃不上。贫苦人家出身的王凤岐有办法,天黑以后,她换上旧衣服,悄悄地到菜市场拣别人掰剩下的菜帮子、破叶子,不要的烂萝卜,回家洗一洗,放点盐就吃了。

她还养起了鸡。养鸡的好处真不少,一是可以吃鸡蛋,给王文补补身子。更主要的是借喂鸡、捡鸡蛋、开门找鸡的机会,可以观察院子内外、胡同里的情况,看看有没有异常情况、可疑人员,别人还不会发觉。后来王文、王凤岐又分别独自在北平、河北等地从事秘密情报工作。

通过王文的秘密电台,地下党组织提供了很多重要情报。1949 年 1 月 31 日,北平和平解放。王文结束了在北平的潜伏生涯,随中共中央华北局社会部部长许建国赶赴天津,从国民党手中接管天津市警察局。长期分居的妻子王凤岐也来到天津,一家人终于团聚了。

(北京市委党史研究室　市地方志办　曹楠)

# 晋察冀边区的"树叶训令"

训令通常是部队里以政治部名义下达的命令,是必须执行的,且级别很高,针对的是非常重要的事宜。1942 年,由于日军的封锁和"扫荡",晋察冀边区进入最困难时期,而当时的司令员聂荣臻曾签发过这样一道训令——《树叶训令》,内容是禁止部队采摘村庄附近的树叶。那么当时的边区发生了什么? 为何会因小小的树叶正式下一道训令呢?

## 天灾人祸 边区生活窘迫

1941 年秋,日军为报"百团大战"之仇,在华北地区实施"治安强化运动",意图把华北变为其发动的"大东亚圣战"的供给基地,并先后出动 7 万兵力,对晋察冀边区进行了长达两个月的全面大"扫荡",实行残酷的"三光"政策,企图制造无人区。

1941 年 9 月 17 日,《晋察冀日报》曾刊登中共晋察冀北岳区党委的一封指示信,"敌寇秋季'扫荡'边区,已由分区'扫荡',进入严重的全面'扫荡'。以优势兵力一万五千人,企图打击我党、政、军首脑机关和后方机关,大量破坏秋收"。这场秋季大"扫荡"长达两个月,使得晋察冀边区中心北岳区蒙受了空前的损失。

对于这段困难的岁月,时任晋察冀军区司令员的聂荣臻在他撰写的《聂荣臻回忆录》中有详细记载:"太平洋战争爆发后,侵华日军为维持更大规模的侵略战争,对我国的人力、物力、财力进行了更加疯狂的掠夺……据不完全统计,1942 年的头 4 个月中,他们就从华北抓走青壮年多达 42 万人。这年 11 月,又令华北大汉奸王揖唐,在各地抢粮 2000 万担。正是为支持其太平洋战争,日本侵略军对晋察冀边区根据地,接连发动了第四、第五次'治安强化运动',不仅对冀东、平西、平北和北岳区的其他许多地方,都进行了大规模的反复'扫荡'。敌人所到之处,房屋被烧,庄稼被毁,村庄抢掠一空,只剩一些残垣断壁,各根据地面积显著缩小,出现了许多无人区"。据记载,1942 年 8 月,仅日军对北岳区进行的两个月扫荡,就抢走粮食 5800 万斤、现款 60 余万元、牲口 1.1 万头,毁坏庄稼 5.2 万亩。

人祸之外,还有天灾。1942 年春,晋察冀边区又遭遇了大旱,好多庄稼都因缺水而旱死,有的甚至还没有发芽就已旱死。一时间,冀中平原和整个晋察冀抗日根据地赤地千里,收成锐减。再加上不少青壮年被抓走,大量牲畜农具遭破坏,许多土地荒芜,生产大幅度下降。

雪上加霜的是,疟疾、痢疾、回归热等疾病在边区许多地方蔓延流行,不少八路军战士患了夜盲症,各种药品和生活日用品也十分短缺。这一切都给边区军民生产生活造成了空前的困难。

## 实属无奈　军民采叶充饥

在那艰难的反"扫荡"岁月里,八路军与敌作战 800 余次,边区的军民饱受战事和生活的摧残。在日军的"扫荡"和干旱、疾病等多重压力下,人民群

边区群众在采摘高处的树叶

众吃的、住的都发生了严重问题,许多地方的群众被迫捋树叶、剥树皮充饥度日。

从当时晋察冀军区摄影记者沙飞拍摄的这张照片中可以看到,当时北岳区群众扶老携幼采摘树叶的情景。照片上,低处的树叶已所剩无几,要想采摘到树叶,只能先让几个会爬树的人冒着危险爬上树杆的高处,用斧子、镰刀把树枝砍下来,下面的人负责捋树叶。群众将采得的嫩叶捋下后,再把树叶放到大瓮中用清水沤起来,短则十天半月、长则两三个月之后就能吃了,当时被称为黄菜。食用时用刀细细切来,拌上少量玉米面、豆面或炒面,或蒸或煮。那时树叶基本上成了当地老百姓全年的粮食,因此,他们把树叶看得很重。

没有粮食吃的不仅是老百姓,军队的给养也成了问题。当时的军区部队在很长一段时间里,都是以喂马的黑豆为主食。开饭的时候,有人戏称自己成了专吃马料的"第二骑兵团"。吃黑豆很难消化,不少人因此得了消化不良症甚至更严重的胃病。

然而难以消化的黑豆也不够吃,八路军战士不得不采树叶充饥。那时部队一天只吃两顿饭,每顿饭是几个二三两重的树叶饼,吃不饱就多喝点野菜汤。为了不断顿,战士们每天出去采树叶,而一棵大树上的树叶仅够一个排 39 人吃上一天。当时的晋察冀司令部设在唐县和家庄村,村里有老百姓900 多人,部队 200 多人,老百姓和部队都靠采树叶为食,村庄附近的树叶根本满足不了这么多人的需求。

这样问题就出来了,部队摘了老百姓就没了。因为部队都是年轻人,走得快,手脚灵活,上树也很容易。要是双方抢着摘树叶,老百姓肯定抢不过。在这种背景下,如果不采取措施,很可能就要影响军民关系。

## 不与民争  聂帅颁布训令

群众需要度荒,部队需要军粮,战马需要饲料……这一切,都压在了聂荣臻肩上。看到老百姓吃树叶、树皮,孩子们都瘦得顶着个大脑袋,聂荣臻心里很是着急,那些天,他明显消瘦了很多。

一天,炊事员采来一篮嫩杨叶芽,拌上仅有的一点玉米渣渣,给聂荣臻蒸了一小盆"苦累"(一种把糠菜蒸在一起的代食品)。聂荣臻端起小盆,凝思片刻,又重重地把小盆放在桌上。他眉头紧皱,询问炊事员杨树叶的来源。炊事员告知聂荣臻树叶是从杨树林捋采的。

聂荣臻听了后,严厉地批评了炊事员"与群众争抢树叶、不为群众断粮所着想、不为忍饥挨饿的伤病员所着想"的错误做法。聂荣臻要求炊事员把"苦累"端回去送给机关的伤病员吃。他翻着桌子上的度荒通报,上边的情况更让他感到不安:个别连队在度荒中已经开始组织干部战士上山采摘杨叶、榆叶。

聂荣臻摇起电话,指示军区政治部迅速起草一个训令:部队有伙食单位,一律不准采摘杨叶、榆叶,也不准在村庄周围挖野菜,这些东西要留给驻地群众。他神色严肃,斩钉截铁地说:"人民子弟兵绝不与民争食!"

很快这个关于"禁止采摘树叶"的特殊训令发布了出去,并以布告的形式贴到村庄周围。训令发出后,部队每天要跑十几里的山路去摘树叶,附近山上的野果也不能摘,都留给老百姓。当村民发现和他们一起摘树叶的八路军指战员不见后,很是感动。老百姓纷纷表示,八路军是我们的子弟兵,大家应该一起共渡难关。更有一些群众找到军区和边区政府,见到了聂荣臻,恳切地希望他收回训令。

在《聂荣臻回忆录》中,记载着这样一幕感人的场面:"广大群众得知这个训令后,很激动。他们找到军区,找到边区政府,找到我,要求收回训令,说得十分恳切。群众说,抗战以前,我们穷人没有吃树叶的权利,因为,山上的树,都是属于地主的,地主不准穷人捋树叶。八路军来了,实行了减租免息,穷人才能上山捋树叶了。可是眼下闹饥荒,为我们争得民主权利的八路军,自己却不能上山捋树叶,这怎么行呢!我向群众解释我军的纪律,同时告诉他们,我们正在想办法解决部队的粮食问题。"

最终,这个训令不仅没有被收回,而且还传达到了晋察冀军区驻扎在北岳区的各个部队里。树叶训令,正表明了当时的军队对于维护军民良好关系非常重视。

## 军民同心　共克时艰

为了共渡难关,按照中共中央的要求,在聂荣臻的主持下,晋察冀军区制定出了团结一致、艰苦奋斗、生产自救的度荒方案,并要求军区的机关、部队在严格执行训令的同时,执行节粮计划,实施精兵简政,让更多的人投入轰轰烈烈的大生产运动中。机关和部队迅速动员起来,军民团结一心,终于度过了这段最困难的时期。

渡过难关,节约粮食是非常重要的。为解燃眉之急,聂荣臻命令部队杀掉一批老弱病残坐骑,把马肉和部分黑豆、谷糠饲料分给连队和群众。边区制定了严格的节约粮食计划,要求除伤病员外,所有脱产人员,包括领导干部在内,每人每天要节约一至二两粮食。聂荣臻还特别嘱咐说:凡是乞讨的小孩路过军区机关驻地,一定要把孩子们叫到机关食堂,让他们吃一顿饱饭。机关工作人员要将此作为一项制度执行。据记载,仅 1942 年,各部队就节约 14 万斤粮食,4 万套军衣,这批节省下来的物资用于救济受灾的老百姓。

不仅要节约,更要能增产。在党中央的号召下,边区部队从司令员到每个战士,都要开荒种地,要求每人生产 50 斤粮食,100 斤蔬菜,并且规定不能占用群众的土地和增加人民负担,完全靠开荒解决。

为了抗击旱灾,聂荣臻亲自挑起扁担,同青年战士一起挑水播种。他还与警卫员、通信员一起养了一群羊。在紧张的工作之余,聂荣臻常常赶着羊群到山坡上与开荒的战士、耕作的群众聊天。聂荣臻曾回忆说:"那群羊很解决问题,遇到病号或者身体虚弱的同志需要加强营养时,挤几碗羊奶,那是最好的营养品。分区和部队的同志来军区开会,我常用羊奶招待他们。我对他们说,冀西都是山地,山上有的是草,你们可以把养羊的办法推广一下,但是,要注意,要把羊群看管好,不要啃树木和老百姓的庄稼。"

1942 年的困难是很严重的。但是在中国共产党的正确领导下,根据地军民团结一致,同甘共苦,终于闯过了难关。到初夏时,沙河两岸的梯田里,小麦已经甩出金黄色的麦穗,村前村后新开的荒滩上,也长满了绿莹莹的菜秧。为度荒立下功劳的杨叶、榆叶,更是葱茏茂密。

　　树叶虽小,意义重大。在抗日年代,一片片小小的树叶,承载着可以将生命延续下去的希望,更生动地诠释了军爱民、民拥军的优良传统。

(中共河北省委党史研究室　王宗志)

# "八路军母亲"杨妈妈

1945 年 5 月 26 日,冀热辽第十四分区党委在平谷县刘家河召开全区抗日群英表彰大会。在众多的先进人物中,一位胸戴红花,年逾花甲的老人格外引人注目,她就是在这次大会上被十四分区党委授予"八路军母亲"光荣称号的拥军模范——杨妈妈。

## 八路军和穷人是一家

杨妈妈原是蓟县城西小刀剪营村人,出嫁到了砖瓦窑村,她的丈夫杨宝生是个老实厚道的庄稼人。抗日战争以前,夫妻俩带着两个儿子,过着房无一间、地无一垄、以扛活为生的苦日子。后来他们托人向地主说合,搬到盘山涝洼子开荒。

涝洼子在盘山最高峰的岭后,只有杨妈妈一户人家,岭前是砖瓦窑村。这里山高林密,人迹罕至。夫妻俩起早睡晚,吃糠咽菜,风里来雨里去,经营着几亩平整出来的田地。虽然还是缺吃少穿,但靠着杨妈妈的精打细算、勤俭持家,一家人总算凑合着过下来了。谁料到,这年冬天地主来了,先是问长问短连带夸奖"不容易呀,地种得好! 庄稼人种地是个根本。"紧接着,他把话头一转说:"你们不容易,我也

"八路军母亲"杨妈妈(中)

不容易,我花钱置地,你们种了二三年了,我一个粮食粒也没要。今年你看怎么办哪?"置地老八厘,三年算下来,三八二十四,就是按二分算利,也该给我一担两担的了。"听完地主的话,杨妈妈盘算着:"这是夺我的饭碗来了。你们地主恶霸,素常身不动,膀不摇,吃香喝辣,净想法算计穷人,欺压百姓。"她越想越气愤,便和地主争执起来,地主把地租由一担五降到一担,又由一担缩到八斗就再不肯让步了。

此后,年年开荒,地主年年增租,把地租一直增加到三担。没办法,杨妈妈和丈夫、儿子又种了红果、沙果、梨、海棠等果树。等树结了果,地主又来分果子。开始对半分,后来四六分。杨家辛苦劳动才分四成。杨妈妈一家就这样在盘山顶上过了近二十年缺吃少穿的穷日子,多半生艰苦生活煎熬着。

砖瓦窑和涝洼子是盘山的中心地带,山顶松柏,山窝果树,是个适于隐蔽作战的好地方。抗日战争头一年,政治训练班、军政教导队就选这里做根据地。此后,中共党组织又在这一带山区建立了盘山抗日根据地,成为冀东西部抗日斗争的中心。这年秋天,地主又来收租,杨老太太笑着让他坐下,说:"来得正好,咱们政府正在找你要公粮,你等着,我找他们和你算账来。"地主愣了一下:"啊,咱们政府……我还有事……"话没有说完,抬起屁股就走了,从此再没进山要地租。杨妈妈明白了,共产党八路军和穷人是一家,为国家也为穷人。她活了这么大岁数,还从未见过这么好的队伍。她和八路军、革命同志心连心,亲如一家人。

## 不能让伤病员有闪失

抗战时期,很多八路军伤病员因伤病不能随军作战,就在老乡家养伤。当年,八路军伤病员就在杨妈妈家养伤,经她照顾好的,她自己也说不清有多少人了,几乎是常年未断过。为掩护伤病员,她宁可叫自己儿子冒险,也不让伤病员有闪失。儿子们下地干活,她嘱咐又嘱咐:"少干点活,也要看清敌人来路。"一遇敌人扫荡,她总是先把留在这一带的同志安排好,让丈夫、儿子出来巡风,最后自己才放心地躲避起来。她常说:"我老婆子怕啥呀?"

八路军某部支队长陶永忠,在一次战斗中左腿受伤,伤势很重,不能随部队行动。领导决定把他留在杨妈妈家养伤。杨妈妈看陶永忠行动困难，就连大小便都不让他出屋。在杨妈妈房子前面十几米的地方有一棵大树，大树的后面是一个天然石缝洞，地方不大，可以藏一个人。陶永忠养伤期间，敌人几次进盘山"扫荡"搜山，杨妈妈都是背着他，把他藏在洞里。然后她回到屋子里应付敌人。为此，还挨了敌人几次毒打，同志们都很心疼。她却说："只要同志们不出差，挨几顿打怕啥呀！他们把我老婆子怎么不了！"从春到夏，陶永忠把伤养好，就要回部队去了。临别时，他情不自禁地向杨妈妈叫了一声"妈妈！"

一年夏天，通讯员李春化为送一封紧急信件，在砖瓦窑村南与搜山的日伪军相遇，被敌人紧追不放。① 杨妈妈听到枪声，正在向外张望，见通讯员提着大枪跑进来。杨妈妈临危不惧，急中生智，向横在北墙的大板柜下一指说"快！抱着大枪横滚进去。"李春化一下滚到柜下。杨妈妈把地上的旧棉被用脚塞入柜下，又把破烂衣服片子抛得到处都是。还没等杨妈妈喘口气，日伪军就闯进来逼问她八路军哪去了。杨妈妈平静地说："向那边跑了，时间不长，走的不会太远。"没等杨妈妈话说完，日伪军朝西山奔去。杨妈妈抽身进屋喊道："快出来，跟我走！"李春化跟着杨妈妈跑到房前那个石缝洞子藏了起来。杨妈妈回屋，日伪军又跑回来了，一边毒打杨妈妈，一边到处翻，最后实在找不到人便气急败坏地走了。

最危险的一次是一个秋天的下午，杨妈妈搓了一阵玉米，刚拿起烟袋抽烟，忽然听到山梁前传来枪响，紧接着一个八路军战士气喘吁吁地跑进屋里。此时，敌人已追过山梁，朝杨大娘家冲来。危急时刻，杨大娘镇定地对战士说："换衣服也来不及了，幸亏敌人没看见你进屋。闯一下吧，看咱们娘俩的命了，要死咱们死在一块。"她顺手拉过一条被，又说："上炕！头枕在我大腿上，把枪准备好，看我眼神行事，不许你说一句话，只装病就是了，我不闪开身，不许动手，千万不要说话呀！"随后把被子盖在战士身上，只露个头，又把尿盆、破饭碗摆在炕上，快速拿起烟袋锅，用手指挖出点烟油，抹在眼里，顿时泪如泉涌。这时敌人追来了他们用枪刺挑开门帘大声喊："出来！"

---

① 天津市地方志编修委员会办公室等编著：《天津市盘山志》，天津社会科学院出版社，2006年，第109页。

杨妈妈边哭边说:"老总别进来呀!我儿子病重,不好了,老总们看着丧气。"敌人见老太太鼻涕一把,眼泪一把的,以为是传染病,吓得捂着鼻子就跑了。杨妈妈巧妙地骗过了敌人,掩护了八路军战士。

在日伪军第四次、第五次"治安强化运动"期间,她家的房子被烧毁,她便以山洞为家,与八路军指战员同甘共苦。在艰苦的生活条件下,她宁可自己吃野菜,也要把仅有的一点粮食留给伤病员吃。有一次,一个伤病员在喝热乎乎的小米粥时,发现老人背着他吃野菜团,战士忍不住流下了热泪。

## 受表彰不忘过去

战争年代,杨妈妈养成了习惯,只要听到枪声,就出屋四处观察,看有无八路军战士遇险。她救护过的子弟兵很多,在盘山坚持斗争的同志没有不认识她的,大家都亲切地叫她"杨妈妈"。

1942年,杨妈妈把她的两个儿子送上前线参军。这时,抗战的形势越来越好,人民的信心更加坚定。在抗日大反击即将到来的时候,1945年5月26日,冀热辽十四分区党委在平谷刘家河召开了抗日群英表彰大会,杨妈妈参加了这次群英盛会。在大会上,杨妈妈坐在主席台上。地委书记李子光宣布:授予抗日拥军模范人物盘山杨妈妈"八路军母亲"的光荣称号,颁发奖状,并奖励一匹毛驴和一支长枪等纪念品。台下发出了雷鸣般的掌声,他们向杨妈妈表示由衷的祝贺。杨妈妈最后还代表拥军模范在大会上发言,热烈慰问英勇作战的人民子弟兵。从此,"杨妈妈"受到全冀东抗日军民的爱戴。

解放后,经杨妈妈掩护的同志,许多人担任了重要职务。远方的同志常来信问候,较近的同志就来家里看望她。她仍然保持着艰苦奋斗的本色。同志们劝她说,现在条件好了,您应该生活得好一点。她却说:"只有吃过苦,才知道什么是甜。忘了过去,就要失落江山。"她的话使在场的人深受感动。

为了帮助杨妈妈解决生活上的困难,河北省人民政府授给她一枚特制的铜手章。叫她有什么困难,只要给政府写封信、盖上这个章,问题就会很快解决。老人把政府给她的手章看作是革命的荣誉,是党的关怀和信任。

这枚手章她带了十几年，却从未因个人的事情找过政府。唯一的一次是山区受了旱灾，老人给政府写信，盖上了这枚图章，政府及时解决了受灾群众的困难。

老人近八十高龄时，由于战争年代的折磨，双目失明了。许多同志闻讯前来看望她，问老人有什么困难和要求时，老人从身上摸出政府发给她的铜手章说："孩子，党对我照顾得很周到，妈有这个手章什么困难都能解决。眼下，国家富起来了，我的眼睛虽然看不见了，可心里亮堂。"

1961年，杨妈妈去世了，终年82岁。人们怀念这位革命的母亲，学习她的机智勇敢和舍生忘死、大公无私的共产主义高尚品德。她以无私的母爱树立起革命母亲的光辉形象将永远镌刻在人们心中。

[中共天津市委党校（中共天津市委党史研究室）　杨颖]

# 小山村里的革命堡垒

1988 年 6 月,中共中央顾问委员会委员、曾担任冀东军分区司令员、冀热辽军区司令员、82 岁高龄的李运昌来到他曾经战斗过的王厂沟村看望慰问老区人民,并亲笔为王厂沟村题写了"革命堡垒,英雄人民"八个大字。王厂沟是一个怎样的小山村,为什么被老一辈革命家赞誉为"革命堡垒"呢?

## 赶我入"人圈",我不进;禁我入"人圈",我得进

王厂沟村位于河北省承德市宽城县西南部的边远山区,由棒槌崖、转水坑、关界村等 9 个自然村构成,方圆 50 多千米。抗战时期,这里山高峰险,古树参天,千沟万壑,是依山抗日的天然屏障。中共冀东地委、冀东军分区等首脑机关及冀东报社、战地医院、卫生所、兵工厂、党员干部培训班等都曾经转移到王厂沟村。在 1941 年至 1943 年冀东抗战最艰难的岁月里,王厂沟村实际上已经成为冀热辽地区的政治、军事指挥中心。

日军对王厂沟这块根据地恨之入骨,大搞"集家并村",把王厂沟一带划为"无人区",不准居住、不准进入、不准耕作,并多次进行围剿和大屠杀,实行"三光政策",企图把王厂沟人民逼进"人圈",使共产党和八路军变成"无水之鱼"。但王厂沟军民在村党支部的领导下,坚决不听日伪军摆布,除了极少数富裕户和老弱病残外,全村大多数人宁可冻死、饿死也不肯进入"人圈",坚持"猫山"(躲藏到深山老林里)抗日,留下了许多可歌可泣的故事,也为此付出了巨大的牺牲。这个当时只有 500 多口人的小村庄,付出了失去 300 多个亲人的沉痛代价,仅牺牲的共产党员和入党积极分子就达 50 人之多。

1943 年农历七月十五日,驻宽城、兴隆等地的日伪军、讨伐队 3000 多人

对王厂沟的 9 个自然村进行了连续 8 天的"大讨伐""大扫荡""大毁青",制造了骇人听闻的"王厂沟大惨案"。全村共有 112 人被杀害,其中被杀绝的有 45 户 90 口人,被毁坏的庄稼有 700 多亩。在巨大的灾难面前,村党支部书记李西云带领乡亲们掩埋好亲人的尸体,擦干了眼泪,继续活跃在"无人区"的深山密林之中,与日寇进行英勇顽强的斗争。

抗战时期,王厂沟人民把党的利益看得高于一切,在关键时刻,甚至忍痛舍弃自己的亲生骨肉。在敌人大"扫荡"时,年幼的孩子常常因为饥饿、寒冷或惊吓而哭闹不止,为了掩护地下党组织和伤病员的安全,不暴露目标,王厂沟坚持"猫山"的群众中,共有包括 10 名共产党员在内的 34 位父母亲,被迫采取不同方式忍痛舍子。这些过早离开人世的小生命,最大的仅 4 岁,最小的才刚刚出生几天,这些父母和孩子以这种"残忍"的牺牲守护了王厂沟这块抗日游击根据地。

1942 年,抗日战争进入极端困难时期,冀东军分区战地医院转移到王厂沟北大山的几个山洞里,军分区、十二团、十三团及县大队的所有伤员几乎都在这里治疗、休养,最多时有几十人甚至近百人。敌人残酷的经济封锁,使这里缺粮少药,甚至连消毒用的盐水都没有。为此,在广大王厂沟人民誓死不进"人圈"的同时,也有一些人却在冒着生命危险,想着进入"人圈",去

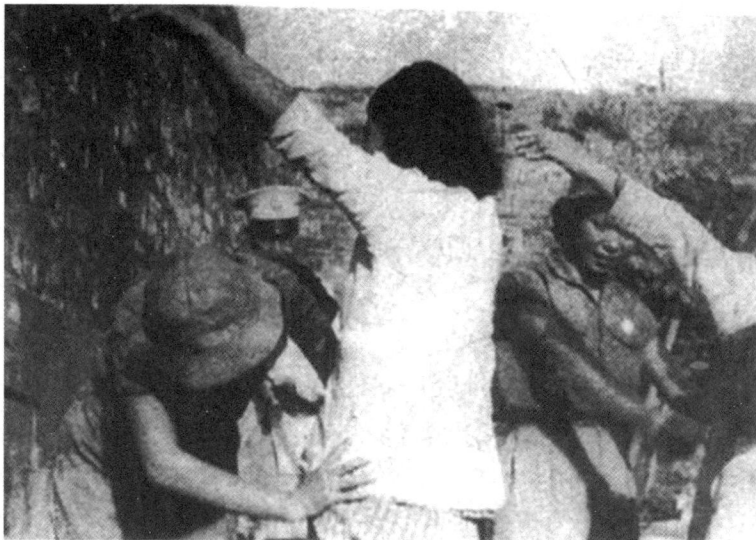

出入"人圈"都会遭到严格搜查

弄盐、弄药、弄粮。

李西云为给伤病员弄点小米热粥喝,不顾高烧到田里去采集谷穗,被日寇发现后险些死于枪弹下,共产党员李春达冒险转送无线电台,冒死潜入敌人据点刺探情报。还有人称"深山红嫂"的刘素珍,曾经多次冒着生命危险深入日伪军严密控制的"人圈"里,为八路军伤病员购买急需食物和药品。有一次,为治好县大队李文华的爆火眼,刘素珍挎上篮子,带着女儿走了20多里山路,潜入了兰旗地"人圈"。她先找到当坐堂中医的一位哥哥,取了眼药和一个猪苦胆,又直奔一家小卖部,买了三包火柴、二斤盐、几斤杂面,准备打掩护用。三绕两绕,找到了北岗围墙下的一道水沟眼儿,钻了出来。为防止意外,刘素珍从路旁撅了一根青玉米秸,把当中的一节掏空,将眼药放进去,再用玉米瓤子把空洞堵上,让女儿拿着假装吃"甜棒儿"。躲过一路盘查回到山洞,给杜文华滴上眼药,喂了牛黄上清丸,喝了苦胆水,没几天李文华的眼病就好了。

## 你打仗,我后勤

残酷的斗争也锻炼了英雄的王厂沟人民,他们用勇敢和智慧与敌人进行了殊死斗争,一手拿枪,一手拿镰,人自为战,村自为战,战时皆兵,平时皆民,形成了坚强的战斗堡垒。

1943年5月,敌寇得知我军一支主力部队及军分区干部600多人到达王厂沟,17日拂晓,日本关东军驻孟子岭春田中队约150人直扑王厂沟。我冀东部队得到情报后,便决定利用有利地形打一场伏击战。

鬼子进入伏击圈后,已经埋伏好的八路军战士和直接参战的王厂沟村20多名民兵发起了攻击,机枪、步枪一齐射击。特务连战士在连长薛辉荣的率领下趁硝烟向敌人扑去,展开了一场血战,当场打死了60余名日军。剩下的敌人负隅顽抗,占领了另一个山头。二排长巩玉然率领战士从制高点居高临下,向敌人占领的山头迅速接近。但因敌人人数多、火力猛,我军大部分战士受伤、牺牲,二排最后只剩下身受重伤的巩玉然。下午4时,我军4个排的兵力同时向敌人发起冲锋,展开了白刃战。这场战斗从天刚一蒙蒙亮一直打到夜间10点多钟,一举歼灭了这股来势汹汹的日军。

在战斗中,我军的多名伤员需要分两路转送:一路送到石湖上,一路送到北大山的大料坡沟战地医院卫生所。因为日军把王厂沟一带糟蹋得啥也没有,连副担架材料都凑不上,大部分被抢救的伤员都是靠身强力壮的民兵去背。董业春、刘国文、刘国明、刘风春等负责往石湖上背,这一背就是十来里路。一路上全是石崖坎子、堤墙子、葛针糊、荆梢棵子,每迈一步,都累得全身是汗。等背到指定地点时,民兵们的衣服全变成了萝卜丝儿,身上刮得青一条、紫一条,红一道、白一道的。

另一路由李春达等民兵负责往北大山大料坡沟卫生所背,这一路上更是艰难险峻。大料坡沟海拔 800 多米,还隔着一道瀑河,一路全是弯弯曲曲的道,而且步步登高。途中还要过两道大石砬子,其中有一道叫"山屁股崖",十分难爬。过这两道石砬坎子,必须得侧着身,用手抓住石砬子上长着的灌木丛,一小步一小步地挪动,一不小心就会掉下悬崖。民兵们不顾艰险,不顾全身划破的伤痕,冒着汗水也坚持咬牙向上登攀。伤员们看到此情此景实在不忍心,再三提出不让背了,多次挣脱下来硬要自己爬行。民兵们哪儿肯让伤员们自己爬行! 就这样,他们终于把伤员一个个地背到最安全的地方养伤。

现在,在王厂沟棒山沟阳坡,为纪念这次战斗而设立的纪念碑雄伟耸立,李运昌将军为其亲笔题词"革命烈士永垂不朽"。纪念碑高 470 厘米,寓意我军 470 名指战员参加战斗;碑礅高 150 厘米,寓意全歼 150 名日军;纪念碑建在 27 个台阶上,寓意在战斗中牺牲的 27 名我军指战员。

## 你有需,我来办

在党的领导下,王厂沟人民抗日热情高涨,站岗放哨、传送情报、护理伤病员、做军鞋军袜,尽己所能满足部队的需要。

为了保证冀热辽党政军干部的安全,村党支部专门成立了青年保护组。李西云、刘殿彬任组长,他们每天派出几道岗哨,密切注视着敌人的行动。1941 年 10 月的一天,敌人又向王厂沟"扫荡"来了,地下党员刘殿贺发现敌情后,飞速给正在开会的同志报信,并随手打开后窗叫同志们突围,谁知他刚托起窗户,敌人一枪打中了他的腹部。正在坐月子的刘殿贺的妻子亲眼看到丈夫倒在血泊中,并眼看着区委副书记郑紫阳因掩护大家已来不及突围了。她急中生智,立即擦干眼泪,翻身下炕,从锅底下抹点锅灰涂到郑紫阳脸上,将郑紫阳按在炕上,盖上自己坐月子的棉被,对追过来的日军说这是她丈夫,得了伤寒病快要死了。蒙骗过敌人,保住了同志的生命。

1942年9月17日,区委书记石新、组织委员张维政正在共产党员李西满家里开会,在外警戒的李春明见山头的消息树倒了,马上到会上报告敌情。同志们撤走后,李西满看了一眼正在生病的老母,母亲催促说:"别管我,你快去给医院和报社送信,保护同志们要紧!"他二话没说,转身就向北大山跑去,途中把鞋跑丢了,山石扎伤了脚。他忍着剧痛,及时通知报社人员安全转移后,又翻过两座山梁,赶到料坡沟战地医院,和其他群众一起把23名伤病员迅速转移,最后他自己却累得晕了过去。

为确保冀东党政军人员的吃、穿、用,村党支部精心挑选李春达、刘凤春、刘双、刘凤莲、刘素珍等骨干力量,协助部队负责保管、收藏军需用粮。在敌人对"无人区"实行严酷的经济封锁中,王厂沟仍坚持"猫山"抗日的群众生活十分艰难。又由于敌人先后对王厂沟实施了几次"毁青",致使王厂沟的粮食几乎颗粒无收,人民群众全靠吃各种野果、树叶、野菜来维持生活,有时候因为吃野菜中毒,不少人身体浮肿,嘴里流黄水汤。即使这样,在抗战时期,由他们负责保管的两万余千克军粮一斤一两也没有动过。

敌人妄图饿死、困死我抗日军民,王厂沟人民与敌人展开了反封锁斗争。有一次,刘殿芳、董志恩带领武工小分队赶着毛驴到敌占区罗台弄到了小米。正当他们匆匆忙忙往回赶,到达三道洼时,发现敌寇从后面追来。他们沉着机智,当即把600多斤小米倒进路旁的一眼水井里,装作在道旁放驴。蒙骗过敌人后,他们把井水掏干,而后按时把小米送到王厂沟去,解决了我军的燃眉之急。

1942年初冬,驻在王厂沟村的八路军急需120套军大衣。刘素珍接到任务后,立即把全村妇女组织起来。但问题是她们没有一个人亲手做过军大衣,好在刘素珍曾经看别人做过衣服,于是她大胆地试裁,钉上两根布带子,将铁皮裹上布做成纽扣,做好一件,让部队的同志穿上一试,还很合体。于是在吃完晚饭后,刘素珍用被单把窗户遮了起来,掌起油灯,妇女们裁的裁,缝的缝,穿针引线忙活起来。夜深了,灯油熬尽了,大家的眼睛也熬红了。没有灯油,就点松木明子,难闻的松木明子味满屋都是,每个人的鼻孔、嘴角都熏黑了,呛得大伙直咳嗽。就这样,王厂沟村的妇女在刘素珍的带领下,紧张地忙活了七天七夜,终于让八路军指战员按时穿上了棉衣。据统计,抗战期间,王厂沟党支部组织党员、群众为八路军做军鞋 2350 双、军袜 2400 双、军衣 275 套。

新中国成立后,王厂沟人民依然艰苦奋斗,生活水平有了显著提高。目前,王厂沟已被定为承德市爱国主义教育基地,宽城满族自治县已投资 300 多万元编写了王厂沟红色旅游总体规划,相信这块革命土地即将迎来新机遇、新发展。

（中共河北省委党史研究室　王利慧）

# 荷花淀里的英雄故事

位于京津冀腹地、绵延 360 多平方千米的白洋淀,风光浩渺秀美,淀泊物产丰富,稻香鱼肥菱角甜,被誉为华北平原的一颗明珠。夏季,淀里芦苇一望无际,随风摇曳,荷叶荷花相映成趣,美不胜收。因为荷花美景,这些淀泊还有一个美丽动听的名字——荷花淀。

白洋淀地区三分陆地,七分水面,100 多个大小水淀,陆水交错,渔村掩映,更有府河和大清河与之南北接涌,不但为水上重要交通枢纽,同时在军事上也占据了地域之利。

1937 年卢沟桥事变后不久,日本帝国主义的铁蹄踏进了这里。在共产党的领导下,白洋淀人民积极投入了伟大的抗日战争。这里的军民利用自身枪法准、水性好和白洋淀地区河湖港汊多的天然优势,同侵略者进行了英勇顽强的斗争,出现了许多可歌可泣的英雄事迹。

## 水上游击痛歼日寇

1939 年秋,在安新县委领导下,安新组织建立了第一支游击队——三区小队。三区小队把新入伍的猎人组成了一个班,也称三小队。这些战士多为打猎世家,猎枪性能颇为熟悉,他们为了防止猎枪膛内的火药受潮,经常在火眼上插上一支雁翎,加之以往围雁打猎形成的习惯,装载大抬杆的小船在淀面上行驶多呈"人"行,如雁群在空中飞翔,当时的县委书记侯卓夫根据这一特点给他们取了一个非常好听、充满诗意的名字——雁翎队。

白洋淀曾是华北内陆的黄金运输通道,日寇侵占新安城后,经常从天津经大清河把大批的军用物资运到保定。此时,活跃在白洋淀的雁翎队,充分利用白洋淀千里苇塘,河汊纵横的地理环境优势,把百里淀泊当作战场,与日伪军展开机智的周旋和殊死的搏斗。

雁翎队埋伏在芦苇中准备伏击日军运输船

　　1939 年秋天的一天下午,雁翎队早早就埋伏于芦苇丛中,当敌人的汽船驶入包围圈,队长大喊一声"打",两边的"大抬杆"一齐开火,顿时硝烟弥漫,杀声震天,敌人纷纷落水。这一仗,雁翎队初显身手,打死敌人 20 多名,缴获步枪 20 多支、子弹 4 箱、机枪 1 挺。雁翎队一战成名。

　　1941 年麦熟时节,为了保卫夏收、粉碎敌人的抢粮计划,三小队和雁翎队在王家寨村西、大张庄村东的航道上,和日伪军展开了一次激烈的战斗。战斗打响,附近据点的敌人闻风火速赶来增援,可还没等援军赶到,雁翎队队员们早已把枪暂沉河底,顶着个大荷叶,泗水从敌人的船边悄悄撤到泥李庄和寨南。增援的敌军把苇塘围了个严严实实,用机枪疯狂扫射,甚至把边沿的苇子都打成半截,却连个人影也没捞着。这次战斗三小队和雁翎队没有伤亡一人,只损失了一些枪支和排子船,敌人却伤亡二三十人。

　　1943 年 10 月 4 日,雁翎队侦察员赵波侦察到日军要把一部分军用物资和从白洋淀抢掠的物品分装在四只包运船上运往保定,由 15 名日军和 120 余名伪军负责押运。得到情报后,三区区委给雁翎队下达命令:不准一粒米、一丝物资运出白洋淀。当时雁翎队才有 20 多个人,武器也十分落后。敌众我寡,而且武器相差悬殊,怎么打必须事先策划好。最后,雁翎队决定分成四个小组,每个小组盯住一条船。开战时,一要快,让敌人还没有反应过来就被打掉;二要近,让船靠近了再打,保证一枪一个准儿。还有一点就是要做到"打贼先打王"。

半夜时,雁翎队员在芦苇丛中事先埋伏好。清晨,在薄薄的轻雾中,日伪军的船只很快驶进了埋伏圈。等到敌船靠近后,队长郑少臣一枪打掉站在船顶的敌军瞭望哨。枪声就是命令,雁翎队员像飞鱼一样蹿出水面,瞬间抢登到敌船上。副队长孙革负责盯着日军指挥官,枪声一响,这名指挥官警觉地抽出指挥刀挥舞着。孙革举枪打中他的手腕,指挥刀登时落地。这时两人之间距离不到两米,孙革看到他用另一只手拔出手枪准备射击。偏偏孙革的手枪此时卡了壳。于是,孙革不顾危险,猛扑过去死死攥住指挥官拿枪的手,扭打中,孙革一口咬掉了日军指挥官的大拇指,疼痛难忍的指挥官扔掉了手枪被孙革活捉。见指挥官被活捉,敌人立刻溃不成军,纷纷举手投降。

经过半小时的激战,其他船上的敌人也很快被缴械。这次雁翎队的战斗是历史上著名的战例,打死日军 10 人,活捉 5 人,其中包括日军指挥官,还缴获了大量物资。

神出鬼没的雁翎队通过一次次出其不意的伏击,成功阻断了敌人的水上交通线,极大地鼓舞了白洋淀抗日军民的斗志,更使得进犯白洋淀的日伪军惶惶不可终日。

## 雁翎"嘎子"威震敌胆

在抗日战争的烽火年代里,白洋淀涌现出了许多英雄豪杰和名垂青史的仁人志士,赵波就是一位具有传奇色彩的战斗英雄。

赵波是安新县人,也是著名文学作品《小兵张嘎》的原型之一,他当时就是白洋淀地区著名的"嘎子"。他十几岁就参加了雁翎队,由于机敏过人,胆大心细,因此担任了侦察员,参加过很多雁翎队的战斗。1941 年,由于日军残酷"扫荡",形势十分严峻,雁翎队员大部分都撤走了,只留下十几个人坚持战斗,赵波就是其中之一。他看到大家都缺枪少弹,就琢磨着从敌人那里搞点武器。一天,他和另一位同志化装成卖鱼的进雄县县城侦察。后来有个伪军过来看鱼,蹲下的时候,眼尖的赵波发现这个人后腰别着一把手枪。他装作跟同事说话分散那个伪军的注意力,然后趁他不注意一脚将他踢翻在地,顺手下了他的枪,然后用枪指着他小声说:"别动,动就毙了你!"那个伪军吓得一动不敢动,直到赵波他们走远了。回到驻地,赵波正在高兴,却被告知,手枪必须上交。赵波虽然不愿意,但不能违抗命令,到手的枪还没捂热就上交了。但他不甘心,决定找机会再弄一把枪。一天,赵波到十里铺侦察,在路上看到有伪军身背三八大盖,骑着自行车朝自己这边走来。赵波一眼就看上他背着的那支枪了,于是当自行车经过他身边的一瞬间,他用肩膀使劲一顶,自行车带着人就被顶到了大堤下,那个伪军摔了个晕头转向。赵波跳下去拿起枪的时候才发现,车子后座上原来还夹着一个包裹。那个伪军在赵波的枪口下战战兢兢地离开了,赵波打开包裹一看,原来是把崭新的盒子枪。这下可把赵波乐坏了,一下子缴获了两支枪。回去以后,赵波只上交了三八大盖,自己偷偷留下了盒子枪。

偷偷藏起了手枪,赵波不敢光明正大的拿出来,心里一直挺别扭,老想着再弄一把手枪,上级应该给自己一把了吧? 于是,他又开始琢磨。有一天,他化装成买板子的商人到南辛立庄侦察。刚进村,就发现一个胖伪军正背对着他蹲在一个大筐边挑西瓜,背后一把手枪的轮廓明显。赵波一看到枪,毫不犹豫地冲着伪军后背就是一枪,伪军应声倒下。赵波又缴了一支手枪。回到队上,赵波上交给队长两把手枪,并说明实情。队长很高兴,真的奖了他一把手枪。

赵波后来在雁翎队担任队长。他作战勇敢,机智灵活,参战 70 多次,消灭和俘虏日军、伪军 100 多人。缴获步枪 24 支,手枪 4 支,机枪 2 挺,炸掉 2 个炮楼。1943 年被冀中 9 军分区授予"民兵战斗英雄"称号。

## "荷花淀派"千古流传

自古以来,白洋淀风光秀丽,景色宜人。抗日战争的烽火硝烟中,那些似乎无穷尽的沟河蔓蜿的淀区、遮天蔽日的芦苇,层层叠叠的荷叶,映日别样红的荷花为英勇的抗日军民提供了天然的御敌屏障。这里也由此成了中国现当代文学史上"荷花淀"派写作的发源地。

荷花淀文学流派的开创,源于白洋淀这个地方,源于孙犁的短篇小说《荷花淀》。孙犁的《荷花淀》刻画了以水生嫂为代表的一群白洋淀农村妇女形象,向我们展示了以雁翎队为代表的冀中军民英勇抗战意识的觉醒和团结一心抗击侵略的决心和勇气。

与同时期的大多数文学作品不同,在《荷花淀》里找不到烈火狂飙式的宏大战争场面。在孙犁的笔下,荷花淀洋溢着独特的风景美、淳朴的劳动美和战争中的人性美,美如画卷的白洋淀和顽强乐观的雁翎队,赋予了文章清新、明快的写作风格。《荷花淀》生动地再现了白洋淀人民群众的生活和战斗情景,给广大抗日根据地军民带来了美好情感的慰藉和必胜精神的鼓舞。

1949 年,孙犁随着解放军进入天津,他在编辑《天津日报·文艺副刊》时,就主张办刊既要"小而精"又要有地方特色,"要敢于形成一个流派"。在他的坚持和鼓励下,以《文艺副刊》为阵地,聚集了一大批活跃在京津冀地区的青年作家。这些推崇孙犁艺术创作、擅长以北方乡下风土人情和农村生活为题材的作家群,便于 20 世纪 50 年代,形成了具有鲜明地域特色的中国文学流派——"荷花淀"派。代表作家有刘绍棠、从维熙、韩映山、房树民等。

荷花淀派的作品,将淡雅疏朗的诗情画意与朴素清新的泥土气息完美结合,充满浪漫主义气息和乐观的革命精神,令人们沉醉于那无比清新芳洁、明朗恣放的极致的美。转眼 70 多年过去了,这种影响在一代代的文脉传承中依然存在,在一代代捧读优美作品的读者心中依然存在。

(中共河北省委党史研究室　陈红)

# 威名赫赫的平山团

有这样一支部队,由同一地方农民一次性组成整团建制,在抗日战争期间,经受血与火、生与死的洗礼,骁勇善战、威震敌胆,被誉为"太行山上铁的子弟兵";有这样一支部队,打仗是英雄、生产是模范;在"南泥湾垦荒"期间成为八路军一二〇师三五九旅模范中的模范;有这样一支部队,在解放战争期间,作风顽强、声名远扬,"保卫陕甘宁""南征鄂豫皖""新疆屯荒田",处处留下了光荣的足迹。他就是威名赫赫的平山团,后整编为八路军一二〇师三五九旅七一八团,组建于抗日战争时期的平山县洪子店。

## 平山子弟集结成团

1937 年卢沟桥事变后,侵华日军向华北大举进攻,国民党部队纷纷败退,华北大片土地被日军占领,百姓生活在水深火热中、苦不堪言。正当大同、保定相继失守,太原、石家庄吃紧之时,八路军一二〇师三五九旅旅长王震派刘道生、陈宗尧到平山县开辟根据地,并扩充兵源。1937 年 10 月,刘道生、陈宗尧到达平山县洪子店镇,先后与中共平山县委和中共冀西特委取得联系,并达成共识,要建立抗日根据地必须建立一支抗日的人民武装部队。部队和地方抽调人员迅速组成扩军工作团分赴各个地区开始扩军。

平山县建党较早,有深厚的群众基础和坚强的党组织。共产党提出"有人出人,有枪出枪,有钱出钱,有粮出粮"的响亮口号后,为了挽救民族危亡,平山县人民迅速动员起来。曾在 1932 年任县委组织部部长、1934 年任县委书记的李法庄,县委委员梁雨晴,1931 年入党的小学教员韩勋和全县近 200 名共产党员带头参军。在党员的带头作用下,当地群众打破了"好铁不打钉、好汉不当兵"的传统观念,纷纷送自己的亲人去参军。有 60 户人家的猫石村就有 30 人报名参军。党员比较集中的霍宾台、天井、南古月等村参军者更多。

据平山团老兵范明堂回忆：“当时我 16 岁，听说有人来到平山洪子店一边宣传抗日救国，一边招兵，我就同本村的郝三宝、郝二宽步行 17 里路到洪子店打探虚实，如果是日伪招兵就返回，如果是八路军招兵就入伍。结果是一二〇师三五九旅旅长王震的部队，我们当即报名参了军。”抗日救国的呼声回荡在小镇的每一个角落，并开始向四方蔓延而去。“上文都村的王占山、郝喜同，南文都村的范迎春、范占魁，东黄泥村的齐吉贤、齐增武、齐来法，西黄泥村的傅斌、傅连兵、傅焕明……”很快，以洪子店为中心包括周边的乡村，许多年轻小伙子都陆陆续续报名参军。

在北治乡南沟村，时任中共冀西特委组织部部长的栗再温将自己的两个侄子栗政通和栗政民都送进了八路军。不足十户人家的南沟村，几乎所有的适龄青年都报名参了军……仅一个月的时间，就有 1500 多人报名参军。由于都是平山人，部队当即决定，这支队伍就叫“平山团”。11 月上旬，平山团正式组成，由陈宗尧任平山团第一任团长，李铨任政委。当时晋察冀边区武装力量不足 3000 人，平山团的人数就占到了 50% 以上。1938 年 1 月，平山团整编为八路军一二〇师三五九旅七一八团。

## 英勇战斗成就威名

平山团整编为一二〇师三五九旅七一八团后，1938 年 1 月，在山西崞县打响了组建以来的第一仗。平山团在田家营巧设伏，前后夹击，将来犯日军全部歼灭。缴获重机枪 4 挺，轻机枪 3 挺，三八大盖 120 支，短枪 12 支和大批战利品。首战告捷，打出了平山团的威风。

平山团成为一二〇师的一支重要作战力量，参加了创建晋西北抗日根据地的多次战役，1938 年 3 月，日军向晋西北地区大举进犯，接连侵占神池、守武、五寨、岢岚、偏关等七座县城，严重威胁党中央所在地陕甘宁边区。一二〇师奉命开赴晋西北，平山团首先收复岢岚，并以势如破竹的威力攻克五寨、宁武两座县城，给予日军沉重打击，对开辟晋西北地区抗日根据地、巩固陕甘宁边区有重大意义。

1938 年 5 月,平山团开赴晋察冀边区,开辟雁北、察南根据地。6 月上旬,平山团协同七一九团攻克下社日军据点,并在大同县歼灭日伪军 300 余人,袭击了平绥铁路天镇至大同间敌人据守的一个火车站。9 月下旬,日军纠集五万余兵力,分多路向五台山进行围攻,其中数千日军向我三五九旅驻守的广灵、灵邱猛烈进攻。平山团在灵邱战斗中,激战 7 昼夜,毙敌 800 余名。10 月 26 日,平山团和七一七团、七一九团一起连打两仗,歼日军北线指挥官、第二混成旅少将旅团长冈喜太郎以下官兵 500 余名,缴获大炮 1 门,轻重机枪 7 挺,步枪百余支,对保卫晋察冀边区发挥了重大作用。

1939 年 5 月 11 日,七一七团在五台神堂铺遭到日军 1000 余人的围攻,平山团奉命全部出动增援。平山团首先迫使敌人取路上下细腰涧北撤,接着与七一七团在土楼子南北夹击敌人 5 天,歼敌 1000 余人,缴获 92 步兵炮 2门,迫击炮 3 门,重机枪 6 挺,步枪 451 支,战马百匹。上下细腰涧歼灭战全歼被围之敌,创造了三五九旅对日作战的光辉范例,平山团在其中功不可没。

在屡次对日作战中,平山团涌现了很多战斗英雄。平山团有个战士叫王家川,在上下细腰涧战斗中连续打死 8 个敌人后壮烈牺牲。在全家的支持下,弟弟王三子步行几百里山路找到平山团团部,要求接过哥哥的枪继续战斗,并顶替哥哥的名字仍叫"王家川"。1939 年 5 月,《抗敌报》特别发表了王家兄弟前赴后继、英勇杀敌的通讯《王家川没有死》。报道中记述了王家川弟弟的回答至今依然震撼人心:"不仅俺叫王家川,俺与敌人打仗牺牲了,家里还有一个 16 岁的弟弟,他也叫王家川,俺村还有上百青年,他们都叫王家川。战死一个王家川,又站出一个王家川,王家川是牺牲不完的!"

正是英勇顽强的平山子弟,成就了平山团的威名。1939 年 5 月 20 日,聂荣臻通令嘉奖平山团,称其为"太行山上铁的子弟兵"。"子弟兵"这一名称第一次叫起,并迅速传遍全国。1939 年 5 月 28 日,《抗敌报》用一个整版的篇幅发表了聂荣臻司令员的"嘉奖令",并配发了社论《学习平山团的模范》。1939 年七八月,平山人民又掀起了为平山团补充兵员的参军热潮。"人民的子弟兵"也成为人民对我党领导的革命武装的亲切称谓,并一直沿用至今。

## 放下枪杆即是模范

由于日军的疯狂蚕食和残酷扫荡,再加上国民党的军事进攻和经济封锁,又赶上自然灾害的侵袭,1941年,陕甘宁边区的财政经济遇到了严重的困难。为了战胜困难,坚持抗战,党中央、毛主席发出"自己动手、丰衣足食"的号召,鼓励边区军民自力更生,发展生产。1940年,三五九旅开展大生产,完成了半年的蔬菜自给任务。1942年,三五九旅全旅开赴南泥湾,坚决执行朱德总司令"南泥湾屯田政策"指示。在发展农业生产的同时,发展小型工厂和作坊,自制土布、军衣、肥皂、纸张、采盐、烧炭,并发展养猪、牛、羊、鸡、鸭、鹅等畜牧业。

战士开荒

"开展大生产、三五九旅是模范",而"平山团"是模范中的模范。平山团的战士既是种田的内行,又是织布的能手,全团涌现出许多劳动英雄和模范单位。平山团团长陈宗尧自任团部一个生产组组长,模范地领导全组,完成每人每日平均垦荒一亩以上的先进指标,成为全旅学习的榜样。平山团打仗是英雄,垦荒是模范,平山团在南泥湾垦荒第一年就获得大丰收,到1943年,粮食、肉、菜、被服,经费全部自给有余。

1943 年 9 月，毛泽东到南泥湾视察，兴奋地说："这是中国历史上从来未有的奇迹，这是我们不可征服的物质基地。"南泥湾垦荒不仅具有重要的经济意义，而且具有伟大的政治意义，这就是南泥湾精神。三五九旅、平山团则是南泥湾精神的代表。

## 子弟兵英名永流传

抗日战争进入战略反攻阶段后，日军不甘心失败，大举向国民党战场进攻。国民党正面战场消极抗日，数十万军队一击而溃，短短几个月，河南、湖南、广西、贵州等省一一沦陷，整个中华民族处于空前的危机之中。中国共产党为了挽救民族危亡，决定以三五九旅组成南征兵团，挺进敌后作战。三五九旅改为"国民革命军第十八集团军独立第一游击队"，简称"南下支队"，由王震任支队长，王首道任政委，下辖五个大队，平山团为第二大队。1944 年 11 月 1 日，在延安举行了南征誓师大会后，开始南征。1945 年 3 月，南下支队改番号为"湖南人民抗日救国军"，平山团为第二支队。在王震的带领下，平山团从 1944 年 11 月由延安出发，到 1945 年 4 月抵达鄂豫皖边区为止，转战于陕西、山西、河南、湖北、湖南、广东、贵州七省，行程一万余里，战斗 70 余次，曾创造了一昼夜行军 90 千米的惊人速度。平山团经受了严峻考验，留下了具有革命历史意义的英雄创举。1945 年平山团团长陈宗尧牺牲在战斗中。

1948 年，平山团改为中国人民解放军第一兵团第二军第五师第十四团，在兵团司令员王震的指挥下，参加了瓦子街、西府、长宁、荔北、梯山、扶眉等战斗，最后进军新疆。平山团就是现在的乌鲁木齐军区步兵第四师第十一团，驻防南疆的阿克苏，新中国成立以来一直守卫着祖国的西部边疆。

战争期间成就的威名赫赫的平山团，不仅属于平山人民的骄傲，还是中国人民解放军的骄傲，中华民族的骄傲！

（中共河北省委党史研究室　郭冰）

# 赤岸风云惊太行

太行山下晋冀豫三省交界处的涉县赤岸村,因有明净的清漳河水绕村而过、村西又有一道红土岭而得名,但真正让赤岸"红"起来的,不是村西那道红土岭,而是刘伯承、邓小平率领的八路军主力劲旅一二九师在这里缔造了"九千将士进涉县,三十万大军出太行"的传奇。

## 安葬共和国将帅的第二集中地

1986 年 10 月,中国人民解放军的缔造者之一、伟大的无产阶级革命家、军事家刘伯承元帅,在北京走完了他 94 年的人生。按照他的遗愿,部分骨灰撒在了河北涉县赤岸村旁的一座小山上。之后,黄镇、徐向前、李达、王新亭等原八路军一二九师领导人的灵骨又相继安放在这里。1990 年 10 月,邓小平亲笔为这座小山题名为"将军岭"。这里成了除北京八宝山外,安葬共和国元帅、将军最多的地方。

是什么样的情结,让一二九师的这些老革命们做出如此选择呢?

将军岭旁的赤岸村,就是八路军一二九师司令部旧址所在地。旧址门前由五条石砌小坡将下院与上院相连,当年一二九师司令部曾经用过的代号"五加坡"就由此而来。沿着光滑可鉴的石板路来到下院,一株丁香、一株紫荆同庭相映、傲然挺立,它们是刘伯承、邓小平、李达三位首长在 1941 年亲手种下的,历经七十多年风雨沧桑,如今枝繁叶茂,绿荫如盖,每逢清明时节两树竞相绽放,清风拂过,花香扑鼻。

一二九师司令部旧址内刘邓等亲手所植的紫荆树和丁香树

抗战时期,八路军一二九师在师长刘伯承、政委邓小平的率领下,临危受命、东渡黄河、挺进太行,运筹涉县赤岸村,浴血千里太行山,决策、指挥大小战役31000多次,打响了抗日战争中长生口、神头岭、响堂铺和解放战争中上党、平汉等著名战役,抗击歼灭了42万余日伪军,收复了198个县城,缔造了赫赫有名的"刘邓大军",创建了全国面积最大的晋冀鲁豫边区抗日根据地,先后有中央及地方的110多个党、政、军、财、文等重要机关单位在涉县驻扎达10年之久。新中国成立后,从涉县这块红色土地上走出了改革开放的总设计师邓小平和2位元帅、3位大将、18位上将、48位中将、295位少将,先后有近百位一二九师老首长担任党和国家重要领导职务,成为新中国第二代领导集体的中坚力量,这块红色热土因此被誉为"中国第二代领导的摇篮"。

刘伯承和涉县人民建立了深厚的情谊,他生前曾说:"四川开县是我的第一故乡,河北涉县是我的第二故乡。"黄镇留下遗愿:"生前追随刘伯承元帅挥师太行,浴血奋战;死而心系老区人民,伴随刘帅遗骨回归太行,世世代代同老区人民在一起。"徐向前临终前也交代后人将他的部分骨灰撒在将军岭。将帅们生前血战太行山,死后魂归将军岭,赤岸、涉县、太行山。这一片忠烈的赤色土地,镌刻着他们革命的青春记忆和崇高理想,闪动着他们浴血奋战的身影,流淌着他们无数个夜晚在煤油灯下分析局势的心血,传唱着他们和老乡们在一个锅里吃饭、一块田里耕耘的故事。在这块土地上,他们度过了人生中集紧张、窘迫、艰苦和希望、力量、痛快于一体的闪闪发光的日子,也在这血与火的淬炼中,结下了永不消逝的情思与眷恋,于是老帅们回来了……

在今日的将军岭上,许多数都与"129"有关。路灯是"129"数字样式的,"漳南大渠纪念碑"高12.9米,从岭下登上129级石砌台阶,是刘伯承纪念亭,出纪念亭,穿一片松林,往上登129个台阶就到达徐向前纪念亭,从徐向前墓再往上登129个台阶就到了将军岭顶部。将军岭上瀑布垂崖,松柏蔽翳,将帅雕像肃穆庄重,整个将军岭占地6000多平方米,群山环抱,风景秀丽,与司令部旧址、一二九师陈列馆融为一体,现已成为一处全国闻名的爱国主义教育基地。

## 刘邓首长开挖"救命渠"

沿将军岭石阶上坡,只见一条大渠宛若长龙盘绕山间,这就是抗日战争时期,一二九师官兵与当地群众共同修建的长达27千米的漳南大渠。涉县人民把这条绕山渠叫作"救命渠""将军渠""幸福渠"。当地至今还流传着"水流南山头,吃饭不用愁,没有八路军,渠水怎么流"的民歌。

从1941年冬到1943年,整个太行地区,遭受了历史罕见的旱灾、蝗灾。1941年冬至1942年秋,涉县、偏城县没下过一场透雨,禾苗大部分都枯死了,林果也几近绝收。这期间,日寇的残酷"扫荡"和野蛮清剿更加频繁,田地荒芜,人们难以度日。这时,敌特分子乘机造谣"八路军存有三年粮食,只有打倒八路军才有粮吃","日军已经组织了抢粮队、吃干队,马上就要来根据地抢粮了",一时间人心惶惶。危急关头,一二九师、边区政府等党政军领导机关,派出干部深入农村调查灾情,研究救灾办法,减免灾区负担,发放了大量救灾物资。

1943年初,春荒继续,秋收无望,为鼓励人民生产自救,缓解山区的旱情，一二九师、晋冀鲁豫边区政府等领导机关在紧缩开支的同时，决定以工代赈，即群众出一个工挣二斤小米，开凿漳南大渠。群众刚听说时，奔走相告，以工代赈不仅能挣小米解一时之困，渠成之后，更能造福子孙后代。但大渠工程浩大艰巨，除边区政府贷款 160 万元外，还得本地筹集一小部分资金。一些破坏分子又乘机煽动："此渠毁房又占地，出钱又出工，最后渠道开不成。"部分群众一方面害怕开渠出工摊钱，另一方面害怕需要拆毁自家房屋，加上当时群众还有迷信思想，有人造谣说："开渠会把漳河龙脉打断，主村不平，是'要命渠'……"少数干部思想也有所动摇，因此工程进度不快。开渠联委会及时召开了漳南八村干部扩大会，对干部进一步做思想动员，统一认识，对群众加强说服教育。

尽管战事不断，刘邓首长仍带领一二九师将士和涉县百姓，克服资金、技术、设备短缺等困难，一起抬石垒堰、凿崖开山，军政首长刘伯承、邓小平、杨秀峰等都曾亲临工地参加劳动。日寇一来"扫荡"，工程就暂停备战抗敌，粉碎"扫荡"后，工程继续进行。1944 年 4 月，全长 13.5 千米的漳南大渠竣工通水，男女老少个个拍手欢笑，孩子们更是欢天喜地，在渠边戏水玩闹。通水后，赤岸、温村、会里等漳南八村的 3500 多亩旱地变为水浇田，每年增产粮食 35 万多公斤。如今，漳南大渠延长到近 30 千米，清清漳河水日夜流淌，灌溉着 11 个村庄的近 4000 亩良田……

## "秘密"一守 40 多年

在赤岸村 129 师司令部旧址的展室内，陈列着一根 50 多米长的麻质大绳。这根绳子的主人李才清保守着一个 40 多年的秘密。

李才清，1902 年出生于涉县青塔村。17 岁时，嫁到深山区的庄子岭村，丈夫郭思礼是个憨厚老实的贫苦庄稼汉，在家中排行老二，人们都称李才清为郭二嫂。一家人靠耕种荒坡地为生，吃的是糠团野菜，穿的是破衣烂衫。为维持生计，郭思礼有时会到山上挖中药，用绳子系住腰，将人悬在半山腰，非常危险。

1938 年，八路军在涉县建立新政权，实施减租减息、发放粮食、救灾救荒的政策，老百姓的日子慢慢好起来了。1941 年春天，因为闹灾荒，李才清家里锅底朝天，什么吃的都没有。李才清的公公饿昏在炕上，眼瞅着快不行了。恰巧朱德路过此地，听说了这事儿，连忙派人送来了半袋小米，李才清感激得直落泪。后来李才清就让在外做长工的 14 岁长子郭喜去当了小八路。

1942 年 5 月，日军对太行抗日根据地实施"铁壁合围"大"扫荡"。八路军总部和北方局决定：机关和后勤部门寻隙向外线转移，老弱妇幼、伤病员和军用物资转移到主战场附近的庄子岭一带疏散隐藏起来。

一天晚上，八路军后勤部派人把 32 驮冀南银行钞票、8 大箱银器、几驮子军用服装和许多药品送到庄子岭。当时八路军的领导对李才清说："这些物资是我们队伍最需要的，你一定要负责隐藏好。即使被鬼子抓住，也决不能说出去。"李才清连夜带领全家，连背带扛把钞票掩藏到村外的土山上，32 驮钞票藏了 32 个地方，每个地方都用特殊的石头做好标记。不易搬运的 8 大箱银器埋在自家驴圈里，再撒上几筐新驴粪。最后又把军用被服、药品运到村后的山洞里藏好。

25 日突围中，一些八路军伤病员和行动不便的女同志陆续来到了庄子岭。庄子岭村后有一处悬崖绝壁，好像刀劈斧砍，山腰间 50 多米高处有个天然石洞——锅底洞，是藏身的好去处。但山洞距地面很高，从山脚下根本无法攀登，李才清便从家里找出挖草药用的大绳子，一家人护送伤病员爬到山顶，把绳子绑在大树根上，先把李才清儿子郭喜放到锅底洞里，铺好山草，然后用大绳子绑住伤员的胸部、腰部，慢慢放到洞口的灌木丛中，由郭喜解开绳子，扶进洞里。在村子周围像这样不易被发现的 18 个大小山洞里，李才清一家陆续分散隐藏了 50 多名伤病员和干部。

掩藏好全部人员后，天已拂晓，敌人开始搜山了。面对日寇的刺刀，李才清横下一条心，一口咬定这里从来没有来过八路军。敌人恼羞成怒，冲进屋里，用枪托敲打地面，用刺刀挑开水缸的盖子，用皮靴踢倒空米瓮，连墙旮旯和院里的柴草垛都搜了个遍，但什么也没搜到。日军气急败坏地放火烧起房子，可石头墙、石板顶怎么也烧不着，敌人就狠狠把李才清踢翻在地，悻悻地撤了。

一时之围解了，可敌人连续搜山，怎么办？李才清发挥熟悉地形的优势，白天敌人搜山，一家人就躲起来，夜晚敌人进了岗楼，一家人就用棉被堵上门窗,烧火做饭,寻药熬药,一盆盆一罐罐,绑好绳子趁夜色送到各个山洞。无论环境多么险恶,也不管刮风下雨,从没断过饭、缺过水。后来反"扫荡"形势越来越好,敌人不再搜山,不少伤病员便回到李才清家住,炕上、炕下躺得满满的。李才清白天为他们洗衣服,做鞋补袜,夜里安排家人轮流站岗放哨。

在1941—1943年,连年遭遇大灾荒,人民群众尚不能维持糠菜半年粮的情况下,近20天时间里,李才清一家却拿出家中多年积攒的小米、玉米面、柿糠炒面等存粮支援伤病员,而由她一家人保管的钞票、银器、服装、药品等军用物资,在敌人的轮番"扫荡"中却分毫未损。受到她家保护照顾的伤员干部也都安全返回各自部队。

李才清救护伤员、掩藏物资的事迹,40多年后才被外人所知。1986年,《人民日报》记者在涉县采访时,听说了这个事便要采访,谁料李才清死活不讲,只说"组织上交代的,杀头也不能说"。直到有关领导和儿子苦口相劝,告诉她抗日战争胜利40年了,能讲了,不会犯错误的,老人家这才慢慢回忆当年的事情。《人民日报》几乎用了一个整版来报道李才清的事迹,但她对此很淡然。临终前,她还嘱托儿子,"今后电视台、报社的人来了,就不要再说了,不要宣传我,八路军在这喝稀饭,没吃过什么好东西。"

红色赤岸告诉我们:抗战时期,我党政军机关之所以能够克服难以想象的困难,取得反"扫荡"的一次次胜利,继而发展壮大,最根本的一条就是军队保护群众、群众掩护军队,鱼水情深、患难与共。

(中共河北省委党史研究室　王利慧)

# 老帽山六壮士

狼牙山五壮士的故事广为人知,但北京房山老帽山六壮士的故事知道的人却不多,那是一个和狼牙山五壮士同样悲壮的抗日英雄的故事。

1943年4月中旬的一天,房山南窖据点的300多名日伪军携带轻、重机枪和迫击炮,经过霞云岭等地向十渡地区进犯。当时,中共房(山)涞(水)涿(县)联合县委、县政府及八路军冀中十分区指挥机关驻在十渡地区,十分区二十七团团部在西庄村,冀中印刷所、银行在西河村,兵工厂在后石门村。

这天早晨,当日伪军的马队接近马安村时,房涞涿联合县县长郝绍尧立即组织县政府人员撤到西边的山沟里,二十七团派一个排战士在老帽山下一座可以俯视十渡河滩的小山头阻击日伪军。

老帽山是房山十渡村与马安村之间的一座陡峭的山峰。战士们刚隐蔽好,日伪军就高挑着旗子,出现在河谷的通道上。当日伪军进入射程之后,战士们一齐开火。突然的枪声出乎日伪军的预料,他们丢下几具尸体慌忙后撤。很快,日伪军发现阻击的八路军人数并不多,于是分成几股,再次向山口扑来。

八路军阻击阵地在5丈多高的悬崖上,战士们凭借有利地形,顽强地阻击来犯之敌。日伪军冲不上去,只能用机枪向山崖上疯狂扫射。时间一分一秒地过去了,山崖下倒下一片日伪军,但八路军的伤亡也在不断增加。

阻击的预定时间到了,战士们开始撤离阻击阵地。突然背后响起了枪声,几位战士应声倒下。原来日伪军在汉奸的带领下从背后包抄上来了。在腹背受敌的情况下,战士们发起了一次突围,但没有成功。14名战士牺牲了,最后只剩下6名八路军战士。他们且战且退,一步步退到了老帽山山顶。

没有子弹了,战士们就用石头砸。面前是步步逼近的日伪军,后面是悬崖。6名战士互相看了看,挂满硝烟的脸上露出慷慨赴死的刚毅表情:誓死不当鬼子的俘虏。战士们退到山崖边,就在日伪军号叫着扑上来时,他们抱枪纵身跳下山崖。

日伪军闯进十渡村,发现扑了个空,气急败坏,就放火烧了村里的400多间房子,向五合方向撤走了。民兵在山下找到血肉模糊的6位烈士遗体,将他们就近安葬在老帽山下。

41年后,1984年2月26日,共青团房山县委和十渡乡党委、政府,在老帽山建立了"老帽山六壮士纪念碑亭",以表达人们对6位无名烈士的怀念之情。中共房山原县委书记李永芳题词:"为中华民族解放事业英勇献身的六壮士永垂不朽!"碑文写道:"1943年春,我八路军六壮士在老帽山阻击战中,与日寇英勇搏斗,弹尽后宁死不屈,跳崖就义。特建此碑,以志纪念。"没有人知道老帽山六壮士姓甚名谁,但他们有一个共同的名字,那就是——八路军抗日英雄。

老帽山六壮士纪念碑亭

(北京市委党史研究室 市地方志办 乔克)

# 插入敌人心脏的钢刀

河西区下瓦房宝和里居民楼楼间的一个通道处,两块牌子挂在墙壁上,红色字体分别写着"社区教育基地、冀中军区地下军手枪队总联络站遗址"及手枪队简介。因年代久远,对手枪队当年的英雄事迹详细了解的人也不多。但耿志华手里却珍藏着两本厚厚的手稿,记述着令敌人闻风丧胆的地下手枪队队员的事迹。

冀中军区地下军手枪队总联络站遗址

## 宝和里六号院

1942 年,日军五一大"扫荡"后,冀中军区派侯太和、耿长林、李长泰来津成立天津地下手枪队。耿长林,1923 年出生在河北省任丘,1939 年 2 月参加本村的青抗先(青年抗日先锋队),1941 年调到天津津南支队手枪队、武工队,1944 年担任天津地下手枪队队长直到天津解放。党组织安排耿长林到天津担任地下手枪队队长,一方面是因为他英勇善战、机智灵活,另一方面是因为他的姐夫尚双凯在下瓦房宝和里居住,可以掩护他在天津市内开展工作。

地下手枪队在下瓦房宝和里建立了总联络点。当年的宝和里有六排平房,联络点就建在第一排6号,与伪派出所只有一墙之隔。为了便于开展工作,手枪队化整为零,在市内及出入津郊的各个关口都建立了联络站,每个联络站为一个小分队,共设立了11个联络站(即11个小分队)。每个小队有几十人,总人数大约有二三百人。地下手枪队担当坚决消灭经教育仍不悔改的敌特爪牙,保护我军的采购运输,夺取敌人的枪支,充实我们的武器装备。

手枪队成员渗透到天津的各个阶层,从敌伪宪特到街头小贩。他们大多单线联系,彼此隐瞒身份,有事协同作战,无事各自隐蔽,用各种身份在天津搜集敌人的情报。直到新中国成立后很久,大家相聚在一起,才知道其实很多附近的朋友都是手枪队的战友。手枪队队员大多每人配备一把二十响匣子枪,有几个神枪手还能左右开弓使双枪。手枪队在市内建立了几个武器储藏点,作为开展行动时的武器保证。

范配华也住在宝和里6号小院,她是1935年随丈夫季福长搬到宝和里居住的,季福长的职业是日伪警察。因为是邻居,范配华家与尚双凯家相处融洽,关系很密切。有一次,范配华在院子里听见尚双凯家的房子里传出说话声,提到了枪杀日伪警察。她非常震惊,但又不敢动声色。其实,耿长林也知道范配华听到了他们的谈话,于是就跟范配华说,共产党打击的是日本鬼子和汉奸,你们当警察也是为了生活,但你们还是中国人。耿长林的话触动了她。有一次,日军来宝和里清查户口,情况紧急,范配华把手枪队成员藏到自己家里,因为是日伪警察家属,日军没有搜查范配华家。事后,耿长林说:"你们给共产党办事,我会向党给你们报功的,你们这样的人是光荣的。"听到耿长林的一席话,范配华满心欢喜。当夜,她试探着把这一切告诉丈夫季福长,没想到,季福长竟也深受鼓舞。于是夫妻俩一起加入手枪队,季福长利用担任日伪警察的工作条件,几次把日军将要展开搜查的消息提前通知手枪队,他们家也成了藏匿抗日文件的秘密地点。

## 打入敌人心脏

1943 年开始,天津的敌我较量进入关键阶段。由于河运、铁路经常遭到八路军、武工队的袭击破坏,日军决定在天津组织一支"义侠队",雇用肯为日军卖命的地痞流氓保卫交通沿线的安全并刺探地下党的情报。日本人经过认真筛选,最后看中了有名的混混儿王士海。王士海接到日军让他组织义侠队的命令后不但没高兴,反而害怕了。别看王士海嘴上说效忠皇军,可心里却是另有主意。当时手枪队的厉害尽人皆知,王士海也有些心惊胆战,于是偷偷派人四下寻找共产党的关系,想找条后路。耿长林听说这个情况后,决定与王士海见面。在得到耿长林"只要不真心帮鬼子干事,八路军可以优待"的承诺后,王士海这才敢组织"义侠队"。在耿长林的安排下,尚双凯等手枪队骨干一起打入"义侠队"内部,一面刺探敌人情报,同时也负责监视王士海。义侠队成员有日军颁发的特殊证件,不但伪军不敢拦,就连日军看了也要放行。耿长林命令尚双凯偷偷办了许多假义侠队证件。手枪队的队员们有了义侠队的证件,通过各关卡哨所不受限制,在护送党的干部进出天津和转运军用物资等任务中,尤其是护送国际友人前往解放区时都没出过差错。

李秀芬是第五小分队队长。在她的劝说下,在日本修械所工作的三个工人被策反,并加入了手枪队。通过三个工人得知,日本修械所的枪支没有数,工人有夜班,该所北面围墙有一个地沟眼儿,可以运出枪支。一天夜里,李秀芬女扮男装,换上伪军军服来到北洋大学附近的修械所,躲过哨兵的视线,成功运送出十几支三八式步枪,此后又多次偷运出七八支枪。李秀芬还让自己的儿子打入敌人的铁甲车队,多次导致敌人列车不能及时出行。

李淑华和丈夫丁孝廉一起做地下工作。他们住在南开区庆祥里,以做小贩为生。1942 年,日军想在她家逮捕队友李长泰,李淑华夫妇获得消息后让他从后门逃走了。日本人把李淑华抓了起来,用酷刑拷打审问,李淑华始终没有屈服,敌人没有证据只能把她放了。后经多方查证发现是特务吴长立出卖了李长泰,于是李淑华就偷偷跟踪并枪杀了这个特务。有一次,李淑华偷偷破坏了敌人的军用电话线,被敌人察觉,并把她抓了去,受尽酷刑。

敌人的残酷折磨并没有让手枪队员屈服,反而在斗争中磨炼了同志们的意志。

## 铲除叛徒刘老四

1944 年,一个叫刘老四的人叛变,他利用掌握的情况,给日伪特务报信,几名天津、北京地下党员因此被捕,于是上级组织命令耿长林除掉刘老四。

耿长林派人跟踪刘老四,很快就摸清了他经常在下瓦房出没的行动规律,于是就埋伏在下瓦房附近。那天下午,刘老四又到下瓦房一带活动,耿长林从背后悄悄跟上去,左手一搂刘老四,右手从口袋中掏枪便打。听见撞针响,刘老四一闭眼,原以为死定了。谁想到,耿长林的手枪撞针没撞击到位,反而将撞针撞断了。耿长林一愣,刘老四趁这个机会挣脱,撒丫子跑进100 米开外的一个伪警察派出所,一边跑一边喊救命。伪警察一见耿长林气势汹汹地追过来,吓得把大门一关,从里面把门反锁了。耿长林拿脚用力向大门踹了好几脚,想冲进去但没踹开,又见到放哨的同志发出警报,这才转身离去。过了些日子,一个特务将八路军地下采购员在天津的货物扣下私吞。耿长林派同是特务身份的队员杜金鹏带人去他家搜查,并随身带了一些烟土(鸦片)。当时私藏烟土是重罪,杜金鹏告诉这个特务如果想活命,就说是刘老四存放的。结果,敌人将刘老四抓了起来,最终用以毒攻毒的办法解决了叛徒。

## 智取物资巧运输

手枪队一方面搞武装斗争,另一方面还要为解放区输送生产生活物资。在敌占区,敌人对稻谷和食盐看管极严,如何把稻谷和食盐运输出去就成为手枪队的主要目标。为了购买稻谷,有一次耿长林带领尚双凯小队来到汉沽。这次耿长林还带上了另一名手枪队队员、地下党员赵英杰。赵英杰的掩护身份是特务机关的翻译。耿长林和赵英杰身穿华丽的衣服,假扮成富商老板,两人还当着日本人的面用日语交谈。两人一唱一和把日本商人搞得晕头转向,连蒙带唬地就完成了交易。

1944年冬天,尚双凯利用关系从河北区盐坨搞了几十辆大车的食盐,一路向静海方向前进。在起运时,尚双凯告诉赶车的,咱们有义侠队的证件,不要害怕,要理直气壮一些。大车到西站附近时,一个伪警察在前面拦车,赶车的拿出义侠队的证件,在气势上压过伪警察,顺利通过。当夜,大车队到了杨柳青当城村的卡子口,这里驻扎着一个排的伪军,硬冲是冲不过去的。尚双凯镇静地拿着假的运盐证明找到里面的伪排长,用大话把他镇住,让大车过了卡子。临出关时,伪军还帮着起出埋在出口的地雷。到了指定地点,接应部队接手将食盐安全运到了解放区。

有一次,尚双凯把6支卡宾枪和500多发子弹藏在被褥卷里,放到大车上,并带上自己的老婆和刚满一岁的女儿作为掩护,打算运送到解放区。路过金钢桥的卡子口时,遇到敌人的盘查,坐在车上的尚双凯的爱人急中生智,偷偷用力掐了女儿的胳膊,孩子大哭起来。孩子的哭声惹得敌人不耐烦起来,没有仔细检查就放行了。

[中共天津市委党校(中共天津市委党史研究室) 赵凤俊]

# 虎踞盘山的民兵班

1945 年 5 月 26 日,冀热辽军区第十四军分区在平谷县刘家河召开了抗日群英表彰大会。主席台上,来自盘山的民兵在一片欢呼声中接受十四地委和军分区领导的嘉奖,他们被授予"民兵英雄"称号。这就是冀东远近闻名的"盘山民兵班"。

抗战时期盘山民兵班民兵

# 在暴风雨中悄然兴起

盘山位于燕山南麓，北枕长城，南邻华北平原，西控京门，史称"京东第一山"。抗日战争爆发后，中共冀东党组织在这里创建了抗日根据地。1940年4月，冀东西部第一个抗日民主政权——蓟(县)平(谷)密(云)联合县成立。不久，根据斗争需要，县委将散居盘山前的80多户人家组织起来，建立了"联合村"政权，组织青壮年成立了民兵队伍，平时生产，有了敌情就拿起武器战斗，同时还学会了制作简易地雷和爆破技术，成为当地群众们的主心骨。7月28日，盘山民兵配合主力部队在白草洼消灭了驻遵化大稻地、来盘山扫荡的日本马队70余人。从此盘山声威大震，人心向往。

盘山抗日根据地的创建，引起了敌人的注意。从7月起，日军从平绥、北宁各县调兵，增派到盘山周围的蓟县、三河、平谷、遵化等城镇，对盘山进行大规模扫荡，还利用飞机狂轰滥炸。盘山上几乎所有的房屋都被炸被拆，70多座名寺古刹被毁。居住在盘山上下的不少青壮年被抓走，盘山民兵由原来的50多人减少到20多人。日本侵略者的暴行没有吓倒盘山民兵，反而更激发了他们与敌人斗争到底的决心。他们保护着群众钻山洞，过山梁，与敌人誓死周旋，逮住机会给进犯的敌人以致命打击。

有一次，日军山本小队和伪军200多人，驱赶着毛驴驮着装备朝联合村进犯。联合村的民兵在丁福顺的带领下，组织群众带着粮食、炊具转移到山洞里。敌人进村后，搜索了一阵没发现人，然后就踹开乡亲们的大门，只听得"轰、轰"几声巨响，民兵埋在各家门口和牛羊圈里的地雷炸开了花。敌人被炸得晕头转向，血肉横飞，慌乱之际，东山头、西山头又同时响起枪声。山本害怕中计，仓皇逃下山去，很长时间再不敢轻易来犯。

1942年12月，冀东党分委在盘山召开会议，进一步确定了主力部队、地方武装和民兵相结合，开展游击战斗的方针。各村民兵以村为单位成立了武装班，负责组织群众、锄奸、送信、站岗放哨等，并互相联络配合，保卫山上的县委和地委等领导机关，成为盘山地区不可或缺的一支抗日力量。

# 在磨难中正式成立

从 1941 年 6 月开始,日军对盘山地区连续进行残酷扫荡,为保存实力,八路军冀东主力部队和领导机关转移到长城以北,盘山根据地进入最困难时期。敌人一方面进山便实行"三光"政策,一方面在盘山前挖了两道长达数十公里的封锁沟,周围建起了 12 个据点,并宣布盘山为"无人区"。

6 月 18 日深夜,日军突然袭击联合村。十几个日本兵把民兵王忠的住房团团围住。王忠十分焦急,他家里藏着八路军的枪支,这是人民的命根子啊!情急之下,王忠向敌群投出了一颗手榴弹,"轰"的一声,几个日本兵应声倒地,王忠也在敌人的乱枪中中弹牺牲。被惊醒的群众立即在民兵的保护下向北山转移。王忠的妻子、两岁的孩子还有 15 名未来得及转移的群众被敌人抓住。凶残的敌人把群众捆绑在大树上,身上浇上汽油活活烧死,造成了骇人听闻的"联合村惨案"。

腥风血雨中,盘山云静寺西石罅里聚集着 10 个胸中怒火万丈的民兵。他们是杨保林、于连海、丁福顺(崔良德)三兄弟、王志、史秀、史左、史光德、武德发。杨保林坐在地上,眼喷怒火,两个伯父惨遭杀害的情景历历在目。他咬紧牙关,一字一顿地说:"狗强盗,等着吧,血债要用血来还!"王志呆呆地站在旁边,眼里满含泪水,失去亲生骨肉的打击实在太大了,他心痛欲裂,仇恨满胸,不由得攥紧了拳头。

"大家不要难过,国恨家仇迟早要报。只有拿起武器与日本鬼子血战到底,没有别的活路。来,让我们一起发誓……"丁福顺说着带头站起来,10 个人同时举起愤怒的铁拳:"宁死不下山,与盘山共存亡!"

1942 年秋,上级党组织派专署干部叶田到盘山,他们聚集在水泉沟旁的一个山洞中,民兵们向叶田倾诉了对日本兵的满腔仇恨,表示要与敌人血战到底。叶田高度赞扬了民兵们的斗争精神,他说:"同志们在残酷的对敌斗争中经受了考验,发挥了革命战士大无畏的斗争精神!"叶田的一番话说得大家热泪盈眶,民兵们深切感受到了党组织的温暖关怀。叶田传达了上级指示,并向民兵分发子弹,鼓励民兵坚持保卫根据地,直到最后胜利。在叶田的倡议下,盘山民兵班正式成立,大家推举丁福顺任班长,杨保林为副班长。

1942 年 11 月的一天拂晓,县城的敌人来盘山搜剿。收到消息后,民兵班迅速商量对策。按照计划,大家提前分头隐蔽在几个制高点上。不久,日军果然耀武扬威地爬上山来。"乓!乓!"埋伏在东山上的丁福顺率先开火,敌人以为民兵班在东山上,带领人马就奔东山而来。刚走到半山腰,"千里眼"武德发马上在北山上向敌人开了枪,几个日本兵应声倒地。"快快地!土八路地在这边!"日军又向北山涌来。好不容易快爬到北山了,不料西山上又响起了一阵枪声。民兵们在几个山头打几枪换一个地方,与日军玩起了捉迷藏。接连两天,民兵班东一枪西一枪地打,打完就钻进山洞休息,日军被耍得团团转,连个人影都没看到,还损兵折将,疲惫不堪,只好胡乱放几枪,狼狈地收兵回城。

## 苦守冰凉洞

转眼冬天到了,一场大雪过后,日军又来搜山,企图借助雪地寻找民兵的足迹。由于敌人来势凶猛,民兵班藏好了粮食、炊具,每人带 3 斤炒米临时躲进了后山的冰凉洞。狡猾的敌人接连几天搜不到人,居然安营扎寨,漫山遍野撒网搜捕,大有不达目的不收兵之势。

三天过去了,敌人仍未撤走,民兵们带的炒米吃光了,只好用冰块充饥。盘山的冬天气温非常低,夜间低至零下十几度,民兵们站岗常常冻得手脚麻木。冰凉洞空间狭窄,大家只能半倚半靠挤在一起,累了就轮流伸伸腿。第四天,王志患了重病,高烧不退昏了过去,大家就用冰块为他降温。在大家的悉心照料下,王志战胜了病魔,从死亡线上挣扎过来。条件如此艰苦,但民兵们仍保持着革命乐观主义精神,他们哼唱着抗日小调《十二杯茶》,驱赶着饥寒和痛苦,坚持了七天七夜,直至敌人撤走。

民兵班出洞后,稍做休整又投入了新的战斗。一天夜里,民兵班摸下山,在通往县城的公路上砍倒了 3 千米长路段上的电线杆,并将电线带走。撤退时,丁福顺朝天放了几枪,意在告诉敌人民兵班是剿不完、杀不绝的。第二天,民兵的行动在附近老百姓中迅速传开,极大地鼓舞了群众士气。

## 智诱敌人保护群众

顺义县北有一所日军建立的炮兵学校,日本兵天天拉着一尊锃光瓦亮的大铜炮进行操练。冀东军分区副司令员包森了解了敌人的活动规律后,率领一连人设下埋伏,缴获了这尊大炮,拆散后埋藏在盘山脚下的塔院村。

铜炮被八路军缴获,敌人非常震惊。日军从附近各县调集6000多日军和伪军,配备了大炮,杀气腾腾地向盘山扑来,要找八路军主力决战,找回铜炮。民兵班得到敌人又来搜山的情报后,在各山口和山坡上埋置了地雷"迎接"敌人。敌人自恃人多,赶到山脚后立即组织搜山,工夫不大就在山坡上踩响了5颗地雷。胆战心惊的敌人慌忙停止搜山,掉头扑向塔院村。

日军包围了塔院村,将未来得及撤走的老人、孩子、妇女赶到麦场上,逼问铜炮的下落。丁福顺、崔良义也夹杂在群众中间。日本特务石岛满脸堆笑地说:"大东亚的村民们,谁告诉我铜炮藏在哪里,我给他十两黄金,怎么样? 这可是千载难逢的发财机会啊!"麦场上鸦雀无声,大家靠在一起冷冷地望着石岛。"谁知道就快说吧,还等什么啊?"石岛逼问了一句,大家依然沉默。按捺不住的石岛走到崔良义面前,极力装出和善的样子说:"老乡,你知道八路军把铜炮藏在什么地方了吗?""我们山里人见识少,不懂啥叫铜炮。既然是八路军藏的,就该找八路军去要……"不等崔良义把话说完,暴跳如雷的石岛就狠狠打了他两个耳光,并拔出了战刀。

丁福顺一看形势不妙,就想把敌人引到地雷阵里去。他不顾群众阻挡走上前说:"我知道铜炮藏在哪里。"石岛扑向丁福顺,一把抓住他的衣服,"快说,铜炮藏在哪里?""我亲眼看见八路军把铜炮拆了埋在冰凉洞旁的山坡上了。""你要撒谎死啦死啦地!""我撒谎? 我若说错给你脑袋。"石岛命人押上丁福顺就往冰凉洞奔去。黄昏时分,来到了半山腰,只见石头上写着"小心地雷",敌人唯恐踏上地雷,便在半山腰宿营,准备第二天再排雷上山。

主力部队获知敌人到盘山搜剿的消息后,趁夜色袭击了蓟县县城。上山的敌人看到县城方向枪声不断,火光冲天,急忙集合连夜回城救援。埋伏在山顶的民兵趁机袭击撤退之敌,掩护丁福顺顺利脱险。

## 黎明前的战斗

1943 年春，为配合主力部队恢复基本区战役，盘山民兵开始了锄奸、破交、制地雷等活动。盘山前的暴水庄，是日军山本培养的所谓"模范庄"，汉奸势力很强。一天，民兵班接到区委指示，要到暴水庄一带锄奸，民兵们个个摩拳擦掌。夜幕降临，民兵们越过封锁沟，直奔暴水庄。班长丁福顺布置好岗哨后，正想去找保长，只见对面来了一行人。他示意大家做好战斗准备，并上前问道："你们是干啥的？"领头的神气十足地回答："我们的太君的有。"一听是鬼子，丁福顺喊声："打！"民兵们枪弹齐发，领头的鬼子应声倒地。敌人乱作一团，慌乱开枪还击。民兵且战且退，安全返回盘山。第二天，群众送来了山本的钢盔，原来山本昨天被民兵打死了。

盘山地区的北后峪村战略位置重要，是抗日根据地通往敌占区的必经之路，也是敌占区与"无人区"的分界线。日军对此处控制很严，挖了壕沟，只架起一道木桥通向村外，安排伪军把守。伪自卫团长么宾是个倚仗日本人横行乡里、无恶不作的汉奸，他曾以极其残忍的手段残害八路军及家属数人。1943 年夏，民兵班接到区委指示，立即除掉这个汉奸。一天傍晚，天下着蒙蒙细雨，丁福顺、崔良义化装成报丧人直奔村口木桥，其余人埋伏在附近准备接应。丁福顺一走近木桥，岗哨就大声问道："喂，你们到谁家？""么团长的表姨过世了。"丁福顺指了指崔良义说，"这是团长的表兄，我是他家的长工。"听说是团长家的事，哨兵不敢再问，示意放行。丁福顺一步冲到哨兵跟前，用手枪抵住他的腰，低声命令："不许叫喊，么宾在哪儿？"

"就在……家里。"哨兵边说边用颤抖的手指了指一座大瓦房。丁福顺将哨兵交给两个民兵看守，与崔良义直奔么家。正在家中寻欢作乐的么宾做梦也没有想到末日已到，当丁福顺拿枪顶着他的脑袋的时候，他还不明就里，但随即吓得魂飞魄散，连连告饶。端掉哨卡后，丁福顺在村口贴出告示，历数么宾罪行，并将其押至村口正法。消息传开，汉奸们无不胆战心惊，群众更是人人欢欣鼓舞。

为了拔掉敌人安插在田家峪和彩各庄阻碍主力部队返回盘山的两个据点，民兵班结合实际、巧使妙计，成功拔掉日伪军的这两个据点。对田家峪据点，他们趁敌人上操集合时，远远地开枪点射，造成敌人惶恐不安，然后又在井水里扔狗粪，撒红土。敌人早操不敢上了，井水又脏又臭，还担心有毒。于是组织伪军到山外去拉水，却又遭到民兵的连续伏击。日军、伪军急得直叫唤，但又无计可施，最终狼狈地撤出了田家峪据点。彩各庄据点更加顽固。经过周密计划，民兵班分两路包围了据点，并迅速切断电话线。副班长杨保林率先开枪击中炮楼顶上的敌人，发出战斗信号，强攻开始。敌人拼命抵抗，但总归抵挡不住民兵班的强烈攻势，又无法打电话求援，只能慌乱中跳上汽车准备逃跑。民兵追赶上前，一排子弹和手榴弹"送"给他们，两辆汽车都抛了锚。此刻伪军们除了哭爹喊娘，就是一哄而散，四处逃窜，最后只剩下十几个日本兵负隅顽抗。丁福顺带领的另一路民兵从后边冲进炮楼，迅速占领制高点，用机枪向日本兵撒了好一阵"爆米花"。四面楚歌的日本兵再也无力抵抗，像惊弓之鸟一般仓皇逃回县城。民兵立即点火烧毁了据点，拔掉了最后一颗钉子。这次战斗后，盘山民兵班一鼓作气，又参加了解放蓟县县城的战斗。

[中共天津市委党校（中共天津市委党史研究室）　赵风俊]

# 将军近半个世纪找寻"冰儿"

原冀东军分区司令员李运昌,身经百战、九死一生,与人民群众结下了鱼水深情。不管是在战争年代,还是和平年代,他都把战友和人民群众视为生命的一部分。为了能再见到救命恩人和她的孩子"冰儿",李运昌将军苦苦找寻了近半个世纪。

## 将军回忆"冰儿"由来

抗日战争时期,冀东抗日联军在1938年西撤中兵分两路,一路转移至平西,一路由李运昌领导继续留在冀东坚持抗战。1940年,冀东军分区成立,李运昌担任军分区司令员,司令部设在兴隆县五指山上。1943年1月初,为恢复冀东根据地基本区,打击日军和鼓舞群众抗日士气,李运昌按照冀东地委的指示,部署三个主力团,分东、中、西三路越过长城封锁线向南挺进,集中主力部队发动恢复基本区的战役。

1月21日傍晚,朔风怒吼,大雪纷飞。李运昌正在五指山东麓达峪村处理事情之时,突然接到紧急报告,称敌人已探知他的踪迹,7000名日伪军突袭合围而来,已堵住所有下山路口。当时军分区机关加上保卫部队也不过300人,如何面对7000名日伪军合围? 一时间,近300人的军分区首脑机关万分危急。李运昌下令马上转移,否则后果不堪设想。鉴于当时的形势,从前路下山已经不可能,要保存实力,只能向五指山后背转移,再通过深山密林向其他根据地穿插。唯一能带路的交通员朱殿坤(一说朱殿昆)正在外面办事。关键时刻,朱殿坤的媳妇儿"麻利嫂"挺身而出,30出头的她当时已有身孕待产。李运昌非常犹豫,担心她的身体吃不消。但"麻利嫂"却说:李司令,山里人的身体哪有那么金贵! 咱山里人身子骨硬棒,麻溜儿跟我走! 晚了就来不及了！

李运昌见"麻利嫂"态度坚决，于是带领军分区机关和部队跟着"麻利嫂"一头钻进后山的丛林里。在阵阵追杀的枪声里，"麻利嫂"带部队跨谷爬坡、踏洼钻沟，艰难地穿越深山密林，到达数十丈高光溜溜的峭壁前。"麻利嫂"让大家解下绑腿接到一起，麻利地沿着除了丈夫以外无人知晓的石头缝儿，独自爬上大石崖顶，把绑腿拴在松树上，另一头抛下峭壁。李运昌和战士们就用这条"麻利嫂"开辟的生命线，爬上了峭壁，翻越了鬼门关，把日伪军抛在了山那边。

由于路陡坡急，"麻利嫂"在带领部队横越黑河冰川时，忽然一阵腹痛倒在冰上，并在冰面上生下了孩子。李运昌急令战士围成人墙挡风，特殊"产房"里的"麻利嫂"一口咬断婴儿脐带，几名战士忙用大衣把婴儿裹严抱在怀里，又用三条被子裹好"麻利嫂"抬上担架继续赶路。部队脱离险境后，"麻利嫂"被安置在堡垒户家中。李运昌提着红糖、白面和鸡蛋来慰问，看到母子平安，身经百战的将军如释重负，向"麻利嫂"深深鞠躬表示感谢。躺在炕上的"麻利嫂"陡然坐起："司令员，您可折煞我了！没有共产党、八路军，哪有老百姓的今天呀。您的感谢我承受不起！您们这一走，不知哪年再碰头，您就给这个没冻死的'讨账鬼儿'起个名儿，留个念想吧。"李运昌就给这个生在冰面上的孩子取名"冰儿"。从此，"冰儿"的名字就深深地刻在李运昌的脑海中。

## 半 个 世 纪 的 找 寻

战争胜利后，"冰儿"的下落，成了李运昌心头惦记的一桩心事。为了找到"冰儿"，1949年3月，时任热河省主席的李运昌找到坚持"无人区"斗争的战友、兴隆县委书记王佐民[当年任迁(安)遵(化)兴(隆)县第八区区长，1942—1943年初，李运昌在兴隆五指山建设根据地，正是王佐民负责的区域]。李运昌拜托王佐民寻找"冰儿"，王佐民受命查找了一年，没有结果。后来由于个人工作调动又嘱托继任接着寻找，但仍然没有任何有关"冰儿"的音信。后来李运昌调离热河省，回到国家部委工作。找寻"冰儿"一事缓了下来。"文化大革命"期间，李运昌自身难保，更没有机会找寻"冰儿"。

直到 20 世纪 80 年代,李运昌又开始寻找"冰儿"。1984 年,李运昌委托承德地区副专员赵锡廷(当年李运昌工作区域内的财粮助理,为李运昌部筹措军粮)和承德地委党史办主任李景珍寻找"冰儿",也一直没有找到。

1985 年春节后,承德地委党史办主任李景珍找到时任兴隆县党史办副主任佟靖功,再次表达了李运昌找寻"冰儿"的心愿。佟靖功下了大功夫,开始寻访"冰儿"。

据佟靖功回忆:他首先从上游向下逐村查找,遍请老干部、老党员、老民兵、老堡垒户座谈,走访了刘杖子、成功、天明、解放、转山子、三道梁、蘑菇峪、大东峪等村庄 2500 多户人家,却依然音信皆无。接着又转到五指山南麓的横河上游。这里有海拔 1227 米的大石崖,驻过冀东军分区司令部、政治部、供给处、卫生处等重要机关,李运昌 1943 年曾在这里过春节。他走访了马架子沟、水泉子、羊羔峪等村庄,但也没能找到"冰儿"的线索。

1987 年 9 月 17 日,赵锡廷专程来到兴隆,给佟靖功带来了李运昌回忆起的三条线索:一是"冰儿"的故事是 1943 年初在五指山突围时发生的;二是突围时部队先找了地下交通员,因其在外送信,他家女主人挺身而出,完成了带部队突围的重任;三是带路是在深夜,老司令尚不知带路大嫂和丈夫叫啥名,只是为孩子取名"冰儿"。

按照新线索,佟靖功直奔五指山下解放乡。据老干部赵庆云、刘彦成回忆:小五指山地下交通员、共产党员朱殿坤,1945 年 4 月 19 日给八路军送信时牺牲。他的媳妇儿叫张翠屏,为人仗义、飒爽,干净利索,手快、脚快、嘴也快,人称"麻利嫂",专为八路军办事。如果附近有这事(指为部队带道突围),可能就是他们家。刚好他家有个 40 多岁的儿子,现在平安堡当工人,叫朱海清。

根据老干部的叙述,情况基本吻合。随后,佟靖功找到了在平安堡铁厂当工人的朱海清。听了朱海清的叙述后,基本确定了他"冰儿"的身份。李运昌的愿望终于实现了。

## "冰儿"回忆母亲

据"冰儿"朱海清叙述:自从母亲张翠屏为八路军带路突围脱离险境以

后,由于有坏人告密,日伪军经常来五指山区搜查曾经给李运昌带路的人。为躲避风险,母子俩经常东躲西藏,甚至连"冰儿"的名字也不敢叫,只好临时又起了个名字叫"胡林子"。1945 年 4 月 19 日,父亲朱殿坤在给八路军送"鸡毛信"的途中不幸被日军围住,为了不泄露党的秘密,他硬是把"鸡毛信"吞进肚子里,没有人性的日军竟然用刺刀挑死了他。20 世纪 60 年代的三年自然灾害时期,娘儿俩实在维持不了生活,只好搬到距老家 200 多里的鹰手营子荒地沟过着糠菜半年粮的苦日子。

难能可贵的是,即便生活如此困难,张翠屏也没有利用"冰儿"的身份向政府寻求照顾,更没有想过要找过李运昌解决困难,而是将这个秘密一直保守到临死之时。

1982 年春,张翠屏病重,自知将不久于人世,终于向伺候在病床前的"冰儿"朱海清和儿媳妇讲述了从未讲过的家史。朱海清也才知道了自己"冰儿"的身份。"麻利嫂"走了,她没有任何名分,但在后人心中却留下了永远的想念。

当村干部和乡亲们帮助"冰儿"朱海清料理张翠屏的丧事时,无意间在张翠屏曾经使用过的一个衣柜底下发现了一个从未见过的小黑木匣子。里面只有两件东西:一件是用油皮纸包着的一张已经破旧的画儿,是张翠屏的丈夫朱殿坤当年在担任地下交通员时使用过的交通路线图;另一件是用牛皮纸包着的一捆大小不等、颜色不一的旧纸条儿,都是抗日战争期间八路军、游击队和县、区工作人员在朱殿坤、张翠屏家吃饭时打的欠条,粗略合计,大约有 7000 多斤。

新中国成立初,县政府多次发布公告,凡是家中有此类欠条的乡亲们都可以到所在地政府民政部门兑换小米。但是张翠屏却没有这样做,她一直默默地珍藏着这些欠条,也从没有向儿子和儿媳透露过这件事。

"冰儿"朱海清牢记母亲"不要拿父辈做过的事去摆功,更不能给李司令员添一点麻烦"的嘱托,更钦佩母亲不为牺牲的父亲落实待遇改善家境做一丝的努力。因此,他也从未透露过"冰儿"的身份,直到佟靖功找到他们。

## 将军与"冰儿"的重逢

1988年4月17日,在承德离宫绮望楼,时任中顾委委员的李运昌专程在这里和"冰儿"见面,挂念了近半个世纪,终于圆了自己心中的那个重逢梦。

1988年4月17日,在承德绮望楼李运昌(右二)会见"冰儿"(右一)

那天上午9点,八十高龄的李运昌稳健而欣喜地等候在客厅门口,赵锡廷、邓一民陪伴其左右。佟靖功等人带着"冰儿"前来相见。一见面,赵锡廷做了引荐,李运昌一把将"冰儿"抱住。"冰儿"喊了声"爷爷好",忍不住放声哭起来,李运昌也滴滴泪下,在场人无不唏嘘动容,感慨万千。李运昌拉着"冰儿"走进客厅,未等坐下便问:"你母亲怎么样?""已经去世了,咽气前还念叨李爷爷。"李运昌怆然叹道:"我对不起你母亲,没照顾到你们娘儿俩。几十年来,我怎么也找不到你们的下落,我心中急啊!要不是老赵老佟他们,咱们爷俩的缘分,不知何时能续上!"李运昌又问:"听说你家里挺困难,为什么不找我?""我妈去世前才提起您,我和媳妇对她发了誓,不给李爷爷找麻烦。"一句话说得李运昌更加惋惜伤感。

打这以后,"冰儿"每年都去北京与李运昌爷爷见上一面,到了21世纪也不例外,带去的是蘑菇、榛子、柴鸡蛋、铁山楂,带回的是几百元钱和一些新鲜物件儿。将军与"冰儿"的情缘历时近半个世纪,历久弥新。

（中共河北省委党史研究室　郭冰）

# 当代"佘太君"邓玉芬

　　1944 年春天,日军为了肃清丰滦密"无人区"的抗日力量,发动了疯狂的"扫荡"。日伪军围住密云县猪头岭一带,白天山上搜,夜晚山上住,一折腾就是 7 天。

　　一位母亲背着孩子躲进山洞里。山洞阴冷潮湿又没有吃的,孩子生病啼哭不止。正巧敌人搜山,如果被敌人发现,不仅母子二人丧命,更严重的是旁边山洞里还隐藏着区干部和乡亲们,必然会给他们带来杀身之祸。眼看敌人就要搜过来了,母亲情急之下从破棉袄里扯出一团棉絮,一狠心塞进孩子嘴里。孩子拼命挣扎,母亲紧紧搂住他,并死死地捂住孩子的嘴,敌人一步步靠近,孩子在母亲的怀里一点点变软……不知过了多久,敌人终于下山了,但孩子已经脸色青紫,窒息了。母亲焦急地摇着孩子、呼唤着孩子,好半天孩子才缓过气来,微弱地吐出几个字"妈,饿,饿……"

　　母亲的心碎了,她多想下山给儿子找口吃的啊,可是她不能这么做,她要顾及藏在附近的干部和乡亲啊! 就这样,连个大名都没有起的年幼儿子连病带饿地死在母亲怀里。

　　儿是娘身上的肉,这割肉之痛痛彻心扉。这就是在国难当头毁家纾难奉献亲人的英雄母亲——邓玉芬。

　　邓玉芬,1891 年出生在密云县云蒙山深处的水泉峪村,未成年就嫁给了本县张家坟村的任宗武。婆家也是穷苦的庄稼人,房无半间,地无一垄。婚后她和丈夫借住在亲戚家,靠租种地主的几亩地过活,含辛茹苦地先后养活了 7 个儿子。1933 年长城抗战失败后,日本侵略者把邓玉芬的家乡强行划入了伪满洲国。为了养家糊口,她家被迫搬到张家坟村东南的猪头岭山上,开荒度日。

　　1940 年,八路军 10 团挺进密云西部山区,开辟丰(宁)滦(平)密(云)抗日根据地,猪头岭来了八路军。邓玉芬听人宣讲八路军的抗日道理,字字句句说在了她的心坎上,越听心里越敞亮。这些话使她懂得:只有穷苦人拿起刀枪打鬼子,才能挽救国家拯救自己。6月,10团组织游击队,邓玉芬和丈夫商量:"咱没钱没枪,可是咱家有人。在打鬼子这件事情上,绝对不能含糊。就叫儿子打鬼子去吧!"于是邓玉芬的大儿子永全、二儿子永水成为白河游击队的首批战士。9月,三儿子永兴受不了财主的欺压跑回家来,邓玉芬知道游击队正缺人手,毫不犹豫地又把三儿子送到白河游击队。

积极送儿当兵的"当代佘太君"邓玉芬

1941年底,日本侵略者实行"三光"政策,制造"无人区"。邓玉芬响应党的号召,开展反"无人区"斗争。她叫丈夫把在外扛活的四儿子、五儿子找回来,在环境最残酷的时候,参加了抗日自卫军模范队。

1942年3月,抗日政府发出了"回山搞春耕"的号召。邓玉芬和许多山地群众决定重返"无人区"。她让丈夫先回山里搭窝棚,说自己随后就到。谁知丈夫走后没几天,竟传来噩耗:丈夫任宗武和四儿子永合、五儿子永安,种地时遭日军偷袭,丈夫和五儿子同时遇害,四儿子也被抓走了。一夜之间,父子三人死的死,被抓的被抓,作为妻子,作为母亲,怎能不悲痛欲绝!然而坚强的邓玉芬没有被吓倒,更不会屈服。亲友们劝她不要回去,"无人区"里太危险。她摇摇头,拉起两个小儿子,坚定地对他们说:"走,回家去。姓任的杀不绝,咱和鬼子拼了!"她又回到了猪头岭,拿起丈夫留下的镐头,没日没夜地开荒种地。

国难当头,人命如蝼蚁,苦难的事情接二连三、无情地发生在这位母亲身上。1942年秋,大儿子永全在保卫盘山抗日根据地的一次战斗中英勇牺牲。1943年夏,被抓走的四儿子永合惨死在鞍山监狱中。同年秋,二儿子永水在战斗中负伤回家休养,后因伤情恶化无药医治死在家里。

　　白发人送黑发人,面对沉重的打击,邓玉芬都咬牙挺住了。她的家成为八路军和伤员的经常住所,干部战士到了她家,就像到了自己家一样。她把战士们当成了自己的亲儿子!她为八路军烧水做饭,缝补衣服,为伤员擦屎接尿、喂汤喂药。她和家人以粗糠、树叶、野菜充饥,把省下来的粮食送给八路军。

　　1944年春,日伪军为了肃清"无人区"的抗日力量,围住猪头岭一带,一连折腾了7天7夜。小六儿跑丢了,她背着刚满7岁的小七儿躲进一个隐蔽的山洞里。不幸又再次降临在这位母亲的头上,她眼睁睁看着幼子死在怀里,自己却无能为力,对于一位母亲这是多么致命的打击啊!

　　她撕心裂肺地坐在小七儿的坟头痛哭,这哭声痛彻心扉,让人心碎;这哭声既是对小七儿的亏欠,更是这位母亲对她已故去的诸多儿子的怀念。

　　1945年8月15日,日本帝国主义投降了,中国人民胜利了。玉芬眼噙泪花,告慰九泉之下的丈夫、大儿、二儿、四儿、五儿、七儿:咱们胜利了!

　　1946年7月,国民党反动派又发动了内战。邓玉芬又作出一个重要的决定,送六儿子永恩参加了县支队。1948年在攻打黄坨子据点的战斗中永恩壮烈牺牲了。他立了功,却永远不能回来见妈妈了。

　　7位亲人走了,一个人丁兴旺的家庭就这样散了。古有杨家将佘太君,7位亲人先后为国尽忠。今有密云邓玉芬,她和佘太君一样,为了保卫家国,慷慨地献出了7位亲人。

　　　　　　　　　　　　　　（北京市委党史研究室　市地方志办　常颖）

# 火烧日军军粮库

天津津南地区历来有"北国江南"之称,所产小站稻质量好、产量丰,香飘四方、誉满中外。日军发动侵华战争后,津南地区沦为日本帝国主义统治之下。日本统治者对津南地区进行残酷的武装侵略的同时,还进行疯狂的经济掠夺。不堪忍受屈辱的人们,火烧日军军粮库,狠狠地打击了侵略者的嚣张气焰。

## 日军的"米谷统治"

日军为了加紧对津南稻谷的掠夺,实行了残酷的"米谷统制",他们强行霸占稻田建立农场,将小站稻全部霸占为军粮。只要是在日军划定范围内的土地,每亩只给农民几块大洋,就要求稻农强行搬出。日军建立了很多所谓的农场,占稻田 10 万余亩。无数稻农、佃农无田可耕,他们流离失所,过着饥寒交迫的生活。在农场里,由少数日本人掳朝鲜人来管理,廉价雇用无田可种的稻农。当地农民只准种水稻,而禁止吃稻米。收获的稻米一粒不准留、一粒不准吃,全部交给日军,引起当地群众的极大愤慨。日军的统治加紧一分,人民群众的贫困就增加一分,人民群众苦不堪言。

1941 年 12 月,太平洋战争爆发后,日本侵略者为长期掠夺稻米这一重要物资,成立"米谷统制协会",会长由天津市社会局局长担任,顾问由日本人担任。把天津产稻区分为 7 个区,建立一套完整的米谷统治机构和米谷统治制度。小站地区建立了大安农场、东一农场、滕井农场、大芦庄农场、新桥农场等,每区都设有米谷事务管理所。在咸水沽设有"五区事务管理所"、葛沽设有"六区事务管理所"、小站设有"七区事务管理所"。每个事务所都有所长 1 人,翻译官 1 人,均由日本人担任,较大的所内有日军一个小分队,30

多名日军,小所内驻有日军一个班。各所内配有保安团、勤农队,各乡都设有"米谷组合"和"勤农队"汉奸组织。"米谷组合",有合长 1 人,由伪乡长兼任,由地主、豪绅、恶霸担任的评议员、督办员 5~7 人。"勤农队"主要负责搜查老百姓是否窝藏、食用、买卖稻米,对违反者任意杀害。

"米谷统制会"和"米谷组合"的任务就是加紧稻谷统治,强行征购农民生产的稻谷,稻农必须将收获的稻米全部交给"米谷统制会",然后由区"事务管理所"和"米谷组合"发给交纳稻谷农民认购文化米(高粱米)和混合面(豆饼、橡子面、高粱皮、黑豆等组成)的卡片。日军低价强行征购农民的稻谷,价格比市场上的棒子面还低 2~3 倍,却以高价配售给稻农文化米和混合面。当时这一带流传着这样的歌谣:小站米,好小站,收了稻谷吃不上饭;山芋干,山芋面,吃到肚子直打转;直打转,冒虚汗,一天屙它好几遍。

哪里有压迫,哪里就有斗争,面对日军的残酷统治和疯狂掠夺,津南人民在党的领导下,与津南县武装队伍一起抓住有利时机,同日军的"米谷统治"进行了多种多样的斗争,给予日军的"米谷统治"以沉重的打击。

## 火 烧 小 站 粮 库

1944 年 10 月,中共冀中区党委根据上级指示和抗日斗争形势发展的需要,决定将津浦铁路以西划归静大县,将津浦铁路以东划为津南地区,在津南地区建立津南(县)工作委员会,简称津南工委。津南工委建立之后,立即抓住敌我之间的主要矛盾,积极投入与日军的斗争中。

日军从津南掠夺来的稻谷,全部存放在小站镇东南角减河北岸边上的大粮仓里,距小站桥 1200 米,储存量约在几百万斤以上。这个日军粮库,就像张着血盆大口的魔鬼,吞吐稻米。敌后武工队进入小站地区后,无时无刻不想端掉这座粮库。但在一无内线、二无时机的情况下,没有贸然采取行动。

敌人为了确保万无一失,在粮仓门口东侧筑了一座 13 米高的炮楼,里面驻有精锐的日军并配有最强的火力,粮库周围的高围墙上拦着 1 米多高的电网,外面有深沟环绕,真可谓壁垒森严。粮仓前后只有两个出口,日夜都有日伪军把守,院内外还有警卫队巡警。津南工委根据情报,反复研究,一致

图为马厂减河，左边是火烧日军小站粮库旧址所在地

认为不能强攻，只有智取火烧，并把这一任务交给冀中军区九分区武工队。津南工委委员、冀中九分区武工队队长周继发和政委潘玉峰先后派三批武工队员化装成交粮农民，到小站敌粮仓行详细周密地侦察，画出了一张草图，制定了火烧计划。

一切准备就绪后，1944年冬末的一天深夜，按照拟定的方案，周继发带领战士顺利到达了小站粮仓外围隐蔽位置。十二点刚过，乘伪军换岗之机，猛扑上去出其不意地活捉了哨兵，将其嘴里塞上毛巾，捆绑手脚，关进一间空房子。随后，队长周继发将手一挥，队员们飞快地冲进粮仓，迅速把煤油泼在装有稻谷的一排排的粮垛上。队长一声令下，各处立即同时点火，火随风势越烧越猛，浓烟滚滚，粮仓内外一片混乱。周继发率领负责接应的武工队员，用火力封锁敌人的炮楼，保护点火烧仓的武工队队员按计划迅速撤离。由于河床封冻，无水可取，赶来救火的日伪军只好眼巴巴地望着大火整整烧了一夜，几百万斤军粮全部化为灰烬。小站地区的人民望着通红的火光，连说："烧得好！烧得好！"这熊熊烈火，象征着浴火重生的希望……武工队队员们在无一伤亡的情况下，满怀胜利的喜悦返回根据地。这次战斗给日军以沉重的打击。

[中共天津市委党校（中共天津市委党史研究室）　李俐]

# 《没有共产党就没有新中国》诞生记

没有共产党就没有新中国，

没有共产党就没有新中国，

共产党，辛劳为民族，

共产党他一心救中国

……

这是一首大家耳熟能详、经久传唱的歌曲。但是这首歌的创作地——房山区霞云岭堂上村及词曲的作者曹火星可能就鲜为人知了。

《没有共产党就没有新中国》纪念馆

这首经典红歌的词曲作者曹火星，是河北省平山县西岗南村人。他出生在一个农民家庭，父亲和大哥都受过中学教育，村小学的老师又是一名共产党员，自小就接受了进步思想的熏陶。

1937年，全民族抗战爆发后不久，八路军就在平山县与地下党县委接上头，建立了人民政权。13岁的曹火星刚考入保定中学，他毅然辍学回乡参加了群众革命组织，担任本村的青年救国会主任。

1938年春节后,曹火星到平山县农会工作,同年四五月被调到平山县青年救国会的宣传队铁血剧社,这个宣传队就是后来晋察冀边区群众剧社的前身。因为队里没有女演员,十几岁的他就扮演女主角,表演逼真动人,深受群众喜爱和欢迎。

曹火星原名叫曹峙。1938年底,铁血剧社兴起了一股改名热,队友嫌自己的名字与惨烈的抗日战争不协调,纷纷改名为王血波、张血新、段血夫等。在他们的影响下,曹峙也想把自己的名字改掉,思来想去,改作火星,取"星星之火,可以燎原"之意。

平山县是晋察冀边区的模范县,华北联合大学就设在这里。随着剧社影响的扩大,党组织不断输送剧社队员到华北联大文艺学院学习。在联大文艺部结业之后,曹火星抱着为抗战而创作、为人民而创作的决心,走上抗战文艺演出的岗位,边实践边创作。他和战友们经常住在老乡家里,吃"派饭"①。他在行军途中构思,有时到了宿营地,坐到土炕上就拿起笔来进行创作。他创作的每一首新歌,总是先在群众中教唱,听取群众的意见,然后修改定稿。

1943年,19岁的曹火星已是晋察冀边区抗日救国联合会群众剧社的音乐组组长了。为了反"扫荡",群众剧社化整为零,深入群众中开展文艺活动,宣传党的抗日主张。这样就有了曹火星和队友的堂上村之行。

堂上村四面环山,村西头的山脚下有个中堂庙,坐北朝南,当时是村里的小学校。曹火星和队友到了村里后就宿营在庙的东屋,一边写抗日标语,组织村里的文艺宣传队唱歌、排戏,一边搞创作。当时"霸王鞭"在平西一带很流行,小分队就决定用民歌曲调填新词的办法,采用打"霸王鞭"的表演形式进行宣传。用了几天时间,队员们就填写了四首歌。其中两首是宣传党的抗日主张的,两首是批判蒋介石消极抗日的。最后大家开会一碰头,又考虑再创作一首能概括前四首内容的歌,这样就完整了。大家一商议,认为曹火星脑子活、点子多,一致同意说:"曹火星,这个艰巨的任务就交给你了!"

山中深秋的夜晚凉意很浓,队友们都睡了,曹火星还披衣坐在土炕上,凝视着跳动的灯花,他的思绪飞远了。他自己好像回到了之前在剧社和大

---

① 即党组织指派农户给临时来村工作的干部提供饭食。

家在一起的日子,感到生活在革命队伍中的温暖。再联系到亲眼所见抗日根据地广大人民群众在共产党的领导下,克服种种困难坚持抗战,脑海中突然跳出前几天读过的延安《解放日报》上的一篇社论文章——《没有共产党就没有中国》。这是针对蒋介石发表的《中国之命运》鼓吹"没有国民党,那就是没有了中国"的荒谬论调而作的。

想到这些,曹火星不禁心潮澎湃。他凝眸思考了一会儿,便在纸上写下了一句话:"没有共产党就没有中国。"新歌的题目诞生了!这也是这首歌曲的主题。创作的激情鼓荡着他,刚才思绪中的一幅幅画面化作歌词在笔端倾泻而出:"没有共产党就没有中国,没有共产党就没有中国,共产党辛劳为民族,共产党他一心救中国……他坚持抗战六年多,他改善了人民的生活。他建设了敌后根据地,他实行了民主好处多……"曹火星轻轻呼出一口长气,顺手拨亮灯花,满意地反复默读。

接连几天,曹火星一有空就坐在东屋的炕沿上,一边哼唱一边写写画画,经过几天几夜的创作和反复修改,《没有共产党就没有中国》诞生了。曹火星高兴地跑到院子里,大声唱着、跳着,高亢嘹亮的歌喉引来了村里的孩子们。曲写出来后,小分队先教小学生唱、村剧团唱,由于歌词简单,节奏流畅,朗朗上口,大家很快就学会了,而且在堂上村附近流传开来,并唱遍了整个解放区。

随着时间的流逝,这首歌的歌词曾多次变化。1943年歌词中的"坚持抗战六年多",到了1944年,群众自动改成了"坚持抗战七年多",到1945年,又改成"坚持抗战八年多"。后来,随着解放军南下的步伐,这首歌传遍了全中国。

新中国成立后的一天,毛泽东在中南海听到女儿李讷唱"没有共产党就没有中国",就提出来这个话不科学、不准确。因为中国已经有几千年的历史了,是先有中国,后来才有共产党,所以应该在"中国"前面加一个"新"字,即"没有共产党就没有新中国",这样才符合历史事实。从此,这首《没有共产党就没有新中国》的经典旋律就流传至今经久不衰。

(北京市委党史研究室 市地方志办　乔克)

# 蓄须明志不给日本人唱戏

1931 年九一八事变发生后，日本帝国主义侵略中国东北。京剧大师梅兰芳被迫从家乡北平迁居上海。到上海后，日本侵略者的猖狂野心和当局的"不抵抗政策"都使他预感到形势的严峻。为应和国内的抗战气氛，他倾注了极大的爱国热情，连续赶排了《抗金兵》《生死恨》等剧，以期鼓舞全国人民的抗日士气。

与此同时，梅兰芳接到了苏联官方的演出邀请，他很期待去看看这个十月革命后经历了 20 年社会主义建设的新国家。然而正当一切准备妥当时，发生了一段小插曲。如果按原计划乘火车去苏联，则必须经过伪满洲国。得知此事，他明确向苏方表示：绝不会踏过日本侵略者侵占下的中国土地去苏联，否则宁愿取消此行。苏方见他态度坚决，不得已改派专轮将他先接到符拉迪沃斯托克，然后再在那里乘火车直达莫斯科。抵达苏联后，他的演出大获成功，原定 8 场演出增加至 15 场，大部分苏共政治局委员和包括高尔基在内的文艺界知名人士都到场观看，最后一场谢幕达 18 次之多。

梅兰芳生于清末光绪二十年，虽出身梨园世家，但 4 岁丧父，12 岁丧母，家道中落。可以说，家境的诸多变故，很早就在他的心中种下了坚韧、多思的性格印记。梅兰芳 8 岁学艺，11 岁登台，不仅刻苦钻研京剧艺术和表演技巧，还在传统京剧的基础上大胆创新，对唱腔、念白、舞蹈、音乐、服装、化妆等方面都有所创造发展，形成了独特的"梅派"艺术风格。

1937 年卢沟桥事变后，日本侵略者发动了全面的侵华战争，很快侵占了梅兰芳当时的居住地上海。自此，梅兰芳开始坚决拒绝登台演出，不给日本侵略者表演。由于断绝了经济来源，梅兰芳一家生活窘迫，甚至要靠典当度日。其间，曾有一个伪装成好人的汉奸数次上门纠缠游说："演几场普通的营业戏和政治毫无关系，您现在坐吃山空，生活很不宽裕，只要梅老板出来

京剧四大名旦

演一场,一百根金条马上送到府上!"在这种情况下,很多朋友劝说梅兰芳为了生计去演几场;但也有朋友支持梅兰芳拒绝演出,避免给日本人留下口实。多重压力聚于梅兰芳一人身上,最终他决定,"这个口子开不得!千里之堤,溃于蚁穴,我们不能上这个当!"同时,梅兰芳开始考虑离开日本占领区,迁居香港。

1938 年初,梅兰芳全家移居香港,深居简出,很少露面。为了消磨时光,他每天作画、练习太极拳、打羽毛球、学英语、看报纸、看新闻。他喜欢画飞鸟、佛像、草虫、游鱼、虾等物,这些作品给家人和剧团人员带来了很多快乐。

1941 年,日本占领香港,梅兰芳开始思考对策,并想出了"蓄须明志"的办法。他在回忆这段经历时说:"当时只感觉到形势越来越严重,得想个办法对付。有一天早晨正对着镜子刮脸,突发奇想,如果我能长出泰戈尔那样一大把胡子就好了。于是我三天没刮脸,胡子长得还真快,小胡子不久就留起来了。虽没有成为飘洒胸前的美髯公,没想到这还真成了我拒绝演出的一张王牌。"

这期间,汉奸褚民谊曾来劝降,他本身也是资深票友,梅兰芳拒绝之后,嘲讽他说:"你演得好,不如你自己演吧。"梅兰芳还对友人说:"别瞧我这一撮胡子,将来可有用处。日本人要是蛮不讲理,硬要我出来唱戏,那么,坐牢、杀头,也只好由他了。"

1942 年 1 月,香港的日本驻军司令酒井看到梅兰芳留蓄胡子,惊讶地问:"梅先生,你怎么留起胡子来了? 像你这样的大艺术家,怎能退出舞台艺术?"梅兰芳回答说:"我是个唱旦角的,如今年岁大了,扮相也不好看,嗓子也不行了,已经不能再演戏了,这几年我都是在家赋闲习画,颐养天年啊!"数日后,酒井派人找梅兰芳,一定要他登台演出几场,以表现日本统治香港后的繁荣。正巧,此时梅兰芳患了严重牙病,半边脸都肿了,酒井获悉后无可奈何,只好作罢。

为了摆脱香港日伪的纠缠,梅兰芳一家当机立断,离开香港返回阔别三年多的上海老家。此举令日本侵略者恼羞成怒,将其存于香港银行的高额存款全部冻结。梅兰芳全家的生活顿时举步维艰,梅兰芳夫人急中生智说:"报纸登出了何香凝女士卖画谋生的消息,我们不妨也来学她。发挥你的绘画才能,卖画度日如何?"于是,夫人磨墨,丈夫绘画,很快画了 20 多幅鱼、虾、梅、松。市民看到醒目的"本店出售梅兰芳先生画作,欢迎光临"的广告时,争相购买。不到两天就全部售罄,许多知名人士还提出为梅兰芳办画展。

然而日伪汉奸获知此事后大肆捣乱,派来便衣警察提前进入展览大厅大做手脚,驱赶前来参观的群众。梅兰芳走进展厅后,发现每幅画上都用大头针别着纸条,分别写有"汪主席订购""冈村宁次长官订购"……还有一些写着"送东京展览"。梅兰芳夫妇目睹此景,气得两眼冒火,立即拿起桌上的裁纸刀,刺向一幅幅画作。"哗! 哗! 哗!"几分钟内所有国画化为碎纸。梅兰芳的毁画举动,很快传遍上海以至全国。宋庆龄、郭沫若、何香凝等纷纷出来声援,称赞梅兰芳民族气节凛然,为世人所敬仰。广大群众也纷纷寄来书信,支持梅兰芳的爱国行动。梅兰芳看到全国人民对他如此赞赏和支援,感动得热泪盈眶,兴奋地对夫人说:"我梅兰芳再也不是一只孤燕了!"

之后不久,汪伪特务头子吴世宝提出要宴请梅兰芳做一次慰问演出,并于次日对梅兰芳夫人说:"几年不见梅老板,听说蓄起了长长的胡须,是不是为了在国民面前要个面子? 如今日本人当道,还是识相点为好。"梅夫人当即回击说:"梅兰芳是中国人,岂能出卖祖宗、放弃节操!"特务头子听后勃然大怒,硬领着梅夫人去看血淋淋的刑具,接着又在宴席上端来一铁罐硝镪水进行威胁,梅夫人毫不畏惧,镇定自若地说:"硝镪水岂能毁掉他的国格和人格!"言罢,拂袖而去。在严峻的形势下,梅兰芳夫妇想起在香港以牙痛驱走日本人的经验,连续注射了三次伤寒预防针,冒着数日高烧40摄氏度的生命危险,称病重。日本人来后,摸了梅兰芳滚烫的额头,信以为真,只好无奈地摇着头走了。

1945年8月,日本宣布无条件投降。正在全家欢庆的那一天,梅兰芳忽然离开了客厅,全家老幼正在诧异,梅兰芳眉开眼笑地以折扇半遮着脸的下部从内室出来,幽默地笑道:"瞧!我给你们变个戏法儿!"然后他像魔术师般的缓慢移开折扇,小胡子消失了!这引起了全家和许多在座老朋友的一片欢呼。

（北京市委党史研究室　市地方志办　曹楠）

# 自行车上的"驼峰航线"

2014 年 3 月 27 日,在中法建交 50 周年纪念大会上,习近平主席说:"我们不会忘记,无数法国友人为中国各项事业发展做出了重要贡献。他们中有冒着生命危险开辟一条自行车'驼峰航线',把宝贵的药品运往中国抗日根据地的法国医生贝熙叶。"

1937 年,卢沟桥事变爆发。北平城逃难的人流,千疮百孔的城墙,熊熊燃烧的建筑……在中国生活 20 余年,贝熙叶早已把这里当成第二故乡。满目疮痍深深刺痛了他,而他能做的,就是救治受伤的中国百姓。贝熙叶主动要求为红十字会出力,救治中国难民。

缺医少药在当时的北平城是非常普遍的,抗日根据地更是如此。缺乏抗生素、消炎和止痛药,伤员痛不欲生,甚至失去生命。贝熙叶深知,仅靠个人的善举无法阻止侵略者的铁蹄,正因如此,当黄浩①地工组的负责人找到他询问能否帮忙往"山那边"运药品时,贝熙叶毫不犹豫地答应了。

黄浩地工组的重要任务之一就是筹集药品和医用物资。该组一边通过各种渠道为根据地秘密购买药品,一边努力寻找一条联系根据地的安全通道。当时,北平的抗日根据地已经发展到西山地区,但由于日军对抗日根据地实行严密封锁,想把药品安全送过去十分困难。于是他想到了法国医生贝熙叶。黄浩深知贝熙叶的脾气秉性,认定他一定会为中国的抗战尽自己的力量。除了这一原因,还因为"贝家花园"的主人贝熙叶经常往返城内和西山之间,又是外国人,又有医生的身份,可谓运送药品的理想人选。

---

① 黄浩(1895—1969):广东揭阳人,原名黄宠锡。北平崇慈小学校校长和新街口基督教堂"长老"。1938 年春开始,他筹集经费为冀中八路军购买药品,后任中共晋察冀分局社会部黄浩地工组负责人。新中国成立后,曾任北京市房管局副局长等职。

这天,黄浩敲开了贝熙叶在大甜水井胡同的家门,而贝熙叶果然如他所料,义无反顾地帮忙开辟了这条药品生命线。车子从大甜水井胡同出发,经过西直门岗楼,穿过海淀镇、贝大夫桥,直奔温泉镇,一路上要经过多个日军关卡。尤其是日军在温泉镇修筑的"胄乃城",扼守城内到西山的交通要道,无论昼夜,过往人车都要经过层层盘查搜索。通常日军并不会为难插着法国国旗、坐着法国医生的汽车,可一旦车里被日军发现帮助中共抗日的证据,无论什么身份都难逃一劫。

贝熙叶当然知道其中的危险,但却从未推脱过。在长达几年的时间里,一批批药品在他的帮助下,经贝家花园转交给地下游击队,再翻过门头沟的妙峰山,最终送到了平西抗日根据地和晋察冀边区的战地医院。

1939年初,国际主义战士白求恩到冀中战地医院视察,得知许多来自德国拜尔的贵重药品是地下工作人员冒着极大风险从敌占区搞到的,不由得竖起大拇指,连连赞扬:"真了不起!"

今日贝家花园碉楼(刘岳摄)

贝家花园位于西山妙峰山下,地理位置至关重要。因为京西妙峰山是平西抗日根据地的重要据点之一,当时京西妙峰山游击队的指挥部就设在贝家花园上方不足一百米的山上。贝熙叶大夫在这一带为伤员们瞧过病，治过伤。日久天长，地下游击队的成员都清楚地知道贝大夫的态度，深信他是一位正直的国际朋友，暗暗地派了一名地下党员去贝家花园当看门人。后来，贝家花园索性成了中共北平党组织的一个地下交通站。贝熙叶利用自己的身份，在秘密交通员的掩护下，将一批批地下党员、爱国青年及药品、物资送到平西抗日根据地。

太平洋战争爆发后，日军加紧对华北物资的掠夺，石油成为紧俏的战略物资，贝熙叶时常无法使用汽车。为保住通往根据地的生命线，他开始骑自行车运送药品。此时的贝熙叶已经 70 多岁，40 多千米的路程一半是土路一半是山间小道，这位老人便骑着自行车，带着几十斤重的药品一次又一次地走完这段路程。

二战期间，中国和盟军曾在喜马拉雅山脉上空开辟了一条空中通道，65万吨物资通过这条航线运往中国支援抗战，因航线沿途山峰如骆驼峰背一样起伏连绵，异常惊险，故被称为"驼峰航线"。半个多世纪后，贝熙叶用自行车运送药品的这段路程，被习近平主席称赞为自行车"驼峰航线"，足见其艰辛、伟大。

（北京市委党史研究室　市地方志办　曹楠）

# 白求恩与《纪念白求恩》

白求恩在中国家喻户晓,缘于毛泽东《纪念白求恩》一文的发表。穿越 80 多年的时空,不论是在抗日战争时期,还是进入新时代的今天,白求恩的故事、白求恩的精神与毛泽东的经典文章始终紧密相连,一直为中国乃至世界人民津津乐道。

## 在延安 两人首次会面

1890 年 3 月 3 日,白求恩出生于加拿大安大略省的格雷文赫斯特小镇。因家族素有行医、传道和教书的传统,他从小便对医生职业怀有浓厚兴趣,由此延续了尽职敬业的献身精神。他是医学博士、加拿大共产党员,也是一位著名的胸外科专家、伟大的国际主义战士。他一生参加过两次世界大战。1936 年曾在西班牙参加国际纵队,帮助支援西班牙共和军进行马德里保卫战,抗击法西斯主义。中国抗日战争爆发后,他受加拿大和美国共产党的派遣,率领三人医疗队来华参加中国的抗日战争,直到生命的最后时刻。白求恩曾经的翻译亨宁·索伦森在回忆白求恩时说:"当我探寻白求恩的一生时,我似乎要为他在中国那段生活和工作的最后时光做大量的准备工作。"因为白求恩把一切的热情、努力及生命都留在了中国这片土地上。

1938 年 1 月 8 日,白求恩率领由他和美国外科医生帕森斯、加拿大护士琼·尤恩三人组成的加美医疗队,购买了充足的设备和器材,乘"日本皇后号"海轮从温哥华启程来中国,他们途经香港,到达当时国民党政府所在地——武汉。在这里,白求恩既目睹了国民党政府"一片混乱和优柔寡断、昏庸无能的官僚政治",又通过和八路军办事处的联络,见到了周恩来,见证了一支新生向上的力量——中国共产党。他坚决回绝了国民党政界、军界、卫生界的挽留,决定到共产党建立的敌后抗日根据地去,到战争前线给伤员以最直接的帮助,这是导致他与美国外科医生帕森斯产生意见分歧的原因。帕森斯决定回国而不是长途跋涉去华北。

1938年2月22日,白求恩随医疗队离开汉口前往西安。为了躲避敌机的轰炸和敌军的进攻,他们横穿豫晋陕三省,在艰难跋涉中,沿途荒芜的土地、被烧焦的村庄及颠沛流离、饥寒交迫的难民给白求恩留下了强烈的印象,他诅咒这场战争,更对灭绝人性的日本侵略者充满了愤慨之情。一个月后,白求恩与尤恩来到西安,在八路军办事处,他们见到了中共领导成员林伯渠和朱德,并一起筹划在五台山开办医院事宜。略做休整后,医疗队经过艰辛的旅程,一路跋涉,于1938年3月31日午夜时分,终于到达革命圣地延安。

第二天晚上,白求恩一行被邀请到了毛泽东居住的窑洞,毛泽东亲自接见了他。凤凰山窑洞里的油灯安静地燃烧着,毛泽东和白求恩热情地交谈着。白求恩怀着激动的心情,庄重地向毛泽东行了一个西班牙国际纵队的战斗敬礼。毛泽东打开白求恩递交给他的那个皮夹,那是一个加拿大共产党员的党证。那一刻,毛泽东感动了,体会到了这位共产主义战士的一片赤诚。

他们二人从西班牙谈到中国,谈到前线在医疗方面的需要。两人的谈话越来越热烈,他们从国际局势谈到国内政治和军事斗争,从白求恩以前的经历谈到即将面临的工作困难。他们就这样没有间断地谈了3个小时。毛泽东对白求恩提出的伤员立即手术将有75%的复原率很感兴趣,表示会大力支持他的工作,决定由白求恩组建中国第一个战地医疗队,并由他带队去战争的前线——晋察冀抗日根据地。这次见面会谈,毛泽东的魄力与伟人形象给白求恩留下了非常深刻的印象,他认为毛泽东“是一个巨人,他是我们世界上最伟大的人物之一”。

白求恩在延安的时间加起来不到一个月,但延安给他的印象是深刻的,他在日记里写道:“在这里,无论地位高低,人人都是平等相待,人们都有一种勤奋向上的精神,相处非常友好。”此外,他以自己的勤勉、辛苦及精湛的医疗技术和热情的服务,赢得了延安军民的信赖,给延安军民留下了永不磨灭的印象。

# 奔赴晋察冀　白求恩以身殉职

1938 年 4 月 24 日,白求恩一行离开延安,前往晋察冀敌后抗日根据地。6 月 17 日,他们到达五台山,会见了晋察冀军区司令员聂荣臻。不久,白求恩被任命为军区卫生顾问。之后,在敌后的晋察冀抗日根据地、冀中抗日根据地,活跃起一支以一个外国人为首的八路军战地医疗队。在每一次激烈的战斗中都有他们的身影。

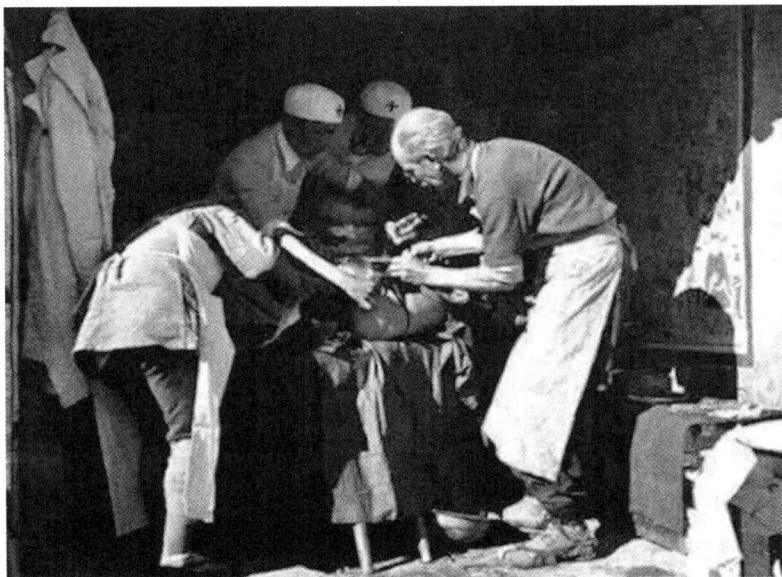

白求恩在晋察冀边区涞源孙家庄小庙临时手术室里为伤员做手术

在抗日前线,白求恩对八路军简陋到最低限度的医疗条件和医护人员的奇缺感到吃惊,医务工作者和战士所表现的忠于职守及自力更生精神更使他觉得"像神话一样令人难以想象"。解放区医疗条件差,缺医少药,白求恩千方百计地为八路军争取国际援助和改善战地医疗条件。他还在行进途中,从贺家川的后方医院给国际援华委员会发报告,要求每月向医疗队提供400 美元的经费,不给八路军增加负担。此后他又陆陆续续地以发电报、写信等方式,汇报自己的工作进展情况,争取得到更多的援助。但是很多时候加拿大和美国的援助都是落空的,连白求恩个人的需要都难以满足。

白求恩到达前线后不久,毛泽东给聂荣臻发电报,指示每月付给白求恩100元。当时毛泽东、朱德这些中央领导每月才5元津贴。白求恩当即给毛泽东写了一封信:"敬爱的毛泽东主席,来电敬复如下:我谢绝每月百元津贴。我自己不需要钱,因为衣食等一切均已供给……"

1938年7月20日,白求恩在松岩口给毛泽东的工作报告中指出自己自离开延安以来的11周内,一共检查了773名病人,做了146个手术(7月13日之前由布朗协助)。

白求恩在晋察冀近一年半的日子里,一直是在忙碌中度过,辗转于手术台之间,表现出了不屈不挠、艰苦奋斗、一往无前的战斗意志,哪里有枪声就到哪里去,救死于枪林之下,扶伤于炮火之中。他先后参加了11次战役的救治工作,为1290余名伤员施行外科手术,接受过他诊疗的根据地军民数以万计。他将西方先进的科学技术运用于中国抗日根据地医疗卫生建设,亲自倡导创建了八路军"模范医院",并适时总结经验教训建起置身于人民群众之中的"特种外科医院",同时配合战地救护倡导组建了"志愿输血队",使根据地医疗卫生建设更加适应抗日游击战争特定环境,为抗日根据地医疗卫生事业发展做出许多超常的业绩和贡献。

1939年4月,在冀中河间齐会战斗的三天三夜里,白求恩连续工作了69个小时,在两个医生的协助下,共完成手术115例,创造了战地手术的世界纪录。在冀中短短的四个月里,白求恩行程750千米,手术300余次,建立手术室和包扎所13处,经白求恩救护治疗的伤员就有1000多名。

1939年10月,日寇向晋察冀边区发动了大规模的"冬季扫荡",白求恩带领战地医疗队赶赴涞源北部摩天岭前线。10月28日,在一次紧张的战地手术中,白求恩左手被手术刀划破。11月1日,他带伤给一位患颈部丹毒并蜂窝组织炎的伤员做手术,就在他为伤员作纵横切刀时,手套被划破,无孔不入的细菌侵袭了受伤的左手中指,很快发展到肺部,继而扩展到全身,医护人员进行全力抢救,但因病毒已进入血液,病情急剧恶化。在生命的最后时刻他表示为能在中国工作而自豪,面带笑容地对周围的人说:"请转告加拿大人民和美国人民,最近两年是我生平中最愉快、最有意义的时日!""请转告毛泽东,感谢他和中国共产党对我的帮助。在毛泽东的领导下,中国人民一定会获得解放"。1939 年 11 月 12 日凌晨 5 时 20 分,白求恩在河北省唐县逝世,终年 49 岁。

## 毛泽东深情撰文《纪念白求恩》

毛泽东对白求恩这位不远万里来到中国,帮助中国人民抗日的国际友人,一直都十分钦佩和关心。白求恩到达前线不久,他除了发电报给聂荣臻司令员,指示每月付给白求恩一百元外,还同意任命白求恩为军区卫生顾问,对其建议和能力完全信任。在得知白求恩同志以身殉职之后,毛泽东的心情十分沉重。1939 年 11 月 21 日,中共中央从延安发出了唁电和对白求恩家属的慰问电,延安各界于 12 月 1 日举行追悼大会,毛泽东送了花圈并题写挽词:"学习白求恩同志的国际精神,学习他的牺牲精神、责任心与工作热忱。"11 月 23 日,八路军总司令朱德通令全军对白求恩的逝世表示哀悼。

12 月 21 日,毛泽东在延安杨家岭写下了著名的《纪念白求恩》,文中对白求恩精神作了精辟论述和高度概括。文中写道:"从前线回来的人说到白求恩,没有一个不佩服,没有一个不为他的精神所感动。晋察冀边区的军民,凡亲身受过白求恩医生的治疗和亲眼看过白求恩医生的工作的,无不为之感动。"文章只用了短短的两句话、22 个字就把白求恩怎样做人和怎样做事表述得几近完美:"对工作的极端的负责任,对同志对人民的极端的热忱。"毛泽东号召全党全军学习白求恩同志毫不利己、专门利人的共产主义精神和伟大的国际主义精神,做一个高尚的人,纯粹的人,有道德的人,脱离了低级趣味的人,有益于人民的人。

毛泽东在文中说白求恩给他写过好多信,后人从现存的文献中可以见证。白求恩在离开延安后,几乎每个月都给毛泽东写信,短的信几行字,长的甚至达十几页。目前,在哥伦比亚大学珍本书和手稿库所能见到保留至今的白求恩签名的亲笔信,就已经有很多。此外,加拿大和其他各地也都存有战时毛泽东致白求恩的书信,其数量和内容都是惊人的。可见,白求恩与毛泽东的情谊很深。

1965 年 8 月 30 日,毛泽东又写下了"学习白求恩,学习雷锋,为人民服务"的题词,足见毛泽东对纪念白求恩、学习白求恩、发扬白求恩精神有过系统论述和深入思考。毛泽东对全党全军特别是医护人员学习白求恩提出过多次要求，成为我们弘扬白求恩精神的宝贵财富和行动指南。

白求恩去世80多年来，我们一直没有淡忘这位友人，并以各种方式纪念他。因为白求恩代表着千千万万对中国的革命和解放事业做出努力和贡献的国际友人，象征着一种国际主义精神，我们怀念他，就是追崇这种毫不利己、专门利人的国际主义精神。

（中共河北省委党史研究室　杜丽荣）

# 两位开国将军的世纪约定

河北省雄县米家务烈士陵园里长眠着两位开国将军,一位是旷伏兆中将,一位是刘秉彦少将。两人墓碑间的那棵松树,如同一位见证者,见证了他们半生戎马的珍贵情谊,见证了他们作为共产党人的无私奉献。生为人民,死了也要守护着人民,这两位将军的约定,令人泪目。

旷伏兆(左)和刘秉彦(右)将军

## 文武双全的搭档

旷伏兆和刘秉彦两位将军,生前曾一起并肩作战,结识于抗日战场。历经半个世纪,死后他们又再度相聚于当年曾经战斗过的地方。

旷伏兆,1914年1月出生于江西省永新县一个贫苦农民家庭。小时候他没读过几年书,很早就当了裁缝店的学徒,跟着邻村的一位老师傅学手艺。15 岁参加乡里创建的工会,19 岁参加工农红军,同年由共青团员转成共产党员。曾参加过湘赣、湘鄂川黔苏区反"围剿"作战和长征,还曾在红六军团担任过师级的指导员、独立团的政委。

刘秉彦,1915 年 3 月出生于河北省蠡县。他比旷伏兆小一岁,是部队中少有的知识分子。从小喜欢读书,17 岁加入中国左翼作家联盟,19 岁考入北京大学中文系。在校期间,他参加了一二·九运动。面对日寇的入侵,刘秉彦越发体会到文人的无力,决定投笔从戎。1937 年入伍,同年加入中国共产党。因为有文化功底,参加八路军后,历任特派员、政治部主任、参谋长、军分区司令员等职。

抗日战争时期,旷伏兆和刘秉彦两人相遇,虽说一个尚武,一个尚文,可他们却在冀中工作时配合默契,成为不离不弃的战友和好搭档。旷伏兆相继担任中共山西省方山县委书记,山西战时动员总会第 2 支队副支队长和八路军冀中军区第一军分区政委等职。刘秉彦先后在八路军冀中军区第五军分区和第九分区任职过,当过团长和参谋长。后来他们都调到了冀中军区第十军分区。

1943 年 3 月,旷伏兆调任冀中军区第十军分区政委时,刘秉彦是军分区司令员。两人同心同德,患难与共,提出了"抗日者生,不抗日者亡","有人出人,有钱出钱"的战斗口号,领导冀中军民积极开展地道战、地雷战,顽强地抗击日本侵略军。

## "蛤蟆蹲"启发地道战

他们两人所在的冀中区,是晋察冀边区的重要组成部分。冀中军区第十军分区,地处北平、天津、保定三大城市之间的三角地区,属平原地形,不像山区那样容易隐蔽,虽然有芦苇塘,但是一过夏秋两季就无法利用了。这里不利于武器装备落后的八路军防御作战,游击战怎么打成了当时最困扰第十军分区的问题。

日军当时对冀中采取的战术很特殊,像"铁壁合围""梳篦拉网""剔块清剿",据点、碉堡、壕沟、修路、筑墙五位一体的"囚笼政策"等,一度让冀中的工作很难开展。在这种情况下,旷伏兆和刘秉彦为了保护战友和群众的安全,受当地"蛤蟆蹲"的启发,创造了一种独特的作战方式——地道战。

一次,旷伏兆到杨庄与地委副书记杨英交接工作,正谈话的时候,敌人突然来了。还来不及转移,旷伏兆就被当地百姓藏到一个鸡窝下面的小地洞里。这种洞在当地俗称"蛤蟆蹲",只能容纳一个人,有敌情时可以暂时在里面躲一躲。旷伏兆就缩在里面,警卫员则被安排在别的地方。敌人到处搜索,听着外面叮叮咣咣、翻箱倒柜的动静,旷伏兆在"蛤蟆蹲"里提心吊胆地躲了三个小时。他拿着短枪,随时准备被发现后与敌人同归于尽。这次经历,使旷伏兆萌生出一个想法:这种消极被动的躲藏方式太危险了。要化被动为主动,把多个"蛤蟆蹲"连接起来,让它成为有多口出入、能走能打的地道。

当旷伏兆把这个想法告诉刘秉彦后,刘秉彦非常支持,两人一同完善了"地道战"这个军事构想。很快,第十军分区派作战参谋任子木和熟悉本地状况的高荣到雄县米南庄,试点挖掘大型地道。一开始,他们带着群众挖地道,采用简单的奔袭、伏击、端碉堡等办法,击退敌人的进攻。积攒了经验后,地道战从单一的躲藏成为能打能躲、防烟防水防火防毒的"四防设施"地下工事,并逐渐转变为房连房,形成了内外联防、互相配合,打击敌人的新型作战技巧。雄县米家务以米北庄为中心,包括米北庄、米南庄、米黄庄等7个村庄。这些村子的名称大多是米字打头,当时俗称"一溜儿米"。根据旷伏兆的回忆录,后来这7个村连通了两个,这两个村都是比较完备的堡垒。地道里还有电台和电话。电台放进地道,和上级的联络就有了保证。战士们用麻绳给电台的电线做伪装,做成晒衣服的绳子,这样敌人就无法找到了。领导机关在地道里都有电话。

这一改变,使冀中甚至整个敌后战场不再因敌我力量悬殊而不敢应战了,局势有了大逆转。同期,冀中区党委和冀中军区号召冀中人民普遍开展挖地道的活动,依托地道工事在无险可守的冀中平原开展游击战。冀中平原上的很多地方,包括清苑县冉庄、顺义县焦庄户、满城县石井村都成了开展地道战的典型。

1945年5月27日,冀中十分区与日伪军在米家务反包围战中激战了七天七夜。当时日伪军从廊坊、霸县、新城、雄县分四路向米家务进行报复性的"大扫荡",意在消灭十分区的领导机关,并摧毁中心地区的地道网。敌军先包围了米家务的四个村庄,白天进攻,夜间就躲藏在东大村东北角的一个大染坊里,一连七天都是如此。在摸到敌军规律后,当夜晚来临,第十军分区官兵就从地道把炸药放到染坊地下,并从外进攻。经过半个小时的战斗,歼灭了治安军第十八团的大部。此战毙伤敌115人,俘94人,缴获轻机枪6挺、步枪300余支,增强了大家利用地道战胜敌人的信心。

## 践行生死约定

1946年6月,在一次北宁铁路炸火车的作战中,第十军分区平南支队参谋长任子木腹部中弹,血流不止。任子木作战英勇,头脑灵活,是刘秉彦、旷伏兆二人十分信赖的战友。任子木负伤后,旷伏兆立即派人将他接到分区司令部所在地固安县牛驼镇治疗。由于突发敌情,机关在当晚转移到了渠沟镇东庄一个只有几户人家的村子里。这天晚上,刘秉彦和旷伏兆就一左一右守着受伤的任子木同睡在一盘土炕上,大家计划天亮后送任子木去做手术。

多年以后,刘秉彦在一篇回忆文章里写道:"夜蒙蒙亮,我叫任子木起床,连叫了几声,不见他答应,便伸手去摸他的手。一摸,我吓了一跳,任子木同志的手和全身已经冰凉了,看样子他是夜里牺牲的,已经牺牲两三个小时了。因为白天战情紧急,大家立即起床,将任子木的遗体简单清理了一下,就葬在村外的荒野里。"

一个老战友就这样无声无息地离开了,刘秉彦和旷伏兆非常痛惜,也就在这个时候,两人萌发了"生死约定"的想法。

平、津、保三角地带是他们作战的地方,这里洒下了太多战友的鲜血,飘荡着无数已经故去的英魂。刘秉彦最先推心置腹,对旷伏兆感慨道:"希望咱们死后,一个埋在大清河畔,一个葬于永定河边,这样己身虽死,仍能护一方周全!"

旷伏兆也是性情中人,再加上两人早已经搭档多时,听到此番话,略带哽咽地回复:"那我们离得太远了,如果我们要是在一个战役中牺牲了,就同牺牲的指战员埋在一起,不要棺材,清风明月共一丘……"

接着,刘秉彦又补充了一句:"还要栽一棵树,松树最好！不畏严寒,顽强挺拔！"于是,二人就这样许下了身后的约定,两人从1943年调到一起,到1946年各自踏上新的岗位,共事近3年。他们一起扛过枪上过前线,一起在后方商讨过军事,还一起照顾过受伤的战友,有着出生入死的交情。死后一定要葬到冀中平原,陪伴牺牲在这片土地上的战友,永远为这里的人民"站岗",是这对战友生前许下的诺言！

不久,两人便因工作原因分开了。此后,刘秉彦历任冀中军区第二纵队参谋长、冀中军区二十旅旅长等,而旷伏兆先后担任晋察冀军区补训军团政治部主任、六纵副政委、华北军区一纵政委、二十兵团六十七军政委等。

新中国成立后,刘秉彦和旷伏兆各自专注于祖国的建设事业,不再共事,鲜有机会再见面,但他们却始终没有忘记当年的承诺。刘秉彦曾率部奉命参加抗美援朝,而后又潜心于机械工业和导弹部队的建设。历任国防部五院副院长、河北省省长、河北省委书记等职。在他留下的作品中,既有《抗日战争中的战术问题》《京津保三角地带的斗争策略问题》这样专业的战争战略作品,亦有《刘秉彦诗词选》这样的人文作品,尤其在他的战地诗篇中,有不少关于在雄县期间烽火硝烟的战斗史诗,抒发了他对这片热土怀揣的一颗赤子之心。

在1955年被授衔的开国将军中,旷伏兆被授予中将军衔,刘秉彦被授予少将军衔。当时刘秉彦调侃道:"老旷,我这个司令只是个少将,凭啥你这个政委就当了中将?"旷伏兆笑着说道:"我也不知道,也许是因为我比你大一岁。"此话一出,两人不由得相视一笑。

1996年6月4日,83岁的旷伏兆因心脏病突发离世。惊闻噩耗,82岁的刘秉彦从石家庄匆匆赶到北京,告诉老战友的家人:"把老旷的骨灰送回冀中吧,我们早有约定。"旷伏兆的家人尊重两位老战友的生前约定和旷伏兆的遗愿,把逝者的骨灰埋在了原冀中第十军分区司令部所在地的河北雄县米家务烈士陵园,刘秉彦还亲手在坟墓旁边种上了一棵长青松。

旷伏兆将军走了两年后,刘秉彦将军也于1998年7月21日去世,家人按照他的生前遗嘱,将其骨灰埋葬于旷伏兆将军的墓旁,相隔只有几米远。在他们曾经战斗过的地方,两位老战友时隔半个世纪后,再度相聚了！

一个长达半个世纪的约定终于践行,一对生死不离的战友终于重逢。

一段令人感动的战友情就这样落下了帷幕,在后人心中留下了无尽的感慨。

（中共河北省委党史研究室　杜丽荣）

解放战争时期

# 设在天津的八路军办事处

　　在天津市和平区彰德道上，有一座乳白色的、散发着古典浪漫主义气息的欧洲风格小洋楼，它是1933年由比利时仪品公司建的办公楼。在天津市几千座各式洋楼中，它似乎并不显眼。然而这座洋楼在1945年后却因八路军驻津办事处的成立和撤销被载入史册，也成为人们驻足回忆那段往事的一个标志性建筑。

八路军驻津办事处旧址（今和平区彰德道18号）

## 人民军队抗战到底

八路军驻津办事处只存在了短短的一个多月，是史上存在时间最短的八路军地方办事机构。当时为什么匆匆设立又不得不很快撤销，其中有哪些不为人知的故事呢？这要从日本即将无条件投降时说起。

1945 年 8 月 6 日和 9 日，美国在日本广岛和长崎投下两颗原子弹，随后苏联对日宣战。毛泽东发表了《对日寇的最后一战》的声明，号召"中国人民的一切抗日力量应举行全国规模的反攻，密切而有效力地配合苏联及其他同盟国作战。八路军、新四军及其他人民军队，应在一切可能的条件下，对于一切不愿投降的侵略者及其走狗实行广泛的进攻"，自此中国解放区军民进入了全面的对日反攻。10 日，中共中央发出《关于苏联参战后准备进占城市及交通要道的指示》，要求各中央局、中央分局及各区党委，应立即布置动员一切力量，向日、伪军进行广泛的进攻，迅速扩大解放区，壮大人民军队，并准备在日本投降时，迅速占领所有被我包围和力所能及的大小城市和交通要道。

8 月 10 日晚，日本通过广播宣布即将接受《波茨坦公告》，准备无条件投降。然而此时在中国作战的日军还有上百万人，这些部队大都没有接到无条件投降的正式指令，因此还在与中国军队对抗。面对这种形势，是停战观望还是积极作战，国共两党采取了不同的应对方式。

冀中军区部队坚决执行党中央"针锋相对，寸土必争"的方针，向天津日、伪军发起进攻。此时天津的日本侵略者面对无可挽回的败局，还在做最后的挣扎，将通县和张家口的兵力收缩到天津，企图保住塘沽出海口。但是在八路军晋察冀军区部队的猛烈攻势下，日军的防守陷于土崩瓦解之中。冀中军区主力部队先后抵达平津、津浦铁路沿线及塘沽、天津、平南近郊，对附近敌人发起猛烈攻击，攻克了静海县、蓟县、霸县等地，占领了杨村车站、北仓车站和飞机场，切断了平津、津浦之间的铁路交通线，还占领了灰堆、大沽口等地。

此时，国民党军队由于败绩连连，华北及东北地区早已没有"国军"的影子，在这里与日军对抗的，只有中共领导的敌后武装部队。那么当天津的日本侵略者放弃抵抗正式投降时,自然应由当地人民武装部队负责受降并接收。因此党中央指示,冀中部队在日本投降后负责接收天津。朱德总司令任命杨成武为天津警备司令,晋察冀边区行政委员会任命张苏为天津市市长。

## 国民党抢夺胜利果实

然而一直以来坚持消极抗日、积极反共的蒋介石怎能允许共产党部队接收大城市呢? 于是就在人民军队还在与日、伪军浴血奋战的时候,蒋介石便在美国的支持下,开始了夺取胜利果实的阴谋活动。

蒋介石对人民的方针向来是"寸权必夺、寸利必得"。因此他打着"统一军令""统一政令"的旗号,下令城内日军和伪军不准向共产党部队缴械,甚至还命令伪警察局转告日军驻津司令官,在"国军"到天津受降前,日军有责任守住天津,如八路军进攻天津,日军应出兵抵抗。同时命令八路军停止对日、伪军进行攻击,要求部队"原地驻防待命",不要"擅自行动";还命令沦陷区的伪军"负责维持治安"。可见,为了阻碍人民军队接收天津,作为中国战区最高统帅的蒋介石已经模糊了敌友界限,竟然要求敌人枪口对内,继续与中国军队作战。

对此,朱德总司令针锋相对,在日本宣布投降后,即以延安总部总司令的名义接连发布七道命令,令各部向一切日军占领地区推进,接受投降;并于 13 日致电蒋介石,明确指出"就地驻防待命"的命令是错误的。朱德总司令指出,很多日军并未投降,且英国也宣布"对日战争仍在进行中",苏联也声明"日军还在继续抵抗……苏联将继续作战",同盟国统帅中只有蒋介石一人下达停止作战命令,这种做法是有利于敌人的,应当公开撤回。

朱德还以中国人民解放区抗日军总司令的名义,电令日本侵华军总司令冈村宁次"停止一切军事行动,听候中国解放区八路军、新四军及华南抗日纵队的命令,向我方投降,除被国民政府的军队所包围的部分外";"一切物资设备,不得破坏";同时照会美、英、苏三国政府,中国国民党政府及其统帅部不能代表中国解放区、中国沦陷区人民和抗日人民武装;中国解放区、中国沦陷区一切抗日的人民武装力量有权参加国际有关会议;请美国政府立即停止执行对华租界法案,如果国民党政府发动内战,请勿予以援助。鉴于中共方面的强硬态度,加上此时蒋介石发动内战的条件尚未准备好,因此由美国出面调停,蒋介石邀请毛泽东去重庆谈判。

9月30日,美国海军陆战队从塘沽登陆进入天津市内。10月6日,驻天津日军投降仪式在公议大楼门前广场举行,美国海军陆战队中将洛基代表中国战区最高统帅蒋介石受降。21日,国民党第九十四军军部才进驻天津。

美军进占天津后,形势对共产党接收天津的工作极为不利,中共天津工作委员会按照晋察冀中央局的指示,决定立即成立八路军驻津办事处,公开声明:八路军有权进驻天津,并准备接受日军投降。10月10日,国民革命军第十八集团军(八路军)冀中军区驻津办事处,在英租界仪品大楼成立。

办事处成立后,冀中区党委派吴英民、谷小波分别担任正副主任,在市内的共产党员侯太和任副官长,他们在市内积极开展工作,张贴布告、散发传单,宣传党的主张,并积极筹备武器弹药、通信器材,为党接收天津做了大量的准备工作。

10月18日下午,天津警察局伙同美军30余人公然武装包围并搜查了办事处,非法逮捕5名工作人员,没收自卫手枪4支。为此,朱德总司令向驻华美军司令魏德迈提出严正抗议,要求美军立即恢复冀中军区天津办事处原状,退还扣留的武器,保证今后不再发生同类事件。

但是由于国民党控制天津后,先后成立了国民党党政系统、军事系统、敌伪产业处理局、特务系统等接受机构,在各个方面进行抢劫式的接收,造成了严重浪费和贪污腐化现象。同时国民党当局还采取多种手段,迫害进步人士、进步青年,严防和打击共产党在天津的活动。由于形势向不利方向急剧变化,中央决定暂停对大城市的接管。冀中军区重新确定了组织群众长期斗争的方针,十八集团军冀中军区驻津办事处不得不在11月下旬撤销。

虽然八路军驻津办事处是我军历史上存在时间很短的地方机构,但它却为共产党接管大城市提供了重要的历史经验,在当时也产生了重大而深远的政治影响。

[中共天津市委党校(中共天津市委党史研究室)　王明辉]

# 唤醒民众的《天津导报》

《天津导报》!《天津导报》!

随着清脆的叫卖声,《天津导报》在报童的手中摇动着,被摆上报摊,被贴在报栏。作为 1945 年中国共产党在华北国民党统治区内发行的唯一的一份报纸,它是解放战争初期天津人民尤其是知识分子、青年工人和学生最爱读的报纸。

《天津导报》创刊号

## 秘 密 创 刊

抗战胜利后,天津人民密切关注国内外局势的变化,中国共产党通过多种形式,宣传党的方针政策,揭露国民党假和平真内战的阴谋,推动和平民主运动的开展。当时负责天津工作的中共天津工作委员会(简称津委会),充分认识到报纸是宣传党的政策的重要工具。经过认真的讨论和论证,

1945 年 9 月 20 日,津委会决定出版《天津导报》,它是津委会的机关报。津委会一般性的号召和指示,通过该报进行传达,通信发行工作同时开始筹备。

为了便于隐蔽,编辑部、印刷厂先后设在天津市外的解放区霸县杨芬港、胜芳。在敌人的严密监视下,报纸被带到市内后,如何发行出去呢? 经过多方考察,目光锁定在了左建同志身上。左建原名李培昌,1924 年 8 月 26 日生于天津市,青年时代接受过进步思想,1941—1943 年在天津上高中时,结识了党的地下工作者,参加了读书会,阅读了很多进步书刊。1943 年 8 月,他参加了党领导的进步青年秘密组织青年救国会,后改名为天津市各界抗日联合救国会(简称天津抗联),任宣传部部长,1944 年 9 月加入中国共产党。同时任天津地下党支部书记,后任学委委员等职。

左建家住天津,家里有一个独门独户的小院,在南开区西南角故物市场后徐家胡同 16 号,他自己住在一间北屋,比较容易隐蔽。《天津导报》创刊前,左建、林青(地下工运干部),随同天津抗联负责人楚云到津委会汇报工作。左建接受了在自己的家里建立《天津导报》地下发行站的任务,并兼做发行站负责人。

左建严格按照《天津导报》市内发行站的发行原则开展工作:遵照"全党办报的方针",按照组织系统,动员全党发行;发行要迅速,不要积压,不要停留在干部和组织内部,要以最快的速度,千方百计地分发到工厂、学校和社会上去;注意保密,不要因为发行工作而暴露党的组织。后来,为了安全需要,党组织将发行站改为更为隐蔽的南开区西太平庄刘家胡同 14 号。

## 交通员是"康力的哥哥"

1945 年 9 月 30 日,《天津导报》创刊,该报为八开两版的三日刊,每期印 1000 份。报刊每期出版后,由交通员运进天津,再由秘密发行站通过地下党组织左建等同志秘密发行。

10 月初的一天,"笃""笃"敲门声响起,左建一时有些紧张,是谁呢? 他急忙打开门,映入眼帘的是一位 30 岁左右农民打扮的人,他的脚下还放着新鲜的蔬菜。左建说出了暗号,对方从容应答,完全吻合,原来这位就是来送

《天津导报》的同志。左建与交通员攀谈起来，交通员用一口地道的静海口音介绍起自己。他是天还没亮就从胜芳出发，经过整整一个上午，才将报纸从市外运送到市内，找到了左建的家。他从新鲜的蔬菜下面拿出两大捆报纸，左建激动地拿起报纸，爱不释手地翻了又翻。报纸上印着 9 月 30 日，这是《天津导报》的创刊号。"发刊词""解放军一月内战绩辉煌""我军解放淮阴""配合大反攻，上海工人群起斗争""欢迎国军内幕"，等等，丰富翔实的报道深深地吸引了左建。

因交通员与康力都是静海口音，康力在担任"抗联"主任时，常以同学的身份来左建家，与家里人很熟。为了掩护交通员，左建让交通员自称是康力的哥哥。这样交通员就将报纸藏在菜筐里、粮食里，以从静海来卖菜、卖粮做掩护，运送《天津导报》。"康力的哥哥"每隔几天就从静海来左建家里一次，有时给左建家里带来新鲜的棒子面，很快和左建全家人都成了熟人。偶尔赶上左建正好不在家，他也可以进入"小北屋"，将报纸放在秘密的地方。

交通员工作认真负责，遇事沉着冷静，每周一次或两次到市里，挑着粮食、蔬菜和《天津导报》，要走几十里路，通过敌人的层层关卡，从未出过错。

发行站的工作紧张而又有序，送到发行站的报纸，由左建运送给楚云 400 份、康力 300 份，左建自己留 300 份，再由他们分发到市内基层组织。《天津导报》一到，左建就穿上西装，戴上银丝眼镜，挎上大书包，骑上自行车，在天津的大街小巷中穿行送报。《天津导报》发送到基层组织后，有计划地在群众中秘密传阅，清晨或夜晚塞进各家门缝，放在同学书桌或工人工具箱，张贴在各街道贴有《民国日报》《大公报》《益世报》等报纸的阅报栏上，通过多种办法让群众了解报纸的内容。后来他们发现了一个更为合适的渠道，那就是直接卖给或送给报童，通过报童分发。左建联系的一名地下党员，发现南市荣业大街有个报纸贩卖点，每到清晨就有一二百个报童在那里购买报纸，然后在市内叫卖。他们决定开辟这个发行渠道，地下党员打扮成商人的模样来贩卖报纸，几十个报童蜂拥而上，不多会儿，一百多份报纸全部分发下去了，当天下午大街小巷都能听到《天津导报》的叫卖声，不过为了安全起见，地下党员时常变换分发地点。

## 说 出 人 民 的 心 声

《天津导报》针对时局变化,及时发表和转载中国共产党发表的社论和述评,积极宣传党的方针政策。在发刊词中,揭露了日本投降初期,蒋介石与日伪合流的真实情况,呼吁人民奋起斗争,克服困难,争取自由,号召人民为建设一个民主、自由、繁荣的新天津而奋斗。针对国民党的"甄审办法",1945 年 10 月 9 日,《天津导报》发表了给《本市全体青年学生的一封信》,指出沦陷区教育深受敌伪摧残,青年学生忍气吞声盼望光明。而当局却以"甄审"为名,歧视沦陷区的广大青年学生,实质是剥夺学生们求学上进的机会。同时还发表述评,激励和鼓动天津青年学生起来斗争,并呼吁社会各界给予同情和支持。10 月 15 日,《天津导报》发表了《抗议美军污辱我国妇女》为题的读者来信,愤怒指斥国民党政府"放任美军在华秽行,蹂躏人民,自毁国誉"的罪行,表达了天津人民的爱国情绪和对帝国主义的愤慨。《天津导报》还先后发表了国民党军队进攻解放区的大量消息和评论,及时报道和声援天津人民争取和平民主的斗争。详细而生动地介绍了裕大纱厂、津浦大厂及其他工人要求资方发还欠资的斗争,号召处在饥饿与死亡线上的工人团结一致,在斗争中求生存。

10 月中旬,交通员带来了一位身穿长袍、头戴礼帽、30 多岁的人,经介绍才知道,原来他就是《天津导报》的编辑,他希望能发动地下党的同志为《天津导报》写稿件。经左建联系,先后给《天津导报》组织过十几篇稿件,都是由交通员带回编辑部。在《天津导报》发表了一篇揭露耀华中学黑暗统治的文章,引起强烈反响。一些人感慨地说:"共产党太了不起了,了解情况具体而深刻,说出了我们的心里话!"

## 反 动 当 局 肆 意 破 坏

《天津导报》在市内的广泛发行,引起国民党当局的极大惊恐。报纸创刊仅仅一周,10 月 7 日,国民党警察局密探就在第一区明星大戏院(今和平影院)门前的报摊上没收了几十份《天津导报》,并上报了警察局。在驻津美军的支持下,国民党天津当局加强了对城市边缘区岗卡的盘查和对市内的控制,对出入市区人员进行严格检查,报纸大量从市外送进市内就变得更加困难了。10月12日,天津市警察局将《天津导报》发行的事呈报市政府及国民党中央宣传部驻津宣传专员,并训令各局队收缴、查禁报纸。

11月8日,国民党天津市长张廷谔悍然下令:"限三天将《天津导报》巢穴破获。如人犯被捕,赏伪币拾万。"在地下党卓有成效的领导和人民群众的有力支持下,《天津导报》坚持发行了两个多月的时间。12月上旬,津委会决定停办《天津导报》。虽然《天津导报》从创刊至被迫停刊仅仅出版了25期,但是《天津导报》给天津人民提供了精神食粮和斗争武器,对指导天津各阶层人民开展反蒋斗争,揭露国民党的内战阴谋,唤醒各阶层民众的觉悟,以及培养党的干部和进步力量起到了积极作用。

[中共天津市委党校(中共天津市委党史研究室)　李俐]

# "穆家少爷"建立的秘密机关

在旧中国,天津人民熟知八大家,他们是从清朝年间逐渐形成的有名的富商。其中穆家的产业主要是经营正兴德茶庄,创始人叫穆兴永,传到秦良(原名穆增勤)之父穆芝房已是第四代。穆芝房在当时是有名望的水利工程师(新中国成立后曾任天津市民族事务委员会主任)。穆家在针市街清真巷7号(今红桥区西北角)有一处宅院,是一座老式四合院的建筑,"穆家少爷"——秦良曾在这里建立党的秘密机关。

## 复兴源杂货庄

秦良原是直隶省一中(今天津市第三中学)学生,1939年夏,快放暑假的时候,他和居均(赵琪)等人组织了一个小小的读书会。从高年级请了一位同学王文源(李秉文)主持和领导读书会,并命名为"斯巴达俱乐部"。秦良的住所早在这一时期就是省一中"斯巴达俱乐部"秘密读书会活动的地方。该读书会后来与中共平津唐点线工作委员会取得联系,在平津唐点线工作委员会的领导下建立了中国青年抗日先锋队,而后不久在内部成立党支部,支部机关设在天津市和平区清河街芦庄子胡同6号(现已拆除)。由于当时9名党员都是省一中的学生,所以后来亦称省一中党支部,它是天津沦陷后建立的第一个地下党组织。这个党支部受点线工委委员、天津城委书记顾磊直接领导。1942年,顾磊回解放区后,该党支部由晋察冀中央分局城市工作委员会直接领导。分局城委刘仁听取支部的工作汇报,给予指示、布置任务。

1944年9月,地下党员秦良从当时是敌占区的天津市越过封锁线到根据地中共中央晋察冀分局的所在地河北省保定市阜平县康儿沟村,向时任中共中央晋察冀分局城工部部长的刘仁汇报工作。汇报工作顺利结束后，刘仁指示他，回津后要利用其显赫的社会地位，在市内建立由分局直接掌握的秘密机关。刘仁不仅向秦良交代了工作方针和方法，还一再强调务必保守秘密，保证安全。带着上级领导的嘱托和殷切希望，秦良回到天津后立即投入筹建工作。他首先选定设立机关的地点是英租界新宜里 11 号，当准备工作陆续完成后，秦良再次去阜平向刘仁汇报。刘仁做出指示：如条件许可还可多搞几个联络机关或隐蔽点，并强调机关工作很重要，要把机关建设同开展城市工作分开，减少群众工作，找一个合适的社会职业做掩护，专心致志地把机关工作搞好。

秦良回津后立即着手在自己的住所针市街清真巷 7 号建立联络机关，对外以"租用"自家南房开办"复兴源杂货庄"的名义搞批发，来掩护机关的活动。吴砚农主动以"胡掌柜"的身份前去和房东秦良商议"租房"事宜，经过"协商"后与秦良的老母亲签订了租赁合同。筹备期间，市工委宣传部副部长、《天津导报》社社长娄凝先，地下党员张甲、杨连三等先后来到机关，对外做了分工，当时社会职业为国民党中央银行职员的秦良任经理、娄凝先任司账、张甲担任炊事员，还有几名学徒都是地下党员。随后，中共天津工作委员会书记张之生到这里视察，称赞他们地方选得不错。天津工作委员会几位主要负责人当即决定，为便于机关顺利开展工作，要加强力量，投入资金办成个"买卖样儿"。不久，上级党组织又派敌工部干部刘子敬（化名刘惠川）和"二七"罢工时的老党员、工人运动负责人李震刚、张鸿宾等人以客户为名住在这里，领导天津市的工运工作。刘子敬任"复兴源杂货庄"经理。机关内部建立党小组，组长由刘子敬担任，副组长由秦良担任。

秘密机关刚刚建立，恰逢包括 1945 年 8 月 10 日朱德总司令为日军投降向各解放区所有武装部队发布的第一道命令和 8 月 25 日《中共中央对目前时局宣言》等内容的一批传单，通过冀东抗日根据地的关系运来。地下党组织立即决定，及时将传单以张贴和散发的形式，在全市开展宣传。秦良约王文源等在他家连夜将红色标题、蓝色字的宣传单刻印完毕，并组织中国青年抗日先锋队支部的可靠关系，在晚上半小时内将传单贴在东马路、金钢桥、罗斯福路（今和平路）和劝业场一带，形成较大的宣传声势，扩大社会影响力。

## 巧妙地与敌周旋

1945 年 12 月 31 日，秦良在银行清点封库，回到家中已是午夜 11 点。正当他们进行党小组会议时，传来一阵急促的叩门声。开门后，一伙警察蜂拥而入，高声问，"谁是刘子敬?"不容分说，便把刘子敬铐了起来。秦良连忙上前解释:"他是房客，我是房东，有什么事冲我说!"结果秦良也被铐了起来。经当地派出所警察说明他是穆三爷的少爷，他的堂叔穆子荆当时是国民党天津市政府人事科长时，手铐才被打开。抓捕行为到底是怎么一回事?秦良在与警察的交涉中，向同来的派出所熟人打听后才大体得知警察的来由，原来是警察分局在复兴源杂货庄附近的集义客栈抓土匪时，得知了在复兴源杂货庄的刘子敬是八路军，所以警察赶来抓刘子敬。刘子敬在敌工部工作多年，斗争经验非常丰富，当敌人在里屋盘问秦良等人时，他在屋外故意冲敌人高声嚷道:"我是卖胰子的，凭什么铐我?"实际上是借此与屋内的人们串供统一口径。随后秦良借去后院换衣服的机会，向父亲简要介绍了情况，并托父亲帮助疏通关系。刘子敬、秦良、李震刚被敌人拘留后，李震刚佯装要上厕所，几次敲拘室门，竟然无人理会，得知外面没有敌人。他们便在拘室内商量如何对付敌人审讯的方案。刘子敬凭借多年的斗争经验，叮嘱大家一定要镇定:"敌人审问时，你们只说我是卖胰子的，其他什么都不知道。如果问及搜出来的东西，就说是张甲替别人存放的(此时张甲已出市)。"李震刚将随身带的记有地下关系的小折子撕成碎片，大家分着吞了下去。刘子敬沉着冷静地面对敌人的审讯。敌人问他为什么给八路军买东西，他说，"我家乡就是解放区，我是做买卖的。有东西不卖给他们卖给谁去?"后来得知审问他的警官和他是同乡，现在还有家人在解放区生活，他就在应付审讯中，以此相挟，使其有所顾忌。由于他们巧妙地与警方周旋，警方的审讯一无所获，未得到任何证据。在各方面共同的营救下，他们很快被获释。

当时天津市的学生正在进行反甄审运动。天津学委书记张淮三早已与学委委员刘文约定在复兴源杂货庄接头，研究领导学生反甄审斗争的具体问题。事发后，张淮三第一个按时来到复兴源杂货庄，被"卧底"警察扣留，多方解释警察也不放他。随后刘文也按时来到这里。刘文在秦良家遇到"卧底"警察盘问。刘文随机应变将随身携带的一个小本在警察眼前一晃,谎称是广播电台查无线电的,骗过敌人,赶紧撤回。刘文立即通知赵琪。赵琪赶到清真巷7号,处理善后事宜,及时发出暗号通知有关人员回避。在穆家的全力帮助下,张淮三被扣留半天后释放。

秦良获释后,仍以"穆家少爷"为掩护,加紧开展联络上层的任务,想方设法获得经济情报并开展统战工作。他的爱人秦明以穆家少奶奶的身份在家继续做联络工作,与往来人员约定了按门铃的暗号,政治交通员张甲每半月往返天津与解放区一次,把党的精神及时传达进来,把市里的情况带出去,他们还在钞票上按事先规定的暗号注明几个字作为联络工具。这个秘密机关在解放战争期间,做出了一定的贡献。

[中共天津市委党校(中共天津市委党史研究室) 李俐]

# 点亮希望的小书店

解放战争时期为积极宣传中国共产党的主张，团结进步青年，天津地区的党组织建立了一批联络广大工人和学生的秘密据点，其中就包括李木书屋、知识书店、读者书店等进步书店。这些小小的书店，就像一个个黑暗中的明灯，给人们带来希望，指引着人们走向光明。

## 李克简的小屋

1945年初，坐落在和平区营口道的李木书屋，又多了一位"店员"，他时而为购书者拿书，时而又帮助算账，更多的则是和读者聊天。这位俊朗的年轻人，就是中共中央北方局城市工作委员会派回天津工作的李克简（李之栋）。他的任务就是开辟城市工作，建立秘密党组织。李克简的哥哥与李木是同学，由于有这样的关系，李克简就以李木书店为据点，在青年工人和学生中开展工作。

李克简在书店办起了读书会，启发青年、提升他们的思想觉悟。利用在店内可以和读者聊天的有利条件，他在话语间总是有意无意地介绍共产党的主张、八路军的活动。他还同达生纱厂刘元春、大革命时期的老党员左振玉建立了联系，在上海纱厂、双喜纱厂和其他工厂发展赤色工会，团结工人的力量，同国民党、资本家进行斗争。广东中学的学生国浩德（齐先）与李克简有比较密切的交往，他通过国浩德在广东中学、工商学院、耀华学校组织读书会，团结一批进步学生，先后发展刘元春、国浩德加入共产党。1946年初，李木书屋成为中共天津工作委员会的一个据点。

李克简与地下党员活动的另一个据点是知识书店。1945年12月中旬的一天，取得了国民党政府社会局营业执照的知识书店，具有合法的身份，作为中外出版社的一个销售机构正式开业。杨大辛任书店经理。书店店标蕴含深意，它虽是一盏造型简陋的油灯，却象征着书店在漫漫黑夜里闪耀着微弱的火光，指引人们走向光明。知识书店出售了许多进步书刊，如斯诺的《战时苏联游记》、福尔曼的《中国解放区印象记》、郭沫若的《苏联纪行》、萧红的《回忆鲁迅先生》、黄炎培的《延安归来》，以及《木刻选集》等。

1946 年初，军调处执行部在北平成立以后，中共代表团来到北平，带来了《论持久战》《新民主主义论》《论联合政府》《整风文献》《晋察冀日报》《北方文化》等一批毛泽东的著作和解放区报刊，都交给中外出版社公开发售，知识书店也获得了一部分。中共代表团在北平成立了新华分社，出版三日刊《解放》报，知识书店主动承担起代销的任务。在当时令人窒息的黑暗政治气氛下，青年们能在知识书店买到传播马列主义、毛泽东思想的读物，犹如在茫茫黑夜里看到曙光，对于渴望真理、追求进步的青年具有强大的吸引力。

知识书店虽然地处偏僻、铺面也小，但却被越来越多的人所注目。由于业务的不断扩大，知识书店在资金上出现困难。李克简遵照上级领导的指示，抽出一部分党的活动经费，以集股的方式投资该店，与杨大辛合作经营书店，仍由杨大辛任经理，从此知识书店在地下党的直接领导下成为党在天津市内进行革命宣传的一个重要阵地。

在国民党统治区，在敌人的白色恐怖下，知识书店不声不响地采取另一种形式的战斗——悄悄地把宣传革命的读物广泛地散发到群众中去。许许多多的青年，从这个小小的书店里发现了真理，产生了希望，探索前进的道路。为了书店能够合法地存在下去，李克简有一个很好的办法，就是让书店的面貌要"灰"一些，为此从正中书局进了《三民主义》《中国的命运》等书籍，将这几本书籍摆在架子上的显要位置。同时为了不授敌人以口实，把那些明显的宣传共产党理论和政策的书籍，如《联共（布）党史简明教程》《整风文献》等，不上书架，只卖给熟识的读者。同样为了书店的合法存在，尽可能地参与同业公会的活动，不使知识书店孤立于同行之外，并以此为桥梁，联系了许多文化界的人士，成为天津文化界进步人士的活动阵地。

## 蕴 含 深 意 的 小 书 店

1946 年 2 月,在天津学生联合会成立不久,由平均年龄不过 20 岁的 10 名青年集资十万法币创建七七出版社。之所以取名为七七出版社,是这些有爱国之心的年轻人以此来纪念抗战。

七七出版社旧址

七七出版社位于繁华的商业区,天津市和平区多伦道 84 号。郑秉如任经理,社址就在他家中的一间空房里。地下党员刘增祚(甄建民)接受党的委派参加出版社的工作。小书店经营者的生活是非常艰苦的,他们不拿分文报酬,有的时候在书店吃一口从家里带来的干粮、喝点热水就算一顿饭。该社从销售青年刊物联合会(简称刊联)出版的《刊联》报开始拉开斗争序幕。

1946 年春天,在北平、天津的大街小巷,人们争相购买一种不寻常的报纸,名叫《解放》。它是在当时特定的历史条件下得以公开出版的。抗日战争胜利后,美蒋反动集团决心发动内战,但是还没有准备好,为了争取时间,他们只好表面上接受中国共产党和全国人民的和平要求,于是国内出现了以和平斗争为主的局面,中国共产党抓住这段短暂的有利时机,教育人民,揭露美蒋反动集团假和谈的阴谋。1946 年 2 月 22 日,在北平创办了《解放》报(先是三日刊,后改二日刊)。它是党在北方国民党统治区第一次公开发行的报纸。这种小型报纸,以异军突起的战斗姿态,传播真理,伸张正义,鞭笞邪恶,戳穿谣言,在平津两地销售达 5 万多份,这在当时平津的各种报纸中是首屈一指的。经过联络,七七出版社的青年每隔三天就去北平取报。经过这些年轻人的努力,七七出版社这个小书店成了《解放》报的总代销处。《解放》报在津销售达 2 万余份,其影响日益扩大。《解放》报每期一到,立即脱销,它也成为最受读者欢迎的报纸。代销《解放》报使七七出版社的资金也有了较快的增长,各种书刊琳琅满目。

刘增祚、杭天申通过地下党和"民青",发动青年群众来七七出版社买书、看书。他们还代销解放区的书刊和宣传品,并把毛泽东的《中国革命和中国共产党》《新民主主义论》等著作,摆在出版社的书架上。经销进步书刊的局面打开后,他们又开创了两项业务,即开辟大众阅览部和图书借阅部,这两项业务推出后,深受读者欢迎。一时间小书店前车水马龙,一派兴旺的景象。

蒋介石准备发动内战的意图日益明显,国内形势日趋紧张。地下党组织对七七出版社非常关心,通过地下党员刘增祚经常提出一些指导意见,比如不要只卖进步书刊,否则不利于团结中间青年群众,也容易引起特务注意等。这些指导意见的提出,为保证出版社能够在国民党统治区生存下来发挥了一定的作用。

1946 年 4 月,《解放》报第 16 期转载了延安《解放日报》题为《驳蒋介石》的社论,国民党天津当局派出大批军警宪特到处盘查报摊,没收《解放》报。七七出版社及时得到情报,迅速转移《解放》报,敌人来查一无所获。1946 年 6 月,蒋介石对解放区大举进攻,发动了全面内战。不久,七七出版社被强行勒令停止营业,警察第一分局查封了七七出版社。在地下党的帮助下,七七出版社的成员得到及时疏散,后大多加入中国共产党。

## 尽力满足读者需求

1947 年 7 月,在党组织的领导支持下,地下党员和进步青年筹办起一个进步书店——读者书店。读者书店的创办者是三个年轻人,他们是李秉谦、骆群和赵光谦。李秉谦是一名大学生,他因病休学,面对黑暗时局他感到孤寂和苦闷。他与地下党员骆群、赵光谦是中学同学,他们共同的爱好是读书,经常在一起阅读一些进步文艺理论书籍。一本本书像一支支火炬,为他在黑暗中照亮探索人生价值的道路。

李秉谦希望有更多的人经常交换书籍,邹韬奋创办的生活书店对他启发很大。李秉谦、骆群和赵光谦经过共同商议后成立书店。向天津地下党负责人娄凝先请示,希望创办一个类似的书店。一个星期后,娄凝先告诉他们"老家"同意了,得到批准,但一再叮嘱为了安全起见,书店要灰一点儿。几个年轻人在一个僻静的胡同里开了一个小会,为书店起了一个名字——读者书店。之所以叫这个名字,是因为他们一致认为办书店是为了读者,办店必须依靠读者。书店的理事会刚开始由 5 个人组成,后又增加了 4 个人,一共 9 人。他们推选李秉谦为经理,赵光谦为副经理兼账务。

经过紧锣密鼓的筹备工作,书店准备在 1946 年 7 月 1 日正式成立,为避免引起敌人的注意,7 月 6 日,读者书店在南开区东门外袜子胡同 49 号正式开业。店面不到 10 平方米,布置得非常简单,两面是书架,有一张杂志台,一张小小的办公桌。

读者书店的创建主要是为了宣传新文化新思想,不以赢利为目的。它成为传播进步书刊、团结教育广大青年的另一个文化阵地。书店主要销售生活书店、时代出版社、读书出版社、新知书店、文化生活出版社等出版的书刊,如鲁迅、茅盾、冯雪峰等的一些小说、杂文、诗歌,并从解放区和香港来的一些书籍中及时编选和翻印有关民主与革命、政治与生活、知识分子思想修养一类的小册子,出版印刷了四五种通俗政治读物,还有些在当时时髦的书,如《啼笑因缘》。

1947 年冬天,解放战争的战场发生了重大转折,人民军队在战场上的形势逐渐好转,这个偏僻的小书店吸引着向往光明的人们。南开中学的学生建议他们在学校设立一个代销员,书店感到这是加大宣传力度的好时机,立即答应。书店在北洋大学、南开大学、河北工学院等学校建立了文化服务社,通过寄售的方式,进一步满足了学生的需求。学生们从小小的书店获得进步书刊,看到了中国未来的希望。只四五个月的时间,文化服务社代销书店的进步书刊达到上万册。

北洋大学学生曾谈到当时阅读的书刊,大部分是从地下党员主持的进步书店——读者书店和其他书店购买来的。这些书刊是自己最好的启蒙老师,通过阅读这些书刊,知道了共产党的主张,坚定了革命的信念,有不少的学生通过阅读进步书刊,加入了党组织。随着形势的发展,不仅门市部的读者显著增加,读者面也不断扩大,从学生、职业青年扩大到工人、店员以及郊区农民。

书店的经营引起了国民党军警的注意,经营书店的年轻人在残酷的环境里,锻炼了意志,增长了智慧。他们在斗争中积累了勇气和经验,认真研读"禁书",与此同时在发行上更加谨慎。他们把书刊分类,一类是公开发行的,摆在书架、刊台上显眼的位置,一类是翻印的,如《民主与政治》《方生未死之间》《窃国大盗袁世凯》等,在较为广泛的读者对象中传阅。另一类是来自解放区的文件或专著,这是敌人严格查禁的,因此只在较少的同志中传阅。

1948年,为全力迎接解放,读者书店承担了刻印分发文件的工作。李秉谦拿来一沓党的文件:《华北人民政府告工商界》《解放区的工商业税政策》《中国人民解放军平津前线司令部布告》等。为了完成刻印工作,李秉谦借来油印机,由两位店员轮用,在店员的家里完成。一卷卷油印传单,像一颗颗子弹射向敌人,在瓦解、动摇敌人军心方面发挥了重要作用。书店虽几经国民党当局盘查,但一直坚持到天津解放。

解放战争时期,这些小小的书店曾点亮了无数年轻人的心。天津解放后,书店迎来了新的发展机遇,从地下转为公开,在自由的天地里扩大经营,迈上新的征途。

[中共天津市委党校(中共天津市委党史研究室) 李俐]

# 革命家庭朱凌一家

1954 年出版的《天津画报》第 8 期,以《记一个革命家庭的欢聚》为题,报道了联络站和朱凌一家的有关情况,并刊登了多幅照片。这是怎样的一家? 又有着怎样的经历呢?

## 设立秘密机关

在中国人民抗日战争即将取得最后胜利之际,中共中央要求各中央局、中央分局和各区党委,立即动员一切力量,迅速占领所有被我军包围和力所能及的大小城市和交通要道,为日本投降后接管天津做好准备。根据中央的指示精神,冀中军区的八路军积极准备收复天津,各个系统的党组织也准备进入天津市区。晋察冀分局(后改为晋察冀中央局)城工部部长刘仁指派地下党员秦良(原名穆增勤)在天津设立地下党领导机关的市内联络站。

1945 年夏,秦良从根据地回到天津后,找到与自己熟识的地下关系朱凌(朱毓咸),希望由朱凌一家担任机关的掩护工作。朱凌一家由朱凌的母亲侯智君,大妹秦明(朱毓民,很早就走上革命道路)、弟弟朱力(朱毓书)、小妹朱梅(朱毓秀)组成。朱老太太是一位很有见识的女性,积极支持子女参加革命斗争,很痛快地应允了这项工作。

秦良和朱凌积极寻找合适的机关地点。他们找到了新宜里(今和平区昆明路新宜里小区)11 号小院,这是个从胡同最里面倒数第二个门的独家小院,周围环境很僻静,院里有北房三间半,东边是一明两暗的三间大房间,还有西侧半间套房,每间屋内相通,各房在院内又有各自的门,临胡同有个后窗户,做秘密工作较为适宜。搬入后,朱凌夫妇住在东间,朱老太太等人住在西间,他们在院内栽上葡萄,还养了一只狗,看上去是一家很普通的住户。

左起：秦良、秦明、锡朋、朱梅、张甲、董玉秀、娄凝先和朱老太太（前坐者）

一切准备就绪后，由秦良主持，全家人对工作进行了具体分工，还规定了注意事项。1945年6月下旬，秦良来到阜平向刘仁汇报设立机关的情况，刘仁听完汇报，立即表示同意。

## 设立秘密电台

1945年9月，中共天津工作委员会宣传部特派员赵琪，带领数十名地下工作者，从根据地来到市内，加强城市工作。9月中旬，赵琪通知秦良速来家中。秦良到达赵琪的家中，见到正在等他的津委会（天津解放委员会的简称）宣传部部长吴砚农。吴砚农对秦良说："刘仁有交代，让你立即切断和你原来支部的联系，去完成一项特殊的任务，在新宜里11号建立秘密电台，以后这个机关由我直接领导，有事由赵琪和你直接联系，机关具体工作由你负责。"随即，在与秦良充分交流后，要求在一星期内完成准备工作。

10月初，由解放区胜芳派来的两名译电员、两名报务员，携带一部伪装好的电台，从胜芳乘船，经子牙河直达天津大红桥。娄凝先也化装成商人，同船来津。电台工作人员被安排进驻新宜里11号，住在原是朱凌夫妇居住的东间偏房。因朱凌夫妇在津委会受训，就将这间房屋改为电台的工作室了。为保证电台安全，天线不能架到居室外，便在屋内房角间架设，并与电线的零线接上，起到了天线的作用。为防备伪户籍警的查问，电台的四名工作人员与朱老太太编好一套探亲的亲属关系。电台的任务是接收和转发延安新华社广播，并编印《新华社电讯稿》。在《新华社电讯稿》上报道政治形势、上级的重要决策，以及解放大小城市等消息。《新华社电讯稿》每期 900 份，由党的地下机关设法分发到各个系统的地下党组织。电台进驻不久，由于形势的变化，天津党组织的任务由接管天津改变为"隐蔽、埋伏、组织群众长期坚持地下斗争"。在这种形势下，根据上级决定，于 11 月撤离秘密电台。

## 发 挥 联 络 作 用

1945 年底，复兴源机关被破坏后，新宜里机关就成为地下党领导人进入市内指挥工作的驻地。1947 年 3 月以前，这个机关一直由市委书记吴砚农领导。1947 年 3 月以，冀中党委城工部直接领导天津工作，在市内设立三人领导小组，新宜里机关就成为三人小组与区党委联系的交通站。吴砚农调任冀中三地委书记后，城工部副部长杨英直接负责领导新宜里机关，直到天津解放。为了保持区党委与市内主要负责人于致远、张淮三、王郁文、娄凝先的联系，交通员张甲每月至少两次来往于解放区与新宜里之间传达上级指示，传递党的文件。机关的负责人秦良等也按照市负责同志的指示去解放区汇报和请示工作。很多领导同志都曾住在新宜里机关，一些重大的决定也是在这里研究做出的。

这个秘密机关成为当时天津工作委员会一些领导同志进市内开展工作及紧急情况下的一个掩护点。1947 年底，赵琪的交通员张佩被捕叛变，出卖了赵琪，敌人到处抓捕他。经上级批准，赵琪立即转移到 11 号，第二天化装出城，安全地返回了解放区。1948 年初，天津地下党工运系统出了叛徒，敌人趁机大肆搜捕地下党员，负责学运工作的领导人张淮三遭到逮捕。紧急时刻，地下党的几个领导人在新宜里研究了对策，采取了紧急措施。同年 5 月，张淮三从北平出狱回到天津，王文源迅速派秦良到解放区请示，后来城工部派张甲来津,护送张淮三回解放区,走前也是在新宜里化的装。

交通员张甲是一位经验丰富、胆大心细的老交通员,经常往来于市内及市外,多次机智地通过敌人的盘查,圆满地完成了任务。有一次,敌人突然半路拦截搜查,他急中生智把写有密信的纸条高高举过头顶,敌人搜遍了他的全身一无所获,可就是没注意到他手里捏着的小纸条,他巧妙地化解了危机。为了工作的需要,他还开辟了多条进城路线与敌人周旋。能够顺利到达新宜里他总是特别高兴,常常进屋后立即坐在椅子上诙谐地指着衣领或鞋底,让朱力、朱梅帮助他取出密信。密信是用新的银笔尖在烧着的洋蜡上蘸一蘸,然后蘸着米汤写在大额钞票或报纸的空隙上,机关人员收到后,用碘酒拍一拍,字迹就显示出来了。每次张甲从解放区到新宜里都要住几天,在共同的革命斗争中,张甲与朱凌一家建立了深厚的感情。只要他一来,朱力、朱梅就缠着让他讲故事,讲解放区的人和事。市内的联络由新宜里机关负责,张甲从不外出。有一次,他刚从解放区来到新宜里,正在屋里看报纸,几个查户口的警察突然闯入,朱老太太从容地向警察介绍说:"这是我'表弟'。"张甲不慌不忙地站起身,向警察点了点头,警察上下打量他一番,没发现任何破绽,便出去了。

## 确保秘密工作的安全

为了安全,秘密机关采取了许多切实可行的措施,比如临街的窗口上平时挂着一块白布窗帘,白帘上贴着"喜"字,把窗帘的一边粗线剪断,用细线缝起来便于扯断,出现问题时就把窗帘扯下来。来接头的同志看到没有窗帘就不进家门了。另外家里开会或来人,朱力、朱梅就到胡同口站岗放哨,朱力有时还爬上屋顶瞭望。平时他们的口袋总是装着粉笔,一旦发现敌情就按规定在胡同口明显处写上暗号,向同志们报警。有一次,地下党员王文源到新宜里接头,发现白窗帘不见了非常焦急,在外面观察了好一会儿,徘徊中碰到了朱力,才得知碰巧洗了窗帘,没有"情况",这才重返新宜里。

当时到机关的都是单线联系,不允许面谈,朱老太太统筹安排接待来新宜里的同志。由朱老太太安排里屋一个同志,另一个同志在过堂屋,他们隔着帘子谈话。临走时还要安排哪个先走,哪个后走。如果同时来了几个同志,就分别到不同的房间联络。领导人到机关碰头开会,机关安全标志都要清清楚楚、事先对接头暗号。为了掩人耳目,朱力、朱梅就称来的同志为"表哥""表姐""表姐夫"等。1946年下半年,娄凝先住进新宜里11号,他们便以亲戚的名义报了临时户口。朱老太太对同志们关怀备至,以一家之长的身份把机关工作安排得有条不紊。所有来过新宜里的同志都称赞朱老太太是一位革命的老妈妈。平时他们全家非常注意工作中有无疏漏,有一次发现朱凌的孩子在院子里玩耍时模仿接头人员的言行,他们立即劝阻孩子不要玩这样的游戏。形势一紧张,他们就把党内文件和秘密材料扎成捆,放在屋顶的流水沟里。

新宜里11号作为市委领导市内工作的联络机关,在敌人的白色恐怖下,坚持工作4年之久,一直到天津解放。这个秘密机关在解放战争时期对敌斗争中,为保存革命力量,宣传团结群众迎接天津解放发挥了重要作用。秦明与秦良在频繁接触中,感情不断升华,后结为夫妻。天津解放后第二天,市委领导黄火青、吴砚农、杨英、于致远等到新宜里11号,慰问坚持在秘密机关工作的所有同志,对联络站的工作给予了充分肯定和高度评价。如今新宜里已拆迁盖成居民楼,但绿茵茵的葡萄架、冒炊烟的厨房、堂屋里的会议室,永远留在人们的记忆中。

[中共天津市委党校(中共天津市委党史研究室)　李俐]

# 军调部的"蓝色三环"

抗战胜利后,为谋求和平、避免内战,中国共产党与国民党进行了重庆谈判。根据谈判成果《双十协定》的要求,1946 年 1 月,蒋介石在全国人民的压力下,被迫签订了政协协议,发布了停战令,并组成由国、共、美三方代表参加的"三人委员"和"北平军事调处执行部"。

三人小组由中国共产党代表周恩来、国民党代表张治中、美国代表马歇尔组成。军调部是在三人小组领导下的机构,也由三方代表组成,中国共产党代表为叶剑英,国民党代表为国防部二厅厅长郑介民,美方代表是饶伯森。美国方面名为调停国共军事冲突,实为加紧装备国民党部队并用舰船将国民党部队运往发动内战的前线。

叶剑英率领直接参与谈判的人员住在北京饭店。李克农率电台、机要员及其他人员住翠明庄饭店(现为翠明庄宾馆)。根据协议,军调部的一切保障与安全工作由国民党方面负责。为了便于监视,国民党在翠明庄对面的楼房驻有特务机关,内部服务人员也都是国民党特务组织励志社指派的。

李克农警惕性很高,对下属在工作上要求严格。他告诫下属:"要有机智的头脑,善于对敌斗争,特别是要提高警惕,具有随时应付突发事变的能力。"他还关切地指出:"我们是共产党员,要有'富贵不能淫,威武不能屈'的崇高革命气节,为革命献身,乐在其中,死得其所。"

当时机要科和电台都集中在翠明庄的南楼。李克农要求下属一切生活事宜自理,不允许服务人员进入楼内。中国共产党代表团人员严格遵守规定,自己打扫卫生,为值班人员送餐,严禁无关人员进入南楼。但那些"服务员",总是想方设法找各种借口闯入楼内。今天说检修门窗,明天讲清查家具,后天又要检修电话……实在无话可讲,就说是统一换洗床单被罩。对这些小伎俩，共产党也有自己的办法。工作人员严守保密规定，从不随意交谈保密事项，一般也不打电话，工作完毕立即妥善保管好密码、电报。服务员一旦进入，立即停止工作，并由专人跟随。

一次，有一位"服务员"进来扫地擦桌子，眼睛总是偷瞄办公桌上的文件。一名共产党员就趁他偷看时突然一拍桌子，大喝道："干什么？想偷看？来，给你看！"顺手拿起文件冲他猛地一晃，声色俱厉地说："不要以为我们什么都不知道！早就注意上你了，想干什么就说！"因为声音很大，其他服务员也都过来看。特务猝不及防，吓得脸色发白，后退时绊在椅子上差点摔倒，哆嗦着说："对不起，对不起。"在铁一般纪律的防卫下，特务们无机可乘、无隙可钻，束手无策。

特务在南楼无计可施，便转而在餐厅和走廊做文章。如围着餐桌来回转，在走廊里尾随，尤其是"女服务员"用眼光挑逗，无话找话奉承中共代表团人员等。对于这种下作无聊的手法，共产党员沉着应对、光明磊落。特务的阴谋又一次失败，只好灰溜溜收场。李克农表扬大家：身在北平，心在延安，保持了一个革命者应有的气节。

随着国共谈判斗争的激烈和复杂，特务得不到什么有价值的消息就在生活上刁难中国共产党代表。翠明庄的伙食由最初的四菜一汤，饭后有水果，变得清汤寡水，越来越糟。一次在食堂，李克农当众严肃地质问翠明庄负责人中国共产党代表团的伙食标准，在得到答复后厉声追问道："你看看，他们现在吃的标准是什么？与规定的相差多少？"

在事实面前，那位负责人无言以对，只好支支吾吾。李克农指着他，严正抗议道："你们这样做是有蓄谋的，严重违反了停战协议，违反了三方规定的伙食标准，这是贪污！是克扣军饷！"对方垂着头，毕恭毕敬地点头称是，赔礼道歉说："请将军息怒！我一定追查此事。今后保证按伙食标准办好膳食！请各位长官海涵！"在食堂就餐的几十位同志，看到对方这副狼狈相，哄堂大笑。果然，此后中国共产党代表团的伙食又恢复到以前的标准，特务再也不敢在伙食上做手脚了。

北平军调部中国共产党代表团认真执行中共中央确定的斗争方针，有力配合了对国民党的政治和军事斗争，使党的和平建国方针获得国内外进步舆论的支持,取得了政治上的主动地位,也支援了北平地下党组织,促进了北平革命斗争的发展。

(北京市委党史研究室 市地方志办 曹楠)

# 高树勋起义台前幕后

抗日战争胜利后,国民党军队以"受降"的名义抢占战略要地,进攻解放区,晋冀鲁豫军区部队主力在平汉铁路邯郸以南地区对国民党军进行了自卫反击作战。国民党军第十一战区副司令长官兼新编第八军军长高树勋,毅然率领一万余人,在邯郸火线起义,宣布"退出内战、主张和平与民主",成为解放战争中首位率部起义,投向人民的国民党高级将领。

## 抗战中与中共结下友谊

高树勋,1889 年 8 月出生于河北省盐山县,因家境困难,十几岁就外出打工谋生,后投奔于冯玉祥部队参军。随冯玉祥将军反袁称帝,讨伐张勋,反对曹锟贿选,参加五原誓师,投身北伐战争……因机智勇猛,深得冯玉祥欣赏,职务从士兵晋升至师长。

九一八事变后,蒋介石推行"攘外必先安内"的反动政策,高树勋部参加了对中央苏区发动的"围剿"。1933 年 5 月,避居天津的高树勋与吉鸿昌变卖家产,购置枪支弹药,在察哈尔参加了冯玉祥组织的抗日同盟军,后同盟军被蒋瓦解,高树勋任河北省保安处处长。全面抗战爆发后,保安处被国民党收编。高树勋先后任河北暂编第一师师长兼河北游击总指挥、新编第六师师长、新编第八军军长。

抗战初期,高树勋部队曾与八路军有过摩擦,但也时常并肩作战。1938年初,八路军派唐天际等对高树勋部队排、连、营三级军官进行轮训,以提高部队素质和士气。高树勋部队进入沂蒙山区后,又得到八路军和中国共产党地方党组织的大力支援。高树勋也任用了许多中共党员和进步青年在军中担任各种职务,形成了较好的团结抗日的局面。

高树勋的顶头上司石友三，一直奉行"曲线救国"的反动政策，不仅积极反共，而且与日军勾结，并想拉拢高树勋一起投敌。因高树勋坚持民族大义，石友三对其十分痛恨，两次给日寇提供情报，陷害高树勋部队，高树勋决心将石友三除掉。1940 年 12 月，高树勋设计约石友三到部队驻地面谈，其间派人将石友三擒拿并处决，消除了解放区的心腹之患。高树勋此举，表现了一名爱国军人高尚的民族气节，刘伯承曾盛赞其大义灭亲。

## 解放战争中毅然举起义旗

高树勋的家庭背景、成长经历和从军生涯培养了他的爱国情怀。他一直痛恨日军、排斥内战，对中国共产党坚持抗战、反对内战、一心为民的做法深感钦佩。抗战胜利后，蒋介石重用嫡系、排斥异己、反共内战等行为更让其气愤与反感。而这时，在他身边工作的中共党员王定南，为高树勋的揭竿起义起到了关键作用。

1944 年春，王定南在国民党区组织活动时被国军第一战区副司令长官汤恩伯扣押，在押解途经高树勋驻地镇平时，被高树勋扣下。高树勋与王定南进行了一次长谈，并在第二集团军总司令刘汝明的帮助下，设法解救了王定南等人。从此，王定南和高树勋建立了深厚的友谊，并留在高树勋部任参谋。

1945 年 7 月，高树勋听说曾在河北与其有过交往的八路军副总司令彭德怀在太行山区，便派王定南携带致彭德怀的亲笔信前往联络，以期与八路军建立联系。

抗战胜利后，孙连仲遵循蒋介石迅速打通平汉线，抢占平津战略要点的旨意，令高树勋率部打头阵沿平汉线北进，占领保定。高树勋明白这是蒋介石、孙连仲在利用自己。这样做既对自己部队不利，也将导致内战的发生，忿然道："战后华夏，满目疮痍，亟待建设，岂堪再打内战。"其部将领也都愤愤不平、慷慨激昂，高树勋再一次感到被蒋介石所排斥。

9 月底，王定南携刘伯承亲笔信返回，高树勋看到信后备受鼓舞。因有意向人民靠近，且知北上困难极大，但又不能违背命令，于是高树勋便打算甩开第三十军和第四十军，独率新八军沿平汉路收编伪军，接受日军投降，将沿线伪军带走,收回的城镇交由八路军,并委托王定南前往八路军所在地告知相关事宜。当把单独北上的计划报告孙连仲后,孙连仲因对高树勋存有戒心,便借口单独行动有危险,仍命令三军一起行动。10月14日,第三十军、第四十军和新八军4.5万人沿平汉路北进。17日,高树勋部进抵汤阴后,再派王定南往晋冀鲁豫军区联络……随着时间的推移,战争一触即发,高树勋采取边走边看的拖延法,期待着王定南带回新的消息。

因单独北上计划破产,王定南向刘、邓二人转述了高树勋的苦衷,以及愿意配合八路军阻止蒋介石进犯解放区的计划,同时也说明了高树勋因处决石友三而遭非议,担心与八路军合作后再受责骂,且家属会被迫害的顾虑。刘伯承说处决石友三是爱国行动,邓小平希望高树勋做第三十军和第四十军将领的工作,争取他们和高树勋一致行动。刘伯承当即致电党中央转请陈毅安排将高树勋夫人接到解放区事宜,并让王定南向高树勋转达道:"认清形势,当机立断。当断不断,反受其乱。"

26日清晨,王定南向已经进驻邯郸马头镇的高树勋转达了刘伯承、邓小平的意见,高树勋表示决心退出内战与我军联合,并请八路军派代表来谈。刘伯承、邓小平二人听后很高兴,当即派晋冀鲁豫军区参谋长李达(原参加西北军,曾是高树勋的旧属)和军区负责联络工作的靖任秋前去谈判。李达、靖任秋于27日晚与高树勋见面,向其讲明当前的形势,希望他从人民的根本利益出发,为个人前途着想,高举义旗。经过长谈,高树勋坚定了率部起义的信心和决心,并就具体事项进行了商谈。李达对高树勋决心起义高度称赞,称其意义犹如西安事变。

为解除高树勋起义的后顾之忧,毛泽东、党中央急令新四军第四师师长张爱萍将高树勋夫人刘秀珍等接往河北,并在武安县伯延镇全家团聚。高树勋深为感动,更加坚定了率部起义、走向光明的决心。

10月30日,高树勋召集所部军官会议,讲明当前所处形势,历数蒋介石对其部的不公平待遇及此次决定北上对国家、民族和人民带来的危害,毅然宣布退出内战,举行起义。同时高树勋劝告第三十军、第四十军迷途知返,采取同样行动,但他们不听忠告,执迷不悟。高树勋部队绝大多数军官赞同起义,高树勋对个别不愿意跟随起义的军官,表示决不强留,听其自便。会后,高树勋下令部队一律原地待命,并向全国发出通电,述说此次奉命北上的经过和不得已之苦衷,宣布"大义所在,不得不与八路军息战言和",并说明此举"旨在为民族国家前途,退出内战,求以和平民主途径建国而已"。同时还在通电中向国人提出制止内战,以民主政治协商解决国是,联合各党各派组织联合政府三项主张。

高树勋前线起义,使平汉战役迅速于11月2日胜利结束,彻底粉碎了国民党打通平汉线,分割解放区的企图。仅两天多时间,包括马法五等国民党高级军官在内的第三十军、第四十军官兵2.3万余人缴械投降。国民党军事当局哀叹高树勋的起义"陷全军于绝境",是这次战役的"失败主因"。

中国共产党和八路军对高树勋的义举极表欢迎,10月31日上午,刘伯承偕同薄一波、李达到新八军驻地,代表毛泽东、朱德等向高树勋及起义官兵表示慰问和祝贺。11月2日,毛泽东、朱德致电,称赞高树勋"率部起义,反对内战,主张和平"之举,指出"凡属血气之士,莫不同声拥护"。12月15日,毛泽东为中共中央起草的指示中,提出"须从国民党军队内部去准备和组织起义,开展高树勋运动,使大量国民党军队在战争紧急关头,仿照高树勋榜样,站到人民方面来,反对内战,主张和平"。

11月10日,高树勋部队改名为民主建国军,高树勋任总司令,王定南任

高树勋起义欢迎会

政治部主任。在成立大会上,高树勋率全军将士宣誓,表示要"站在人民立场,服从人民公意;确保国内和平,反对内战;实现民主政治,反对独裁专政;坚决为建设独立、自由、民主、幸福三民主义之中国奋斗到底"。起义成功后,高树勋更加坚定了跟着共产党走的决心,11 月 13 日,经邓小平、薄一波介绍,高树勋光荣地加入了中国共产党。

1946 年 10 月 30 日,朱德总司令在延安《解放日报》上发表文章《祝高树勋起义一周年》,高度评价了一年前高树勋率部队起义的革命行动。文章指出:"高树勋已经成为国民党陆海空军中一切有爱国心有良心的广大官兵的旗帜,成为人民在自卫战争中战胜反动派而实现国家的独立、和平、民主的重要因素之一。"朱德总司令的高度评价和鼓励,使高树勋深受教育和鼓舞。

## 起义后的波折与平反

部队起义后,高树勋满怀热情地投身于党和人民的解放事业中。然而前进路上的一个巨大冲击波,却让他蒙受了冤屈。

1947 年后,国共两军的较量进入关键一年,国民党不断派特务煽动起义部队叛乱,致使在华中起义的郝鹏举部重新投靠国民党。而晋冀鲁豫军区正为南渡黄河做准备,亟须稳定后方,若起义部队有任何风吹草动,都会影响大局,还会对其他准备起义的国军产生负面影响。为此,形势一度十分紧张。

1947 年 6 月 14 日清晨,因怀疑民主建国军"通敌",晋冀鲁豫军区部队前往民主建国军总部执行抓捕高树勋的任务。高树勋当时正在驻地的院子里散步,突然听到噼噼啪啪的枪声,他不知道外面发生了什么,想打电话出去,电话线已被割断。他身边的卫队都拔出了手枪准备还击。高树勋在弄清是上面派来的部队以后,果断命令卫队:"不许开枪,谁也不许开枪!"

不一会儿,一群八路军战士端着枪跑进了院子,命令高树勋及其夫人和女儿回到后院的会客室中。会客室门口站着荷枪实弹的战士,屋内,高树勋及其夫人、女儿三个人各坐在一把椅子上,从早晨 7 点多一直到晚上六七点。其间,高树勋向站岗的战士要了信纸、信封,一连给上级领导和张力之写了几封信,信的内容大体相同,每封信上都写有"我海枯石烂心不变,要革命到底"的字样。高树勋每写好一封就扔到地上,由战士送走。

晋冀鲁豫军区很快将这一情况报告给中共中央,毛泽东紧急回电说:高树勋邯郸起义有功,必须保证他的人身安全。

这期间,王定南也被突然扣押起来,五花大绑地被送到神泉训练班,逼他承认"参与高树勋暴动"。

过了几个月,晋冀鲁豫军区重新派人对民主建国军"叛变"的事进行调查。半年多后,高树勋终于平反,开始参加工作。

20世纪70年代末80年代初,全国开始了大规模拨乱反正,民主建国军的问题也得到平反。1983年10月30日,中共中央在河北省石家庄市召开高树勋率部起义38周年纪念大会,会上对高树勋率部起义作了高度评价,当时曾经参加处理民主建国军问题的薄一波,也给大会发来了贺信。

1989年11月21日,邓小平在接见《第二野战军战史》撰写组成员时说:"平汉战役应该说主要是政治战役打得好,争取了高树勋起义。如果硬斗硬,我们伤亡会很大。我一直遗憾的是,后来我们对高树勋处理不公道。他的功劳很大。"一代伟人邓小平,以他一贯实事求是的作风,给了高树勋和民主建国军一个公道的历史结论。

历史终于宣告了高树勋的清白,肯定了他对革命事业做出的重要贡献。

（中共河北省委党史研究室　王宗志）

# 打谷场召开土地会议

1947 年 7 月初,刘少奇、朱德率中央工委来到西柏坡。在西柏坡恶石沟边上一个小的打谷场上,通过了《中国土地法大纲(草案)》。从此,中国共产党这次简陋得没有桌椅的会议使全国劳苦大众翻身做了主人,这场在解放区引导的轰轰烈烈的土地改革,让中国老百姓的日月换了新天,其如山崩海啸,使中国数千年的封建制度土崩瓦解。

## 延安土地会议延期

抗日战争时期,为了结成最广泛的抗日统一战线,中国共产党在各个根据地实行减租减息的土地政策。抗战胜利后,为了满足广大农民的土地要求,发动群众,巩固和保卫解放区,1946 年 5 月 4 日,中共中央发出了《关于土地问题的指示》,即著名的《五四指示》。明确指出:"解决解放区的土地问题是我党目前最基本的历史任务,是目前一切工作的最基本的环节。"从此,解放区的土地政策,由抗战结束后继续实行的减租减息,向没收、分配地主土地,实现耕者有其田的彻底土地革命过渡。

《五四指示》的颁布对于发展解放区经济和改善人民生活起到了重要作用。然而《五四指示》发布一年左右的时间里,解放区的土地改革仍存在一些较大问题,主要表现为还有部分地区没有放手发动群众,或者对没收的土地在分配过程中执行不彻底。随着形势的发展,中国共产党决定对《五四指示》进行调整,彻底实行耕者有其田。

1947 年 1 月,中共中央决定在延安召开全国土地会议,讨论和解决土地改革中的各种问题。在延安土地会议的筹备过程中,3 月,国民党军队对延安发动了进攻,中共中央撤离延安。在这种情况下,原定于 5 月 4 日召开的延安土地会议就不能按计划举行了。3月19日，中共中央发出了致各中央局、分局电："延安情况紧急，五四土地会议之地点及日期，恐须看以后情况之发展再行决定。望各地出席会议代表暂在原地待命，待中央通知后再起身，但东北代表应即起身到山东或冀察晋待命。"

## 繁 忙 的 筹 备 工 作

中共中央撤出延安后，根据枣林沟中央会议的决定，中央工委准备立即东渡黄河，前往晋西北或其他适当地点进行中央委托的工作。其中一项重要任务就是继续筹备召开全国土地会议，研究部署在解放区进一步开展土地改革的问题。

中央工委在向华北转移的过程中，一边走一边调查了解情况，发现问题及时解决，并向中共中央汇报，为全国土地会议的召开做着各方面的准备。

中央工委到达晋察冀解放区后，于5月31日正式通知各解放区："全国土地会议定于7月17日在晋察冀的平山县召开，各区除区党委务须派一负责代表到会外，各地委亦可出席代表一人。"

7月15日，出席全国土地会议的晋察冀、冀晋、察哈尔、太行、太岳、晋冀鲁豫、冀鲁豫、冀南、冀热辽、晋绥、山东、陕甘宁、东北等解放区的代表100余人，已全部到达中央工委所在地西柏坡。中央工委召开土地会议预备会，决定全国土地会议于7月17日开幕，并成立了由中央工委委员及各代表团负责人的会议领导机构主席团。

聂荣臻抽调晋察冀军区警备营二连负责土地会议的警卫工作，冀晋四分区地委和平山（建屏）县为会议准备物资供应。各解放区参加土地会议的代表住在西柏坡及邻村南庄、北庄和夹峪等村子。他们有的是坐汽车来的，但大部分是骑马来的，一个个风尘仆仆。他们经过硝烟弥漫的战场，穿越敌占区和封锁线，经历了千辛万苦到达西柏坡。

时任辽东省总工会副主席的辽宁代表卫之回忆说，接到通知后便从临江动身，渡过鸭绿江，到朝鲜平壤，在东北局平壤办事处与从大连出发的辽宁省委组织部部长陈一凡会合，从平壤经元山、清津进入吉林图们，又经牡丹江才到哈尔滨。与其他代表在哈尔滨东北局会合后，从哈尔滨动身，经过肇东、肇西、北安等县,到了洮南。之后改乘大卡车,路过赤峰市赶上闹鼠疫,穿过疫区到建屏县后改为骑马,箱子用十多头骡子驮着。过了锦承铁路的敌人封锁线,到了冀东区党委所在地迁安县,休息五天后通过运河,冲过北平、天津铁路封锁线,到达冀中区党委所在地河间县,改乘汽车到达平山。从哈尔滨出发时还是冰天雪地的冬天,到时已经是烈日炎炎的盛夏了。

## 掀起土地改革的浪潮

7月17日上午,全国土地会议在平山县西柏坡开幕。会场设在西柏坡恶石沟沟口小河边的打麦场上。场面平平整整,打扫得干干净净。场北头有个稍稍高出场面的土台子,上面放了两张褪了色的条桌和几条长凳子,作为主席台。场东边是个不太高的土岸,岸下是条小河沟,岸上排放着一溜儿小石块。场地四周长着几棵槐树和杨树,槐树还不大,杨树的枝干又很高,并不能全部遮住场上的阳光,于是在场地上空搭起一个布棚遮阳。整个会场布置得简朴庄严,既无会标,也无口号,更无麦克风和扩音设备。时值盛夏,气候炎热,与会人员手里都拿个本子,自动一排排坐在布棚下的空地上。

会议指出,《五四指示》发出一年多来,许多地方已满足了农民的要求。但在某些地区,在若干问题上,《五四指示》已经不能完全解决。会议的任务是要从土地问题出发,讨论一切工作及其他各项工作,在既有成绩的基础上更有改进。大家反映情况、总结经验要实事求是,好就好,坏就坏,开个老实会。如果根据假报告做决议,就会害死人。会议集中用了半个多月的时间,由各地代表汇报情况。

在全国土地会议期间,1947年7月21—23日,陕西省靖边县小河村召开了中共中央扩大会议。在会议最后一天,毛泽东就土地改革问题作了讲话。他在肯定《五四指示》的同时,也指出了它的不足,即:我们的土地政策,今天可以而且需要比《五四指示》更进一步,因为农民群众要求更进一步。他说,平分是原则,但按情况可以有某些伸缩,如对一些爱国民主人士;中农土地不应该动,如果中农同意,富裕中农拿出少许土地是许可的,但不能正式写在文件上。9月1日,新华社发表社论,第一次向全党明确提出"平分土地"原则。

土地改革工作人员抄写《中国土地法大纲》

毛泽东对全国土地会议通过的《中国土地法大纲(草案)》进行了修改和审定,10 月 10 日,中共中央公布了经毛泽东修改的《中共中央关于公布中国土地法大纲的决议》和《中国土地法大纲》。

《中国土地法大纲》规定:"废除封建性及半封建性剥削的土地制度,实行耕者有其田的土地制度","废除一切地主的土地所有权"。

《中国土地法大纲》还规定:"乡村中一切地主的土地及公地,由乡村农会接收,连同乡村中其他一切土地,按乡村全部人口,不分男女老幼,统一平均分配,在土地数量上抽多补少,质量上抽肥补瘦,使全乡村人民均获得同等的土地,并归各人所有。"

《中国土地法大纲》颁布后,各解放区的土地改革运动暴风骤雨般掀起,使几千年来中国大地上盘根错节的封建土地制度受到了极大的冲击,连国民党统治区也受到了极大震撼。1947 年 11 月,上海《密勒氏评论报》刊登文章:中共着手实施孙中山的耕者有其田。次年,又有人在另一篇文章中认为:中共采取了两种斗争方式,一是土改,二是军事,决定最后胜负的在于前者不在于后者。对中国共产党而言,《中国土地法大纲》的颁布和土地改革运动的开展,是民心所向,中国的革命由此发生了巨大变化。

1950年6月,在中共七届三中全会上,中共中央对土地改革运动作了充分肯定:"我们已经在北方约有一亿六千万人口的地区完成了土地改革,要肯定这个伟大的成绩。我们的解放战争,主要就是靠这一亿六千万人民打胜的。有了土地改革这个胜利,才有了打倒蒋介石的胜利。"

（中共河北省委党史研究室　王宏）

# 神秘的 309 号院

在石家庄市桥西区西建街 13 号有一处院落,称为 309 号院。石家庄解放初期,中央领导人和一些战区领导人都曾在此居住。然而这一院落由于当时保密的原因,没有留下任何文字记载,加上后来城市建设,周边环境变化很大,如今了解这处承载红色历史的人越来越少。

## 不平静的石家庄

1947 年 11 月 12 日,石家庄解放。这时,中央工委已在西柏坡办公,1948 年 5 月,中共中央也到了西柏坡。由于石家庄紧靠西柏坡,又是人民解放军解放的较大城市,还设有机场,交通便利。各野战军首长到西柏坡开会、汇报工作都先到石家庄,再去西柏坡。当时人们称西柏坡为"西边",石家庄为"东边"。这样,首长们的下榻之地就成为一个迫切需要解决的问题。为了满足这一需要,石家庄市政府专门成立了交际处,增设招待所,选定了华安西街 12 号(现西建街 13 号)为交际处的一部分,特殊使用,作为高级干部的接待点,编号为"309"。

309 号院的接待工作之所以严格保密,与解放初期敌特活动和敌机轰炸十分频繁不无关系。

石家庄解放后,虽然人民政权建立起来了,但面临的形势依然严峻:周边平、津、保等地区仍在国民党手中,国民党不甘心失败,派飞机狂轰滥炸,潜伏特务在地面指挥。特别是党中央进驻西柏坡后,国民党特务千方百计刺探情报,准备暗杀破坏,成为当时最大的威胁。

1947 年 11 月,晋察冀野战军对石家庄围攻前,先后扫清了周边各县,大量的国民党、还乡团都逃到了石家庄。11 月 12 日,石家庄解放时,一下抓获国民党军警宪特还乡团 2000 余人。

1948 年 3 月,石家庄解放时逃亡北平的保定绥靖公署第三联络组组长任福禄又窜回保定,纠集从石家庄逃亡出来的旧部,再派回石家庄,将潜伏下来的特务分子组织起来,成立三个组,开始"工作"。7 月,华北"剿总"二处第三联络组石门区少校组长赵振华潜入石家庄,草拟了石门区工作计划,提出纠集旧有人员,进行有组织的活动。一时间,国民党各个特务系统从北平、保定、新乡几个地方纷纷往石家庄派遣特务。这些特务组织和特务分子的活动任务,除了发展组织、刺探情报、进行策反外,还有更重要的阴谋活动——伺机进行暗杀活动,或指引敌机,进行轰炸。

石家庄解放不久的一天傍晚,当时的市委书记毛铎在市政府一平房内召开干部会议,人到齐后刚点着蜡烛,突然遭到特务、散兵的连续枪击。据当时的市政府工作人员黄克回忆,因敌机轰炸,市政府机关办公地经常换。黄克依靠两匹马驮着市政府机关的牌子,在市内打游击,没有固定的办公室,更没有宿舍。敌机轰炸时,还要把牌子翻过去或藏在沟里。

1948 年 8 月,在石家庄召开了华北临时人民代表大会。大会筹备期间,国民党三天两头派飞机轰炸,会议是在保密状态下以"石家庄生产工作会议"的名义召开的,开会总在夜间,门口还有荷枪实弹的军人值守。18 日晚,会议正在选举产生华北人民政府委员,敌机又在石家庄上空露头,轰隆隆的一声巨响,礼堂大楼都晃了两晃,房顶上的碎渣哗啦啦地往下掉。

1948 年 8 月 22 日和 9 月中旬,敌机两度轰炸石家庄,造成了严重的损失。8 月 22 日,有 18 架飞机轰炸居民区,导致居民死亡 67 人,毁房 100 余间。9 月中旬,一连五天的狂轰滥炸,特别是 13 日敌机更为肆虐,从下午 2 点半至 4 点半,两个小时内 21 架敌机分三路投下炸弹 70 余枚,其中 1000 磅的重型炸弹 10 余枚。公安局干警 13 人遇难,新华路铁路分局被炸死职工 7 人,新开街警备司令部死难工友 4 人。还有一些单位和居民区被炸死职工和居民 30 人,伤 25 人,炸毁房屋 200 余间。14 日,又有 17 架敌机集中轰炸了郊区南新城、大郭村及肖家营等处,驻南新城的华北军政大学牺牲 21 人,伤 22 人,村民被炸死 78 人,伤 95 人。军校驻房全毁,民房仅大郭村一村即毁 2320 余间,损失粮食 540 石。

鉴于石家庄初期的不安定情况,309 号院实行四不政策:一不广播、二不登报、三不见诸文字、四不对任何人讲。当时的 309 号院是一个十分神秘的地方,双枪双岗,戒备森严,每天关着大门,外面的人根本不知道这个院子是干什么的。

到底有多少中央和战区领导人在 309 号院住过,具体情况如何,档案文献中没有记载,根据当时工作人员的回忆,中央及各地首长在石家庄,一般都住在这里。有时住一位中央首长,有时几位首长一起同住,从未间断过。

## 寻找和保护 309 号院

这所院落原本是 1942 年由日本人责成石门建筑公司修建的一座日式别墅。该院占地面积为 1732 平方米,总建筑面积为 433 平方米。大院分东西两个跨院,西院为大院,占地约 2 亩,建筑面积 300 多平方米,大小房屋 10 余间。这座日式建筑明显比普通的平房要高出许多,尖顶、拱形门,环境优雅,日本人叫它"柳园",是石家庄当年最高档最豪华的建筑之一,抗战胜利后,国民政府交通部石家庄分区接收委员杨毅住在此,称为杨公馆。成为 309 号院后,并不被人所知。新中国成立后,这所院落周边建起了很多建筑,少数知道 309 号院情况的人有些离开了石家庄,有些记忆不清,这处旧址也就被

位于石家庄市中山路西建街 13 号的 309 号院

湮没了。

1985年，杨振华要写关于309号房院的回忆录，并赴京走访了柯庆施夫人于文兰、解放初任市委书记的毛铎、市政府秘书长（后任市长）臧伯平等同志，与当年在市委、市政府工作过的王子兴、彭子堪、黄承龙、田清泉、江天、邢燕、周树杰等20多位老同志认真地对309号院进行了回忆。

1985年冬，杨振华开始实地查找，徒步查访了桥西区许多地方，但仍难以找到记忆中的那一片空地中央突出的那个独院。

后来，他回忆起一次柯庆施市长让收发员黄承龙去给"309号"送信，黄不知在什么地方，柯市长亲自带他到花园饭店西边，向南指着约500米外一处独院说："那就是309号院。"于是杨振华先到花园饭店，从西建街北口向南寻找到西建街南头，当两次目击路东西建街的一处房院时，不禁一阵激动，要找的那个独院不就在眼前吗。他顾不得多想，连忙走近，察看方位，目测距离，都与记忆中的地形地貌基本吻合。当叩开院门，说明来意后，房主很热情，并领他巡视了室内外，还介绍说这个独院是解放前的杨公馆。房主介绍的与杨振华知道的完全相符，现外门虽改为向北，但主房的原貌未变，还是老样子。

经过反复核实，杨振华又和黄承龙再次来此地查看，确信无疑后，即给石家庄市委专题报告了该院的情况。当年的一些老同志得知309号院找到后，也非常激动。

1986年，杨振华在进行实地考察拍照时得知，此院将于5—6月间要拆除、改建。他立即联系了王子兴、周树杰、黄承龙等5位老同志，在《石家庄日报》发出紧急呼吁——保留309号房院，让全社会都来关心这一革命遗址的保留和修复。

呼吁发出后，引起省、市各界的强烈反响。1986年5月26日，石家庄市建委代表市政府召开了研究保留修复"309号"的会议，大家纷纷表示支持保留309号。2004年9月，这座院落被公布为石家庄市文物保护单位，2008年10月，被列为河北省文物保护单位。这座重要的历史建筑得到了较为妥善的保护。

（中共河北省委党史研究室　宋学民）

# 红色水电站传奇往事

72 年前,在太行山腹地险隘河畔的河北省平山县沕沕水村,诞生的第一座水力发电站——沕沕水发电站,被誉为"边区创举""红色发电厂"。神奇的电流从这里源源不断地输送到西柏坡和周边的兵工厂,点亮了"新中国从这里走来"的第一盏明灯,照亮了中国革命的前程,延续了一段红色圣地的水电往事。

沕沕水发电站旧址

## 选址西柏坡　借力沕沕水

1947 年,是解放战争由战略防御转入战略进攻的关键时期,蒋介石对解放区发动全面进攻失败后,又对山东解放区和陕甘宁解放区进行了重点进攻。3 月 18 日,中共中央主动撤离延安。枣林沟会议后,刘少奇、朱德率中央和中央军委干部5000余人,渡过黄河向华北转移,去寻找新的中共中央落脚点和指挥部。临行前,毛泽东告知他们到白毛女的故乡去。

毛泽东把刘少奇一行指向白毛女的故乡,并不仅仅是因为《白毛女》这部戏,虽然在此之前毛泽东没有到过平山,连晋察冀边区都没有去过,但他很早就开始关注平山,并从读报中了解了平山。

早年,山西的《朝阳日报》曾报道过平山县红军游击队的消息,平山县也因此被称作是"北方兴国"。1938年7月,毛泽东在《新华日报》再次读到一篇通讯《一个不平凡的县》,详细报道了平山县抗日游击队和"平山团"的事迹,平山县再次以抗日模范县之名享誉全国。从这篇通讯里,毛泽东发现平山有着很好的红色基因和群众基础,进可控京津冀,退可入太行山,正可虎踞龙盘。之所以看中它,是因为这里既能满足当时战争之需,又可为未来发展留出空间。于是他专门请来一位平山县的干部了解详情。这位名叫曹慕尧的干部来延安前,曾担任平山县县委书记。毛泽东从曹慕尧的描绘中,得知平山位于太行山东麓,冀晋交界处,东距石家庄仅40千米。东部为平原、丘陵,西部万山嵯峨,地势险要,有古长城断垣和多处关口,易守难攻,境内有滹沱、冶河两大河流,另有12条支流,沿河两岸宜麦宜稻,物产丰富,平山县人民勤劳淳朴,拥护共产党。

不久,曾被《新华日报》报道过的被誉为"太行山上铁的子弟兵"的"平山团"调陕北担任延安保卫任务,后又参加了南泥湾垦荒、南征北战和中原突围,毛泽东曾多次接见他们,从他们那里又了解到不少关于平山县的事情。这一切都给毛泽东留下了非常深刻的印象。偏偏这时候,平山又出了《白毛女》这样一个令人牵肠挂肚的故事。因此,在中央工委临行前,毛泽东想到白毛女的故乡,是自然而然的。

地利、人和俱备,天时也很快到来。抗日战争结束后,优越的地理位置、发达的经济、坚实的群众基础、相距适中的村落分布,使平山中西部区域成为中央工委驻地的最佳选择。刘少奇和朱德负责选址任务。他们沿着富庶的滹沱河两岸上溯,很快看中了房屋都建筑在沿河一线、规模适中、村后有山、易于在空袭中疏散和隐蔽的西柏坡。就这样,西柏坡成为中央工委的驻地,也为日后中共中央进驻西柏坡埋下了伏笔。

此前,中共中央把原来在张家口一带的晋察冀边区第33兵工厂以分散的形式迁往平山县北冶、南冶、唐家会、罗汉坪等村庄,并开始考虑大决战指挥部的具体落脚点。大决战不同于零星的游击战,多处战场同时铺开,局势瞬息万变,作战指挥系统和日常工作方式都亟须升级换代:中共中央发电报需要大幅增长,以前的手摇发报方式不能满足大型战争要求;战略地位转变,战事频繁发生,带来更多的夜间工作和会议,仅靠蜡烛照明也会影响决策效率与质量。与此同时,前方炮弹用量很大,进驻平山县的兵工厂工作量也大幅增加。指挥所和兵工厂的电气化,成为解放军进京赶考前的第一道考题。

为了适应解放战争飞速发展的大好形势,晋察冀边区工业局在平山县北冶村成立了第三生产管理处,目的在于加强军火生产,支援前线作战,解决迫在眉睫的兵工生产电力问题。1947 年 2 月,晋察冀军区司令员聂荣臻召开晋察冀边区工业局会议,要求边区工业局尽快解决兵工生产用电问题,并责成刘鼎负责此事。随即,他们先后调查了平山县的小觉、卸甲河等滹沱河沿岸的地形情况,觉得建水力发电站的条件都不合适。

1947 年 3 月,华北工业交通学院十几名技术人员奉命沿滹沱河及其支流选址,几条河流走遍,不是落差小,就是流量小,不能满足发电站工作要求。一筹莫展的他们和当地村民闲谈,偶然听说五龙圣母让一个龙儿子变成了西南方向的泛泛水,上游还有一条大瀑布的故事。在查阅县志了解到泛泛水的准确信息后,他们立刻决定去实地考察。越向西南走,太行山特有的绝壁悬崖地貌越多,流水、瀑布多且湍急。泛泛水上游的瀑布高程近百米,流量足够支撑一台 200 千瓦的水力发电机运转。同时瀑布的地形又比较隐蔽,非常适合战时发电站建设。

1947 年 5 月,刘少奇、朱德率领中央工委到达西柏坡后,十分关注兵工生产和经济建设。朱德指出,"兵工生产对我们结束战争的快慢有重要意义,要加强兵工生产","兵工生产就是在后方出汗打倒蒋介石","怎样才能提早结束战争呢? 要多增加手榴弹、炮弹、炸药,这是重要条件之一"。中央领导的关怀和支持,大大推进了水电站建设进程。

## "土专家"巧做"无米之炊"

晋察冀边区政府把这个艰巨的任务交给了晋察冀边区工业交通学院

（以下简称工交学院），因为该学院有大批北京大学原工学院的教授，还有近千名学生，让他们承担这个任务最为合适。

在当时物资十分紧缺的情况下，在沕沕水这样一个小山沟里建水力发电站，其困难程度可想而知。无论工业局，还是工交学院的师生，谁都没有搞过水电站建设工程。再就是，材料只有从井陉煤矿接收过来的一部分，根本不够用，还有水轮机的设计制造，一系列难题摆在大家面前。但又别无选择，大家只能硬着头皮上，巧做"无米之炊"了。

1947年3月，卢成铭、张子林等人正式勘测沕沕水瀑布，并制图设计，精确测得瀑布落差为89米，水量为0.3立方米/秒，可以带动一台200千瓦左右的发电机。凑巧的是，1947年5月初，正太战役结束后，井陉煤矿解放，缴获了一台德国西门子产的194千瓦的柴油发电机和部分零部件，正好可改造成水力发电机。

1947年6月，晋察冀边区第一发电工程处成立。9月，该处划归晋察冀军区第三兵工生产管理处，沕沕水发电站改称16分厂，也称沕沕水发电厂。据第一任厂长商钧回忆："设置了土木、机械、电气、材料、总务、秘书室等几个部门。其中土木、机械、电气为三大主体。"上级要求各个部门各负其责，分工协作。比如首先开工的是土木工程，当时是由土木科科长卢成铭带领100多名学生为主力，辅以从山西省平定县雇用的少数石匠和抬石子工，以及沕沕水附近5个山村的村民。开始打基桩、建蓄水池，没有水泥就发动老百姓烧石灰，用三合土代替水泥。

水轮机是整个水力发电工程成败的关键部件，但它是什么结构，谁都没有见过。施工人员在旧书摊上无意间发现一本有关水电的日文版书籍。略懂些日语的技术员一边连蒙带猜地将有关水轮机的内容翻译，一边同大家研究，弄清原理。等心里有了谱，先用木棍摆出模型，然后照猫画虎，设计图纸。当时整个平山县没有一家机械厂，只得到刚刚解放的井陉煤矿寻找加工制作厂家。他们带上图纸，化整为零，由正太机器厂等三家企业加工零部件，无能力制作的部件到石家庄购买。大家奋战120多个日日夜夜，终于完成了水轮机制造任务，并且一次试车成功，创造了奇迹。

当时建发电站所用的材料购置费非常紧张，为了搞到所需材料，大家各想其法。他们常常为了一个小小的零部件，派人跋涉几十里山路，跑到井陉煤矿找寻。将 194 千瓦的发电机从井陉煤矿运到沕沕水,30 千米的路程,上有敌机,下有深谷,多是羊肠山路,运输相当艰难。为避开敌机的骚扰轰炸,30 多名运输者白天修路搭桥,夜间秘密行进,整整用了七个昼夜,途中还牺牲了三名同志。眼看只有几里路就到沕沕水了,汽车却抛了锚。附近村民得知后,纷纷牵出自家的牛和驴,通过畜拉人推,终于将发电机运到施工现场。

1947 年底,土木建筑、机组安装、管道铺设、电网架设均已竣工,沕沕水发电站基本建成,共动用土石方 8000 立方米,浆砌一条 1 千米长的引水渠,架设高压线路 46 千米、电话线 128 千米,装置配电设施 8 处。

## 朱德亲自剪彩　发电站为中共中央机关送电

1948 年 1 月 25 日,晋察冀边区政府决定在这一天举行沕沕水发电站的落成典礼。参与建设的专家、教师、学生、当地百姓都非常激动,早早聚集到了发电站前。

上午 10 时,一辆美式吉普车沿着险隘河缓缓驶来。车停村口后,身材魁梧、神采奕奕的朱德总司令走下车来。只见他身着打着补丁的灰色棉布军装,脚蹬一双从敌人那里缴获来的长筒马靴,面带笑容,不时停下来向群众招手致意。朱德总司令代表党中央向参加沕沕水发电站建设的全体同志表示祝贺,并对沕沕水发电站的建成给予了高度的评价。他指出:"现在修建这个发电站能够帮助生产军火,将来还能够帮助农村建设,并且是属于社会主义建设范围的一部分……"讲话结束后,举行了隆重的授奖仪式。晋察冀边区工业局决定给第一发电工程处集体记大功一次,并颁发了奖状,向沕沕水发电站赠送了刻有"边区创举"4 个大字的纪念匾一块,还向发电站建设过程中的先进模范人物颁发了奖状和奖品。

最后,朱德总司令为发电站剪彩,并亲自开启了水轮机的闸门。顿时,水流湍急,发电机组有节奏地旋转起来,用彩色灯泡组成的"支援前线"4 个大字闪闪发光。沕沕水发电站是"边区创举",不仅仅是因为它包含了发电站本身的许多首创,而且其诞生也改写了历史篇章,它是我党我军革命历程中史无前例的创举,成为新中国水电事业的发祥地。

沕沕水电站投运后，兵工厂的生产能力一下子提升了 30 多倍。电力输送到附近的 9 个兵工分厂，各兵工厂生产效率得到大幅提升。在轰鸣的马达声中，工人们昼夜奋战。他们生产的武器弹药不仅供应了临汾、济南、太原战役的需要，而且给辽沈战役、淮海战役送去大量弹药，有力地支援了解放战争。

在中央机关从陕北向西柏坡转移路途中，为了解决中共中央到达西柏坡的用电问题，第三兵工生产管理处党委向沕沕水发电厂下达了向西柏坡架设专线的任务。

为了安全保密、万无一失，厂长商钧经过再三考虑，决定成立专线架设小组，由政治上可靠、组织能力强、工作踏实的外线电工王肇文担任组长，另外选派了 6 名架线工人为成员。在王肇文的带领下，专线架设小组奋战了半个月，克服了重重困难，架设了一条 27 千米的专用线路，到 1948 年 5 月，西柏坡就通上了电。

有了电，中共中央机关的办公条件得到了很大改善，满足了办公照明、发报、广播用电等工作的顺利开展。从此，中央指挥部告别了夜晚点蜡烛的历史，毛泽东等老一辈革命家在彻夜不熄的明灯下，组织指挥了决定中国命运的三大战役，召开了党的七届二中全会，描绘了新中国的宏伟蓝图。仅在三大战役期间，西柏坡向各大战区发送了近 200 封电报，其动力全部来自沕沕水电站。浪漫的革命家们对电力这一现代文明的神奇产物纷纷吟咏，"飞流直下三千尺，催开太行万盏灯"，"屋内一盏明灯亮，窗外万树石榴红"等战争诗句脍炙人口，流传至今。

新中国成立后，沕沕水发电站日夜发电，为社会主义建设服务。1975 年当地政府对电站进行了扩建，改装了一台新的发电机，并入国家电网。如今，当年的发电厂旧址成为沕沕水发电站纪念馆，当时的建设过程也被制作成系列油画展出，这座红色发电厂充分发挥了其作为爱国主义教育基地和红色旅游目的地的教育功能，吸引了众多前来参观学习的游客。

（中共河北省委党史研究室　杜丽荣）

# 董存瑞舍身报国留英名

在河北省隆化县城西北的苔山脚下伊逊河东岸,有一座烈士陵园,苍松翠柏中矗立着一座雄伟的纪念碑,碑上铭刻着朱德总司令的题词:"舍身为国,永垂不朽!"这座纪念碑所纪念的,正是我们所熟悉的全国战斗英雄董存瑞。70多年前,他手举炸药包的英雄壮举,成为永不熄灭的精神火炬,为后人树起一座永远的历史丰碑。

## 在烽火中成长

董存瑞,1929年出生,河北省怀来县人。1945年参加八路军,1947年加入中国共产党。他出身于贫苦农民家庭,生性顽皮、机灵、胆儿大。村头有棵大柳树,树下有水坑,有个小伙伴调皮地问董存瑞:"你敢爬上去再跳下来吗?"董存瑞抬头看了看,一句话没说,往手心里啐两口唾沫,"噌噌噌"地爬了上去。小伙伴们看到他真的要跳,吓得直叫:"别跳了!算你赢了还不行吗?""不行不行,不能来假的!"说着,他从几丈高的大树上跳进水坑里。他这股倔犟劲儿,小伙伴又怕又服。因此他成了南山堡的孩子王。

抗日战争爆发后,董存瑞的家乡怀来县南山堡成了抗日游击区,年少的他凭借自己的机灵聪明,13岁时便当上了儿童团团长,曾机智地掩护区委书记躲过侵华日军的追捕,被誉为"南山堡的王二小"。1944年秋天,15岁的董存瑞在父母的包办下,与邻村大他三岁的姑娘卢长岭结了婚。当时日本侵略者还侵略着中国,身为儿童团团长的董存瑞,在党组织的培养教育下,觉悟不断提高。他积极参加了村里的民兵基干队,和民兵一起去公路上挖沟、锯电杆、割电线、拔据点。随着抗日战争进入了大反攻阶段,16岁的董存瑞和妻子商量后,于1945年7月参加了八路军,后任某部六班班长。

抗日战争胜利后,董存瑞所在的三区区小队被编入龙延怀县大队,后又被编入冀热察军区第九旅,开赴前线,与国民党反动派进行斗争。1947 年 3 月,在平北整训期间,董存瑞光荣地加入了中国共产党。9 月,部队打下龙关后,董存瑞和排长郭元方到其家乡南山堡执行任务,郭排长让他顺便回家看看。董存瑞先见过母亲,然后去见妻子,又应着排长的招呼,匆匆与父亲打个照面就走了。谁知这一走,竟成了董存瑞与亲人的永别!

在部队的三年中,董存瑞凭借军事技术过硬,作战机智勇敢,先后立大功 3 次、小功 4 次,获 3 枚"勇敢奖章"、1 枚"毛泽东奖章"。

## 舍身为国　永垂不朽

1948 年,国共对峙的解放战争进入了攻坚阶段。在冀热察战场上,国民党主力第十三军死守隆化。隆化是热河省会承德的屏障,地形险要,易守难攻。董存瑞所在的中国人民解放军东北野战军第十一纵队三十二师负责攻打由敌人一个加强营防守的隆化中学,该师九十六团担任主攻。

5 月 25 日凌晨,人民解放军东北野战军第十一纵队解放隆化的战斗正进行着,阵地上一片寂静。战士们焦急等待着总攻的信号。随着三颗红色信号弹腾空而起,解放军强大的炮火,把苔山上的敌人火力全给压住了。在硝烟弥漫、烈焰滚滚中,苔山顶峰的砖塔,被我军的大炮轰倒了,炮楼也被打掉了,不一会儿,胜利的红旗就插上了苔山的顶峰。

上午 5 时 25 分,命令下达,董存瑞所在的六连担任主攻,从城东北向隆化中学外围工事运动。国民党军的机枪严密封锁着他们前进的道路。六连火力组、突击组、爆破组、支援组互相配合,很快地攻破了隆化中学东北面的旧衙门碉堡群。董存瑞带领爆破组连续爆破了敌人 4 个炮楼、5 个碉堡,胜利地完成了扫清隆化中学外围工事的任务。

下午 3 时 30 分,第二次总攻开始。六连向隆化中学发起冲锋。突然,敌人的子弹像暴雨般横扫过来,把战士们压在一条土坡下面,抬不起头来。原来,狡猾的敌人在桥上修了一个伪装得十分巧妙的暗堡,拦住了我军冲锋的道路。要总攻了,董存瑞和战友们纷纷向连长请战,要求把这座桥型暗堡炸掉。白副连长派出李振德等 3 名爆破手去爆破,李振德冲出不远,炸药包就被敌人的枪弹打中,李振德阵亡,其余两名爆破手负了重伤。这时,团部来了紧急命令,要六连火速从中学东北角插进去,配合已突进中学院内的兄弟部队,迅速解决战斗。白副连长命令董存瑞去炸碉堡。

董存瑞挟起炸药包,弯着腰冲了出去。在郅顺义火力掩护下,他一会儿匍匐前进,一会儿又借着郅顺义扔出的手榴弹的烟雾,站起来一阵猛跑。桥型暗堡里,敌人的机枪越打越紧,子弹带着尖利的啸声,从他的耳边掠过。在快要冲进开阔地时,郅顺义指着前面的一个小土堆,对董存瑞说:"我就在这儿掩护!"

一阵手榴弹把敌人碉堡前的鹿砦、铁丝网炸坏了。敌人的机枪又慌忙朝他打过来,突然董存瑞扑倒了,郅顺义站起刚要向前冲去,只见他猛然爬起来,一阵快跑跳进旱河沟里,进入了敌火力死角。而这时他的腿受了伤,鲜血直流。他抱着炸药包迅速猛冲到桥下。这桥离地面有一人多高,两旁是砖石砌的,没沟、没棱,哪儿也没有安放炸药包的地方。如果把炸药包放在河

隆化县董存瑞烈士陵园董存瑞塑像

床上,炸不着暗堡,河床上又找不到任何东西代替火药支架。怎么办?郅顺义清清楚楚看着这一切,急得直握拳头。突然身后响起了嘹亮的冲锋号声,总攻的时间到了。

董存瑞抬头看了看桥顶,又看了看身后一个个倒下的战友,愣了一下,突然身子向左一靠,站在桥中央,左手托起了炸药包,使其紧紧地贴着桥底,右手拉燃了导火索。郅顺义看到后,纵身一跳,朝桥下的战友奔去,董存瑞看见了,厉声喝道:"卧倒! 卧倒! 快趴下!!"

随着天崩地裂的一声巨响,敌人的暗堡被炸毁,董存瑞用自己的生命为

部队开辟了前进的道路。牺牲时,他年仅19岁。

## 英雄牺牲46天后事迹得到宣扬

董存瑞牺牲后,时任东北野战军第十一纵队三十二师的政治部宣传科干事程抟九撰写了报道稿《马特洛索夫式的伟大战士——董存瑞》,并向《冀热察导报》的林记者汇报了董存瑞的壮烈事迹,希望在党报上发表。由于种种原因,报道稿被"枪毙"了。

隆化解放后,有一天,时任冀察热辽分局书记兼军区司令员的程子华司令员进城视察战果,走到隆化中学前边,忽见一个班的战士在那里哭。程司令员很奇怪,心想:打了胜仗为啥还哭,一问才知道他们的班长董存瑞为掩护全连冲锋,减少战友伤亡,用身体当支架炸毁了敌人的桥型暗堡,最后英勇牺牲。战友们在战场上找了半天,也没找到班长的一块儿遗骨。得知董存瑞这一壮举,程司令员十分震撼,连夜令秘书齐肃收集材料撰写新闻报道。终于在董存瑞壮烈牺牲46天后——1948年7月11日,冀察热辽党报《群众日报》刊登了(前线电)齐肃撰写的《共产党员奋不顾身——董存瑞自我牺牲使隆化战斗胜利完成》,该报还同时刊登了程子华题为《董存瑞同志永垂不朽》的署名文章。从此,董存瑞的英雄事迹宣扬开来。

在几份已泛黄的报纸上笔者看到,1948年9月17日《人民日报》刊登《手托炸药箱毁敌碉堡董存瑞同志英勇牺牲》一文,详细还原了董存瑞牺牲的整个过程。文中描述"他……抱起炸药箱子冲到敌堡垒跟前……而放在堡垒下面则又炸毁不了它。董存瑞……毫不犹豫地一手托住炸药箱,一手拉开导火线,在震天的一声轰响中,堡垒被炸毁"。同年9月16日出版的《新华日报》(华中版)中,也以《共产党员董存瑞牺牲自己的生命摧毁敌坚强碉堡》为题进行详尽报道。

1950年9月29日出版的《人民日报》,刊发了对董存瑞战友郅顺义的专访。郅顺义在接受媒体采访时回忆说,他看到董存瑞拉开导火索后就朝董存瑞跑去,但董存瑞看见后朝他大喊"卧倒!卧倒!快趴下!"接着一声巨响,敌人的桥型暗堡被炸得粉碎。

在隆化北郊,董存瑞陵墓下既非英烈遗骨,又非英烈遗物,而是一块木牌。在董存瑞拉响炸药包时，大桥北半截被彻底炸毁。据程抟九等人回忆：他们只能看到一堆破碎的水泥、砖石，他们徒手扒了很久很久，都没有找到董存瑞的遗体，哪怕是一块儿碎的骨肉、衣服残片……

英雄虽然尸骨无存，但精神风范永驻人间。1954 年，隆化县修建董存瑞烈士陵园，烈士墓中埋葬的是一块楠木牌，上面用朱砂写着："以此木代替烈士遗骨"。

## "董存瑞"部队：赓续血脉做传人

英雄不容被遗忘，更不该被亵渎。然而一段时间以来，以油滑的段子解构崇高被人追捧，以"翻案"的名义颠倒黑白成为"时尚"，以污蔑的手法质疑英雄甚嚣尘上，尤其是互联网上，诋毁英雄的暗流来势汹汹。这绝非单纯的商业炒作，也非单纯的情绪宣泄，其目的就是妄图用"政治转基因"取代"红色基因"，"不知不觉改变人们的价值观念"，兵不血刃地让我们变质变色。

在董存瑞牺牲半个多世纪之后，英雄的壮举却被质疑，英雄的形象遭到一些人的恶搞。这让董存瑞当年的战友们无比痛心和愤怒，这些古稀、耄耋老人站出来，要以自己的亲见亲历，为英雄董存瑞正名。

董存瑞生前战友、90 多岁高龄的程抟九老人回忆起董存瑞来，依然思维清晰、侃侃而谈。作为当时的师宣传干事，见证了董存瑞牺牲的过程，让程抟九与董存瑞和"董存瑞"部队结下了不解之缘。

1948 年 6 月，上级追认董存瑞为战斗英雄、模范共产党员，并命名其生前所在班为"董存瑞班"。后来，首届全国英模表彰大会在北京召开，董存瑞生前所在部队，除了被追认的董存瑞，还有 4 位官兵出席大会，获得"全国战斗英雄"称号。

回到师宣传科整理这些英雄事迹的程抟九，深切地体会到，英雄的前仆后继，何尝不是董存瑞式的慷慨牺牲而激发带动。

董存瑞最后并肩作战的战友、1918 年出生的郅顺义，先后立过 12 次战功，荣获"毛泽东奖章"和特等战斗英雄称号。在解放昌黎的战斗中，郅顺义单枪俘敌 148 人，缴获长短枪百余支。

1921 年出生的杨世南先后经历大小战斗 100 多次，8 次负伤不下火线，单独毙敌 270 多人,生俘 150 多人,荣立特等功 1 次,大功 6 次,小功 15 次,被授予"独胆英雄"称号。

1930 年出生的郭俊卿,女扮男装,和男同志一样冲锋陷阵,先后荣立特等功 1 次、大功 3 次、小功 4 次,被授予"全国女战斗英雄""现代花木兰"荣誉称号。

······

英雄洒热血,沃土吐芳华。董存瑞精神在这支部队生根勃发、开花结果。

尽管现在腿脚已不灵便,不能年年回部队看一看,但令程抟九欣慰的是,每年他都会收到"董存瑞"部队领导寄来的信,介绍部队的新情况。

"董存瑞"部队将"舍身为国、奉献为民"的董存瑞精神刻入"董存瑞奖章",成为激励官兵的荣誉。除了"董存瑞奖章","董存瑞"部队每年还评选"董存瑞号战车战炮"。董存瑞英雄精神浸入官兵血脉,部队多项工作被军委总部评为先进,军事训练屡创佳绩。

在英雄牺牲后便延续至今的董存瑞班,依然为他保留着床位,每天早上点名时第一个被呼点的名字永远是"董存瑞"。2009 年 9 月 10 日,董存瑞被评为"100 位为新中国成立作出突出贡献的英雄模范人物"。

捍卫英雄与抹黑英雄,是一场固根与拔根、铸魂与蛀魂的生死战。我们不能输也输不起,不能退也退不得。只有传承红色基因,赓续红色血脉,常补红色营养,争当红色传人,才能打赢意识形态斗争的"上甘岭战役"。

（中共河北省委党史研究室　杜丽荣）

# 李家庄村里的大统战

位于河北省平山县南岗镇的李家庄,与革命圣地西柏坡村一衣带水,是中共中央在西柏坡期间中央统战部的所在地。这个小山村,见证了中国统一战线从战略策略走向政治制度的历史跨越,留下了许多中国共产党人与各民主党派老一辈领导肝胆相照、风雨同舟的统战故事。如今,这个别样的革命圣地与绿水青山环绕的美丽乡村,又成为新时代统战工作人员和民主人士重温故梦的"同心家园"。

1948年,伴随着中央领导机关和各部委陆续进驻平山,人民解放军已经转入战略进攻,解放区不断扩大,土地改革运动全面开展;国统区的民主运动蓬勃发展,民主党派在香港、上海、昆明等地相继恢复和发展,中共与各民主党派的政治合作与互信,向纵深发展;我们党领导下的人民力量在迅速壮大,而蒋介石政权处于朝不保夕、摇摇欲坠的境地,新中国诞生的前景已比较清晰地显现出来。同年4月,担负着统战职能的中央城市工作部260余人、分6批随中央后委从山西临县先后到达平山,将驻地选址在西柏坡东北方向,距离仅有2.5千米的李家庄,对外称"工校研究室"。李家庄及周边一带,依山傍水,风景秀丽,阡陌纵横,麦黍苗壮,曾被聂荣臻司令员誉为"晋察冀边区的乌克兰"。该村是革命老区,到1948年时,全村党员人数多达70余人,党群、军民关系亲如一家。经过战争洗礼和土地改革运动,村民的觉悟空前提高,从事生产、支援革命战争的积极性也非常高涨。按照中央的统一部署,李家庄这个群众基础好、思想觉悟高的小山村就成为中央城工部的驻地。

其实,早在1939年1月中央统战部就在延安成立了,后根据革命发展形势的需要,纳入中央城市工作部。此时的中央城市工作部主要承担着与上海、香港党组织和华北局联络,组织安排接送接待民主人士到解放区参加新

平山县李家庄中央统战部旧址

政协的工作任务。在筹备新政协会议成为一项重大政治任务后,1948 年 8 月 24 日,刘少奇向毛泽东请示:"在中央汇报时,大家意见将城工部改为统战部,以便能管政协、海外及国统区工作,而将解放区城市政策及工人运动归彭真及政策研究室管。"毛泽东批示:"同意这种改变。"为筹备召开新政协,巩固扩大人民民主统一战线,9 月 26 日,中央城市工作部更名为中央统一战线工作部,主管政协、海外及国统区的工作。李维汉任部长、高文华任副部长。与此同时,中共中央向各中央局、中央分局、各前委发出指示:中央决定将中央城市工作部改名为中央统一战线部,管理国民党统治区的工作、国内少数民族工作、政权统战工作、华侨工作及东方兄弟党的联络工作,并具体负责筹备召开新政协的工作。自此,李家庄村成为中央统战部的诞生地。

　　1948 年,中央统战部在李家庄的"家产"只有黄金 9 两、边币 1500 万元、周转金边币 3000 万元。大家生活极为艰苦,每天只能吃到小米饭、南瓜、胡萝卜,一星期才能吃一次细粮和一点肉。为改善生活条件,中央统战部抽出 3000 万元搞了一个杀房、一个豆腐房、一个酱园、一个供给商店(提供本机关和本村农民日用品)和一个 15 亩地的农场。但只有杀房和商店微有盈利,豆腐房、酱园和农场主要用来调剂伙食,改善饭菜质量。通过发展多种形式的经营,丰富了机关的物质生活,为迎接民主人士的到来奠定了物质基础。加之,由于抗战时期李家庄历经日军多次"扫荡",中央统战部恢复成立时,全村房屋已经寥寥无几。工作人员和当地群众只能自力更生、建设家园,在很短的时间里,不但为中央统战部和无房群众建起了房子,还建起了接待民主人士的房屋,改善了办公和接待条件。自 1948 年 4 月到 1949 年 3 月间,中央统战部在李家庄为解放战争的胜利和新中国的筹建开展了大量工作,密切配合军事行动、扩大政治主动权,领导开辟第二战线、深掘蒋介石国民党包围圈,筹备召开政协会议、奠基民主共和国,为中国共产党统战史留下了浓墨重彩的一笔。

## 群贤荟萃的聚集地

在团结与争取民主党派的过程中,中国共产党重提政治协商会议与联合政府口号。1948 年 4 月 27 日,毛泽东在给华北局城工部部长刘仁的信中提出准备邀请民主人士来解放区,召开各民主党派各人民团体的代表会议,讨论召开人民代表大会成立民主联合政府的问题;会议的名称拟称为"政治协商会议"。4 月 30 日,中共中央发出纪念五一劳动节口号,号召巩固和扩大反对帝国主义、封建主义、官僚资本主义的统一战线,为打倒蒋介石、建立新中国而共同奋斗;团结各民主党派、各人民团体、各社会贤达,迅速召开没有反动分子参加的新的政治协商会议,讨论如何召开人民代表大会,成立民主联合政府问题。

5 月 1 日,毛泽东致函李济深、沈钧儒,就召开政协会议一事进行商讨。同日,中共中央在给民主人士集中的上海、香港两地的中央局与中央分局的指示中,已列出了拟邀请民主人士的名单。5 月 4 日,华侨陈嘉庚代表在新加坡的 120 个华侨团体致电毛泽东,表示响应"五一"号召。5 日,中国国民党革命委员会李济深、何香凝,中国民主同盟会沈钧儒、章伯钧,中国民主促进会蔡廷锴,三民主义同志联合会谭平山,无党派人士郭沫若等,在香港联名致电毛泽东,响应"五一"号召,并通电国内外。7 日,台湾民主自治同盟在香港发表《告台湾同胞书》,响应"五一"号召。接着在香港的各界民主人士柳亚子、茅盾、冯裕芳等 125 人，妇女界何香凝、刘王立明等 232 人及南洋、法国、加拿大、古巴华侨代表，纷纷致电毛泽东，拥护中共中央的主张。23 日，民主建国会在上海作出决议，指定驻港代表章乃器、孙起孟表明响应"五一"号召的态度。各民主党派的热烈响应，急剧改变着中国的政治格局，预示着蒋家王朝行将没落，新的民主政府即将诞生。

此外，各民主党派和人民团体也纷纷发表通电、声明或宣言，除同致欢迎态度外，有的还阐述对当前政局及新政协运动的主张，表现出了极高的认同度及参与热忱。各进步民主党派在经历了呐喊与彷徨后，从"五一"号召中读出了重生的希望，看到了胜利的曙光。随后，中共中央邀请李济深、冯玉祥、何香凝等 29 位及其他民主人士来到解放区。自 1948 年 8 月起，众多民主党派、无党派和华侨界的代表人士相继赶赴解放区。他们在历史关头的大抉择中，同中国共产党团结合作，一起推翻国民党独裁政权。建立一个独立、民主、和平、统一的新中国，这是人民群众的共同愿望和自觉选择。这些被称为"特客"的民主人士到达李家庄后受到了中央统战部、中共领导人和解放区人民的热烈欢迎和热情接待，他们会同中央统战部干部、李家庄村民一起成为李家庄最美的风景线。在中国共产党的大力争取下，自 10 月下旬开始，中共分头与解放区、香港、上海等地的民主人士就政协会议的筹备及相关事宜展开具体磋商，并逐渐达成基本共识。

1949 年 1 月 16 日下午，中共中央统战部在李家庄召集民主人士进行座谈，周恩来到会，并对毛泽东《关于时局的声明》中的"八条"作了详尽的阐述，他还着重谈了筹备召开新政协，商讨新中国政治、经济、文化教育等多方面的问题，谈话受到大家的热烈欢迎。座谈会一直持续到晚上，被大家称赞为周恩来带来的一场"政治盛宴"。会上，与会者一致同意与在哈尔滨的民主人士联系，共同起草一个支持毛泽东八项和平条件的声明。1 月 20 日，中共华北局和华北人民政府在李家庄举行盛大的欢迎会，欢迎来自各地的民主人士和上海工人代表。会议开得热烈而亲切，使民主人士深深感受到解放区的温暖，都纷纷发言表示拥护毛泽东《关于时局的声明》，拥护共产党的领导，将革命进行到底。1 月 22 日，中共中央对有关部门发出《关于对待民主人士的指示》，要求"我党各部门的负责同志向民主人士报告战争、军事、政策、政权、土改、外交、经济、文化、教育、妇运等方面的情况"。同时指出

"要不加回避地正面解答有关党的政策的一切问题,主动向民主人士进行宣传教育,并耐心倾听他们的意见"。同日,由 55 位民主人士签署发表了《我们对于时局的意见》的声明,表明了与中国共产党团结一致、真诚合作的决心。

中央统战部为了联络和接待来华北解放区参加筹备新政协的民主人士,在石家庄建立交际处,负责接待和联络民主人士工作。民主人士到达石家庄后,先在交际处住下,再由吉普车转送到李家庄。民主人士到解放区后的协调联系和服务工作,由中央统战部负责,把中央的指示及时传达给民主人士,把民主人士对新政协的意见建议及时报告中央。1948 年秋至 1949 年上半年,在中国共产党的领导下,各人民团体纷纷建立和扩大,有些过去被分割在解放区和国民党统治区的团体也迅速统一起来。随后各种全国性群众团体纷纷组成,各类会议相继召开,成为召开新的政治协商会议的重要组织准备工作。随着解放战争形势的迅猛发展,特别是 1949 年 1 月 31 日古都北平的和平解放,中共中央决定,新政协会议的地点改为北平。从 1949 年 2 月开始,已经到达东北、华北解放区的民主人士和还没有到达北平的各地、海外民主人士,在中共中央和中央统战部的协调组织下,从四面八方云集新政协召开地——北平。

## 民主政治化蝶飞翔

1949 年 2 月 26 日,各民主党派、人民团体及无党派人士进入北平后,在中南海怀仁堂举行的盛大欢迎大会上纷纷讲演,表示要坚决在中国共产党领导下将革命进行到底,至此,中国各民主党派顺应历史发展潮流,全部主动自愿团结在中国共产党的周围。1949 年 6 月 15 日,毛泽东在新政治协商会议筹备会上阐明了各民主党派热烈响应中共的根本原因:必须打倒帝国主义、封建主义、官僚资本主义和国民党反动派的统治,必须召集一个包括各民主党派、各人民团体、各界民主人士、国内少数民族和海外华侨的代表人物的政治协商会议,宣告中华人民共和国的成立,并选举代表这个共和国的民主联合政府,才能使中国脱离半殖民地半封建社会的命运,走上独立、自主、和平、统一和强盛的道路……大家认为只有这一条路,才是解决中国一切问题的正确方向。1949 年 9 月 21 日,第一届新政治协商会议在中南海怀仁堂隆重召开。民盟的楚图南在其书中深情写道:"新政协的工作,为中国人民革命事业建立了一座丰碑。"

李家庄是一个小山村,又是一座历史丰碑。在这里,中国共产党与各民主党派及无党派民主人士共同缔造了中国共产党领导的多党合作和政治协商制度,开启了独具中国特色的民主政治征程。

(中共河北省委党史研究室　杜丽荣)

# 天津电信工人的"饿工"斗争

解放战争后期,行将就木的国民党政府在其统治区内加紧了对人民的掠夺与残酷压迫,物价一天上涨一倍是常有的事。人民群众痛恨国民党的统治,在中国共产党的领导下国民党统治区到处掀起"反饥饿、反内战"运动,罢课、罢工、罢教此起彼伏,形成了第二条斗争战线。1948 年 12 月 29 日,天津电信工人进行的反饥饿、求生存的"饿工"运动,正是这条战线上的一个组成部分,有力地配合了人民解放军的武装斗争,推动天津解放向前发展。

## "饿工"开始 多人被捕

电信局的职工工资较其他行业来说是比较高的,因此国民党在天津电信局职工中的统治力量也比较强。但是 1948 年 3 月,电信局职工实行降一级支薪的政策。职工多次到社会局请愿反对,但无果。随着物价飞涨,9 月份工资刚够勉强维持生活,10 月份,工资就只够买 10 千克面粉了,职工们终于忍无可忍。10 月 26 日,电信局各个分局职工都派出自己小组的代表,到总局请愿,要求答复:物价涨了,工资究竟怎么办? 在与当局多次谈判未果的情况下,地下党决定领导电信工人开展斗争。

10 月 28 日,在地下党员及地下工作者张葆堂、刘长顺、王青青、张广武的推动下,职工代表在电报大院举行会议。虽通知了官办工会,但并没有人来参加。经过讨论,大家一致认为,为了安全,必须把政治斗争定性为经济斗争,先提出经济条件,明确是生活所迫而为之;为不使当局找到借口对斗争进行镇压,部分业务停止运营,但全体职工仍然坚守在岗位上,采取一种不完全罢工的"饿工"运动。为应对敌人逮捕职工代表,主席团要预选出两套人马,一方被捕,另一方立即上任展开营救;大家必须团结战斗,不答应全部条件,被捕的人不全部释放出来决不复工。提出的经济条件是:300元救济金(金圆券)、两袋面粉、一吨煤。开会期间,负责放哨的职工突然发现有可疑人员在附近徘徊,主席团立即暂停会议,转移到蒙古路电信职工宿舍继续开会。主席团会议开了一夜,商讨斗争细节,并选举地下党员刘长顺为联络组长。

10月29日上午,根据主席团的通知,各单位代表200多人聚集在赤峰道总局大礼堂,要求总局对职工提出的三项条件给予答复,否则要举行"饿工"。在反动当局的授意下,胡逸等几个工会头子到礼堂和职工代表见面,软硬兼施,企图瓦解职工斗志。还引用当时警备司令陈长捷的话"天津几十万国民党军队对付八路军有困难,对付两千名电信工人还是有办法的"进行威胁。经过辩论,胡逸无言以对,就耍花招宣布工会全体辞职,让职工代表自己去和局方交涉。阮正方、张洪智等人立即以小组职工代表会谈判代表的身份上楼与时任局长黄如祖谈判。黄如祖等继续威逼利诱,但代表们决心已定,至下午5时左右,谈判无果,代表们与在外等候的主席团成员王青青等一起离开总局,到一分局电报大院开会,研究下一步对策。

黄如祖带领工会理事们赶到开会现场,企图通过哭穷来感化大家,最后答复说,只能先发给每个职工120元,代表们愤怒地表示拒绝。6时30分,主席团主席阮正方立即指示联络组组长刘长顺发布行动命令,6时40分全局2000多名职工全面实行了"饿工",发出《天津电信局全体员工为解决饥饿告各界同胞书》,并通电全国各地电信局请求支援。接到命令后,各分局、台、站的职工们,均按照主席团事先商定的斗争策略行动起来,除军政机关及新闻通信等单位外,其他电信业务,包括电报、长途电话一律停止发送,市内电话没有中断,但出了故障不查修。为防止反动当局勾结工人内部的败类或派人打入各单位制造事端,破坏"饿工"运动,工人自己组织起纠察队。斗争开始后,天津地下党组织通过多种渠道给予支持。娄凝先、刘嘉锡等通过张广武、周承棣等表达关切和鼓励,并传达指示,一定要以经济要求为斗争方向,保护大家的安全。

"饿工"斗争开始后,一般通信业务中断,反动当局认为单纯的工人不会有此斗争手段,背后肯定有地下共产党员的领导与支持,于是连夜炮制出一份黑名单,准备捕人。同时保警队派出 100 名全副武装的军警到电信局各分局弹压。斗争开始后,二分局的中共地下工作者张广武立即布置工作人员监听警司、宪兵队和警察局的电话,获得捕人的消息后,马上通知一分局开会的同志们做准备。

晚上 9 时左右,全副武装的军警气势汹汹地开进一分局,逮捕了其他分局前来开会的代表和黑名单上的人员共计 34 人。34 名职工被捕的消息立刻传到各分局。二分局张广武作为领导人意识到自己也很快会被捕,他立即召集职工开会,说明如果敌人来捕人,大家都不要担心,但一定要团结,坚持战斗,直至胜利。他还通知各局职工第二天早上 6 时到二分局集合,去营救被捕同志。夜里 1 时多,军警由工会常务理事李瑞成带路到二分局逮捕张广武。手无寸铁的女话务员们英勇地拦截荷枪实弹的反动军警,高呼:"要抓人,我们都去! 还我们代表!"几百名职工从楼上追到楼下,女话务员徐宝坤还在斗争中磕掉了一颗牙齿。至凌晨 4 时,张广武最终被带走。八分局的王青青也是党的地下工作者,她连夜布置好对敌斗争策略,并安排人向党组织做汇报。随后,她也被捕了。本次军警共逮捕了 37 人,除一人是到一分局教英语的学生外,其余全是电信局职工。

## 团结一心　营救工友

职工代表被捕后,黄如祖认为职工们已经群龙无首,马上安排林兆祥、邢国珍到一分局,长途电话的股长到二分局去"安抚"职工,劝解复工。愤怒的职工坚定地予以拒绝。

10 月 30 日清晨,1000 余名职工在电信二分局集合后,浩浩荡荡地来到警备司令部门外,要求释放被捕职工。警备副司令秋宗鼎接见职工代表刘雅琴等 7 人,假惺惺地表示一定"公平"处理此事,但又说被捕员工身份得侦察,嫌疑不足的短期内即可释放。代表向职工报告后,大家知道在此事情得不到解决,又浩浩荡荡地来到赤峰道电信总局,把总局团团围住,向黄如祖要人。黄如祖要求派出代表进楼谈判,大家认为派出代表还是被抓,必须先放人后谈判。从中午到深夜就一直僵持着,一个人都不准从总局楼出来。广大员工一天没有进食,楼内的员工也都饿着肚子予以配合。至深夜 12 时,反动军警借口"宵禁"时间已到,把职工押上车,强行疏散到墙子河外、民园体育场等处。

天津电信员工的"饿工"斗争,震撼了整个天津市,得到全国电信工人的支持,大家的斗争意志更加坚定。由于小组职工代表大部分主席团成员及部分后备主席团成员都被捕了,31日,根据原商定,启用后备主席团,并重新进行补选,推选出新的班子——营救委员会,继续领导斗争。二分局的负责人李静华是党的地下工作者,为了安全,他没有参加营救会,但在幕后负责组织,出主意,想办法,实际发挥着领导人的作用。营救委员会以二分局为据点经常开会研究营救策略,并与局方及以调解为名出面的警司政工处、社会局、总工会等官方代表谈判。官方要求先复工后放人,职工坚持先放人再谈复工条件。

反动当局在电信总局门前布放了铁丝网,后门停放着装甲车一辆,并有荷枪实弹的反动军警来回巡逻,各电话分局均派保警队把守大门,监视电信员工的行动。官方一方面假惺惺谈判,一方面使用武力,想迫使职工复工。在八分局,武装警察进入交换室强迫女话务员接电话,女话务员就乱插一阵接线塞子,军警们看不懂,电话仍然不通。在二分局,反动军警半夜敲女职工宿舍房门,找坚持"饿工"的人,并威胁女职工上台机复工。女工愤怒地说:"枪毙更好,没吃的,反正也不想活了。"

天津电信工人的"饿工"斗争,惊动了国民党高层。国民党政府南京社会部部长谷正纲专门给市长杜建时发来特急电,要求妥速解决以免事态扩大。市总工会出面调解,与电信员工代表交换意见,并偕同员工代表去警备司令部交涉释放被捕人员问题,政工处负责人坚持只释放已被侦察完毕的人员,双方未能取得一致意见。

## 牢房斗争　坚贞不屈

监押被捕职工的看守所其实就隐蔽在电信二分局的隔壁。10月31日,二分局长途台的职工发现了看守所院内正在跑步的被捕同事。从此,职工们就在楼上喊话告诉狱中职工代表各地的声援和全体职工仍然在坚持"饿工"并积极营救的消息。狱中职工获得消息后斗争意志更加坚定。当看守人员发现在押代表放风时在院内与二分局楼上阳台的人传递信息后,再放风的时候只让大家站在墙根下面,这样两边谁也看不到谁。被押代表就趁看守人员稍有疏忽之时,急忙跑到院子当中向二分局楼上示意。女代表比男代表放风次数多,所以外边的斗争消息多是女代表与外面职工联系后再传给男代表的。

从 10 月 30 日起,法官开始对被捕者逐个审讯。面对审讯,代表们相约都不出卖同志,并根据党组织的指示精神统一了口径,表现出工人阶级的革命气节。主席团主席阮正方在审讯中说:"我们这次'饿工'系因上级对我们的请求不能恳切坚决答应,同时股长顾某接北平电话得知北平请求已经答应,所以大家留在现场不肯离去,终成'饿工'情形,纯系大家一时感情冲动,并无何人指使从中操纵,亦未受何密令与其他各地联络情事。"其他代表的审讯也是按照统一好的口径,采取了消除政治化,以经济斗争为目的的答词。每当一个人审讯回来,大家就围在一起询问审讯经过,问了些什么,怎么答的。这些信息给尚未被审讯的代表提供了思想准备。看守所长看到他们围在一起,就在屋外吼叫,不让说话,说话就要挨板子。代表们无所畏惧,根据斗争变化和需要,经常偷偷在一起研究对策。反动当局审讯上报材料中这样描述:"阮正方、李宝春二名语激气刚,迄今尚直语不悔,只反复套诱尚无其他不正行为,拟函政工处再提有关积极佐证,以追线索而获究竟。""王青青供词激烈,拟再研究,已彻查。"从中不难看出,代表们按照党组织的策略讲究斗争艺术,且敢于斗争,毫不畏惧。

## 胜利不至　斗争不止

由于工人们团结一致,坚持斗争,迫使当局让步。电信总局局长黄如祖答应给每个员工发 240 元和一袋面粉,煤的问题另行设法解决。关于释放被捕人员问题,警备司令部借口对被捕人员没有全部审查完毕,只能释放 29 人,其余 7 人还不能放出。经过代表们研究,认为"饿工"斗争的经济条件已基本实现,本着有理、有利、有节的精神,于 11 月 4 日中午 12 时复工。

这次"饿工"斗争历时 7 天,虽然没有完全达到预期的经济目的,但是经过这场斗争,打击了敌人的嚣张气焰,还从敌人内部分化争取到了一批积极

1948 年"饿工"代表被捕时的电报局原址

的工作人员,锻炼和教育了群众,壮大了队伍。复工后,员工们重新推选成立营救委员会,营救未被释放的代表。同时掀起募捐及营救被捕人员千名员工签名活动。员工们还从各方面关心被关押代表及其家属,向代表们表明,尽管复工了,但斗争仍在继续。11 月 20 日,反动当局又释放了 4 名被捕代表,但阮正方、王青青、刘长顺 3 人,直到天津解放才被解救出来。

[中共天津市委党校(中共天津市委党史研究室) 赵风俊]

# "小灰楼"里的央行往事

在石家庄遗存的历史建筑中,有一座"小灰楼"非常引人关注。这座位于中华北大街 55 号(原中华北街 11 号)的三层灰色建筑,以其古朴典雅的风格,引得不少游客驻足观看。人们到这里来寻根人民币的诞生地,了解中国的金融史、货币史。它现在既是中国人民银行成立旧址纪念馆暨河北钱币博物馆,也是当年中国人民银行的诞生地和第一套人民币的发行地。这座繁华街区高楼掩映下的灰砖小楼,像一位历尽沧桑的老人,见证了新中国金融事业的起步,记录着那段红色历史。

"小灰楼"

## 两个烧饼引深思

"小灰楼"最早曾是日伪华北建设总署石门河渠工程处的办公楼,国民党统治时期是国民党先遣军的司令部,石家庄解放后成为首届石家庄市委办公驻地,后来移交给晋察冀边区银行使用。它自修建至今已70多年,2018年11月24日,入选第三批中国"20世纪建筑遗产项目"名录。

时间回溯到1947年。当时中国人民解放战争进入战略反攻阶段,我军在各大战区节节胜利,华北、西北、华东解放区逐步连成一片。原先被国民党统治区所分割包围的解放区开始融合、扩大,割据状态被打破,野战军跨区作战频繁,尤其是石家庄解放之后,华北解放区连成一片。各区之间物资交流、贸易往来增多,解决币值混乱的问题迫在眉睫,新形势要求各解放区统一财经政策。

此前,由于敌人的分割包围、严密封锁,各根据地解放区为了对付敌人的经济封锁,不得不"自立门户",其财政经济及货币金融工作都是相互独立分散管理的,货币一直实行"统一领导,分散发行"的方针,各根据地的货币仅限于在本解放区流通。如晋察冀有晋察冀边区银行,晋冀鲁豫有冀南银行,陕甘宁有陕甘宁边区银行等,这些银行都发行自己的货币。除此之外,还有一些流通范围较小、种类繁多的区域性货币和地方流通券。这些货币大多源于抗战时期。为了逐步减少解放区市场流通的货币种类,两区合并为华北解放区后,晋察冀边区银行的"边币"停止发行,冀南银行的"冀钞"作为华北解放区的本位货币继续发行,晋察冀边区印制局也同时停止了"边币"的印制,转印"冀钞"。

1947年3月25日,根据中共中央的指示,华北财经会议在河南省武安县(1949年划归河北省)冶陶镇召开。晋察冀、晋冀鲁豫、山东、晋绥、陕甘宁五大战略区的财经要员齐集于此,商讨统一财经的问题。这次会议开了将近两个月,由于各区情况千差万别,统一财经实在不是一件容易的事。为了统一思想,中央派遣董必武前往指导会议。

董必武带着夫人和孩子从陕北一路东行。当他们走到山西五台县东山区大槐庄时,所带的干粮吃光了。警卫员跑到一个小店买烧饼,但店家不收陕甘宁边币,甚至连公家开的商店也只认晋察冀边币,最后只好空手而归。孩子饿急了,董必武的夫人只好以物易物,用一块新布料换了两个烧饼。这件事使董必武深切体会到货币统一的必要性。

1947年4月,正值华北财经会议召开期间,中共中央决定成立华北财经办事处,以统一华北各解放区的财经政策,指导各解放区财经工作的开展。董必武任主任,杨立三、南汉宸、薛暮桥、汤平为副主任。除特别重大的问题需经中央批准之外,一般问题由华北财经办事处直接指挥各解放区的财经部门自行解决。

## 在平山夹峪村筹建中央银行

华北财经办事处驻地在河北省平山县夹峪村,距刘少奇、朱德领导的中央工作委员会驻地西柏坡约两千米。办事处工作人员有五六十人,都是几位副主任从各地带去的,因此对各解放区的情况了如指掌。这个精干的机构,肩负起了战时"财经内阁"的神圣使命。实际上,在华北财经办事处着手统一解放区货币的同时,组建中央银行的工作也在有条不紊地开展着。1947 年 8 月 1 日,董必武将拟定的《华北财经办事处组织章程》上报中央。同年 10 月,中共中央批准了董必武上报的"组建中央银行,发行统一货币"的电报,并同意使用"中国人民银行"的名称。

伴随着华北重镇石家庄市的解放,晋冀鲁豫解放区与晋察冀解放区已完全连成了一片。但两区货币并不统一,商民深感不便。中央决定采取渐进的方式逐步实现货币统一。经上级批准,冀南银行与晋察冀边区银行联合发出通知:于 1948 年 4 月 12 日迁至石家庄市原中华大街 11 号的"小灰楼"合署办公。三天后,晋冀鲁豫边区政府与晋察冀边区行政委员会联合发布命令:从 4 月 15 日起,冀南银行发行的"冀钞"与晋察冀边区银行发行的"边币"准许在两解放区混合流通,比价为 1∶10(冀钞 1,边币 10)。7 月 22 日,两行合并,成立了华北银行。南汉宸任总经理,胡景沄、关学文任副总经理。

在董必武起草《华北财经办事处组织规程》时,就将"筹建中央财政及银行"列为规程的第五条。中央批准后,华北财经办事处便开始酝酿筹建中央银行,并开始考虑新货币的设计和印制问题。当时晋察冀边区财政印刷局的印钞设备在华北解放区是最好的,拥有大量胶印机,生产规模也是最大的。南汉宸主张新货币由晋察冀边区设计和印制。9 月,在南汉宸的陪同下,董必武前往太行山区的阜平县南峪村实地考察。这次考察,董必武不仅了解了晋察冀边区财政印刷局的生产设备和生产能力,而且对印制新中国的中央银行货币、统一钞票有了进一步的设想。

同月,华东局的张鼎丞、邓子恢致电华北财经办事处:"建议立即成立联合银行或解放区银行,以适应战争,越快越好。"董必武接到电报后征询南汉宸的意见,南汉宸说:"解放区要尽快建立统一的银行,发行统一的货币。不能等到北平解放时,各路大军都拿着五花八门的票子进城。否则,就跟八国联军进北京时一样混乱。"

经过一番考虑,董必武致电中共中央:"已派南汉宸赴渤海找张(鼎丞)、邓(子恢)商议建立银行的具体办法。银行的名称,拟定为中国人民银行。是否可以,请考虑示遵。名称希望早定,印钞时要用。"

中央虽然认为解放区建立统一的银行时机尚未成熟,但同意开始着手筹备,并同意了统一后的银行名称为中国人民银行。自然而然,后来由中国人民银行发行的货币,就叫人民币。

## 发行第一套人民币

那时候,中共中央还在陕北。毛泽东得知票样上印有他的头像后,致电董必武,不同意钞票上印他的头像。

毛泽东不同意在钞票上印他的头像,这件事启发了董必武。经过一番讨论,普遍认为人民币的票面设计,应尽量体现人民性质,反映工农业生产。根据中央指示精神,王文焕立即召集设计人员重新开始人民币票券的设计修改工作。同时边区政府财政处立即派人准备印钞用纸及油墨等材料,先后从冀中、山东调运了大批模造纸和道林纸,这就为人民币的生产准备了丰厚的物质基础。由王益久和沈乃镛设计的第一套人民币,10元券正面图案为车水灌溉和矿山,反映工农业生产;20元券正面图案为矿山采煤和工人推动煤车,反映工业生产;50元券正面图案为毛驴车水和矿山工厂,也是反映工农业生产的。人民币的风格就此定调,直至新中国成立20多年后都没有改变。

# 中国人民银行成立

1948 年 12 月 1 日，华北人民政府和中国人民银行分别发出布告、通告，正式宣布中国人民银行成立和人民币发行。中国人民银行在石家庄的"小灰楼"成立了，同时人民币正式发行，石家庄成为第一个使用人民币的城市。当天上午 9 时，中国人民银行发行科将新印刷的第一批 50 元券人民币交付平山县银行，人民币正式诞生。

在此发行的第一套人民币共 12 种面值、60 个版别。面额最小的 1 元，最大的 5 万元。人民币的票版都是以反映解放区生产、劳动场景和文物古迹建筑等为图案。

1948 年，《人民日报》记者夏景凡为此发了《新币发行的头一天——石家庄街头特写》这篇报道。文章详细描绘了当天人们拿到崭新的人民币时兴高采烈的情景。"银行早上一开门，就有人挤进去争着要看新币的样子，取款的人都要求给搭配一部分新币，营业员们忙得大有应接不暇之势。当人们拿到新币时，总是看了又看，爱不释手。人人奔走相告，欢欣鼓舞地议论说：'你看到中国人民银行的票子没有？快啦！快啦！全国快解放啦！'人们带着充满胜利信心的微笑。"第一套人民币既是战时货币，又是新中国成立初期经济恢复时期的货币，解放军打到哪里，人民币就跟到哪里。人民币的发行保证了解放战争胜利进军的需要，促进了经济的恢复与发展，最终成为统一的全国货币，结束了国民党统治下几十年币制混乱的历史。

随着中国人民银行总行迁至北京，见证了中国人民银行成立和首套人民币诞生的"小灰楼"结束了自己的使命，命运几经波折，甚至一度被用于商业承租。今天，"小灰楼"依然静静地伫立在中华北大街 55 号，注视着城市的发展。

（中共河北省委党史研究室　杜丽荣）

# 团结工商界的"三五俱乐部"

抗战胜利后,每逢周三、周五,天津工商界的知名人士总会如期聚餐,被称之为"三五俱乐部"。借助"三五俱乐部",争取和团结民族资产阶级,成为天津地下党组织开展的一项重要工作。

## 党的可靠朋友

天津作为我国北方最大的工商业城市,在解放战争时期拥有一批规模较大的民族工商业,如"永久黄"化工集团、启新洋灰公司、中纺天津分公司及恒源、北洋、东亚、仁立等棉毛纺织企业。同时拥有一批有知识、有能力、有经济实力,而且社会联系面广,对天津的形势发展起到重要影响的民族资产阶级。他们中的许多人关心国家前途和命运,不仅仅与共产党有联系,有的更是共产党的可靠朋友。团结他们对孤立国民党反动派、壮大中国共产党领导的革命统一战线,有十分重要的意义。

李烛尘是"永久黄"化工集团负责人之一,早在抗日战争时已是共产党的朋友。1918年,李烛尘来到范旭东在渤海之滨荒凉海滩上初建的久大盐厂。他以湘西农家子弟的务实精神,一步一个脚印地成长为久大的厂长。后又与范旭东一起创建永利碱厂、黄海化学工业研究社。"永久黄"化工集团初具规模,由于抗战便迁往四川。在企业经营遇到困难时,曾直接得到周恩来等共产党人的支持与帮助。1945年10月19日,在重庆,李烛尘邀请周恩来参加"三五聚餐会"。周恩来对民族工商界人士发表《当前经济大势》的著名讲演。周恩来在分析抗战胜利后的国内政治形势和共产党发展经济的主张后,重点强调政治环境不安定,和平建设便无法实现。他还阐明共产党发展民族资本经济的政策:中国经济落后,今后必须还要经过一段保护私有财产,发展资本主义经济的阶段,来铲除封建性的剥削经济,这样才能走上富强的道路。周恩来的讲演对李烛尘的影响很大,1945年底李烛尘参与创建了中国民族资产阶级的第一个政党——中国民主建国会,简称"民建"。这是由爱国的工商实业家和一部分与工商界有联系的知识分子组成的政治团体,李烛尘当选为常务理事。

1945年抗战胜利后,李烛尘初返天津便着手恢复生产,但八年抗战后的天津民族工业已经残破不堪。天津工商界对国民党抱有希望,以为日本投降了,饱经战乱的民族经济便可以长足发展了。然而残酷的事实告诉他们,蒋介石仍倒行逆施,继续推行政治独裁、经济垄断的政策,发展民族经济的希望十分渺茫。国民党和国民政府在天津大肆接收日资工厂,成为新的国营、党营企业。国民党政府与官僚资本家、美国大财团沆瀣一气,占据了大量的资源与政府投资,排挤民族工商业,取消同民族企业的订货,使民营企业的生存受到威胁。抗战胜利了,很多工厂上空漫天飞舞着胜利的传单,烟囱却停止了冒烟,机器偃旗息鼓,停止鸣转。国家何去何从?民族工商业前途会怎样?许多人苦闷彷徨,渴望得到解答。

1946年,在李烛尘的倡导下,为团结和发展民族工业,将"返迁川工厂联合会"和"工业协会"合并成立了天津工业协会。"返迁川工厂联合会"的主要成员是胜利后又陆续迁回到天津的企业。"工业协会"是在日伪统治时期,向日伪争取原料、争取市场、争取开工而成立的一个组织。新组建的"天津工业协会"的领导成员主要是李烛尘、周叔弢、朱继圣、孙冰如、劳笃文等人,他们是华北地区的民族工业代表,经常邀请一些工商界的名流每逢周三、周五集会聚餐,名曰"三五俱乐部"。

周叔弢是启新洋灰有限公司总经理。天津沦陷时,他洁身自爱,深居简出,不为日本人所用。对外是《大公报》记者身份的李定、津沽大学教授身份的王金鼎等地下工作者,通过各种渠道做工作,还设法为他送上解放区出版的刊物。周叔弢是秘密阅读《论联合政府》《新民主主义论》等共产党文献的最早的天津工商界人士之一。

杨亦周是国民党资源委员会中国纺织总公司天津分公司经理,同时任天津参议会议长,在天津实业界和政界具有举足轻重的地位。早年就与中共地下党负责人杨秀峰、黄松龄、阮慕韩、何松亭等均有交往,是党的可靠的同盟者。

资耀华是上海银行天津分行兼华北管辖行经理。他1935年来天津后，就一直与湖南同乡沈其震（当时已是中共地下党员）关系很好。抗战胜利后，沈其震在北京军调处工作。他特意来天津找到资耀华，告诉他共产党如何好，党的民族工商业政策如何好，他要资耀华赶快组织民主党派，反对蒋介石的独裁和官僚资本的压迫。资耀华受其启发决定组织经济座谈会。经济座谈会的参加人都是天津工商界、金融界人士。经济座谈会开展活动，有时请《大公报》记者李定参加，李定便借机宣传党的政策。

经常前往"三五俱乐部"的，除了李烛尘、周叔弢、杨亦周外，还有东亚毛纺业公司总经理宋棐卿、仁立实业公司总经理朱继圣、华新纱厂经理劳笃文、永明油漆厂经理陈调甫、恒源纱厂经理边洁清、北洋纱厂经理朱梦苏、商界知名人士毕鸣岐等，以及金融界的头面人物。他们是爱国的有识之士，关心着国家的前途和命运，同时他们又是天津的实力阶层。李烛尘、周叔弢因政治开明，德高望重，成为该团体举足轻重的代表人物。

## 坦诚合作　共同战斗

"三五俱乐部"标榜自己是"超政治"的娱乐场所，一般不公开谈论政治形势，但当国民党违背广大人民的和平意愿、挑起内战时，爱国的民族资本家对之深恶痛绝。为了团结天津工商业的上层人士，维护天津工商业企业的权益，反对国民党当局对民族资本家的压迫与刁难，党组织积极联络民主人士，力求形成争取和平、讨论形势、共议大事的政治力量。

在人民解放军战略进攻不断取得胜利、解放区由于实行土地制度改革而进一步得到巩固的形势下，中共中央总结历史经验，制定了保护民族工商业的政策，积极争取和团结广大民族资产阶级与上层爱国人士。1947年2月，毛泽东在为中共中央起草的党内指示中就强调指出，美蒋的反动政策迫使包括工人、农民、城市小资产阶级、民族资产阶级在内的中国各阶层人民处于团结自救的地位。根据中央的指示精神，天津地下党组织积极通过各种渠道向民族资产阶级和其他爱国民主人士宣传党的政策，开展统战工作。

1947年8月，中共地下党员李定来到天津。他以《大公报》记者的身份与李烛尘等人联系,并经常到"三五俱乐部"活动,借机宣传党的政策和形势,做工商界人士的工作。他利用李烛尘的名望及能和国民党上层人士接触的条件,办了许多无法出面同国民党正面交涉的事情,并通过李烛尘等人在"三五俱乐部"宣传中共中央的方针政策。聚餐时,他们甚至将《新民主主义论》和《论联合政府》等小册子摆在桌面上。

1947年底,国民党政府为了控制民族工业,准备按原商会的形式组成各种工业公会,在此基础上成立一个统一的工业工会。为此"三五俱乐部"多次进行讨论,一致表示反对。李烛尘利用公开场合,表示坚决反对。他说:"政府搞的官方公会,代表不了我们工商界,也不能帮助工商界解决问题,工商界问题要靠自己来解决。"李定在《大公报》上公开介绍他们的意见,并给予支持。在舆论的压力下,成立天津工业公会的设想只得作罢。在"三五俱乐部"聚餐时,李烛尘对国民党政府执行的偏枯北方工业的做法给予了尖锐的批评,他还多次在报刊上公开发表文章表示反对。

1948年,随着人民解放军的节节胜利,国民党政府采取种种手段逼迫企业南迁。久大、永利、寿丰、启新等大型企业都被列在南迁的名单之内。南迁牵动着众多工商业者的心,大多数工商业者都在观望,也有少数人抽出资金,准备南逃。大家汇集在俱乐部,讨论应付时局的办法。李烛尘提出一连串的问题请大家思考:这些大型企业、工厂迁到哪里?如何迁移?数以千计的职工如何安置?如激起工潮谁来负责?等等。李烛尘反对南迁的态度非常坚决。工商界的代表人士以向国民党政府要办法为理由,拖延时间,抵制南迁。在李烛尘等人的带领下,天津工商业者的情绪很快稳定下来了,旗帜鲜明地反对南迁。

在地下工作者积极工作和李烛

李烛尘

尘、周叔弢的积极配合下,民族资产阶级上层人物的情绪稳定下来了,对党的政策有了初步的了解,为团结民族资产阶级向共产党靠拢,发挥了无以替代的作用。党对天津民族资产阶级代表人物的统战工作,不仅在天津解放时劝降国民党军、稳定经济等方面起到了重要的配合作用,而且在天津解放后为稳定社会秩序、发展生产做出了贡献。

[中共天津市委党校(中共天津市委党史研究室) 李俐]

# 守纪律的隐蔽典范

有这样一个人，他为北平和平解放立下了汗马功劳。可是人们只知道，他是傅作义身边的少将秘书，同时兼任华北"剿总"政工处副处长和总部发言人，是傅作义最信任的人。却不知，他还是一名中国共产党秘密党员，中共统战工作的秘密使者，他就是隐蔽战线的纪律典范——阎又文。

1914 年 7 月，阎又文出生于山西省荣河县郑村的一个农民家庭。1936 年就读于山西大学法学院。全民族抗战爆发后，他加入了傅作义的部队。国共合作时期，1938 年 9 月，中共特派员潘纪文介绍傅作义秘密加入共产党。中央派给阎又文的任务是，在傅作义的部队"一不搞兵暴，二不搞瓦解、情报工作，唯一任务是广泛交朋友，善于从交朋友中，宣传党的主张，巩固抗日民族统一战线，提高部队的政治素质"。

1939 年下半年到 1941 年皖南事变后，国共关系日益恶化。在国民党高层

阎又文

的压力下，傅作义不得不将已公开身份的共产党员送出境，送回延安。由于阎又文的身份没有公开，因此留了下来，又由于事出紧急，党组织来不及妥善安排，便与他失去了联系。与党失去联系后，阎又文仍按照党的抗日民族统一战线的方针政策进行活动。

未曾想到的是，这一次与党组织失去联系，阎又文成了隐蔽战线上的一枚"闲棋冷子"，一等竟是 7 年。

1945 年，中国人民终于迎来抗日战争的胜利。然而国共的军事冲突愈演愈烈，内战的阴云笼罩着中国大地，中共中央派王玉赴绥远寻找阎又文。

1946 年 2 月春节刚过，王玉从延安出发，在归绥（今呼和浩特）的第 12 战区长官部找到了阎又文。王玉化名张治公，装扮成一个皮货商，先到包头，四处打听阎又文的消息。一次，王玉在饭馆吃饭，遇到一个傅作义部队的军官，叫薛启禄。王玉听薛启禄口音应该是山西晋南人，就跟他攀谈起来。王玉说："我也是晋南人，是来傅作义部队找弟弟的。但是别人告诉我要先找到阎又文，通过阎又文才能找到我弟弟。"薛启禄叫道："阎又文，他就是我们傅长官的秘书啊！"就这样，王玉随薛启禄到了归绥，通过薛启禄的引见，王玉到 12 战区长官司令部见到阎又文。因为身边有其他人，王玉无法亮出真实身份，仍然说是要找弟弟。当时阎又文正在看报纸，抬起头来看了他一眼，淡淡地说："我不认识你弟弟，也不知道这个人。"

王玉终于见到了阎又文但却无法道出实情，就先回住处了。后来他买了些点心，直接找到阎又文的家里。这一次见面，王玉等到身边没有旁人，单刀直入亮明身份接头。

"你叫阎又文吗？"

"你是山西荣河人？"

"你是山西大学毕业的吗？"

阎又文得知了对方的身份来历，说："多少年了，我总盼着这一天啊！"

1949 年初，辽沈战役胜局已定，东北问题圆满解决，只剩华北亟待解放，为了和平解放北平，最大限度地减少战争带给这座古城的损害，阎又文被组织委以重任，一边为组织获取机密情报，一边争取傅作义起义，主动放弃抵抗。

"射人先射马，擒贼先擒王。"由于王牌军队全军覆没，北平城被解放军围了个水泄不通，此时的傅作义十分愤怒，喜怒无常阎又文作为傅作义的心腹，力劝傅作义议和。

阎又文多次向傅作义详细陈述他的意见，分析当前面临的战、走、和三条路，指出战、走都是对历史、对人民、对部下不负责任的做法，只有和才是唯一正确的选择，建议傅作义尽早与中共开始谈判，和平解决北平问题。除了辅助傅作义安排部队监视和控制城里的中央军外，他还利用自己的职务之便,安排傅作义的老友刘后同、杜任之及社会名流刘同伟等人前去做傅作义的工作,并建议傅作义召开北平各界代表座谈会,听取民意。阎又文多年来在傅作义的身边潜移默化地施加影响,就是为了在条件成熟时把傅作义和他的军队争取到人民一边来。如今时机已到,他希望傅作义和他的部属能走上一条光明大道。

经过多方努力,1948 年 12 月 17 日,傅作义派出崔载之作为代表,在中共地下党员李炳泉的陪同下,第一次出城与解放军谈判,但因双方要求距离过大,没有任何具体结果。傅作义感到双方目标和条件相去太远,曾一度灰心,准备放弃谈判,坚守平津,北平和谈随时面临流产的可能。在这关键时刻,阎又文连续十几天不回家,和傅作义的女儿傅冬菊日夜轮班守护在他的身边,同时继续做他的工作,主张决不能放弃谈判、放弃和平。

在这期间,阎又文的妻子生了重病,当时家里最大的孩子还不到 11 岁。一天,傅冬菊守在傅作义身边,阎又文才抽空回了一趟家,请人给病重的妻子治病。稍做安排,又立即返回傅作义身边。

1949 年 1 月 5 日,阎又文和傅作义两人在中南海总部一直研究到午夜,傅作义终于决定第二天派周北峰出城进行第二次谈判,北平和谈才有了柳暗花明又一村的局面。

经过三次和平谈判,1 月 22 日,阎又文代表华北"剿共"总司令傅作义,在北平中山公园水榭举行新闻发布会,向翘首以待的中外记者,向全中国和全世界宣告,国共双方终于签署了"北平和平协议"。这座历史名城的命运将不再通过战争和流血的方式来决定,成千上万人的生命和这座文化古城将得以保全,北平的和平解放终于得以实现。

新中国成立后,阎又文的真实身份仍不能公开,他只是国民党的起义将领,被委任为农业部粮食油料生产局局长。

1962 年 9 月 25 日,年仅 48 岁、饱受食道癌折磨的阎又文在弥留之际,对守在病床边的妻子丁宴秋留下遗言"有事情找组织",带着难以说出口的秘密告别了家人。

周恩来曾要求隐蔽战线的同志:"有苦不说,有气不叫;顾全大局,任劳任怨。"阎又文一语双关的"有事情找组织",既是对妻子儿女的交代,也是深度"潜伏者"对纪律的坚守。

1997 年 7 月 10 日,《北京日报》第三版发表中共中央原调查部部长罗青长撰写的回忆文章《丹心一片照后人——怀念战友阎又文同志》。罗青长在文中满含深情地写道:"我的战友阎又文同志是我党隐蔽战线上的一位杰出战士,他把自己的一切都献给了党,置个人安危于度外,真正做到了'白皮红心'。"阎又文的真实身份第一次为外人知晓,这一年距离他去世已经过去了35 年。

（北京市委党史研究室　市地方志办　曹楠）

# 力劝父亲和平解放北平的傅冬菊

每当人们谈起北平和平解放这段不平凡的历史时,少不了提到傅作义和他的女儿傅冬菊。时间已过去了 70 多年,但傅冬菊的事迹仍令世人感慨追忆。

## 接受新思想　加入党组织

傅冬菊 1922 年出生在山西太原,是傅作义的第一个孩子。那时候,傅作义还是阎锡山手下的一个营长。傅冬菊长得眉清目秀,从小就很有主见,因此深受父母疼爱。冬菊是在西安铭贤中学读的初中。抗战时期,傅作义坚守绥远,傅冬菊跟着母亲来到大后方重庆。到重庆后考入南开中学读高中。由于傅作义两袖清风,傅冬菊和母亲及弟弟妹妹在一个寺庙里过着清贫的生活。为了让父亲安心在前线抗敌,身为长女的冬菊从来不向父亲写信要钱,而是靠平时给报社写稿的稿费补贴家用。

在南开中学,傅冬菊受到进步思潮的影响,和同学们组建"号角社",宣传抗日民主新思想。"号角社"是中国青年学生最早的一个进步组织,受到中共中央南方局的重视,周恩来在重庆时就已知道她是傅作义的女儿,非常高兴地对她说:"你父亲是抗日英雄,有你这么个爱国进步的女儿,十分光荣。希望你们不失时机,学好学业,父亲抗日救国,将来国家建设就靠你们了。"从那时起,她就开始接受共产主义思想的熏陶。

参加"号角社"的成员中有几位国民党高级干部的子弟,这些身份特殊的小组成员为党的南方局搞到了不少国民党的机密情报。学校里国民党高级干部的子弟比较多,生活在这个圈子里,傅冬菊看到了日本侵略者造成的民不聊生,更看清了国民党上层的腐败。高中期间,她看了不少苏联的好电影和书,认为只有走苏联的路才能救中国。1941 年,傅冬菊高中毕业,考入昆明的国立西南联合大学,攻读英文专业,尽管功课十分紧张,但她还和进步同学们一起利用课余时间给学校工友们讲课,帮他们补习文化知识,宣传抗日民主新思想。不久,她就加入了党的外围组织民主青年联盟。1945 年,傅冬菊大学毕业后,应聘进入天津《大公报》成为一名记者,后来又到副刊当了编辑。此后,《大公报》副刊上经常刊登一些别人不敢登的进步文章。傅作义感觉到女儿很可能受了共产党的影响,担心女儿的安全,就让当时担任北京大学校长的胡适给她办了护照,劝她出国深造。傅冬菊对父亲说:"在国内,我可以为国家做许多事情。"最终,傅冬菊说服了父亲。1947 年 11 月,傅冬菊经王汉斌、李定介绍加入了中国共产党,接受中共中央南方局的领导。1948 年,党指示她做其父亲的工作时,让她同时接受北方局的领导。

## 接受使命　伴父工作

傅作义在抗战胜利后,一方面希望国家能和平建设,但另一方面,作为军人,他又服从蒋介石的命令打内战"以尽职责"。1947 年 12 月,傅作义被蒋介石任命为华北"剿共"总司令。

1948 年春,随着解放战争的进一步发展,北平和平解放工作在中共中央和聂荣臻的领导下秘密展开。这一工作的直接组织者是晋察冀中央局(后改为华北局)城市工作部,刘仁是部长。1948 年 11 月,刘仁根据聂荣臻的指示精神,要求北平地下党学生工作委员会(以下简称学委)书记余涤清把傅冬菊调到傅作义身边工作,以随时掌握傅作义的情况。刘仁指示余涤清,要学委出面代表共产党正式与傅作义方面谈判。经学委研究,由傅冬菊正式出面向她父亲试探,看傅作义的反应如何。于是余涤清找傅冬菊谈话,告诉她:"现在解放战争发展很快,你父亲有接受和谈的可能,希望他与共产党合作,和平解放北平。"傅冬菊欣然从命,住进父亲在中南海的寓所。

傅冬菊为了做好劝降父亲的工作,定时要与我方地下人员偷偷交换情报:共产党方面要了解傅作义怎么想,傅作义也要弄明白共产党给他和部下开出什么样的条件。傅作义思想上有一些顾虑,他担心被作为投降处理,心理上接受不了;傅作义还要了解他的部队和干部具体怎么安排,这些都通过傅冬菊来了解。傅冬菊回忆说:"那时因为我很年轻,有好多问题,我有的答不上来,所以共产党那时领导我的人经常给我写个小纸条,怎么回答,让我掌握分寸。"此外,傅冬菊还将自己所知道的情况,包括父亲每天的情绪变化,每两天汇报一次。

傅作义此时对女儿在他身边工作的真实职责,已有所察觉。1948 年,傅作义从南京开完军事会议回到北平后,问傅冬菊:"你认识不认识那边的人?"傅冬菊反问:"那边是指谁啊?"傅作义说是共产党,傅冬菊回答说可以试试看。傅作义口述了给毛泽东的电报,电报大意是自己不愿再打内战了,自己还有多少部队、多少架飞机,还提出要共产党派人来北平和谈等。临出门时傅作义还反复叮嘱要千万小心,不能被特务发现,不要坐汽车,免得被特务认出跟踪。

傅冬菊把电报内容转告给王汉斌,他找地下党电台直接发给党中央和毛主席。但是电报发出去三天后仍没有下文,傅作义有些着急,询问冬菊是否把电报发出去了,怎么没回电。

## 和谈在波折中达成　冬菊功不可没

傅作义见中共方面迟迟没有回复电报,思考再三,在女儿的劝说下,决定秘密派崔载元出城联系,开始了双方谈判的进程。傅冬菊期盼着和平谈判能够早日成功,一来可以避免战争,实现和平,保护古都文化和人民的生命财产免遭战乱损毁;二来也可让父亲早日渡过难关,实现走人民道路的夙愿。但通往和平的道路仍旧充满了波折。

就在和谈进入关键时刻,邓宝珊和周北峰出城与中共谈判,双方已经签了初步协议,邓宝珊与刁可成、王焕文、苏静(中共联络处长)一起于 1949 年 1 月初准备返回北平城里时,林彪从口袋里取出一封信交给邓宝珊,请他把这封信交给傅作义。林彪走后,邓宝珊见信没有封口,就抽出来看了一遍,看完不由得摇了摇头说:"这封信太出乎意料了,措辞很严厉,傅作义不一定会受得了,我回城后打算暂时不把这封信交给傅作义看,以免节外生枝,把事情搞僵,甚至会推翻协议,使谈判功亏一篑。"邓宝珊一手拿着双方经过努力,好不容易才达成的协议初稿,准备回城复命,另一手又接着这封最后通牒式的信,心情复杂无比。如果将此信交给傅作义,后果可想而知。他回到城里,顺利地签订了协议,却没把那封信立刻交给傅作义。

1月15日,解放军只用了29个小时,就攻下了防御工事比北平牢固得多的天津,傅作义最终决心起义。1月21日,解放军平津前线司令部与国民党军华北总部签署了《关于北平和平解放的协议》。没料想当协议已经签订,22日休战,傅作义部队出城接受改编,和平正在北平——实现时,苏静却在1月25日接到聂荣臻的指示进城,催促邓宝珊赶快把那封信交给傅作义。邓宝珊感到十分为难。他知道这封信将起到什么作用。无奈之下,只好陪苏静一同来到中南海居仁堂。傅作义热情接待,并与苏静交谈和平谈判取得成功的一些事情。邓宝珊乘机去了内屋,沉默不语地把信交给傅冬菊,让她转交。傅冬菊从内屋出来时,正好遇上李明源先生来看望傅作义,祝贺傅作义做了一件有利于国家和人民的大好事,邓宝珊、苏静趁机告辞。

傅冬菊在里屋看过那封信后,吃了一惊。这封信也许会使北平形势急转直下。她再三考虑后,还是没敢直接把信交给父亲,而是悄悄请示北平中共地下党负责人崔月犁。可崔月犁也做不了主,只好告诉傅冬菊按照指示交给其父亲。冬菊思考再三还是没敢交,她把信悄悄放在父亲桌上的一份文件底下,直到2月1日《人民日报》登载了信的全文后,傅冬菊才把信拿出来交给她的父亲。傅作义看过信后大发雷霆,痛骂傅冬菊。傅冬菊理解父亲的心情,他从来没有在女儿跟前发过那么大的火,没有那样子骂过女儿。她理解父亲是被那封言辞过激的信而激怒的。那封信如果不是邓宝珊在手头压了十几天,后来又在傅冬菊手上压了几天的话,恐怕北平这段历史不会是这样的写法。在这个历史过程中,冬菊及时向上级党组织汇报他父亲的情绪,使得上级党组织能及时对症下药,给傅作义做些解释工作,加上傅冬菊的劝说,傅作义本人理智地经受了这一打击,从民族大义出发,不顾个人荣辱,才使局势没出差错,使北平文化古都完好地回归人民,使25万国民党军队改编为人民解放军,200万人民的生命财产免于战祸,为加速全国解放起到了积极作用。这一切的成果,傅冬菊的贡献是非常大的。

北平和平解放以后,傅冬菊回到天津,她的笔名一直用"傅冬",此后很少有人知道她就是傅作义的女儿傅冬菊。《大公报》停刊后,她随刘邓大军南下到了云南,成了一名战地记者。1951年,她调到《人民日报》当记者。

1952 年与同事周明结婚,育有 3 个女儿。在"文革"中,傅冬菊因家庭出身受到造反派冲击,被定为"阶级异己分子",甚至怀疑她 1947 年就已经入党的事情是她自己编造的。于是,傅冬菊给毛泽东写了两封信,党籍问题得以澄清。1982—1995 年,傅冬菊在新华社香港分社工作长达 12 年。2007 年,85 岁的傅冬菊老人平静地走完其不平凡的一生,她为北平和平解放做出的重要贡献,人民永远不会忘记。

[中共天津市委党校(中共天津市委党史研究室)  赵凤俊]

# 智取城防图

1949 年 1 月 15 日，天津顺利解放。在人民解放军前线战场将士们英勇作战、攻坚决胜的背后，天津地下党组织隐蔽战线的斗争同样是步步惊心、战果累累，为天津解放做出了重要贡献。特别是深入敌后的地下党员以身犯险，采取不同形式智取城防图的故事，最是为人津津乐道，成为天津地下党在"第二战线"与敌人斗智斗勇、夺取胜利的缩影。

## 巧用身份"绘图"

获取敌人城防工程图一事，实际上早在 1947 年就已经开始了。全面内战爆发后，为抵御解放军进攻，国民党天津当局组织人力大规模修筑城防工事。修筑工程一经开始，便引起了天津地下党组织的极大关注。上级要求他们设法获取一份全面、准确的城防工程图。最终，这一艰巨任务落到了中共地下党员、天津工务局技术员麦璇琨的身上。

国民党当局在津大兴土木时，麦璇琨刚好在天津工务局任职，并直接参与修筑城防工事的工作。天津城防工程共有十个工段，麦璇琨任第八段工程员，专职现场监工。正是这个工段监工的身份，让麦璇琨有了搜集资料的便利条件。当时麦璇琨刚刚入党不久，上级领导王文源交给他的任务就是绘制一份全面反映全市城防工程的图，越全面越好，并要画在一张图纸上以便于带到解放区。

接到任务后，麦璇琨便开始积极谋划、搜集资料。首先是想办法获取工程负责人的信任。工作中，他仔细、认真地测量、绘图、计算，做到准确无误；监工时，一旦发现"承包商"施工有不合乎要求的地方，就令其"翻工"重做，深获信任。同时麦璇琨积极联系其他各部门的技术人员，设法弄清了每个人负责的工作,并与大家搞好关系,为下一步开展工作做好了准备。之后,麦璇琨利用第八段工程员的身份直接向有关部门或其他各段工程处索取图纸。如果图纸有重份,便"顺手牵羊"直接拿走一份;如果没有重份,就借口学习,拿回去"参考参考",复制备用。此外,麦璇琨还想方设法参与到工地验收,进行实地观测核实,确保资料真实准确。

当所需资料准备好后,他便开始着手绘图。第一步是选择一张比例适当的天津市区街道图作为基本图。然后他将图的主要内容(即主要市区街道以及铁路、河流、堤埝、桥梁等)描在一张透明的描图纸上。第二步将城防线的实际准确位置按不同比例套在上述描好的图上,其结果为一条环线。第三步将各个碉堡的实际位置标在这条环线上,并用大、中、小圆圈来区别碉堡的不同类型。第四步是在这条防线的空白地方画上该防线上土方工程的横断面图并标明各种详细尺寸。第五步将其余空白地方画上城防线不同类型碉堡的立面图、断面图。经过大约一个月的隐蔽工作,麦璇琨终于将图画好,并特别标注城防外围、护城河宽度、深度和坡度,行人道,交通壕等详细数据和反映碉堡位置、形状、出入口、厚度、高度及碉堡枪眼位置和尺寸的详图,之后上交给王文源。

王文源收到城防图后,立即与他领导的地下党员、隐藏在国民党天津市地政局测量队任绘图员的刘铁铮,一起到西北角大伙巷(今大伙巷南口49号),找到以大众照相馆经理做掩护、由刘铁铮单线领导的地下党员康俊山。

天津国民党守敌修筑的城防工事

康俊山接受任务后连夜操作,把原图纸分解成 4 块,各缩拍成 8 英寸照片,又经过化学处理,令表面图像消失,裱糊在两张老年夫妇 12 英寸大照片的后面,由地下党交通员赵岩送到解放区。同年 12 月,王文源到解放区汇报工作。当谈到那张图的时候,城工部负责人杨英满意地说:"城防图画得很好,非常清楚,已上报给有关部门了。"

## 有惊无险"盗图"

1948 年下半年,人民解放军围城前夕,国民党守军对天津城防工事做了较大调整。天津警备司令陈长捷下令加修城防工事。为弄清这一情况,隐蔽在天津市工务局建筑科的公务员、地下党员张克诚接到了工委委员王文化的指示——尽快搞清楚守军城防工事变动情况。

张克诚,1944 年在北京大学工学院参加地下工作,1945 年加入共产党。1947 年 4 月,通过社会关系打入天津市工务局建筑科当公务员,专管建筑查勘工作。张克诚负责验收城防公路,很自然地得到一张《城防公路图》。但是他最想得到的城防碉堡图却掌握在同一办公室的另一位工程师手中。这位工程师非常谨慎,每次看完图纸后,都将图纸锁起来。张克诚很难找到机会,心里就一直在琢磨如何才能把城防碉堡图拿到手。1948 年 12 月一天下午,机会终于来了。当时主持城防碉堡图的工程师正在看图纸,局长突然来电话找他。由于快要下班了,他又走得匆忙,来不及将图纸锁好,便顺手放在书架上。这一切都被时刻关注其动向的张克诚看在眼里,等大家都下班走了,他果断从书架上取下图纸,顺手牵羊带回了家。

当时张克诚的住所旁边早已垒起了沙包和碉堡,守军透过碉堡可以看到附近居民的动向。到了晚上,张克诚要将这幅图描下来必须要开灯。为了防备敌人察觉,他将屋里所有窗帘都拉上,对临街的窗户还加挂上一床夹被,并用图钉严实地钉在窗框上,确保不会透到室外一点儿光线。之后,他用几本精装的硬皮书垒起两个高度一样的垛子,上面放上玻璃板,下面放上台灯。在玻璃板上铺上城防碉堡图,图上覆着一张不太透明的白纸,用铅笔进行透描。张克诚聚精会神一直描到天亮还没有描完。为了避免麻烦,张克诚决定将原图留在家里,忍着疲惫去上班。在办公室里,张克诚看到那位工程师正情绪急躁地到处翻找。张克诚问他找什么,他回答说,没什么。张克诚觉得他是怕惹麻烦不敢声张,就宽心了许多。为了避免发生事端,张克诚整天没有离开办公室。晚上,张克诚又透描了半宿,终于把全图毫无遗漏地复制完成。第三天,张克诚早早地来到了办公室。趁屋中无人,他把原图放回了书架并做了些掩盖。负责城防碉堡图的工程师来后仍继续翻找,最后发现了图纸,悄悄地锁进保险柜中。就这样,张克诚有惊无险地完成了"盗图""描图""还图"的全过程。

事后,张克诚还不放心,怕用铅笔描绘的图纸不清楚,又用相同比例尺的市区图,编了一套易于识别的图例,重新标记了一份。这份《城防碉堡图》包含了1948年下半年陈长捷增建的城防工事,清楚地标明了各种碉堡外形、尺寸、高度、层次设孔位置及设计兵员人数、火力配备、辎重存放位置等数据。此后,他还到天津许多地方购买地图,并从电话号码簿上逐个查找各个机关、工厂、学校、医院、车站、码头、仓库的位置,用红、黑、蓝、绿、紫、棕6种不同颜色在地图上做出标记,并到各地实地核对,绘制成机关、团体等位置图。之后,一并交给迎接天津解放行动委员会书记黎智,转给城工部,并辗转交到天津前线指挥部总指挥刘亚楼手中,为解放天津提供了重要军事情报。

## 借用关系"摹图"

迎接天津解放行动委员会学校工作委员会书记沙小泉领导的地下党员曾常宁在其父亲的帮助下,获取了一张塘沽城防图。曾常宁的父亲曾延毅是个旧军官,傅作义的故交好友,寓居在津。为了争取曾延毅,解放前夕上级党组织特意把他的女儿、地下党员曾常宁调到天津,在沙小泉领导下开展工作。曾常宁在做她父亲工作的同时,还接受沙小泉布置的第二项任务,即通过各种渠道掌握天津敌军的人事、组织、军事部署及城防等方面的情况。

有一次,国民党塘沽区专员来津,暂住在曾家。他带来一个黑色的公事包,放在一楼曾延毅寝室的外屋。不一会儿,外边就有人来找他。曾常宁趁他到楼下客厅会客的机会,溜进外屋,打开公事包,里边有份最新的敌情资料,题目是《咸水沽兵力驻扎表》。它是用中文格纸复写的,后边打有"官印",上边列着一行行地名和数字,某某地方枪支多少,兵力多少,弹药多少等,全是具体数字。曾常宁很快把它抄下来,按原样放回,并走出房间。她回到二楼自己的寝室不久,就听到上楼的声音。一切恢复安静后,曾常宁把这份抄件折成小方块,藏在楼梯中间一处护墙板的缝隙中,后很快转给沙小泉。

又一次,一个全副武装的国民党军人到曾府来,他说:"找塘沽区专员。"来人带了一张长卷图纸。专员收到东西后,一个人躲在曾延毅的外屋看,不让人进去。曾常宁想这一定是一份重要的东西,就示意其父注意。晚上,她托词进到其父的房间。问他:"那图是什么东西?"他说:"是塘沽城防图。"曾常宁说:"太好了!你快说,我记。"父亲不说,她就不走,曾父终于讲出塘沽城防图的内容。曾父讲,曾常宁记,很快地写了下来。写好后还是藏在老地方,不久沙小泉来取走了图。解放塘沽后,曾常宁与沙小泉激动不已,因为他们为塘沽的解放做出了贡献。

此外,冀东天津工委书记于文呈报了冀东地下党精心绘制的天津市区详图、新港略图和塘大地形图……在解放前夕,通过不同渠道为华北局城工部提供的城防图就有8份之多。正是有了这些绝密情报,才做到了"解放军炮弹有眼睛,只打国民党,不打老百姓"。也正如天津战役总指挥刘亚楼司令员所讲,天津是解放军同地下党共同打下的。

[中共天津市委党校(中共天津市委党史研究室) 王磊]

# 活捉陈长捷

"大天津堡垒化!""固若金汤!"……天津战役前夕,时任国民党天津警备司令的陈长捷曾这样吹嘘自己的防御体系,并称"至少可以坚守半年"。然而他无论如何也没有想到,人民解放军仅用了 29 小时,就击溃了他引以为豪的坚固防线,攻克天津。陈长捷本人也兵败被捉,成了我军的俘虏。

## 调任天津　负隅顽抗

陈长捷毕业于保定陆军军官学校,早年在阎锡山军中服役。抗战时期,曾率部参加过南口、平型关等战役,多次取得对日军作战的胜利,并被称为"抗日常胜将军"。后因不受重用,转投同样出身保定陆军军官学校的傅作义。内战爆发时,任兰州国民党联勤总部第八补给区司令。1948 年 6 月,因看重陈长捷打仗的能力,傅作义举荐其出任国民党天津警备司令,负责守卫天津这座近 200 万人的工商业大城市。

当时傅作义是华北"剿共"总司令,北京、天津都是"特别市",守住这两个地方是傅作义天字一号的大事。他对陈长捷充分信任,视为心腹臂膀、委以重任,并誓死"共守平津""战则同胜,败则同亡"。陈长捷更是一贯崇蒋媚傅,因与傅身出同门,并多次经其举荐,便把傅作义视为知遇恩人,向其保证,"有我陈长捷在,天津万无一失!"特别是天津被围后,陈长捷仍一意孤行,拒绝放下武器,妄图"凭恃天津的复杂险因地带,作较长时期的顽强坚守",并扬言要战至"屋无完瓦、地无净土"。

当时陈长捷号称傅作义部下最能打仗的一个指挥官,自称此次调任天津主要的任务就是准备打仗。一到任即下令加筑城防,首先环绕天津开挖了一道宽 10 米,深 4~5 米的护城河,水深经常保持在 3 米左右;还强令拆毁护城河外 2.5 千米内的民房,埋设数以万计地雷,架起几道铁丝网和鹿砦,并重新构筑大型碉堡数百个。战役前夕,护城河内外共设碉堡 1000 多个,纵深地堡直达核心工事区。同时按此标准布设三道防线,配置相应兵力,防守核心区位于海光寺。陈长捷妄图凭借复杂地形、坚固工事和 13 万多人的兵力,以"堡垒化"据城顽抗,并妄图"创造战史的奇迹"。

为保护天津 200 万人民的生命财产安全,人民解放军一直没有放弃和平解放天津的努力。平津前线司令部首长曾写信给陈长捷,劝其放下武器和平解放。攻城前夕,天津战役总指挥刘亚楼还先后两次与国民党代表进行谈判,并提出放下武器等 4 个条件。陈长捷以"武器乃军人之第二生命,放下武器乃军人之最大耻辱"予以拒绝,关上了和平谈判的大门。

## 巧设圈套　诱敌中计

1948 年 12 月底,平津战役司令部根据中央军委指示和战役进程,决定成立天津前线指挥部,任命东北野战军参谋长刘亚楼为总指挥,集中 7 个军 22 个师约 34 万人将天津团团包围,拉开了天津战役的序幕。

当时天津市南北长约 12.5 千米,东西宽约 5 千米,南北长、东西窄,市郊北部开阔,南部多为水网田地。国民党防御配置以中北部守军战斗力较强,南部较弱。天津战役指挥部根据天津地形特点及国民党防守兵力配备情况,制定了"东西对进、拦腰斩断、先南后北、先分割后围歼、先吃肉后啃骨头"的作战方针。但是总指挥刘亚楼却一直有块心病,就是天津城区中心金汤桥一带,驻扎着国民党战斗力较强的主力部队,且占据了有利地势,对我军实施"东西对进、拦腰斩断"的计划非常不利,他一心想把敌军主力从城中心调往城北。

一天,刘亚楼听到陈长捷派代表来谈判的消息,顿时心生一计。当时我军指挥部在杨柳青,谈判地点设在离杨柳青镇不远的大南河村。但是刘亚楼并没有立刻从指挥部出发,他让联络参谋通知对方说:"刘司令正在路上,大约要 25 分钟才能赶到。"事实上,他是过了 30 分钟才穿好大衣出发的,还让司机开车绕天津发电厂转了一圈,然后"风尘仆仆"赶到大南河村。到了谈判地点,一进门,刘亚楼就连连道歉说:"不好意思,我紧赶慢赶还是来晚了。"对方谈判代表暗暗看了一下表,时间已过去将近一个小时,如果从城北过来正需要一个小时。刘亚楼这样做的目的就是让对方错误估计我军的指挥部设在城北。因为他早已从情报获悉,陈长捷并没有"和谈"的诚意,只不过想利用谈判之机打探我军虚实。果然谈判代表回城后,将此"重要情报"报告给陈长捷,陈据此认为我军指挥部在城北杨村。

为了进一步迷惑敌人,刘亚楼又于当天下午命令部署在城北的一个炮兵团向北城进行打炮试射,对敌军工事连续轰击近半小时。这使得陈长捷进一步确信,我军指挥部就在城北,进而得出错误判断:我军主攻方向也是城北。于是当天夜里,他就把守城主力——一一五师从城中防区调到城北。这样一来,原本首尾相顾的天津城防体系,因一一五师的调离,形成了北部兵力强,南部工事强,中心一线薄弱的局面。陈长捷上当了,掉进了刘亚楼精心为他设计的"圈套"。

此后,随着我军连续攻克天津外围据点,相继按计划到达进攻位置,天津城市攻坚战箭在弦上,一触即发。

## 攻克天津  活捉敌首

1月14日上午10时,天津战役总攻开始。在此之前,人民解放军三十八军一一二师党委就做出决定,由三三四团担任攻打国民党天津警备司令部(今八一礼堂)和活捉中将司令陈长捷的任务。

下午3时,经过五六小时的激战,三三四团突破陈长捷守军防线,在第一线堡垒地带撕开了口子。随即由东向西,迅猛挺进,连克西关大街、五马路、清化寺街和同业里等7个据点。到下午7时,三三四团一营攻到西马路、南马路岔口,又一举粉碎了守军的第二线防御阵地。随后部队穿街越巷、迂回穿插,向敌警备司令部方向攻击前进,于当夜12时进至罗斯福路(今和平路)附近。1月15日凌晨,经过一夜激烈巷战,一、二营攻占了罗斯福路、广兴街和建物大街。5时许,进入国民党天津守备核心区边沿。与此同时,天津战役进展迅速,三十九军一一六师已从金汤桥直逼到中原公司(今百货大楼)附近;一一八师八十二团也从南面进攻到海光寺一带,构成对守军核心区(含天津警备司令部)的合围。师部要求三三四团加快对敌军警备司令部

中国人民解放军向国民党天津警备司令部冲击

的进攻,势必抓住陈长捷。

8时,三三四团向敌守备核心区发起攻击。一营由4名地下党员带路,顶着守军三面交叉火力向中原公司进攻。同时在一营的有力配合下,二营攻向敌警备司令部,并确定五连、六连为主攻部队。9时过后,五连在连续实施爆破后,攻占了迪化路(今鞍山道)中原里大楼,摧毁了守军司令部设在两翼的屏障,全歼守军警备旅一个手枪营200余人。而后全营又分别从新华北路、山东路,强攻敌警备司令部。五连从北面插到特务营2个连据守的一座3层平顶楼房,展开短兵相接的肉搏战,直至敌人投降。六连冲过多伦道,沿新华北路直捣司令部北大门。经过几次冲锋,因守军火力密集没能奏效,便用炸药包炸开司令部大院的墙壁。六连副连长立即带领二排冲进司令部大院北门,并拔掉了门卫两侧的火力点。接着六连一拥而入,冲进院内东侧的一幢二层楼房,从院内打到楼内,从楼下打到楼上,逐层逐屋展开争夺。

此时,经天津地下党员、陈长捷的警卫连连长王亚川的具体指点,两名战士得知陈长捷等都躲藏在地下室。六连副排长邢春富便带领两名战士直奔地下室。副排长在门外掩护,战士王义凤、傅泽国猛地冲进地下室,举起手榴弹大喊:"别动!缴枪不杀!""解放军优待俘虏!"当场收缴了陈长捷参谋军官的枪支。正要把这些人带出地下室的时候,傅泽国和王义凤见到有间屋子挂着一面军毯,他俩机智地用刺刀挑下门帘,一步冲进。当时陈长捷正用无线电话同傅作义通话。在"不准动!缴枪不杀"的喝令声中,陈长捷转过身来,手中的送话器也滑落到地上。这时副排长邢春富已出现在陈长捷等人面前,高举着手榴弹,大喊"放下武器""立即投降!"他们乖乖地交出随身枪支,举起双手投降。在地下室里与陈长捷一起被活捉的,还有防守区副司令员、少将秋宗鼎,少将杨威及蒋介石从南京专门派到天津督战的高级视察员程子践等将校军官共7人。随后,二营副营长朱绪清也赶来,并带来国民党司令部的电话员、无线电译员各二人,迫使陈长捷当场下达"立即全部投降"的命令。

天津国民党警备司令部被捣毁后,敌人核心守备区丧失了有组织的抵抗。短短两三个小时内,敌人的重要据点被相继攻克。15日下午3时,天津获得解放。

[中共天津市委党校(中共天津市委党史研究室)　王磊]

# 天津解放中的尖刀英雄

天津解放战役是一场堪称典范的城市攻坚战。人民解放军将士前仆后继、不怕牺牲、英勇作战，谱写了一曲曲可歌可泣、荡气回肠的英雄壮歌。特别是那些冲锋在前的尖刀战士，他们凭借大无畏的英雄气概，以血肉之躯在敌人的坚固防线上硬生生撕开一道道口子，为突破城防、攻克天津立下赫赫战功，他们的事迹将永远载入史册。

## 第一个登上民权门城墙

1949 年 1 月，国民党天津警备司令陈长捷拒绝投降。人民解放军决定 14 日发起总攻，并制定了"东西对进、拦腰斩断、先南后北、先分割后围歼、先吃肉后啃骨头"的作战方针。此时津东主攻方向上，四十五军一三五师四〇三团一营一连一排机枪班副班长李和早已按捺不住，开始加紧准备。战斗还没打响，李和便同本连的几个班长坚决向上级请求担任主攻任务，并坚持侦察地形、研究战术，进行突破民权门城防的实战演习，时刻准备着为解放天津建功立业。

1 月 14 日上午 10 时，浓雾刚刚散去，天津前线总指挥刘亚楼发布总攻命令。霎时间万炮齐鸣，炮弹以排山倒海之势压向天津守敌的阵地。津东方向，民权门的城墙当时就被炸塌了，英雄的一连乘势勇猛地扑向敌人。天津城内的守敌并不甘心束手就擒，在其长官的严令下，利用城墙和碉堡做掩护，疯狂地进行抵抗。在敌人猛烈的炮火阻击下，许多战士倒在了壕沟里。本来按照战前部署，李和的任务是用机枪掩护突击队员突破敌人的防线。可面对突击队员受阻的不利情况，李和来不及多想，大声喊道："同志们，要争做尖刀连战士的跟我上去！"便第一个顶着敌人的枪林弹雨冲了上去，一直冲到结了冰的护城河。敌人慌了手脚,手榴弹连盖都顾不得揭去,便抛了下来。李和同战友们乘势突过护城河,直冲民权门。

民权门外有 3 座碉堡,而要突破民权门城墙,至少要毁掉其中一座。在这紧要关头,李和迅速找到有利地形,用机枪压制住敌人碉堡的火力,掩护弹药手将民权门东侧的碉堡炸掉了。借着那股浓烟的遮蔽,李和第一个冲上了民权门城墙。六七个手持"中正式"刺刀的守敌,几乎同时将刺刀刺向李和,千钧一发之际,李和猛然翻身躺下,端起机枪打出一梭子弹,六七个敌人应声倒地。城内的守敌明白防线被突破的严重后果,急忙组织起四五十人的冲锋队,要夺回突破口。李和端着机枪稳稳地钉在城墙突破口处,机枪吐着愤怒的火焰,勇猛地射向号叫着冲过来的敌人。不一会儿,敌人退回到城内的碉堡,后面的突击队员也乘势冲进了城内。

为了扩大突破口、巩固战果,突击队员们勇猛地向附近的城内守敌发起攻击。在李和的机枪火力掩护下,接连拔掉敌人十多个火力点,并在王串场附近的一个纸厂与大批敌人发生遭遇战。由于后续部队还没上来,突击队决心坚决守住纸厂的出路,不能让敌人冲出来。李和负责用机枪封锁马路,打击外援纸厂之敌;其他队员守住纸厂出口。李和的机枪就像一道难以逾越的屏障,不一会儿,就消灭了几十个敌人;同时也让李和成了敌人拼命攻击的目标。一个不慎,一枚飞雷击中了李和的腰部,他受了重伤,双腿失去知觉,晕倒在血泊中……

天亮的时候,战友们找到了重伤的李和,他向战友们问的第一句话就是:"纸厂内的敌人消灭了吗?""纸厂内的敌人被全部消灭!"战友们告诉他。李和高兴地笑了,而后被战友们抬了下去,转移到后方医院进行治疗。

## 把红旗插上天津城

随着尖刀连撕开敌人的防线,战士们突入天津城内。步兵在"杀开民权门"大旗的引导下,开始发起冲锋,战士高喊着震天撼地的"杀"声冲向敌人的阵地。在冲锋的队伍中,"杀开民权门"的红旗显得格外引人注目,红旗指向哪里,战士们就杀向哪里,也让旗手成为敌人攻击的重点目标。

一个不小心,护旗的战士中弹倒地。此时年仅 16 岁的战士钟银根望着中弹牺牲的战友,心中燃烧着复仇的烈火。他接过战友手中的红旗,大声喊道"冲啊!",便迎着呼啸的子弹冲上城头。在火力组的机枪掩护下,敌人的火力被压制下去,钟银根趁机迅疾将红旗插上了民权门,红旗在朔风中猎猎飘扬,像一把尖刀刺入敌人的心脏。

敌人见势不好,恼羞成怒地集中火力向钟银根射击,想要打倒钟银根手中的红旗。

"轰!"一发炮弹打来,钟银根双腿被炸断了,倒在红旗下,昏了过去。这时,后续部队也跨过了护城河,与敌军正面交锋的战斗打响,刺刀见红的时刻到了!此时一定要高举红旗,不到战斗结束,红旗不能倒下。激烈的枪声,战士们的喊杀声,震醒了昏迷的钟银根。他强忍剧痛,顽强地竖起红旗。

疯狂的敌人看见红旗又竖起来了,又是一发炮弹,炸断了旗杆,炸伤了钟银根的胸部。但钟银根没有倒下,他伸出右手想再次竖起断了一截杆的红旗。"嗖!"一颗子弹,打穿了钟银根的右手,红旗从他手中滑落,落在地上。战斗越来越激烈,看着战友们奋力杀敌的情景,钟银根豪气顿生,他咬紧牙关,忍着剧痛,爬到红旗旁,双手抓住旗杆,两肘撑地,脸颊紧紧地抵住旗杆,用双手和面部形成一个三角支架,第三次把红旗坚定地竖在了城墙上,宛如一尊闪光的铜像。

鲜艳的红旗布满弹痕,高高耸立在民权门上。"为钟银根同志报仇!"战士们喊声震天。在战旗的指引下,英勇的攻城战士浴血奋战,打退了敌人20余次的进攻,取得了战斗的最后胜利,使后续部队顺利进入天津城内。

年仅16岁的战士钟银根牺牲了,他用生命和鲜血践行了自己出征前许下的"为了天津的解放,不怕流血牺牲"的诺言。战斗结束后,部队党委授予他"战斗英雄"称号,并颁发"毛泽东奖章"一枚。

## "功臣号"坦克手荣立大功

在津西主攻方向上,东北野战军特种司令部战车团配属步兵参加了战斗。我军首批坦克驾驶员之一——"功臣号"坦克手董来扶就在其中,他所在的坦克一连被配属到西线主攻方向,支援三十八军进攻天津。

14日10时,总攻开始。董来扶驾驶坦克像利剑一样刺向西营门突破

"功臣号"坦克手董来扶

口,"功臣号"首先通过雷区,爬过壕沟,火炮将敌人的明碉暗堡逐个摧毁,掩护步兵向敌军发起猛烈攻击,突破口被撕开,守敌狼狈逃窜。进入突破口后,董来扶和战友们单车配合步兵进行巷战,并参加了攻打自来水公司的战斗。为了保护水厂设施,上级命令尽量少开炮,"功臣号"就用机枪为步兵开路。经过激战,顺利拿下了自来水公司,并引导步兵继续向纵深发展。

海光寺是敌人的一个指挥所,守敌拼死抵抗,解放军步兵被敌人的强大火力网阻拦。当时已进入夜战,能见度差,指导员张云亭冒着危险将头伸出炮塔为炮手指示目标,最后不幸中弹牺牲。董来扶得知指导员张云亭牺牲的消息后,一心要冲进海光寺消灭顽敌,为指导员报仇,却被连长阻止住。"夜战视线不好,指导员牺牲了,我们要接受血的教训。没有我的命令,谁也不准冲过去!"董来扶强压复仇的怒火,等待时机。

东方刚蒙蒙亮,连长下达了攻击的命令。董来扶开着坦克冲了过去,炮火直接摧毁了敌军海光寺指挥所。董来扶和同车的战友们一路冲在前头,率先打到了金汤桥。在距金汤桥核心工事200米左右,敌人两个地堡正疯狂地喷出一道道火舌,枪弹打在坦克甲板上冒出串串火星,步兵霎时被压制得寸步难行。董来扶立刻把坦克开到最佳射击位置,几发炮弹便炸哑两个地堡。步兵正要冲锋,董来扶突然发现敌人是双层工事,有暗堡。在敌人暗堡喷出火舌的瞬间,董来扶已为炮手指示好目标。坦克火炮几个速射,便摧毁了敌人的暗堡。解放军步兵胜利会师金汤桥。此次战斗,"功臣号"的全体人员荣立一等功,董来扶荣立大功。

《东北装甲兵战史》对战车团攻打天津作了这样的描述:"天津攻坚战,是解放战争期间使用坦克数量最多、规模最大的一次,也是坦克兵与步兵、炮兵和工兵协同作战组织最好的一次。坦克兵的参战,明显地增强了整体的突击威力,把解放军传统的攻坚战提高到一个新的水平。"在这具有历史意义的协同作战中,董来扶无疑是一颗明亮的战场"明星"。

天津解放了,人们真诚地将鲜花和掌声送给了战斗中的英雄们。今天享受着美好生活的人们,不会忘记像李和、钟银根、董来扶这样的英雄战士。他们的英雄事迹和革命精神将永远传承。

［中共天津市委党校(中共天津市委党史研究室) 王磊］

# 赤手夺取警察局

《孙子兵法·谋攻篇》中讲:"上兵伐谋,其次伐交。"在解放天津的战役中,天津地下党领导的行业工人纠察队就曾创下了不战而屈人之兵的上兵之举。一个中队20多名队员,赤手空拳夺取了国民党警察六分局,并缴获全部枪支,其英雄事迹被人们久久传颂。

天津警察局第六分局现址

## 接受任务 周密部署

1948 年底,中国人民解放军完成了对天津的战略包围,即将发起总攻。

为了顺利迎接解放军进城,中共中央华北局发出了里应外合做好接管城市工作的指示。城工部决定以区级干部为主,挑选地下党员和群众骨干组成行业工人纠察队,分区分块地维持好社会秩序,保护机关、铁路和仓库物资免遭破坏。工人纠察队由 5 个大队 17 个中队,约 700 人组成。天津地毯工人、地下党员张鹤年和坚持在天津从事地下工作的党员何其浩两人分别被任命为天津行业工人纠察队三大队三中队的队长和政委,下设两个班,多是地毯行业的工人党员和群众骨干。

1948 年 12 月下旬的一天,天津地下党民运工作负责人刘亚找到三中队政委何其浩,传达了上级的指示:"……组织上决定让你和张鹤年挑选一批年轻力壮、不怕牺牲的共产党员和积极分子,在解放天津的战斗中组织暴动,夺取国民党天津警察六分局的全部枪支。"何其浩听后当即表态:"上级的所有指示,我全部无条件地照办!"

国民党天津警察六分局位于威尔逊路(今解放南路)东侧(今公安河西分局所在地),原属德国租界。分局北面是河北省天津女子中学(今海河中学),东靠海河,南临天津自来水管理站。全局 430 人,下辖 1 个分驻所和 16 个警察所,备有手枪、大枪数百支。警察六分局所在的威尔逊路,是中国人民解放军第 46 军攻入土城、杨庄子之后,向纵深推进与友军会师的交通要道。为确保大军顺利通过,必须事先占领警察六分局。

何其浩接受任务后,马上到位于下瓦房的志和永地毯厂找张鹤年,向他传达上级的指示,并进行了周密细致的研究部署。之后,张鹤年开始紧锣密鼓地挑选纠察队员,进行暴动前的准备。何其浩又对离六分局不太远的中纺一厂李占元支部做了布置,要求李占元除组织厂里党员和群众骨干护好工厂外,届时带上几名党员到六分局去支援。此外,为了确保任务如期完成,何其浩还与地下党员何济广取得联系,让他配合三中队拿下警察六分局。何济广当时的公开身份是天津市渤海保险公司副经理。接受任务后,他设法摸清了六分局的情况,认为该局行政组长张鑫如可以利用,因为他有不少同学比较进步,有些还是何济广的好朋友。

## 机智应对　巧运物资

当时,驻守在天津的国民党当局自知行将灭亡,但仍负隅顽抗,疯狂地镇压人民。除了每天一定时间的全市戒严外,对街上流动的车辆、行人随时进行拦截检查,夜里更是随意砸门查户口,这给地下党的活动带来很大困难。

何其浩和刘亚每天接头交换一次情况,此时接头方式更要格外注意隐蔽。1949 年元旦过后的一天,何其浩按照预定时间来到鼓楼东面的报栏前。他点燃一支香烟,跺着双脚浏览过期的报纸。不大一会儿,有人过来借烟对火,正是前来接头的刘亚,他俩乘机交换了纸烟,便迅速离开。从藏在烟头里的密信上,何其浩得到的指示是:"华北局给你运来了暴动工具,放在万德庄党员黄杰生家,你设法提出。"

当时,解放军已经对敌外围据点发起攻击,城内守敌戒备更加森严。去万德庄的路上,就要经过设有碉堡的万德庄桥。何其浩刚到桥头,立刻就有两名士兵上前盘问。他拿出事先假造的居住证,证明自己家住万德庄徐湖圈,本人在西关街织布厂当工人,要回家去看看父母。敌人又多方盘问,何其浩均对答如流、坦然应对、不露破绽,最终顺利通过。他接连拐了几个胡同,没发现"尾巴"跟踪,才来到黄杰生家。当时只有黄杰生妻子(地下党员)一人在家。黄嫂看见何其浩又惊又喜,连忙从床铺下面拿出一个包袱,对他说:"这是上级送来让转交给你的,可外面查得紧,这么多东西怎么拿走啊?"

何其浩摸摸脑袋,计上心来,他脱下身上的夹袄,撕开后身下围,又把所有的引线扯通,对黄嫂说:"你赶快把包袱里的东西铺平整好,缝在夹袄后身里,然后再引上线缝结实就行了!"黄嫂麻利地把百十个袖章和三角旗铺平缝好。何其浩穿上夹袄试了试,软乎乎的像个薄棉袄,敌人很难发现,便告别黄嫂,原路返回。刚走出不远,对面就来了一个便衣特务,用手枪对着何其浩问:"干什么的? 检查!"何其浩不慌不忙地解开夹袄纽扣往左右一撩,便衣特务在他身上从上到下搜了一遍,没搜到什么,恶狠狠地说:"滚!"从黄杰生家出来不到半里路,何其浩遭到四次盘问和检查,他都是如法对付,夹袄的秘密始终没有被敌人发觉。当他到了万德庄桥时,见桥口的士兵还没有换岗,连忙上前满脸堆笑地说:"两个钟头前,我从这儿过去看父母,是您这位长官问过我的。"那个士兵斜眼看了他一下,摆手让他过去了。之后,何其浩又机警地躲过几个卡子的盘问,平安到达地毯厂,找到张鹤年,把物资藏好,等待启用。

## 独闯虎穴　勇夺分局

1949年1月14日上午10时,我军对天津发起总攻。晚上,由于周围地区戒严,何其浩被困在白骨塔(今南开区掩骨会附近)一家织布厂里。外面的战斗相当激烈,何其浩心里万分焦急,他的任务是转天清晨带领两名党员去地毯厂与张鹤年的纠察队汇合,夺取警察六分局。夜里11时左右,枪声刚刚稀疏,何其浩就趁机溜出了织布厂。何其浩刚走出没几十步,就遇到一位攻进城里的解放军战士。他亮明地下党的身份后,解放军让他帮忙指路。在何其浩指引下,这支解放军部队一举拿下了西南角、海光寺等处的碉堡,又歼灭了南营门、炮台庄的守敌。这时天已近拂晓,何其浩因有任务在身,便辞别解放军来到万德庄后街9号,找到另外两名地下党员,一口气跑到地毯厂,与张鹤年带领的纠察队员汇合。

1月15日早上6时左右,何其浩和张鹤年商量,让大家在原地待命,他俩先去侦察一下敌情。在六分局附近的一个胡同里,他们抓住一个"舌头",问清楚了警局内的情况,便赶回去拉队伍。当他们带领队伍来到六分局门前时,何其浩看见了刘亚。刘亚手里拿着一支盒子枪,见何其浩带队伍来了,急忙对他说:"何济广一个人闯进去了,里面情况不明,你们赶紧冲进去,我另外还有任务,这儿就交给你们了!"何其浩、张鹤年迅速带领近20名纠察队员冲进警察六分局,却只见警察们都赤手站在大厅四周,何济广站在大厅中央,双手拎着盒子枪,脚下还踩着一大堆枪,正在给这些警察上"政治课"……

原来,1月15日天刚亮,何济广就按照事前的部署,戴着红袖标,骑车来到六分局门口。他看到周围很平静,就以为何其浩他们已经冲进去了,自己来迟了。正在这时,刘亚骑着自行车也赶来了,问他:"情况怎么样?"何济广回答:"我也是刚到这儿,情况不清楚。干脆,我自己闯进去,如果何政委他们在里面,我听从指挥;如果他们还没来,我就去找行政组长张鑫如,见机行事。"就这样,何济广孤身一人闯进了六分局。他见院子里没动静,才明白何其浩他们还没来,就决定去找张鑫如。他大摇大摆地推开门,问值班的几个警察:"你们行政组长张鑫如在不在? 我是从警备司令部稽查处来的,有要事找他。"警察被这位不速之客的突然发问弄得不知所措,忙说:"在,在隔壁屋里!"何济广进屋见只有张鑫如一个人,便把门掩上,开门见山地说:"你就是张鑫如,我是中国共产党华北局城工部在天津的地下工作人员,跟你的同学王良才、王威扬是好朋友。他们都向我推荐你,希望你认清大局,弃暗投明,为共产党办事,你要完全听我的指挥!"张鑫如听后连连点头说:"是! 我愿立功赎罪,听从你的指挥,现在你让我干什么?"何济广说:"你要办好两件事:第一,你把你们分局局长叫出来见我;第二,把分局的所有武器全部收齐,集中在大厅里。"

警察六分局局长孟昭培听了张鑫如的报告,还有些迟疑。他端着手枪走出地洞,见到何济广厉声问:"你是哪部分的,找我有什么事?"何济广听了气愤地说:"我是共产党员,天津解放大局已定,你们赶快缴枪投降,等大部队来了再缴枪,账就不好算了!"这时,张鑫如凑到局长耳边说:"解放军都攻进城里来了,许多碉堡都挂出了白旗,咱们莫失良机,争取主动吧!"孟昭培知道大势已去,只好下了缴枪命令。张鑫如立即传达了局长的命令,指挥警察们把所有的武器都集中到大厅里。何济广趁势从中挑选了两支盒子枪,顶上子弹握在双手,向分局警察宣传中国共产党的政策。正在这时,何其浩、张鹤年带领的队伍冲了进来,震撼了所有在场的人员。

何其浩命令六分局所有人员站好队,向他们宣传中国人民解放军的《约法八章》。随后又让孟昭培把"三册一档"(枪册、户口册、人员册,分局档案)交代清楚,并立即通知局属单位缴枪投降,孟昭培都一一照办。张鹤年、何济广安排部分队员分别到后院、分局门口及马路上站岗放哨,并让人把一面较大的三角形红旗升到分局旁省立女中操场的旗杆上,国民党警察六分局被赤手空拳的纠察队员完全占领。

[中共天津市委党校(中共天津市委党史研究室) 王磊]

# 仁义之师进北平

1949 年 1 月上旬，中国人民解放军第四十一军党委接到进入北平城、执行警备接防的任务。如何在接防中执纪爱民，体现人民解放军是一支讲规矩、守纪律的仁义之师，成为摆在四十一军党委面前的一个亟待解决的问题。

四十一军党委立即召开会议，进行专门讨论，最后形成决议："四十一军是代表我党我军进行警备的，政策纪律执行的好坏，不仅是我们四十一军的问题，而且关系到全党全军在国际国内的声誉问题。""我全军干部战士，对北平城内的一切工商业市政文化、名胜古迹、国家仓库、财产物资及一切公共设施，只准看管，不得动用；只准保护，不得损坏；空手进，空手出，切实做到秋毫无犯。"

全军立即开始为期一周的政策纪律教育，战士们创造了多种多样的教育方法。有的采用"政策点名"的办法，点一个名字，念一条政策纪律，要求被点到的战士对答如流。战士们把政策和纪律写在小纸片上，贴在枪托上，以便随时背诵。有的开展"评入城资格"的活动，还制定了六条标准：一是爱护城市，不准破坏；二是看守警卫，原封不动；三是空手进去、空手出来；四是立场坚定，不腐化、不被坏分子利用；五是不违反警备规则；六是要有责任心，别人犯错误积极制止。从师长、政委到炊事员，一个一个评，谁不够条件就不得入城，致使大家都倍加珍惜入城机会。

1949 年 1 月 31 日，四十一军进入北平城。此时的北平正是"三九四九冰上走"的时节，在西直门内，战士们披着一条难以御寒的棉被，或穿一件很薄的大衣，挤在百姓的门道里、屋檐下，冻得嘴唇发紫，却无一人去叫百姓的门。在城楼上，窗子没糊纸，屋里没生火，铺上也没铺干草。北风一吹，真叫一个透心凉。附近的百姓多次来请战士们到家里取暖，但战士们坚持不进民房,不打扰群众。"长岭连"刚入城的夜里,老乡请他们进屋去住,他们谢绝了。半夜,北风越刮越大,百姓不忍心战士们受冻,就"合屋并床",腾出几间房子,公推几位老人请战士们去住,战士们又婉言拒绝了。第三次是一伙大娘、大婶来请,一定要战士们进屋去住。连队干部只好实说:"上级规定不得进民房,您们的心意我们领了,但房是不能进的。""三请三不进"的故事于是在北平城传开了。

4月中旬,四十一军出色地完成任务,奉命南下。在欢送会上,各界群众送来写有"旗开得胜、解放江南""仁义之师、秋毫无犯"等字样的锦旗。部队离开北平那天,群众主动出来夹道相送,气氛很热烈。同样是接收北平,抗日战争胜利后国民政府大员们来到北平,被老百姓称作"劫收"。"想中央、盼中央,中央来了更遭殃",一时间民怨沸起。而解放军战士们严格遵守"三大纪律、八项注意",秋毫无犯,老百姓自然拥护解放军、心向共产党。

人民群众赠给驻平部队的锦旗

(北京市委党史研究室 市地方志办 曹楠)

# 北平地下党员大会师

"原来是你啊!""原来你也是!"大家欣喜若狂,有的握手,有的拥抱,有的喜极而泣……

这一幕发生在1949年2月4日下午,解放军北平入城仪式结束的第二天,中共北平市委召开的地下党员会师大会上。会议在国会街礼堂召开,开会当天,地下党员还习惯性地戴着帽子和口罩,当得知可以把帽子和口罩摘掉,当知道共产党员的身份可以在党内公开,当发现最可亲的同志竟是在一个单位工作或学习的同事甚至是自己的亲朋好友时,大家简直不敢相信自己的眼睛,便发生了这戏剧性的一幕。

北平地下党员会师地——国会街礼堂

北平解放前,党组织处于地下状态,党员之间单线联系。同一单位的地下党员,也可能分属不同的地下党组织;同一支部的党员,多数情况下也不发生横向联系,即使在解放区泊镇参加培训时,被培训人员之间也是用帘子隔开,彼此只闻其声不见其人,真可谓是相识不相知、相知不相认。

北平解放后,全市地下党员终于可以在党内公开身份了,市委决定召开这次地下党员会师大会。由于国会街礼堂容纳的人数有限,全市 3000 余名党员中有 2000 名到会。他们主要是城工部所属学委(含文委)、工委和铁委系统的党员及平委总支委员以上干部。2 月 13 日,市委又在南新华街北平师范大学礼堂召开没参加上次大会的平委系统党员大会。

开会前一天,地下党学委的干部接到一项任务,制作党旗。可是由于地下斗争等原因,这些人没有见过真的党旗。他们想起在苏联电影里看到的样式,把红布缝成旗子,然后用黄纸剪成镰刀锤头,贴在红旗上面。最终一面 2 米长、1.5 米宽的党旗挂在了会场主席台上。

平津前线总前委罗荣桓、聂荣臻,中共中央华北局第二书记薄一波,北平市委书记彭真,第一副书记兼军管会主任、市长叶剑英,第二副书记赵振声(又名李葆华,李大钊长子),在主席台上就座。薄一波在会上说,过去三十年几次进北平都是不自由的,今天不同了,我们完全自由了,可以开这样的会! 他还幽默地说:"在秘密工作时期,找一个十人的会场,开半天会都是很困难的,现在我们要开到天亮都可以……"

果然,大家不舍得散会,时间一拖再拖,天黑了会议还没结束,只能派几个人出去买包子,会议继续进行。大会回顾了不同阶段北平地下党的斗争历史,充分肯定北平地下党工作所取得的成绩,高度评价北平地下党为北平和平解放做出的贡献。会上,赵振声代表北平市委第一次提出党支部要全面公开的问题。

1949 年 6 月 18 日,公开党支部和党员的条件基本成熟,北平市委作出决定,要求在纪念中国共产党诞生 28 周年之际,全市各工厂、学校、机关将党的组织和党员名单全部公开。

其实,公开党的组织与党员名单,一些党员还是有所顾虑的。有的党员认为自己知识水平低,怕公开身份后起不了骨干作用;有的学生党员过去忙于地下斗争而耽误了学业,怕公开身份后影响党的声誉;有的党员习惯独立处理问题、秘密进行工作,在作风上脱离群众,怕公开身份后得不到信任。当时燕京大学党支部提出 13 个问题向党员进行调查,如党公开的意义和作用是什么? 好处和坏处有哪些? 党公开后组织生活怎么过? 公开后如何开展活动等。被调查者对每个问题都提出了自己的认识、意见和建议。

为了解决这些思想认识问题,市委指导各级党的组织开展了细致的思想工作。市委书记彭真指示《北平解放报》于 1949 年 6 月 29 日发表《党的支部必须全部公开》的社论。社论有针对性地批评一些党员"家丑不可外扬"的错误认识,指出:"党的缺点和错误,应该克服,不应该隐瞒,我们的党和人民是一家,并不是两家,党的组织公开,把党放在群众监督下面,就好比放在太阳下面一样,正可以利用群众力量的帮助,纠正党与党员的错误。"

北平地下党的公开使一些群众打消了过去对党的误解和怀疑,有些群众说:"这一来,有事好商量了。"还有些群众打听入党的条件,要求入党或向党推荐候补党员。有些潜伏特务也主动向所在工厂、学校的党支部坦白交代问题。辅仁大学的一位教授说:"你们党敢公开,证明你们不做坏事。国民党做坏事,就不敢公开。"

（北京市委党史研究室  市地方志办   曹楠）

# 为建设新中国留住人才

1949 年 5 月 11 日,《人民日报》发表了一封特殊的书信。这是时任北平辅仁大学校长陈垣写给他曾经的好友胡适的一封公开信,信中有段话这样写道:

> 在北平解放的前夕,南京政府三番两次地用飞机来接,我想虽然你和寅恪先生已经走了,但是青年的学生们却用行动告诉了我,他们在等待着光明,他们在迎接着新的社会。我知道新生力量已经成长,正在摧毁着旧的社会制度,我没有理由离开北平,我要留下来和青年们一起看看这新的社会究竟是怎样的。

这封信的起源,还要从 1948 年说起。1948 年底,人民解放战争即将取得全国胜利的局势已经明朗。国民党蒋介石集团在败退台湾之际,制定了一个"抢救大陆学人"的计划,名单中都是当时国内卓有成就的杰出知识分子。身为中研院院士、著名历史学家的陈垣也在其列,而他最终选择了留下来,这代表了当时多数北平知识分子的选择。除去个人原因之外,背后也离不开北平地下党组织的积极争取、诚恳挽留。

北平解放前夕,北平地下党负责人刘仁,在周密部署、争取和平解放北平的同时,特别要求北平地下党学委负责人和各高校

刘仁(摄于 1947 年)

地下党,利用一切力量,团结那些对国家和人类有贡献的教授、学者、专家,将他们全部留下来。他指出,目前形势下民心向我,是开展统战工作的大好时机,只要下决心去做,就能发现和建立许多有助于北平解放的社会关系,我们应抓紧时机放手开展。在校内须注意教职员工中的有力人物,对社会人士应选择有名望的士绅名流、工商业家等。尤其是对了解各重要部门的内情、保护物资财产、挽留人才、教育群众等具有决定作用的人物要多做工作。接触的圈子要广泛,不要只限于一些进步人士,也不能只从学运着眼,必须要看到全局,看到为了迎接解放建立新中国要建立范围更广阔、意义更重大的统一战线。否则我们便只是一支孤军,起不了什么大作用。

当时北平 11 所大专院校的党组织均为此努力奔走争取。这些院校中的许多教师,包括不少知名教授,都同情和支持学生运动,并多次发表声援学生爱国民主运动的宣言和声明。他们富有正义感和爱国主义思想,期待新中国的诞生。各校地下党组织利用这一有利条件,通过进步教授向一些对时局尚在观望的教师做工作;还选派一些学习成绩好、教授熟悉或信任的党员、盟员学生,登门访问师长,诚恳地宣传解放战争的发展形势和中国共产党的政策,恳切挽留自己的师长留在北平,为新中国的教育事业做出贡献。

著名画家徐悲鸿是北平艺术专科学校的校长,他向与他关系密切的地下党表示决心留在北平。当北平形势紧急、国民党大员纷纷南逃时,国民党当局也给徐悲鸿送来了两张飞机票,但他不走。为了保证徐悲鸿的安全,艺专党支部派了一些同学在其住宅周围保卫,并经常到他家关照。徐悲鸿终于和艺专的一批知名油画家、漫画家、版画家一起迎来了北平解放。辅仁大学校长陈垣已购妥飞机票即将南飞,地下党派人与他面谈进行劝阻,他终于留下,胡适邀他同机飞走也被他拒绝了。北平地下党学委负责人之一崔月犁还亲自上门,面晤燕京大学校长陆志韦、清华大学校长梅贻琦,宣传党的政策,敦请他们留在北平,参加解放后新中国的建设。1948 年 12 月,陆志韦曾通过身为地下党员的学校办公室主任,与北平地下党组织接触,学委领导人佘涤清与他会见,向他谈了形势和党的政策。学委委员杨伯箴也找过北大教授、经济学家樊弘谈话。

此外,在一些重要的工业企业中,地下党也争取了一批业务主管人员和工程技术人员留下,包括石景山发电厂副主任于运海,冀北电力总公司鲍国安,北京火车站站长许贻然,平津区铁路局特派员负责人石志仁等。

1949 年 11 月,中共北京市委按照《共同纲领》的规定,积极筹备即将召开的北京市第二届各界人民代表会议。刘仁负责遴选党外人士参加人民政权机构的工作,并到北京各高校登门拜访那些知名学者专家。在他的努力下,清华大学就有吴晗、梁思成、王明之、吴柳生、范崇武、陈明绍等教授应邀担任北京市政府及所属部门的领导工作。

除了各高校,刘仁还到许多党外知名人士家中促膝谈心,拜访老朋友,结识新朋友,征求他们对共产党的意见,对人民政府的希望和要求。

在北京市第二届第一次各界人民代表会议上,选举产生的政府委员中,7 名为中共党员,6 名为党外知识分子。许多党外知识分子参加政府工作都是北平党组织诚恳邀请的结果。

在北平解放前后,以刘仁为领导的北平地下党组织耐心细致的工作,为即将诞生的新中国留下了一批宝贵人才。1949 年初夏,在一次有许多教授、专家和民主人士参加的招待会上,周恩来听取了刘仁对有关工作的汇报,亲切而又幽默地笑道:"你把教师留下了,不给蒋介石,难怪有人说你名叫'留人'呀。"

（北京市委党史研究室　市地方志办　陈丽红）

# 香山有个"劳动大学"

1949 年北平解放后,解放区的大学纷纷在北平招生,北平青年学生掀起了一股报考热。不久,有些学生听说西郊香山有个劳动大学,非常感兴趣,就前去报名投考,结果吃了闭门羹。工作人员说,这所大学不对外招生,只是内部办的一个劳动组织。学生们悻悻而归,对这所大学充满了好奇。这个"劳动大学"到底是干什么的呢?

原来它不是一所真的大学,也不是劳动组织,而是刚刚迁至北平的中共中央机关驻地。为了保密,对外统一称"劳动大学"。

1949 年 3 月党的七届二中全会召开时,毛泽东在会上讲道:"我们希望 4 月或 5 月占领南京,然后在北平召集政治协商会议,成立联合政府,并定都北平。"而移驻北平的相关准备工作其实早已着手进行了。

1949 年初,中共中央机关开始筹备从西柏坡迁往北平的事宜,决定由周恩来、任弼时、杨尚昆主管迁移工作,派往北平的先遣队伍由中央社会部部长李克农领导,下设筹备、收发、招待 3 个处,分别负责对外交涉、备置用具、社情调查、布置警卫、营地修葺、安排过往人员住地等事宜。

1 月 19 日,中央办公厅派中央直属机关供给部副部长范离和工作人员刘达等前往北平,为中共中央选择驻地。范离等人到达北平后,经过细致调查,把北平西郊作为大的方向定下来,并提出初步意见。他们专程到颐和园,向在那里办公的北平市军管会主任兼市长叶剑英做了汇报。叶剑英经过认真考虑,认为香山作为党中央迁至北平后的临时驻地比较合适,便提笔给杨尚昆写了一封信,表示:"根据范、刘(指范离、刘达)二同志侦察和研究的结果,我们认为地区的选择,以香山为适当,只需牵动一家(慈幼院)就可基本解决。"经过勘察和确认,中央办公厅、中央社会部和北平市一致同意,将香山作为中共中央、人民解放军总部驻地。

香山本是一座具有山林特色的皇家园林,为何选中这里作为中共中央驻地? 这是经过缜密考虑的,主要有 3 个方面原因:

首先是安全考虑,这是最根本的原因。当时北平刚刚和平解放,敌情复杂,敌特分子还未完全清除,青岛还在国民党军手里,从此地起飞的敌机随时有来袭的可能。而香山一带早在 1948 年 12 月 14 日已为人民解放军控制,且距城较远,又与西山相连,有着得天独厚的地形条件,有利于防空,易于警卫。

其次是有利于顺利过渡。中国共产党的干部长期身处农村环境,缺乏城市管理经验,对城市生活从思想上、习惯上都需要一个熟悉和适应的过程。

最后是能基本解决办公和生活用房问题。香山慈幼院有 3000 多间房子,可以基本满足中央各机关办公居住需要。慈幼院的很多房子空置荒废已久,里面人员安置问题也好处理。因此,香山作为中央和首长办公及居住的地方是最适当的。

不久,李克农给杨尚昆发电报,建议为保密起见,中央机关驻地代号使用“劳动大学”的名字,简称“劳大”。劳动大学下设 3 个临时站:第一站称劳动大学筹备处,设在北平城内弓弦胡同,专门办理交涉和置备办公生活用品等,由赖祖烈负责;第二站称劳动大学收发处,设在颐和园北边的青龙桥,负责调查社会情况和布置警卫保卫机构,办理中央机关来京人员住宿介绍等具体事宜,由王范负责;第三站称劳动大学招待处,设在香山,主要负责香山地区的房屋修理、布置、租借等,由中组部干部边纪中、中央办公厅行政处办公室主任田畴负责。此外,范离负责筹备劳动大学全体人员供给事宜。香山公安局协助劳动大学收发处和招待处的工作。

当时对中央机关驻地大致安排是:中共中央书记处、中央办公厅、中央社会部、中央组织部、招待所、中直机关供给部驻在香山;中央警卫团分驻颐和园、香山、西直门;军委三局、总卫生部、新华社、中央职工运动委员会、青委和妇委等均驻在北平城内。进城后,根据实际情况又略有调整。

1949 年 3 月 25 日,中共中央正式移驻北平、进驻香山,毛泽东入住双清别墅。双清别墅是一座幽静别致的庭院,为原北洋政府国务总理熊希龄所建,因院内有两股清泉而得名。院子东南山脚下有新建的备用防空洞,施工部队出于对领袖的热爱,在洞口上方写上了"毛主席万岁""朱总司令万岁"两句口号。毛泽东入住后不久,就让工作人员把口号涂掉了。

从双清别墅西侧门北去,有一条小路通向来青轩,这里是朱德、刘少奇、周恩来、任弼时的办公和住宿场所。刘少奇住东房,朱德和任弼时住北房(朱德住东头,任弼时住西头)。任弼时的住房往西向上走数步,即是周恩来的住所。

从 3 月 25 日入驻到 9 月 21 日中国人民政治协商会议开幕前夕,毛泽东移居丰泽园菊香书屋,中共中央在香山驻有半年时间。作为中共中央迁入北平后毛泽东等中央领导人最早的办公和居住地,香山承载了党的历史上许多不可磨灭的红色记忆。政治上,毛泽东在这里发表《论人民民主专政》,中共中央在这里与各界人士一道组织筹备新政治协商会议,明确了新中国一系列的基本国策和宏伟蓝图;军事上,中共中央在这里指挥了举世闻名的渡江战役,吹响了解放全中国的伟大进军号角;经济上,中共中央在这里积极探索新民主主义国家的经济构成和经济政策,确定了新中国经济建设的根本方针。

香山双清别墅

毛泽东很喜欢香山双清别墅。他喜爱大自然，香山物质条件虽然比城里差许多，但这里蓝天碧水、绿树青山，环境清雅。更重要的是，在这里毛泽东留下了《人民解放军占领南京》等脍炙人口的不朽诗篇，留下了他与李济深、张澜、沈钧儒、柳亚子等诸多知名人士共商建国大计的故事，留下了他运筹帷幄、决胜于千里之外的历史背影，留下了他与爱子毛岸英亲切交谈的美好记忆。

周恩来在谈到香山的时候说过：这是毛主席发布渡江作战、解放全中国命令的地方。要记住这个地方。中国革命走了许多弯路，只有在毛主席领导下才走上正确的道路，从胜利走向胜利。

（北京市委党史研究室　市地方志办　　陈丽红）

# 真诚挽留国共和谈代表留平

1949 年 4 月 1 日,中共中央刚刚进驻北平不久,就以八项条件①为基础,与国民党就结束内战、实现真正和平进行谈判。

4 月 8 日,毛泽东在香山双清别墅会见了一位重要客人。客人一到,毛泽东便趋步上前,紧紧握住他的手,寒暄道:"文白先生,别来无恙啊?"接着,和他走进会客室,亲切地问候其家人可好。毛泽东真诚地说:"谢谢你,1945 年到重庆,承你热情招待,全家他迁,将桂园让给我们用,又举行了盛大的欢迎宴会,感激得很!""在重庆时,你用上好的酒席招待我,可是你到延安时,我只能以小米招待你,抱歉得很!"

这位客人是国民政府派来参加北平和谈的首席代表张治中。张治中是蒋介石的心腹重臣,曾任国民党军事委员会政治部部长、蒋介石侍从室主任、西北军政长官公署长官等职,是唯一一位没有和共产党打过仗的国民党将领。1945 年国共谈判,张治中到延安接毛泽东赴重庆。为保证毛泽东的安全,他腾出自家宅邸,让毛泽东等人居住,并派人严加保护。谈判结束后,又护送毛泽东回到延安。1946 年,国共军队整编期间,张治中作为国民党大员第三次来到延安,和共产党交涉谈判事宜,受到热情接待,被称为"三到延安"的朋友。

此次北平和谈过程中,双方在惩办战犯、战争责任等问题上争执不下。中共要求以"八项条件"为基础解决问题,南京政府则一厢情愿地坚持"划江而

---

① 针对蒋介石以保存伪宪法、伪法统和反动军队为条件的求和谈判,中国共产党提出了实现真正和平的八项条件:(一)惩办战争罪犯;(二)废除伪宪法;(三)废除伪法统;(四)依据民主原则改编一切反动军队;(五)没收官僚资本;(六)改革土地制度;(七)废除卖国条约;(八)召开没有反动分子参加的政治协商会议,成立民主联合政府,接收南京国民党反动政府及其所属各级政府的一切权力。

**1949 年 4 月 1 日，以张治中（左 3）为首席代表的国民党政府和谈代表团乘飞机抵达北平**

治"腹案，这使张治中进退维谷。为顺利推进和谈，尽最大努力争取和平，毛泽东邀见和谈代表，就相关事宜进行交流，并就和谈关键性问题交换意见。

这次会见，毛泽东对南京代表团的处境和困难表示谅解，针对战犯列名、军队改编、联合政府等问题做出让步，使张治中内心渐次宽解。4 月 15 日，中共与南京代表团就和平协定内容达成共识。南京政府拒绝签字，4 月 20 日，人民解放军横渡长江。

谈判破裂后，南京政府代表团面临去留抉择。此前 4 月 13 日进入正式谈判阶段时，毛泽东曾致信周恩来叮嘱谈判注意事项，提出"应争取南京代表团六人都同意签字。……签字后他们不能回去，叫他们全体留平"。大多数代表认为，和谈失败，回去绝不会有好结果，应该认清形势、明辨是非，留在北平，静待形势发展，再为和平努力。张治中则认为，代表团是为和谈而来的，和谈既已破裂，自无继续留在北平的必要。同时，代表团是南京政府派遣的，任务终了理当回去。别人不回去可以，他是首席代表，论情论理都应该回去复命。

得知张治中要回去后，周恩来急忙赶到南京政府代表团驻地六国饭店找到张治中，希望他和代表团都能留在北平。周恩来态度坚定、言辞恳切地说，渡江已经完成，随着形势的转变，和谈仍有恢复的可能，代表团回去后，无论是广州还是上海，国民党的特务是不利于你们的。过去在重庆、南京谈判破裂后，我方代表并不撤退，以保留和谈线索，现在挽留你们，也是同样的意思。最后诚恳地说："西安事变时,我们已经对不起一位姓张的朋友,今天不能再对不起你了。"考虑到解放军渡过长江,协定还有签订的可能,张治中决定留在北平。

与此同时,另一场秘密"战争"也在紧张进行着。在周恩来的安排下,南京地下党马上行动起来,接到张治中的妻子、孩子,将他们送上开往上海的火车。到上海后,与张治中弟弟一家会合。因担心被特务监视,当晚连灯都没敢开,第二天天还没亮,一行9人就被送往机场。在上海机场,怕引人注意,他们先分散到各个角落,等飞机快起飞时才登机。飞机起飞后,国民党很不甘心,派了飞机去追。途中,张治中家属搭乘的飞机降落在共产党控制的青岛城外机场,民盟领导人沈钧儒、华北人民政府主席董必武在这里登机,一同前往北平。追击的飞机降落在国民党控制的青岛城内机场,刚好错开,虚惊一场!

张治中并不知道周恩来如此精心筹划,直到家属快到北平时,周恩来才请他去机场迎候。在机场见到几经辗转到达北平的家人时,张治中激动地说:"你真会留客啊!"虽然留在北平,但张治中思想很矛盾,觉得自己背叛了蒋介石,怕人家说他投机。毛泽东、周恩来等中共领导人亲自和他谈话,帮他解开思想疙瘩,邀请他参加新中国的筹建工作。周恩来诚恳地说:"你还是封建道德,为什么只对某些人存幻想,而不为全国人民着想?为什么不为革命事业着想?"这些话既尖锐又中肯,对张治中触动很大,他逐渐想通了,决心同蒋介石政权决裂,投向人民群众。

6月15日,国民党中央社发出电讯《张治中在平被扣详情》。6月20日、22日,又相继发出电讯,说张治中在北平策动和平,受中共"唆使",离开北平,行踪不明。张治中决定打破沉默,6月26日发表《对时局的声明》,谈了自己的感想与认识,表明政治立场,号召国民党军政各方面人士接受和平协定,与中共合作。

张治中的声明在社会上产生了强烈反响,对进一步分化国民党、推动各地起义起了一定作用。以张治中为首的国民党代表团成员留平后,参加了中国人民政治协商会议,在中国共产党的领导下投身新中国的建设工作。

（北京市委党史研究室　市地方志办　陈丽红）

# 第一面五星红旗自动升起背后的故事

五星红旗作为中华人民共和国的国旗,是伟大祖国的象征。在 1949 年的开国大典上,升起新中国第一面国旗,是其中一项非常重要且具有象征意义的仪式。而这一看似简单的历史细节背后,凝结了许多人的心血和智慧。

开国大典升起第一面五星红旗

开国大典确定在天安门举办后,周恩来指示立即着手对天安门进行全面整理和维修。修建旗杆是整修天安门广场工程 5 项任务之一,中共中央和北平市委市政府高度关注。承担天安门广场修建工程的北平市建设局,选派全局最好的高级工程师林治远为升旗工程的设计与施工负责人。

根据大典筹委会要求,旗杆高度要与天安门城楼等高。经实际测量,天安门城楼高度为35米。到哪里去找这么长的旗杆材料呢?林治远四处打听,得知市自来水公司有一些水管可以代用。他立刻奔赴市自来水公司,选了4根直径不同、可以套接的自来水管,一节一节地套起来焊接。但焊完之后,长度只有22.5米,达不到35米高的要求。因为受当时条件限制,整个北平市只有4个型号的自来水管,且技术水平只能焊接不同粗细的管子,焊接不了同粗的管子。为确保工期,他们只好向天安门国庆工程指挥部汇报,请示按照22.5米高度修建旗杆,最终获得批准。

国旗杆的高度问题解决了,但又有了新问题。原定升旗方式是人工在旗杆下手动升旗。担负天安门广场布置任务的张致祥在一次会议上提出:"升国旗是新中国诞生的重要标志,中央的意见是这面国旗要由毛主席亲手升起。参加国庆大典的领导人都在城楼的主席台上,宣布由毛主席升国旗的时候,主席本人应该是在城楼上。那么从天安门城楼到国旗杆直线距离也有200多米。让毛主席在升旗之前,来到旗杆下,既打乱了既定程序,也不现实。如何让毛主席亲手升起这面五星红旗呢?希望大家动动脑筋,多想办法。"

有人建议:"能不能在天安门城楼上设一个电动开关,让毛主席按电钮自动升起国旗?""这个设想很好!可这么远的距离,能不能实现呢?"张致祥既兴奋,又不无忧虑。年轻的工程师林治远觉得可以试一试。他曾看到国外报道过自动控制升降旗的成功例子,但人家具体是怎么做的无从了解,国内也无先例可参照。林治远当时只觉得,既然外国人能做成,中国人也能行!

在天安门上遥控升降旗,需要从广场旗杆下引出电线,穿过长安街、金水桥、天安门城楼,既要隐蔽又要安全。林治远设计让电线从整修长安街道路工程时预埋的钢管中横穿而过,然后跨越金水河,顺着天安门城楼东南角往上,再转至城楼中央,与控制开关连接在一起。这样就同时满足了既不破坏城楼结构,又穿过金水桥、长安街的要求。

电线铺设中的难题一个个解决后,最困难的就是国旗的自动升降问题。因为整个升旗过程要同时满足三个条件:一是国旗能够自动升降;二是升旗速度要与国歌演奏时间高度契合;三是国歌奏毕,国旗要正好升到旗杆顶端并自动停止。这在当时没有现成的技术,需要自己动手设计、加工和调试。

林治远邀请建设局三科工程师梁昌寿一起研究旗杆升降控制装置的设计制作。时间紧、工程难度大,他们夜以继日地思考办法、找设备调试,最后终于成功了。他们在天安门城楼西南角安装电钮,让电线从这里穿过天安门城楼前的马路,然后架高一直延伸到旗杆处,直达旗杆顶端。旗杆大理石基座里装有电源总开关,还有自造的计时器,以此来控制升旗的时间和速度。升降时利用电机变速传动、电磁限位器控制升降速度。旗杆钢丝绳两端各焊了一个钢球来控制升降开关,一旦升降控制装置碰到两端的钢球,就可以自动停止升降并自动切断电源。设计方案很快通过审查,得到批准。

林治远和梁昌寿马上动手进行安装调试,试验结果表明:各个环节运转正常,尤其是升旗所需时间,与设计要求完全相符。国旗遥控升降难题就这样被年轻的工程技术人员巧妙破解了。

9月30日上午,附设在国旗杆上的电动升旗装置安装完毕。经过多次试验,确认遥控装置能够正常运行,施工人员才拆除了旗杆四周的脚手架。

当天下午,聂荣臻受周恩来委派,再次亲临现场检查验收。电钮按下,国旗在电动马达的带动下徐徐升起。就在人们准备欢呼成功的时刻,国旗竟突然停在旗杆的一半处。

事故很快排除,原因也查明了,原来是电源出了问题。聂荣臻见此,担心地问:"如果升旗时停电怎么办?"供电师傅汇报说:"我们采用了双路电源,没有问题。"聂荣臻继续追问:"如果双电源同时故障,怎么办?"供电师傅一时语塞。聂荣臻说道:"我们一定要考虑周到,万无一失,有备无患。"随即,聂荣臻要求制定一套人工升旗方案。按照聂荣臻的指示,张致祥立即部署成立了人工升旗预备队,准备备用国旗,并派几名护旗士兵守在旗杆下,万一停电或电动装置失灵,立即进行人工升旗。

为了确保万无一失,9月30日夜晚,林治远、梁昌寿又做了一次试验。不料,试验中又出现了新问题。国旗升到旗杆顶端后,马达没有按照设计要求自动停止运行,反而将一面试验用的红旗绞进了旗杆顶端的滑轮里,致使马达无法倒车,国旗也取不下来了。这时脚手架已经拆除,无法修理了。

这下可急坏了大家。现搭架子已来不及,20多米高的旗杆也没人能爬上去修理。林治远立即向建设局领导汇报。很快调来了北平市刚组建不久的消防队，可消防队架起的云梯不够高，比旗杆低好几米。有人提议，找来北平城办红白喜事、善于攀高的棚彩匠马氏二兄弟。二人来后，冒着危险从云梯爬到杆顶，把红旗从滑轮里取了出来。

林治远、梁昌寿立即动手检修，然后又反复试验，一直忙到10月1日早上6时，确信不会有问题之后才罢休。为杜绝再次出错，在取得天安门国庆工程指挥部同意后，决定在升旗的时候，派梁昌寿守候在旗杆下。假如毛主席按动电钮后，国旗升到旗杆顶端仍不停止，就由梁昌寿立即手动切断电源。

天安门上的电动按钮安装在毛泽东预定站立的地方后边的一根红柱子上。为了保密并防止被人破坏，这个按钮只有极少数人知道。开国大典前两天，聂荣臻还专门指示在天安门执勤的战士对这个位置严加守护，林治远奉命临时站在毛泽东身边协助，确保顺利升旗。

1949年10月1日下午3时，北京天安门广场举行庄严隆重的开国大典。毛泽东宣布中华人民共和国中央人民政府成立后，主持大会的林伯渠大声宣布："请毛主席升国旗。"一旁的林治远轻声提示，毛泽东神情庄重地摁动电钮，伴随着《义勇军进行曲》激昂雄壮的旋律，新中国第一面五星红旗在万众瞩目中冉冉升起。这喻示着：中国人民自豪地站立起来了。从此，五星红旗高高飘扬在天安门广场上空，飘扬在新中国的领土领海之上，鼓舞着每一位中华儿女为保卫祖国、建设祖国而英勇拼搏、不懈奋斗！

（北京市委党史研究室　市地方志办　陈丽红）

# 后　记

为庆祝中国共产党成立 100 周年，深入贯彻落实习近平总书记关于要讲好党的故事、革命的故事、根据地的故事的重要要求，依据 2019 年第三次京津冀协同发展党史工作座谈会会议精神，三地党史工作部门联合编写了《京津冀红色故事会》一书。

本书编写采取统一规划、分工负责的方式进行。三地党史工作部门各自精选新民主主义革命时期的党史故事约 40 篇，分别完成各自承担的编写任务，并配置相应图片。中共天津市委党校（中共天津市委党史研究室）对书稿进行统编，反馈京冀党史部门征求意见后报送出版社公开出版。

三地党史工作部门高度重视本书编辑出版工作，成立联合编审委员会和编写组，具体负责本书的编辑和审稿工作。本书的编辑出版工作得到天津人民出版社的热情指导和帮助，在此一并表示感谢！

由于时间和水平所限，如有疏漏和不当之处，敬请读者批评指正。

2021 年 6 月